经典书香
中国古典禁毁
小说丛书

[清] 佚名 著

魏阉全传

二十一世纪出版社集团
21st Century Publishing Group

21

图书在版编目（CIP）数据

魏阉全传/（清）佚名著. —南昌：二十一世纪出
版社集团,2016.8（2024.1重印）

（经典书香. 中国古典禁毁小说丛书）

ISBN 978 - 7 - 5568 - 2104 - 4

Ⅰ.①魏… Ⅱ.①佚… Ⅲ.①章回小说 - 中国 - 清代
Ⅳ.①I242.4

中国版本图书馆 CIP 数据核字（2016）第 174627 号

新浪微博:@二十一世纪出版社官方

魏阉全传

佚名/著

策　　划	余伯刚	
责任编辑	敖登格日乐	
出版发行	二十一世纪出版社集团	
	（江西省南昌市子安路 75 号　330009）	
	www. 21cccc. com. cc21@ 163. net	
出 版 人	张秋林	
经　　销	新华书店	
印　　刷	三河市明华印务有限公司	
版　　次	2016 年 10 月第 1 版　2024 年 1 月第 2 次印刷	
开　　本	620mm ×889mm　1/16	
印　　张	39.5	
字　　数	441 千字	
书　　号	ISBN 978 - 7 - 5568 - 2104 - 4	
定　　价	99.00 元	

赣版权登字—04—2016—586

如发现印装质量问题,请寄本社图书发行公司调换 0791 - 86524997

前　　言

　　《魏阉全传》又名《梼杌闲评》、《明珠缘》，其作者目前仍无定论，不过多数学者认为应是明朝末年的李清所著。

　　李清（1602～1683）字映碧，一字心水，出身于兴化官宦世家，崇祯四年（1631）中进士，仕崇祯、弘光两朝。李清学识渊博，史学、文学、戏曲无一不精，尤以史学造诣甚高。《魏阉全传》以明末社会为背景，描写了宦官魏忠贤与明熹宗的乳母客印月互相勾结、乱政篡权的故事。

　　《魏阉全传》曾用书名《梼杌闲评》，"梼杌"一词的本意，一是指传说中的凶兽，一是指传说中的恶人。《魏阉全传》中的魏忠贤就是一个合无赖、恶棍、流氓为一体的凶兽恶人。他奸诈、狠毒、贪婪、无耻，由一个目不识丁的阉宦，一跃而为大权独揽的司礼监秉笔太监，结党营私，陷害异己，欺上瞒下，控制朝政。对于这样一个大奸大恶之徒，作者在塑造人物时，并没有脸谱化、公式化，而是注意在事件的发展和环境的变化中来写其性格的特点和变化；同时，作者又进行了合理的虚构和艺术创作，把魏忠贤的形象描写得十分真实和成功。

　　全书共五十回，以魏忠贤的一生经历为主要线索，为我们展示了明末社会较为广阔的历史画卷。既写了魏客二人的卑污与荒淫，也描写了不少重大历史事件及大量冤假错案，虽云野史，却足以补充正史之不足。笔触旁及社会的每一个角落，细致地展现了明代后期黑暗、畸形的社会现实。百十个人物历历分明，多是真人真事。无论就历史、文学，还是社会学角度而言，都是一部相当具有研究价值的小说。

　　此次再版，我们对原书中的笔误、缺漏进行了更正和校勘。由于时间仓促、水平有限，难免有所疏失，望广大读者予以指正。

编　者

2016 年 8 月

目　录

魏阉全传

经典书香·中国古典禁毁小说丛书

目
录

第 一 回

朱工部①筑堤焚蛇穴　碧霞君显圣降灵签

诗曰：

极目洪荒动浩歌，英雄淘尽泪痕多。

狂澜一柱应难挽，圣泽千秋永不磨。

望里帆樯时荡漾，空中楼阁自嵯峨②。

临流无限澄清志，驱却邪螭③净海波。

且说尧有九年之水，泛滥中国，人畜并居。尧使大禹治之，禹疏九河归于四渎④。哪四渎？乃是江渎、淮渎、河渎、汉渎。那淮渎之中，有一水怪，名曰支祁连，生得龙首猿身，浑身有四万八千毛窍，皆放出水来，为民生大害。禹命六丁神将收之，镇于龟山潭底，千万年不许出世。至唐德宗时，五位失政，六气成灾，这怪物因乘沴气⑤，复放出水来，淹没民居。观音大士悯念生民，化形下凡收之，大小四十九战，皆被他走脱。菩萨乃化为饭店老妪⑥，那怪屡败腹饥，也化作穷人，向菩萨乞食。菩萨运

---

① 工部——中国封建时代中央官署名，最高长官为工部尚书。掌握各项工程、屯田、交通、水利等政令。

② 嵯（cuó）峨——形容山势高峻。

③ 螭（chī）——古代传说中之恶龙，没有角。

④ 四渎（dú）——古代对长江、黄河、淮河济水的合称。

⑤ 沴（lì）气——灾气。

⑥ 老妪（yù）——老年妇女。

起神通，将铁索化为切面与他吃。那怪食之将尽，那铁索遂锁住了肝肠。菩萨现了原身，牵住索头，仍锁在龟山潭底。铁索绕山百道，又于泗州立宝塔镇之，今大圣寺宝塔是也。又与怪约道："待龟山石上生莲花，许汝出世。"

历经八百余年，正值明朝嘉靖①年间。七月三十日，乃地藏王圣诞，寺中起建大斋，施食放灯，莲灯遍满山头。此怪误认石上生莲花，遂鼓舞凶勇，逞其顽性，放出水来。江淮南北，洪水滔天，城郭倾颓，民居淹没。江北抚按官员，水灾文书雪片似的奏入京师。正值世宗皇帝早朝，但见：

祥云笼凤阙②，瑞气霭③龙楼。数声角吹落残星，三通鼓报传玉漏。和风习习，参差④御柳拂旌旗；玉露瀼瀼⑤，烂漫宫花迎剑佩。玉簪珠履集丹墀⑥，紫绶金章扶御座。麒麟不动，香烟欲傍衮龙浮；孔雀分开，扇影中间丹凤出。八方玉帛进明皇，万国衣冠朝圣主。

是日，天子坐奉天殿，众官礼毕，殿头官喝道："有事出班早奏，无事卷帘退朝。"只见左班中闪出两员大臣，当阶俯伏。左首是玉带金鱼，乃工部尚书，奏道："臣连日接得凤阳等处水灾文书，道淮河水溢，牵连淮、济，势甚汹涌，陵寝淹没，城郭倾颓，淮南一带，尽为鱼鳖。臣不敢不奏，请旨定夺。"右首红

---

① 嘉靖——明朝第十一位皇帝明世宗朱厚熜的年号。
② 阙（què）——皇宫门前两边供瞭望的楼，指帝王住所。
③ 霭（ǎi）——云气，这里作动词用，意为笼罩。
④ 参差（cēncī）——长短不齐。
⑤ 瀼瀼（ráng）——形容露水很多。
⑥ 丹墀（chí）——皇宫殿前的红色台阶。

经典书香·中国古典禁毁小说丛书

魏阉全传

袍象简，乃是通政司①，手捧着几封文书奏道："臣连日收得凤阳等处奏疏数封，敬呈御览。"两边引奏官接了奏章，一面进上御前拆封。读本官跪下宣读，皆是水灾告急。天子听了，即传旨道："凤阳陵寝重地，淮扬漕运②通衢③，尔等会推干员，速往经理。"众臣叩头领旨。

天子驾起，诸臣退班，即于松蓬下会集阁部九卿台谏部寺各官，会议推得材干大员朱衡。这朱衡乃江西吉安府万安县人，由进士出身，现任河南左布政④。曾任中河，因治河有功，故众人会推他，遂奏闻。旨下，升他为工部侍郎⑤，兼金都御史⑥，总理河务。颁了敕书，差官赍⑦送，星夜到河南开封府来。朱公接了旨与敕⑧印，即刻起身，走马到凤阳来上任。府州县迎接过了上院，次日谒陵⑨行香，回院。徐、颖、扬三道进见，朱公道："本院栎材初任，不知虚实，诸公久任大才，必有硕见赐教。"扬州道拱手道："大人鸿材硕德，朝野瞻仰，晚生辈何敢仰赞一词。"朱公道："均为王事，但请教诸位谋略，共成大功，何必太谦。"凤阳府推官上前打一躬道："明日请大人登盱眙⑩山，一观水势再议。"

---

① 通政司——官署名，掌内外章疏，臣民密封申诉之事的中央机构。
② 漕运——旧指国家从水道运粮，供应京城或接济军需。
③ 通衢（qú）——四通八达的道路。
④ 左布政——官名，一省最高行政长官。
⑤ 工部侍郎——官名，明清两朝六部之一工部副长官，明代正三品。
⑥ 金都御史——官名，明都察院官员，地位次于左右副都御使。
⑦ 赍（jī）——送东西给人。
⑧ 敕（chì）——皇帝的诏书。
⑨ 谒（yè）陵——拜谒陵墓。
⑩ 盱眙（xū yí）——县名，位于江苏省。

次日，各官齐集院前，具鼓吹仪从伺候，辰时放炮开门，朱公八人大轿，众官或轿或骑相随，一行仪从，早来到盱眙山上下轿。朱公同众官纵目一观，但见：

汪洋浸日，浩漫连天。数千里浪脚拍长空，一望里潮头奔万马。连山倒峡，喷雪轰雷。悠然树顶戏鱼龙，惨矣城头游蟹鳖。民居荡漾，萧萧四野尽无烟；蜃气①重迷，隐隐八方浑没地。子胥威势未能消，大禹神功难下手。

朱工部同众官观看良久，吓得目瞪口呆，道："本院只道是淮水泛溢，与黄河堤坏相同，似此汹涌，何策能治？"众官你我相视，嘿②然无言。又见东北上海浪卷起，互相冲击，有数十丈高。朱公道："这是何处？"泗州知州上前禀道："这是淮、黄合流之所，两边浑水中间一线分开，原不相杂。如今淮水势大，冲动黄河浊水，故冲起浪来相击。"朱公道："似此如之奈何！"众官道："大人且请回衙门再议。"

朱公同各官下山，时日已过午，见山脚下金光焰焰，瑞气层层。朱公问道："那放光的是什么？"巡捕官禀道："是大圣寺宝塔上金顶映日之光。"朱公道："大圣寺是何神？"巡捕道："是观音化身，当年曾收服水母的。"朱公道："既然有此神灵，何不到寺一谒。"随行仪从径到寺中。本寺僧人闻知，便撞钟擂鼓前来迎接。众官俱下轿马，同入寺内。果然好座古寺。有诗为证：

古寺碑题多历年，澄湖如练倚窗前。
寒云自覆金光殿，蔓草犹侵玉乳泉。

---

① 蜃（shèn）气——蜃，蛤蜊。此处指虚幻的水气。
② 嘿（mò）然——不作声。

竹隐梵声①松径小，门迎岚色石桥联。

龟山一派横如案，永镇淮流荫大千。

朱公走到二门内，见两行松翠，阴阴无数，花香馥馥②。正中一座宝塔，碍日凌霄，十分雄壮。但见：

七层突兀③在虚空，四十门开面面通。

却怪鸟飞平地上，自惊人语半天中。

声传梵铎④风初起，光射清流灯自红。

水怪潜藏民物泰，万年佛力镇淮东。

朱公上殿焚香，同各官下拜，礼毕，寺僧献茶。廊下来看碑记，上载着："唐时水母为灾，观音化身下凡，往黄善人家投胎。后来收服水母。"朱公忽自猛省道："本院当日在河工时，曾有个宿迁县县丞姓黄，亦是敝府人。彼时河决，刘伶台百计难塞，多亏此人奇计筑完，如今不知可在了？若访得此人来应用，或可成功。"扬州道道："现在只有高邮州州同⑤，姓黄名达，是吉安人，管河甚是干练，不知是否？"朱公道："正是黄达，那人生得修长美髯。"扬州道道："正是长须。"朱公道："待本院行牌，调来听用。"遂上轿回院，各官皆散。朱公随即发牌调高邮州州同赴辕⑥听用。

且说那黄州同，乃江西吉水人，母梦白獭入怀而生，生来善

---

① 梵（fàn）声——诵经声。
② 馥馥（fù）——形容香气很浓。
③ 突兀（wù）——高耸的样子。
④ 梵铎（duó）——佛教用的大铃。
⑤ 州同——官名。
⑥ 辕——辕门，官署外门，借指衙署。

泅①水，水性之善恶，一见便知。他由吏员出身，自主簿②升至州同，治高宝河堤有功，一任六年。士民保留，故未升去。一闻河院来传，随带了从人径往泗州来。一路无词，到了泗州，便在大圣寺住下。次日上院叩见，朱公见是他，便十分欢喜道："一别数年，丰姿如旧，扬属各上司个个称赞，可贺可羡。"立着待了一杯茶。部院体统，即府佐也不待茶，这也是十分重他。朱公遂将治水之事，一一对他说了。黄达禀道："如今淮水汹涌，与黄水合流，汪洋千里，且牵动九道山河之水，势甚猖獗，急切难治。须求地理图一观，或原有故道可寻，或因地势高下，再行去处。"朱公邀至后堂，命他坐了。门子捧过文卷，乃是黄河图、淮河图、盱眙等志，一一看过。上面大青大绿，画着河道并村庄店镇，皆开载明白。拐得淮、黄分处，原有大堤，名为高家堰，由淮安杨家庙起，直接泗州，其有五百七十里，乃宋、元故道，久不修理，遂至淹没。朱公道："既有旧堤，必须修复。"黄达道："恐陵谷变迁，水势汹涌，难寻故道。"朱公道："堤虽淹没，必有故址可寻。筑堤之事，再无疑议，专托贵厅助理。"命摆饭亩食毕，黄达叩谢。辞出回寓，嘿坐无言，想道："这官儿好没分晓，他把这样天大的事看为儿戏，都推在我身上。"

　　正自踌躇③未决，忽报泗州太爷来拜，传进帖来，上写着眷生④的称呼。原来这知州也是吉水人，平日相善，相见坐下，知州道："河台特取老丈来，以大事相托，想定有妙算。"黄达道：

---

① 泅（fú）——游泳。
② 主簿——官名。
③ 踌躇（chóu chú）——犹豫。
④ 眷生——旧时姻亲的长辈，对晚辈自称"眷生"。

"河台意欲于湖心建堤，隔断淮、黄之水，岂非挑雪填井，以蚁负山？何得成功？着晚生奔走巡捕则可，河台竟将此事放在晚生身上，如何承应得起？"知州道："老丈高才，固为不难，但此公迂阔①，乃有此想，可笑之至。"黄达道："事出无奈，敢求划船十只，久练水手二十名，容晚生亲去探视水性再处。"知州道："即送过来。"

相别去了一会儿，州里拨到划船十只，二十名水手，又送下程、小菜。黄达即将下程赏了众水手，小菜赏了船家。收拾下船，一齐开向湖心里来。已是申牌时候，行有三十里，只见东方月上。是夜微风徐动，月色光明，照得水天一色，倒也可爱。船到了一个涡口，黄达觉得水浅，叫水手下去探试。两个水手脱了衣服下去，约有顿饭时，不见上来。众人等得心焦，黄达又叫两个下去。众人见先下去的不上来，便你我相推，乱了一会儿；拣了两个积年②会水的下去，又不见上来。等至三更，月色沉西，也不见上来。黄达又叫人下去，众人道："才两人是积年会水的，水里能走几十里的，也不见上来。"各人害怕，皆延挨③不肯下去。黄达怒道："你们见我不是你本官，故不听我调度。我是奉院差来，明日回过，一定重处。"众人见他发怒，只得又下去了两个。那些人皆唧唧哝哝的抱怨。

少顷，又命两个下去。正脱衣时，只见一阵大风，只刮得：

星斗无光昏漠漠，西南忽自生羊角④。中溜千层黑浪高，当

---

① 迂阔——思想行为不切合实际事理。

② 积年——多年。

③ 延挨——拖延。

④ 羊角——羊的角。借指弯曲向上的旋风。

头一片炮云灼。两岸飞沙月色迷，四边树倒威声恶。翻江搅海鱼龙惊，播土扬尘花木落。呼呼响若春雷吼，阵阵凶如饿虎跃。山寺亭台也动摇，渔家舟楫难停泊。天上撼动斗牛宫，地下掀翻瓦官阁。连天涛浪与山齐，千里清淮变浑浊。

这一阵狂风，把一湖清水变作乌黑。十只船吹得七零八落，你我各不相顾，眼见得都下水去了。那黄州同也落在水里，抱住一块大船板，虽是会水，当不得风高浪大，做不及手脚，只得紧抱着板，任他飘荡。半浮半沉，昏昏暗暗，不知淌有多少路。忽觉脚下有崖，睁眼看时，已打在芦洲上。把两脚蹬住，一浪来又打开去了。心中着忙，用手去扯那芦苇，没有扯得紧，又滑下去。顺着水淌，又挣到滩边，尽力将身一纵，坐在岸上，那浪花犹自漫顶而过。又爬到高处坐了一会儿，风也渐渐息了，现出月光。独自一人，怕有狼虎水怪，只得站起来。四面一望，但见天水相连，不见边岸，身上衣服又湿，寒冷难禁，更兼腹中饥饿。正在仓皇，忽听得远远有摇橹之声，走到高处看时，见一人摇着一只小渔船而来。看看傍岸，忽又转入别港里去，黄达高声叫道："救人。"那人哪里理他，径向前摇，渐渐去远。

也是合当有救。那人正摇时，忽的橹扣断了，挽住船整理，离岸约有里许。黄达顾不得，又下水泅到他船边，爬上船去。那人道："你好大胆！独自一人在此何为？"黄达道："我是被风落水的，你不见我衣服尚湿。"那人整了橹扣，摇着船穿芦苇而走。黄达偷眼细看，那人生得甚是丑恶，只见他：

铁柱样两条黑腿，龙鳞般遍体粗皮。蓬松四鬓赤虬须①，凛

---

① 虬（qiú）须——拳曲的胡子。

凛威风可畏。叱咤声如雷响，兜腮脸若钟馗①。眉棱直竖眼光辉，一似行瘟太岁。

那人摇着船问道："客人何处上岸？"黄达道："泗州。"那人道："泗州离此四百里，不得到了，且到我小庄宿一夜，明早去罢。如今淮水滔天，闻得朝廷差了个什么工部来治水，不知可曾治得？"黄达道："如今朱河院现在泗州驻扎，要识水势深浅阔狭，然后有处。"那人冷笑一声道："有处，有处，只会吃饭厮屎，如今淮水牵连河水，势甚汪洋，若不筑大堤隔断，其势终难平伏。只是苦了高、宝、兴、泰的百姓遭殃。"黄州同听了，想道："此人生得异样，且言语有理，莫不他也知道地理法则？"因说道："在下是高邮州的州同黄达，奉河院差委来探水势，遭风落水。如今河院要寻高堰旧堤，故迹俱已淹没，欲向湖心筑堤，岂不是难事？"那人道："世上无难事，只怕有心人。驱山填海，炼石补天，俱是人为，何难之有？高堰虽淹，自有故址可寻，也尽依不得当时旧迹。"

说着，船已摇到一个洲上。那人挽住船，邀黄达上岸。过了一座小板桥，只见篱菊铺金，野梅含玉，数竿修竹，一所茅堂。那人邀黄州同进去坐下，命童子烹茶。举头看时，满屋皆取鱼器具，却也幽雅。童子献过茶，又取出香秔②饭、干鱼、烹鸡相待。饭罢，黄达谢过，坐着对谈，问道："请教老丈高姓大号？"那人道："小人姓赫名巳，这村唤做练塘，小人隐此多年，只以取鱼为业。洪泽湖并高、宝诸湖，无处不到。近因年老，在此习静。"

---

① 钟馗（kuí）——传说中能打鬼驱除邪祟的神，旧时民间常挂钟馗像。

② 秔（jīng）——同"粳"。稻子。

说话时已夜深了，赭巳道：“有客无酒，奈何？请安置罢。”是夜月色昏暗，又无灯火，赭巳让床与黄州同睡，自己在中堂打铺。

黄达一夜无眠，翻来覆去，村中又无更鼓，约有三更时候，忽听得有人言语，往来行走之声。悄悄起来，摸门不着，只听得赭巳鼾呼如雷。悄悄从壁缝中往外看时，只见七八个人坐在地下，将土堆成路径，却埽①去，又堆，约有一二十遍。又见几个人将竹竿在地上量来量去，也有一二十遍。仔细看时，却是些小儿，不知是何缘故。看了约有一个更次，听见赭巳翻身，他便轻轻上床睡下。

天明时起来，四下看了，并无一人，止有一短童炊饭，因向赭巳问筑堤之法。赭巳笑道：“且请用早饭。”饭毕，赭巳道：“小人隐此多年，并不出门。昨日偶过湖上访友，得遇足下，亦是前缘。我授你治水之法。”遂向袖中取出一张纸，乃是画成的图本，指着上面说道：“如今筑堤，必由高堰旧迹。然亦有改移处，不可尽依故迹，此图上开载明白，依此而行，可建大功。”黄达道：“老丈指教，必定有成。但水势湍激②，难以下桩，奈何？”赭巳道：“事已有定。”遂携着黄州同的手，走到屋后，见一园紫竹，对黄达道：“吾种此竹多年，以待今日之用。必做楠木大桩，以生铁裹头，只看有紫竹插处，即可下桩，管你成功。”黄州同谢道：“隐居行志，何如出世行道？”敢屈同见河院，共成大绩，垂名竹帛。”赭巳道：“村野之人，不识官府，幸勿道我姓字。”又同到岸边，已有童子舣舟③相待。上得船，拱手相别，又

---

① 埽（sào）——防水冲刷的水工建筑物。

② 湍（tuān）激——水流猛急。

③ 舣（yǐ）舟——把船只停靠岸边。

嘱咐道："筑堤时毋伤水族，慎之，慎之！"

二人别后，童子撑开船。黄达取出图来细看，少刻困倦，便隐几昏昏睡去。忽听得童子叫道："上岸了。"睁开眼看时，人船俱无，却坐在大圣寺前石上。只得回到自己寓所，从人俱各惊骇道："老爷不见已七日了，在何处的？院中差人四处找寻。"黄达急忙换了衣服，到院前进见。一见便问："从何处来？曾探出旧堤来否？"黄达隐起前情，捻词①禀道："卑职已访出来，计较停妥，望大人作速催趱②钱粮应用。仍求大人令箭，使卑职得便宜行事，各县工匠人夫都要听卑职调度。仍要拨几员官，分工修筑，方可速成。"朱公一一依允，当即行牌分头行事。

正是国家有倒山之力，不到半月，各事俱备，择定十一月甲子日起工于大圣寺前，建坛祭告天地、山川、河渎等神。河院亲递了黄州同三杯酒，各管河官员俱饮一杯，一起上船。四五十只大船，装着桩石一起开船，鼓乐喧天。

行不上四五里，见水中果有紫竹影。黄州同就叫住船，将大船锁住，扎起鹰架，依竹影下桩。十数人上架竖起桩来，将石打下。众官并从人俱各暗笑。谁知那桩打了一会儿，果然定住了，便将大石凿孔套在桩上，一层层垒起，众皆骇然。凡遇竹影，即便下桩，一百四十里湖面，用桩三百六十根。定桩之后，水势就缓了。各官分工，加工修筑。不到二月间，五百七十里长堤，俱已完成。有诗道得好：

　　谁道仙凡路不通，有缘天遣入鲛宫③。

---

①　捻词——编造的词。

②　趱（zǎn）——赶，快。

③　鲛宫——鲛指神话传说中生活在海中的人，鲛宫即鲛人所居之室。

狂澜不借神工助，安得黄君建大功？

各管河官纷纷申文报完工，朱公即发牌由陆路至淮安看堤，就从新堤上一路而来。果然桩石坚固，有二十丈阔。又令两边种柳，使将来柳根盘结，可以固堤。行了三日，到白卢镇住下。因无官舍，只得借民舍居住。朱公睡至半夜，梦中忽听得一声喊起，有千军万马之声，鼎沸不止。朱公慌忙披衣起来，差人打探。只见流星马来报道："赤练村新堤决了有二百余丈，水势冲激。离此有七里路，不妨事，大人不要惊慌。"朱公忙叫巡捕官安慰居民，遂驻扎在镇上。天明时查是何人所管，即请黄州同来议事。拐得系淮安府通判所管，因未遵黄达规划，近了十五里，堤做直了，故容易冲倒。朱公即将本官参革，戴罪督修。其时黄州同因感冒风寒，不能来见，只得具了个禀帖，说："赤练村堤势太直，且当淮水发源之处，故此冲决。须建闸洞四座，起闭由人，旱则闭之以济漕运，水则起之以固堤。"朱公依议，即行牌，仰扬州府通判同造。

两个通判昼夜催趱人夫，下桩卷埽兴工，众人并力下埽。到中间时，只见一条小红蛇，绕桩一箍，那埽便淌去，反卸下十数丈土去。又带下一二十丈去，不见踪迹。从新又卷起埽来再下，依旧小蛇出来一箍，那埽就崩了。一连卷了二三十个埽，都被冲去了，又淹死一二百人，二官无奈。有本村老人说道："此处一向闻人传说有老龙在此，莫非是他作怪？"二官商议着水手下去看看真假，随即差了四名水手下去，半日不见上来。又差四个下去，过了好一会儿，才爬上两个来。

众人齐上前拉起，只见二人浑身战栗，说不出话来。定了半晌，才说道："初下水时，洑去十数丈，并不见动静，后绕岸寻了一遍，也不见什么。及回到东首傍岸，见有个大穴，我等爬到穴边，伸头下去看时，穴口有宣缸大，里面尚宽大许多，有无数红蛇在内。还有几条大的，头如斗大，不知多长，见人时便窜出来。亏我等走得快，想先下去的，不提防滑了脚掉下去了，自然被它吃了。"二官听见道："可见村人之言不谬，既称为龙，想必自有灵异，且祭他一祭看。"遂叫人备牲醴①到穴边行礼。祭毕，将猪羊等照定穴口倾下去。然后又卷埽下桩，依然淌去，那里打得住？

二官无奈，只得具禀申院。朱公来看了，心中大怒道："本院奉皇上钦命治水，大功已完，何物妖蛇，敢行无状！"遂行牌仰两府管工官员，纵火焚烧，倾其巢穴。二官遂备竹缆火把，遍涂鱼油，内包硫磺焰硝引火之物，又用竹筒打通节，藏着药线，再用火炮地雷等物将乱草碎木填塞穴口，令水手将利刃架在洞口，敲石取火，点着药线。不上半个时辰，水中火起，十分猛烈。但见：

乒乒乓乓，轰轰烈烈。千条火焰彻天红，一片黑烟随地滚。金轮飞上下，华光神倒骑火马离天关；震炮响东西，霹雳将共策火龙来地藏。火老鼠随波乱窜，水鸳鸯逐浪齐飞。土穴焦枯，石崖崩损。浑如赤壁夜鏖兵②，赛过阿房三月火。

那火足烧了三昼夜，腥秽之气臭不可闻。忽听得一声响，如天崩地裂一般，从火光中卷起一阵黑气，冲到半天，化作十数道金光，四散而去。这火直烧到七日方息。管工官叫挖开土来看时，只见一穴赤蛇，尽皆烧死。才下住了桩，加工修筑，三十里

---

① 牲醴——古代祭神用的牲畜和甜酒。

② 鏖（áo）兵——大规模的激烈战争。

内造了四座闸，一月间功成。

朱公就由新堤前往淮安，见两岸波光如练，柳色拖金，绿草依人，红尘扑马，心中欢喜。有沧溟先生诗道得好，诗曰：

河堤使者大司空，兼领中丞节制同。

转饷千年军国重，通漕万里帝图雄。

春流无恙桃花水，秋色依然匏①子宫。

大绩但怀沟洫②志，帝臣何减丈人风。

朱公将五百七十里河堤逐一看来，淮安一路官员迎接。是时黄达已病痊了，跟随看视，抚院设宴相待。朱公又往南去巡视高、宝河堤，下船由水路进发。将近午牌时，忽闻一阵香气飘过，遂问道："到何处了？"巡捕官禀道："已过泾河。"离宝应县只二十余里，香气越发近了，便问："香气是何处的？"巡捕官道："宝应县城北泰山庙，香烟最盛，四季皆是，挨挤不开。香气尝闻四五十里。"朱公道："有何灵异？"巡捕官道："去年黄淮决口，有一潭其深莫测，正与决口相联。两水相激，再打不住桩。正是三月清明日，因水溜，往来船只俱不敢过。岸上游春的男女都到潭边玩耍，见水上有一尾金鱼游戏，有人说是龙变化的，有的说是妖物，亦有丢面食引他，也有抛土块打他的。忽人丛中走出一个少年美貌女子来，道：'这是潭龙，待我下去擒他上来。'内中便有个少年人，见那女子有姿色，遂调戏了他两句。那女子含羞，众人才转眼，他便跳下潭去。众人慌了，怕干连自己，都一哄而散。只有那少年两脚便如钉钉住一般，莫想走得动。少顷，只见潭内水涌起来，高有数丈。只见一个女真人，骑

---

① 匏（páo）——匏瓜，比葫芦大。

② 沟洫（xù）——田间水道。

一条白龙乘空而去。众人一齐下拜，半日方没。那个少年人忽然乱跳乱舞起来，口里说道：'吾乃泰山顶天仙玉女碧霞元君，奉玉帝敕旨来淮南收服水怪，保护漕堤，永镇黄河下流，为民生造福。可于宝应城北建庙。因留金箸①一双为信。'说罢，倒在地下，慢慢苏醒来。头发内果有一双金箸，上面有字，乃宣德②元年钦赐泰山神的。众人奔告，知县申文抚按，题请立庙，至今香火日夜不绝。祈祷立应，远近之人络绎不绝。黄淮决后即打住，潭中有白龙蜕一副。"朱公道："既然灵应，本院去行香。"巡捕传宝应县备办香烛等伺候。

少刻，船抵皇华亭，官吏等见过，朱公上轿，各官跟随，一行仪从来到庙中，只见人烟凑集，香气缊缊③，果然好座庙宇。但见：

凌虚高殿，福地真堂。凌虚高殿，巍巍壮若斗牛宫；福地真堂，隐隐清如兜率院。花深境寂散天香，风淡④谷虚繁地籁。珍楼杰阁，碧梧带雨尝遮；宝槛朱栏，翠竹留空拥护。风云生宝座，日月近雕梁。龙章凤篆，悬挂着御墨辉煌；玉简金书，镌勒着神功显赫。钟鼓半天开玉道，香烟万结拥金光。万方朝礼碧霞君，永护漕河福德主。

朱公同众官至庙前下轿，礼生引导至大殿盥手焚香。拜毕，见香案上有四个签筒，遂命道士取过来。朱公屏退从人，焚香嘿祝道："弟子工部侍郎朱衡，奉旨治水修筑河堤，上保陵寝，中

---

① 箸（zhù）——筷子。
② 宣德——明宣宗朱瞻基的年号。
③ 缊缊（yīn yūn）——烟或云气浓郁，同氤氲。
④ 淡——稀薄。

保漕运，下护生民，皆赖神功默助，侥幸成功。未知此堤可能日后常保无虞①否？乞发一签明示。"说罢将签筒摇了几摇，一枝签落在地下。从人拾起，道士接过签筒，朱公看时，乃是八十一签中吉。道士捧过签簿，拐出签来，签上四句诗道：

> 帝遣儒臣缵②禹功，独怜赭巳丧离宫③。
> 若交八一乾④开处，散乱洪涛滚地红。

朱公见了，不解其意。传与各官详解，众官亦不能解。只有黄州同看了道："怪哉！怪哉！"众官只道他详解出来，一齐来问。黄达迭着两个指头，言无数句，有分教：琼楼玉宇，藏几个雌怪雄妖；柏府乌台，害许多忠臣义士。正是：

> 伤残众命惊天地，报复沉冤泣鬼神。

不知黄州同说出什么来？且听下回分解。

---

① 无虞（yú）——没有忧患。
② 缵（zuǎn）——继承。
③ 离宫——旧时皇帝在都城以外的宫殿，也泛指皇帝出巡时的住所。
④ 乾（qián）——八卦之一。

第 二 回

魏丑驴迎春逞百技　侯一娘永夜引情郎

诗曰：

> 光阴百岁如梦蝶①，管甚冬雷与夏雪。
>
> 杯行到手莫留残，今人不见古时月。
>
> 花前拍手唱山歌，须信人生能几何。
>
> 能向花前几回醉，明朝青镜已婆娑②。（集句）

话说黄州同看了签语，大讶起来。各官一齐来问，黄达才将向日落水所遇之事，细说一遍。众官皆吐舌，便解道："赭者，赤也；巳者，蛇也；练塘者，赤练村也，乃是隐着'赤练蛇'三字。"朱公道："前二句明白了，后二句如何解？"黄达道："或是九九之数，还有水灾，亦未可知。"

道士献茶毕，朱公回船南去，由扬州、瓜、仪一路来。只见和风拂拂，细柳阴阴；麦浪翻风，渔歌唱晚。处处桑麻深雨露，家家燕雀荷生成，非复旧时萧条③之象。朱公满心欢喜。

巡视毕，回到淮安，择日排庆成大宴。山阳县动支河工钱粮，就于清江浦总河大堂上铺毡结彩，摆开桌席。上面并排五

---

① 梦蝶——古代寓言，庄子梦见自己变成蝴蝶，分不清自己到底是庄子还是蝴蝶。比喻人生虚幻短暂。

② 婆娑（suō）——盘旋舞动的样子。

③ 萧条——寂寞冷清，毫无生气。

席，乃是河漕盐抚按五院，俱是吃一看十的筵席。金花金台盏，银壶银折盂，彩缎八表里。左首雁翅三席是三司；右首雁翅三席乃徐、颖、扬三道，也是吃一看十的筵席。金花金台盏，彩缎四表里。卷蓬下乃四府正官并管河厅官乃佐贰，各折花红银五两，惟黄州同与府县一样。这筵席是抚院为主，是日先着淮、扬二府来看过，各官纷纷先来伺候。巳牌①时，抚院先来，是日官职无论大小，俱是红袍吉服，各官于门外迎接抚院进来。只见鼓乐喧天，笙歌聒耳②，果然好整齐筵宴。但见：

> 屏开金孔雀，褥隐绣芙蓉。金盘对对插名花，玉碟层层堆异果。簋③盛奇品，满摆着海馐山珍；杯泛流霞，尽斟着琼浆玉液。珍馐百味出天厨，美禄千钟来异域。梨园子弟，唱的北调南音；洛浦佳人，调的瑶琴锦瑟。趋跄④的皆锦衣绣裳，揖让的尽金章紫绶。齐酺大醑⑤感皇恩，共乐升平排盛宴。

话说各官随抚院到堂上看过了席，巡捕官忙来禀道："各院大人都到了。"抚院即至阶下迎接。相见礼毕，阶下乐声嘹亮。茶毕，抚院起身，举杯酬过天地，回身安席，首敬朱公，称贺道："大人鸿才硕德，障此狂澜，奠安陵寝，生民乐业，福山禄海，当与淮、黄并永。敬贺，敬贺！"朱公接杯，谦逊道："弟荷圣主威灵，承诸位大人教益，偶而侥幸，敢叨佳誉？愧赧⑥之

---

① 巳（sì）牌——上午九时到十一时。
② 聒（guō）耳——（声音）杂乱刺耳。
③ 簋（guǐ）——古代盛食物的器具，圆口，双耳。
④ 趋跄——趋前行礼。
⑤ 醑（pú）——欢聚饮酒。
⑥ 愧赧（nǎn）——羞愧而脸红。

至!”朱公也转奉了抚院酒。各院彼此酬酢①过，然后司道并各官奉酒相贺。朱公也一一酬毕，方入席。常下各官皆分班告坐。上过头汤，戏子参堂演戏。虽无炮凤烹龙，端的是肉山酒海，箫韶迭奏，锣鼓齐鸣，饮至申时，各院起身，于堂上摆设香案，向北谢恩，相让上轿而去。府县等收拾花缎桌席，具手本分送各衙门交割，一齐散了。

次日，朱公上本举荐管河官员，并求河工新旧诸神庙额。不日旨下：加朱公太子太保、工部尚书，荫一子入监。各官皆加二级，惟黄达绩劳独多，升为两淮盐运同知，兼管河务。有诗道他们的好处道：

砥柱②狂澜建大功，洪恩千载在淮东。

封奔荫子皆荣显，始信男儿当自雄。

朝廷又差了临淮侯李言恭、礼部尚书徐阶，祭告二陵，并分祀河神。朱公闻信，即起马往临清候接。二人祭告毕，回京复命。路过临清，来拜朱公。是时正值冬尽春回，临清打点迎春。

却说临清地方，虽是个州治，倒是个十三省的总路，名曰“大马头”。商贾辏集③，货物骈填④。更兼年丰物阜，三十六行经纪，争扮社火，装成故事。更兼诸般买卖都来赶市，真是人山人海，挨挤不开。次日正值迎春，知州率领众官郊外迎春，但见：

---

① 酬酢（zuò）——宾主相互敬酒（酬，向客人敬酒酢，向主人敬酒）。

② 砥（dǐ）柱——比喻坚强的人能负重任，起支柱作用。

③ 辏（còu）集——形容人聚集像车辐集中在车毂一样。

④ 骈（pián）填——形容多。

和风开淑气，细雨润香尘。当街鲍老①盘旋，满市傀儡②跳跃。莲台高竿，参参童子拜观音；鹤双联翩，济济八仙拱老寿。双双毛女③，对对春童。春花插鬓映乌纱，春柳侵袍迎绿绶。灾丹亭唐王醉杨妃，采莲船吴王拥西子④。步蟾宫三元及第，占鳌头五子登科。吕纯阳⑤飞剑斩黄龙，赵元坛⑥单鞭降黑虎。数声锣响，纷纷小鬼闹钟馗；七阵旗开，队队武侯⑦擒孟获。合城中旗幡乱舞，满街头童叟齐喧。斗柄回寅，万户笙歌行乐事；阳钧转泰，满堰桃李属春宫。

是日，朱公置酒于天妃宫，请徐、李二钦差看春。知州又具春花、春酒并迎春社火，俱到宫里呈献，平台约有四十余座，戏子有五十余班，妓女百十名，连诸般杂戏，俱具大红手本。巡捕官逐名点进，唱的唱，吹的吹，十分闹热。及点到一班叫做靺鞨技，自靺鞨国传来的，故叫做靺鞨⑧技，见一男子，引着一个年少妇人并一个小孩子。看那妇人，只好二十余岁，生得十分风骚。何以见得？有词为证：

嫣嫣润润，袅袅婷婷。不施朱粉，自然体态轻盈；懒御铅华，生就天姿秀媚。眼含一眶秋水，眉湾两道春山。惯寻普救西

---

① 鲍老——古代戏剧中的角色。
② 傀儡（kuǐ lěi）——木偶戏中木头人。
③ 毛女——少女。
④ 西子——即春秋越国美女西施。
⑤ 吕纯阳——即吕洞宾，民间传说中美女八仙之一。
⑥ 赵元坛——即赵玄坛，又名赵公元帅，道教财神。
⑦ 武侯——即诸葛亮。三国时有诸葛亮七擒孟获的故事。
⑧ 靺鞨（mò hé）——中国古代民族名。

厢月，善解临邛①月下琴。

那男子上来叩了头，在阶下用十三张桌子，一张张迭起。然后从地下打一路飞脚，翻了几个筋斗，从桌脚上一层层翻将上去，到绝顶上跳舞。一回将头顶住桌脚，直壁壁将两脚竖起。又将两脚钩住桌脚，头垂向下，两手撒开乱舞。又将两手按在桌沿上，团团走过一遍。看的人无不骇然，他却猛从桌子中间空里一一钻过来，一些不碍手脚，且疾如飞鸟。

下来收去桌子，只用一张，那妇人走上去，仰卧在上，将两脚竖起，将白花绸裙分开，露出潞绸②大红裙子，脚上穿着白绫洒花膝衣，玄色丝带，大红满帮花平底鞋，只好三寸大，宛如两钩新月，甚是可爱。那男子将一条朱红竿子，上横一短竿，直竖在妇人脚心里。小孩子爬上竿上去，骑在横的短竿上跳舞。妇人将左脚上竿子移到右脚，复又将右脚移到左竿子，也绝不得倒。那孩子也不怕，舞弄了一会儿，孩子跳下来，妇人也下桌子。

那男子又取了一把红箸，用索子扣了两头，就如梯子一样。那妇人拿一面小锣"当当"的敲了数下，不知口里念些什么，将那把红箸望空一抛，直竖着半空中。那孩子一层层爬上去，将到顶，立住脚，两手左支右舞。妇人道："你可上天去取梅花来，奉各位大老爷讨赏。"那孩子爬到尽头，手中捻诀，向空画符。妇人在下敲的锣，唱了一会，只见那孩子在上作折花之状。少顷，见空中三枝梅花应手而落，却是一红二白。那孩子一层层走下，到半中间，一路筋斗从箸子空中钻翻而下。妇人拾起梅花来，上堂叩头，献上三位大人面前，遂取金杯奉酒。三公大喜。

① 临邛（qióng）——地名。
② 潞绸——即古潞州织造之绸，明代发展到鼎盛。

李公问道："今日迎春，南方才得有梅花，北方尚早，你却从何处来？"妇人只掩口而笑，不敢答应。

徐公是个风月中人，即将自己手中酒递与妇人。妇人不敢吃。朱公道："大人赏你的，领了不妨。"妇人才吃了，叩头谢赏，复斟酒奉过徐公。朱公问道："你是那里人？姓什么？"妇人跪下禀道："小妇姓侯，丈夫姓魏，肃宁县人。"朱公道："你还有什么戏法？"妇人道："还有刀山、吞火、走马灯戏。"朱公道："别的戏不做罢，且看戏。你们奉酒，晚间做几出灯戏来看。"传巡捕官上来道："各色社火俱着退去，各赏新历钱钞，惟留昆腔戏子一班，四名妓女承应，并留侯氏晚间做灯戏。"巡捕答应去了。

原来明朝官吏，只有迎春这日可以携妓饮酒，故得到公堂行酒。翻席后，方呈单点戏，徐公点了本《浣纱》。开场，范蠡①上来，"果是人物齐整，声音响亮。一出已毕，西施上来，那扮旦的生得十分标致，但见：

> 丰姿秀丽，骨格清奇。艳如秋水湛芙蓉，丽若海棠笼晓日。歌喉宛转，李延年浪占汉宫春；舞态妖娆，陈子高枉作梁家后。碎玉般两行皓齿，梅花似一段幽香。果然秀色可为餐，谁道龙阳②不倾国。

一本戏完，点上灯时，住了锣鼓。三公起身净手，谈了一会，复上席来。侯一娘上前禀道："回大人，可好做灯戏哩？"朱公道："做罢。"一娘下来，那男子取过一张桌子，对着席前放上

---

① 范蠡（lǐ）——春秋时楚国人。曾献策扶助越王勾践发愤图强，灭掉吴国。

② 龙阳——战国魏男宠龙阳君。

一个白纸棚子，点起两支画烛。妇人取过一个小篾箱子，拿出些纸人来，都是纸骨子剪成的人物，糊上各样颜色纱绢，手脚皆活动一般，也有别趣。手下人并戏子都挤来看，那唱旦的小官正立在桌子边。侯一娘看见，欲要去调，又因人多碍眼，恐人看见不像样。正在难忍之际，却好那边的人将烛花一弹，正落在那小官手上。那小官慌得往后一退，正退到侯一娘身边。一娘就趁势把他身上一捻，那小官回过脸来，向他一笑。一娘也将笑脸相迎，那小官便挨在身边，两个你挨我擦。

直做至更深，戏才完。二公起身，朱公再三相留。徐公道："再立饮一杯罢。"侯一娘上来先奉了徐公酒，妓女们也斟酒来奉朱、李二公。徐公扯住一娘的手，一递一杯吃，妓女们来唱小曲。李公道："叫那唱旦的戏子来唱曲。"妓女下去说了。那小官尚未去，只得上来与诸妓并立，俨然一美姝也。那小旦奉了一巡酒，才开口要唱，李公道："不必大曲，只唱小曲罢。"递扇子与他打板，唱了一曲，徐公与他一杯酒。李公道："各与他一杯。"侯一娘也满斟一杯递与他，乘势在他手上一抓，又丢了一个眼色。那小官也斟了一杯奉答，一娘就如痴了一般。

饮了一会，二公叫家人赏众戏子每名一两，那小旦分外又是一两，四妓女并侯氏亦各赏一两。众人谢过赏，李、徐二公作谢上轿而去，众人皆散。只才是：只愁歌舞散，化作彩云飞。有诗道得好：

华堂今日好风光，凤管鸾箫列两行。
艳舞娇歌在何处？空留明月照东墙。

却说那小官也姓魏，名子虚，字云卿，苏州人。自矜色艺，不肯轻与人相处。晚间自庙里回到下处，思想那妇人风流可爱，且十分有情。想了一夜，恨未曾问得他姓名下处，心里又想道："他是过路的人，不过只在马头上客店里住，等天明了寻他一遭。"巴到天初明便起来，见同班的人俱未醒，他悄悄的叫打杂的往对门店里买水来，洗了脸，锁上房门，竟往南门马头上来。见几家店，却不知下在谁家。

是日正是新春，家家俱放爆竹烧利市。魏云卿走来走去，又不好进店去问。原来北方人家，时节忌讳，不许生人进门。他又是个小官儿的性格，觍觍①怕问人。走了几遍，没情趣，只得回来到下处。见班里人都在那里斗牌，一个道："蚤②辰寻你烧子个利市，只道你上厕去了来，何以这样齐整？上街做甚子？这样早独自一个行走，这临清马头是乌豆换眼睛的地方，不要被人粘了去。"云卿道："不妨，他只好粘我去做阿爷。"一个道："不是做阿爷，转是要你去做阿妈哩！"云卿笑将那人背上打了一拳，就坐下来看牌。正是：

　　朝来独自访多情，空向桃源不遇春。

　　默默芳心惟自解，难将衷曲语他人。

再说侯一娘在庙中见那小官去了，心中快快，没奈何，只得收起行头③，出庙回到下处。丑驴买了酒来，吃上几杯，上床睡了。思想那人情儿、意儿、身段儿，无一件不妙，若得与他做一处，就死也甘心。心中越想，欲火越甚，一刻难挨，打熬不过，未免来寻丑驴杀火。谁知那丑驴辛苦了一日，又多吃了几杯酒，只是酣呼如雷，就同死人一样，莫想摇得醒。翻来覆去，总睡不

---

① 觍觍（tiǎn）——害羞，不自然。

② 蚤（zǎo）——古同"早"。

③ 行头——戏剧演员演戏时用的道具所穿的服装。

着，到鸡鸣时才昏昏睡去。犹觉身在庙中，丈夫孩子不知何处去了。走到先前，见殿上灯烛辉煌，又走到东廊下戏房里，见众戏子俱不在，只那小官伏在桌上打睡。走到他身边，见他头戴吴江绒帽，身穿天蓝道袍。一娘将他摇了几摇，那小官醒来，两人诉了几句衷情，便搂在一处。正做到妙处，只听得人喊来道："散了！散了！去呀！"那小官将手一推，猛然醒来，乃是南柯一梦。醒来情愈不能自已，再去扯丈夫时，丑驴已起去久矣。睁眼看时，见窗上已有日色，听得丑驴在外烧纸。又听得一片爆竹之声，只得勉强起来，没情没绪，只得做些饭吃了。马头上也有几班戏子，留心访问，又不知他姓名，难以问人，只是心中思念，终日放他不下。

不意自立春后，总是雨雪连绵，一直到正月，没个好晴天。一娘也不得上街，只得丑驴领着孩子，终日上街打花鼓翻筋斗，觅些钱钞来糊口。自己独坐在楼上，终日思想那人。

却说这店主人姓陈，有个儿子名唤买儿，才十九岁，生得清秀，也是个不安本分的浮浪子弟，终日跟着些客人在花柳丛中打混。见侯一娘风骚，他也常有心来撩拨。只因连日天雨，见妇人独坐在家不出门，遂来效小殷勤，终日在楼上缠，竟勾搭上了。那买儿不但代他出房钱，且常偷钱偷米与他，日近日亲。一娘终日有买儿消遣，遂把想小魏的念头淡了三分。

不觉光阴易过，又早到二月初旬，连日天气晴和，依旧上街做生意。一日晚间归来，店家道："明日王尚书府里生日，今日来定，你明日须要绝早去。"侯一娘答应，归楼宿了。次日天才明，王府管家就来催促。夫妻收拾饭吃了，到王府门首伺候，只见拜寿的轿子并送礼的盒担挨挤不开。等至巳牌，才见那管事的出来唤他进去。到东首一个小厅上，上面垂着湘帘，里面众女眷都坐在帘内。丑驴将各色技艺做了一遍，至将晚方完。一娘进帘子来叩头，王奶奶见他人品生得好，嘴又甜，太太长奶奶短，管家婆他称为大娘，丫头们总唤姑娘，赚得上上下下没一个不欢喜，老太太问了他姓名，道："先叫你家长回去，你晚间看了戏去。"又向媳妇道："可赏他一匹喜红，一两银子。"一娘便到外边来对丑驴说了。丑驴收起行头，领着孩子先去。

　　一娘复到帘间来谢赏，王奶奶叫看座儿与他坐。一娘不肯坐，说之再三，才扯过一张小杌子①来坐了。然后众女客吃面，一娘也去吃了面。少顷，厅上吹打安席，王太太邀众女客到大厅上上席。女客约有四十余位，摆了十二席，宾主尊卑相让序坐。外面鼓乐喧天，花茵铺地，宝烛辉煌，铺设得十分齐整。有献寿诗二首为证：

　　　　阿母长龄拟大椿②，相门佳妇贵夫人。
　　　　原生上第鸣珂族，正事中朝佩玉臣。
　　　　振振琳琅皆子姓，煌煌簪绂总仙宾。
　　　　金章紫诰多荣显，况是潘舆燕喜辰。
　　　　自是君家福祉③高，朱轮华毂④映绯袍。
　　　　光从天上分鸾诰，恩向云中锡凤毛。
　　　　金母木公参鹤驭，紫芝碧玉奏云璈⑤。

---

① 杌（wù）子——小凳子。
② 大椿——古寓言中的树名，它以八千岁为春，八千岁为秋，喻长寿。
③ 福祉（zhǐ）——福气。
④ 华毂（gǔ）——华美的车子。
⑤ 云璈（áo）——古代一种打击乐器。

持觞欲侑①长生酒，海上新来曼倩桃。

却说正中一席摆着五鼎吃一看十的筵席，洒线桌围，锁金坐褥，老太太当中坐下。王尚书夫妻红袍玉带，双双奉酒拜了四拜。次后王公子夫妇也拜过了，才是众亲戚本家，俱来称觞上寿。老太太一一应酬毕，王太太同媳妇举杯安席。

众人告坐毕，侯一娘才上去到老太太前叩头，又到太太奶奶面前叩头。王奶奶一把扯住道："岂有此理，多谢你。"便叫管家婆拿杌子在戏屏前与他坐。吹唱的奏乐上场，住了鼓乐，开场做戏。锣鼓齐鸣，戏子扮了八仙上来庆寿。看不尽行头华丽，人物清标，唱一套寿域婺②星高。王母娘娘捧着仙桃，送到帘前上寿。王奶奶便叫一娘出来接。一娘掀开帘子，举头一看，见那扮王母的旦角，惊得神魂飞荡，骨软筋酥，站立不住。正是：

难填长夜相思债，又遇风流旧业冤。

毕竟不知见的这个人姓甚名谁？且听下回分解。

---

① 侑（yòu）——这里是指劝人喝酒。
② 婺（wù）——古星宿名，即"女宿"。旧时用作对妇人的颂辞。

第 三 回

陈老店小魏偷情　飞盖园妖蛇托孕

诗曰：

色即空兮自古，空兮即色皆然。人能解脱色空禅，便是丹砂炮炼。

西子梨花褪粉，六郎落瓣秋莲。算来都是恶姻缘，何事牵缠不断。

却说侯一娘出戏帘来接仙桃，见那扮王母的就是前在庙中扮西施的小官，不觉神魂飘荡，浑身都瘫化了，勉强撑持将桃酒接进，送到老太太面前。复又拿着赏封，送到帘外。小旦接了去，彼此以目送情。戏子叩头谢赏，才呈上戏单点戏，老太太点了本《玉杵记》，乃裴航蓝桥遇仙①的故事。那小旦扮云英，飘飘丰致，真有神游八极之态，竟是仙女天姬，无复有人间气味。那侯一娘坐在帘内，眼不转珠，就如痴迷了一样，坐不是站不是的难熬。

等戏做完，又找了两出，众女眷起身，王太太再三相留，复坐下，要杂单进来。一娘拿着单子到老太太面前。老太太道："随他们中意的点几出罢。"女眷们都互相推让不肯点。一娘走了一转，复拿到老太太席前道："众位太太奶奶都不肯点，还是老

---

① 裴航蓝桥遇仙——蓝桥，今陕西蓝田东南蓝溪之上。裴航在蓝桥驿遇云英求得玉杵臼捣药，后结为夫妇。

太太吩咐是个正理。"老太太道："何妨。"只见背后走过一人来，将一娘肩上拍了一下，道："劳了你一日，你也点一出。"一娘转脸看时，乃是王公子的娘子，年方十八，为人和气蔼然，虽生长宦家，却一味谦虚，不肯做大。就是侯一娘在此，他也以客礼相待，不肯怠慢。他遂取过单子来，道："老太太请奶奶点出玩耍。"王奶奶笑道："不要推我们，一家点一出。"一娘要奉承奶奶欢喜，遂道："小的告罪了，先点一出《玉簪》上《听琴》罢。"他意中本是要写自己的心事燥燥脾，别人怎知他心事。又有个杨小娘，是王尚书的小夫人，道："大娘，我也点出《霞笺·追赶》。"大娘笑道："你来了这二年，没人赶你呀！我便点出《红梅》上《问状》，也是扬州的趣事。"一娘遂送出单子来。戏子一一做完，女客散了，谢酒上轿而去。阶下响动鼓乐送客。

　　客去完了，一娘也来辞去。王奶奶道："更深了，城门关了，明日去罢。"携着手同这老太太到后堂，还有不去的女客，同邀到卧房楼上吃茶。不题。正是：

艳舞娇歌乐未央①，贵家风景不寻常。

任教玉漏催残月，始向纱橱卸晚妆。

　　却说小魏见了一娘，心中也自恋恋不舍。吃了酒饭，正随着众人出门，只见个小厮扯他一把道："大爷在书房里请你哩。"小魏遂别了同班，随着小厮到书房。见王公子同着个呆相公秉烛对坐，见云卿进来，迎着道："今日有劳云卿，道该服侍的。"原来王尚书只有这个公子，年方二十，新中了乡魁，为人十分谦厚，待人和气，生平律身狷介②，全无一点贵介气习。与云卿相处，

---

①　未央——未尽。

②　狷介（juàn jiè）——性情正直，洁身自好。

真是一团惜玉怜香之意。那吴相公名宽，字益之，郓城县人，也是个有名的秀才，是公子请来同看书的。云卿见过，坐下，吴益之道："今日戏做得好。"王公子道："只是难为云卿了，一本总是旦曲，后找的三出又是长的。"吴益之道："也罢了，今日有五六两银子赏钱，多做几出也不为过。"三人笑了一回。小厮拿了果盒团碟来，公子道："先拿饭来吃，恐云卿饿了。"云卿道："我吃过了。"公子道："既吃过了，就先泡茶来吃。"

少顷，小厮拿了壶青果①茶来，吴益之扯住他问道："你今日在帘子里看戏么？"小厮道："是在席上接酒的。"吴益之道："我有句话问你，若不实说，明日对老爷说，打你一百。"小厮道："小的怎敢不说？"吴益之道："后头找戏可是大娘点的？"小厮不言语，只把眼望着公子。公子道："但说何妨。"小厮才说道："一出是杨小娘点的，一出是大娘点的，一出是做把戏的女人点的。"吴益之拍手笑道："我说定是这些妖精点的，可可的不出吾之所料，到与我是一条心儿，那撮把戏的女人到生得风骚有致，此时断不能出城，何不叫他来吃杯酒儿谈谈。"公子便问道："那女人可曾去？"小厮道："没有去，在大娘楼上弹唱哩。"公子道："你去叫他来。"云卿道："将就些罢，莫惹祸大娘若打出来，连我们都不好看。"公子道："他若吃醋时，连你也要打了。"小厮就往里走。吴益之又叫转来道："你去说，若是你大娘要听唱，就请他同出来听，我们大家欢乐欢乐。"

小厮走到楼上，扯住一娘袖子道："大爷请你哩。"一娘道："大爷在哪里？"小厮道："在书房里。"一娘道："我这里要唱与

_____

① 青果——橄榄。

众娘们听哩，你去回声罢。"大娘道："书房有谁在哪里？"小厮道："吴相公同魏云卿。"一娘道："哪个魏云卿？"小厮道："是唱旦的魏师傅呀！"一娘听见是唱旦的，身子虽坐着，魂灵儿早飞去了，便说道："既是大爷叫我，不好不去。"大娘道："那魏云卿到也像个女儿。"一娘笑着起身，同小厮走至书房，见了礼。公子道："今日有劳，就坐在小魏旁边罢。"一娘笑应坐下。

　　小厮斟酒，四人共饮。一娘见了云卿，说也有，笑也有，猜拳行令，色色皆精，把个公子引得甚是欢喜，又缠小魏唱。云卿唱了套《天长地久》，真有穿云裂石之妙。唱毕，又取骰子①来掷快饮酒。一娘输了几色，又与吴相公赌拳吃大杯，连赢了七拳，吴益之连吃七大杯。一娘连连打鼓催干，又不许人代，把个吴益之灌得大醉，伏在桌上打睡。公子此刻也有七八分酒了，起身去小解。那一娘见没人在面前，遂搂住云卿做了个串字，低低说道："心肝！我住在马头上陈华宇家饭店里，你明日务必偷个空来走走。"正说完时，却好公子进来，二人便分开手了。其时已有三更，一娘只得起身要进内里去。公子道："我要留你在此，怎奈吴相公又醉了。"云卿道："就陪大爷罢！"公子道："只怕有人吃醋。"一娘笑着去了。公子便同云卿宿了。

　　次早起来，二人吃了早饭，吴益之犹自中酒未醒。云卿要去，公子道："你莫去罢，今日有城外的客戏做得早呀。"云卿道："走走就来。""等你吃午饭。"云卿道："知道。"走到下处，袖了些银子，来到码头，上西首去，见一带都是客店，问个小孩子道："陈华宇饭店在哪里？"孩子道："那里不是，牌上写着陈

_____

　　① 骰（tóu）子——一种游戏用具，也称色（shǎi）子。

家老店么！"云卿便走到门首，见一老者，那老者道："请坐。"
云卿道："岂敢。"便坐在门前凳上，终是怕羞不好问。老者见他
生得清秀，知是南边人，只望着他，不知他来做什么。云卿只是
低着头，拿着扇子在手里弄。坐了一会，心里正想要回去，只见
河边船上有人叫道："魏云老为何独坐在此？"云卿抬头看时，见
一只船上装着行头一班子弟，认得叫他的是陈三，也是个有名的
净角。云卿起身走到河边，道："我在这里看个乡亲，等他讨家
书，阿兄哪里做戏？"陈三道："关上衙门里请客。"云卿道："饮
三杯去。"陈三道："多谢，多谢！"遂拱手别了。

云卿因要进城，便把扇子忘记在店内桌子上走了。一会儿忽
然想起，复回来寻时，竟没得。因问那老者道："曾见小弟的扇
子么？"老者道："没有见。"云卿又探袖捡衣的寻。老者道："我
坐在这里也没有离，又没有人来。"云卿只道是掉在河边上，也
就罢了。只见远远两个孩子赶了来，前头一个跑，后面一个哭着
赶来，喊道："快还我！"原来后面的是老陈的小儿子。老陈拉住
道："你要他什么？"孩子道："我在门前桌上拾得一把扇子，上
头还有个东西扣着，都被他抢去了。"老陈道："是这位官人的，
拿来还他。"孩子道："他抢送与他娘去了。"老陈道："官人请
坐，我去要来还你。"说着便往里面去，叫道："侯一娘，快把扇
子拿来还这位官人。"云卿取出二十文钱来与两个孩子，孩子欢
天喜地跳往外去了。

云卿便跟着老陈往里面来，只见侯一娘拿着扇子从楼上下
来。一娘见了云卿，不觉喜从天降，笑逐颜开，道："官人请里
面坐。"却好有人来寻老陈说话，老陈出去了。云卿遂到一娘楼
上，深深一揖。一娘还过礼，取凳与他坐了，起身把楼门关上，

搂住云卿道："心肝！你怎么今日才来，想煞我了。"急急解带宽衣上床，好似那：

交颈鸳鸯戏水，并头鸾凤穿花。软温温杨柳腰揉，甜津津丁香舌吐。一个如久渴得浆，无限蜂狂蝶恋；一个如旱苗遇雨，许多凤倒鸾颠。一个语涩言娇，细细汗漫红玉颗；一个气虚声喘，涓涓露滴灸丹心。千般恩爱最难丢，万斛相思今日了。

云卿与一娘完了事，起来穿衣，一娘忙斟了杯热茶与他吃。叙谈了一会儿，时日已将西，云卿道："我去了，再来看你，今日王府戏早，恐去迟了。"袖内取出一包银子，递与一娘道："买点什么吃吃罢。"一娘道："岂有此理！我岂是图你的钱的？只是你把情放长些，不时来走走就是了。"仍把银包放在他袖内，摸到那把扇子，拿出来道："转是①这把扇子送我罢。"云卿道："你既爱就送你罢。"临下楼时，又扯住约定日子，云卿才别去。店中人往来混杂，有谁知道？自此为始，不时来走动，得空便弄弄，不得空就坐谈而去，也有十数次。

不觉是三月天气，和风习习，花雨纷纷。绿杨枝上啭②黄鹂，红杏香中飞紫燕。踏红尘香车宝马，浮绿水画舫歌船。那王公子终日在外游赏，他是个公子，又是少年科第，兼之为人和气谦虚，奉承他的不计其数。今日张家请，明日李家邀，一春无虚日。一日，正与吴益之在书房闲谈，见门上又拿进帖来。公子愁着眉道："哪家的帖？"门上道："张老爷请酒的。"公子道："终日如坐酒食地狱，病都好吃出来了，快写帖辞他。自今日起，凡有请我的，都一概辞他，说我往园子里去了。"午后，门上来回

① 转是——只是。
② 啭（zhuàn）——鸟婉转地叫。

道："园丁来说，园内海棠大开，请大爷去看。"公子道："正好。吩咐他回去打扫洁净，我明日来。"门上去了，对吴益之道："明日同兄去看花，且可避喧数日。"叫小厮吩咐厨子，明日备酒饭送到园上去。次日叫小厮唤小魏来同去。吴益之道："何不把侯一娘也叫他去耍耍，倒也有趣。"公子便令家人备马去接。三人先上马去了。

这里家人来到陈家店内，问道："侯一在家么？"老陈道："都出去了。"管家道："可知在哪里？"店家道："不知道。"管家只得进城来，却好遇见个相识的，问道："何往？"管家道："去叫侯一，不在。"那人道："在盐店里不是？"管家道："在谁家？"那人道："史老三家。"管家别了那人，来到史家。进门来，静悄无人，只见丑驴独坐吃饭。管家道："你婆娘哩？"丑驴也不起身，答道："在里面哩。"管家心里便不快活，道："叫他出来，王老爷府里叫他哩。"丑驴道："做戏么？"管家道："不是，叫他去陪酒哩。"丑驴道："要陪酒，请小娘去，怎么叫我们良家妇人陪酒？"管家大怒，走上去一个耳巴子，把他打了一跌，抓住头发掼在地下，打了几拳，又踢了几脚。丑驴大叫，惊动里面男女都出来看。史三认得是王府管家，上前解劝，管家才住了手，骂道："我不看众人面，打杀你这王八蛋！"一娘上前赔笑道："得罪老爹，他这个瘟鬼，不知人事，望老爹恕罪。不知有何吩咐？"管家道："大爷到园上看花，叫我拿马来接你。这王八口里胡说，你婆娘不是小娘是什么？"众人道："老爹请息怒，他说话不是，也须看看人。王大爷平日也不是个使势的，抬举你妻子，也是你的造化，求之不得，反来胡说么？"史三道："请坐坐，老一还没有吃饭哩。"管家道："我家爷也好笑，多少名妓不叫，却来寻他!"那一娘见势头不好,忙对史老三道:"别了罢,改日再来。"史老三也不好再留,送他出门。丑驴背上行头,领着孩子,垂头丧气而去。

这里管家犹自气愤愤的上马,一娘也上了马,同到园上来。只见门前一道涧河,两岸都栽着桃柳,一带白粉墙。走过石桥,一座三沿滴水磨砖门楼,上横着玉石匾额,三个石青大字,乃是"飞盖园"。后写着"郓城吴宽题",原来就是吴益之写的。下马进来,只见一带长廊,大厅前便是一座假山,从山洞里穿进去三间卷篷,公子三人坐在内。一娘见公子,叩头谢道:"前日多谢大爷,又承老太太、太太、奶奶与列位娘们的赏赐。"公子扯起道:"只行常礼罢,前日慢你。"又拜了吴相公。吴益之道:"你偏生记得这许多太太奶奶的,就不忘了一个!"众人笑耍一会。一娘吃了茶,小厮摆饭,公子道:"因等你,把人都好饿坏了。"一娘道:"因盐店里叫去做戏,故来迟了。大爷莫怪。"吴益之道:"来迟了打孤拐。"公子道:"谁忍打他。"

四人吃毕饭,云卿道:"看花,看花!"公子携着一娘的手,同到各处游玩。果然好座花园,但见:

> 萦回曲槛,纷纷尽点苍苔;窈窕绮窗,处处都笼绣箔。微风初动,虚飘飘展开蜀锦吴绫;细雨才收,娇滴滴露出冰肌玉质。日烘桃杏,浑如仙子晒霞裳;月映芭蕉,却似太真摇羽扇。粉墙四面,万株杨柳啭黄鹂;山馆周围,满院海棠飞粉蝶。更看那凝香阁、青蛾阁、解酲①阁,层层掩映,朱帘上钩挂虾须;又见那

————————————

① 解酲(chéng)——醒酒;消除酒醉状态。

金粟亭、披香亭、四照亭，处处清幽，白匾中字书鸟篆。看那浴鹤池、印月池、濯缨①池，青萍绿藻跃金鳞；又有那洒雪轩、玉照轩、望云轩，冰斗琼鋆②浮碧液。池亭上下有太湖石、紫英石、锦川石，青青栽着虎须蒲；轩阁东西有翠屏山、小英山、苔藓山，簇簇丛生凤尾竹。茶蘼③架、蔷薇架近着秋千架，浑如锦帐罗帏；松柏屏、辛夷屏对着木香屏，却似碧围绣幌④。芍药栏、灸丹砌，朱朱紫紫斗繁华；夜合台、茉莉槛，馥馥香香生妩媚。含笑花堪画堪描；美人蕉可题可咏。论景致休夸阆苑⑤蓬莱，问芳菲不数姚黄魏紫。万卉千葩齐吐艳，算来只少玉琼花。

　　四人游玩了一回，到厅上坐下。是日天气暴热，都脱了衣服，只穿得件单褂。公子道："才三月底就如此热！"云卿道："不但热，且潮湿得难过。"吴益之道："只怕有大雨哩。"公子道："炖茶吃，我们就在这里对花坐罢。"家人移桌在卷篷下。四人坐下，小厮斟酒来吃了几巡，公子叫斟大杯来，请吴相公行令，一娘奉酒，小魏奉曲。云卿唱了一支《折梅逢使》，吴益之行个四面朱窝的令，掷了一遍，收令时，自己却是四红。一娘道："该四杯正酒。"吴益之道："折五分吃罢。"一娘道："令官原无此令。"斟得满满的，定要他吃，还要速干。云卿又斟了一大杯谢令。吴益之道："吃不得了！"公子道："谢令是个旧规，怎么推得？"吴益之道："既要谢令，也要酬东。"一娘便斟酒奉

---

① 濯（zhuó）缨——洗濯冠缨。
② 鋆（yún）——金子。
③ 茶蘼（tú mí）——落叶小灌木，攀缘茎，茎上有钩状刺，羽状复叶，小叶椭圆形，花重瓣，芳香，可观赏。
④ 绣幌（mù）——有绣花的，为遮挡而悬挂的布绸子、丝绒等。
⑤ 阆（láng）苑——传说中神仙居住的地方。

了公子，取提琴在手，轻舒玉指，唱了一套《半万贼兵》，也是北曲中之翘楚①。

一娘因提琴，便忘记将小魏送他的那柄扇子放在桌上。公子无心取来看，一娘想起要夺，时已不及。公子见是把金钉铰的川扇，上系着伽南香②坠。公子道："这扇子是我的，如何到你手里的？事有可疑。"一娘道："我没有带扇子来，才借的他的。"公子道："他说是借的，云卿快招，若未直招，罚一大碗酒。"公子原是逗他耍的，却未疑到别事上去。谁知云卿心虚，满面通红。吴益之道："不好了，小小猫儿也会偷嘴了。这扇子是你与云卿的？只看云卿袖内可再有把了，若不得，便是借的。"云卿道："只得这把。"吴益之忙扯住他袖子，公子便来摸他袖内，却有把在内。公子道："这是什么？"一把拿出来，却是柄棕竹真金扇，上面是李临淮写的。公子道："我们逐年打雁，今年到被小雁儿嗛③了眼睛。这样个小孩子，转被他瞒过了。"吴益之道："这并不干云卿的事，都是老一的骚风发了来缠他的。"一娘道："可是说胡话，你看见的？"吴益之道："不要犟嘴，好好拜我两拜，我代你做媒。"一娘道："无因怎么拜得起来。"公子道："却也怪你们不得，这样一对娇滴滴的人儿，怎叫他们不动火？吴相公连日也想你得紧，如今也说不得偏话，拿骰子来掷掷看，遇着双喜相逢的，今日就陪伴他。我先掷起。"一掷不遇。次到吴益之，只

---

① 翘（qiáo）楚——比喻杰出的人才或事物。

② 伽（qié）南香——又名沉香、奇南香、常绿乔木。茎很高、叶卵形或披针形，花白色，产于亚热带。木质坚硬而重。黄色、有香味；中医入药，有镇痛、健胃等作用。

③ 嗛（xián）——用嘴含。

遇一个，饮了一杯。到云卿，一掷，却是三二六么三四，遇了个单的。再到一娘，又遇了，却是双喜相逢，乃是二二四二四六。吴益之呵呵大笑道："真是天定的了，取两个大杯来吃合卺①。"就与公子二人各奉一杯，云卿害羞，起身要走，被吴益之抓住。又替他二人串了酒，各饮交杯。公子唱曲，吴相公奉肴，众人取笑了半日。吴益之道："媒人是大爷，伴婆便让我，老吴不来讨喜，只讨个头儿罢。"一娘还是假意推却，云卿转认真害羞起来。

正在花攒锦簇的饮酒，忽见个家人慌忙进来禀道："郓城县张爷钦取了吏部，来拜老爷，老爷叫请大爷去会哩。"原来这张公是公子的房师。吴益之道："我也要会会他，只是误了他二人的佳期，怎处？"公子笑道："不妨你两人竟在此宿罢，我叫人送铺盖来，明早来扶头罢！"一娘道："不好，还是回去罢。"吴益之道："又来撇清了。"公子带笑向一娘道："他是个童男子儿，你开他的黄花时，须婉款些。"说过，遂同吴益之出门上马而去。

二人送到门外，携手回来，百般欢笑玩耍，巴不得到晚。在洒雪轩耍了一会儿，就炉上炖起天水②泡新茶来吃。将晚时，只见两个小厮押着铺盖进来，铺在凝香阁上。晚间，云卿讨了水来，二人洗了手脚上床，那两个小厮也去睡了。

是日天气甚热，不用盖被；银烛高烧，二人交媾直至三更，方搂抱而卧。哪知交四更晚，忽然雷生西北，闪起东南，只听得倾盆大雨，电掣鞭雷。好大雨，足下了一个更次才渐小了。正是：

---

① 合卺（jǐn）——古代婚礼中的一种仪式。剖一瓠为两瓢，新婚夫妻各执一瓢，斟酒以饮。后多以合卺代指成婚。
② 天水——雨水。

电掣①紫蛇明，雷轰群蛰②哄。萤煌飞火光，霹雳崩山洞。列缺满天明，震惊连地纵。红绡③一闪发萌芽，万里江山都撼动。

二人睡思正浓，忽被霹雳惊醒，觉得有些寒气逼人，遂扯被来盖了。一会儿雷雨才住，檐溜无声，只听得楼板上窣窣④有声，云卿掀开帐子低头一望，却好一闪过去，见地下有一堆红东西，没有看得明白。接着又是一闪，才看见是一条大赤蛇盘在楼板上，昂着头向床上望。云卿吓得缩进被去，蒙头紧抱而睡，不敢喷声。又隔了一会儿，闪也住了，才伸出头来，不见动静。小便急了，没奈何，轻轻揭开帐子，见窗上有月光，照见楼板上，并无蛇影。想道："花园中草木多，该有大蛇。想是因雷雨大，从屋上下来的，雨住时自然去了。"摸摸一娘时，犹自酣睡未醒。只得爬下床来，披上衣服，见月明如昼。虽不见蛇的踪迹，却又不敢开门，只得站在桌上，从窗眼里往外溺。溺完下来，正要上床，才掀开帐子，一手摸着蛇尾，吓了一跳。忙把帐子打开看时，只见一条大红蛇，盘在一娘身上，闪头向外，眼放两道金光，见了人，往被里一站。吓得云卿大叫一声，跌倒在楼板上。未知性命如何，先见四肢不动。正是：身如五鼓衔山月，命似三更油尽灯。毕竟不知云卿性命若何？且听下回分解。

---

① 电掣（chè）——电光急闪而过。
② 蛰（zhé）——小虫。
③ 红绡（xiāo）——红色薄绸。
④ 窣窣（sū）——象声词。形容细小的声音。

第 四 回

赖风月牛三使势　断吉凶跛老灼龟

魏阉全传

经典书香·中国古典禁毁小说丛书

诗曰：

世事等蜉蝣①，朝暮营营不自由。打破世间蝴蝶梦，休休，涤尽尘氛不惹愁。富贵若浮鸥，几个功名到白头。昨日春归秋又老，悠悠，开到黄花蝶也愁。

话说魏云卿上床，见了赤蛇，吓倒在地。一娘闻声惊醒，身边不见可人，口里连叫："莫冷呀，可曾穿衣服？"又叫两遍，也不应。揭开帐子不见人影，再低头，只见月光映着衣服在地下。忙坐起扯那衣服时，只见云卿睡在地下。忙下床来摸时，浑身皆冷，四肢不动，只口中微微有气，不知何故。忙扯下被来代他盖好，抱住了以口度气，少顷才伸出气来。自己才穿上衣服，开了楼门叫起小厮来。那小厮道："早哩，忙起来做甚？"一娘道："魏官人肚痛哩，快烧些汤②来。"小厮忙起来开门，去了一会才送上滚汤来。看见云卿睡在地下，道："正经床上不睡，在地下舞弄做甚。"一娘接过滚水来，度了几口下去，渐渐身上才暖，同小厮扶他上床。

----

① 蜉蝣（fú yóu）——昆虫的一科。稚虫生活在水中一年至五六年。成虫有两对翅膀，尾部有丝状物二至三条。成虫常在水面飞行，寿命极短，只有数小时至一星期左右。
② 汤——热水，开水。

小厮才去，一娘复脱衣上床，搂着云卿偎了一个时辰，方伸出气来，翻转身来说道："吓煞我也！"一娘心中的一块石头才落下去，又不敢劳动问他，只得又搂着睡了一会儿，方说道："吓煞了。"一娘道："怎样的？"云卿道："打闪时，见一条赤蛇盘在地下；你睡着了，我要小便，伸出头看时，窗上月光明亮，蛇已不见，我便起来小解。回来上床时，一手摸着个蛇尾，已是害怕；及揭开帐子看时，见一条大红蛇盘在你身上，见我来，就往被里一钻，我故此吓倒了。"一娘道："想是你眼花了，我并不觉，你没有吓得死，我到好被你吓死了。你如今好些么？"云卿道："此刻不觉怎么的，只是心里还有些跳。"

二人依旧搂着睡。云卿兴动，又要弄了。一娘道："你脸都吓黄了，将就些罢，日子长哩。"于是把云卿捧在身上，上上下下摸了一遍，道："你这样个羊脂玉雕的人儿，不知便宜哪个有福的姐姐受用。"云卿道："你这样朵海棠花，怎禁得那老桑皮揉擦？"一娘叹口气道："这是前世冤孽①。就是王大爷也是天生有福的，家里一个赛观音的大娘，且是贤惠，又不吃醋。房中有三四个姐儿，外边又有你这样个人儿陪伴。"云卿道："只因他做人好，心地上拈②来的福分。"

二人说了一会儿，云卿忍不住，又弄起来了。只听得楼下有人说话，乃是公子差小厮送梳盒来，说道："大爷送张爷上了船，就来了，先着我送点心同梳盒来的。"一娘对云卿道："起去罢，莫撞见老吴来吵死。"云卿遂起来下楼，洗了脸，同一娘吃了点心，才去梳头。梳盒内一应抿刷油粉，件件俱全，又有个纸包，

---

① 冤孽（niè）——迷信的说法指冤仇罪孽。
② 拈（niān）——捡。

包着两根金花簪儿。一娘道："大爷真是个趣人，无所不备。"梳完时，园丁送花来，二人各穿一枝戴了，携手来到四照亭看花。

　　夜来风雨，吹得落花满地，如红茵铺就。枝上半开的犹带水珠，初日照耀，浑如红锦上缀着万颗明珠，分外精光夺目。两人倚着栏杆，玉面花容，互相掩映。却好公子同吴相公进来，道："花枝与笑脸相迎，令人应接不暇。"吴相公道："赏名花，对妃子，古今绝唱。今日兼此二美，使明皇见此，亦拜下风。"公子道："恨无《清平调》① 耳。"吴益之道："魏郎一曲，何减龟年② 。"一娘道："王大爷、吴相公两位，不日玉堂金马，岂不是两个风流学士，事事皆胜明皇。"公子道："老一虽善为吾辈藏拙，亦为我辈增愧。"四人欢笑坐下，见云卿清减③了些，公子道："我原叫你将就把他些，一夜就把他弄瘦了。"二人俯首而笑。

　　公子吩咐小厮道："昨日张爷送的新茶，把惠泉水泡了来吃。"小厮扇炉煮茗④。公子取过拜匣来开了，拿出个纸匣来，道："这是新作的玉凉簪，带来与你二人的。"却是洗的双凤头，玲珑剔透。公子道："玉质虽粗，做手却细。"将一枝递与云卿，一枝递与一娘，道："权作暖房⑤礼罢。"二人称谢过，各插在头上。小厮摆上饭来。一个小厮将个小纸匣儿递与一娘道："这是大娘带与你的。"一娘才来接，被吴益之劈手夺去，

---

　　① 清平调——古曲名，后用作词牌。

　　② 龟年——李龟年，唐代宫廷乐师，也长于作曲。

　　③ 清减——变瘦变清瘦。

　　④ 煮茗（míng）——烧茶煮茶。

　　⑤ 暖房——古时习俗在亲友结婚的前一天前往新房贺喜。

打开看时，却是一条白绫洒花汗巾，系着一副银挑牙，一双大红洒花褶衣，两副丝带，两副玉纽扣，一包茉莉香茶。吴益之将汗巾袖了，又倒了一半香茶，将余下的递与一娘道："我两个分了罢，各人感情就是了。"一娘向公子谢了。公子道："看骂罢。"吴益之道："随他咒骂，我若有些伤风头疼，我就睡到他床上去。"

四人吃了饭，云卿到炉上泡了茶来吃，果然清香扑鼻，美味滋心。公子道："贻安备马送老一到船，往南门去，刘荣回马来随我们回去。"二人应去。吃毕饭，贻安备了马，请一娘动身。一娘作别，公子袖内取出二两银子递与一娘道："些须①之物，表意而已。"一娘推辞道："连日打搅大爷还不够哩！这断不敢再领。"公子道："不多，意思。"遂放在他袖子里。一娘对云卿道："你不自在哩，调理几日再做戏。我再来看你。"吴益之道："活活的疼煞人，我就肉麻死了。"一娘道："你就惯会说胡话。"笑着上马而去。吴益之将汗巾也还了他。三人立在门外垂杨之下，望着他一直去了。

园上至河边只有二里远，一娘放开缰，登时到了一座大石桥。一娘马到桥边，收住缰，等贻安叫船。谁知上流并无一只船。刘荣道："如今游春的多，凉篷船都雇尽了，寻渔船去罢。"寻了一遍回来道："湾子里也没船，一娘且下来站站，先叫刘哥回马去接大爷，等我再去寻船。"一娘下了马，刘荣骑马回去，贻安又往下流头寻船。一娘独立桥边柳荫之下，只见柳色侵衣，花香扑鼻，红尘拂面，绿水迎眸，春光可爱。

---

① 些须——些许；一点儿；少许。

忽见桥边转过一簇人来，但见：

个个手提淬筒，人人肩着粘竿。飞檐走线棒头拴，臂挽雕弓朱弹。架上苍鹰跳跃，索牵黄犬凶顽。寻花问柳过前湾，都是帮闲蠢汉。

那一伙人拥着个戴方巾的，骑匹白马，正上桥来，见一娘独自在此，都站住了。三四个上前来看，一个道："好模样儿！"一个道："好苗条身段儿！"有的道："好双小脚儿！"一娘见他们看得紧，把脸调转向树。那些人便围上来看。一娘没法，只得把扇子遮了脸。那戴方巾的见扇子上有字，便上前劈手夺去道："借与我看看。"念诗又捉不过句来，又认不得字，口里胡诌①乱哼。一娘听了，又好笑又好恼。那些人起初还是看，后来便到身边乱拉乱捻的。一娘正没处躲避，却好贻安来了，道："是什么人！敢在此调戏人家妇女！"忙将那干人乱推乱搡。怎当的人多，推开这个那个又来。

正在难分之际，却好远远看见公子等来了。贻安道："好了，大爷来了！"说罢走到桥上喊道："大爷快来！不知哪里来的一起人，在此胡闹！"公子听见，放开马先跑到桥上。那起人见公子来，都站开去，只有那戴方巾的迎上来作揖道："王大兄何来？"公子看那人时，但见生得：

龌龊②形骸，猥獕③相貌。水牛样一身横肉，山猿般满脸黄毛。咬文嚼字，开言时俗气喷人；裸袖揎拳④，举手间清风倒射。家内

---

① 胡诌（zhōu）——胡说、编造（言辞）。
② 龌龊（wò chuò）——不干净、脏。
③ 猥獕（wěi cuī）——丑陋难看，庸俗拘束。此处主要指相貌难看。
④ 揎拳（xuān quán）——将袖子露出手臂，握着拳头。

尽堆万贯，眼中不识一丁。花营柳市醉魔君，狗党狐群真恶少。

公子却也认得，这人姓牛名金，排行第三，也是个故家子弟①，平日不肯学好，目不识丁②，专好同那起破落户泼皮们终日在花柳中闲串。只是悭吝③，一文不出，在姊妹家专一撒酒风，赖嫖钱。睡几夜，临去撒个酒风，打一场走路。市上开店的并那小本营生的都被他骗怕了，见好东西便要，只是不还钱。这些泼皮只好图他些酒食，要一文也赚不动他的。小民畏之如蛇蝎，士夫恶之如狗屎。公子见他作揖，只得下马答揖道："自小园来。"牛三道："久慕佳园风景，也要一观，又恐惊动尊翁老伯，不敢轻造，今日可曾来？"公子道："今日正在园中请客，改日领教罢。"拱拱手别了。贻安见公子与他说话，他遂牵过马，叫一娘上了鞍，加上一鞭，飞奔往南而去。牛三别了王公子，转身看见小魏，赞道："好盛从。"因他身上穿着元色绉纱直裰④，故把他认做个小厮。公子道："这是个敝相知。"说毕，才别过。因马系一娘骑了一匹去，只有两匹在此，公子等三人遂步行而归。

再说那牛三，领着一班泼皮到野外放鹰走犬，问柳寻花，玩了半日，众皆饥渴。牛三道："饿了，回去罢。"内中一个指道："前面不是个酒店么？少饮三杯解渴。"于是众人沿溪而走，早来到一座酒肆前，地步到也幽雅。众人进来拣了座头坐下。但见那酒肆：

---

① 故家子弟——祖上做官人家的子弟。
② 目不识丁——《旧唐书·张弘靖传》："不如识一丁字"。据说"丁"字为"个"字之误，意思是指能拉弓不如识一个字。后以"目不识丁"形容一个字也不认得。又作"不识一字"。
③ 悭吝（qiān lìn）——吝啬，形容过分爱惜财物，当用不用。
④ 直裰（zhí duō）——僧道穿的大领长袍。

门迎绿水，屋傍青山。数竿修竹在小桥尽头，一所茆①堂坐百花深处。青帘高挂，飘飘招住五陵人；白瓮深藏，往往挽回三岛客。菊吐秋花元亮②宅，柳含春色杜康③家。

众人簇拥着牛三，把几副座头都坐满了。小二道："相公们是要茶要酒？"牛三道："茶酒都要，只是放快些。"小二铺下茶果，才去烫酒。内中一个道："早间那个妇人不知是个什么人，为何独站在那里？"一个道："有王家小厮跟着，自然是王家的下人，想是往亲戚家去的，在哪里等船。"一个道："不是，不是，那妇人脸有些熟，在哪里见过他的，一时忘了。"一个道："好双俏眼！"牛三道："那个小官又好，不像是我们北边人，我们这里没有这样好男子。"旁边桌上一个跑过来道："那小官我认得，他是昆腔班里的小旦。若要他时何难，三爷叫他做两本戏就来了。"一个道："做戏要费得多哩！他定要四两一本，赏钱在外。那班蛮奴才好不轻薄，还不肯吃残肴，连酒水，将近要十两银子，三爷可是个浪费的？"一个道："那小郎还专会拣孤老哩！如今又倚着王家的势，再没人敢惹他，恐弄他不来到没趣。就弄得来，王家分上也不雅相。而且些小点东西，那蛮奴才又看不上眼。如今

---

① 茆（máo）——同"茅"。
② 元亮——东晋诗人。陶渊明又名陶潜，元亮是字，谥靖节，浔阳柴桑（今江西九江）人。长于诗文辞赋，多描绘自然景色及田园生活。著有《陶渊明集》。
③ 杜康——即少康。传说中酿酒的发明者。《说文解字·巾部》："古者少康初作箕帚、秫酒。少康，杜康也。"

到是弋腔①班的小王，着实不丑，与他不相上下，只消用几两银子在他身上，倒也有趣。与人合什么气！"牛三道："也是。"

只见旁边桌上跑过个人来，气愤愤的拍着桌子道："怎么说这不长进的话？为人也要有些血气。王家有势便怎么样人？他欺遍一州里人，也不敢欺压三爷子弟儿。他玩②得，三爷也玩得，怕他怎么！一个戏子都弄不来，除非再莫在临清为人！我们晚间多找几个人，访得在谁家做戏，回来时揽他到家里玩耍。那蛮子依从，便以礼待；若不肯，便拿条索子锁他在书房里，怕那奴才跑到哪里去！料王家顾体面，也不好来护他。若不得到手，先雇些人打他一场，也打不起官事来。"众人齐声道："好计，好计！还是你有血气，大家去来！"此时不由牛三做主，把他平抬了去。内中有个老成的正要开口，被先悬阻的那人就捻他一把，那人知窍，就不言语了。原来这几个畜生也知弄不过王家，只是要弄出事来，他们好从中撰钱③。正是：

贪他酒食骗他钱，还要乘机进祸言。

异日天雷应击顶，铁锅再用滚油煎。

那班泼皮把牛三拥出店来，一齐便走，店家上前道："相公，茶酒钱共该一两二钱银子，尚未会帐，如何就去？"牛三道："记了账罢，明日送来。"小二道："我们小本营生，求相公赏了罢。"一个道："我们三爷自来是年终算账。"小二道："我不认得相公府

---

① 弋（yì）腔——戏曲声腔剧种。元末明初时起源于江西弋阳一带，盛于明嘉靖年间，特点是台上演员独唱，后台众人帮腔，只用打击乐伴奏。

② 顽——同"玩"。

③ 撰（zhuàn）——同"赚"，获得获取（利润，好处）。

上，明日对谁讨?"一个道:"你不知世事,牛三爷还是欠过谁的钱不还的?不快走还要讨打哩!"小二道:"世界都反了!青天白日吃了茶酒不还钱。"一个走上前拦脸就是一拳,把店家打倒在地,一哄而散。可怜这店家白白的舍了两把银子东西,天理何在!

　　不说这些人造谋生事。且说王公子回来,同吴益之在书房内坐至更深,才进内来。正脱衣上床,忽听得外边敲得云板声急,忙叫丫头出来问。一会越敲得急了,等不得丫头回信,急急披衣出来,走到楼下,迎到丫头说道:"门上有紧要事回大爷。"公子恐是火事,吩咐道:"不要乱嚷,莫惊醒老爷。"急急走到厅上问道:"什么事?"门上道:"魏云卿被人打坏了。"公子忙把钥匙开了大门,只见云卿进来,蓬着头,一把扯住公子,放声大哭。公子问道:"什么人打你的?"云卿哽咽说不出话来。同来的班中人道:"小的们从吴家当店做戏回来,小的同他先走,将到四牌楼,忽有三四个人拦住,要他同去吃酒。平日素不认得,他不肯去,几个人就动手动脚的乱扯。云卿叫喊起来,一个就劈面一掌,后有一二十人齐来乱打。却好班中人都到了敌住,是小的拍开手护得他来。求大爷做主!"公子道:"奇怪!"叫过四五个家人来,吩咐道:"你们去暗暗查看是什么人,不可出头生事,快来回话。"家人领命,同那班里人去了。

　　公子携着云卿的手到书房里来看时,脸上抓去一块皮,口内打出血来,头发都乱了,衣服也扯破了,伏在桌上只是哭叫。小厮取水来与他洗脸梳头,头发梳下一大把来。公子也不忍,吴相公也起来,看见吃了一惊。取热茶来吃,公子吩咐煨①粥来,二

---

　　①　煨（wēi）——一种烹调方法,用微火慢慢煮。

人温存着他。公子道："你莫恼，我替你处这干人。"家内又送出果子煨茶来。公子自己拿来与他吃，才住了哭，吃了两口。

一会儿，家人们来回道："是牛三那些泼皮要抢他去，又打到他们下处，想要乘机打抢。见小的们到，就发话说爷把云卿占在家，爷顽得，他们也顽得。说的胡话都听不得。街上过路的都抱不平，听见叫巡捕快手，才散去了。下处失了许多物件。"公子道："这个畜生，如此可恶！他到来欺我。要处他，乡里面上不像体面，不处他，又气他不过。"家人道："不必单告牛三，只叫他班中人递个黑夜打抢呈子①，到捕衙②叫地方打报单。爷只须发个帖子与捕衙就是了。这些奴才若不打他们一顿，连小的们出去也无体面。"公子道："你们明早走去看看，不要现身。"家人们退去。小厮拿了粥来，云卿不肯吃，只是恼。公子安慰他睡了，才进去。

次早，家人领了帖子去。及至公子起来时，家人同捕衙的差人来回道："地方已打进报单去，捕衙已差了十名快手③拿人，候爷吩咐。"公子道："叫他们进来。"众差人叩了头。公子道："你们不可说我有帖子去说的，这牛三裉诈④人也多，叫你本官多取他些不妨，不可轻易放过他。你们也多取他些差钱。"叫人取出一两银子赏众差人。众人都感激叩谢，欢天喜地而去。

公子到书房，见云卿尚睡着哭，吴益之坐在他床沿上劝他。

---

① 呈子——古代公文的一种，下对上用。

② 捕衙——古代官府中负责缉捕的部门，长官叫捕头，差役叫捕快。

③ 快手——捕快。

④ 裉诈（kèn zhà）——假借某种理由向人强索财物，威恫刁难。

公子道："好呆呀！"忙扶他起来通了头①，见他衣服扯破了，说道："我的衣服宽，你穿不得，我叫裁缝来做两套与你。"云卿道："不消，我寓所有衣服。"便将钥匙取出，交与贻安，叫他带人往下处取箱子。公子道："一发连行李都拿了来，连日园上牡丹已开，你到那里住几日解解恼。你同吴相公先去，我带了老一来陪你——恐牛三也要去吵他。"三人吃罢早饭，贻安取了行李来，换了衣服，备了两乘轿，送相公同云卿坐了往园上去。公子叫："贻安，备马去接侯一娘，叫他也到园上躲避几日，我自把包钱与他。"贻安领命去了。

　　却说那班泼皮打闹了一场，顺路将弋腔班的小旦抬到牛三家来，说小魏是王家人夺去了。牛三见那小官生得到也还丰致②，道："也好。"遂取酒来吃。众泼皮齐口称赞，把他抬到半天里，把小魏说得一文不值。缠到三更，牛三才搂去睡了。众人就在他家厅上，东倒西歪的去睡，直睡到次日辰牌时分才起来。等到日午，才送出两盆黄米粥、十数个糙碗来，小菜也没有。

　　众人正在那里抢食，只见外面走进一二十个快手来，见一个锁一个，把那些人都锁了，带进衙门。捕衙即刻升堂，见面将每人打了二十板。又把为首的夹起来，要招主使之人。起初犹自遮饰，当不起拷打，只得招出牛三来。遂标了签来捉牛三。牛三早躲个不见面了。捕衙因王府吩咐过，况牛三又是个有钱的，怎不想他两个儿？半日，又差了四个人捉差。牛三出了三十两差钱，又央了几个秀才到官里说情。捕衙道："黑夜打抢，与强盗何异！失主又是异乡人，恐他向上司处告，反与弟不便。诸年兄见教，

---

① 通了头——梳了头。

② 丰致——同"风致"，指容貌美好。

弟也不敢擅专，只得具个由堂呈子，凭堂上发落罢了。"众秀才见说不下来，只得出来。牛三死也不肯出头。后来捕衙揹了五十两，衙门中用了三十两，将那些泼皮又打了三十，枷在四牌楼示众。

着人来园上回复公子道："等枷满日，再问罪。"公子道："这起奴才既枷打过，就饶他罢。若再问罪，恐牛三不代他们纳赎，便要为匪。只是把打抢的对象都要追给还他。"家人道："已陪过三十两银子。"公子道："这也罢了。"遂叫家人拿帖去回官。云卿尚不慊意①，公子道："看他先人之面，如今费了他百十两银子，就比杀他还狠些。那起泼皮已打了几十，若再问罪，恐急了，做不出好事来。你还要在此地做戏哩，恐黑夜难防这许多。"一娘道："大爷说得极是，再不要孩子气。俗语说得好：'得饶人处且饶人。'"云卿只得罢了。

少顷，见合班的人都来叩头，相谢而出。又叫云卿出去说话，回来道："唱生的母亲殁②了，要回去，众人也要散班歇夏。"公子道："你可回去么?"云卿道："也要去，八月再来。"公子道："你家去也无事，不如在这里罢。如今丁老爷要教几个孩子清唱，班中的确有人，寄些银子回去，你就在园中过夏，我也要来避暑。老一天热也难上街，也在这里过夏。你意下如何?"云卿道："也罢。"遂写了家书，带了三十两银子回去。竟在园中朝欢暮乐，无限快活。公子同吴相公也常来与一娘盘桓③。

不觉时光迅速，又是秋来。住至九月间，云卿被班中人催了

---

① 慊（qiè）意——满足、满意。

② 殁（mò）——死，也作"没"。

③ 盘桓（huán）——逗留、徘徊。

上班去了。一娘也辞别公子离了园上，仍回下处住了。因身孕渐大，不能上街。丑驴也自去领孩子舞弄赚钱，终日出去。一娘是王府常时送供给与他，云卿也常来住住，贴他些银钱。丑驴寻几个钱，只是吃酒。

看看冬尽，又早春来。一娘已足了月，不见生；又过了两个月，也不分娩，心中疑惑。又想起在飞盖园云卿见蛇钻入被内，甚是忧疑，便对丈夫道："我过了两个月也不分娩，你去寻个灵验先生去占占卜，看我在几时生？"丑驴道："闻得关上来了个起课①先生，是个跏②子，叫做什么李跛老，门前人都跕挤不开哩。人称他做'赛神仙'。等我明早去。"一夜无辞。

次日，丑驴绝早来到关上，见肆门前人都挤满了，他挤在人丛里，朝内观看，但见：

四壁珠玑③，满堂书画。宝鸭香常裊④，磁盂水碧清。座畔高县悬谷⑤形，两边罗列河图⑥像。端溪砚、松烟墨，相衬着大

---

① 起课——古代迷信的人一种占卜法，主要是摇铜钱看正反面或掐指头算干支，推断吉凶。

② 跏（jiā）——即跏趺（fū），盘腿坐。

③ 珠玑——珠子。玑，不圆的珠子。

④ 裊（niǎo）——烟气上升缭绕。

⑤ 鬼谷——相传战国楚人。姓名传说不一，隐于鬼谷，因以自号，长于养性持身和纵横卑阖之术。

⑥ 河图——河图洛书图。古代儒家关于《周易》和《洪范》两书来源的传说。《易·系辞上》说："河出图，洛出书，圣人则之。"传说伏羲氏时，有龙马从黄河出现，背负"河图"，有神龟从洛水出现背负"洛书"。伏羲根据这种"图""书"画成八卦，就是后来《周易》起源。系神话。

笔霜毫；火珠林、郭璞数，谨对了新颁政历。六爻①透熟，八卦精通。能知天地理，善测鬼神机。一盘子午安排定，满腹星辰布列清。真个已往未来观如明镜，当兴应败鉴若神明。知凶断吉，定死决生。开言风雨迅，下笔鬼神惊。招牌有字书名姓，神课先生李鹤峰。

那先生坐在上面，手不停披，口不辍讲，打发不开。丑驴生得矮小，挤不上去。只见那先生谈了一会，猛抬头一望，向外说道："请那位矮客人上来。"丑驴挤了一会儿，才到案边，垫起脚来，伏在案旁。那先生道："你头直有些喜气，又有些凶气。何也?"丑驴道："我求先生起一课。"先生道："姓什么?"丑驴道："我呀，姓魏。"那先生拈了个时点，起课来道："问什么事?"丑驴道："问生产的。"那先生道："六甲定是男喜，且是个贵胎。今日分娩，只是有些凶险，我代你炙炙龟看。"取过龟板来，焚香默祷过，取火灼龟，看上面两道火路，道："是个男喜。天门两丁发用，非男而何?"丑驴道："生的时候还不妨么?"先生道："不碍。"又细看了一会，忽拍案叫道："怪哉! 怪哉!"取过一幅纸来，写了四句道：

乾②门开处水潺潺，山下佳人儿自安。

木火交时逢大瑞，新恩又赐玉绦环③。

那先生写完，递与丑驴道："留为后日应验。"丑驴送了课

---

① 爻（yáo）——组成八卦的长道横线，"—"为阳爻，"——"为阴爻。

② 乾（qián）——八卦之一，卦形为"☰"，代表天。

③ 绦环——用丝线编织成圆或扁平的带子叫绦，系在带上的环子叫绦环。

钱，那先生也不争竞。

　　丑驴出了肆门，欢天喜地跑到下处，对老婆说了，将卦词与他。一娘接来看了，不解其意，只得搁过去了。却也作怪，更余时，果然肚里渐渐就疼起来了。少顷，更坠得慌。直至半夜，疼得急了，才叫起丑驴来，打火上灯，提个灯笼去叫稳婆①。时星斗满天，及稳婆来时，天上忽然乌云密布，渐渐风生。稳婆进房道："是时候了。"扶上了盆，丑驴送上汤来。霎时大风拔木，飞沙走石，只听得屋脊上一个九头鸟，声如笙簧②，大叫数声，向南飞去。房中蓦的一声叫，早生下一个孩子来。正是：

　　　　混世谪③来真怪物，从天降下活魔王。

　　毕竟不知生下个什么人来？且听下回分解。

———————
① 稳婆——即接生婆。
② 笙簧（shēng huáng）——一种管乐器。
③ 谪（zhé）——神仙受处罚降到人间称为谪。

第 五 回

魏丑驴露财招祸 侯一娘盗马逃生

诗曰：

伯劳①西去燕飞东，飘飘身世等萍踪②。

沾唇酒恨千杯少，满眼花无百日红。

财与命连谁自悟，福来祸倚尽皆蒙。

谁知扰扰生机变，深愧当年失马翁。

话说侯一娘见生下是个孩子，夫妻俱各欢喜。因是年岁次戊辰，遂取名辰生。洗了孩子，谢了稳婆。次日，送信与云卿并王府两处。王奶奶差人送了钱米柴炭来，小魏也送银钱与他。是主顾人家多有送钱米食物的。三朝、满月，王奶奶皆着人来送百索③衣袄等类。一娘也不上街。

正是日久生厌，他几件技艺，人都看熟了，人家也不来叫，街上人看的少，也不肯出钱。丑驴见生意淡薄，又为老婆有了孤老，且因王府中势要，怕人心难测，想离此地，遂常时要去。一娘因恋着情人，不肯动身。那陈买儿见一娘回来，逐日又来缠

---

① 伯劳——鸟名，额部和头部的两旁黑色，颈部蓝灰色，背部棕红色，有黑色波状横纹。古时多用劳燕分飞喻朋友、夫妻分离。

② 萍踪——踪迹漂泊不定，形容像浮萍一样。

③ 百索——古时羽俗，婴儿满月时，亲友送来许多人家讨来的绳、线以求拴住婴儿寿命，预祝其长寿健康。

缠，见妇人不甚理他，便有吃醋之意，常在丑驴面前撺唆①。丑驴醉后回来，常寻事吵闹，自此无日不吵闹。

又混了半年，丑驴终日心中有物，再加那陈买儿常时在耳边拨弄，家来便倚醉拿刀弄杖的吵。一娘虽与他硬做，也知不是常法，便来对王公子说了，讨他的主意。公子道："我也代你们想，却终非常法，我也将要上京去会试，我去后谁看管你们？且寻云卿来计较。"遂叫小厮唤了小魏来。见一娘面有愁容，问道："为什么恼？"公子道："他丈夫见生意淡薄，要往别处去哩。"云卿道："莫理他，就没生意，难道大爷这里养不起你？"公子道："也不是这样说，你们终非长久之策，我也顾不得你们一世。况我也就要上京，我去后，连你在此地也住不得了，牛三那起畜生必要来报复的。我想不如让老一先行，你同我上京去，改日再来相会，只怕你班里人不肯放你。"云卿道："我要去，谁阻碍？"公子道："你去了，岂不要散班么？"云卿道："原旧有个旦，新又添了一个，我可以去得。"公子道："老一几时起身？"一娘道："要去，明日就可去了。"说毕，二人便扯住哭起来。公子道："暂时相别，不久自会，也不必哭了。"再三劝住。公子道："该留你们坐坐，我今日又要去吃酒。"又想想道："也罢，我早些去见个意先来，你二人在此等我。"叫小厮拿饭吃。摆上饭，他二人哪里吃得下？公子再三劝，他们只得各吃了几口就放下来了。

公子吃毕起身。二人关上门，送行一回，云卿道："想当日在庙里相逢，蒙你十分相爱，铭感至今，后又承大爷好心成全，你我相处了二年。如今一旦分离，正是海枯石烂，此恨难消；地

---

① 撺唆（cuān suō）——从旁鼓动人；怂恿、煽动。

久天长，此情不老！"一娘道："你这样青春年少，愁没有好女儿匹配？只是我跟着那厌物，几时才得有出头的日子？若得此生重会，死也甘心！你此去须要保重身子，不要为我伤感坏了，谁人知你疼热！"云卿道："我如今做戏也非善策，明日跟大爷上京，只望他中了，我也要上个前程，就有几年在京里住。你若有情，可到京里来相会。"又哭了半日。云卿道："我到下处走走就来。"一娘道："我也要到里面去辞别。"二人起身。

一娘走进来，向老太太、太太磕了头，又向王奶奶磕下头去。王奶奶扯起来道："为何行此大礼？"一娘道："小的一向蒙老太太、太太、奶奶抬举，感恩不尽，明日要往南去，今特来辞谢。"王奶奶道："可是作怪！好好的住着罢了，又去怎的？"一娘道："丈夫见生意淡薄，要往南去赶趁。"王奶奶道："就没生意，难道我家养不起你？别处去也只吃得一碗饭。"一娘道："多谢奶奶美意。叫做'梁园①虽好，终非久恋之乡'。我就去也去不远，异日再来服侍。"王奶奶叫丫头摆茶与一娘吃。众女眷都赠他银钱衣食。王奶奶另是五两银子并花翠等物。

看看日晚，公子也回来了。一娘到书房来，却好益之不在此，就是他们三人。公子道："你要往何处去？"一娘道："打算往南边去。"公子道："昨有人自南来，说南边大水，米麦甚贵，徐州一带都淹没了，如何去得？不如往东三府去好，泰安州我有个同年，姓白，他也是个四海的人，如今丁忧②在家，与我至厚，我写封书子与你，去投他，他自看顾你。等我出京时，便着人来

---

① 梁园——为汉梁孝王所造，故址位于今河南商丘东，梁孝王好宾客，司马相如、枚乘等词赋家曾延居园中，因而得名。
② 丁忧——古时遭父母之丧。

带你一同下来。"一娘道:"大爷如此费心,真是杀身难报。"小斯摆下酒来,公子举杯递与一娘道:"淡酒一杯,聊壮行色。愿你前途保重,异日早早相逢。"一娘接了放下,也斟了一杯回奉公子,就跪下拜谢道:"小的两人承大爷厚恩,今生恐无可报答,只好来生作犬马补报罢。今日一别,不知可有相见之日!云卿在爷身边,望爷抬举他,若得个前程,也是在爷门下的体面。"公子道:"不劳费心,这是我身上的事。"

一娘又斟了一杯,双手奉与云卿,才叫了一声哥,就哽咽住了,顿时泪如泉涌,说不出话来。泪都滴在杯内,二人抱住,放声大哭。公子也两泪交流,劝住了,重又斟酒。他二人哪里吃得下去?两人你相我,我相你,眼泪汪汪;相了一会,复又大哭起来。连旁边服侍的人,都垂下泪来。足足挨到二更时,点水也未曾下咽。一娘没奈何,只得硬着心肠起身作别。公子向袖中取出一包银子来,说道:"这是薄仪十两,权为路费,明年务必来过下。"一娘道:"用得大爷的还少哩!又蒙厚赐。"复又叩头谢了。云卿也是十两,放在他袖内。又向手上解下一个金牌子来,道:"这是我自小儿带的,与你系着,他日相会,以此为证。"就连绳子扣在他手上,重又抱头大哭一场。三人携手出门。公子挥泪道:"前途保重,叫贻安打灯送你去。"将别时,好难分手。正是:世上万般哀苦事,无过死别与生离。有诗道得好:

　　悲莫徨兮生别离,登山临水送将归。

　　长堤无限新栽柳,不见杨花扑面飞。

一娘回到下处,早已三更将尽,收拾了一会,天将亮了。丑驴雇了车子,装上行李,辞了店家上车。只见贻安拿了两封书子并礼物来道:"这是送白爷的。"又取出件潞绸羊皮小袄、一床小

抱被道："这是大娘怕你冷送你穿的，被儿送你包孩子的，又是一袋炒米并糕饼，叫你路上保重，明年等你过下哩。"一娘道："难为哥，烦你禀上奶奶，等我回来再叩谢罢。"说毕，抱着辰生，驱车奔大路而行。只见：

　　憔悴形容，凄凉情绪。驱车人上长亭路，柔肠如线系多情，不言不语恹恹①的。眉上闲愁，暗中心事。音书难倩鳞鸿寄。残阳疏柳带寒鸦，看来总是伤心处。

　　一娘在路，凄凄惨惨，不饭不茶，常是两泪交流，没好气，寻事与丑驴吵闹。

　　上路非止一日，只见前面尽是山路，虽是小春天气，到底北方寒冷。是日北风大作，一娘穿上皮袄，用小被儿将孩子包紧了，又将行李内毡毯，与大小厮孝儿披着。看看傍午，忽然飞飞扬扬，飘下一天大雪来。但见：

　　彤云②密布，惨雾重遮。彤云密布，朔风凛凛号空；惨雾重遮，大雪纷纷盖地。须臾③积粉，顷刻成盐。飘飘荡荡剪鹅毛，淅淅潇潇栽蝶翅。灞桥渔叟挂蓑衣，茅舍野翁煨榾柮④。客子难沽酒，家童苦觅梅。寒威难棹剡⑤溪船，冷气直穿东郭履。千山飞鸟尽潜踪，万径行人都绝影。

　　那雪渐渐一阵大似一阵，下个不止，顷刻间积有数寸。车子推不上，车夫道："离火楼铺还有二十里，没有宿头怎么好？"心

---

①　恹恹（yān）——形容患病而精神不振的样子。
②　彤（tóng）云——铅黑色的阴云。
③　须臾（xū yú）——极短的时间；片刻之间。
④　榾柮（gǔ duǒ）——指短小的木头。
⑤　剡（shàn）——后县名，在今浙江嵊县。

中甚是着忙。丑驴叫道："好了，你看那树林子里不是个人家么？"车夫道："那不是正路，就从这斜路去近些。"车夫推车下坡。不多时，到了一所庄院前住下。但见：

乱竹堆琼，苍松挂玉。数层茅屋尽铺银，一带疏篱俱饰粉。冰凝檐角，浑如玉笋班联；冻合溪桥，一似晶盘灼烁①。树底炊烟犹湿，田间平路皆漫。狺狺②小犬吠柴门，阵阵栖鸟啼古树。

那丑驴先走到柴门下，只见疏篱开处，走出一个老者来。那老者头戴深檐暖帽，身穿青布羊裘，脚穿八搭翁鞋，手拄过头藤杖，问道："做什么的？"丑驴道："小人是行路的，因雪大难走，投不着宿头，告借一宿。"老者见他有家眷，便道："请进来。"丑驴扶一娘下了车，抱着孩子，走到堂前与众女眷见了礼。妈妈问道："大嫂从何处来？"一娘道："自临清来的，要往泰安州去。"妈妈取了热汤来，一娘吃了，请到前面客房里坐下。妈妈见一娘寒冷，家去取出些木柴来烧火。丑驴、孝儿都来烘衣服。到晚送出四碗小米子饭，一碗菜汤来，道："随便晚饭，请用些。"一娘道："借宿已是吵闹，怎敢相扰？"妈妈道："仓促③无肴，请用些。"说毕去了。

一娘吃了两口汤，没盐没油的不好吃，他平日在王府里吃惯了好的，再加心绪不佳，这样粗糙之物怎能下咽？只得向主人家借了个罐子，在火上炖起些滚汤，泡些炒米吃了，打开行李，带着孩子和衣而卧。孝儿同丑驴也睡了。一娘想道："这样雪天，他们定是红炉暖阁的赏雪，哪晓得我在此受这凄凉？"又不好哭，

① 灼烁——明亮。
② 狺狺（yín）——犬吠声。
③ 仓促（cù）——匆忙。

只得泪汪汪的。睡至五更，觉得头疼脑闷，身体拘倦。被车夫催了起身，没奈何只得起来，别了主人上车。

是日天气虽晴，怎禁得北风如箭，寒气如刀，到傍午才抵火楼铺客店，拣了一间房歇下。一娘熬不得，裹着被睡了。丑驴取了馍馍来叫一娘吃，叫了几声不应，走来摸摸，浑身如炭炙的一般。少顷又发起战来，连床都摇得响。这病南方谓之疟疾，北边叫做摆子。这个病急切难得脱体。怎见得他的狠处？但见：

> 头如斧劈，身似笼蒸。冷来如坐冰山，热时若临火窟。浑身颤抖，太行山也自根摇；满口焦枯，黄河水恨难吸尽。少陵①诗句也难驱，扁鹊②神功须束手。

一娘这病，因心中郁结，连日未曾吃饭，又受了风寒外感酿成。此症十分沉重，丑驴只得打发了车钱。一住两个月，还未得好。丑驴身边盘费俱尽，只得瞒着一娘拿衣服去当。被一娘看见，说道："不要当。"旁边取过拜匣来，拿出一两散碎银子与他道："我想口鲜鱼汤吃，不知可有？"丑驴道："等我去寻看。"店家听见道："我们这里平日鲜鱼甚少，况如今冻了河，哪里去寻？我家到有些虾米，且做些汤与大嫂吃。"少刻，店家婆做了汤送来，一娘吃了两口，觉得有些香味，就泡了半钟大米饭吃了，哪知那疟疾竟止了。对店家婆谢道："两个月没有尝一颗米，今日承赐汤吃了些，才知道饭香。"店家婆道："胃气开就好了。"

那丑驴拿着银子上街，见人看纸牌，他就挨在旁边说长论短。一个道："你既会说，何不下来斗斗？"丑驴真个也下来看，

---

① 少陵——唐代大诗人杜甫，字子美，自称少陵野老。
② 扁鹊——古代著名医学家，姓秦，名越人。渤海郡郑（今河北任丘）人。

起初赢了百十文钱，买酒请了众人。此后遂日逐去斗，身边银子输尽了，要去攀本，又怕老婆骂，想道："老婆拜匣沉重，必有私房。"便去寻了把捵子①，等老婆睡熟了，捵开了锁，见匣中有许多银包，起初也不料有这些，拣了一封多的袖②了，正是王公子送的十两盘缠，复好好锁起。次日便带到街上去斗牌，大酒大食的请人，老婆的茶饭全然不管。吃醉了回来，一娘问着，他反大睁着眼乱嚷。一娘也没气力理他，若要吃时，自己买些吃，却也不料他偷银子。看看冬尽春来，又早是二月天气，雇了车子上路，丑驴银子也用尽了。正是日暖花香，与那冷天不同。

一日，上路行了有三十多里，到一带平坦大路上，两边都是深涧，四无人烟之地。忽听得"嗖"的一声，一枝鈀头箭射来。车夫道："不好，响马③来了！"一娘抱着孩子下车蹲在路旁，只是发抖。只见远远的两个强盗，放马冲来。但见：

一个青脸獠牙欺太岁，一个黄须赤发赛丧门。一个眼放金光如电掣，一个口中叱咤④似雷鸣。一个满面威风尝凛凛，一个浑身杀气自陵陵。一个手中执定三尖刃，一个肩上横担扢搭⑤藤。

那两个响马跑到车前，跳下马，劫掠财物。丑驴伏在车上，被强盗一脚踢翻，将细软⑥装在马上，粗重的都丢在涧里。丑驴见了舍不得，叫道："大王，用不着的还留与我罢，可惜丢了。"那强盗将丑驴衣服剥下，用条绳捆了。又来剥一娘的衣服，掀起

① 捵（tiǎn）子——拨灯芯的具。
② 袖——放在袖子里，用袖子装。
③ 响马——强盗、山贼。
④ 叱咤（chì zhà）——发怒大声吆喝。
⑤ 扢搭——同疙瘩。
⑥ 细软——指首饰、贵重衣服等便于携带的东西。

脸罩，见他生得标致，就没有剥；收拾停当，把一娘抱了上马。一娘哭着乱扭，那强盗紧紧夹住，莫想挣得动。车夫并孝儿不知跑向何处去了。丑驴高声叫喊，强盗大怒，下马提起两腿，往涧里一掠，扑通一声响，顺水流去。一娘看见，放声大哭。那二盗将马一拍，那马飞也似的去了。一娘泪眼昏花，也不辨东南西北，不一时到了一所庄院。强盗抱一娘下马，进屋里来，把物件取到里面。打开看时，却无甚值钱的，只拜匣内约有二十多两银子，几件绸绢女衣。二人笑说道："原来竟没有什么，怎么那样挥洒①，枉送了他的命。"

原来丑驴拿银子在镇上用时，露在二盗眼内，只道他有许多银钱，谁知没什么东西。一个道："财物虽少，却得了一件活宝。"将衣物收过，便来温存一娘。一娘只是哭。强盗道："事已至此，哭也无用。你若好好的从我们，便丰衣足食，管你快活得半世；若是倔强，先把你孩子杀了，再叫你慢慢的受罪。"劈手将孩子夺去。一娘想着："丑驴那个厌物，就在临清住着罢了，却要来寻死，也死得不亏他，只是这孩子是云卿的点骨血，我若不从，这强盗有甚人心？且暂从他，慢慢的再寻出路。"主意定了，就渐渐住了哭。强盗见他心转，便将孩子仍递与他，忙去安排酒菜来请他，百般的奉承。一娘一则怕他凶恶，二则被他们软缠不过，起初还有些羞涩，后来也就没奈何，吃酒随顺了。正是：明知不是伴，事急且相随。有诗道得好：

> 驰驱名利向东游，岂料中途遇寇仇。
>
> 身陷牢笼何日出，桩桩旧事挂心头。

---

① 挥洒——此处指任意花钱。

一娘被二盗缠住，尽意做作，哄得二盗满心欢喜，百依百顺。起初一个出去，一个在家看守，终日有得吃用，玩耍快活。二盗把他当为至宝，真个是要一奉十。谁知一娘别有一条心，都是假意奉承。

　　不觉光阴易度，早已过了五六年。一日，二盗都出去了，那住处只他一家，并无邻里。此时正值春天，风日可爱，孩子往外面去顽，一娘连叫他吃饭都不答应，只得自己到门外来找寻，只见东边一株大树，鸟声清脆。信步去到树下，那棵大树直挺挺的约有四五丈高，就如伞盖，见孩子在树边打上面的鸟儿。一娘搂着孩子四下观看了一会，只见四周俱是乱山，山上野花娇艳，芳草蒙茸。又见那黄莺对对，紫燕双双，不觉触动心事，一阵心酸，止不住簌簌泪落。又在树下坐了一会，搂了孩子来家。见路旁有一所庙，便进庙来看是何神像。只见上面供着一尊红脸黄须三只眼的神像，手执金鞭，威风凛凛。面前一个金字牌位，上写着"王灵官之位"。一娘倒身下拜，祷祝道："尊神听者，我信女侯氏，被二盗杀了丈夫，强占在此，不知何日方得脱难，恳求尊神暗中保佑，早离此地。"拜了出门，正撞见一盗回来，问道："你在此做什么？"一娘道："孩子出来玩耍，我来寻他，偶到这庙里来看看。"强盗道："我们这老爷极有灵验的，你若触犯了他，至少也要抽你百十哩。"一娘道："想是个贼菩萨，管着你们的。"强盗笑道："贼菩萨专一会偷婆娘。"三人同到屋内。

　　强盗少刻又去了一会儿，挑着许多海味鸡鹅果酒等物归来。一娘问道："买这些东西做甚？"强盗道："不是买的，是人送的。"坐下吃了饭，就将肴馔①安排停当，摆上桌筛过酒来。一娘道："等你哥回来同吃。"强盗道："他同个朋友往北边去了，有几日才回来哩。我们落得快活的。"二人对酌。强盗道："人有善念，天必从之。"一娘道："怎么？"强盗道："我久要备桌酒儿与你对酌②谈谈，碍着他不便，今日得他去了，正愁没甚肴馔，却好有人送这些东西来。"一娘道："送礼的为何不送到家里来？"强盗道："这哪里是送我的？他是送别人的，路上遇见我，将那挑礼的吓走了，就都送与我了。"一娘笑道："阿弥陀佛，这样善念多行几个。"强盗笑道："一日常行个把儿。"二人饮至天晚，乘兴簸弄颠狂了一夜。

次日睡至日中方起。遂不出门，终日在家行乐，一连有二十余日。强盗道："明日是初一了，买些香烛来烧烧。"一娘道："我在路上害病时曾许下泰山香愿，一向未曾还得。近来有些夜梦颠倒，你多买些香烛来，我要还愿哩。"强盗下山，果然买了许多纸马香烛回来。一娘向空烧化了一半，对天拜过，藏起一半，等强盗出去，便来庙中烧香祷告，求早脱难。凡遇朔望③，便来烧香。一夜，梦见灵官道："你灾难将满，情人相会有日。只是上公④将我脸上搠⑤破了，还求他不要来我庙中玩耍。"醒来心中甚喜。打发强盗出了门，便走来庙中拜谢了。走近前看时，果然脸上去了一条金。问辰生道："菩萨脸上怎的破了的？"辰生

---

① 肴馔（yáo zhuàn）——比较丰盛的菜饭。

② 对酌（zhuó）——对饮。

③ 朔望——朔日和望日。每月农历初一叫朔日，每月农历十五日叫望日。

④ 上公——敬称。

⑤ 搠（shuò）——刺。

道:"我昨日在这里捉雀子,一个飞上龛子去,是我爬在菩萨肩头上捉的,屋上一块砖落下来擦破的。"一娘心中暗喜道:"菩萨叫他上公,想必后日有些好处。"因吓他道:"你把菩萨脸上擦破了,他夜里要来打你哩。你以后莫再来玩耍。"辰生吓怕了,果然不敢再来顽。

过了些时,那一个强盗也回来了,骑着一匹高头白马,背着许多衣物。一娘看见生得甚是高大。有诗赞曰:

> 光横碧练耳披霜,汗血沙场侠骨香。
>
> 名重有人求逸足,尘埋何用数骊黄①。
>
> 千金燕市谁增价,一曲吴姬惜减妆。
>
> 莫向华山悫伏枥②,秋风指日看鹰扬。

一娘问道:"这马不是你的原马,哪里来的?"强盗道:"好眼色,是北方一个官宦的,一日能行五百里,值二百两银子,是我偷来了。我的那马送与朋友了。"一娘置酒与他接风,饮了一晚,两人上床,欢乐异常。

一娘见了这马,就存心要走,等二盗不在家,便将箱笼打开,也有二三百两银子,将二三钱的小块子拣出来,将贴身的件小袄脱下,将银块衲在内,又将细软装些在褡裢里。乘空来灵官庙内,烧香祷祝,要偷空逃生。取筶③在手,求个圣筶,丢下去,却是个阳筶。又祷祝一番,拾起筶来,再卜,又是个阳筶。一娘

---

① 骊黄——骊珠黄金。骊珠,一种珍贵的珠。

② 伏枥(lì)——"枥"亦作"历",马槽。马伏于槽枥,比喻关在栏中饲养。

③ 筶(gào)——一种卜具,掷于地上正为阳,反为阴,一阳一阴谓圣筶。

又祝道："若果不该去，再赐个阳筶。"拍的果又是个阳筶。安了筶拜谢回来，耐性又过了年余。整整住了十个年头。

去心一动，一日难挨。又是秋天，但见金风淅淅，秋雨霏霏，足足下了一个月。二盗没处去，只在家里盘桓，终日饮酒取乐。一娘虽是个好家，也当不得他们虎狼般的身体昼夜盘弄。

一日饮酒间，强盗取出三颗珠子来，有鸡头子大，光明圆洁得可爱。一娘道："是哪里来的？"强盗道："是北方庄户人家一个小孩子手上的，是我摘来了。"一娘道："也不怕吓坏人家的孩子。"强盗道："那孩子都吓痴了，丫头养娘还不知是什么缘故哩。"一娘道："你真是强盗心，不怕吓死了人。"看玩一会儿道："送我了。"强盗道："要，便拜我拜。"一娘道："若不肯，我就打碎了。"强盗笑道："痴子，家里哪一件不是你的？"三人欢乐了些时。

已是中秋之后，秋风渐起，景物凄凉。一娘熬不过，又来庙里讨筶要去。却好是个圣筶，满心欢喜，又祝道："若真可脱身，再发个圣筶。"果又是个圣筶。一娘又拜祝道："尊神若保佑我脱离此难，情人重遇，愿来装金建庙，求尊神默佑。"拜毕回来。

次日交秋社，二盗备了牲醴去祭社神①，吃得大醉回来。一娘乘二个睡熟，忙去打点行装，将银衣穿在里面，叫辰生来，将要走的话向他说了。辰生此时已十余岁，知道些人事了。把白马备了，挂上褡裢包袱，牵出后门。复进来，一娘见二盗沉醉未醒，心里恨他，取过壁上挂的刀来，要杀他们。却又手软了，想道："罢，饶他罢。我虽受他们污辱，这孩子却也亏他们抚养。"

---

① 社神——神话传说中的土神。

第五回　魏丑驴露财招祸　侯一娘盗马逃生

遂把前后门都反锁了，出来对马说道："你既是良马，自通人性，我今仗你逃生，却不知路径，随你去到就是路了，我母子性命俱在你身上。"便对马拜了四拜，又遥向灵官庙拜祝道："尊神既许我侯氏今晚逃难，无奈不知路径，望尊神护佑。"拜毕，便抱了孩子跳上马，夹一夹，那马如风似电的向北去了。正是：

　　摔碎玉笼飞彩凤，掣开金锁走蛟龙。

　　毕竟不知一娘逃往何方？且听下回分解。

第 六 回

客印月初会明珠　石林庄三孽聚义

诗曰：

零落孤身何处投，凄凉玉露点征裘①。

飘飘宛似离群鸟，泛泛浑如不系舟。

掌上珠还增喜色，意中人杳起新愁。

天涯倾盖成知己，一笑风前解百忧。

话说侯一娘盗马逃生，任马所之。出门时已是日落，渐渐天晚。此时正是中秋之后，月色上得渐迟，好一派夜景。但见：

渐渐金风渐爽，瀼瀼玉露生凉。高低萤火乱辉煌，四野蛩②声嘹亮。

天淡银河垂地，月移树色苍茫。数声砧杵③落村庄，敲断客情旅况。

一娘起初原是乘兴而逃，及至夜深，孤身行路，四野风声，猿啼鹤唳④，草木皆兵。正行之间，忽闻人声，细听却似老人咳嗽。心中想道："此刻怎还有人咳嗽，莫是歹人？"没

---

① 裘（qiú）——用动物毛皮做的衣服。

② 蛩（qióng）——蟋蟀。

③ 砧杵（zhēn chǔ）——古时洗衣用工具，砧为石制捶或砸衣物垫在底下的器皿，杵是一头粗，一头细的圆木棒用来在砧上捶衣。

④ 鹤唳（lì）——鹤鸣叫。

奈何，硬着胆任马所之①。再听，那响声渐近，走了一会，却在头上响，抬头看时，原来是路旁一株大树上，有老鹳②做窠在上面嗑牙，就像人咳嗽一般。马窜过树来，才放了些心。只见月色朦胧，风声淅淅，觉得后面似有人追赶来，恐怕是二盗追来，越发心焦。又见前面一个长人，手横长棍，站在当路。一娘想道："罢了，今番必是死了，这定是个短路的，至此地位，也只好听命于天罢了。"及马到跟前，却又不是人，却是一株参天秃树，上面横着一个大枝子，宛似人拿着棍子一样。走过树，来到一个草坡。马方下坡来，忽见一个东西有狗大，猛然一跳，从马头前蹿过去，把马惊得倒退了几步，几乎把一娘掀下来。急带缰时，那马把头摇了两摇又跑。忽听得后面一片声喊，约有二三十人的声音赶来。一娘想道："不好了，此番必是二盗赶来了！"撒开缰放马飞跑。正跑间，忽然马蹄一滑，又几乎掀下来。勒住马看时，原来前面有一条涧河阻路，马蹄已陷在沱内。后面喊声又起，心中万分徨苦，道："早知如此，不如死在强盗家里，还有个全尸，如今只有投河罢。"忽又想道："我也罢了，只是这孩子可怜！"哭了几声，又向天祷祝道："灵官菩萨！原许我逃生我才来的，当此患难之时，如何不来救我？"正说着，那马猛然耸身一跃，早跳过涧河去了。有诗赞那马道：

① 之——去，往。
② 鹳（guàn）——鸟类，样子像白鹤，嘴长且直，羽毛灰色、白色或黑色。生活在水边，吃鱼虾。

的卢①当日跳潭溪②，又见孙权败合淝。

今日夜行能脱险，试看水上玉龙飞。

一娘过得河来，以手加额，顶谢神灵，得脱此难。才放下心来，忽听得后面喊声又起，也过河来了。原来那河上有桥，马走得慌了，未曾从桥上走过来；那些人的路熟，从桥上过来，故又近了。一娘一腔苦楚又上心来。辰生又哭起来了。后面人声更近。正在危急，只见远远的闪出一线灯光，一娘道："好了。"带着马也不管是路不是路，迎着灯光而走。那田中路又不平，高一步低一步的乱缠乱撞，还亏是匹名马，若是差些的也难行。

又走了二三里，那灯光到不看见了，喜得月光明亮。走到一林子边，一娘下了马，到林子内，见几处破墙败壁，把马牵着走进墙里伏着，向外望了一会，不见有人声。复又到墙外来，四下细望，并无人影。原来那干人是赶獐③的，都向南去了。忽见灯光在对面树里。原来那灯在树下，远了倒望得见，越近越低，故此到看不见了。一娘搂着孩子牵着马，走到树下看时，却是三间草屋。从壁缝里看时，见一女人坐着纺棉。一娘遂上前敲门，那女人问道："半夜三更，何人叩门？"一娘道："我是借宿的。"里面听是女人声音，忙开了门，请一娘进去。看那女人，只好三十余岁。两下见了礼，那女人道："因何半夜至此？"一娘道："迷

---

① 的卢——古代良马名。亦作"的额"。额部有白色斑点。

② 潭溪——《三国志·蜀志·先生传》裴松之注引《世语》："备（刘备）屯樊城，刘表礼焉惮其为人，不甚信用。曾请备宴会，蒯越蔡瑁欲因会取备，备觉之，伪如厕，潜遁出。所乘马名的卢，堕（入）襄阳城西檀溪水中，溺不得出。备急曰：'的卢，今日厄矣，可努力！'的卢乃一踊三丈，遂得过。""潭溪"亦"檀溪"。

③ 獐（zhāng）——獐子，食草动物。

了路径，特来求宿。"那女人问也不问，便说道："把行李拿进来，这里空得紧，恐有失落。"一娘出来把马上行李卸下。女人道："把马牵到后园去。"一娘扣了马，又讨了个草喂马，才进来坐下。女人道："无奈夜晚没着馔奉客，怎处？"烧了壶茶来，一娘向褡裢内取出几个肉馍馍，就热茶与辰生吃了，问道："大娘尊姓？为何独自住此？"女人道："贱姓朱，丈夫经商在外，有些薄田在此，只得自己来收割。"说着，安排下床铺与一娘睡了。

一娘睡下，因路上辛苦，倒头便睡熟了。梦中忽听得外面有人言语，便惊醒了，怕是歹人。再听时，外面说道："前村人家有斋，你何不去赶趁些？"那女人道："今日有客不得去，你便中代我带些来罢。"外面又道："有甚紧要客不得去？"那女人道："上公在此借宿，山神着我在此守护，恐斑子们无礼。"外面道："也罢。我去了。"一娘心中骇异，又睡着了。

一觉醒来，已是日出，睁眼看时，忽见日光照在身上，原来是睡大树之下，房屋也不见了。急忙起来，却是个坟院。忙唤起辰生，寻马时，也扣在坟后树上。收拾起行李，见坟前一块石碣，上写道："朱六娘墓"。一娘看毕，倒身下拜道："蒙六娘救济，异日若有好处，必来安坟建醮①，报答厚恩。"遂牵马携着孩子出坟院来，见一路皆有虎狼脚迹。走出林子来四下观看，见西边大路上有人行走，抱了孩子，跨上马，竟奔大路而来。那马如飞似箭的向北去了。

原来北方女人骑马是常事，故不以为异。走了一日，渐渐晚来，路上又无饭店，腹中又饿。又走了一会，才远远望见一座庄

---

① 建醮（jiào）——道士设坛念经做法，此处指祭奠。

村，那马也饿了，溜了缰从斜里竟奔庄上来，那里收得住？任他乱跑，直跑到小桥边，才缓缓的行过桥来。见那庄上一簇人家，总是茆檐蔀①屋，倒也甚是齐整。但见：

> 野花盈径，杂树遮扉。远岸山光映水，平畦②种麦栽葵。蒹葭③露冷轻鸥宿，杨柳风微倦鸟栖。青柏间松争翠碧，红莲映蓼比芳菲。村犬吠，晚鸦啼，牛羊饱食牧童归。炊烟结雾黄筠熟，正是山家入暮时。

一娘到庄上下马。见一个婆子出来唤鸡，一娘上前迎着道："婆婆，我是迷了路的，借问一声。"那婆子见一娘生得俊俏，说道："此刻还走什么路？请到咱家坐。"一娘将马上行李解下，放在门楼内，着孩子看着马。一娘跟着婆子进来，一家女人都来看。婆子道："这位大娘迷了路来问，我见天色晚了，留他过一宿去。他这模样不像是乡下人。"一娘与众人见了礼，讨些水来洗了脸。婆子道："快拿米做饭与大嫂吃，定是饿了。"只见一个小厮，慌慌张张跑进来道："饿了！饿了！快拿饭来吃。"婆子道："你有甚事忙，一日也不来家吃饭，这样慌张做甚？"小厮道："还是为那珠子，老爹去求签打卦，都说今日有个贵人送来着。我们四处去迎接，从早到此刻也没见个影儿，叫吃了饭还到大路上去等哩。快些，快些！"那小厮等了一会，守不得饭，又跑去了。

一娘问道："是什么珠子？"他家一个女儿说道："是庄主老爹的孙女儿手上带的三个大珠子，半月前不知怎么失去了，那孩

---

① 蔀（bù）——遮蔽。
② 畦（qí）——土埂围着的田地。
③ 蒹葭（jiān jiā）——即芦苇。

·073·

子日夜的哭着要那珠子。老官儿求神问卜的寻，丫头小厮使得两头跑。"一娘道："多大的珠子？"那女儿道："却也是件好东西，足有鸡头子大，又圆又白，说是女孩子带着黑夜里走都不用灯火的，那珠子会放光哩！"婆子道："这样东西，原不该带在孩子手上，歹人见了怎不摘去？没有吓坏孩子还是造化哩。不见了半个月，也不知到那里去了，还想有么？他也是有钱的性儿。"一娘想道："莫不就是这三颗珠子？强盗原说从小孩子手上摘来的。"遂说道："我在路上却拾得三个珠子，不知可是不是？"那婆子听得，就来讨看。一娘道："须等他原主来看。"婆子道："可是真话？"一娘道："我哄你做什么？"那婆子飞奔的报信去了。不多时，只见七大八小的跑了一阵，丫头小厮来围住一娘，把屋都好挤满了。那婆子回来道："老爹来了。"一娘抬头，只见走进一个老翁来。你道怎生模样？只见他：

　　身弱手持藤杖，冰须雪鬓蓬松。金花闪灼眼朦胧，骨瘦筋衰龙钟①。

　　曲背低头缓步，庞眉②赤脸如童。深衣鹤氅③任飘风，好似寿星出洞。

　　那老者走进门来，众人让开了路，一娘站在下手，深深道了个万福。老者还了揖，见一娘丰姿秀雅，礼数从容，说道："请大嫂到舍下去拜茶。"那老者先走，婆子引一娘随后。来到门前，老者叫道："小厮把行李带了进来，把马牵到槽上去上料。"众丫头簇着一娘母子，又过了一座板桥，才到庄前。果然好座庄子，

---

①　龙钟——形容身体衰老、行为不灵便的样子。
②　庞眉——多而杂乱的眉毛。
③　鹤氅——道袍，泛指外套。

但见：

路傍青龙①，水缠玄武②。一周遭绿树遮阴，四下里黄花铺径。草堂高起，尽按五运八门③；亭馆低昂，真个傍山临水。转屋角牛羊饱卧，打麦场鹅鸭声喧。田园广布，为农为圃有滋基；厫廪④丰盈，乃积乃仓歌乐岁。正是：家有稻筠鸡犬饱，户多书籍子孙贤。

老者邀一娘进庄来，入了中门，早有女眷出来迎接，请到中堂，相见坐下。丫头献了茶。老道问道："请教大嫂上姓？从何处来的？"一娘道："贱姓魏，山东人氏，因进京探亲过此，迷了路，特造贵庄借宿。不意惊动公公，多有得罪。"老者道："好说。适才闻那老婆子说，大嫂曾拾得三颗珠子，求借一看。"一娘道："昨夜从个林子里过，见草里有光，取起来看时，却是三个珠子。才听见府上姐儿失落了珠子，数目相同，一时乱道，不知是与不是。"说着向手上解下，递与老者。老者见了，笑逐颜开道："正是他。"老者重又作揖相谢道："我们这里是蓟州所管，此地叫做石林庄，老汉姓客，年近八旬，尚未有孙，止有一孙女，年才七岁。他母亲梦赤蛇衔珠而生，适值老汉自京中回来，换得三颗珠子，就取明珠印月之意，名唤印月。就将这珠子系在他手上。忽于半月前不知怎么失去，据他说是被人解去了。孩子整日哭着要，昨老汉去求签，说今日有个贵人送来，果然大嫂下

---

① 青龙——亦称苍龙，道教所奉东方的神。

② 玄武——指乌龟，道教所奉北方的神。

③ 五运八门——原指五行阵和八门阵。这是古代两种战术变化很多的阵势。比喻变化多端、花样繁多，同"五花八门"。

④ 厫廪（áo lǐn）——即粮仓。

降。看大嫂仪容，定是个大福气的。快摆饭来吃，大嫂饿了。"
丫头摆上菜来，老者起身道："我少陪。"向妈妈道："叫媳妇出
来陪陪。"说毕出去了。

媳妇陈氏出来，见过礼，一娘同婆婆对坐，辰生、陈氏打
横①。酒饭上来，吃了一会儿。一娘道："请姐儿来坐坐。"陈氏
道："睡觉哩。叫丫头醒时带了来。"不一会，丫头搀了个女孩子
出来。一娘看那女儿生得甚是清秀。但见他：

> 体态自天然，桃花两颊妍。头如青黛染，唇若点朱鲜。臂膊
> 肥如瓠，肌肤软胜绵。发长才覆额，分顶渐垂肩。缨珞当胸挂，
> 金珠对耳悬。逍遥无俗气，谪降蕊珠仙。

那女儿走到婆婆跟前，婆婆道："这位大娘是送珠子来与你
的，你可拜谢大娘。"那女儿真个端端正正拜了一拜。一娘拉着
他手儿玩耍，他母亲把珠子依旧扣在他手上，便欢喜如故。就伏
在一娘怀中玩了一会，才坐在他母亲身边。婆婆道："他自珠子
吊②了，整日的哭，终日茶不茶饭不饭的，此刻就说也有笑也有
了。"一娘道："孩子们心爱的东西不见了，怎么不想。"

正在饮酒，只见外面摇摇摆摆走进两个小后生来，一个眉清
目秀，一个胖脸重眉，都是头挽抓髻③，身穿青布道袍，便鞋净
袜。婆婆道："过来作揖。"就坐在婆婆身边。一娘道："二位官
人是谁?"婆婆指着那清秀的道："这是外孙李永贞，他父母都去
世了，故我带在身边。这个刘瑀是老人家朋友之子，也是父母双
亡托孤在我家的，同在这里读书。"又饮了几杯，吃了晚饭，收

---

① 打横——围着方桌坐时，坐在横边。
② 吊——丢失。
③ 抓髻（zhuā jì）——同"髽髻"。

拾东厢与一娘安歇。一夜无辞。

次日，一娘告辞，婆媳们哪里肯放，说道："难得大娘到此，宽住些时再去。"一娘道："舍亲久别，急欲一见，迟日再来。"客老道："也不敢久留，略住几日再处。"一娘见他情意谆切①，只得住下。原意只过数日，不意八月尽间，秋雨连绵，久阴不止。及至晴时，已是暮秋天气。好一派凄凉景况，只见：

箱降水痕收，浅碧磷磷映远洲。征雁北来人未醒，悠悠，月照寒檠②无限愁。

凉气薄征裳，长笛一声人倚楼。紫艳半开篱菊净，休休，江上芦花尽白头。

一娘一住两月，天气渐寒，客老买了些绸绢布匹与他母子做几身冬衣。天晴了，一娘又要起身，陈氏苦留，又住下来了。客老道："不是久留大嫂，只因北路天寒荒险，连客商都难走，何况你女流家？京中近日米粮甚贵，要五两多一石，倘到那里，令亲或不在，岂不两下耽误了？不如权在此过了冬寒，遇便人，先寄个信去，等到春暖花香时，再去不迟。若大嫂为不方便，我后面西边收拾几间洁净屋与大嫂住，着两个丫头服侍你。"陈氏道："不须别处去，就是我对面房里好。他一向不在家，我正无人作伴，早晚谈谈闲话也好。"竟去收拾洁净，铺了床帐，将行李搬去。一娘却③不过他一家的情，只得又住下了。陈氏道："你家哥儿在此闲旷④，我家到有现成的先生，何不叫他去读书识字？"一

---

① 谆切——淳朴真挚。

② 檠（qíng）——灯、灯光。

③ 却（què）——推辞。

④ 闲旷——浪费时间、荒废耽搁。

娘道:"只是打搅得不安。"婆婆道:"先生是我家包定的,不过添些纸笔罢了。"遂择了吉日,送辰生上学,取名进忠,与李永贞、刘瑀同学。那两个已是顽劣,不肯读书的,又添上这个没笼头的马,怎么收得住野性?那先生不过是村学究浑帐而已,每日三人寻壶烧酒,把先生灌醉了,听他们闲游放荡。客老年迈,也不能照管到,他们终日去踢毽子、打拳、使棒、粘雀、赶獐的玩耍。正是:

> 日日遨游废学规,诗书不读任胡为。
>
> 小徒顽劣犹堪恕,如此蒙师①应杀之。

三人一日在场上玩耍,坐在柳树下闲谈,只见一群鹅自上流游来,那白毛浮绿水,红掌漾清波,却也可爱。鹅见了人,都齐声叫起来。进忠戏将土块迎面打去,正打在个鹅头上,那鹅把头摇了摇,钻下水去了。三人遂你一块我一块乱打。刘瑀拿起一块大砖飘去,刚把个鹅颈项打断了。李永贞道:"不知是谁家的,莫惹他骂,公公晓得又要生气了。"刘道:"不妨。一不做二不休,拿去煮了吃,只推不晓得。"进忠便将棍子捞上岸来,道:"哪里煮去?"刘瑀道:"土地祠去罢。"永贞道:"不好,和尚吃斋,决不肯的,反要说与人知道。不如到前村酒店去好。你们先去,我向外婆讨些钱来买酒。"刘将鹅提起,藏在衣服下,不敢走庄前,过了桥,从田埂上转去,来到个酒店内。那酒店到也幽雅,只见:

> 前临大路,后接澄溪②。几丛残菊傍疏篱,数点早梅依古岸。

---

① 蒙师——启蒙老师。

② 澄(chéng)溪——清澈的小溪。

处处轩窗明亮，层层坐具清幽。翩翩酒旆①舞西风，短短芦帘迎暖日。壁边瓦瓮，白渗渗满贮村醪②；架上瓷瓶，香馥馥新开社酝③。白发田翁亲涤器④，红颜村女笑当垆⑤。

二人坐下，将鹅放下，叫酒保拿去煮。小二提起来看了，说道："噫！不是杀的，是打折了的呀。"刘道："话多。"小二笑着，提到溪边，褪去毛。一会儿，李永贞也来了，刘瑺道："有多少钱？"永贞道："彀⑥一醉了。"小二拿了酒肴，把桌子移到菊篱边慢酌，等鹅熟了，取面来打饼。饮至下午，都醉饱了起身。刘将银子与店家，小二道："多哩。"进忠道："收着，下次再算。"

三人乘着酒兴到野外闲步，只见山坡上睡着一群羊，就如大雪遍地。三人走到跟前，有四五个牧童坐在地上玩耍，见是庄上三位官人，都齐站起来。进忠道："这群羊有多少？"牧童道："有三千多只，庄上老爹有二千多只，前村鲍家一千多，陈家三百有零。"永贞道："总在一处，怎么分得出？"牧童道："各有印记号头的，吹起号头来，便各自归群了。"刘道："你分开我们看。"那牧童呼了几声哨子，各家的羊果然分开三处站立。三人拍掌大笑道："妙呀，这羊可会斗么？"牧童道："怎么不会？"进忠道："你叫他斗斗看。"牧童道："今日晚了，明日斗罢。"三人携手同归。

---

① 酒旆（pèi）——酒旗。旆：古时末端燕尾状的旗。
② 村醪（láo）——乡村自酿的酒。
③ 社酝（yùn）——祭土神的酒。
④ 涤器——洗涤酒具。
⑤ 当垆（lú）——卖酒。垆，酒店里安放酒瓮的土台子，借指酒店。
⑥ 彀（gòu）——同"够"。

次日早饭后，便往羊坡上来，见牧童都在棚里吃饭，羊尚未出棚。三人前后顽了一遍，见牧童驱羊出圈，随后跟来山坡下。等羊吃了半日草，牧童才唿哨①两声，那羊都齐齐摆开，分为三队。几个牧童在中间跳舞了一会儿；又唤了几声，那羊忽的斗起来了，也各张声势一般进退有法。斗了一会儿，牧童执着鞭子分开来。进忠道：“再斗一会儿何妨。”牧童道：“恐斗起性来，有伤损哩。”三人又到酒店内饮酒，唤了牧童跟到店内，赏你们酒吃。从此终日无事，便来看斗羊、饮酒，引得些孩子们都来看。又在前后庄上聚集五六十个孩子，分为两队，进忠为元帅，永贞为军师，刘瑀为先锋，四个牧童为头目。削木为刀，砍竹为标，操演斗阵，先斗人阵，后斗羊阵。一日，羊斗起性来，触死了几只，便剥了皮，就在羊棚内煮熟了，买了一石酒来，大赏三军。三人上坐，四个头目坐在肩下，众孩子分作两班席地而坐，大酒大肉吃了一日。又到庄上备了马来，众人簇拥着元帅，得胜而归。自此日日来玩耍，搅乱村庄，只瞒着客老一个。

一日晚间，三人吃得大醉，乘着月光信步而行，不觉走错了路，忘记过桥，便一直向南走去，说着拣大路走。走有一个更次，来到一座大树林子，三人走进林内，见有座破庙。三人坐在门楼下观看，只见那庙：

寂寞房廊倒榻，荒凉蔓草深埋。雨淋神像面生苔，供桌香炉朽坏。

侍从倚墙靠壁，神灵臂折头歪。燕泥雀粪积成堆，伏腊②无

---

① 唿哨（hū shào）——将手指放在嘴里用力吹出尖锐的像哨子的声音。
② 伏腊——夏与冬。

人祭赛①。

进忠道："这是个什么庙，如此倒塌？"永贞道："这是个三义庙，闻得公公说，张翼德是我们这里人，故立庙在此。前日要约前后庄出钱修理。"刘玙道："我想当日刘、关、张三人在桃园结义，誓同生死，患难不离。后来刘玄德做了皇帝，关、张二人皆封为神。我们今日既情投意合，何不学他们，也拜为生死弟兄，异日功名富贵、贫贱患难，共相扶持，不知你们意下若何？"二人道："甚妙。"三人寻路归来。次日，择了吉日，宰了一肥羊，买了一大坛酒并金银纸马，叫了几个孩子抬到庙上摆齐，对神歃血②为盟。进忠年长为兄，永贞第二，刘玙第三。正是：

> 德星未见从东聚，恶气初看自北来。

毕竟不知三人结义后如何？且听下回分解。

---

① 祭赛——指祭神，以供品致祭行礼酬报神恩。
② 歃（shà）血——古人盟会时，嘴唇上涂上牲畜的血，表示诚意。

第 七 回

侯一娘入京访旧　王夫人念故周贫

诗曰：

拟效桃园结孔怀①，须知天意巧安排。

乘时②事业轰天地，未遇身名困草莱③。

贫里光阴情不已，难中知遇果奇哉。

从今母子分南北，回首云山天一涯。

话说进忠等发誓同盟，祭拜毕，烧化纸钱，将福物④煮熟，聚会众孩子饮了一日散去。果然情投意合，终日游荡。看看岁残⑤，人家都收拾过年。

光阴迅速，不觉又是早春天气。但见：

三阳⑥转运，万物生辉。三阳转运，满天明媚似开图；万物生辉，遍地芳菲如布锦。梅残数点雪，麦涨一川云。渐开冰冻山泉溜，尽放萌芽经路青。正是那：太昊⑦乘震，勾芒御辰。花香风气暖，云淡日光新。道旁杨柳舒青眼，膏雨滋生万象春。

---

① 孔怀——《诗经》："兄弟孔怀"。后以孔怀作为兄弟的代称。

② 乘时——利用时机。

③ 草莱（lái）——即野草。

④ 福物——指祭神用的肉类食品。

⑤ 岁残——即年底。

⑥ 三阳——日、月、星的通称，又称"三光"。

⑦ 昊（hào）——广大无边，天。

交了新春。那石林庄虽是个村庄，到也风俗淳厚。人家贺节，皆尊长敬客。一娘在庄上也是这家请那家邀，到元宵还请不了。又住了个把月，只见风和日丽，草绿花香，人家士女皆车马纷纷拜扫先茔①。又早是清明节近，客妈妈也备酒肴，请几个亲眷并一娘同去上坟游春。众女眷也轮流作东，又顽了几日。过了清明，一娘也思及丑驴死得可怜，无人烧化纸钱，浪荡游魂不知飘泊何所，也备了些羹饭，唤着辰生，就在溪边树下摆设了，望空遥祭，哭了一场，正是：

垒垒荒坟陌路边，从来客死更凄然。

试观嫠妇②山头望，野祭招魂鬼不前。

一娘哭了半日，众妇女劝住。回来见这春光明媚，触景生情，想起云卿临别之言，余情不断，又要入京去寻。先唤辰生来与他说知进忠道："这样好安稳日子不过，却要去投人，倘或不在，那时怎处？"一娘道："在此住着也非常法，久住令人厌，他虽不赶你，你自己住得也没趣。不如走一遭，过些时再来，人情也新鲜些。"进忠见他必于要去，料难拗③他，答应了。出来对刘、李二人说道："明日要与贤弟们分别了，不知何时再会。"永贞道："哥哥要去，我们也同你去。"刘道："你不得去的，你公公如何肯放你去？只是望哥哥早些回来，我们到店里去吃杯叙叙别。"

不说他三人去吃酒。且说一娘来对客妈妈说了要上京，客老道："既是大嫂坚执要去，也不好再留，只是务望还来走走。"妈

---

① 先茔（yíng）——祖先的坟地。茔，坟。

② 嫠（lí）妇——寡妇。

③ 拗（ǎo）——拦。

妈便置酒与一娘送行。一娘吃过酒，谢了，回房收拾行李。陈氏晚间又备酒在房内饯行，举杯向一娘道："难得大娘下顾，一向怠慢。幸喜情投意合，本意常在此相聚，不料又要远行，只是我有句话，久要向大娘谈，又恐不允。"一娘道："一向承大娘恩情，感激不尽，今一旦别去，原觉没情，奈因舍亲久别，急欲一见。有甚话，但请吩咐，无不从命。"陈氏道："你我相处半年多，一旦分离，恐日后相逢，或孩子们他日相见，情意疏了，意欲与大娘拜为姊妹，将月儿聘定^①辰生，不知意下如何？"一娘道："多承大娘美意，只是我仰攀^②不起，姊妹已不敢扳，况姐儿下配犬子，怎么当得起？"陈氏道："什么话？我们也不过庄户人家。"遂令丫头摆下香案，同拜天地，却是一娘长些。二人又对拜过了，复拜了亲。向客老夫妻也拜过，又叫过辰生并印月，各拜了姨娘、丈母。小夫妻又交拜过。陈氏吩咐印月道："以后哥哥相见，不要生疏了，须以嫡亲相待。"复坐下吃酒，正是：

> 莫把他人强作亲，强来到底不为真。
>
> 谁知今日称兄妹，翻作西厢待月人。

饮至更深方散。

五鼓起来，吃了饭。客老送了五十两盘费并衣服行李，陈氏又送了二十两并衣服首饰等物。一娘谢了，收起，叫进忠备马。客老道："一匹马难骑两个人，到路上也无人寻草料，不如留在这里，迟日再来取罢，且雇两个骡子去。"一娘拜谢了众女眷，到厅上，等骡夫到了，遂将行李等搭上。客老道："脚钱一两六钱，我已付清与他，送到前门上卸的。恐他们路上须索，不要理

---

① 聘定（pìn dìng）——定下亲事。

② 嫡亲（dí qīn）——血统较近的亲属，此处指亲人。

他。"一娘又谢了众人，大哭一场。印月也知，扯住姨娘，大哭不放，丫头们强抱了去。一娘同进忠上了牲口，凄凄惶惶而去。

此时日色才出，走了有二三里路，进忠道："两个兄弟说来送我，怎么还不见来？"骡夫道："想是在大路上哩。"又走了里许，只见有人在后面喊道："哥哥缓行！"进忠勒住牲口，回头看时，见刘、李二人也骑着马来了，后面挑了两担走到，三人并辔①而行。永贞道："哥哥来行恁②早，我们半夜里宰了羊，煮熟了才来。且到前面柳阴下去。"挑担的先走，众人来到树下芳草坡前，铺毡坐下。请一娘上坐，众人围坐，摆下肴馔。永贞斟酒奉一娘道："孩儿们一向未曾孝敬得母亲，今日远行，聊备一杯水酒，略申孝敬之意。请母亲满饮此杯，望前途保重。"一娘接酒称谢。饮毕，刘瑀也敬了一杯。二人又敬了进忠。众人狼吞虎咽，吃了一会儿。

日色将中，骡夫来催道："晏③了，走罢，要趱④路哩。"一娘等起身。三人扶一娘上了牲口，刘瑀道："我们再送母亲、哥哥一程。"进忠道："兄弟们回去罢，送君千里终须别。只是兄弟们前程万里，须各努力保重要紧。"永贞道："哥哥到京有便，务望寄封书子来。若寻到亲戚，望早早回来。小弟们有便，自也来京看你。"三人相对大哭，好难分手。有诗为证：

> 驻马高林日欲晡⑤，嗟君此别意如何。
>
> 东风吹酒壮行色，万里雄心一剑孤。

---

① 并辔（pèi）——并马而行。辔，驾驭牲口用的嚼子和缰绳。

② 恁（nèn）——方言，那么、那样。

③ 晏（yàn）——迟晚。

④ 趱（zǎn）——赶路，快走。

⑤ 欲晡（bū）——将要到申时。晡，午后（三时至五时）申时。

进忠别了二人，随了一娘上路。正是暮春天气，一路上山明水秀，草色花香，飞尘扑面。说不尽饥餐渴饮，夜宿晓行。非止一日，到了京师。在前门上寻了客店，安下行李，打发牲口去了。母子二人进内城来观看，果然是玉京天府，载进金城，比别府大不相同。只见：

虎踞龙盘气势高，凤楼麟阁彩光摇。

御沟流水如环带，福地依山插锦标。

白玉亭台翻䴔鶄①，黄金宫殿起鲸鳌②。

西山翠色生朝彩，北阙恩光接绛③霄。

三市金缯④齐凑集，五陵⑤裘马任逍遥。

隗⑥台骏骨千金价，易水高歌一代豪。

都会九州⑦岛传禹贡，朝宗万国祝嵩高。⑧

应刘文字金声重，燕赵佳人玉色娇。

召公遗爱歌熙皞⑨，圣祖流风乐舞尧。

晓日旌旗明辇路，春风箫鼓遍溪桥。

---

① 䴔鶄（yuè zhuó）——古书上说的一种水鸟。

② 鳌（áo）——古代传说中海里的大龟或大鳖。

③ 绛（jiàng）——深红色。

④ 缯（zēng）——一种丝织品。

⑤ 五陵——长陵、安陵、阳陵、茂陵、平陵合称五陵。

⑥ 隗（wěi）台——战国时，燕昭王为强国，于易水东南筑黄金台，以招贤纳士，旁有“小金台”，相传即“郭隗台”，亦简称“隗台”。后以“隗台”代指招贤纳士之处。

⑦ 九州——古行政区划，起于春秋战国。详见《禹贡》。

⑧ 嵩高（sōng gāo）——即嵩山，古代有封禅嵩山的传统。

⑨ 皞（hào）——白而明亮。

重关拥护金汤①固，海晏河清②物富饶。

一娘到了前门，见棋盘街上衣冠齐楚，人物喧闹，诸般货物摆得十分热闹，比别处气象大不相同。看了一会儿，走到西江水巷口，各店都挨挤不开。见故衣铺内一个老者独坐柜外，进忠上前拱手问道："借问爷，子弟们下处在哪里？"老者道："一直往西去，到大街往北转，西边有两条小胡同，唤做新帘子胡同、旧帘子胡同，都是子弟们寓所。"进忠谢了，同一娘往旧帘子胡同口走进去，只见两边门内都坐着些小官，一个个打扮得粉妆玉琢，如女子一般，总在那里或谈笑，或歌唱，一街皆是。又到新帘子胡同来，也是如此。进忠拣个年长的问道："这可是戏班子下处么？"那人道："不是。这都是小唱弦索。若要大班，到椿树胡同去。"进忠道："有多远？从何处去？"那人道："有五六里远哩。往西去不远就是大街，叫驴子去，那掌鞭儿的认得。"进忠拱拱手别了，出巷子来，引着娘走上大街。见牌楼下有一簇驴子，进忠道："赶两头驴来。"那小厮牵过驴问："哪里去的？"进忠道："椿树胡同。"

母子二人上了牲口，一刻就到了。掌鞭儿道："是了，下来罢。"进忠道："送我到班里去。"驴夫道："进胡同就是了。"二人下来，还了钱。一娘站在巷口，进忠走进巷来，见沿门都有红纸帖子贴着，上写某班某班。进忠出来问一娘，是甚班名，一娘道："是小苏班。"进忠复问人。那人道："你看门上帖子便知，你不识字么？进忠却不甚识字，复来对娘说了。一娘只得进巷来，沿门看去，并无。只到尽头，有一家写着是王衙苏州小班，

①　金汤——"金城汤池"略语，形容城池坚固。

②　海晏河清——形容天下太平。

一娘道："是了，或者是他借王府的名色也未可知。"自己站在对墙，叫进忠去问。

进忠到门前，并不见个人；站了半会，也没人出来，只得走进去，看见门都锁着，没人在家。进忠便往外走，撞见一人进来，喝道："做什么？撞日朝哩！"进忠往外就跑，那人赶了出来。一娘迎上前，道了个万福，道："借问老爹，这班可是苏州小班？"那人道："正是。"一娘道："班里可有个姓魏的？"那人想了一会，道："有个哩。"一娘道："他是我的亲眷，相烦老爹进去唤他出来。"那人道："不在家，到内相家做戏去了，明日来罢。"一娘谢别，走上大街，叫驴子回下处来。一路心中暗喜道："也不枉受了许多苦楚，今日才有好处。"回到寓所，心中有事，哪睡得着？正是：

　　良夜迢迢玉漏①迟，几回歌枕听寒鸡。

　　举头见月浸窗纸，疑是天光起着衣。

　　一娘巴不得天明，正是：点头换出扶桑②日，呵气吹残北斗星。天色才明，就起来梳洗，吃过饭，日已出了，心中想道："我若自去寻他，恐怕班里人看见不雅；要不去，又恐辰生不停当。"踌躇③了一会儿，"还是叫辰生去罢。"遂叫辰生来，吩咐道："你到昨日那班里去问声，可有个魏云卿，他是苏州人，是我姨弟。你寻到他，说我特来投他，是必同他来。"说毕，进忠往外就跑，一娘叫转来道："你可记得么？"进忠道："记得。"又去了。一娘又唤回来道："你莫忘了，说遍我听。"进忠道："这

----

①　玉漏——古代的一种计时工具。

②　扶桑——古代神话传说中海外的大桑树，据说太阳从这里出来。

③　踌躇（chí chú）——心中迟疑犹豫，要走不走的样子。

几话有甚难记?"一娘把了些钱与他叫驴、买东西吃,进忠接了,才走出门,一娘又叫回来。进忠急得暴跳道:"又叫我做什么?你要去自去,我不会说!"把钱向地一掠,使性子坐着不动。一娘央了他半日,才拾起钱来要走。一娘扯住他道:"我把件东西与你带去。"向手上解下一个小小金牌子来,代他扣在指头上,道:"这是我姨娘与我的,你带去,见了他,把他看,他就知道我在这里了。"进忠拿了,飞也似的去了。

一娘独坐等信,好不心焦。心中忖度道:"此刻好到了。"过一刻,道:"此刻好说话了。"一条心总想着他,直等到傍午,也不见回来,想道:"大约是留他吃酒饭哩!"又等了半日,渐渐天晚,也不见回来,又想道:"我昨日耽搁了许多工夫,回来也只午后,他是熟路,怎么此刻还不见来? 定是在路上贪玩了。"自己坐在店门前,等到日落,才远远望见辰生独自跑回。一娘迎到檐前,问道:"你怎么去这一日才来? 可曾寻到他? 怎么不同他来?"进忠喘了一会儿气,才说道:"鬼也没得一个。"一娘道:"怎么说?"进忠道:"我到他门前,见门关着,我不好敲,直等到小中,才有人开门。我正要问他,他又出动了,又等了半日才回来。又要问他,他又同人说着话进去了,我只得坐在门栏上。半日才见昨日那人家来问我:'可曾见他?'我说:'没有'。那人道:'等我叫他出来。'那人进去,叫出个髡①头小孩子来,才好十七八岁,问道:'哪个寻我?'我说:'寻魏云卿的。'那小人道:'没有'。竟关上门进去了。那人后又出来问道:'可是他?'我说:'不是魏云卿。'那人道:'这一带班里总没有个魏云卿,

---

① 髡(kūn)——剃去头发。

想是在别的班里。'我说'不认得。'那人道：'我同你走走去。'将一条巷子都走遍了，也没得。那人道：'五十班苏、浙腔都没有，想是去了。前门上还有几班，你再去寻寻看。'那人就去了，我也来了。"一娘听见不是，正是：

眉头搭上三横锁，心内频流万斛^①愁。

不觉眼中垂泪，心里想道："我受了千辛万苦，死中得活，也只为这冤家，谁知今日又成画饼！"连晚饭也不吃，就和衣睡了。一夜忧苦自不必说。

次早起来，只得又叫进忠到孝顺胡同去访问，并无消息。住在店内，逢着吴下人便问，也无一人知道。又想道："他莫不是上了前程，在哪个衙门里？"又央人到各衙门里访，也无踪迹。又住了些时，客店里人杂，进忠便搭上了一班人，抓色子，斗纸牌。一娘着了忙，把他手上金牌子解下来。后来便整几夜不归。一娘说说他，他便乱嚷乱跳。一日回来，反向娘要钱买酒吃，一娘回他没钱，他竟将一娘的新花绸裙子拿着就走，又几夜不归。一娘气得要死。正值京中米粮贵，又无进入，正是坐吃山空，不上半年，盘费都完了。思量要回客家去，又怕人情世态，当日苦留不住，今日穷了又来，恐人恶嫌。进忠也恋着那班人玩耍，反说道："当日谁叫你来的？如今又带着鬼脸子去求人。"母子们又吵闹了一场。渐渐衣服当尽，看看交冬，天气冷得早，衣食无措，一娘只得重整旧业，买了个提琴沿街卖唱。走了几日，觅不到三五十文钱，连房钱也不够。一则脚小难行，二则京中灰大，一脚下去，连鞋帮都陷下去了，提起来时，鞋又掉了，一日走不

---

① 斛（hú）——一种古代量器。

上几家，故无多钱。回到下处，坐着烦恼，店家道："走唱最难觅钱，如今御河桥下新开了个酒馆，十分齐整，你不如到那里赶座儿，还多得些钱。"

次早，一娘走进城来，径往御河桥来，迎着北风，好生寒冷。不一时望见一所酒楼，只见：

湘帘映日，小阁临流。一条青帘招摇，几处纱窗掩映。门迎禁院，时间仙乐泠泠①；轩傍宫墙，每见香花馥馥。金水河，牙墙锦缆，时时知味停舟；长安街，公子王孙，日日闻香下马。只少神仙留玉珮，果然卿相解金貂。

一娘进店来，先对店主道了个万福，道："爷，我是个南边人，略知清曲，敢造宝店，胡乱服侍贵客，望爷抬举。"店家见他生得标致，先引得动人，便说道："且请坐，还没有客来哩。"一娘坐下。店家道："大嫂寓在哪里？"一娘道："前门陆家饭店。"店家道："共有几口？"一娘道："只有一个小孩子。"店家道："这也容易养活。"一娘道："全仗爷抬举作成。"店家道："一路风吹坏了，小二拿壶暖酒与大嫂烫寒。"店家收拾了四个碟儿，小二拿上酒来，店家走来陪他。一娘奉过店家酒，拿起提琴来，唱了一套北曲，店家称赞不已，连走堂的、烧火的都挤来听，齐声喝彩。店家喜他招揽得人来，就管待了中饭。到晚，吃了晚饭，又吃了壶热酒，才回寓所，一日也有二三钱三五钱不等，甚是得济。

一日回来，进忠已四五日不归，到黄昏时，吃得大醉而来。一娘也不理他，只到次日天明，才说他道："你终日跟那起人做

---

① 泠泠（líng）——形容声音清越好听。

一处，必做不出好事来。这禁城内比不得石林庄，若弄出事来，你就是死了。不如跟我到馆内代他走走堂，每日好酒好食，还可寻钱贴用。"进忠道："没得舍脸。"说着跑出去了。一娘气了一会儿，才到酒馆中来。唱了半日，到东边一个小阁里来，见有两个人在那里对饮，上手是个清秀小官，对坐的那个人，头戴密绒京帽，身穿元色潞绸直身，生得肥伟长大，见了一娘，上一眼下一眼目不转睛的看他。那小官扯一娘坐下吃了几杯，一娘起身走到对席上唱，那人犹自看着他。又唱过一遍，钱都收了，重到阁子上，见那两个人已去了。一娘走出来，见那二人还伏在槟上与店家说话。一娘站在旁边伺候，只听得店家道："晓得！领命！"二人拱拱手去了，竟没有把钱与一娘。店家点头，唤一娘到面前说道："才二位是吏科里的掌家，他晚间要留你谈谈。"一娘道："使不得，我下处没人。"店家道："如今科道衙门好不势耀利害，我却不敢违拗他，当不得他的计较。"把一娘硬留住了。

到晚客都散了，店家将小阁儿收拾干净，铺下床帐等候。到黄昏时二人才来，到阁上坐下，请一娘上来，坐在那小官肩下，摆上肴馔①。店家道："二位爷请些，总是新鲜的。"一娘奉过一巡酒，取提琴唱了一套北曲，又取过骰子，请那小官行令。斟上酒，一娘又唱了套南曲，二人啧啧称羡。那人道："从来南曲没有唱得这等妙的，正是'词出佳人口'。记得小时在家里的班昆腔戏子，那唱旦的小官唱得绝妙，至今有十四五年了，方见这位娘子可以相似。如今京师虽有数十班，总似狗哼一般。"一娘道："二位爷贵处哪里？"那人道："山东。"一娘道："我也曾走过山

①　馔（zhuàn）——饭食。

东的，爷是哪一府？"那人道："临清。"一娘道："我也曾在临清住了二年的，那里有位王尚书老爷，爷可知道么？"那人道："王太老爷去世了，你怎么认得的？"一娘道："我在山东走过好几府，惟在临清最久，每日在王府内玩耍，王大爷十分和气，不知可曾中否？"那人道："你莫不是侯一娘么？"一娘道："正是。爷怎么认得的？"那人道："我说有几分面熟哩！先见了你，想了半日也想不起来，原来比当日胖了。"一娘道："老了。"那人道："还不觉，丰姿如旧。如今大爷做到吏科给事，奶奶时常想念你，常差人四路访寻你哩。你家老丑与辰生好么？"一娘将前事大概说了一遍。那人道："怪道寻你不见，原来遭了这些大变。"一娘道："爷上姓？"那人道："我还认得你，你到不认得我了？我是贻安。"一娘道："爷发了身①子，故此不认得。这位爷尊姓？"贻安道："你真老了，他是吴爷家的六郎。"一娘笑道："一别十五六年，当初只好十多岁。"店家道："正是他乡遇故知了。各饮一杯。"六郎道："我们就行个喜相逢的令罢！六个骰子凑数算，少一点吃一杯。"令行完了，又猜拳赌酒，直至三更方散。贻安去了，六郎同一娘宿了。两人都是久旷的，说不尽一夜欢娱。

次日还未起来时，王府里早差了长班来接。一娘慌忙起来梳洗，吃了早饭，上马同至王老爷赐第。门上回过，里面传梆②，着家人出来唤一娘进去。管家婆引进后堂，王奶奶尚未梳洗。一娘叩下头去，王奶奶一把扯起来道："好人呀，一去就不来了，叫我何处不着人问到了你！一向在那里的？辰生好么？"一娘道："多谢奶奶挂念。"遂将别后事细说一遍。王奶奶道："原来受了

---

① 发了身——发胖。
② 梆（bāng）——古时一种打更器具。

这许多磨难的！我说怎的不见你来？"丫头拿茶来与他吃，王奶奶才来梳洗。一娘坐在旁边，只听得房内孩子哭，一娘道："奶奶有几位公子？"王奶奶道："我生了两个，都读书去了。这是丫头生的。"梳洗毕，拿上茶来，一娘吃了点心。王奶奶见他身上衣服单薄，取了两件新棉衣与他换了。

　　少顷，王老爷回来。一娘出来迎接，见王老爷比前胖了许多。见了一娘道："贵人难见面，一向在哪里的？"一娘叩了头，王老爷换了便服道："坐着。"一娘道："老爷未坐，小的怎敢坐？"王老爷道："你又讲起礼来了。"一娘只得坐下。王老爷道："你没有到泰安州去，一向在哪里的？"王奶奶将他遇难之事说了。王老爷道："你家老丑殁了，可曾另寻个对儿？"一娘道："没有。"王老爷道："你家辰生哩？"一娘道："在前门陆家饭店里。"王老爷道："吩咐长班把他行李发来，并唤他孩子来。"小厮答应去了。王老爷道："老一来得恰好，我刻下正要出差。家眷回去，正要人作伴，你少不得也同到临清去顽顽。王奶奶道："什么差使？"王老爷道："因关白平复了，差我去安抚朝鲜。先打发你们回去。"三人同吃了早饭，王老爷出去拜客，午后才回。

　　长班取了行李同进忠来。小厮领他入内，一娘道："来叩老爷、奶奶头。"王奶奶道："去时才几个月，如今这样长大了。"取酒饭与他吃，三人坐下饮酒。王老爷道："你几时到京的？米贵得狠哩！"一娘道："来有八个月了。当初云卿原约来京一会，不意到此遍访不遇，故此耽搁至今。王老爷道："他到京第二年就上了前程，在京中住了七八年，去年春间才选到广东去了。却好吴益之是他的上司，甚是看顾他。前日有书子来，说新丧了偶。你如今也是寡居，不如还与他做一对儿也好？"一娘道："他如今有钱有势，愁没有娇妻美妾，还要我么？"王老爷道："他倒是个有情的，提起来就眼泪汪汪哩！"饮至更深方睡。

次日，王老爷伺候领敕、辞朝、送行、请酒，逐日不闲。进忠仍旧恋着那班人，不肯随娘去。一娘求王老爷处治他，王老爷道："京中光棍①最多，且不怕打。今日处了，明日又是如此，只有管你儿子为是。"王奶奶对王老爷道："老一随我们回去，你把他儿子带去吧。"王老爷道："那小厮眼生得凶暴，不是个安静的，带去恐他生事。我看别衙门有用得着人的，荐他去做个长随②，有了管头，那起光棍就不敢寻他了。"次日对一娘说了，叫长班来吩咐道："这魏进忠的母亲要随家眷回临清，他在此无依，你去看那个衙门用得着人，可作成他去做个长随。"长班回道："只有中书程爷对小的说要个长随的，请老爷发个帖去，没有不收的。"王老爷进来对一娘说了。娘儿们商议停当，王老爷发了帖，长班领他到程中书寓所来。正是：

　　未入黄扉③称上相④，蹔⑤栖徽省作亲随。

　　毕竟不和进忠去做长随后来如何？且听下回分解。

---

　①　光棍——地痞、流氓的古称。
　②　长随——即差役。
　③　黄扉（fēi）——即皇门。借指宫廷宦海。
　④　上相——拜相当官。
　⑤　蹔（zàn）——同"暂"，时间短；暂时。

第 八 回

程中书①湖广清矿税　冯参政②汉水溺群奸

诗曰：

　　莫把行藏③问老天，惟存方寸④是良田。

　　粗心做去人人忌，冷眼看时个个嫌。

　　树出高林先被折，兔谋三窟⑤也遭歼。

　　瘠人肥己⑥如养虎，用尽机关⑦亦枉然。

　　话说王府长班拿了帖，领进忠到程中书寓所。门上禀知，唤进忠同长班进去。都叩了个头。长班道："小的是吏科王老爷差来的，王老爷拜上老爷：这魏进忠的父亲是家太老爷门下写书启的，他今在家老爷衙内服侍。因家老爷出差去，因老爷吩咐要一个长随，小的禀过家老爷，送来服侍老爷的。"程中书见进忠生得干净，说道："人恰用得着，只是这我这冷淡衙门，比不得你

------

① 中书——古代官名。官阶为七品，内阁中掌握撰拟；记载、翻译、缮写。

② 参政——明布政使下设左、右参政，以分领各道，后仅作兼衔。

③ 行藏——旧指对出仕退隐的处世态度；形迹。

④ 方寸——心。

⑤ 兔谋三窟——窟：窝。狡猾的兔子准备三个藏身的窝。比喻隐蔽的地方或方法多。

⑥ 瘠人肥己——同损人利己。

⑦ 机关——计谋、心机。

老爷那里，恐他受不惯。"长班道："他年纪小，也还伶俐，叫他习些规矩，若得老爷抬举，成人何难。"程中书道："拜上你老爷，容日面谢罢。"发了回贴，赏长班五钱银子。长班叩头谢了赏，道："小的还领他去，等家老爷起身后，他收拾了衣服行李，再送他来。"程中书道："也罢。"二人同辞了出来，回复王老爷话。

次日，王老爷先打发家眷出京。一娘叫进忠来，吩咐道："你如今有了管头，比不得往日了，须要小心谨慎服侍。我去不多时，就同奶奶回来，你须安分学好，免我牵挂，衣服行李都与你。"又把金牌子解下，代他扣在手上，道："恐遇见我姨弟，与他看，他就知道了。"进忠直送至良乡，才洒泪别娘回京。正是：

> 怀抱瞻依①十数年，艰难困苦更堪怜。
>
> 今朝永诀长亭畔，肠断孤云泪雨悬。

进忠回京，次日伺候王老爷起了身，才回来拿了行李，长班送他到程中书处。进忠到也小心谨慎，服侍殷勤。他为人本自伶俐，又能先意逢迎人，虽生得长大，却也皮肤细白，程中书无家眷在此，遂留在身边做个龙阳。凡百事出入，总是他掌管，不独办事停当，而且枕席之间百般承顺，引得个程中书满心欢喜。随即代他做了几身新衣，把了几银金玉簪儿，大红直身，粉底京靴，遍体绫罗，出入骑马。那班光棍也都不敢来亲近他。

那程中书乃司礼监掌朝田太监的外甥，山西大同府人，名士宏。他母舅代他上了个文华殿的中书。虽是个贵郎，却也体面。九卿科道官因要交结他母舅，故此都与来往。还有那钻刺②送礼

---

① 瞻（zhān）依——看顾依恋。

② 钻刺——钻营、谋求。

求他引进的，一日也收许多礼。田太监忽然死了，他也分得许多家私。

　　一日，程中书退朝，气愤愤的发怒，打家人、骂小厮，焦躁了一日，家人都不知为何。晚间上灯时，犹是闷闷不乐，坐在房内。进忠烧起炉子炖茶，又把香炉内焚起好香来，斟的杯茶，送至程中书面前。程公拿起茶吃了两口，又叹了口气。进忠恃爱，在旁说道："爷一日没有吃饭，不要饿了，可吃什么？"程公停了一会道："先炖酒来吃。"进忠忙到厨下，叫厨子做速整理停当。

　　进忠先拿了酒进来，接了菜摆在桌上，取杯斟酒。程公连饮了两杯，道："你也吃杯。"进忠接过来，低下头吃了，又斟了杯奉上二人遂一递一杯，吃过了一会，程公颜色才渐渐和了。进忠乘机问道："老爷为甚着恼？"程公道："今日进朝，受了一肚子气。"进忠道："谁敢和老爷合气？"程中书："怎耐二陈那阉狗①，着实可恶。"进忠道："为什么？"程公道："因杨太监要往陕西织造驼绒，送我一万银子，央我讨他分上②。我对他说，他倒当面允了，只是不发下旨来。后又去求他几次，总回我：'无不领命，只等皇爷发下来，即批准了。'如今等了有两个多月，也不发下来。杨爷等不得，又去央李皇亲进去说了，登时旨意下来了。你说可恼么？当日内里老爷在时，好不奉承，见了我都是站在旁边呼大叔，如今他们一朝得志，就大起来了。早间我要当众人面前辱他们一场，被众太监劝住。"进忠道："世情看冷暖，人在人情在。内里老爷又过世了，如今他们势大，与他们争不出

────────────

①　阉（yān）狗——对宦官的蔑称。
②　分上——人情，面子。

个什么来。只才是'早上不做官，晚上不唱喏①。'李皇亲原是皇上心坎上的人，怎么不奉承他？那些差上的太监们撰了无数的钱，进朝廷者不过十之一二，司礼监到得有七八分。据小的意思，不如上他一本，搅他一搅。"程公道："怎么计较哩？"进忠道："老爷本上只说历年进贡钱粮拖欠不明，当差官去清查。皇上见了，无不欢喜，自然是差老爷去了。"程公道："好虽好，又恐那狗骨头见与他们不便，又要按住了哩。"进忠道："内里老爷掌朝多年，难道没有几个相好的在皇上面前说得话的么？就是他同伙中也有气不忿的，老爷多请几位计议，就许他们些礼物，包管停妥。"一席话，把个程中书一肚子怒恼都销入爪哇国②去了，满面上喜笑花生，将他一把搂过去亲嘴道："好聪明孩子，会计较事。若成了，也够你一生享用哩。"只才是：

自古谗言可丧邦，一时耸动恶心肠。

士宏不悟前贤戒，险把身躯葬汉江。

两人一递一杯，饮至更深，上床安歇。程中书因心中欢喜，更觉动兴。进忠欲图他欢喜，故意百般做作，极力奉承，二人颠狂了半夜，才相搂相抱而睡。

次日起来，不进朝，便来拜殷太监。这殷太监原是在文书房秉笔的，田太监殁了，就该他掌朝，因神宗欢喜二陈，就越次用了，却把他管了东厂③，也是第一个大差。他平日与田太监极厚，故程中书来拜他。传进帖去，正值殷太监厂中回来，至门首下轿。门上禀知，就叫请会。程中书进来，见了礼，到书房坐下。

---

① 唱喏（rě）——方言，作揖的意思；或一边作揖，一边出声致敬。

② 爪哇国——形容极远的地方。

③ 东厂——明朝设置的特务机构。

殷太监道："自令母舅升天后，一向少会，咱们这没时运的人，是没人睬咱的。今日甚风儿吹你到此？承你不忘故旧，来看看咱好。"程中书道："因家母舅去世，被人轻薄，也无颜见人。今日没有进去，特来叩请老公公的安。"殷太监道："承受你。小的们，取酒来烫寒，闲叙闲叙。"家人移过桌子放在火盆边，大碗小碟的摆了一桌肴品，金杯斟上酒来。

二人对酌多时，程中书道："近日又差了几位出去了？"殷太监道："那些狗养的，办着钱只是钻刺他们出去，撺了无数的钱来，只拣那有时运的，便成几万的送他，似咱们这闲凉官儿，连屁也不朝你放个。"程中书道："这也不该。杨柳水①大家洒洒才是。难道就没得用人之时。"殷太监道："这起狗骨头儿，眼界无人，会钻刺的都弄了去。你留他，我明日不弄他们个尽根也不算手段。包管叫他们总送与皇爷，大家穷他娘。"程中书道："朝廷的钱粮，年年报拖欠，总是他侵挪去了。"殷太监道："什么拖欠？都是他们通同作弊，只瞒着皇爷一个。"程中书道："何不差人去清查？"殷太监道："咱也有此意。若差内官去，又是他们一伙子的人；要差个外官去，又恐不体咱的心。"程中书道："小侄倒无事，可以去走走。只是内里无人扶持。要求个分上又没钱使。似昨日杨公公的事，是李皇亲说的，就灵验了。"殷太监道："这狗养的也是神钻哩！我说怎么下来得这样快，原来是这个大头脑儿。若你老先儿肯去，都在咱身上。咱有个好头儿，管你一箭就上垛。"程中书道："多谢老公公美意。但不知是哪个头儿？"殷太监道："李皇亲是小李娘娘的兄弟。咱明日去郑娘娘位下求

---

① 杨柳水——本指观音菩萨手中净瓶中的杨柳水，这里是好处的意思。

个分上，只求皇爷批下，竟落文书房，看那小狗养的可敢留住么！"程中书道："妙极，妙极！但不知要多少礼物？"殷太监道："少也得万石米。"程中书道："小侄是个穷官，怎办得起？"殷太监道："你措一半，我代你垫一半，等你回来补我。"程中书道："拜托，回来加利奉还。"殷太监道："田哥分上，说什么利钱？只是弄得这些狗养的头落地，方称我心。"程中书辞了起身，殷太监道："你把礼儿先送来，本也预备现成，等皇爷在郑娘娘处玩耍，咱着人送信来，你再进本，咱央娘娘实时批出，这叫做迅雷不及掩耳，叫他们做手脚不迭。"说毕，别了。

　　程公回来。进忠随来，脱了衣服。程公道："果如你的计，十分停妥。"便将殷太监的话对进忠说了。进忠道："事不宜迟，恐久则生变，就乘今夜送去。"程中书忙取出一百个元宝，用食盒装好，差了四个人抬着，进忠拿了帖子，送到殷太监家来。时已初更，大门关了，门上不肯传。进忠道："我们是福府差来，有机密事来见的。"门官才开了门，进忠领人将食盒抬进，门上人大嚷大骂。进忠道："与人方便。自己方便，咱是中书程爷送礼来的。早间与公公约定，吩咐叫此刻送来，这是薄敬五两，请收，借重传一声。"门上接了，似有嫌少之意，回道："公公睡了，不敢传。"进忠只得又送了他三两，才去传点。过了一会，家人才出来问道："什么事？"进忠对他说了，也送了他五两银子，才进去说知。少顷，叫抬进去。

　　抬进中堂，见堂上灯烛辉煌，火盆内丛着火。殷太监头戴暖帽，身着貂裘，南面而坐，前列着十数个亲随。进忠跪下叩了个头，家人接上帖去。殷太监看了道："就到明日罢了，怎么这样快？你爷做得事。"进忠道："蒙老爷盛意，先送过来，好乘机行事。"旋将食盒打开，一锭锭在灯下交代明白。殷太监叫管库的收了，说道："好乖巧孩子，会说话，办事也找绝。"遂向身边顺袋内摸出十个金豆子来赏进忠，道："拜上你爷，早晚有信就送来。"进忠答应，叩谢回来回信。程中书次日把本章备下。

过了几日，殷太监差人来送信。程中书忙将本送进，果然就批出来。道："湖广矿税钱粮，着程士宏清查，着写敕与他。"科道见了交章奏劾①，俱留中不发。程中书来谢了殷太监，忙收拾领敕辞朝。京中那起光棍钻谋送礼，希图进身。又有湖广犯罪拿访的约来帮助。发了起马牌，由水路而来，摆列得十分气焰。但见他：

行开旗帜，坐拥楼船，喧天鼓乐闹中流，乱杂从人丛两岸。黄旗金额，高悬着两字钦差；白纸朱批，生扭出几行条例。驿传道火牌清路，巡捕官负弩②先驱。列几个峨冠博带③，皆不由吏部自除官；摆许多棕帽宣牌，乃久困圜扉④初漏网。过马头威如狼虎，趱人夫势类鹰鹯⑤。搜剔⑥关津，飞鸟游鱼皆丧胆；掘伤丘陇，山神土地也心惊。

程中书带了这班积棍，一路上狐假虎威，虚张声势，无般不要，任意施为。那些差上的内官奉承不暇他。敕上只叫他清查矿税，与百姓无涉，他却倚势横行，就是他不该管的事，他也滥管

---

① 奏劾（hé）——劾，揭发罪状。此处指官员向皇帝奏请弹劾的奏章以揭发他人。

② 负弩（nǔ）——肩背弩弓。

③ 峨冠博带——峨，高；博，宽。高冠宽带一般为官宦的打扮。

④ 圜（huán）扉——牢狱。

⑤ 鹯（zhān）——鸟名。

⑥ 搜剔——搜刮。

民情，网罗富户，搢诈有司。山东、江淮经过之地，无不被害。及到湖广，是他该管地方，便把持抚按，凌虐有司，要行属官礼，勒令庭参，牌票，仰示，一任施行。若与抗衡，即行参劾，说他违旨，不奉清查。各府院道，任其放纵，莫敢谁何。荆湘一带，民不聊生。正是：

当路豺狼已不禁，又添虎豹出山林。

东南膏血诛求尽，谁把沉冤诉九阍①。

程中书舟过汉江，将到均州地方，只见前面一座高山，遂问从人道："这是什么山？"巡捕禀道："是武当山。"进忠道："闻得武当是玄天上帝的圣迹，何不去游游？"程中书遂传令要往武当进香。船家领命，即放船北去。行了一日，早有均州吏目带领人夫迎接。离均州三十里便是头天门，知州来迎接，吏目禀道："从此上山，俱是旱路，请大老爷坐轿。"程中书吩咐，只着几名亲随跟去，余者俱着守船，不许乱行取罪。遂搭扶手上岸，坐了大轿，一行鼓乐仪从竟上山来。到山脚下，早有五龙宫道士迎接，入宫献茶办斋，天色已晚，就在本宫歇了。

次早，吃过早斋，道士禀道："从五龙上去，山路甚险窄，坐不得大轿，须用山轿，方好上去。"程中书上了山轿，从人不能骑马，也是山轿，皆用布兜子抬，两人在上扯拽而行，坐轿的皆仰面而上。一层层果然好座山，但见：

巨镇东南，中天神岳。芙蓉峰竦杰②，紫盖岭巍峨。九江水接荆扬远，百越山连轸翼多。上有太虚宝殿，朱陆云台。三十六宫金磬响，百千万众进香来。舜巡禹狩，玉简金书。楼阁飞丹

---

① 九阍（hūn）——指皇宫。
② 竦（sǒng）杰——高耸直立。

鸟，幢幡摆赤襟。天开仙院透空虚，地设名山雄宇宙。几树榔梅花正放，遍山瑶草色皆舒。龙潜洞底，虎伏崖中。幽禽如诉语，驯鹿近人行。白鹤伴云栖老桧，青鸾向日舞乔松。玉虚师相真仙地，金阙仁威治世宫。

程中书来到半山，有太和宫道官带领一班小道士来接，从人喝令起去，小道士齐声响动，鼓乐一派，云韶箫管之声清泠可听。进到宫里，道官备下香汤，丛了火，请程公沐浴上山。直至太和绝顶，祖师金殿前下轿，抬头观看，好座金殿。真个是：

辉煌耀日，灿烂侵眸①。数千条紫气接青霄，几万道黄云笼绛阙。巍巍宝像，真个是极乐神仙；级级金阶，说什么祇园②佛地。参差合瓦，浑如赤鲤揭来鳞；上下垂帘，一似金虾生脱壳。戊己③凝精团紫盖，虹霓贯日放金光。

程公上殿拈香，拜毕起来，四下观看，皆是浑金铸就，赞叹不已。直至山顶，放眼一望，真个上出重霄，下临无地，汉江仅如一线，远远见西北一座大山不甚分明，如龙蛇蜿蜒，问道："那是什么山？"道官道："那是终南山的发脉。"程公道："久闻武当胜概，果然名不虚传。"遂下山来到太和宫，道士设宴管待，一般有戏子、乐人承应。只一人独酌，饮过数杯，觉得没趣，即令撤去，止留桌盒与老道士清谈用。两个小道童奉酒，饮至更深始散，就在楼上宿了。只听得隔壁笙歌聒耳，男女喧哗，一夜吵

---

① 侵眸（móu）——夺目；刺眼。

② 祇园——印度佛教圣地之一，即"祇树给孤独园"的简称，亦称"祇园精舍"。

③ 戊己（wùjǐ）——古以十干配五方，戊己属中央，于五行属土，故以"戊己"代称土。

得睡不着。次早起来，唤道官来问道："隔壁是什么人家，深夜喧哗？"道士道："是山下黄乡官的家眷来进香，在隔壁做戏。"程中书记在心头。

吃过早饭，道官请游山，程公换了方巾便服，带了从人，满山游玩，说不尽花草争妍，峰峦耸翠。来到紫盖峰，乃是一条窄路，两山接榫①之处，正在转湾之地。轿夫站在两崖上缓缓而行，轿子悬空，已令人害怕。只见底下一簇轿子蜂拥而来，两下相撞。进忠等喝道："什么人？快下去让路！"吏目忙向前说道："钦差大人是本处的上司，你们快些让让。"那些人道："什么上司，我们是女眷，怎么让他？"乱嚷乱骂，竟奔上来。程公见他势头来得汹涌，忙叫轿夫退后，在宽处下轿让他。只见一齐拥上有二十多乘轿来，轿上女眷都望着程中书笑。众人吆喝道："不许笑！"半日才过完了。程公心中着实不快。上了轿，回到太和宫，道士献了茶，吃了午饭。程公叫道士来问道："才是谁家的女眷？"道士道："就是昨夜做戏的黄乡官的公子，带着些女眷来游山。"程公道："他是个什么官儿，就这样大？"道士道："他是个举人，做过任同知②的。"程公大笑道："同知就这等大？"道士道："此地没有宦家，只他是做过官的，故此大了。"程公吃了饭，因夜里未曾睡觉，就和衣睡熟了。

原来这黄同知极不学好，在山下住着，倚着乡官势儿，横行无忌，有天没日的害人。小民是不必说了，就是各宫道士，无不被其害，将他山上钦赐的田地都占去了。但遇宫内标致小道士，

---

① 接榫（sǔn）——指相接。
② 同知——古代官名。明时知州、知府佐官，分掌督粮、缉捕、海防、江防、水利等。分驻指定地点。

就叫家去伏事教戏。家内有两班小戏子，都是掯陷①去的，到有一大半是道士，买的不过十之二三。山上道士个个痛恨，正没法报复他，却好见程公恼他，便乘机在火上浇油。因进忠是程中书的心腹，家人先摆了桌在小阁子内，乘程公睡熟，便请进忠到阁上吃酒。两个道士相陪。进忠道："老爷尚未用酒，我怎么先吃？"道士道：

"乘此刻消闲，先来谈谈。"三人一递一杯，吃了一会儿。那道士极称黄同知家豪富，真是田连阡陌②，宝积千箱，有几十个侍妾，两班戏子，富堪敌国，势并王侯。进忠道："他不过做了任同知，怎么就有这许多家私？"道士道："他的钱不是做官撰的。"进忠道："是哪里来的？难道是天上下的？"道士道："虽不是天上下的，却也是地下长的。"老道士正欲往下说，那个道士道："你又多管闲事了，若惹黄家晓得，你就是个死了。"那老道士便不敢说了。进忠道："你说不妨，此处又无外人。"道士道："只吃酒罢，莫惹祸，太岁头上可是动得土的？"进忠站起身来道："说都说不得，要处他，越发难了，我去禀了老爷，等老爷问你。"那道士道："爷莫发躁，我说与你听罢。"道士未曾开言，先起身到门外看看，见没人，把门关上，才低低说道："我们这武当山，自来出金子，就是造金殿，也是这本山出的。金子被永乐皇帝封到如今不敢擅开，只有黄家知道地脉，常时家中着人去开挖，外人都不知金子的本源，他也一些不露出来，带到淮、扬、苏、杭等处去换，他有这没尽藏的财源，怎么不富？"

————————————

① 掯陷——强迫抓去。

② 田连阡陌（qiān mò）——形容田地多阡陌，田地中间纵横交错的道路。

正说间，程公醒了咳嗽，进忠忙过来斟茶与程公吃，便将道士之言一一说知。程公道："武当乃成祖禁地，与南北二京紫金山一般，他敢擅自开挖，罪也不小。若要处他，却无实据。"进忠道："擅开金矿，毁挖禁地，这都是该死的罪，况爷是奉旨清查矿税的，这事不查，更查何事？"程公道："事之有无，也难凭一面之辞，这事弄起来甚大，恐难结局。"进忠道："且去吹他一吹，他若见机，寻他万把银子也好。"程公道："怎得有便人吹风去？"进忠道："均州吏目现在外面，等小的去吹个风声与他，看是如何。"遂下楼来到殿上。

那吏目正睡在凳上，见进忠来，忙起身站立。进忠与他拱拱手道："贵处好大乡绅。"吏目道："此地无朱砂，赤土为上。"进忠道："明对他说是钦差大人，他还那等放肆。"吏目道："他在此横行惯了，那些人总是村牛，哪里知道世事！"进忠道："老爷十分动怒，是我劝了半日才解了些。闻得他家有好金子，老爷要换他几两公用，可好对他说声？"吏目道："他家果是豪富，恐未必有金子。"进忠道："他家现开金矿，怎说没有？"吏目道："人却是个不安静的，若说他开金矿，实无此事。且武当自来没有出过金子。"进忠道："一路来主闻得他家开金矿，有没有，你都对他说声。"吏目道："金子本是没有，若大老爷怪他，待我去吹他吹，叫他送份厚厚的礼，自己来请个罪儿罢。"进忠道："也罢，速去速来。"

吏目走出宫来，见松树下一族人坐着吃酒，吏目认得是黄家的家人。吏目走到跟前，那些人认得，都站起身来。吏目唤了个年长的家人到僻静处说道："早间你家的轿子在山上遇见的是钦差程大老爷，来湖广清查矿税的，你家女眷冲撞了他，他十分着恼。"那家人道："总是些少年小厮们不知世事，望爷方便一言。"吏目道："我也曾代你禀过，他说闻得你家有金子换，他要换几两哩。"家人道："这是哪里的话？我们家金子从何而来？"吏目道："他原是个没毛的大虫①，明知你家巨富，这不过是借端生发的意思。你去对你家公子说声，没金子，就多少送他份礼儿罢。恐生出事来，反为不美。"家人道："爷略等等，我去就来。"吏目道："你须调停调停，他既开了口，决不肯竟自干休。"

那家人来到楼上，埋怨那起家人道："老爷原叫你们跟大爷出来，凡事要看势头，怎么人也认不得，一味胡行？你们惹了程中书，在那里寻头儿哩！"公子听见，问道："什么事？"家人便将吏目的话说了一遍。那黄公子是少年心性，听了这话，便勃然大怒，骂道："放他娘的狗屁！我家金子从何处来？那吏目在哪里？"家人道："在树下哩。"公子往外就跑，哪里悬得住？一气跑到树下，一片声骂道："充军的奴才，你只望来掯我，你代我上覆那光棍奴才，他奉差管不着我，他再来放屁时，把他光棍的筋打断他的。"那吏目听见骂，飞也似的跑去了。那黄公子犹自气愤愤的赶着骂。

吏目跑到楼上，将黄公子骂的言语一一对进忠说了。进忠来回程公，程公大怒道："畜生如此无礼！这却不干我事了，他到来欺负我！"遂发牌到均州上院，把老道士拿去补状，连夜做成本章，次日差人背本进京。一面点了四十名快手、二百名兵，将黄同知宅子围得铁桶相似，候旨发落。正是：

忍字心头一把刀，为人切勿逞英豪。

----

① 大虫——即老虎。

试看今日黄公子，万贯家私似燎毛。

黄公子只因一时不忍，至有身家性命之祸。少年人血气之勇，可不忍乎！均州知州①遂将此事申闻抚按，黄同知也着人到抚院里辩状。抚院上本辩理，总是留中不发。偏他的符水灵，本上去就准了，不到一个月，旨下，批道："黄才擅开金矿，刨挖禁地，着程士宏严刑拿问，籍没②定罪。"程中书一接了旨，便又添些快手、兵丁，把黄同知父子拿来收禁，把家财抄没入官。田地房产仰均州变价，侵占的田地准人告覆。将妇女们尽行逐出。那些兵丁乘势将妇女的衣服剥去。赤条条的东躲西藏，没处安身，都躲到道士房内，只好便宜了道士受用。也是黄同知倚势害人，故有此报。黄同知父子苦打成招，问成死罪，候旨正法，也是天理昭彰③。

忽一日，有个兵备道，姓冯名应京，江南泗州盱眙县人，两榜出身，仕至湖广参政，来上任，到省见抚院，回来正从武当山过，观看景致。忽听得隐隐哭声，便叫住轿，着家人去查。家人访到一间草房里，那蓠荆门推开，只见两个年老妇人坐着绩麻。家人问道："你家什么人哭？"老妇人道："没有。"家人道："明明听见你家有哭声，怎么说没有？我们是本处兵备道冯大老爷差来问的。"那老妇人还推没有。只见一个少年妇人，蓬头垢面，身无完衣，从屋里哭着跑出来道："冯大老爷在哪里哩？"家人道："在门外轿子里哩。"那妇人便高声大叫道："青天大老爷，救命！冤枉！"直喊到轿前跪下。冯老爷问道："你有什么冤枉？

---

①　知州——古代州一级行政地方长官。
②　籍没（jí mò）——没收罪犯的财产。
③　天理昭彰——天理像高举着日月一样不容怀疑。

好好说，不要怕。"那妇人哭诉道："小妇人是本处黄同知的媳妇，被钦差程中书害了全家。"将前情细诉一遍。冯公听了，毛发上指，道："青天白日之下，岂可容此魑魅①横行？"遂叫拿两乘小轿，将妇人并老婆子带一个去。回了衙门，差人问到他亲戚家中安插，叫他补状子来。冯公袖子呈子，上院见抚院，禀道："本道昨过武当山下，有妇人称冤，系黄乡宦的媳妇，被钦差程士宏无端陷害，全家冤惨已极。原呈在此，求大人斧断②。"抚院道："本院无法处他。""本道却有一法可以治之，俟行过方敢禀闻。"抚院道："听凭贵道处治得他甚好。"

冯公辞了回来，到衙门内取了十数面白牌，朱笔写道："钦差程士宏，凌雪有司，诈害商民，罪恶已极，难以枚举，今又无轴陷害乡官黄氏满门，惨冤尤甚。本道不能使光天化日之下，容此魑魅横行。凡尔商民，可于某日齐赴道辕，伺候本道驱逐。特示。"白牌一出，便有万把人齐赴道前。冯公道："尔等且散，不可惊动他。本道已访得他于某日船到汉口，尔等可各备木棍一条，切不可带寸铁。有船者上船，无船者岸上伺候。俟本道拜会他，尔等只看白旗为号，白旗一招，炮声一响，便一齐动手，将他人船货物都打下水去。切不可乘机掳抢，亦不可伤他们性命，只把程中书捆起送上岸来。"传谕毕，众人散了。

再说程中书扬扬得意，自均州而来，渐抵汉口，五六号座船，吹吹打打，鼓乐喧天。到了汉口，随役禀道："兵备道冯大老爷来拜。"程中书出舱相迎，挽往船，冯公下船相见。程公道："老先生荣任少贺。"叙了一会儿闲话，茶毕起身。程公送上岸，

---

① 魑魅（chī mèi）——山神，此处指妖怪。

② 斧断——公断，以辨明是非。

才回到舱，忽听得一声炮响，岸上一面白旗一展，只见江上无数小船望大船边蜂拥而来，岸上也挤满了人。大船上只疑是强盗船，正呼岸上救护，忽又听得一声炮响，岸上江中一齐动手，把五六号大船登时打成齑①粉，把程中书捆起送上岸来，余下人听其随波逐流而去。正是：

　　昔日咆哮为路虎，今朝沉溺作游魂。

毕竟不知程中书并手下人性命如何？且听下回分解。

---

① 齑（jī）粉——粉末。

第八回　程中书湖广清矿税　冯参政汉水溺群奸

第 九 回

魏云卿金牌认叔侄　倪文焕税监拜门生

诗曰：

逝水滔滔日夜流，堪嗟①世事水中沤。

散而忽聚浑无定②，绝处逢生亦有由。

但养知能存正气，莫图侥幸动邪谋。

礼门义路儒家事，齐治须从身内修。

话说众商民将程中书座船打碎，从人并金银礼物俱付东流，只把程中书捆了送上岸来。冯公道："放了，取衣服与他穿。"已先着人将船上敕印并他随身行李取来，用暖轿把他抬到公馆内安插，命地方官供给。发放众人散去，会同两司来见抚院。抚院已先有人报知，骇然。各人见过礼，抚院道："贵道鼓大勇以救商民，固为盛举，但如君命何？"冯公道："本道为民司牧③，岂可任虎狼吞噬④？心切耻之。今日之举，已置死生于度外，只求大人据实参奏。"众官相议道："如今只好说程士宏暴虐商民，以致激变，冯参政救护不及。"冯公道："始而不能御虎狼以安百姓，既又饰浮词以欺君，罪不胜诛。只求大人据实直奏，虽粉骨碎身

① 堪嗟（jiē）——感叹。
② 无定——形容变幻无常。
③ 为民司牧——官员为百姓办事。
④ 噬（shì）——咬。

亦所不辞。"抚院只得具题出去，毕竟本内为他回护。

不日旨下，道："程士宏暴虐荆、湘，以致激变商民，着革职解交刑部严审。冯应京倡率百姓毁辱钦差，着锦衣卫①差官扭解来京，交三法司审拟具奏。其余愚民着加恩宽免，钦此。"抚院接了旨，官校即将冯公上上刑具，荆、湘之民扶老携幼，皆各出资财送与官校，才放松了刑具。有送至中途者，有直送至京到法司处代他打点的，各衙门都用到了钱。旨下，先廷杖一百再审。法司拟成斩罪，监候秋后处决。旨下依议。有诗赞之曰：

> 驱除狼虎保黔黎②，为国亡家死不辞。
>
> 荆楚万民沾惠泽，泪痕不数岘山③碑。

冯参政虽然受刑，却因百姓打点过，故未曾重伤。后遇神宗恩赦，只于削职，此是后话。

再讲魏进忠，被人打碎船落在水中，昏昏沉沉随波上下，就如昏睡一样，任其漂泊。忽然苏醒过来，只觉得身上寒冷，开眼看时，却是睡在一块大石之上。只见明月满天，霜华满地，正是九月中旬天气，身上只穿了两件夹衣，已被水湿透，好生寒冷。站起身来一望，只见面前一派大江，滔滔聒耳，芦花满岸，心中甚是凄惨。忽隐隐闻犬吠之声，爬下石头来沿江而走，前面一条小路，不知方向。正走时，只见路旁两个雪白的猫儿相打，进忠上前喝了一声，那猫儿跑入苇中去了。进忠又不敢进去，恐有虎狼。站了一会，那猫又跑出来在前面打。进忠又赶上几步，那猫又进去了。进忠只得跟着他走。及走进去，却是一条大路。那两

---

① 锦衣卫——明设置保卫皇宫的亲军，后兼侦缉，从事特务工作。
② 黔黎——指老百姓。
③ 岘（xiàn）山——山名，在湖北。

个猫仍在前面赶跑，进忠便紧紧跟着他走，就如引路的。走有三四里远，望见前面高岸上有一簇人家居住，到也齐整。但见那：

倚山通路，傍岸临流。处处柴扉掩，家家竹院扃①。江头宿鹭梦魂安，柳外啼鹃喉舌冷，短篴②无声，寒砧不韵。红蓼③枝摇月，黄芦叶头风。陌头村犬吠疏篱，渡口老渔眠钓艇。灯火稀，人烟静，半空皓月悬明镜。忽闻一阵白苹香，却是西风隔岸送。

进忠爬到岸上，那猫也不见了，人家都关门闭户，没处投宿。见前面有座门楼，及走至跟前看时，却是一座庙宇，两扇红门紧闭，不敢去敲，只得在庙门前檐下坐着避风露。少顷，忽听得"当当"的锣响，梆声正打三更。又见对过小巷内走出头小狗儿来，望着进忠汪汪乱吠。那更夫走近庙前，见狗乱叫，便走来看；见进忠独坐在此，遂把锣乱敲。后面走出七八个人来，手持枪棍走上前，一条绳子把进忠锁起，不由分说拉着就走众人拥着，一直来到一处。众人敲门，里面问道："什么事?"外面应道："捉了贼来了。"里面开门，只见门内两边架上插满刀枪。那些人把进忠带到里面，锁在柱子上，众人去了，关上门也不来问他，竟自一哄而去。这才是：

运不通时实可哀，动心忍性④育雄才。

已遭三日波涛险，又受囹圄⑤一夜灾。

---

① 扃（jiōng）——自外关闭的门闩，门环；此处指门扇。

② 篴（dí）——同"笛"。

③ 蓼（liǎo）——一种水草。

④ 动心忍性——出自《孟子》。这里指磨炼心志、锻炼性情。

⑤ 囹圄（líng yǔ）——即监狱。

进忠锁在柱上，懊恼了半夜。天明时，众捕役吃了早饭，正要来拷问他，只见一人手持一面小白牌进来道："昨夜拿的贼哩？老爷叫带去哩，坐堂了。"众捕快答应，带了进忠，来到一个衙门进来，只见那：

檐牙高啄，骨朵①齐排。桌围坐褥尽销金，笔架砚台皆锡铸。双双狱卒，手提着铁锁沉枷；对对弓兵，身倚定竹批木棍。白牌上明书执掌：专管巡盗、巡盐；告示中更载着委差：兼理查船、过税。虽然是小小捕衙官，若论威风也赫耀②。

快手将进忠带到丹墀下，见上面坐着个官儿，生得十分清秀，年纪只好三十多岁。进忠心内想道："我在京时，这样官儿只好把他当做蚂蚁，今日既然到此，只得没奈何跪下。"正是：

在人矮檐下，不敢不低头。

那官儿先叫上更夫问道："这人从何处捉来的？"更夫道："小的夜里巡更，至龙王庙前，见他独坐在门楼下，故此叫保甲同捉了来。"官儿道："带上来。"问道："你是哪里人？姓什么？为何做贼？"进忠不敢说出真姓名来，遂假说道："小的姓张，北直人。因贩货到荆州来，卖在汉江口，遭风落水，亏抱住一块船板流到这里。夜间爬到岸上，人有俱闭了门，无处投宿，只得在门下避风，被他们拿来。其实没有做贼。"那官儿听了，走下公座来，看见他身穿白绫夹袄，下衬着白绸裙子，穿的花绸裤子都被扯坏了，心中想道："此人身上穿得齐整，却不像个做贼的。"故意喝道："半夜独行，非做贼而何？再搜他身上可有赃物。"皂

---

① 骨朵——一种古兵器。铁或硬木制，像长棍子，顶端爪形。后只用于仪仗。叫金爪。

② 赫耀——形容盛大显著的样子。

隶上前，将他身上搜了一遍，没有东西。只见他手指上扣着个金牌子，禀道："身上并无一物，只手上有个小金牌子。"官儿道："取上来看。"皂隶将绳子扯断拿上来。那官儿接过来一看，吃了一惊。沉吟了一会，正要问他原由，忽见报事的慌慌张张的来报道："禀老爷，本府太爷的船快到界口了。"那官儿道："且收禁。"又叫过个家人来，向他耳边说了几句，遂下公座上马去了。衙役将进忠带到仓里，送他在一间房里坐下。

少顷，忽见一人送点心来与他吃，午后又送出酒饭来。进忠想道："我是个犯人，为何送点心酒饭我吃？"心中狐疑不解。直至上灯时，只见个穿青衣的走进来道："老爷叫你哩。"进忠跟他走过穿堂，直至私衙，心中愈觉可疑。见上面点着桦烛①，那官儿坐在堂中。进忠走至檐前跪下，那官儿道："你实说是那里人？姓甚名谁？因何到此？"进忠道："小的委实姓张，北直人，因坏船落水至此。"官儿道："你是几时落水的？"进忠道："九月十二日在汉口落水，昨夜三更时上岸的。"官儿道："胡说，你是十二落水，今日已是十六了，岂有人在水中三四日不死的？况汉口至此是上水，岂有逆流的理？这都是虚言，你若不实说，我就要动刑了。"进忠想道："我若说出真情，又恐惹起前事来，若不说，又恐动刑。"半日不敢开言。那官儿道："我且问你，这金牌子是谁与你的？"进忠道："是小的自小带着的。"官儿道："是谁与你带的？"进忠道："是小的母亲与小的带的。"官儿道："你母亲姓什么？"进忠道："姓侯。"官儿道："这等说，你不是姓张了，你起来对我实说。这牌子的缘由，我也知道些，你若不实说，我就

———————————

① 桦烛——用桦树皮卷蜡而成的烛。

夹你哩!"那官儿屏退左右。进忠被他强逼不过，又见左右无人，只得实说道："小的实系姓魏，名进忠，肃宁县人。去年随母亲往北京寻亲。小的母亲有个姨弟在京，叫小的拿这牌子去寻，说这牌子原是他的。后找寻不遇，在京中住下。后遇吏科王老爷荐小的到中书程老爷衙内做亲随，今跟程中书来湖广清税，昨在汉口被盗把船打碎，落水漂到此地。爬上岸在庙门前避风，被巡更的拿来。这是实话，并无半字虚情，求老爷开恩。"那官儿听罢，即忙走下来拉他坐。进忠道："小的是犯人，怎敢坐?"那官儿道："我就是你母亲的姨弟魏云卿。我一向想念你母子，不意在此地相会。"

二人见了礼坐下。云卿道："令堂今在何处?"进忠道："陪王吏科的夫人往临清去了，刻下尚在临清。"云卿话毕，叫人取棉衣出来与进忠换，只顾拿着金牌子看来看去，不觉眼中流泪。正是：

> 十载分离无见期，一朝重会不胜惶。
>
> 可怜物在人何处，各自天涯不共归。

云卿道："我与你母亲别了十数年，无日不想念，他一向在何处的? 我在京中等他许久，怎么到去年才进京?"进忠又将途中遇难的事说了一遍。云卿嗟叹不已，便叫拿酒吃。少顷，摆上酒，二人对酌。进忠问道："王老爷说老爷荣任广东，怎么在这里?"云卿道："这是湖广沙市，我先在广东做巡检①，新升荆州卫经历②，刻不奉差在此收税。你且宽住些时，我差人去接你母

---

① 巡检——古代官名。明代州县有巡检、多设司于距城稍远之处。

② 经历——古代官名。明之布政使司、按察使司均设经历。职掌出纳文书。

亲来此相会。"饮至更深,安点进忠后衙安歇。

云卿此时尚不知程中书的事,过了几日,才接到抚院的牌道:"凡程中书所委的官员及一切随从人役逃窜者,俱着该地方官严缉解省。"云卿看毕,来对进忠说道:"抚按行下牌来,叫拿程中书的余党,你正是文上有名字的。我这里是个川广的要路,耳目极多,你在此住不得了。"进忠道:"既住不得,我去罢。"云卿道:"你往哪里去?"进忠道:"到临清看母亲去。"云卿道:"不好。你到山东去,这汉口是必由之路,那里恐有人认得你,如何去得?如今却有所在,你可以安身,到那里权避些时,待事平了,再向临清去不迟。"进忠道:"哪里?"云卿道:"扬州府我有几个亲戚在那里开缎铺,那里是个花锦地方,我写两封书子与你去,盘缠①馆谷②都不必愁。"

次日,置酒与他饯行,又做了些寒衣,行李置备齐全。云卿写了书子并送人的礼物,都交与进忠道:"这两封书子,一个姓陈号少愚,一个姓张号白洋,总是我的至亲,你今认做我的侄子,恐路上有人盘问,你换了巾儿去,拿两只巡船送你到江西界口,切不可出头露面,要紧。"进忠收拾行李,云卿把了一百两盘缠,着个家人次日黎明送进忠上船,拜别而去。正是:

> 西风江上草凄凄,忽尔相逢又别离。
> 从此孤舟天际去,云山一片望中迷。

进忠上了船,终日躲在舱内,顺风而下,不日到了江西界口。搭上盐课船,打发差船回去。一路上正值暮秋时候,只见枫

---

① 盘缠——即路费。
② 馆谷——提供给客人的食宿。

叶拖丹，波光迭翠，山高月小，水落石出，无限真山真水。十数日才到仪征。江口换船，不半日，便到了扬州府钞关口。住舡①上岸，进得城来，只见人物繁华，笙歌聒耳，果然好个扬州城。只见：

脉连地肺，势占天心。江流环带发岷峨，冈势回龙连蜀岭。隋宫佳胜，迷楼②风影尚豪华；谢傅甘棠，邵伯湖堤遗惠泽。竹西歌吹，邗水③楼舡。青娥皓齿拥高台，掩映红楼连十里。异贝明珠来绝域，参差宝树集千家。玉人待月叫吹箫，豪客临风思跨鹤。诗成东阁，梅花佳句美何郎；景集平山，太守风流怀永叔。九曲池锦帆荡漾，廿四桥④青帘招摇。粉黛如云，直压倒越、吴、燕、赵；繁华似海，漫夸他许、史、金、张。正是：文章江北家家盛，烟月扬州树树花。

进忠入城来到埝子上，见一路铺面上摆设得货物璀璨，氤氲⑤香气不息。到街尽处，一带高楼，一家门面下悬着粉牌，上写道"定织妆花销金洒线"；一面上是"零剪纱罗绫缎绢绸"。楼檐下悬着一面横牌，写着"陈少愚老店"。进忠走进店来，见槟栏前拥挤不开，五六个伙计都在那里搬货不闲。进忠只得坐在柜旁椅子上。等了一会，只见柜上一个少年的道："老兄要什么货？请过来看。"进忠站起身，拱拱手道："我不买货，九老官可在家

① 舡（chuán）——同"船"。
② 迷楼——隋炀帝时建在宫中的建筑。
③ 邗（hán）水——河名，在江苏。
④ 廿四桥——古桥名，在今江苏省扬州市。
⑤ 氤氲（yīn yūn）——烟气很盛。

么?"少年的道:"家叔还未出来,老兄有何见教?"进忠道:"云卿家叔有书要面会令叔。"那少年道:"家叔就出来,请进去坐。"进忠来到厅上坐下。

少顷,少愚出来,见了礼坐下,那少年的出去了。少愚道:"不知大驾降临,失迎得罪。"进忠道:"岂敢。"把书子递上道:"家叔致意老丈。"少愚道:"岂敢。"看了书子,道:"原来令叔高升了,失贺。反承厚赐,到觉不安。"便叫小厮将礼物收进去,道:"催面来。"进忠道:"还要到张老丈处去。"少愚道:"吃过面,我奉陪了去。"少刻面来,不独气味馨香,即小菜也十分清洁。吃毕,同少愚来候张白洋。

却好白洋在家发货,见少愚,便来见礼。少愚道:"这位乃魏云老令侄,新自湖广来奉候。"白洋道:"请后面坐。"同到厅上坐下,把书递上。白洋看了,道:"前日有人进广,我还寄了信去,不知已高升了。这湖广沙市是个好地方,我曾去买过板的,真是鱼米之乡。令叔得此美缺,可羡!可羡!老兄行李在何处?"进忠道:"在钞关外陈华亭饭店里。"白洋道:"叫坐店的取来,就在我这小楼上住罢。"进忠道:"只是相扰不当。"白洋道:"至亲怎说这话?"置酒相待。次日,凡亲眷相好的缎店,都同他候过。

原来云卿在广东时寻了几万银子,有几个机房缎店都有他的资本。他既认进忠为侄,这些人如何不奉承他?今日张家请,明日李家邀,戏子、姊妹总是上等的。进忠本是个放荡惯的,遂终日沉缅酒色,不到一月,将百金盘费都用尽了,来向陈少愚借银子。少愚来与白洋商议道:"云卿原叫他来避难,以馆谷相托,没有叫把银子他用，须作个计较，回他方好。"白洋道："云卿家里的事，我都尽知，他并没有侄子，此中有些蹊跷①。"少愚道："他既有亲笔书子，料也不假，我们也不必管他是不是，只是支了去难算账。"白洋道："他既开口，又不好回他，酌量处点与他，存着再算，不日也要差人去贺他，那时再关会他也可。"于是两家凑了百两与他。进忠得了银子，又去挥洒，不上两个月又完了。又向别家去讨。

光阴迅速，又早到暮春天气。一日，同了个好朋友闲步到小东门内城河边一个酒馆内饮酒，拣了河房内座头坐下。果然好座临流酒肆，但见：

门迎水面，阁压波心。数株杨柳尽飘摇，几处溪塘还窈窕。四围空阔，八面玲珑。阑干倒影浸玻璃，轩槛晶光浮碧玉。盛铺玉馔，游鱼知味也成龙；满贮琼浆，过鸟闻香先化凤。绿杨影里系青骢，红叶桥边停画舫。

进忠等倚窗而坐，但见荷钱②贴水，荇带③牵风。饮了半日，进忠起身小解。只听得背后有人叫道："魏大哥几时来的?"进忠回头一看，说道："贤弟何以也在此处?"你道此人是谁? 乃进忠在石林庄结拜的盟弟刘瑁。二人相见，真是他乡遇故知，欢喜不尽，携手在垂杨之下叙阔。进忠道："贤弟因何也在此?"刘道："自别哥哥之后，久无音信，不到一年，客老并你姨丈俱去世了。小弟同李二哥上京访问哥哥消息，住了两三个月也没人知道。后

---

① 蹊跷（qī qiāo）——奇怪。

② 荷钱——初生的小莲叶。

③ 荇（xìng）带——一种多年生草本植物，叶呈圆形，浮在水面，根在水底，花黄色。

遇吏科里的长班谈起，方知哥哥往湖广去了。李二哥也回去了。小弟承一个朋友荐到鲁公公门下，今鲁公公奉差到此清查盐务，故小弟在此，有一年多了。近日闻程中书事坏，正虑哥哥没信，前有湖广出差的，已托他去访信。不知哥哥怎么到此？"进忠便将汉口遇难的事说了一遍。刘道："正是吉人天相，兄弟在此相会，也是奇缘。"二人复入座来与那人见礼，刘瑀邀过盐政府的众人各个见礼。通过姓名坐下，将两桌合做一桌，叫小二重拿肴馔，大家痛饮，至晚方散，刘道："我们同到哥哥寓所去认识认识，明日好来奉候。"众人同进忠来到张白洋家楼上。白洋听见是盐政府里的人，不敢出来。进忠对张家的小厮道："请你家老爹出来，这是我的兄弟。"白洋听了，才出来相见。进忠道："这是我结义的兄弟。"白洋就叫留他们吃酒，刘瑀道："恐府里关门，改日再领。"说罢别了。

次日清晨，进忠才起来，刘瑀同陆士南、李融已来了。后又有两三乘轿子来，都是昨日同席的。因刘瑀面上，故此个个都来拜。相见茶罢欲别，进忠道："反承诸位先施，少刻即同舍弟到府奉谒。"刘道："明日再陪哥哥奉看诸公，今日先有小东在湖船上，并屈白老谈谈。"白洋道："小弟尚未尽情，怎敢叨扰。"进忠道："总是亲戚，不必过谦。"白洋道："也罢。弟先作面东。"众人一同来到面馆吃面。进忠问刘道："客老并姨爷殁了，姨母可好么？"刘道："姨娘多病，月姐也嫁了。姨娘生了一子尚小，家事没人照管，也渐渐凋零了。"进忠叹息一会。吃过面，同到小东门城河边上舡，见湖船上已有两个姊妹在内，出舱迎接，真是生得十分标致，但见他：

冰肌玉骨，粉面油头。杏脸桃腮，酝酿就十分春色；柳眉星眼，妆点出百种丰神。花月仪容，蕙兰心性。灵窍中百伶百俐，身材儿不短不长。声如莺啭乔林，体似燕穿新柳。一个是迎辇司花女，一个是龙舟殿脚人。

众人下舡，让进忠首座，两个姊妹见了礼，问道："此位爷尊姓？"张白洋道："是魏爷。"进忠道："请教二位尊姓雅号？"刘道："这位是马老玉，这位是薛老红，皆是邗上名姝①。"又有一班清唱，开了船，吹唱中流，过虹桥，到法海寺、平山堂各处游玩了半日，才下船入席。众人觥筹交错，笑语喧阗。只见画船红袖，柳岸青骢②，果然繁华富丽。直饮至更深，各处尽是红灯灼灼，箫管盈盈。酒阑人散，进忠把薛红儿带到白洋店里宿了。次日刘来扶头，同进忠去回候，众人各家轮流请酒，进忠、白洋也各复席，整整吃了个月多酒。

刘瑀对进忠道："鲁公公原是殷公公的门下，哥哥何不去见见他，挂个名儿，在府里也体面些，外人也不敢忽略你。"进忠道："我是坏了事的人，怕他生疑不肯收。"刘瑀道："不妨，书房里我也说过，众人无不依的，老头儿是内官性子，你只是哄骗着，他就欢喜的，这不用愁。"进忠便允了。择日备酒，请监里众人共有四十余个。刘瑀道："家兄之事，内里在我，外边全仗诸公扶持。"众人道："岂敢，无不领命。"席散，进忠又拜托了，众人个个慨允。

数日后，内外料理停妥，进忠写了个手本，当堂参见，叩了头。鲁太监道："你就是魏进忠么？"进忠道："是。"鲁太监道："程爷受人挫轩，我正在这里气恼，你来得好，在我这

---

① 姝（shū）——美女。

② 青骢（cōng）——毛色青白相杂的马。

里听用。"叫管事的来道："权收拾间房儿把他住，拿酒饭他吃。"进忠叩头谢了。同衙门的都来贺他请酒，各缎店更加倍奉承，重新大摇大摆的起来，终日大酒大食，包姊妹，占私窝，横行无忌。

光阴易过，不觉又是二年多了。一日，偶然来到陈少愚店内闲步，少愚留饭。只见少愚面带忧色，进忠道："老丈似有不悦之色，何也？"少愚道："不如意事重迭而来。"进忠道："什么事？"少愚道："昨日府里出票要织造赏边的缎匹。铺家挤我为头，贴他几百银子还是小事，还管要解到户部交纳，这是不能不去的，再者小婿府考①失意，二事恼人。"进忠道："闻得府考都是有分上的才取，令婿为何不寻个路儿？"少愚道："江都县有二千童生，府里只取了一百三十名进院去，四个里进一个就有十分指望。所以有名的个个都有分上，还有一名求两三封书子的。前日也曾寻了个分上，不意又被个大来头压了去，这银子又下了水了。如今府尊有个乡亲在这里，要去求他续取，他定要百金一个。小婿是个寒士，那里出得起？都要在我身上，又有这件差事，如何经得起？"进忠道："前日到有几个童生来拜监主做老师，求他府荐，昨日总取了，老丈何不备份礼，叫令婿也拜在他门下。求他荐去续取，管你停妥。"少愚道："妙极，全仗老兄提拔。"进忠道："等我回去对椽房们说过，再来回信，令婿叫甚名字，好进去对监主说。事不宜迟，明日就来回信，恐迟了被人先挤了书子去，就难再发了。礼物不须金银，须是古玩方好，他也未必全收。"少愚道："小婿名叫倪文焕，

---

① 府考——明清时经县试录取童生得参加管辖该县的府（直隶州、厅）试。

我叫他把府考的文章也写了带去。"进忠道："好极!"说毕作别而去。少愚随即请了女婿来，商议打点礼物好去拜门生。正是：

> 未到宫墙沾圣化，先从阉寺乞私恩。

毕竟不知鲁太监肯收文焕做门生否？且听下回分解。

第 十 回

洪济闸显圣斥奸　峄山村射妖获偶

诗曰：

知者能将义命安，营谋岂可透天关。

神明显处威灵赫，奸党闻时心胆寒。

事向机缘寻凑合，人从捷径妄跻攀①。

赤绳已系氤氲使，吴越应教巧结欢。

却说陈少愚次日备了礼物，领着女婿到监院衙门前来。班上并巡捕各役都用到了钱，传进帖子到橼房内。刘瑀出来相见，领了文焕，带着礼物到书房里与众人相见。那倪文焕却也好一表人才，只见他：

丰神秀雅，气度雍容。胸罗锦绣焕文章，眉丽江山含秀气。虎头燕颔②，功名唾手可前期；鼠顾狼行，奸险存心真叵测③。不于盛世为麟凤④，甘向权门作犬鹰。

文焕与众人一一见过礼，换了青衣等候。少顷，里面传点，众人齐上堂伺候。鲁太监出来坐下，众橼房叩头参谒过，进忠走

① 跻（jī）攀——高攀。

② 颔（hé）——下巴。

③ 叵（pǒ）测——（贬义）不可推测。

④ 麟凤——指人才。

上去禀过，才领文焕至檐前跪下。门子接上手本，起来禀拜见，鲁太监道："只行常礼罢。"文焕拜了四拜，将礼单呈上。进忠接了，摆在公案上。鲁太监道："请换了衣巾看座儿来。"文焕不敢坐，鲁太监道："就是师生也该坐的，坐下来好说话。前日也有几个门生，都是坐着谈的。"文焕才换了衣巾告坐，呈上府考未取的文章。鲁太监揭开卷子看了，道："字迹很好，文章自然也是好的。府官儿没眼睛，怎么就不取？我这里就写书子荐你去，定要他取的。"拿过礼单来道："秀才钱儿艰难，不收罢。"刘瑀道："贽仪①是该收的，就是孔夫子也是受束脩②的。"鲁太监道："将就收个手卷儿罢。"进忠取上来看时，乃唐六如《汉宫春晓图》，笔墨甚工。门子捧上茶来吃了，倪文焕谢了。鲁太监命取书仪③出来，递与文焕道："些须薄敬，拿回去买个纸笔儿罢。"文焕拜谢了。走至堂口，文焕候鲁太监回进去，才出了衙门，回到岳家，细细对少愚说了。看那书仪，却是十两，陈少愚十分欢喜。

　　过了两日，果然府里续取出二十名来，文焕取在第一。不日学院按临，江都县进了三十五名，文焕是第十。送学之日，鲁太监也有贺礼，各缎铺并运司，盐政府两处房科都来代他插花挂红，彩旗锦帐，极其华丽。一应请酒谢客，俱是陈少愚一力备办。又备齐整酒席请进忠同衙门的人酬谢。文焕出来奉酒，不论长幼，一概称为老伯，甚是恭敬。正是：

　　　　志大言高狂者俦，独全浩气是儒流。

----

①　贽（zhì）仪——古时初次拜见老师所送礼物。
②　束脩——脩，干肉。指送给教师的报酬。
③　书仪——即礼金。

堪嗟娇娇黉①彦，折节阉人实可羞。

众人饮至更深，各留姊妹宿了。

次日辰牌方起，只听得店门外人声乱嚷，刘玙走出来看，却是府里的差人。见他来，便站起身来道："刘大爷来得早呀。"刘玙道："诸位有甚事？"差人道："还是为织造的事。如今将近三个月来，府里日日催逼，拿过两三次的违限了。昨日又发在厅里比，他们连睬也不睬，这是瞒不过爷的，苏杭已拆号了，将近起身，这里还没些影响哩。"刘玙道："本是急了，略宽一日罢。"差人道："一刻也难宽。"刘玙叫陈少愚取出二十两银子与他们，他们哪里肯受？众人出来，做好做歹的把他们撮弄去了，复人来同吃了早饭。刘道："事甚紧急，须早作法，不要空使了瞎钱，到没用哩。"众人散去，少愚留下进忠、刘玙来，道："外日小婿的事，承二位盛情提拔，感激不尽，如今这差事还望计较。"刘玙道："奈刻下监主又在安东未回，怎处？"少愚道："此事须是求你监主计较才好，不知几时才回来？"刘玙道："有些时哩！令婿进了学，也该去谢谢他，或可乘机与他谈谈。老头儿是个好奉承的人，见令婿远去，自然依允。"进忠道："此话也是，须内里有个人提拔他才好，老头儿有些不拨不动哩！"刘玙道："到是李融还有些灵窍。"进忠道："那孩子有些走滚，恐拿他不定。"刘玙道："他与陆士南厚，我们与他商议去。"三人起身到仓巷里陆士南家来，小厮进去说了，出来说："请爷少坐，家爷就出来。"

茶罢，士南出来相见，又向少愚谢道："夜来多扰，酒吃多了，此刻头还疼哩！"对小厮道："快泡苦茶来吃。"进忠道："有

---

① 黉（hóng）门——古时的学校。

件事来与兄相商。少愚老丈的差事紧急，要叫他女婿往安东去走走，一则谢荐，二者求免差事，特来请教。"士南道："好虽好，只是内里无人提拨老头儿。"刘道："正为此，故来求老兄一字与尊可。"士南道："与哪个？"进忠道："李三儿。"士南笑道："多承抬举，摸也没摸着，好不决裂的孩子，虽是心肠热，却也拿他不定。"少愚道："否则，另求一位也好。"士南道："别人都不中用，还是他有些用处，须寻他个降手去才得妥帖。如今他与徽州吴家的个小郎并卞三儿三人拜为姊妹，三人厚的狠哩！等我先去寻他个引头来。"遂叫小厮去寻做媒的高疯子。

　　三人坐着闲谈。士南便去取出几串钱来，道："我们何不掷个新快顽顽。"进忠道："好。"遂铺下毡条来，四人下场掷了一会，刘瑀赢了十六两。只见小厮领了高疯子，一路嘻嘻呵呵笑了进来，道："爷们得了彩了，赏我个头儿。"刘瑀取了一百文与他，道："拿去买酒助兴，有好私窠①子弄个来顽顽。"高疯子笑道："大路不走，到去钻阴沟。"士南道："你家新媳妇是个好的。"高疯子呵呵笑道："丫头子到还顺手，只是小伙子有些吃醋。"士南道："你家老爬灰②也未必放得过。"高疯子道："我家老奴才转是循规蹈矩的，不敢罗唣的哩。"刘瑀道："我送你两锭雪白的银子，把他与我略搂搂儿。"那疯婆子笑嘻嘻的只是抢钱。士南又把打头的钱抓了些与他，道："你不要疯，且干正经事去，我们要到卞三儿家耍耍去，你先去对他说声。你先拿一两银子去与他做东道，天热，叫他不要费事，就是桌盒酒儿罢，若吴家安儿在他家，叫他留住他，莫放他去。"那疯婆子接了银子，又抢

---

① 窠（kē）——鸟兽住的窝。
② 爬灰——翁媳通奸。

些钱才去。小厮摆上饭来吃了，又下场掷了一会，刘瑀只赢了七两。至申牌时，士南道："我们去罢。"少愚道："这事不可骤说，慢慢的引他为妙，我却不好去得。"

四人出来，少愚回去，三人进旧城到牛禄巷，将近城边，高疯子早站在巷口等。三人到了，高疯子开了门，三人进去，把门关上。卞三儿下阶来，迎进房内相见，果然面若娇花，身如弱柳，十分标致。丫头献茶，士南道："昨日安东有人来，三儿，可曾有信寄你？"卞三儿道："没有。"刘道："再无没信的。"卞三儿笑道："花子哄你。"士南道："他有信与我，说想你得很哩，眼都哭肿了，你还笑哩。"卞三儿道："淡得很，好好哭怎的。你是他心上人，故此有信与你。"少刻摆上酒来，卞三儿各各奉过一巡，士南道："安儿可曾来？"卞三儿道："他往南京去了有二十多日，昨日才回来，说今日要来看我哩！"

正饮酒菜，只听得外面叩门，摇摇摆摆走进一个小官来，只见他：

桃花衬脸粉妆腮，时样纱衣着体裁。

鼠耳獐头狼虎性，破家害主恶奴才。

这小官乃徽州吴守礼家一个老家人之子。那老家人名唤吴得，在扬州管总，也撰了好几万银子。只生了这个儿子，取名保安，年方十六岁，教他读书，希图冒主人的籍贯赴考。原来徽州人家家法极严，主人不准冒籍，恐乱宗支。这老儿遂叫他儿子交结盐院里的人，图代他帮衬。谁知吴保安逐日同这班人在一处，遂习成了个流名浪子，拿着主人没疼热的钱任意挥洒。打听得主人到扬州来，他便躲往南京去，恐事发觉，只等主人回去他才回来，故此来看卞三儿。走进来一一相见，坐下。卞三儿道："昨日多承。"保安道："为了几匹纱，故此多耽搁了两日。拜匣没好的，已托人家去带了。"又问士南道："李哥可曾有信来？"士南道："前日有信的，说还有些时才得回来。如今有件事正要着人去问他。"保安道："几时有人去？我也要寄个信去。"士南道："因舍亲有件事托他，把他礼也收了，如今还不见下来，事已急了。"卞三儿道："他却是个极好的，只是懒得很，把事不放在心上。"保安道："他在这里还有你陆三爷提拔他，如今在那里没人说，想是忘记了。"士南道："自然是忘记了，你二人是他至交，就烦你们写封信与他，事成时，叫我舍亲送几匹好尺头与老三做衣服穿。"进忠道："什么尺头，折干的好。"向袖中取出二十两银子，放在桌上道："事成之后再谢十方。"卞三儿道："陆三爷是他至好，到叫我们写信去。"士南道："到底朋友不如兄妹。"保安道："什么事？"进忠遂将陈少愚的事说了。保安道："这事不难，我写信去。"遂走到房里，拿个柬帖写了，送与众人看。士南道："好详细，老三也写上一笔。"卞三儿笑道："我不会写。"向手上除下个戒指来，道："把这戒指封在信内，他就知道了。"刘道："好，就套在他心坎儿上。"保安把信封了着上押，交与陆士南，同入席饮酒，至更深方散。进忠就在卞三儿家宿了。

士南将信交与少愚，次日收拾礼物，同倪文焕起身往淮安来，一路无辞。来到淮安西门，上岸问时，鲁公公已回在淮安府察院衙门住着。少愚遂将书子带到院前打听，见院门紧闭，悄寂无人，只有几个巡风的。等了半日，才见个老头儿挑了一担水歇在门外。少愚走上前问道："你这水挑进院去的？"老儿道："正是。"少愚道："可走橡房过？"老儿道："我直到厨房，走书房过哩。你有甚话说？"少愚便扯他到僻静处，道："我有个信，烦你送与椽房里姓李的。"取出三钱银子与他，那老儿道："门子是老爷贴身的人，恐一时不得见。"少愚见他推却，只得又与了二钱。老儿接了道："午后来讨信。"少愚去了。少顷，等小开门进供给，老儿才挑水进去。

少愚领着文焕到总漕衙门前玩了一会儿，回下处吃了午饭，再来院前等信，只见那老儿挑着空桶往一条小巷内走，少愚跟他走到个菜园内。老儿见没人，才歇下桶，拿出一个小纸条儿来，递与少愚，竟自挑上桶去了。少愚打开一看，上写道："知道了，明日清晨来见。"少愚看过，把纸条儿嚼烂，同文焕往酒馆内饮酒。

次早，将礼物抬到院前，门上各人俱用到了钱，通报少刻开门，鲁太监升常。倪文焕报门进去，当堂跪下，接上手本①。鲁太监道："请起。"拉着手儿同到后堂，作揖，又呈上礼单。鲁太监道："远劳已够了，又费这心做什么？收了罢，坐下拿饭来吃。"少刻摆下两席，文焕东道，鲁太监下陪。文焕告坐，鲁太监道："礼多必诈，老实些好。请坐，我也不安席了。"遂大碗大盘的摆上肴馔来，烹炮②俱是内府③制造，极其香美。鲁太监道："天暑远劳，又费了盘缠，须寻件事儿处处才好。"文焕出席，打一躬，将袖内手本缓缓取出呈上道："他事也不敢干渎老师，只

---

① 手本——明清时代，学生见老师或下属见上司所用的帖子。上面有自己姓名、职位等。
② 烹炮（pēng páo）——烹饪。
③ 内府——指宫廷。

有妻父陈少愚缎行差事，求老师青目①。"鲁太监便叫传管事的来。只见两个穿青衣的上来，鲁太监将手本与他看，那人道："这是府里的差，老爷这里只挂得个号儿，要免差，还要到扬州府里去，老爷这里不好免得。"鲁太监道："这事怎处？你须到府里去求，我不好管。"只见旁边走过一个门子来，道："倪相公既冒暑远来，老爷若不允他，未免不近情了，如今只有将这缎店留在本衙门听用，扬州府自不敢派他，必别派别铺去。"鲁太监道："这也有理，叫椽房写个条儿，用上印与倪相公。"椽房答应。少刻写了来，上写道："陈少愚缎铺，本院取用缎匹，各衙门毋得擅自派差。特示。"鲁太监看过，递与文焕。文焕起身禀谢，告别道："天暑就回，容日再请老师安。"鲁太监送到站台下就别了。

倪文焕来到门外，少愚已在院前等候。文焕将示条与他看了，少愚十分欢喜，即刻收拾下船回来。此时正值六月天气，但见：

> 赤日当正午，阴云半片无。
>
> 江河疑欲沸，草木势将枯。
>
> 毒郁天何厉，炎蒸气不舒。
>
> 征鞍挥汗雨，小艇锻人炉。

舟中热不可当，到了午后，西山酷日，晒得船板都烙人难坐。至宝应市门洪济闸下，文焕道："热得难受，走不得了，上岸寻个宿店乘乘凉再走。"翁婿二人上岸，饭店俱不洁净。见闸前有座庙，二人进来看时，却是座关帝庙，殿宇宽敞，高大凉

---

①　青目——同"青眼"。比喻对人喜欢和重视。

荫，便与道士借殿上歇宿。道士道："本庙老爷最灵，天热恐相公们赤身露体，触犯神圣不便，竟请到小道房里宿罢。"文焕道："因为热极，殿上才得凉快，若到你房里住，又不如到饭店里宿了。"文焕不容分说，便叫水手取了行李，就在殿旁挂起帐子来睡了。水手也在廊上膝地乘凉，都睡着了。至三更时，水手醒来，忽听得人呵马嘶之声。坐起来看时，见庙门大开，一簇人马自空而下，竟奔庙中来。只见：

> 旌旗蔽月，戈戟凝霜。绛纱笼遍地散明星，黄罗盖半空擎紫雾。黄巾力士，肩担令字听传宣；金甲神人①，手捧圭璋②尝拥护。赤兔马嘶风蹀躞③，青龙刀偃④月光明。玉简金书，威振三天称护法；白旄⑤黄钺⑥，灵通九地号降魔。双双玉女傍龙车，对对金童扶宝辇。

那仪从一对对摆进庙来，吓得那水手挥身抖颤，没处躲，便挤到栅栏内，一团儿蹲在马夫脚下偷看。只见那神圣才进门来，只见一人跪下禀道："殿上有生人困卧，请天尊驻驾。"旁边侍从道："什么人？速去查来。"少顷，一个黄巾力士押着个老头儿跪下道："是江都县生员倪文焕，拜与鲁太监做门生，进了学谢荐回来，在此借宿乘凉。"神圣道："既为圣门弟子，乃拜太监做荐主，也是个不安分的，查他后禄如何。"力士押了那老儿去了。

---

① 金甲神人——神话传说中送子之神。
② 圭璋（guī zhāng）——古代一种贵重的玉制礼器。
③ 蹀躞（dié xiè）——小步走的样子。
④ 偃——音 yǎn。
⑤ 旄（máo）——古代旗杆顶端用牦牛尾做装饰的旗子。
⑥ 钺（yuè）——古代的一种兵器，铜、铁制，形状像板斧而较大。

神圣下车走上殿坐下，真个神威赫奕①。但见：

　　蓝靛包巾光赫赫，翡翠征袍花一簇。

　　辉煌抹额凤穿金，玲珑宝带龙吞玉。

　　虬髯飘拂意舒徐，凤眼光芒威整肃。

　　浩然正气塞乾坤，千古英雄关壮穆。

　　关帝坐在殿前，力士又引那老儿跪下，道："倪文焕后日身登黄甲，位列乌台。乃赤练村降来的一起混世妖魔。"帝君闻言，勃然大怒道："此等孽畜，不即诛戮②，遗害不浅。"遂拔剑下座。旁边一员小将跪下禀道："请天尊息怒，此人虽系奸党，亦由天命使然，天尊岂可违天擅杀？望天尊暂宥③。"帝君忿忿纳剑坐下："叫狗庙祝来！"两个力士去将道士提来跪下，帝君道："你既为庙祝，不守清规，怎么容奸邪在此赤身裸体，污触殿廷，是何道理？扯下去打。"道士禀道："他是扬州的相公。因天气炎热，来此乘凉，弟子再三哀告，他竟不依，实是不能与他争竞。"帝君道："且恕你初次，可对他说：'既读圣贤书，当知义路礼门之戒，奈何屈身庵宦以求进身。自此改行从善，保他前程远大；若仍旧不端，必遭天谴。'去罢。"侍从喝退道士，帝君下殿上輦，仪从依旧一对对摆出庙门而去。

　　水手忙钻出栅栏，开了庙门看时，四顾无人。他也等不得天明，便来船上告诉，船家道："可是见鬼！我们一些也没有听见。"到天明，少愚翁婿二人起来，道士便来埋怨道："小道昨日原劝相公们不要在殿上睡，夜来神圣发怒，要责罚小道。"便把

----

① 赫奕——形容盛大。

② 诛戮（zhū lù）——即杀害。

③ 宥（yòu）——宽恕。

帝君言语含糊说了一遍。文焕只道他说谎，及上船来，见水手说得甚是详细，才心中骇然。正是：

> 劝君切莫把心欺，湛湛青天先已知。
>
> 若使当年能悔过，免教合族受诛夷。

陈少愚同女婿回到家中，正值差人在店中吵闹。少愚拿出盐政府的示条与众人看了，同到府里当堂验过，府里只得另派别家。少愚置酒在卞三儿家酬谢进忠、刘瑀等，又送了卞三儿十两银子。吴保安已与进忠结为知己，日日在一处玩耍。一日正在卞三儿家赌钱，忽衙门内差人来唤他星夜至淮安听差。即忙收拾登程。赶至淮安，进府参见毕，鲁太监道："今有中书汪老爷进京复命，我没有送得礼，你可速赶往北去送礼。"遂将礼物批文一一交与他，发了马牌，差了四个箭手伴送。

进忠将礼物包扎停当，上了背包，辞了出来。到山阳县要了四匹驿马，结束做承差打扮，上了马，径奔山东来。一路打探得汪中书。过了徐州，在东阿县养病，径奔东阿来寻客店，安下行李，到院打听。只见院门紧闭，静悄无人，门上贴着中书科的封条，柱子上挂着面牌，上写道："本科抱疴未痊①，凡一应公文俱于东阿县收贮，俟病痊日汇送。其余私书等一概不许混渎②。特示。"进忠只得回寓，见县里甚是荒凉，遂到东平州里寻客店住下。终日闲坐无事，只得同两个箭手郊外学箭。看看有一个多月，不见开门。

一日，射了一会儿箭，向村店中饮酒，吃至天晚，信步而

---

① 抱疴（kē）未痊（quán）——生病还没痊愈。

② 混渎（dú）——混入，混淆。

魏阉全传

经典书香·中国古典禁毁小说丛书

回。正值仲冬天气，山崚赠①，木叶尽脱，满地皆茸茸荒草。忽见一群獐从草中窜出，呆呆木木的站在路旁。进忠便乘着酒兴，拈弓搭箭，拽满了扯起一箭，正中一只大獐腿上，回来就跑。那两个箭手一齐放箭，也中了两只。三人趁势赶来，獐子便四散跑去。三人分头赶去，进忠因跑急了，酒涌上来，走到个大林子内，獐也不见了，遂坐在一块石头上喘气，便倒在石上睡着了。直至更深醒来，见月色明亮，起身带了弓箭，再往前走，走到一座寺院前，进了二门，见上面有座宝塔。但只见：

> 五色云中耸七层，不知何代法门兴。
>
> 归来远客时凝望，老去山僧已倦登。
>
> 金铎无声风未起，宝瓶有影月初升。
>
> 忽闻梵语横空下，疑是檀那夜看镫②。

进忠走到殿上，见香火俱无，人烟寂静，站台上光洁可爱，就如人打扫过的，映着月色，极其光洁。忠进因贪看月色，坐了一回。忽听得有人言语，心中甚是疑惑。再细听，却是从塔内出来，想道："四外无人，如何塔内有人说话？必是歹人。"没处躲避，见站台旁有棵大柏树，忠进便从殿角的大柱爬上去，伏在树枝上望下。只见塔内走出三个人来，上了站台，席地而坐，一个清躯瘦骨，身穿白袷③；一个高视阔步，白衣元裳；一个长面多髯，梅花黄服。三人谈笑了一会，那瘦者道："有客无酒，月白风清，如此良夜何？"黄衣者道："何不联句以消清况。"三人互

---

① 崚赠（léng céng）——形容山势高。
② 镫（dèng）——同灯。
③ 袷（jiá）——即夹衣。

相谦让，那白袷者道："我先放肆抛砖①，幸勿喷饭。"遂先吟道：

> 曾向巴山啸月明，洞庭霜落汉江清。
>
> 心神正处标仙籍，剑术传来有道经。
>
> 楚国加冠羞下士，唐家伐叛播忠名。
>
> 十年灵异称通臂，枯骨当时也着声。

黄衣者吟道：

> 碧水丹山日日游，苍松翠柏自为俦。
>
> 每衔芝草供灵药，常御云车列十洲。
>
> 名挂东华增上寿，身依南极驭千秋。
>
> 昏昏尘世皆蕉梦，高戴皮冠笑隐侯。

元裳者赞道："二公高才杰作，难以续貂②。既聆珠玉，不得不乱谈请教。"遂吟道：

> 南岳峰头振羽衣，每从胎息③见天机。
>
> 翩翩赤壁横江过，矫矫青城带箭飞。
>
> 雨后清溪看独步，月明华表美双归。
>
> 云间昨夜笙箫响，尝伴王乔与令威。

三人吟毕，互相赞羡。正自标榜④，忽外面又走进十余人来，各携酒肴，中间拥着一人，头戴唐巾⑤，身穿黄裘，携着一个少年女子走上站台。三人起身相迎，清躯者道："令君何

---

① 抛砖——即成语抛砖引玉略语。

② 续貂（diāo）——喻拿不好的东西补接在好的东西后面，两者极不相配。狗尾续貂的略语。

③ 胎息——由肚脐呼吸，比喻修道的人道行高。

④ 标榜——（互相）吹嘘、夸耀。

⑤ 唐巾——唐代帝王戴的一种便帽，于明代流行，士人多戴。

处获此佳偶?"唐巾者道:"适过前村,见此女凭栏凝望,故邀来玩月,三公对此佳景,何事清谈?"元裳者笑道:"因夜深无酒,聊联诗遣兴耳。"唐巾者道:"高雅之至。倘不吝珠玉,愿闻请教,或可续貂。"三人遂将前作各诵一遍。那人啧啧称赞道:"清新俊逸,一洗六朝①。赤壁青城,用典精确,且沉雄颇类老庄。"遂命取酒共酌。元裳者道:"令君深知诗髓,何不请教大作以压诸卷。"那人笑道:"班门弄斧,贻笑大方。"遂吟道:

> 心宿凝精赋质全,化形尝礼月中仙。
>
> 修成大道传刚子,养得雄才难茂先。
>
> 九尾击时能出火,千年丹就可通天。
>
> 从来一液强多事,却笑维摩②枯寂禅。

三人齐声赞道:"天工大匠,直压倒元、白矣。"清躯者道:"明月满天,佳人在座,我辈何不联句以代催妆。"众人齐声道好。清躯者道:"我先放肆起。"遂首倡道:

> 花月可联春,黄衣者道房栊映玉人。
>
> 动衣香满路,元裳者道移步袜生尘。
>
> 碧海悬金镜,唐巾者道凌波出洛神。
>
> 元浆颇合卺,清躯者道鸾凤日相亲。

联毕句,三人斟酒来奉道:"小弟们借花献佛,各饮双杯。"一人来奉唐巾者,一人便持杯来劝那女子。那女子只是俯首不

---

① 六朝——三国时期的吴,东晋、南朝的宋、齐、梁、陈以建康(今南京)为都,历史上合称六朝。

② 维摩——大乘佛教居士名。

接。黄衣者来强之再三，渐至亵狎①，遂挤到站台口，近他身边，双手捧面，那女子推开手要望下跳，四人忙上前将他抗住。唐巾者道："我因你栏边独坐，若有所思，故相携至此，你若不好好依从，拿你洞中去，不怕你不成其事。"那女子闻言，便啼哭不理他。

进忠在树上想道："这几个男子逼一个女人，定非善类。"一时激烈起来，取弓箭在手，将两腿夹定树枝，扣上箭，认定了，"嗖"的一箭，正中那戴唐巾的左臂。那人大叫一声道："不好，有贼。"进忠还未等他说完，"嗖"的又是一箭，射中那清躯的背上。众人齐喊，一哄儿都跑出去了，只留下那女子在站台上啼哭。

进忠见人去了，便爬下树来，走到站台上。那女子见了，吓了蹲做一团。进忠道："不要怕，我不是歹人。你是何处人？为何同这些男子来此？"女子哭道："奴是嶧②山村人，晚间独坐看月，被那个人拿来，昏昏沉沉，不知来到此处。我并不认得这起人。"进忠道："你不要哭，我送你回去。"说毕，扶了女子下了站台，出庙来走到路口。

等了天明，才见个赶脚的。进忠道："牲口来。到嶧山村多远？"脚夫道："三十里。"进忠同那女子上了牲口，竟望东来。少刻到了一所村庄，脚夫道："是了。"那女子道："前面山口傅家庄才是哩。"又走了一会儿，到一座靠山临水的庄子，女子道："是了。"二人下了牲口，还过钱，到庄上女子家去。一刻，里面走出个婆子来，请进忠到草厅上。那婆子拜谢了，备出早饭来与

---

① 亵狎（xiè xiá）——猥亵。
② 嶧——音 yì。

魏
阉
全
传

经
典
书
香
·
中
国
古
典
禁
毁
小
说
丛
书

进忠吃。女子梳洗毕，也出来拜了四拜，谢过。进忠看了那女子，真个生得端正，迥不同夜间所见。只见：

> 仪容俊秀，骨格端庄。芙蓉面浅露微红，柳叶眉淡舒嫩绿。轻盈翠袖，深笼着玉笋纤纤；摇曳湘裙，半露出金莲窄窄。疑并落雁沉鱼，何用施朱傅粉。

进忠还过礼！便要起身，婆子道："恩人说哪里话，怎么就要去？"进忠道："你令嫒可曾告诉你？"婆子道："去的缘故，恩人还不知详细哩！"进忠道："令嫒已说过了，无非是山精野怪，不必说，亏令爱福大，遇见我；若在别处，也不得回来，妖精口里说要拿他到洞中去，此后须要未晚早关门，无事休出屋。吃斋念佛真是再生的。"婆子道："女儿自小就敬佛。"进忠坚辞要去，婆子苦留。进忠道："我有公事在身，不能久留。"婆子道："恩人不要慌，夜来女儿不见了，劳动了村前村后的人跑了一夜。今女儿承恩人救回，老身就今日草草备个酒儿酬谢恩人，并谢谢亲眷庄邻，望恩人宽坐坐。"进忠道："实系有紧要事，不得闲，非是推托，改日再来领罢！"婆子哪里肯放，那些来看的人也都来相劝，进忠只得坐下。婆子欢天喜地的去办酒。

少刻，一个个来了，有五六十人赴席。内中雅欲不等，都来问如何相救。进忠又说了一遍。众人称赞说道："这傅婆婆寡居无子，止生此女；若再不见了，性命也难保全。亏官人搭救，使他母女完聚，真是莫大的功德。"说话间摆上酒来，众人都来与进忠把盏。进忠首坐，众人各各坐下，到有十多席。进忠也起身一一回敬。坐下，饮过三巡，便起身要走。内中一人道："老兄请少坐，家姨母自然备牲口奉送。"又上了一道汤，进忠坚意要去。婆子出来正欲开言，进忠称谢道："实不能再饮，因盛意不好固却，今已醉饱，就要告辞。"那婆子扯住不放道："还求恩人宽住一日，老身还有句话说哩。"进忠道："我是官身人，何能在此住，也无甚话说。"婆子只是不放。众人道："老兄且请坐，自然他有甚话说。"进忠只得坐下，问道："有甚话说就请教罢。"婆子道："列位高领贤亲俱在此，老身已年将六十，并无子嗣，只有这个女儿。母子相依，孤寡半世，许多人家来说亲，老身都不肯嫁到人家去，指望招个女婿养老。不意昨晚坐在窗下看月，被一阵狂风刮了去，不知在个什么庙内遇见这位官人救护，得全性命，真是重生我女儿之身。老身今有句言语，只是唐突官人，就趁列位在此，借重作个保山①，愿将女儿嫁与官人。"众人齐声道："好极！好极！"正是：

　　　　姻缘有分逢珠丽，邂逅②无端会大奸。

有分教：

　　巧言悦耳，已占下他年第一座的干儿；令色留情，早结下个身后解群冤的种子。

　　毕竟不知这人姓甚名谁？且听下回分解。

---

　　①　保山——媒人的旧称。
　　②　邂逅（xiè hòu）——偶然遇见。

第 十 一 回

魏进忠旅次成亲　田尔耕窝赌受辱

诗曰：

千里相逢遂结缡①，一朝倾盖即相知。

漆胶虽合难心照，琴瑟调和可事宜。

便辟切须防佞友②，忠良深美得贤奄。

女中烈士真奇特，莫笑司晨是牝鸡③。

却说傅婆子扯住进忠不放道："我女儿生到十七岁，从来不出门边，日夜母女相依为命，心性也不是个轻薄的，情愿与官人为亲。"进忠道："这里哪里说起！你的女儿尚且不肯嫁与人家，我又是个远方人，如何使得？我为一时义气救他，难道要你酬谢么？"跳起身来就走。那婆子死紧扯住，哪里肯放。

进忠道："你老人家好没道理，我好意救你女儿，你反来缠住我，这倒是好意成恶意了。"婆子道："女儿虽蒙搭救，但孤男寡女同过一夜，怎分得清白？"进忠道："我若有一点邪心，天诛地灭！"婆子道："唯有你两人心上明白，谁人肯信？你若不从，我娘儿两人性命都在你身上！"这两个人你一

---

① 结缡（lí）——指女子出嫁。

② 佞（nìng）友——花言巧语的坏朋友。

③ 牝（pìn）鸡——母鸡。

句我一句嚷将起来。

正在难分难解之际，只见外面走进一个人来，说道："有甚事，只须理论，何必吵闹。"走上草厅来将婆子拉开，与进忠作揖。只见那人生得：

面阔腰圆身体长，精神突兀气扬扬。笑生满脸堆春色，邪点双睛露晓光。心叵测，意难量，一团奸诈少刚方。吮痈舐痔①真无耻，好色贪财大不良。

那人与进忠礼毕，坐下，问道："请教贵处哪里？尊姓大号？"进忠道："小弟姓魏名进忠，北京人，因来东阿公干。请问尊兄上姓？"那人道："小弟姓田名尔耕，本籍山西平凉。因在北京住久，只为有些薄产在此，特来收租。敢问老兄在何处救舍亲的？"进忠又将前事说了一遍。田尔耕满面春风，极口称赞道："这是大丈夫奇男子义气的事，是舍亲疑错了。"婆子道："我女儿为人你是晓得的人，他却不是肯苟且②的人，但只是传出去不雅相。"田尔耕道："这是我家姨母，家姨丈当日在时积有数万贯家财，东平州里出名的傅百万。不幸去世得早，未有子嗣，族中也无可承继，且都是不学好的人争告家财，将田产分与族人，只留下数百亩养老田。目今尚有万金产业，人家利其所有，都来求亲，家姨母意思只要招个好女婿养老。我这姨妹乳名如玉，虽长成十七岁，从来不到门前玩耍。不意有这异事。虽蒙老兄拔救，但他寡妇人家的女儿，当不得外人谈论。俗话'舌头底下压杀人'，老兄高朋之士，求详察。"进忠道："令亲是富族名门，令姨妹是深闺艳质，须择门户相当的才好匹配。小弟是异乡人，且

---

① 吮痈舐痔——为人舔吸疮痔上的脓血，比喻卑劣地奉承、讨好。

② 苟且——此处指不正常的男女关系。

系官身，出身微贱，十分不称。"尔耕道："千里姻缘使线牵，怎讲得远近？看老兄这样像貌，愁什么富贵功名。姨妹也可称女中丈夫，这也不为错配了。"

进忠低头语，想起初救他时原是一团义烈之气，全无半点邪心。及见他生得端庄，又听得田尔耕说他家有许多田产，终是小人心肠，被他惑动了，故此踌躇不语。田尔耕本是个寡嘴夸诈之人，哪里真有这许多产业，见进忠不喷声，就知他有意了。遂笑道："姨娘，你老人家且请进去，此事也不是一句话就成的。明日是个黄道吉日，好结婚姻。我亲到魏兄尊寓做媒，定要他成这事。"进忠才辞了起身，同田尔耕叫了牲口，别去。田尔耕道："魏兄尊寓在何处？"进忠道："州前。"尔耕道："权别，明早奉候。"

进忠回到州里下处，天已将晚，见两个箭手在店里吃晚饭，埋怨道："你两个怎么不等我？"箭手道："我们醉了，跑了一会儿，獐子不知去向，寻爷不在，又怕关城门，故先回来了。爷在何处宿的？"进忠道："我走到一个林子里，把獐子赶倒，被我捉住。醉中不觉月上，恐迟了，难得进城，寻着个人家借宿，请我吃酒饭，我就把獐子送他了。"箭手道："便宜他好肚脏，店家取饭来吃。"进忠道："明日再去院前探信，看可曾开门。"箭手道："不必去，还未开门哩。早间州里差人送节礼，也没有送得。"进忠道："再等到几时？如今将近年节，怎么好？"箭手道："爷还是一个人，我们还有家小，少长没短，年下是欠负的，都来催讨，一夜也睡不着。"进忠想道："如今我要成这亲事，他二人在此也不便，不如打发他们先回去，倒也干净。"遂说道："却是你们比不得我，你们事多人众，我想你们在此无事，还恐老爷望信，不若我写个禀帖，先打发你们回去罢，马牌也把你们去，我回去时再向汪爷讨罢。"他两人千恩万谢，感激不尽。遂拿了马牌，到州里讨了马，次日五鼓起身。进忠道："你到扬州代我致意陈少愚，说我不及写书子。"候他二人应命别去，进忠到天明，便将行李礼物收拾停当。

傍午，有三四骑牲口到店门首来，问道："扬州魏提控可在这里？"店家道："在里面哩。"叫小二进来报知。进忠出来迎接，田尔耕同三四朋个友入来，一一相见坐下。进忠道："远劳下顾，旅邸茶汤不便，得罪，得罪！"众人道："客中何必拘礼。"田尔耕道："舍亲多拜上，亲事务望俯从。"进忠道："异乡微贱之人，怎敢仰攀？且是官身，事不由己，断难从命。"尔耕道："昨已说过，不必过谦，这几位都是至亲，故相邀同来作伐。"进忠道："小弟有何德能，敢劳列位下顾。"那三人道："舍亲孀居孤苦，只生此女，每要招个好女婿养老，以图照应。女儿也十分精细。今见老兄仪表，真是天生一对，郎才女貌，足以相当。"进忠犹自谦让，尔耕道："不必说，且到小庄权住，择个吉期，再到舍亲家入赘。"进忠道："远劳大虑，屈到馆中少叙代茶。"尔耕道："也好，就当谢媒罢。"遂同到馆中坐下饮酒。

忽对面桌上一人站起叫道："田先生为何久不到小庄走走？"尔耕起身拱拱手道："因为俗事羁绊①，疏阔②得罪，新正再来奉候。"饮毕，遂相别出店。到下处叫店主来算

还了房钱，取了行李，同往峄山村来。傅家置酒相待过，才

---

① 羁（jī）绊——缠住了，不能脱身。
② 疏阔——疏远。

到田尔耕庄上住下。时已腊月二十二日，择了二十五日吉辰，亲去谢允，就备了四十两礼金、八匹尺头下聘，选订正月十五日元宵佳节成亲。终日田尔耕引一班乡户人家子弟，来同进忠赌钱、吃酒、玩耍。

不觉过到正月初七日，正在那里掷钱，只见个小厮拿进请帖来道："刘爷请酒。"田尔耕接来看，上写着："翌午肃治春盘①，奉扳清叙②，祈早移玉③。"下写："侍教生刘天佑拜订。"看毕，说道："你回他说，多拜上他，爷知道了，明日来。"领取五十文钱赏他，小厮应声去了。次早，尔耕向进忠道："小弟暂别，因刘家有约，晚间方回，失陪老兄。"后又道："何不同兄去拜拜他？此人极是四海的，却又好赌个钱儿。"进忠道："素不相识，怎好唐突④?"尔耕道："年时曾在酒馆中会过的。"进忠道："改日罢。"尔耕道："兄既不去，等我请他时再屈兄作陪罢。"遂赴席去了。

到次日，进忠取出五两银子定酒席。至十五日，便在傅宅草厅上摆列着喜筵。众亲邻都来送礼，暖房饮酒。晚夕，一派鼓乐，两行花烛，引着一对新人，双双立在毡上，拜堂合卺后，众女眷送入洞房。真是：天上人间，十分欢乐。有喜会佳姻词为证：

喜，喜珠垂鹊起，上眉峰，生靥⑤底。气溢门阑，春融帐里。

---

① 春盘——古时习俗，立春日用蔬菜、水果、饼铒装盘，馈送亲友。

② 清叙——闲聊、清谈。

③ 移玉——请别人来光临的一种客气说法。

④ 唐突——冒犯。

⑤ 靥（yè）——酒窝。

猩红试海棠，秾艳歌桃李。绸缪①上苑鹣鸳，尤殢②巫山云雨③。笙箫引凤上秦台④，花烛迎仙归洛浦⑤。

会会锦营花队，燕成双，莺作对。鸾凤和鸣，鸳鸯同睡。带笑熄银灯，含羞牵玉佩。罗帏绣幕生春，杏脸桃腮增媚。庆朱陈两姓交欢，羡牛女双星合配。

佳佳嫩玉奇葩，如月姊，似仙娃。香肌腻雪，云鬟堆鸦。结缡初奠雁，多子更宜家。天喜红鸾高照，郎才女貌堪夸。丹阜双生比翼鸟，池莲新发并头花。

姻姻意合情真，联比目，结同心。阴阳交媾，兰麝氤氲。好合如胶漆，调和似瑟琴。宝镜双鸾共照，琼浆合卺同斟。此日金屏初中雀，明年绮阁定生麟。

进忠与如玉双双拜罢，同入洞房。众亲友都来看新人，欢声谑语，喧闹至更深方散。新人双双共入罗帏，脂香粉色，令人魂消。一个软款温柔，一个娇羞睥睨⑥。点缀之际，便见猩红，进忠十分欢洽。次日起来谢了亲，往众亲戚家去拜门，又置酒酬客。

三朝之后，如玉便问进忠："这些箱笼内是甚物件？"进忠将

---

① 绸缪（móu）——此处指缠绵。
② 殢（tì）——困扰，纠缠不清；滞留。
③ 巫山云雨——原指古代神话传说巫山女兴云降雨的事。后指男女欢合。
④ 引凤上秦台——传说萧史善吹箫，能以箫作鸾凤之音，秦穆公的女儿弄玉也好吹箫，秦穆公就把她嫁给箫史，并筑台给他们居住。后二人成仙而去。
⑤ 仙归洛浦——《洛神赋》典故，美人（洛神）来到洛水畔。
⑥ 睥睨（pì nì）——眼斜着看。

鲁太监差他送礼与汪中书的话一一说了。如玉就叫他到州里伺候去，婆子不肯道："我们山东的风俗要满月后才出门哩。"进忠在家，终日夫妇行坐不离，好生恩爱。

到二月尽间，进忠要到东阿探信。婆子道："东阿县有几个亲戚，前日都送礼的，你去拜望拜望。"进忠答应。打点衣服行囊，同个远房小舅子并田尔耕三人上马，同上州里来。到亲戚家拜望，各处留饭住了两日，才到东阿院前访问。汪中书尚未开门，只得又在亲戚家住了两日才回来。

田尔耕道："我们走刘家庄上过，何不同老兄去拜拜他，他问过兄好几次了。"进忠应允，三人遂并马往刘家庄来，见路上人不分男女，头上都贴着甲马①，捧着香盒，纷纷攘攘。也有年老的年少的，也有大家妇女穿绫着绢的，都在人丛里挨挤。进忠道："这些人做什么，这样不分男女的行走?"田尔耕道："这是到人家赴会去了。"进忠道："什么会?"尔耕道："叫做混同无为教，不分男女贵贱，都在一处坐。"进忠道："这也不雅。"尔耕道："内中奸盗邪淫的事也不少。"

三人说着，望见前面一所庄院，马到庄前，只见四面垂杨，一溪碧水，门楼高耸，院墙宽大，真个好座庄子。三人到了门前，只见门外两边放着两张长条桌，每桌上放着三四个册子，四个人在那里写号。那些男女们到了门前，记上名字，一个个点进去。门上有认得田尔耕的，道："田爷请进。"尔耕道："我是来拜你大爷的。"门上道："大爷不在家，到东庄去了。"尔耕遂将进忠的拜帖留下道："大爷回来说罢，我们回去了。"门上道:

---

① 甲马——印有佛像、神像的神符。

"请用了斋去。"尔耕道："不消了。"三人回马而行。进忠道："好个大人家!"尔耕道："他是个宦家，乃尊是个贡生①，在南边做知县。刘兄为人极好，只是滥赌些。他祖母最向善，一年常做几次会，也要费若干银子。"回到庄前，尔耕相辞而去。进忠进门对丈母说亲戚相留，故此来迟。又说去拜刘天佑，如玉听见，便不有悦之色。吃过晚饭睡觉，夫妻一夜绸缪，正是新娶不如远归。

不日刘天佑来回拜，进忠留他吃了饭，同到田尔耕庄上赌钱。半日进忠输了五十余两，回家瞒着妻子取了还他。那班帮闲放头的，遂以他为奇货可居，日日来寻他。刘天佑见进忠爽利，又有田产，也思量要算计他。尔耕又在中间骑双头马撺钱。

一日，进忠打听得汪中书开门，发杠起身，忙收拾了礼物同尔耕来东阿送礼。及到院前，汪中书已去了，进忠着忙道："这事怎处?"只得要赶上去。此刻身边又无盘缠行李，要回去取，又怕耽搁了。再到县中访问，说汪中书不能起早，是水路去的，进忠才放心欢喜道："他水路迟，我旱路快，回家收拾了赶去不迟。"遂急急要回去，无奈又被个亲戚缠住不放，直至日落方起身。

三人乘着月色并辔而行，至三更时才到刘天佑庄前。尔耕道："我们到刘兄处借宿罢。"进忠道："再耽搁不得了。"尔耕道："起五更去不迟，半日工夫就到了，此地前去旷野，你又有许多礼物，最是要紧，宁可小心为妙。"进忠道："也有理。"遂到庄上叫门。刘天佑出来相见，取酒管待，饮了一会儿，又要赌

---

① 贡生——明科举制度下，由府、州县推荐到京师国子监学习的人。

钱，进忠道："有事要起早。"刘天佑问道："有甚事？"进忠把要赶去送礼的事说了一遍。天佑道："既有公事，就请安置罢。"尔耕道："魏兄这礼据我说尽可不必送。常言道：'识时务者为俊杰。'如今汪中书已去远了，一定是病重，才由水路去哩。"进忠道："不送没得回书，这批怎缴？"尔耕道："你定要缴他怎么？你如今有家小在此，又有若干的家私，这份礼也有千金之外，这银子拿了去生息，安居乐业，自在日子不过。到在衙门里缠什么？自古道：'跟官如伴虎。'那鲁太监也是镶诈商人的，不义之财，取之何害！"天佑道："田兄见道之言，甚是有理。"进忠犹自沉吟。

尔耕道："且拿骰子来耍耍。"小厮铺下毡条，点上两枝红烛，放头的取筹马来摆下。掷到鸡叫时，进忠输了二百两，尔耕赢了，说道："天快明了，揭起场来睡睡罢。"进忠心上有事，又输了钱，再睡不着。及到天明，反睡熟了。醒来时已日高三丈了，忙叫起田尔耕。小厮进去半日，才讨出水与茶汤来。又等天佑慢慢出来同吃早饭，已是日中了。三人才上马，各自回家。

进忠到家，已是申牌时分，如玉接着，问道："原何不送礼，又带回来？"进忠道："他已动身去了。"如玉道："去了，怎处哩？"进忠道："我要赶到路上去送，老田叫我不要送。"如玉道："你不送，那里讨回书哩？"进忠又将尔耕之言说了一遍。如玉道："不可，受人之托，必当终人之事，鲁太监送这份厚礼，定是有事求他，你昧了他的，岂不误他大事？你平日在衙门里倚他的势，撰他的钱，他今托你的事，也是谅你可托，才差你的。你昧心坏了他的事，于自己良心上也过不去，他岂肯轻易饶你？老田是个坏人，他惯干截路短行之事。切不可信他，坏自己之事，快些收拾，明日赶了去。"亲自代他打点行李，备办干粮，五鼓起来催促丈夫起身，恐迟了，田尔耕又要来拦阻。天一亮，就备了牲口动身。

走未半里，早遇见田尔耕来了。尔耕也料定如玉不肯，必还要去，故起早从大路上兜来，问道："兄早起何往？"进忠道："还去送礼。"尔耕道："好！沽一壶作饯何如？"进忠不好推却，只得下马，同到路傍酒店坐下。尔耕叫切三斤牛肉、两箸馍馍，二人对酌。尔耕道："兄原意不去，为何今日又去？"进忠道："夜来寻思，还是去的为是，才完此首尾，这批必定要缴的。"尔耕笑道："这不是兄的意思，乃玉姐不肯。他们妇道家偏见，不知道世事。且问兄，这批文是几时领的？"进忠道："去年八月领，限十月缴的。"尔耕道："这就是过了。批限迟了半年，汪中书开过几次门，又发放了二十多日的文书才起身，你为何不投批？"进忠道："我哪知他开门？"尔耕道："你说的好太平话儿。你此来为何？你怎么回官？说我不晓得？再者，你纵赶去送礼，汪中书就要疑你有情弊，就受了礼，心中也必不快活，回书上定有几句不尴尬的话。批限又迟了，书子上言语又不顺，你罪过何逃？小则责罚，大则责革问罪，岂不是惹火烧身？"进忠原是个没主意的人，被他几句话点醒了，暗自度量道："却是迟了难以回话，况我已是湖广坏了事的人，倘被责革，岂不惹人耻笑？也罢，歇了罢。"

二人出店，要回家去，尔耕道："不可，你若回去，玉姐必要吵闹，不如且到刘兄庄上暂住几日再回去，只说送过了，没有全收，就罢了。"二人径到刘家庄来，天佑出来相见道："二位来得早。"进忠道："昨日多扰，特来完欠账。"就把送礼的元宝取出四锭，叫他小厮送进去。少刻摆饭。才举箸，只见外面走进三四个人来，都是积年帮闲放头的人，上厅来坐下。天佑道："来吃饭。"三人也不谦逊，坐下低着头，不论冷熟，只顾吃起，直吃得尽盘将军才住。天佑问道："那事如何？"内中有个一只眼混名独眼龙的道："已有几分了，他叔子已去，他也出来走跳了，只是不肯到这里来。"天佑道："何不我们去就他。"独眼龙道："今日他在新王指挥家吃酒，与老王说妥了，酒后耍耍罢。"天佑道："王指挥我也贺过他的，他尚未请我，你去向他说，何不同席请我。你快去，我们就来。"那几个人飞奔去了。尔耕问道："是谁？"天佑道："福建小张惺，我想了他许多时，不能到手。今日同二位去，各备封人情送王指挥，合手赢他几千两买果子吃。"进忠道："我不会赌，还是公平正道的好。我输赢都是现的我若赢了他，欠我的也不能。"天佑道："兄既不肯合，只各干各的事。只得下场难保必胜，若输了不要懊悔。"即备了马，同进州里。

来到独眼龙家里，相见坐下，已预备下好茶来吃了，说道："新王今日不请客，戏子是州里捉去了，张惺已向汪头拜客，小陆钩去了，只怕就好来了。"话未毕，只见小陆慌忙进来道："来了，来了。"那独眼龙就如拾到珍宝一般，忙到门外等候。少刻，引进一个少年朋友来，甚是清秀，后面跟着四五个小厮，各各相见，问了姓名。茶毕，天佑道："久违雅教。"张惺道："岂敢。"独眼龙道："老相公几时回府的？也不知道，未得远送。"张惺道："家叔暂到临清算帐，不久就来。"小陆道："怎奈有好客没好主。"张惺叫小厮去取桌盒酒来。进忠道："初识荆，怎好叨扰。"独眼龙道："朋友原是从初相识起，何必拘礼。"少刻，取了桌盒来，摆在上面。独眼成道："酒还未到，且手谈片刻何如？"尔耕道："也好。"遂铺下毡条，刘、魏、张三人掷五子朱窝。进忠道："还是头家管彩，还是各人自会？"张惺道："头家没多食水，各人自备罢。"掷至过午，进忠赢了八百两，刘天佑连头输了五百余两，张惺输了四百两。

吃过饭，田尔耕代天佑下场，掷到三更，代他把输的都打在张惺身上，还赢起二百余两来，进忠共赢了九百余两，张惺连头共输一千三百两。进忠道："且歇歇再来。"揭了账。进忠道："取天平来。"张惺道："我没有带银子来，明日奉还。"进忠道："兄先原说过是现的。"张惺道："就是明日也不为迟，难道骗你不成？"尔耕道："老兄这话就差了。魏兄现带了银子在此，况又是兄说现的，怎又要到明日？"张惺道："偏要到明日，怎么？"站起身来就要走。进忠一把抓住道："兑了银子再走。"张惺道："半夜里银子从何而来？你这人好小气，几两银子甚要紧，就这样急。"进忠道："你该人银子不还，倒说我小气？你赖人银子反是大方？"张惺道："偏不还你，怎样我？"进忠道："你若没银子还我，把筋打断你的！"张惺急了，跳起来。进忠抢上前一把揪住，拉在壁上，捻起拳头要打。众人上前劝开。独眼龙道："我们的头钱宽两日罢，二位相公的多少先还些，杀杀火气，余下的就到明日何如？"张惺道："连你也乱缠！我原是出来拜客的，因小陆约我来吃新茶，并没有打点来掷钱，我有银子不把他，难道认真赖他的哩！"小陆道："张相公为人最直，每次却是分文不欠的，就到明日也罢。"进忠定不肯，说道："既如此，就总在这里宿，等明日取了银子来再回去，何如？"张惺道："我不能在此宿！"进忠道："我也决不放你去，枉说白话。"

张惺被他缠得没法，终是个小官儿，不曾受过人气的，便说道："也罢，我有个道理，我有庄田现在刘兄田腹子内，我意写个倚抵帖子与你，明日兑银子来取赎，何如？"进忠不肯。刘天佑道："既魏兄不肯倚低，竟把田暂写在我名下，我保你的银子何如？"进忠方肯。独眼龙忙取了纸笔，张惺写了抵约，连头钱共写了一千三百五十两。众人押了字。进忠道："不要写我名字。"尔耕道："这也是个意思儿，就不写兄也罢了。"天佑到写个欠帖与进忠，两下收了，才放张惺出门，三人就在独眼龙家宿了。

次日，天佑要回去，进忠道："他今日交银子，怎么到回去？"尔耕道："田在刘兄田腹子内，刘兄久要图他的，不得到手，今日却却的在他网里。我们且回去，他要田，自然到他庄上来取赎，那时再纳些利钱，不怕他飞上天去。"进忠心虽不悦，却又不好言语，只得一同回去。吩咐独眼龙道："他若来时，务必同他到庄上来。"又留下个小斯来探信。三人同到刘家庄上，等了一日，也不见来。进忠觉得眼跳耳热，心中不耐烦，想道："莫不是家中有甚事故？"遂托言有病，要回家去。取了礼物，别了田、刘二人，上马回家，家中安然无恙。如玉迎着问道："礼送了么？"进忠道："送了，没有全收。"如玉欢喜，置酒共酌道："这才是全始全终的，你几时往南去？"进忠道："消停两日再处。"夫妻一夜欢娱，不提。

再言田、刘二人又等了一日，不见回信。到第三日，饭后无事，二人到庄前闲步，看庄上人割麦，只见远远的一簇人飞奔庄上来，乃到面前看时，乃是几个穿青衣的，走近来，一条索子将田尔耕锁起来。天佑忙问道："为甚事？"后面人都到了，见小斯铁绳锁着，靠着手，哭啼啼说道："张家的叔子回来了，知道他输了钱，将田拉出，到州里告了，将小的并小陆等四人都拿去各打了二十板，供出爷与田爷来，故押了来拿人，要追张家的抵约。"天佑听了，转身就要走，众差人阻住道："去不得，要同去见官哩。"因他是宦家子弟，父亲现做官，故不好锁他。天佑道："我不走，家去换了衣服同你们去。"众人才放他进去，取了二十两银子打发众差人，换了衣服同往州里来。

适值知州升堂，押了田尔耕上去，不由分说，打了二十大板。天佑看他父亲面上，免其责罚，家人代打二十。追出抵约来看，知州大怒道："岂有一夜就赢他一千三百余两的理？这自然是你们一起光棍合手赢他的，可恨。"众人又禀出魏进忠来，知州道："抵约上并没有个姓魏的名字，仍敢乱攀平人。"又打了二十个掌嘴，原赃着落在各人名下，追出入官。众人收监，俟赃完日定罪。原来这知州与张惺是同乡，十分用情，那几个破落户没取用，只苦了田尔耕吃苦，打了几次，要追出四百两赃银，仍解回原籍。正是：

惯使机心成陷阱，难逃天网入牢笼。

毕竟不知田尔耕怎生脱身？且听下回分解。

第 十 二 回

傅如玉义激劝夫　魏进忠他乡遇妹

诗曰：

> 祸患从来各有机，得便宜处失便宜。
>
> 知心唯有杯中酒，破梦无如局上棋。
>
> 逆耳忠言真药石，媚人软语是妖魑①。
>
> 苍苍自有成规在，莫羡聪明莫笑痴。

话说田尔耕坐了几日监，打了几次比较，哀求召保出来，变产完赃才释放回来，径到刘家庄来。门上已知来意，便回他大爷不在家。尔耕坐在厅上发话道："我本不认得什么小张，你家要谋他的田产，才请我做合手，如今犯了事就都推在我身上，代你家坐牢、打板子。如今也说不得了，只是这些赃银也该代我处处，难道推不在家就罢了么？"遂睡在一张凉榻床上喊叫。那刘天佑哪里肯出来？随他叫罢，没人理他。等到日中急了，提起桌椅家伙就打。天佑的母亲听不过，叫个丫头出来问道："少你什么钱，这等放泼？有语须等大爷回来再讲。"尔耕道："你家没人，难道都死尽了？没得男人，拿婆娘丫头来睡！"那丫头听见这话，飞跑家去了。

尔耕闹至晚，便碰头要寻死。刘家女眷才慌了，从后门出

---

① 妖魑（chī）——妖精。

去，着人央了几个老年的庄邻来，解劝道："实在刘大爷自为官司到东庄去，至今未回，等一二日他家来，少不得代兄作法。"尔耕口里夹七带八的话，说出来人都听不得。一个老者道："你都是空费力，你们原从好上起，如今事坏了，他家怎说得没事的话？他如今不在家，我老汉保他，定叫他处几两银子与你完官，你且请回。"尔耕道："几两银够干甚事？四百两都要在他身上哩。"老者道："也好处，等他来家再讲。"尔耕也没奈何，只得气吁吁的坐着。刘家取出酒饭来与他吃了。众人做好做歹的撺他出来，尔耕道："既是众位吩咐，竟尊命拜托，他若不代我完赃，我与他不得开交，再来罢！"与众人拱手而别。尔耕也还指望天佑助他，故留一着，慢慢地走到自己庄上宿了。

次日清晨来会进忠，傅家还未开门，尔耕等了一会儿才开门进来。又过了一会儿，进忠才出来，问道："张家银子有了么？"尔耕道："还说银子，你只看我的屁股！"遂掀起裤子来，只见两腿肉都打去了。进忠惊问道："这是怎么说？"尔耕把前事说了一遍。进忠道："也是你们自作自受，前日我说要他现的好，就不全也还得他一半，不致有今日。老刘却要谋他的田产，这也是天理！难道老刘就不贴你几两么？"尔耕道："昨日到他家去，他推不在家，被我打闹了一场。官限明日要完一半，没奈何，特来求兄挪借百金，容日卖田奉还。"进忠道："那得许多？况这事又不是我惹出来的，你还去寻刘兄去，我也只好贴补你些须。"尔耕道："连你也说这没气力的话，赢了银子可肯不要？"进忠道："我是公平正道赢的，你们要图谋他的田，反把我的事弄坏了，倒说我不是？"尔耕无言可答，说道："如今长话短话都不必说了，只求多赐些罢，就是兄的盛情了。"进忠道："我送你三十两，也不必说还了。"尔耕道："随仁兄尊意，再添些。"进忠被他缠得没法，只得又允他二十两。留他吃了饭，进来开箱子拿元宝。如玉问道："你拿银子做什么？"进忠将尔耕的事说知。如玉也不言语，向窗下梳头。进忠取出银子就走，箱子忘记锁，来到前面将银子与他，送出庄前。尔耕道："会见老刘时，相烦代我说说。"进忠道："你也难尽靠他。"拱手而别。

　　进忠回到房内，不见如玉，走到丈母房里看，又不在，问丫头时，说睡在床上哭哩。进忠忙进房，掀开帐子，见如玉和衣朝里睡着。进忠摇他摇，问道："你睡怎的？"如玉也不理他，进忠双手搂住，才去温存他，如玉猛然一个虎翻身，把进忠掀了一跌。爬起来坐在床沿上，忙赔笑脸说道："你为何这等着恼？"如玉骂道："你真是个禽兽，不成人。我说你跟着田家畜生，断做不出好事来！那畜生，在京里跟石兵部同沈惟敬通番卖国，送了沈惟敬一家性命，连石兵部也死在他手里，他才逃到这里。如今又来弄到我们了。他与你何亲何故？今日来借三十，明日来借五十，你就是个有钱的王百万，你的银子是哪里来的？你自己坏了良心，昧下官钱，来把别人去挥洒，是何缘故？我前日再三劝你，不要昧心，把礼送了去，你听信着那畜生撮弄，就不去了，还哄我说没有全收，可可的都送与他了。"进忠道："送过了，谁说没有送？"如玉从床里面取出一封文书来，抛到他脸上道："你瞎了，不认得字罢了。难道我也瞎了？这不是去年八月的批文，汪中书不收礼罢了，难道连文书也不收？你当初救我时，因见你还有些义气，才嫁你的，原来你是个狼心狗肺之徒！也是我有眼无珠，失身匪人。他文书上是一千二百两银子，如今在哪里？刘家欠你什么银子就有九百两？明是穿起鼻子来弄你的，你输了是现的，你赢了就将田产准折，还管田产归他们，只写张空欠票哄你，及至弄坏了事，又来揹借你的银子完官，就是三岁孩子也有几分知识，你就狗脂涂满了心了?"一头骂，一头哭，骂得进忠一声儿也不敢言语。丈母听得，走来劝解，女儿如玉也不理他。婆子坐一会儿，对进忠道："贤婿，你也莫怪他说，只是那田家畜生本是个不学好的人，你也要防备他!"又坐了一会儿出去。

如玉整整睡了一日，水米也不沾唇。到晚夕，进忠上床，又絮聒起来。进忠温存了半夜，才略住口。进忠道："好姐姐，你看往日之情，将就些罢!"如玉道："你这样人，有甚情意? 你一个生身之母寄食在人家，也不知受人多少眉眼，眼巴巴的倚门而望，离此不过几百里路，也不去看看，就连提也不提。"进忠道："好姐姐说得是，我到秋凉些便去接他来。"如玉道："早去接来，也好早晚服侍，尽一点人子之心。"进忠渐渐温存和洽，未免用着和事老人央浼①，方才停妥。事毕后，犹自假惺惺的叹气。进忠一连十数日不敢出门，终日只在庄上看人栽秧。有诗赞如玉的好处道：

> 法语之言当面从，妇人真有丈夫风。
> 进忠若守妻孥②戒，永保天年作富翁。

话说田尔耕先完了一百两官限，讨保在外，正是官无三日紧，就松下去了，依旧又来与进忠等在一处。见进忠还有银子，便日逐来引诱他进京去上前程。进忠本是一头水的人，又被他惑动了，却又不好对妻子直言，只得慢慢的引话来说，后才归到自己身上。如玉道："我劝你歇歇罢! 有银子置些田产，安居乐业

---

① 央浼（měi）——央求。
② 妻孥（nú）——妻子和儿女。

的好。这又是那畜生来哄你，要骗你银子，你若跟他去，连性命都难保。"进忠便再不敢提了。尔耕见诱他不动，只得又来勾他赌钱。写张假纸来借银子，如玉执定不肯，他也没法了。因恨刘家不肯助他，又去闹了几次，总回"未曾家来"。尔耕气极了，常在人前酒后，攻伐他家阴私之事，天佑奈不得，反同张家合手，送他到州里打了四十，下监追赃，把庄房田产都卖尽了也不够，又打了四十，递解回籍。又来进忠处求助，只得又送他几两盘缠而去。刘天佑只因一时小忿，酿成后日灭门之灾。正是：

交道须当远匪人，圣贤垂戒语谆谆。

只因小忿倾狐党，屈陷山东十万民。

自田尔耕去后，进忠恶刘天佑奸险，也不与他来往，只在家中管理田产，夫妻欢乐。

一日，有个州中亲戚来，傅家置酒相待。那人亲自临清来的，说道："北路麦种刻下涌贵①，若是这里装到临清去卖，除盘缠外还可有五六分利息哩。"傅婆婆道："我还有两仓麦，装了去卖到好哩。"进忠听见，次日等那人去了，便对丈母、妻子商议，要装麦到临清去卖，便船接母亲来。婆子应允。如玉道："你几时回来？"进忠道："多则三个月，少则两月。"如玉道："你须早去早回，恐我要分娩。"进忠道："知道，来得快。"即日雇船盘麦，共有二千石。进忠又买上一千石，装了六只船，收拾齐备，别了丈母、妻子上船，径往临清来。

一路早行夜宿，不一日到了临清关口，挽船报税，投了行家，卸下行李。主人家道："半月前果然腾贵，连日价平了些。"

―――――――――

① 涌贵——非常贵。

次日，就有人来议价看麦，五六日间都发完了。进忠乘间访问王府住处，行主人道："在南门内大街。"进忠便取了一个朱江州的手卷①，一件古铜花觚②，都是鲁太监送礼之物，走进南门大街。到州前转湾，往西去不远，只见两边玉石雕花牌楼，一边写的是"两京会计"，一边是"一代铨③衡"，中间三间，朝南一座虎座门楼，两边八字高墙，门前人烟凑集。进忠不敢上前，先走到对门一个手帕铺里问道："老哥借问声，王府里有什么事？"店家道："王老爷新升了浙江巡抚，这都是浙江差来头接的。"进忠道："惊动。"拱拱手别了。走到州前，买了两个大红手本，央个代书写了。来到门首，向门公拱拱手道："爷，借重回声，我原是吏科里长班魏进忠，当日服侍过老爷的，今有要事来见，烦爷回一声。"那管门的将手本往地一丢道："不得闲哩！"进忠低头拾起来，忙赔笑脸道："爷，那里不是方便处，我也是老爷府中旧人，拜烦禀声罢。"说着忙取出五钱银子递与门公道："权代一茶。"门上接过着，等一等类报罢。"进忠道："我有紧要事求见。"门上道："你若等得，就略坐坐，若等不得，明日再来。"进忠没奈何，只得又与他三钱，那人才把手本拿进去。

进忠跟他进来，见二门楼上横着个金字匾，写着"世掌丝纶"。进去，又过了仪门，才到大厅，那人进东边耳门里去了。进忠站在厅前伺候。看不尽朱帘映日，画栋连云。正中间挂一幅倪云林的山水，两边围屏对联，俱是名人诗画。正在观看，忽听得里面传点，众家人纷纷排立厅前伺候。少刻，屏风后走出王都

① 手卷——书画裱成横幅长卷，只供案头观赏，不能悬挂。
② 觚（gū）——酒器。
③ 铨（quán）——衡量重量的器具。

堂来。进忠抢行一步，至檐前叩了头，站在旁边。王老爷道："前闻程中书坏了事，你母亲朝夕悬念。后有人来说你在扬州，怎么许久不来走走？"进忠道："小的自湖广逃难，一向在扬州，近收得几石麦来卖，闻得老爷高升，故来叩贺老爷。小的母亲承老爷恩养，特来见见。"说毕，又跪下，将礼单手本并礼物呈上道："没甚孝敬老爷，求老爷哂存①。"王老爷道："你只来看看罢了，又买礼物来做什么？"进忠道："两件粗物，送老爷赏人。"王老爷道："到不好不收你的。"叫家人拿进去，取酒饭他吃。进忠道："求老爷吩咐，叫小的母亲出来一见。"王老爷道："你且吃饭去。"进忠道："小的十多年未见母亲，急欲求见。"王老爷笑道："你母亲到好处去了。"笑着竟进去了。原来这王老爷就是王吏科，不十余年仕至浙江巡抚，这且不言。

单讲那小厮进去，不一会儿，捧出酒饭摆在厅旁西厢房内，叫了个青年家人来陪他饮了一会。进忠道："小弟远来，原为接家母，适才老爷不肯叫家母出来，只是笑，又道家母到好处去了，莫不是家母有甚事故？""向日老兄曾有书子来接令堂的？"那管家道。进忠道："没有呀！"管家道："上年有个姓魏的，差了人来，说是自湖广来接令堂的。老爷因路上无人照应，故未让令堂去。至去年老爷在京时，有个小官儿来见，后带令堂上任去了。"进忠才知是云卿接去。又问道："此人现在任何处？"管家道："记不清了，想也就在这北方哪里。"

吃毕酒饭，进忠出来，却好王老爷也出来，进忠叩头谢过赏，说道："小的要求见母亲一见。"王老爷道："五年前云卿在

---

① 哂（shěn）存——用于请人收下礼物时的客气话。

湖广，有人来接你母亲，才知你的消息，我因路上无人伴送，故没有叫他去。去年春间他升了蓟①州州同，到京引见后，同你母亲上任去了。他曾说你若来时，叫你到蓟州相会。你可去不去？"进忠道："小的这里麦价尚未讨完，还要收些绒货往南去，只好明春去。"王老爷道："你若贩货到南边去，何不随我船去，也省得些盘费。"进忠道："恐老爷行期速，小的货尚未齐。"王老爷道："也罢，随你的便罢。"吩咐小厮进去取出五两银子赏与进忠道："代一饭罢，无事可到杭州来走走。"进忠答应，叩谢出来。回到下处，心中凄惨，母子相离十数年，又不得见，闷昏昏早早睡了。

次日起来，出去讨了一回账，无事只在花柳中串。又相交上个福建布客，姓吴，号叫晴川，同侄纯夫。乃侄因坐监回家，在临清遇着叔子，等布卖完一同回去。其人也是个风月中人，与进忠渐渐相与得甚好。时值中秋佳节，进忠置酒在院中周月仙家，请吴氏叔侄并几个同寓的赏月。怎见得那中秋佳景？但见：

秋色平分，月轮初满。长空万里清光，阑干十二处，渐渐新凉。遥忆琼楼玉宇，羡仙姬齐奏霓裳。风光好，南楼生趣，老子兴偏狂。更玲珑七宝，装成宝镜，表里光芒。婆娑桂子，缥缈散天香。一自嫦娥奔走，镇千年，兔捣玄霜。人生百岁，年年此夜，同泛紫霞觞。

众人对月欢呼，直饮至更阑方散。自后众人轮流作东赏月，直到二十才止。

一日，进忠中酒，起早来约吴氏叔侄吃面解酲。走到房前，

---

① 蓟（jì）——古地名，在今北京西南。

见尚未开门，隐隐有哭声，甚是疑惑，从窗缝里张见老吴睡在床上哭哩，纯夫才下床。进忠轻轻敲门，纯夫开了门，进忠问道："令叔为甚徨伤？"纯夫道："昨晚家里有信来，先婶去世了。"进忠道："死者不可复生，况在客边，尤须调摄。"晴川起来道："老奔丧后，儿女幼小，家中无人，急欲回去，只因这里的麦又未发得，故此忧煎。昨闻蓟州布价甚高，正打点要去，不意遭此惨事。"进忠道："蓟州的信不知可确？"老吴道："布行孙月湖与我相交三十年，前日托人寄信来，怎不的确？"把来书拿出与进忠看。进忠道："我正要到蓟州去，老丈何不把布抄发与我，只是价钱求让些。"纯夫道："难得凑巧，我们都照本兑与你罢。"老吴也欢喜起来了，去照庄马查发，共银一千一百三十两。进忠三四日间把麦价讨齐了，交兑明白。吴晴川道："我车脚已写在陈家行里，一总也兑与你去罢。"进忠置酒与他叔侄送行，老吴感激，挥泪而别。

进忠也收拾车仗，望北进发。时值暮秋天气，一路好生萧瑟。但见：

山抹微云，天连衰草。西风飒飒秋容老。夕阳残柳带寒鸦，长堤古驿羊肠杳。

雁阵惊寒，鸡声破晓。霜华故点征裘蚤。轮蹄南北任奔驰，红尘冉冉何时了。

进忠押着车子，晓行夜宿，不日到了蓟州城下。早有两三个人拉住车夫问道："投谁家行的？"进忠道："孙家。"那人道："孙月湖死了，行都收了，到是新街口侯家好，人又和气，现银子应客。"进忠道："也罢。"三人引着车子走进城来观看，好个去处，但见：

桑麻遍野乐熙恬，酒肆茶坊高挂帘。

市井资财俱凑集，楼台笑语尽喧阗①。

衣冠整肃雄三辅，车马遨游接九边。

幽蓟雄才夸击筑②，酣歌鼓腹荷尧年③。

一行车仗来到侯少野家行门首，见一老翁，领着一个小官出迎。进忠下了牲口，到客房楼上安下行李，拂尘洗面更衣，才宾主见礼坐下。侯老道："客官尊姓？贵处那里？"

进忠道："姓魏，贱字西山，山东东平州人。"进忠也问："老丈大号？此位何人？"侯老道："老汉贱字少野，只是小小儿，乳名七儿。"茶汤已毕，安排午饭，置酒接风。席间问及布价，侯老道："近来却是甚得价，明日自有铺家来议。"

次日，果然各铺家来拜，也有就请酒的。进忠问侯老道："贵处二府好么？"侯老道："好却好，只是性直些，山西人最强鲠④。"进忠道："闻得是南边人。"侯老道："他是山西沁州人。"进忠道："姓什么？"侯老道："姓王。"进忠道："闻得是姓魏。"侯七道："前官姓魏，是蓟州人，不上三个月就丁扰回去了。"进忠听见，惊讶起来。侯老道："是令亲么？"进忠道："是家叔。"说毕，心中抑郁，酒也不大吃，推醉去睡了。心中凄惨道："千里而来，指望母子相会，不意又回南去！何时才得见面？"泪涔涔⑤哭了半夜。睡不着，只见月色横窗。推开楼窗，只见明月满

---

① 喧阗（tián）——热闹、喧闹。
② 击筑——筑，古乐器，这里讲高渐离击筑送荆轲刺秦。
③ 尧年——太平之年。
④ 鲠（gěng）——耿直、正直。
⑤ 涔涔（cén）——形容泪水不停地流。

经典书香·中国古典禁毁小说丛书

天，稀星数点。坐了一会儿，觉得有些困倦，关上窗子上床睡下。忽听得琵琶之声，随风断续，更觉伤心。再侧耳听时，却是声从内里出来，时人有《春从天上来》词一首道得好：

海角飘零，叹汉苑秦宫，坠露飞萤。梦回天上，金屋银屏，歌吹竞举青冥。问当时遗谱，有绝艺鼓瑟湘灵。促哀弦，似林莺呖呖，山溜泠泠。梨园太平乐府，醉几度春风，鬓发星星。舞彻中原，尘飞沧海，风云万里龙庭。写胡笳①幽怨，人憔悴、不似丹青。醒醒，一轩凉月，灯火流萤。

进忠一夜无眠，早晨正要睡睡，只见侯老引着铺家来发布，进忠只得起来发与他，整整忙了一日。记完账目，已是傍晚，七官取酒来，吃了数杯，进忠觉得困倦要睡，遂收拾杯盘，讨茶吃了。进忠道："我独宿甚冷静，你何不出来相伴？"那七官却也是个滥货，巴不得人招揽他，便应允道："我去拿被来。"进忠道："不消，同被睡罢。"二人遂上床同寝。进忠道："昨日一夜也未睡着，听见你家内里琵琶弹得甚好，是何人弹的？"七官道："想是家嫂月下弹了解闷的。"进忠道："令兄何以不见？"七官道："往宝坻岳家走走去了。"进忠笑道："令兄不在家，令弟莫做陈平呀！"七官打了他一拳道："放狗屁。"二人遂共相戏谑②，搂在一头去睡。

次早起来，同七官到各铺家回拜过，街上游玩了一回，归家吃午饭。无事坐在门前闲谈。只见卖菊花的挑了一担菊花过去，五色绚烂，真个可爱。此时是十月初的天气，北方才有菊花。进忠叫他回来，拣了六棵大的，问他价钱，要六钱

---

① 胡笳（jiā）——古代北方少数民族的一种弹拨乐器。

② 戏谑（xuè）——开玩笑。

银子。进忠还他四钱，不肯，又添他五分才卖。称了银子，七官家去取出四个花盆来，叫卖花的裁好，剪扎停当，摆在楼上。七官去约了他一班好友来看花。果然高大可爱，内中有两棵，一名黄灸丹，一名红芍药，着实开得精神，有诗为证。其咏黄灸丹道：

> 独点秋光压众芳，故将名字并花王。
> 陶家种是姚家种，九月香于三月香。
> 烂漫奇英欺上苑①，辉煌正色位中央。
> 谁言彭泽清操远②，篱下披金富贵长。

其赋红芍药道：

> 曾于河洛见名花，点缀疏篱韵自佳。
> 淡扫胭脂倾魏国，朝酣玉体赛杨家。
> 丹心浥③露争春艳，细蕊含娇晕晚霞。
> 正色高风原不并，只因早晚较时差。

进忠置酒请众人赏花。次日，众人又携分来复东，一连玩了几日。

一日，进忠出去讨了一回账回来，适七官外出，只得独自上楼。来到半梯间，听得楼上有人笑语，进忠住脚细听，却是女人声音，遂悄悄的上来，从阑干边张见一个少年妇人，同着两个小女儿在那里看花。那妇人生得风韵非常，想必是主人的宅眷，径直走上来。那妇人见有人来，影在丫头背后，往下就走。进忠厚着脸迎上来，深深一揖。那妇人也斜着身子还个万福。进忠再抬

---

① 上苑——指皇宫花园。
② 彭泽清操远——指陶渊明种菊事。
③ 浥（yì）——沾湿。

头细看那妇人，果然十分美丽，但见生得：

眉裁翠羽，肌胜羊脂。体如轻燕受微风，声似娇莺鸣嫩柳。眸凝秋水，常含着雨意云情；颊衬桃花，半露出风姿月态。说什么羞花闭月，果然是落雁沉鱼。欲进还停，越显得金莲款款；带羞含笑，几回家翠袖飘飘。蓝田暖玉更生香，阆苑名花能解语。

那妇人还过礼，往下就走。进忠道："请坐。"那妇人道："惊动，不坐了。"走下楼时，回头一笑而去。进忠越发魂飞魄散，坐在椅子上，就如痴了一般，想道："世上女人见了无数，从未见这等颜色。就是扬州，要寻这等的也少。"昏昏的坐着痴想。

少刻，七官上楼来，问道："你为何痴坐？"进忠道："方才神仙下降，无奈留不住，被风吹他飞去了，故此坐着痴想。"七官道："胡说！神仙从何处来？"进忠道："才月里嫦娥带着两个仙女来看花，岂非仙子么？"七官道："不要瞎说，想是家嫂同舍妹来看花时。"进忠道："如此说，令嫂真是活观音了。带着善才龙女，只是未曾救苦救难。"七官道："不要胡说，且去吃酒。"进忠道："且缓。我问你，令兄既有这样个娇滴滴的活宝，怎舍得远去的？"七官笑道："他若知道这事时，也不远去了。"进忠道："何也？"七官道："家嫂虽生得好，无奈家兄痴呆太过，两口儿合不得，就在家也不在一处，他也是活守寡，如今到丈人家去有两个多月了。"进忠道："他岳家住在何处？"七官道："玉坻。"进忠道："姓什么？"七官道："姓客。"进忠道："是……是石林庄的客家？"七官道："正是。你何以晓得？"进忠道："他家也与我有亲。"七官道："又来扯谎了！就可可的是你亲戚？"

进忠道："你嫂子的乳名可是叫做印月？他母亲陈氏是我姨母，自小与他在一处玩耍，如今别了有十多年了。你去对他说声，你只说我是侯一娘的儿子，乳名辰生，他就知道了。"七官道："等我问他去，若不是时，打你一百个掌嘴。"

于是跑到嫂子房中，见嫂子坐着做针线，遂说道："无事在家里坐坐罢了，出去看什么花，撞见人。"印月道："干你甚事！"七官道："送他看了，还把人说。"印月道："放狗屁！他看了我，叫他烂眼睛；他说我，叫他嚼舌根。"七官道："你骂他，他还说出你二十四样好话来哩！"印月道："又来说胡话，我有甚事他说？"七官道："他连你一岁行运的话都晓得，你的乳名他也知道。"印月道："我的他怎得知道？定是你嚼舌根的。"遂一把揪住耳朵，把头直接到地，说道："你快说，他说我什么二十四样话？少一样，打你十下。"七官爬起来嚷道："把人耳朵都好揪破了，我偏不说！"印月又抓住他头发问道："你可说不说？"七官道："你放了手我才说哩。"印月丢了手，他才说道："他说你乳名叫做印月，自小同你在一处玩耍。"印月悬脸一掌道："可是嚼舌根。他是那里人，我就同他一处玩？好轻巧话儿。"七官道："他说他是侯一娘的儿子，乳名辰生，你母亲陈氏是他姨娘。"印月才知道："哦！原来是魏家哥哥。你为何不早说，却要讨打。"七官道："既然是的，如今也该到我打你了。也罢，饶你这次罢。"印月道："你看他好大话！"七官道："报喜信的也该送谢礼。"印月道："有辣面三碗。你去对奶奶说声，好请他来相会。"七官道："打得我好，我代你说哩！"印月道："你看丢了拐杖就受狗的气，你不去我自家去。"忙起身走到婆房内一一说了。婆婆道："既是你的表兄，可速收拾，请他进来相会。"印月回到房里，叫丫头泡茶。七官去请进忠进来相会。
正是：

> 只凭喜鹊传芳信，引动狂蜂乱好花。

毕竟不知二人相会如何？且听下回分解。

第 十 三 回

客印月怜旧分珠　侯秋鸿传春窃玉

诗曰：

尤物①移人不自由，昔贤专把放心求。

颠狂柳絮随风舞，轻薄桃花逐水流。

水性无常因事转，刚肠一片为情柔。

试看当日崔张②事，冷齿千年话柄留。

却说印月换了衣服，忙叫丫头去请。七官陪进忠进来相见，礼毕坐下。印月道："先不知是哥哥，一向失礼得罪，姨娘好么？不知今在何处？"进忠道："自别贤妹后，同母亲到京住了半年，母亲同王吏科的夫人到临清去了，我因有事到湖广去，后又在扬州住了几年。今贩布来卖，不知贤妹在此，才七兄说起方知，连日过扰。贤妹来此几年了？公公并姨父母好么？"印月道："公公、父亲俱久已去世了，母亲连年多病，兄弟幼小，家中无人照管，也不似从前光景。我来此二年多了。"进忠道："当初别时，贤妹才六七岁，转眼便是十数年。"二人说着话，七官起身往外去了。

进忠一双眼不转珠地看着印月，果然天姿娇媚，绝世丰标，上上下下无一不好。又问道："妹丈何久不回来？"印月道："因

———————————

① 尤物——优异的人或物品，也指漂亮的人物。

② 崔张——指《西厢记》中崔莺莺与张生。

母亲多病，叫他去看，就去了两个月，也不见回来。"进忠便挑他一句道："贤妹独自在家，殊觉冷清。"印月便低头不语。只见七官领着个小厮，捧着个方盒子，自己提了一大壶酒进来。印月问道："哪里的?"七官道："没酒没浆，做什么道场。新亲初会，不肯破些钱钞，只得我来代你做个人儿。"印月笑道："从没有见你放过这等大爆竹。也罢，今日扰你，明日我再复东罢!"叫丫头拿酒去烫。七官掀开盒子，拿出八碗鲜咸下饭，摆在印月房里，邀进忠进房坐下。进忠、七官对坐，印月打横，丫头斟上酒来。进忠对七官道："又多扰。"三人欢饮了半日，丫头捧上三碗羊肉馄饨来。那丫头也生得眉清目秀，意态可人，十分乖巧伶俐，年纪只好十六七岁。七官将言勾搭他，他也言来语去的调斗。饮至天晚，进忠作辞上楼去睡。

次日，到街上买了两匹丝绸，四盘鲜果，四样鲜肴，又拣了八匹松江细布，送到印月房内道："些须薄物，聊表寸心。"印月道："一向怠慢哥哥，反承厚赐，断不敢领。"七官道："专一会做腔，老实些罢了，却不道'长者赐，不敢辞'。"印月道："三年不说话，人也不把你当做哑狗，专会乱谈。"便叫丫头将礼物送到婆婆房里，婆婆只留下两匹布，余者仍着丫头拿回，道："奶奶说既是舅舅送的，不好不收，叫娘收了罢。"进忠拉七官去要拜见亲母。七官去说了，黄氏出来，进忠见过礼坐下，看那妇人，年纪只好四十外，犹自丰致可亲。此乃侯少野之继室。吃了茶，进忠道："不知舍表妹在此，一向少礼。"黄氏道："才又多承亲家费事。"进忠道："不成意思。"遂起身出来。黄氏对印月道："晚间屈亲家坐坐。"进忠道："多谢。"走到前面，侯老回来遇见，又重新见了新亲的礼。

外面来了几个相好的客人，邀进忠到馆中吃酒，游戏了半日，来家已是点灯时候。才上楼坐下，只见丫头上来道："舅舅何处去的？娘等了半日了。"进忠道："被两个朋友邀去吃酒的，可有茶？拿壶来吃。"丫头道："家里有热茶，进去吃罢。"进忠道："略坐一坐，醒醒酒再进。"遂拉着他手儿玩耍，问道："你叫什么？"那丫头道："我叫做秋鸿。"说毕，挣着要走，道："同你去罢。"进忠起身开了箱子，取出一匹福清大布，一双白绫洒花膝裤，三百文钱与他。秋鸿道："未曾服侍得舅舅，怎敢受赏？"进忠道："小意思，不当什么。"遂强搂住他。秋鸿推开手道："好意来请你，到不尊重起来了，去罢。"进忠下楼来，同秋鸿走到印月房内，见他婆婆也在此等候，桌上肴馔已摆全了。印月道："哥哥何处去的？"进忠道："被几个朋友拉去吃酒，才回，到叫亲母久等。"印月道："七叔哩？"进忠道："在门前和人说话。"黄氏道："请坐罢。"进忠道："到叫亲母费事。"黄氏道："不成酒席，亲家莫见笑。"进忠道："多谢！"

少刻七官也家来了。黄氏道："客到坐了，你那里去的，全没点人气。"七官道："同人说话的，晦气①星进宫了。"印月道："什么事？"七官道："前日解棉袄的差事出来，我说须要用些钱推吊了，老官儿不听。如今可可的点到我家了，老官儿撅着嘴，我才略说说，就是一场骂，如今临渴掘井，才去寻人计较，鬼也没个，此刻在那里瞎嚷哩！"黄氏道："他一生都是吃了强的亏。"进忠道："棉袄解到何处？"七官道："辽东。我们蓟州三年轮流

① 晦（huì）气——不吉利。

一次，今年该派布行，别人都预先打点了，才拿我家这倔强老头儿顶缸①。"黄氏略饮了几杯，侯老请去说话了。

三人饮至更深，侯老又唤七官去了。进忠与印月调笑，秋鸿也在旁打诨。少刻七官进来，印月问道："叫你说什么？"七官道："今日院内的批出来了，后日便要进京领差，因一时盘费无措，要向魏兄借几十金，明日将用钱抵偿，为的是新亲，不好开口。"进忠道："这何妨？至亲间一时腾挪，何必计较。只是我身边却无现物，明日请亲家到铺家去支用罢。"七官欢然回了信，复来同饮。直至二鼓方散。这才是：

旅窗花事喜撩人，一笑相逢情更亲。

尊酒绸缪联旧好，就中透出十分春。

进忠次日同侯老到铺家，支付了三十两银子与他，又代他饯行。侯老感激不尽，吩咐七官道："我出门，家中无人，门户火独要紧，不许出去胡行。魏亲家茶饭在心。"又对印月道："你表兄须早晚着人看管，不可倚着七官怠慢了客。"次早领了批文，收拾起身上京去了。

七官原不成人，游手好闲惯了的，哪里在家坐得住，仍旧逐日同他那班朋友顽去，不管家务，把进忠丢在家，冷清清的，早晨上待讨一会账，过午回来在楼上睡觉。正自睡起无聊，忽见秋鸿送茶上来，问道："舅舅为何独坐？七爷那去了？"进忠道："一日也没有见他的面。"秋鸿道："又是赌钱去了，不成人。"说着，斟了一杯茶递与进忠。进忠接过这，便拉住他手儿玩耍。秋鸿道："舅舅无事，何不同娘坐坐去？"进忠道："心绪不乐。"秋

---

① 顶缸——指顶替别人承担责任。

鸿道："想是思念舅母哩！"进忠道："远水也难救近火，到是眼前的花好。"遂把秋鸿搂住。秋鸿也半推半就，假意挣挫。进忠抱他上床，紧紧按住，他两边乱扭。刚刚解他裤带，忽听得楼下有人说话，秋鸿道："不好，有人来了。"进忠只得放他起来，秋鸿一溜烟去了。却是：

东墙露出好花枝，忽欲临风折取之。

却被黄鹂惜春色，隔林频作数声啼。

　　进忠一团高兴被人惊散，心中更加抑郁。吃了茶下楼来，到店门前闲望，见对门邱先生也在门前独立，进忠走过他馆中闲谈。印先生问道："老兄若有不豫之色，何也？"进忠道："睡起无聊，情思恍惚。"邱先生道："老七怎么不见？"进忠道："已两三日不回来了。"邱先生道："好个伶俐孩子，无奈不肯学好，少野不在家，没管头了。今日闻得城隍庙有戏，何不同兄去看看。"进忠道："恐妨馆政。"邱老道："学生功课已完。"遂叫儿子出来道："你看着他们不许玩耍，我陪魏兄走走就来。"

　　二人来到庙前，进忠买了两根筹进去，只听得锣鼓喧天，人烟凑集，唱的是《蕉帕记》，倒也热闹。看了半日，进忠道："腿痛，回去罢。"出了庙门，不远便是张园酒馆，进忠邀邱先生吃酒。邱老道："学生作东。"进忠再四不肯，邱老道："怎好叨扰？"进忠道："不过遣兴而已，何足言东。"二人临窗拣了座头坐下。小二铺下果肴，问道："相公用什么酒？"进忠道："薏米酒。"少顷烫来，二人对酌。忽听得隔壁桌上唱曲，进忠掀开帘子看时，只见十数个人，拥着一个小官在那里唱，侯七也在其内。进忠叫了他一声，七官看见，忙走出来坐下。进忠道："好人呀，你在这里快活，丢得我甚是冷清。"邱老道："令尊不在家，你该在家管待客，终日闲游，家中门户也要紧，陪着魏兄顽不好？"七官唯唯答应而已。进忠道："那小官是谁？"七官道："姓沈，是崔少华京里带来的。邱先生怎么得闲出来玩玩的？"邱老道："因魏兄无聊，奉陪来看戏散闷，反来厚扰。"进忠道："戏却好，只是站得难过。"邱老道："明日东家有事，要放几日学，可以奉陪几日。我已对刘道士说过，在他小楼上看，又无人吵。"七官道："他楼上并可吃酒，他还有俊徒来陪。"邱老道："你也来耍耍，何必到别处去。"三人吃至将晚，还了酒钱出店。七官又混了不见。邱老道："说而不绎，从而不改①，终不成人，奈何！"二人归来，邱老回去。

次日早饭后，邱老果然来约，七官也在家，同到庙中来。门前还不挤，戏子尚未上台，三人到刘道士房里，见礼坐下。刘道士道："邱相公久不枉顾，今日甚风吹到此？"

邱老道："一向因学生在馆，不得闲，今日放学，才同魏兄来看看戏，要借你楼上坐坐。"刘道士道："坐亦何妨。但是会首们相约，不许各房头容人看戏，恐他们见怪。"进忠道："不防！不白看，与他些银子罢了。"遂取出五钱银子交与刘道士。那道士见了钱，便欢天喜地的邀上楼，又叫出徒弟来陪。开了楼间窗子，正靠戏台，看得亲切。进忠又拿钱打酒买菜来吃。刘道士酒量也好，见进忠如此泼撒，遂把徒弟也奉上了。进忠就在他庙中缠了数日，做了几件衣服与他徒弟玄照。

一日天雨无事，进忠走到印月房内谈了一会，因他小姑子在座碍眼，不好动弹，便起身出来。秋鸿道："茶熟了，舅舅吃了

---

① 说而不绎，从而不改——说了话却不按着做，听从意见却不改正。

茶再去。"进忠道："送到前面来吃罢。"走到楼上，见盆内残菊都枯了，于是一枝枝摘下来放在桌上。秋鸿提了茶上来，将壶放在桌上，去弄花玩耍，说道："这花初开时何等娇艳，如今零落了，就这等可厌。"进忠笑道："人也是如此。青春有限，不早寻风流快活，老来便令人生厌。"那丫头也会其意，不言语，只低头微笑，被进忠抱上床，解带退裤，那丫头蹙①眉咬齿，若有不胜忍之意。事毕后，但见腥红点点，愁颜弱态，妩媚横生。扶他起来重掠云鬟，相偎相抱。

秋鸿道："我几乎忘了，娘问你可有好洗白布？"进忠道："没有好的，要做什么？"秋鸿道："要做衬衣。"进忠道："洗白做衬衣冷，我到有匹好沙坝棉绸，又和软，且耐洗，送你娘，可以做得两件。"秋鸿道："把我去罢。"进忠道："莫忙。我问你，你爷怎么不回来？这样寒冬冷月的，丢得你娘不冷清？"秋鸿说道："他来家也没用，到是不来家的好。"进忠道："怎么说？"秋鸿道："娘太尖灵，爷太呆，两口儿合不着，常时各自睡，不在一处。"进忠道："这样一朵娇花，怎么错配了对儿。"秋鸿道："古语不差：'骏马每驮村汉走，娇妻常伴拙夫眠。'月老偏是这样的配合。"进忠道："你娘原是我的块羊肉，如今落在狗口里。"秋鸿道："又来瞎说了，怎么是你的？"进忠道："你儿子哄你！当初我在姨娘家，姨娘十分爱我，曾把你娘亲口许我。不料我们去后便改却前言，嫁了你家。"秋鸿道："你没造化，来迟了，怨谁？"进忠道："我也不怨人，只是我日夜念他，不知他可有心念我？"秋鸿道："他一夫一妻罢了，念你怎的！"进忠道："你怎知

---

① 蹙（cù）——皱（眉）。

他不念我?"秋鸿道:"我自小服侍他,岂不知他的心性?"进忠道:"这等说是没指望了?回去罢。"秋鸿道:"请行!快走!我好关门。"进忠道:"去也罢了,只是你的恩情未曾报得。"秋鸿道:"哎!我也没甚恩情到你,也不要你报,快些去罢!"进忠抱住道:"姐姐,你怎下得这狠心来推我?"秋鸿道:"这样坏心的人,本不该理你。"进忠道:"我怎么坏心?"秋鸿道:"你还说心不坏,该雷打你脑子才好。你不坏心,对天赌个咒。"进忠道:"没甚事赌咒?"秋鸿道:"你心里是要我做红娘,故先拿我试试水的,可是么?"进忠笑道:"没这话。"秋鸿道:"没这话,却有这意哩!"进忠跪下道:"好姐姐,你既晓得,望你代我方便一言。"秋鸿道:"你两人勾搭,我也瞧透了几分,他也有心,只是不好出口。连日见他愁眉忧郁,常时沉吟不语,短叹长吁,懒餐茶饭,见人都是强整欢容,其实心中抑郁。我且代你探探口气看。只是七主子面前,切不可走漏风声,要紧!去罢,我来了这一会,恐他疑惑。"进忠忙取出棉绸来与他。

秋鸿下楼到房内,印月道:"你一去就不来了,做什么的?"秋鸿道:"舅舅不在楼上,在邱先生书房里,没人去请。我在门前等了一会儿,才有个学生出来,叫他去请了来。舅舅说没有好洗白,到有匹好沙坝棉绸,把三四个箱子寻到了,才寻出来的。"印月接来看时,果然厚实绵软。放在桌上说道:"楼上可冷么?"秋鸿道:"外面要下雪哩!怎么不冷?"印月道:"你种个火送了去。"秋鸿道:"舅舅说日里冷得还可,夜里冷的难熬。"印月道:"他独宿,自然冷。"秋鸿道:"他说自己冷还罢了,又念着娘一个人受冷。"只这一句话,触动了印月的心事,不觉两泪交流,一声长叹。秋鸿道:"娘这样凄凉,何不买些酒,请舅舅进来消闷也好。"印月道："我手内无钱，又没情绪。"秋鸿道："舅舅还说有许多话要同娘谈，连日因七爷在旁，不好说得。"印月道："他有什么话对我说？秋鸿道："他也曾对我略说了说。他说当日在处婆家同娘在一处玩，时刻不离。外婆极爱他，曾将娘亲口许过他的。不料他们去后，外婆改变前言，许到这里。如今在此相会，也是前缘不断。如今又知娘与爷不投，他却十分怜念。连日见娘没点情意到他，故此他也就要回去哩。"印月道："当初小时玩耍，果然相好，至于外婆许与未许他，我就不知道了。只是临别时，曾记得外婆说道：'异日哥哥相会，当以骨肉相待。'他去了十数年，音信不通。非是我负心，我也不知嫁了这个呆物，也是我前世的冤孽，但愿早死，便是生天。自他来了两个月，非不欲尽情，无奈手头短少，权不在己。我日夜在心，怎奈心有余而力不足，这是瞒不过你的。你只看我这些时，面皮比前黄瘦了多少？"秋鸿道："他难道要图娘的酒食么？只是娘把点情儿到他，留他留，他才好住下。"印月道："你叫我怎样才是尽情？"秋鸿道："只在娘心上，反来问我？"印月道："你且去留他，把这话儿对他说就是了。"

秋鸿捻着了火，提到楼上，见进忠面朝里睡着，便去摇他。进忠知道是他，却推睡不理。秋鸿见壁上挂了根鞭子，取在手，认定进忠屁股上，"嗖"的一下，打得进忠暴跳起来，道："是谁？"秋鸿道："我奉圣旨到此，你不摆香案来接，还推睡哩！"进忠道："你莫打，也来睡睡。"秋鸿"嗖"的又是一鞭子，进忠骂道："好臊根子，我就……"秋鸿道："你就怎么样？还狠嘴，定打你一百。"又没头没脸的乱打。进忠急了，夺过鞭子就来抓他。秋鸿往外就跑，被进忠赶上，拦腰抱住着："你打得我够了，也让我抽你几百。"秋鸿道:"才去迟了,娘疑惑哩!如今且说正经话,东方日子长哩。"进忠才放了他,问道:"所事如何?"秋鸿道:"不妥,说不拢。"进忠道:"你可曾说?"秋鸿道:"我细细说了,他只是不认账。他说姨兄妹只好如此而已,若再胡思乱想,即刻赶你走路。"进忠道:"好姐姐,莫哄我。你才说奉圣旨,必有好音。"秋鸿道:"奉旨是送火与你的。"进忠道:"送火我烘还是一片热心。"秋鸿道:"接旨也该磕头。"进忠道:"若有好音,就磕一万个头也是该的。"秋鸿道:"只磕一千个罢。"进忠真个磕了个头,秋鸿道:"这是接旨的,还要谢恩哩!"进忠道:"等宣读过,再谢不迟。"秋鸿道:"也罢,先跪听宣读。"进忠没奈何,只得跪下。秋鸿便将印月的话一一说了。进忠爬起来道:"意思虽好,只是尚在疑似之间。"秋鸿道:"你去买些酒肴来,进去同他谈谈,随机应变,取他件表记①过来,使他不能反悔,若可上手,就看你造化何如。切不可毛手毛脚的,就要弄裂了,那时不干我事。我去了,你快些来。"

进忠同下楼来,到酒馆中买了酒肴,叫把势送了来。自己到里面叫秋鸿,同了小厮拿到房里。秋鸿已预备下热汤热酒,请过黄氏来。印月道:"小姑娘也请来坐坐。"黄氏道:"他怕冷,不肯下炕。"进忠道:"送些果子去。"印月拣了盘果肴并酒,着秋鸿送过去。三人饮了多时,点上烛来,黄氏先去了。二人谈笑谑浪,无所忌惮。秋鸿也在旁打哄。进忠向他丢个眼色,秋鸿便推做事出去了。进忠道:"一向有些心事要同贤妹谈,因未遇空……"印月道:"哥哥心事,秋鸿已说过了,只是我在此举目

① 表记——作为纪念品或信物而赠送的东西。

无亲，得哥哥常在此住住也好。无奈为贫所窘，不能尽情，若有不到之处，望哥哥海涵，怎说要去的话？"进忠道："因出外日久，要回去看看母亲，只为贤妹恩情难忘，故不忍别去。虽托秋鸿代陈，毕竟要求贤妹亲口一言，终当衔结。"印月道："我两人自小至亲，情同骨肉，凡哥哥所欲，无不应命。"进忠道："别的犹可，只是客邸孤单，要求贤妹见怜。"印月低头，含羞不语。进忠忙跪下哀求，印月作色道："哥哥何出此言！"把手一拂，也是天缘凑巧，进忠刚扯着他手上珠子，把绳子扯断了，掉下来。秋鸿见印月颜色变了，忙走进来道："呀！娘的珠子掉了。"进忠起来，拾得起珠子说道："想当日在林子内拾此珠，才得相会，今已十数年，又得相逢。"拿在手中玩弄不舍。印月道："这珠子蒙姨娘拾得还我，哥哥若爱，就送与哥哥罢。"秋鸿道："送一颗与舅舅做个忆念，这两颗娘还带着，心爱的岂可总送与人？"遂拿了两根红绳子穿好，代他二人各扣在手上。进忠正要调戏与他，忽听得黄氏着小丫头问角门可曾关，进忠只得出去。秋鸿提灯送到楼上，回来关门宿了。

　　次早，侯七走上楼来，进忠道："连日都不见，今日起得好早，天冷烫寒去。"侯七唯唯答应，下楼去了。少顷，秋鸿送上脸水来，进忠道："老七可在家？同他烫寒去。"秋鸿道："七主子像输了钱的光景，绝早才来家，娘儿们絮聒了一早，走投无路的哩。"进忠道："他输了，把什么还人？"秋鸿道："我料他必来寻你，你正好借此笼络他，那事须买动了他才得成哩。"进忠道："瞒着他的好。"秋鸿道："瞒不得他。他才不是个灵虫儿，若瞧着一点儿，就是一天的火起了，娘不肯，也是怕他要张扬出来。他自小与娘顽惯了的，见哥哥没用，他也不怀好心。若买通了他，便指日可成。须要等他到急时才可下着子哩。"

正说话间，七官又上来了。进忠梳洗毕，说道："烫寒去罢?"七官道："也好。"

秋鸿道："家里还有些酒，我去煮些鸡蛋来，吃个头脑酒罢。"进忠道："好乖儿子，莫煮老了。"秋鸿去不多时，拿了一壶暖酒，一盘鸡蛋上来。见七官默坐无言。便说道："七爷就像被雷惊了的么!"七官道："放屁!"秋鸿道："放屁，放屁，我看有些淘气。"七官跳起身赶来打他，秋鸿早飞跑下楼去了。七官道："留你去，我自有法儿抽你。"进忠道："莫顽了，酒要冷哩。"二人坐下饮酒，七官只是沉吟。进忠挑他句道："为甚事不乐?"七官欲言又止，进忠也不再问。吃毕了道："我出去讨讨账就来。"七官道："兄请便，我却不得奉陪。"二人下了楼，进忠出去了。

半日回来，在楼下遇见印月出来，道："哥哥这半日到哪里去的?"进忠道："出去讨账，铺家留住吃酒。"印月道："哥哥家去坐罢。"二人同到房中，秋鸿取饭来吃了。只见小姑子来，向印月耳边说了几句，印月道："晓得。"进忠道："什么事?"印月道："有个人央我向哥哥借几两银子。"进忠道："是谁?"印月道："七叔因输下人的钱，没出处，要向哥哥借十多两银子。他说：'若没得，就是绒店里驮两匹绒也罢，明年三月尽间就还他'。"进忠道："至亲间原该相为，只是我刻下没现银子，绒店里又无熟和，他怎肯放心赊?况且利钱又重，三月不还，就要转头，将近是个对合子钱。倒是有好绒，我却要买件做衣服哩。"印月道："我有两件的，总坏了，也想要做件，只是没钱买。"秋鸿向进忠丢了个眼色。进忠道："绒是有好的，只是此地没甚好绫做里子。"

　　说着，小姑子又来讨信。印月道："他说没得现成的。"秋鸿道："姑娘且去着，等娘再说了，我来回信。"小姑子去了。秋鸿道："舅舅代他设个法罢，他急得狠哩。早起四五个人在门外嚷骂要剥衣服，才直直的跪在娘面前，央娘求舅舅挪借。"进忠道："他在哪里哩？请他来。"秋鸿过去请了七官来，印月道："代你说了，你来下个数儿。"七官道："有个约儿在此。"进忠道："没得扯淡，撮些用罢了，要多少？"七官道："要得十四五两才得够。"进忠道："连日讨不起银子，你是知道的。"七官道："我知道你没银子，故此说驮几匹绒。"进忠道："驮绒既无熟人，再者利钱又重，不知布可准得？"七官道："甚好，是货是钱？"进忠道："我照发行的价钱与你，你还可多算他些。只是奉劝此后再不可如此了。"说毕，同他出来拿布。印月道："我代你借了银子，把中资拿来。"七官笑道："好嫂子，让我一时罢。"印月道："你今日也有求人的日子，以后再莫说硬话了。"二人来到楼上，查了七桶布与他，欢天喜地的去了。

　　秋鸿来到楼上，对进忠道："娘是后日生辰，你速去买绒，赶起衣服，送他生日，管你成事。"进忠随即取了银子，到绒铺里拣了匹上好毡绒，讲定三钱一尺，叫成衣算了，要二丈二尺。称了银子，又到缎店买绫子，都无好的。复同成衣到家上楼，把自己件白绫袄儿拆开，果是松江重绫。向秋鸿讨出印月的衣服来，照尺寸做。取了三钱银子做手工，道："明早务必要的。"成衣去了。进忠又与秋鸿欢会一回，计议送寿礼。秋鸿道："礼不可重，恐人疑惑。衣服有了，我先拿进去，等晚上奶奶去后，再代他穿上。"进忠欢喜之至次早到成衣铺内坐首催趱，完了，又买酒与他们浇手，又到银匠铺打了两副荷梅金扣，换了几颗珠子嵌上，钉好拿回，交与秋鸿收入。次日，备了寿枕、寿帕、寿面、寿桃之类为印月上寿。印月道："多谢舅舅，这厚礼不好收。"秋鸿道："舅舅不是外人，每年娘生日，也没个亲人上寿，今日正该庆贺的。"送过去与黄氏看，黄氏道："既承亲家费心，不好不收，叫你娘晚上备桌酒请你舅舅坐坐。"

果然晚夕印月备了一桌齐整酒席，请进忠到房内，黄氏并小姑子也来了。印月道："我早起就约过七叔，怎还不家来？又没人寻他去。"进忠道："等等他。"黄氏道："畜生又不知到哪里去，不必等他，此刻不回来，又是不来家了。"秋鸿铺下酒肴，印月举杯奉进忠与婆婆的酒，进忠也回敬过，吃了面。进忠先把黄氏灌醉了，同小女儿先去了，二人才开怀畅饮。渐渐酒意上来，秋鸿道："我到忘了。"忙取出绒衣来，道："这是舅舅送娘的，穿穿看可合身。"代印月穿上，果然刚好。秋鸿道："好得很，也不枉舅舅费心。"印月也满心欢喜道："早间多谢过，又做这衣服做甚？"进忠道："穷孝敬儿，莫笑。"又饮了一会，秋鸿走开，进忠渐渐挨到印月身边，摩手捻脚的玩耍。印月含羞带笑，遮遮掩掩。进忠伸进手去抚摸双乳，胸前真是粉腻酥溶，滑不由手。渐渐摸到脐下，印月站起身把手推开，往卧房里便走，随手把门就关，被进忠挤进去，双手抱到床上，脱衣解裤，共入鲛绡①。

那印月一则因丈夫不中意，又为每常总是强勉从事，从未曾

---

①　鲛（jiāo）绡——床帐。

入得佳境，进忠正当壮年，又平时在花柳中串的骁将，御妇人的手段曲尽其妙，直弄至三更方才了事。遍身抚摩了半会，才并肩迭股而睡。

正睡得甚浓时，忽听得一片响声，二人俱各惊醒。正自惊慌，只见秋鸿掀开帐子道："天明了，速些起来，外面有人打门甚急哩！"进忠忙起来，披上衣服，提着袜子，秋鸿开了角门，放他出去，关好，才到前头门边来问。正是：

　　无端陌上狂风急，惊起鸳鸯出浪花。

毕竟不知敲门有何急事？且听下回分解。

第 十 四 回

魏进忠义释摩天手 侯七官智赚铎头瘟

诗曰：

> 巫峡苍苍烟雨时，清猿啼在最高枝。
>
> 秋风动地黄云暮，竹户蕉窗暗月期。
>
> 一任往来将伴侣，不烦鸣唤斗雄雌。
>
> 相逢相戏浑如梦，独上莲舟鸟不知。

话说进忠被敲门惊起，慌忙出来。秋鸿复关上角门，才到前门来问："是谁打门，有甚急事？"外面道："你家老七犯了赌博，坐在总铺里，快着人去打点①，还未见官哩。"秋鸿道："什么人拿的？"外面道："不知道，我是地坊②来送信的。"秋鸿道："难为你，就有人来。"外面道："速些要紧。"说着去了。

秋鸿回来到黄氏房中说知，黄氏慌忙起来，叫丫头开了前门，央人去看。半日寻不出个人来。黄氏只得到印月房中，道："可好央魏亲家去看看？"印月叫秋鸿去向进忠说。秋鸿来到楼上，见进忠还睡着，就坐在他床沿上摇醒他道："夜里做贼，日里睡觉。"进忠扯他道："你也来睡睡。"秋鸿道："你吃过龙肝凤髓，再吃这山芹野菜就没味了。"进忠也不由他肯不肯，按在床沿上耸了个不亦乐乎。秋鸿道："你好人呀！他犯了事，还不快

---

① 打点——送礼、行贿。

② 地坊——本地。

去看看他哩！"进忠吃一惊道："谁犯了事？"秋鸿道："早起敲门，是七主子犯赌博，坐在总铺里，没人去打点，奶奶向娘说叫央你去看看，你快收拾了去。"

秋鸿起来，进去拿水出来。进忠梳洗了，袖着银子，拉对门布店陈三官同去。进了总铺，见七八个人都锁在柱子上，七官同刘道士的徒弟玄照锁在一处。见了进忠，七官哭道："哥哥救我！"进忠道："怎样的？"玄照道："魏爷连日未来，七爷同了这起人逐日来顽，带了个姓沈的小官，晚间饮酒唱曲是实，并没有赌钱。昨晚二更多天，忽见一起快手进来，将众人锁了，又将行令的色子抢去，不容分说就送我们到这里，连小道也带在内，这是哪里说起！望魏爷搭救。"陈三官道："还是地坊出首，还是另有原告？"铺上人道："是崔相公送帖到捕衙里，说他们窝赌，小沈输去百十两银子并衣服。"陈三官道："是那个崔相公？"铺上人道："崔少华呀。"陈三官摇摇头道："哎哟！这个主儿，不是个好惹的。"进忠道："小沈可是那日在馆里遇见的？"七官道："正是。"进忠道："他不过是个小唱，那里就有百十两银子？"陈三官道："这个崔少华是个无风起浪的人。"进忠便取出二两银子与地坊道："可将众人放了，我寻人与他说，不必见官。"地坊道："这班人放不得，他们白手弄人的钱用，也该拿出几两来我们发个利市。"陈三官道："再不，先把老七同道士松松罢。"方上尚自不肯，众人再三说了，才将七官同玄照解开，带到后面一间小房内坐着。七官脸都吓黄了。陈三官安慰了他们。进忠去买了些牛肉馍馍，劝七官同玄照吃，又买些酒肉来，与众人吃了。临行，又安慰他们道："你们放心，我央人到崔家讨分上去。"遂同陈三官出来，地坊道："放快些，官上堂就要问哩。"

二人回来，向黄氏说知，黄氏道："没人认得崔家，如何是好？"进忠道："须得个学中朋友去说才好。"陈三官道："崔少华不是个说白话的，闻得对门邱先生与他有亲，何不央他去说说看？"黄氏即叫小丫头去请过邱老来，说道："闻得七兄出了事，其中必有缘故，陈三官道是崔少华呈的，特请老丈来，要奉托去说个分上。"邱老道："孩子家不肯学好，直到弄出事来才罢。崔少华想是为的小沈，那小厮本是跟着这班人，原做不出好事来。"进忠道："拜托大力。"邱老道："只恐空口未必说得来。"进忠道："拜烦先去探探他口气如何再处。"邱老道："他与我无亲，却与小婿同会，他是个有时运的秀才，好不气焰①哩。也罢，我叫小婿去说说看。"邱老去了。陈三官见侯家忙乱，遂邀进忠到他店中吃了饭。

过了半日，邱老才来回信道："这个小沈是本京的小唱，是崔少华带来的，被班光棍诱去赌钱，把衣服都当尽了，少华代他赎过几次。如今又去了半个多月，也不回来，终日在刘道士家赌钱。他开了个账，才有百十两银子的东西，口气大得狠哩。"陈三官道："小沈却是烂赌，每常不拿，专等他昨日在刘道士家才拿，这明是见道士有钱，借此揣诈他的，如今少野又不在家，怎处？"黄氏道："我家里现在日用尚难，哪还有闲钱打官司？"陈三道："如今也说不得了，空口也难说白话。"黄氏沉吟了一会，终是爱子之心重，只得又来央印月道："还要求魏亲家救救他。"印月便出来对进忠说。进忠道："须先约邱先生同去，先陪他个礼，再看是怎样。"陈三官道："说得是，人有见面之情。"

---

① 气焰——气势（贬）。

进忠遂同邱老出来。走过州前往南去，朝东一条小巷内，一座小小门楼，邱老同进忠来到厅上坐下。只见上面挂了轴吴小仙的画，两边对联皆是名人写的。匾上写的是："一鹗①横秋"。因他祖上曾中过乡魁的。下摆着十二张太师椅。少顷小厮出来，邱老与他说了。进去不多时，只见里面摇摇摆摆，走出一个青年秀士来，看他怎生模样？只见：

碧眼蜂眉生杀气，天生性格玲珑。五车书史②贯心胸，敦、温应并驾，操、莽更称雄。

奸佞③邪淫蓝面鬼，鬼幽鬼躁相同。戈矛常寓笑谈中，藏林白额虎，伏蛰秃须龙。

这崔少华名唤呈秀，是蓟州城有名的秀才，常时考居优等，只是有些好行霸道，连知州都与他是连手，故此人皆惧他。出来相见坐下，问邱老道："此位尊姓？未曾会过。"邱老道："魏兄，大号西山，是布行侯少野的令亲。"进忠道："无事也不敢轻造，只因舍亲侯七兄得罪相公台下，因舍亲远出未回，小弟特代他来请罪，望相公宽恕。"呈秀道："些小之事，动劳大驾，但是这小沈是京师有名的小唱，因得罪个掌科，京中难住，故此敝相知荐他到学生处暂避些时。不意外面一班光棍，见他有些衣囊，引诱他赌钱，输得罄尽。学生已代他赎过几次，久欲处治，也只为惊官动府，那里同他们合气。近日衣物又尽了，连我书房中书画古玩也偷去许多。访得刘道士是他窝家，终日在他庙中赌钱，故此才对捕廨说了，拿得几个。"进忠道："光棍引诱人家子弟，原属

_____

① 鹗（è）——鱼鹰。

② 五车书史——比喻看书多，极有学问。

③ 奸佞（nìng）——奸滑谄媚。

可恨。就是舍亲也是个小孩子，被他们诱去，串赢了他若干银子，同是被害的。还求相公宽宥一二。"呈秀道："赌钱没有首从，学生也不知其详，如今事属于官，由他们去分辨罢，老兄不必管这闲事。"邱老见他言语紧，便说道："也不敢妄自讨情，只求宽容一进，便好从常计较，一到官便难分玉石了，还望海涵。下面处处的好，免得油把锅吃了去。"呈秀道："老丈吩咐，自当从命。"进忠道："有多少物件？"呈秀叫小厮取出个单子来，上面细细开着衣物，共有百十两银子东西。进忠道："小弟领这帖子去与众人相商，再来复命。若他们不依，再凭尊裁。"

二人别了，又到铺里来，把单子与众人看。众人道："实是赢了他几两银子，却见他当了几件衣服；至于玩器书画，影子也未见。"邱老道："你们做光棍弄人，也该看看势头，崔相公的头可是好摸的？如今讲不起，赔他些罢。"众人道："腰内半文俱无，把什么赔？拼着到官，拶子①、夹棍挨去罢了。"进忠走到后面来，见七官睡着了。玄照见了，扯住哭起来。进忠见他嫩白的脸儿都黄瘦了，甚是怜他，问道："你师父哩？"玄照道："才去了。"进忠又买了些酒食来与他们吃，安慰道："我已对崔家说过不见官了，我去会你师父，将就赔他些罢。"遂同印老来到庙中，寻到刘道士。

道士接着，说道："邱相公，这是那里说起！小徒自来不晓得赌钱，平日连门也不出，今日遭这样横事！"邱老道："事已至此，不必抱怨了，明是想你两把儿。"遂将单子递与他看。刘道士道："影子也没有见，怎样这没天理的肯人！邱老道、崔少华

---

① 拶（zǎn）子——古时夹手指的一种刑具。

才干过这件没天理的事么?"刘道士道:"这些须赔他点还可,若要许多,从那里来?"进忠道:"也说不得了,才照儿对我痛哭,我到怜他,你到舍得。"邱老道:"到官不止于打,还要追赔,还要还俗哩。你又没两三个徒弟,积下家私也是他的,不如花费些,免得出丑,况事又不是他惹出来的。"刘道士道:"依相公吩咐,要多少?"进忠道:"他说这些,难道就赔他这许多哩!又不是圣旨,我们再去挨,少一两是一两,你要作个大头儿,侯家也出一份,众人再凑上一份,如何?"道士道:"随相公们的命,只是不要使孩子吃苦。"邱老道:"在我,只在今日了结,可速去弄银子。"

别了道士,回来对黄氏说知。黄氏道:"我家孩子被人哄去,输了许多钱,还要我赔人银子,天在哪里!"邱老道:"如今世情,说不得'天理'二字,只是有钱有势的便行了去,连天也不怕的。你若不赔他,到官吃了苦还是要赔的。我去看看学生就来,你们商议商议。"邱老去了。

进忠到楼上,秋鸿送饭上来,正自戏耍,只见印月同小姑子上来,秋鸿站开。进忠道:"请坐。"印月道:"七叔的事,家中一文俱无,奶奶叫拜托哥哥,还求借几两,照月加利奉还。"进忠道:"讨不起账来,手头没现钱,怎处?"秋鸿道:"人到急处,还要舅舅通融,奶奶决不肯负舅舅的。"进忠道:"至亲间怎说这话?等我讨讨看,也定不得数,用多少再算,也不必说利钱,只是如期还我就是了。"秋鸿道:"姑娘去请奶奶来当面说。"小姑子下楼请了黄氏来。印月道:"哥哥已允借了,只是要讨了来才有,难定数目,用了再算,请奶奶来约定几时还他,也不要利钱。"黄氏道:"累承亲家的情,我被这个畜生坑死了,只是不误亲家的行期罢。"进忠道："也罢，亲母请回，我约邱先生来同吃了饭去，恐他家饭迟。"

黄氏着小丫头去请过邱先生来，同吃了饭，出去讨了些银子，带到崔家来。却好邱老的女婿也在此。他女婿姓孙，也是个有名的秀才，与呈秀同会相好。相见坐下，邱老道："才到铺中，见那些总是游手好闲没皮骨的人，他们也自知罪，敢求老兄宽恕。"呈秀道："这起畜生是饶不得的，你今日饶了他，他明日又要害人的，只是到官打他一顿，枷号示众，以警将来。这些人还可恕，只是刘道士也还有些体面的，大不该窝赌，殊属可恶。"进忠道："他们因刘道士不在家，他徒弟年幼，不能禁止他们，却也不干他事。他今也情愿随众分赔，只望相公宽宥。"呈秀道："衣物也要赔，罪也是要问的。"孙秀才道："家岳因弟忝①在爱下，故来唐突，若兄如此坚执，到是小弟得罪了。"呈秀道："既承众位见教，竟遵命免责罚何如？至所少的衣物，却是要照单赔的。"孙秀才取过单子看了："这些人赢了去都花费了，一时难完原物，就有得也不敢拿出来，到是赔几两银子好。"进忠道："但凭吩咐个数目。"孙秀才道："论理我也不该乱道，既承少兄见委，依我看，照单赔一半，五十两。"呈秀道："岂有此理，如此说到是弟开花账，掯他们的了。"邱老道："笑话！少兄言重，本该一一奉赔，但是这班穷鬼，求兄宽去一分，则受一分之赐。"进忠道："就略添些罢。"孙秀才道："顾不得少兄肯不肯，竟是六十两。他若再不依，等我收下，我同他打场官事去。"邱老笑道："我到没有见说情的反放起赖来了。"呈秀笑道："遇见这样

① 忝（tiǎn）——谦辞，表示辱没他人，自己心里有愧。

泼皮，也就没法了，竟遵命罢。"进忠道："孙先生请坐，小弟同令岳走走就来。"

二人出来，却好刘道士已在旁边人家等信，迎着问道："多劳二位相公，所事如何？"邱老道："已讲过了，六十两。你出三十，侯家二十，众人十两，趁官不在家，结了局罢。"刘道士道："遵命，待小道取了来，在何处会齐？"进忠道："我们此刻要到铺里说话，你竟在陆家布铺里等罢。"刘道士去了，进忠又叫转来道："须多带几两来做杂费。"道士点首而去。二人来到铺里与七官、玄照说知，二人十分欢喜。七官道："家中分文俱无，奈何？还求老兄救济才好。"进忠道："不必过虑，都在我。"遂走出来向众人道："如今崔相公处已讲定六十两了，刘道士出二十，侯家出二十，你们也凑出二十两来好了事。"众人道："蒙二位爷天恩，感戴不尽！只是小的们一文也无，便拿骨头去磨也磨不出个钱来。"邱老怒道："你们这起畜生，弄出事来带累别人，人已代你们顶了缸去，你们反一毛不拔！"骂了几句。只得同进忠出来，走到陆家布店，刘道士已在那里了。就借天平兑了银子，才到崔家来。呈秀见邱老面有怒色，遂问道："老丈若有不悦之色，想是怪学生么？"邱老道："怎敢。只可恨这起畜生。"遂将前事说了一遍。孙秀才道："岳父平素公直，这样禽兽，廉耻俱无，何足挂齿。"进忠将五十两银子交与孙秀才，呈秀道："怎么少十两？"孙秀才道："这起畜生既不肯出钱，且把侯七并道士先放，只将众泼皮送官责处罢。"吩咐家人去了。

不多时，只听得门外一片喧嚷之声，七八个人齐跑进来，跪在地下喊叫求饶。呈秀大怒道："你们这起禽兽，专一引诱人家子弟破家荡产，今日送你们到官，把骨头夹碎你们的。"众人哀求道："小的们虽靠赌觅食，却不敢大赌，还求相公天恩赦免，已后改过，再不敢了，保佑相公三元及第①，万代公侯。"呈秀哪里听他？喝令家人叫快手来带去见官。那班人先还是哀求，到后来见事不谐，内中有一人混名摩天手的张三说道："有钱得生，无钱得死，人也只得一条命拼了罢。"夹七带八的话都听不得。

进忠见势头不好，只得又取出五两银子来道："既是众人没得，小弟代他们完罢，这是五两，明日再完五两何如？"呈秀也是个见机的人，正要收科，见进忠如此慷慨，便转口道："岂有此理！学生岂是为这几两银子？只是要处治他们以警将来。既是魏兄见教，且姑恕他们这次，以后若再如此，定重处不贷。"众人才叩谢而去。进忠也相谢过。呈秀道："此银断不敢领。"放在邱老袖中。进忠道："也罢，容明日补足进来。"呈秀道："笑话，我要收，今日到收了。决不敢领。"送二人至门首别了，这正是：

赌博由来是祸胎，损名败行更伤财。

进忠若不施恩救，难免今朝缧绁②灾。

进忠同邱老到铺中，同七官、玄照回来。邱老别去，玄照叩头拜谢而去。七官母子也齐来拜谢，又去谢了邱先生回来。进忠劝了半日，出去买了酒肴来为七官压惊，在印月房内，请黄氏并小女儿来同饮，至更深方散。七官家去宿了。进忠仍旧等人静后，秋鸿开了角门，放他进去，与印月睡了。

至天将明，秋鸿送他出来。正值七官起来小解，听见角门响，便向门缝里一张，见秋鸿关角门，他便悄悄的开了腰门，闪在黑处，让秋鸿走过去，他从后面双手抱住，把秋鸿吓了一跳。

---

① 三元及第——乡试、会试、殿试都是第一名。

② 缧绁（léi xiè）——缚罪人的绳子，指牢狱之灾。

回头细看，原来是七官，便骂道："该死！你这遭瘟的，把我吓了一跳。"七官道："你开门做甚？"秋鸿哑口无言，被七官抱到藤凳上，弄了个不亦乐乎。七官道："你开门做什么？"秋鸿道："你知道就罢了，只管问怎的？"七官道："你每常扭腔摄调的，今日一般也从了。"秋鸿道："遭瘟的，上了你道儿，还要燥皮哩！你不许乱向人嚼舌。"七官道："莫说你，就是老魏，待我如此厚，我也不肯破他的法。只是你自图欢乐，把你娘丢得冷清清的，你心上也过不去。"秋鸿道："各人干各人的事，也顾不得这许多。"七官道："他两上调得狠哩。"秋鸿道："怎么调？我就不知道。"七官道："你这成精的小油嘴，你到会偷孤老，还说不知道怎样调！"秋鸿道："花子说谎，当真我不知道。"七官道："他二人眉来眼去，我也瞧透了，见你娘终日闷恹恹的，我却甚是怜他。你若肯成就了，我们也是积点阴德。"秋鸿道："罢，罢！家里耳目多，不是玩的。"七官道："除了你，我还怕谁？不妨事。"秋鸿道："天大亮了，去罢。"二人整衣而散。七官道："内事在你，外事在我。"秋鸿点首而去。进屋等印月起来，将七官的话对印月说了，印月道："虽是如此，却也要防他。"秋鸿道："防他做甚？就让他拈个头儿罢了。"

　　七官起来走到楼上，进忠也起来了，说道："你可成得个人，昨晚就不出来了，夜里好不冷。"七官笑道："你拣热处去睡就不冷了。"进忠道："那里有热处哩？"七官道："两个人睡就热了。"进忠道："也好，我去寻个婊子来玩玩。"七官道："寻去又费事了，不如现成的好。"进忠道："哪里来？"七官只是笑。

　　二人吃了早饭，进忠道："我到崔家去谢他，把银子送与他，以完此事。"遂出来，同邱老到崔呈秀家。呈秀出来见了，道：

"昨日多劳，尚未来奉拜，又承光顾。"进忠道："昨日承受，感谢不尽，俟舍亲回时再来蹭谢。昨所欠十金，特来奉缴。"呈秀道："笑话，笑话！昨弟已说过，决不敢领。"再三推辞，发誓不收。进忠道："相公不收，想是怪弟了。"邱老道："既少兄执意不收，也罢，魏兄改日作东奉请，何如？"进忠道："竟遵先生之命，再容奉屈罢。"二人拱手而别。

　　回来，秋鸿送饭上楼，七官问道："那事如何？"秋鸿道："也好讲了，他也有意，只是还假惺惺的哩！"七官道："我自有法。"进忠道："什么事？"七官一一说知。进忠也佯为欢喜。二人吃毕饭，七官走到印月房内，见他独自吃饭，坐了一会，问道："嫂子你手上珠子少了一个，到哪里去了？"印月道："想是掉在哪里哩。"七官笑道："只怕是猫儿衔到狗窝里去了。"印月道："放狗屁。"嘴里说着，脸便红了。七官笑着，扯过他膀子咬了一口道："莫害羞。今朝管你受风流。"印月打了他一拳。七官飞跑而去。晚间对娘说道："魏大哥独自冷清，我出去同他睡哩。"黄氏道："想是你病又发了。"七官出来，与秋鸿会了话，等人静后，秋鸿引进忠进去。七官在窗外张见印月坐在床沿上裹脚，进忠坐在床上捻手捻脚的玩耍。印月裹完脚先进被睡了，进忠也脱衣上床。秋鸿带上门出来，同七官到厢房内玩耍。正是：

　　　　良夜迢迢露正浓，绣闱深处锁春风。

　　　　鸳鸯两地相和泱，会向巫山洛浦逢。

　　七官同秋鸿事毕后，遂披衣来到印月房里，爬上床，又与印月欢会了一度，三人相搂相抱而卧。将天明时，秋鸿进来，唤他们出去。自此朝朝如此，间与秋鸿点缀点缀。

　　过了几日，进忠道："崔家不肯收银子，原允他作东谢他，明日无事，何不请他?"印月道："做本戏看看也好。"七官道："费事哩!"进忠道："就做戏也够了，总只在十两之内，你定班子去。"七官问印月要什么班子，印月道："昆腔好。"七官道："蛮声汰气的，什么好! 到是新来的弋腔甚好。"印月道："偏不要，定要昆腔。"七官不好拗他，只得去定了昆腔。进忠对黄氏说知，又去央邱老写了帖，请崔、孙二秀才同陈三官、玄照师徒等，连邱先生、进忠、七官共是七桌，内里一桌，叫厨子包了去办。

次早，厨子茶酒都来备办。楼上才摆桌子，忽听得门外闹热。七官下楼来看，回来说道："是家兄回来了。"进忠听见侯二回来，只得下来，叫厨子添一席，走到印月房内，与侯二官相会。只见他又矮又丑，上前行礼。那侯二官怎生模样? 但见他:

　　垢腻形容，油妆面貌。稀毛秃顶若擂槌，缩颈卓肩如笔架。歪腮白眼，海螺杯斜嵌明珠；麻脸黄须，羊肚石倒栽蒲草。未举步头先牵地，才开眼泪自迎风。穿一领青不深蓝不浅脂垢直缀，着一双后无跟前烂脸挞撒翁鞋。尖头瘦骨病猕猴，曲背弯腰黄病鬼。

进忠见他这般形状，吃了一惊，心中想道："这样一个东西，怪不得印月怨恶。"遂问道："老妹丈何以久不回来? 家姨母好么?"侯二官哪里懂他说的什么，只是白瞪着双眼乱望。印月把眼望着别处，也不理他。秋鸿扯住他说道："舅舅问外婆可好?"侯二官冒冒失失的应道："好，好。"进忠忍住了笑出来。

到午后，客都到齐了。上席，众人谦逊了一会儿，才序定坐下，点了本《明珠记》。那崔少华是个极有气概的人，见进忠如此豪爽，也不觉十分钦敬。这也是奸雄合当聚会。

众人饮至三更，戏毕方散。秋鸿打发侯二夫妻睡了，偷身来到楼上，七官早已备下桌盒热酒，三人共饮，谑浪欢笑。进忠道："你娘此刻到好处了。"秋鸿道："不知可曾哭得完哩！"进忠道："为什么？人说'新娶不如远归'，为何到哭？"秋鸿道："每常来家一次，都要恼上几日哩！"进忠道："真个不像人。"七官道："有名的铎头瘟，终日只是守着老婆，时刻不离。"三人饮了半日，同床而卧，轮流取乐。

一连半月，也没点空与印月相会。进忠与七官、秋鸿商议道："似此，如之奈何？"秋鸿道："不若今晚灌醉了爷，偷一下儿罢。"七官道："终非长法。"想了一会道："有了，想起条调虎离山之计，可以弄他离家，只是费几两银子哩。"进忠道："果能如此，就用百金也说不得了。"七官道："我家铎头平生最好弄火药，他也会合。如今离年节近了，等我撺他开个火药铺子，先使他进京买硝黄去。十多日回来，叫他在铺子里宿，且卖过灯节再讲。"秋鸿笑道："计虽是好计，只是天在上头望着你哩！"进忠也笑起来。遂下楼去，上街买了些酒肴，下楼请了侯二官并印月上来。进忠奉侯二酒道："连日因有事，未得为老妹丈洗尘。"那呆子接杯在手，也不谦逊，一饮而尽。四人饮了一会，七官道："今年徽州客人不到，还没炮竹过年哩。"进忠道："此处也是个大地方，怎没个火药铺子？到是扬州的火药甚好。"七官道："我们这旁边到好开火药铺，只是我没这心肠弄他。"呆子道："我会做。"七官道："你会躲懒，借人的本钱，折了还没得还人哩。"呆子道："若有本钱，包你有五分利钱，我搭个伙计就在店里睡，有甚走滚。"七官道："你要本钱容易，同我除本分利，你明日先去收拾店面，管你明日就有本钱。只是这里的硝黄贵，要到京里买去才有利钱。"呆子道："我明日就去，你在家里收拾店面。"
进忠与七官心中暗喜，印月也巴不得离了眼头，欢饮至更深而
散。次日，进忠取出十两银子与他，呆子欢天喜地的叫了牲口，
上京去了。正是：

　　欲图锦帐栖鸾凤，先向深林散野鹰。

　　毕竟不知铎头瘟此去若何？且听下回分解。

第 十 五 回

侯少野窥破蝶蜂情　周逢春摔死鸳鸯叩

诗曰：

暮暮朝朝乐事浓，翠帏珠幕拥娇红。

莺迷柳谷连家雨，花谢雕阑蓦地风。

啼鸲①无知惊好梦，邻鸡有意报残钟。

可怜比翼鹣鹣②鸟，一自西飞一自东。

话说侯七官定计，哄得铎头瘟进京去了，他们四人依旧打成一路，朝欢暮乐，无所顾忌。黄氏也略知些风声，对七官道："你哥才来家几日，又哄他出去。他会做个什么生意？你们靴里靴袜里袜，不知干什么事哩！不要弄出事来呀！"七官道："他自己要开店的，干我们甚事？"遂出来对进忠、印月等说知。秋鸿道："这明是知道了，怎处？"四人上楼来计议，进忠道："既然知道，我却不好久住了。且布账已将讨完。"秋鸿道："他借的银子原说不误你的行期。你如今且去向他要，他没银子还你，定留你过了年去。等老爹回来，娘房里的事他自来未曾管过，认他有手段，也脱不过我们之手。"进忠道："好计。"秋鸿道："弄他们

―――――――――

① 鸲（yù）——鸲（qú）鸲；鸟名，嘴短尖、身体小、尾巴长、羽毛美丽。

② 鹣鹣（jiān）——比翼鸟。

这几个毛人，只当弄猢狲①。"商议停当。

吃过早饭，进忠叫印月去，说："我布账已将完，只在一二日内就清，这里有宗现货要买了回南去。向日借的银子，两三日内还我，我要动身赶到张家湾过年哩。正月内还要到临清去哩。"印月遂下楼到黄氏房中说道："哥哥多拜上奶奶，他如今布账已讨完了，要买宗现货回南去哩。上日借的银子，叫请奶奶早些还他，他两三日内就要动身哩。"黄氏道："刻下那里得有？要等你公公回来才得有哩。"印月道："当日是奶奶亲口允他不误行期的，没有说等爹爹回来。他说如今因要买宗现货，等着银子凑用，故此来讨。"黄氏道："目下年节又近了，该的债不计其数，你叫我到哪里弄来还他？且留你哥哥过了年去。"印月道："我已回过他，无奈他再三向我说，要买了货赶到张家湾过年，正月里要到临清去哩。他催过我几次，我不得不来说。当日奶奶亲口允他，今日还是奶奶自去回他。或者却不过情，留得他下来也未可知。"

黄氏只得同印月走到楼上，对进忠道："向日承亲家的情，原说是不误行期的；不料他公公去久不回，十分难处。非是我话不准，还望亲家竟住几日，过了年再去罢。"进忠道："刻下布账已清，众铺家算明，该尊府用钱四十二两，前亲家收过三十两，又零星付过十九两八钱，算多付了七两八钱，铺家都已算在我腹子内，那几两银子也不必说了。只是前日的借项，望亲母早些赐下，因这里有宗现货要买了去，明后日就打点起身，要赶到张家湾度岁，不然也不来催促亲母了，莫怪！"黄氏终是个女流，被

① 猢狲——猕猴。

魏阉全传

经典书香·中国古典禁毁小说丛书

他几句话定住了，没话回，脸涨得通红，好生难过。秋鸿便接口道："舅舅且竟住一时，等奶奶去再作计较。"黄氏才起身下楼。秋鸿道："也是为七爷的事借下来的，如今他连管也不管，人来催逼，他到不知往哪里去了，带累奶奶受逼。"黄氏叹气道："养出这样不长进的畜生，叫我也难处！"

正说话间，七官进来，黄氏道："你到哪里去的？没钱还人，也该设法留他，却叫我受逼。"七官道："可是扯淡！有钱拿了还人，没钱也说不得受些气罢了。"黄氏气起来，骂道："你这个坏畜生，不长进！惹下祸事来，借了人银子，反来说我？转是我做娘的贪嘴，大泼小用借下来的，你还说这样胡话！"七官犹自不逊，黄氏赶来打他，到被他推了一跌。黄氏坐在地上，气得大哭，七官早已去了。印月忙同秋鸿过来，扶进房去。晚上进忠又来讨信。黄氏无奈，次日只得着人去央邱先生并陈三官来说，才留下来过年。

隔了两三日，铎头瘟买了硝黄、纸张回来，就在隔壁门首收拾出一间门面，寻了个伙计，果然一夜做到三更，不来家宿。他们关上前门，任情取乐。这正是：

> 欺他良懦占他奄，乐事无端任所为。
>
> 堪恨狐群助奸党，不忧天遣与人非。

过了几日，正是人家祀灶①之日，家家都来买炮竹，人人赞好，铎头瘟越发有兴做。原来此地经纪②人家，本无田产蓄积，只靠客人养生③，在客人到，便拿客人的钱使用，挪东补西，如

---

① 祀灶——古时习俗腊月二十三或二十四祭灶神。
② 经纪——旧时为买卖双方撮合，从中抽取佣金者，犹如中介。
③ 养生——养活。

米面酒肉杂货等物都赊来用，至节下还钱。侯家自少野出门后，没人照管，七官不会当家，便把各客人的用钱都零碎支用完了，故年终各欠账都来催讨。起初还是好说，到二十七八，众人急了，都坐着不肯去。后来见无人理他，大家便拥到内里来吵闹。七官躲了不见，那铎头瘟人都知他是个呆子，也不去寻他，只有黄氏一人支持。到二十九，众人便发话道："你家推没人在家，难道就赖去了么？你家撰了客人的钱不想还人，别人是父母的资本，若没钱，拿丫头婆娘来，也准得钱。"污言秽语都听不得。黄氏急得走投无路，没奈何，只得叫小女儿来，向印月要首饰、衣服当。印月道："我来了二年，连布条儿也没见一个，做了多少衣服与我的，开了账来，一一查去。再不然，知道我有多少东西也说了拿来。"小姑见他的话来的不好，就去了。黄氏无奈，急得大哭。他在里面哭，人在外边骂。

　　众人听见哭，有那知事的就出来了，看看天晚，还有几个坐着不去。秋鸿过来劝道："奶奶且莫烦恼，少了钱，断没有抬人去的理，"黄氏道："转是抬我去的好，骂的言语你可听得。今日虽去，明早又来叫骂了。怎受得这样气，不如寻个死到得耳根清净。"秋鸿道："哭也没用，事宽即圆。"黄氏道："明日到是年终了，再等到几时哩？像我这没脚蟹，坐在家里，怎么圆得来？"秋鸿道："事已急了，不如再向舅舅借几两，过了年再处。"黄氏道："前日借的没得还，被他说得没趣，怎好再向他开口？"秋鸿道："他倒不是个啬财的，前日因要买货回去才来催讨，奶奶再央娘去向他说，必有些的。"黄氏道："不知你娘可肯说哩？"秋鸿道："人家这样吵骂，娘难道不听见？我去请他来。"黄氏道："缓些，你先去对你娘说过，再去请他，我就过来。"

秋鸿过来对印月说过，就走到楼上对进忠道："娘请你说话哩。"进忠道："说什么？"秋鸿道："被人骂急了，又来寻你，说不得再弄点与他救救急，大家好过年。"进忠道："你的急还有得救，他的急却难救。"秋鸿劈面一掌道："胡话！还不快走，走迟了，打你一百。"进忠被他拉进来，黄氏也在印月房内。印月道："如今各店账吵闹，家内没出处，没奈何还要同哥哥再借几两，出年一总奉还。"进忠沉吟不语。黄氏道："前欠未还，原难再借。只因逐日骂得听不得，故此又要求告亲家挪借。他前日有信来说，只在正月内必到家，一定加利奉还，再不至误亲家的行期。"秋鸿道："奶奶也是没奈何，舅舅不要推手。"进忠道："至亲间怎敢推托？只是元宵后我一准要起身的，要不要似前番误事方好。"印月道："爹爹回来就清结的。"进忠道："要多少？"黄氏道："有五十两的账。"进忠道："都要全还么？我有道理。"便点灯往楼上去了。黄氏对印月道："你去代我催催，没日子了。"

印月叫秋鸿执灯，同到楼上，见进忠在灯下拣银子，印月便伏在桌上看，进忠拣了两锭，向印月道："这银子可好？你要，拿了去耍子。"印月道："什么好东西，不要他。"秋鸿道："银子若不好，奶奶到不急得哭了。"进忠道："你专会伸脚起刁法儿耍哩，偏不把你。"秋鸿道："我只是不要罢了。我若要，也不怕你不连包儿送来。"进忠道："你就是个不打脸的强盗，一嘴也不放松。"印月笑道："你吃了强盗什么亏的？"进忠拣了半日，也与了秋鸿一锭，遂拣了三十两呈色银子，包好，递与印月道："三十两。"印月道："为人须为彻，把几两好的与人，这就像猪尿的银子，他们还不要哩。"进忠道："此刻有了这银子还不要么？等我代他还，看他要不要。"印月袖了就走，进忠拦腰一抱，抱住道："也不说个长短，怎么拿着就走？"印月笑道："又不是我借的，说甚长短。"进忠道："好呀，却不道'保人还钱。'"印月笑着分开手，下楼来将银子交与黄氏道："这是三十两。"黄氏道："三十不够呀！况且呈色又丑，如何够打发？"印月道："他说代我们开发哩。"

一夜过了。次日天才明，就有人来催讨，秋鸿把进忠送出去，关上角门，众人依然叫骂。进忠梳洗毕，下楼来对众人道："舍亲不在家，列位历年都是寻过他钱的，今日怎么就破起言语来了？请到这里来，我有个商议。"众人便随他到楼下来。进忠道："舍亲远出，他家中委实难处，列位就是抬人去也没钱。我因同他是亲，特来代他借得些须，只好与列位杀杀水气，若要多，万分不能。"众人乱嚷道："等了这几日，怎么还说这没气力的话？推不在家，难道就不还罢？他也有儿子哩！"进忠道："你们既如此说，请向他儿子要去，我就不管这闲事了。"站起身来就走。内中有几个老成知事的，悬住道："相公，你请坐。你们不明道理，只是胡闹，如今侯家少了我们的钱，正没人担当，难得魏相公出来调停，你们反乱嚷起来。不成事体。"于是众人才把进忠围住，又怕他要走。进忠道："列位若依我说，就请坐下来讲；如不依，听凭尊便。"众人道："但凭吩咐罢了。"进忠道："如今要说全无，也不能；若要多，却也没有，只好十分之二，余者等舍亲回来再清结。"众人道："二分忒少了，先还八分罢。"进忠道："不能，既列位如此说，再添一分，竟是三分。"众人还不依，讲了半日，才说定各还一半，余俟侯老回来再找。进忠进去，要出银子并账来，当众人算明了，共该二十八两四钱六分，众人也没奈何，只得拿去，尚余一两五钱四分，并账交与黄氏。

魏阉全传

经典书香·中国古典禁毁小说丛书

黄氏千恩万谢，感激不尽，说道："还有迎春差事，每年要贴一两银子，也称了去罢。"秋鸿道："只是没得过年了，怎处？"黄氏道："还讲过年哩，没人吵骂就吃口水也是快活的。"少顷进忠又封了三两银子，进来送与黄氏道："本当买些薄物送亲母，又恐不得用，薄敬奉送自备罢。"黄氏道："岂有此理，才已承亲家情，怎敢再领赐？"秋鸿道："舅舅送的，又不是外人，奶奶老实些收了罢。"黄氏谢了又谢，才收下去置备年事。

进忠同秋鸿出来，把预备下的果子、衣服、首饰等物送到印月房中。七官见人去了，也家来走跳，手中拿几张当票子，到楼上来道："受这蛮奴才无限的气！"进忠道："受谁的气？"七官道："家里的几件衣服要抵出来，那蛮奴才死也不肯，嚷了半日。"进忠道："衣服也是要的。"七官道："没奈何，还要同你挪一肩哩。"进忠道："要多少？"七官道："共该四两七钱。"进忠道："掇些赎去罢。"称了银子与他。黄氏知道，愈加感激，便把他当做祖宗一般。

到晚来，人家都烧纸关门守岁。怎见得除夕的光景？但是：

门悬柏叶，户换桃符。家家岁火照田蚕，处处春盘堆细果。儿童拍手，齐烧爆竹喜争先；老子点头，笑饮屠苏①甘落后。戏班衣斑老登筵，纪岁事椒花入颂。弹弦奏节入梅风，对局探钩传柏酒。气色空中渐改，容颜暗里相催。正是寒从一夜去，果然春逐五更回。

除夕，黄氏置酒在印月堂前，邀进忠守岁，烧松盆放炮竹。铎头瘟取了许多炮竹烟火来放，果然好。饮至更深方散。进忠同

---

① 屠苏——古代一种可避瘟疫的酒。

第十五回　侯少野窥破蝶蜂情　周逢春摔死鸳鸯叩

七官出来，只得让印月同铎头瘟睡了。人静后，秋鸿才到楼上来，与二人轮流取乐。正是：

> 明日春风又一年，高楼醉拥两婵娟①。
>
> 有人独守孤帏冷，数遍更筹永不眠。

次日元旦，进忠起来各处拜了年，同七官终日到城隍庙看戏。刘道士加倍奉承。人见进忠慷慨爽利，与他交接的频多，逐日各家请春酒。吃了几日，又早元宵将近，蓟州没甚好灯。一日二人同邱先生闲步，见人挑了两盏纸灯卖，进忠买了挂在楼上，晚间点起来，买了些酒肴，请邱先生同玄照等来饮酒。邱老道："敝处没有好灯，我少年时在京师看灯，果然好。"进忠道："京中灯除了内府的没有见过，就是灯市里并王侯家，也不过是些羊皮料丝夹纱珠灯而已，除此便无甚好的，总不如扬州的灯好，各色纸灯、包灯，果极精巧，世上有一件物事，他们便做出一盏灯来，却也奇巧。此时正是满城箫管，人山人海，鱼龙莫辨，那才叫做'一天皎月，十里香风'。"邱老道："生在那里的人，真是有福的。"

到十三日，崔少华请了进忠同七官去看灯，也是几对羊皮料丝，皆是些粗货，蓟州人便以为奇，众人就十分夸赞，进忠也只得随声称好。呈秀在席间将小沈托在进忠身上，没奈何只得约他元宵小酌。至日请了几位斯文朋友来陪他，小沈唱曲、行令、猜拳，却也有些丰致。饮至三更散了，呈秀定叫留小沈陪进忠宿，进忠却不过，只得勉强留下住了一夜。次日送他二两银子，一方汗巾。

---

① 婵娟——月光，此指美好的女子。

十六，置酒在内里，请黄氏并铎头瘟夫妇。还剩了许多火药，进忠都买了来放。但见：

金菊焰高一丈，木樨细落奇葩①。白纷纷雪炮打梨花，紫艳艳葡萄满架。金盏银台斗胜，流星赶月堪夸，鸳鸯出水浴晴沙，九龙旗明珠倒挂。

内中有几种异样的，七官道："这几样是哪里来的方子？"铎头瘟道："这是在京里遇见李子正，他从殷公公家传来的。"进忠道："他在京里做什么？"侯二道："他在东厂殷公公家做主文，好不热闹。"进忠道："我正想他，明日到京中看他去。"大家开饮了半夜，把铎头瘟灌醉了，听他们欢乐。正是有钱使得鬼推磨，那黄氏已是感激进忠不尽，又被他逐日小殷勤已买通了，不但不禁止他们，且跟在里面打诨凑趣。大家打成一片，毫无忌惮，不分昼夜，行坐不离，印月已被他们弄有孕了。那铎头瘟虽然明知，而不敢言，只是把些酒食哄着他就罢了。正是：好事不出门，坏事传千里。

街坊邻舍都知些风声。到了正月尽间，侯老回来，黄氏将进忠的恩德说与侯老知道，也十分知感。过了些时，也渐渐知些风声，还是半信半疑。谁知人为色迷，遂不避嫌疑乱弄起来。

一日天初明，侯老便上楼来寻进忠说话，见他门儿半掩，不见动静，想是尚未起来。轻轻揭开他帐子一看，吃了一惊，原来印月同他一头睡着了。侯老也不惊醒他，到轻轻走下楼来，高声咳嗽了两声而去。二人惊醒了，慌忙起来，印月下楼进去，

---

① 奇葩（pā）——奇异的花。

只见侯老在堂屋里乱嚷。见印月进来，便说道："妇人家不在房里，外面去做什么？"黄氏也起来了，听见嚷，过来道："想是看他哥哥去的。"侯老道："胡说。就是嫡亲兄妹也该避些嫌疑，这样胡行乱走的。"印月红涨了脸进来，也还不知被他看见。秋鸿听见嚷，忙出来看时，被侯老赶上，踢了两脚，骂道："你这奴才在哪里的，不跟着你娘？"黄氏道："为甚事这样乱嚷乱骂的？"侯老道："亏你做婆的，我不在家，就干出这样事来了！"黄氏才明白，悄语道："事已如此，张扬出来也不好听，只看你儿子这般嘴脸，怎叫他不生心？你现欠他银子，传出去，人还说你没钱还他，拿这件事赖他的哩。如今唯有叫他们离开来罢了。"

侯老沉吟了一会道："也是。"便叫秋鸿来说道："你外婆病得狠哩，来接你娘的，叫他作速收拾回去看看。"秋鸿回到来对印月说了，见印月睡在床上，遂抽身到楼上。见七官与进忠对坐，便埋怨道："你们做事也该放掩密①些，怎么就都睡着了，使老爹看见，嚷闹了一场！亏奶奶劝住。如今要送娘去看外婆哩。"进忠听见，吓痴了，半日才说道："这怎么好哩？"秋鸿道："我们去后，你也难住了，不如快收拾，也到那里相会罢。"说毕去了。

进忠羞得置身无地，便打点行囊，去雇牲口，进来辞行，向侯老道："外有亲家所借之项，今亲家初归，恐一时不便，我明早就要动身，改日再来领罢。"侯老也假意相留。次日早晨起身，辞了侯老夫妇，又来辞印月，印月不肯出见。这才是：

---

① 掩密——严密。

万种恩情一旦分，阳台去作不归云。

于今妾面羞君面，独倚熏笼①拭泪痕。

进忠怏怏而别，对七官道："兄可送我一程。"遂同上了牲口。心心念念，放不下可人。

行了一日，来到长店。那长店是个小去处，只有三五家饭店，都下满了，没处宿。走到尽头一家店，内有三间房，见一个戴方巾的人独坐。进忠来对店家道："那一个相公到占了三间房去，我也无多行李，你去说声，叫他让一间与我们住住。"店家上去说了，那人道："可是公差？"店家道："不是，是两个客人。"那人道："不是公差，就请进来。"进忠便出来，看看搬行李进来。那人便叫家人收拾，让出一间房来。进忠同七官上前，与那人见了礼，进忠道："斗胆惊动相公，得罪了。"那人道："岂敢！旅邸之中何妨，请坐。"三人坐下。那人见七官生得清秀，遂将言语调他。进忠道："七兄陪相公坐着，我就来。"遂出去买了些肴馔来，问店家道："可有好酒卖？"店家道："只有稀熬子，相公们未必用得惯。"进忠来问那人，那人道："随乡入俗罢。"进忠出来买了酒，吩咐店家置备，回来坐下，问道："请教相公贵处？尊姓？"那人道："贱姓陈，江西新喻人，在监。因这里蓟州道是舍亲，特来看他。"又问了进忠并七官乡贯姓名，对进忠道："这侯兄是魏兄的什么人？"进忠道："是舍亲。"不一刻，店家摆上酒肴，陈监生谢扰过，三人共饮。那陈监生也是个风月中人，说到嫖赌上便津津有味，猜拳行令着实有趣，三人说做一个。

_____

① 熏笼——焚燃香草、香料的镂空器具，多以铜铁制成，有足。

陈监生道："我一向在京，只是玩耍，昨在蓟州衙门里住了二十多日，几乎闷死了。不意这里遇见二兄，豪爽之至，也是三生有幸。弟有个贱可在东院，也略通文墨，明日何不同二兄去耍耍。"进忠道："东院里那一位？"陈监生道："是刘素馨，乃鸳鸯叩的妹子。"进忠道："定是妙的了，非佳人不可配才子，鸳鸯叩已是极标致的，如今也将有三十岁了。当日见他时才成人，不觉已十五六年了。"三人畅饮至更深，抵足而睡。次日至密云宿了。七官要辞回去，陈监生坚留不放，进忠道："你就同到京中耍耍再回去罢，家去也无事。"三人又上牲口，进得京城。进忠道："尊寓在哪里？"陈监生道："在监前。"进忠道："我们权别，明早再来奉候。"陈监生道："小寓房子颇宽，且又洁净，同到小寓住罢。"遂拉了去到下处，果然房屋宽大洁净。早有家人在内，各人卸下行李，洗了脸，取饭来吃了。

陈监生道："天色尚早，院中耍耍去。"叫了三匹马来，着一个小厮跟随。进了东院，到刘家门首下马，进门来，静悄悄无人迎接。在厅上坐了一会儿，才有个丫头出来，认得陈监生，进去了一会儿才出来，请进去到大姑娘房里坐。三人走到房中坐下，倒也帷幕整齐，琴书潇洒。丫头捧茶来吃了，妈儿出来拜了，道："陈相公来得快呀！"陈监生道："约定了素娘，怎好爽信①。素娘怎么不见？"妈儿道："他不在家。"陈监生道："哪里去了？"妈儿道："周公子请去了。"陈监生道："胡说！我原约他一个月，如今才二十四日，怎么就叫人请去了？"妈儿道："不好说得。"

———————

① 爽信——失信、失约。

正在分辨，只见来了一个姊妹上前拜见，看时，正是鸳鸯叩。虽然年纪过时，那一段丰神体态犹自大方。拜罢坐下，陈监生道："贵恙痊愈了？"鸳鸯叩道："这几日才略好些，尚未复原。"陈监生道："我原约令妹一个月，怎么就让人请去了？"鸳鸯叩道："周兵科的公子先请他，未曾去，就把我父亲送到城上打了，差人押着，定要他，没奈何只得弄去了。"陈监生道："去了几日了？"鸳鸯叩道："去了十多日，也快回来了。"陈监生大不悦意。进忠道："既是不久就回，老兄也不必动怒，小酌何如？"陈监生道："有甚情趣！"鸳鸯叩笑道："舍妹暂时不在家就不坐了，此后难道再不相会么？"陈监生被他说了，到不好意思起身。进忠遂取了一两银子与妈儿备酒。鸳鸯叩叫丫头铺下绒毡，看了一会儿牙牌。

陈监生起身小解，只见一个小厮，捧着两个朱漆篾丝小盒儿往后走。陈监生赶上去揭开看时，底下一盒是几个福寿同几十个青果，上一盒是鲜花。陈监生问道："你是谁家的？"小厮道："周大爷差来送与馨娘的。"陈监生让他走过，他便悄悄的随他走。那小厮穿过夹道花架边一个小门儿，那小厮轻敲了三下，里面便有人开门，陈监生走出来，也不题起，仍旧坐下看牌。少刻摆上酒来，饮了半日，陈监生推醉出席，闲步轻轻走过夹道，也向那小门上轻敲了三下，便有个丫头来开门。开开门来，见是陈监生，到吃了一惊。陈监生忙挤进去，转过花架，见素馨独坐焚香。素馨见了陈监生，便起身拜见，问道："相公几时来的？"陈监生道："才到，就来看你，我原约你一月，今何负心若此？恭喜你如今有了贵公子了。"素馨道："再莫说起。我原非得已。那人粗恶之至，把我父亲送到城上打了，着人押着，定要来缠，不肯放我出去，终日如坐牢一般，你不要怪。"陈监生道："我也不怪你，今日赦你出去走走。"素馨道："怕他有人来看见。"陈监生道："不到别处去，到你姐姐房中饮一杯何如？"素馨不好推却，只得携手出来。鸳鸯叩见了，甚觉没趣。素馨上前逐一拜见。看时，果然生得甚美，但见他：

窄窄弓鞋雅淡妆，恍如神女下高唐。

肤争瑞雪三分白，韵带梅花一段香。

素馨拜罢坐下，鸳鸯叩道："那人可来？"素馨道："今日不来。"鸳鸯叩道："世上也没有似这样粗俗的，全无半点斯文气，请了姊妹就如自己妻子一般，又不肯撒漫，就笑得死个人，说的话令人听不得。"进忠道："这样人可是作孽。"陈监生道："噤声！莫惹他，可人儿怪！"素馨掩口而笑，起身奉了一巡酒，正开口要唱，忽听得外面一片嘈嚷之声，俱各停杯起视。只见丫头慌慌张张跑进来说道："不好了，周大爷带人打进来了。"素馨忙往外走，只见周逢春带了十多个人打进来，径奔素馨。素馨慌了，复跑进来。进忠恃着力大，忙上前挺身遮住，素馨便躲到床后。两个家人揪住陈监生就要打，进忠一声大喝，上前拍开手，把那人放倒，让陈监生同七官跑了。周逢春乱嚷，来寻素馨，因进忠力大挡住，人都不敢近身，众人便乱打家伙。鸳鸯叩忙上前分诉，被周逢春一把抓住云鬟，一手揪住衣领，向外边一摔，跌倒在花台边。只见他直挺挺的不动，众人忙上前看时，只见：

荆山玉损，沧海珠沉。血模糊额角皮开，声断续喉中痰涌。

星眸紧闭，好似北溟龙女①遇罡风②；檀口无言，一似南海观音初入定。小园昨夜东风恶，吹折红梅满地横。

妈儿、丫头忙扶他起身，只见一口气不接，面皮渐渐转黄，呜呼哀哉了。妈儿等叫起苦来，忙去叫了地方③来，将周逢春并一行人都锁了，带上城去。正是：

> 饶君焰焰熏天势，看尔忙忙怎得逃？

毕竟不知周公子等拿到城上，后来如何脱身？且听下回分解。

---

① 北溟（míng）龙女——溟：海。"龙女牧羊"典故。
② 罡（gāng）风——猛烈的风。
③ 地方——指地方官府。

第 十 六 回

周公子钱神救命　何道人炉火贻灾

诗曰：

谁人识得大丹头，只在吾身静处求。

初向坎①离②分正色，再从木土叩真流。

苍茫紫气浮金鼎，次第红光贯玉楼。

婴宅养成龙虎会，凌风直上凤麟洲。

话说周逢春摔死了鸳鸯叩，地方保甲把众人锁了，送到东城察院。衙门问了口供，将凶手等总寄了监。

进忠回到寓所，见门锁了，并无一人，心中着忙。往邻家来问信，只见一个小厮躲在间壁人家，忙出来扯进忠到僻静处，道："我家相公往刘翰林家去了，行李已发去，着小的在此等相公同去哩。"进忠即同他走过前门，往西首到手帕胡同，陈监生已差人来接。到了刘翰林寓所，陈监生迎着道："一时不忍，遇见这等恶人，带累老兄。"进忠道："事已至此，当早为之计，他必要攀扯的。"七官道："又没有和他争斗，为甚扳人？"陈监生道："他怎肯就自认？必要乱扳的。舍亲此刻赴席未回，须等他回来计较。"进忠道："我有个盟弟，在东厂主文，此事必到厂里才得结局，我先去会他，讨个主意。殷太监家离此不远，趁此月

---

① 坎（kǎn）——易经八卦之一，代表水。

② 离（ǁ）——易经八卦之一，代表火。

色去走走。"七官道："我也同你去。"陈监生道："七兄莫去，我独坐无聊。"进忠道："恐刘爷回来不便。"陈监生道："不妨，此处不通内宅。且舍亲也是极圆活的。"

进忠别了出来，路本熟的，走不过十数家，便是殷太监外宅，走到门上，尚未关门，进忠向门上拱一拱手道："府里李相公在家么？"门上道："寻他做甚？"进忠道："我是他乡亲，带了他家信在此，拜烦爷说声。"说完，取了三百文钱与他。门上道："坐坐，我去请他出来。"只见进去未几，里面摇摇摆摆走出个秀士来，正是李永贞。有诗道他的好处道：

> 儒服裁成锦，云巾剪素罗。
>
> 脸红双眼俊，面白细髯多。
>
> 智可同苏贾，才堪并陆何。
>
> 幽幽真杰士，时复隐岩阿。

李子正走到门外，见了进忠，一把拉住道："哥哥从哪里来的？请到我家内坐。"携着手走到对街一个小小门儿，敲开来到客位里，叙礼坐下。永贞道："自别哥哥之后，无日不念。后闻得到湖广去。及闻程士宏事坏，日夜焦心。后刘弟自扬州寄书来，说哥哥来山东送礼，一向没有回去。今日甚风儿吹到此？"进忠道："自别贤弟，到京寻亲不遇，母亲又同王吏科的夫人回临清去了，我便同程中书上湖广去。在汉口落水，幸遇家叔救起，荐我到扬州，得遇刘弟。后鲁太监差来送汪中书的礼，路上又遇见响马劫了，不得回去，只得又到临清探母，谁知母亲又同王巡抚家眷往浙江去了。闻家叔升了蓟州州同，故来看他，顺便带了些布来卖。及到蓟州，他又丁忧回去了。我在蓟州住了这半年，闻得贤弟在此，特来看你。"永贞道："如此说，哥哥也别母亲多年了。"进忠道："有十多年了。"永贞道："月姐就嫁在蓟州侯家布行里哩！哥哥在那里可曾会见？"进忠道："我就是下在他家行里的，初时不知，后来说起才知道的。我今正是同他小叔子老七来的。"永贞道："哥哥行李在哪里？"进忠道："不远。"永贞道："着人去请老七，并行李发来。"进忠道："缓些，今早才到，就弄出件事来了。"永贞惊问道："什么事？"进忠便把陈监生之事说了一遍。永贞道："虽与陈家无涉，周家决不肯放他，必要扳他出来。虽然无碍，却也要跟着用钱哩。他可有条门路么？"进忠道："刘翰林①是他表兄，蓟州道是他丈人。"永贞道："前面有个刘翰林，可是他？"进忠道："正是。我们的行李总在他家哩。"

　　小厮摆上酒来。永贞叫小厮去请侯七官，进忠道："不要请他，我坐坐即要去哩。恐陈兄心中不快，不好丢他。"永贞举杯相属，进忠道："毕竟这事怎处？"永贞道："打死娼妇，周掌科②岂肯叫儿子抵命？就是龟子③，也不过要多掯几两银子罢了。陈监生虽未与他争嫖，就是宿娼也有罪名，不如与周家合手，陈家谅贴他些。这事哥哥可以包揽下来，等我去处。只是口气须要放大些，好多寻他几两银子，就是城上事完，少不得也要到厂里才得结案哩。"进忠又饮了几杯，道："我去了，恐他们等信。"永贞道："吃了晚饭去。"进忠道："不消了。"二人一同出来，进忠道："别过罢。"永贞道："我送哥哥几步，你去叫刘翰林去对城上说，若不肯，等我行牌提到厂里，不怕龟子不从。"永贞送

---

① 翰林——皇帝文学侍从官，只从进士中选拔。

② 掌科——古代官名。

③ 龟子——古时妓院里做杂务的男子。

到刘家门首道："哥哥明日早来。"二人拱手别了。

进忠入来，刘翰林也在书房内。桌上摆着酒肴，进忠见了就要行礼，刘翰林忙一把拉住道："岂有此理！行常礼罢。"才二人作揖坐下。陈监生道："可曾会见令亲？"进忠道："会见的。"刘翰林问道："是哪一位？"进忠道："在厂里主文的李舍亲。"刘公道："可是李子正？"进忠道："正是。"刘公道："他却老成停当①，厂里甚是亏他，手下人却不敢胡行的。就是舍亲这事，也要到厂里才得结局，老兄可曾与他谈谈？"进忠道："谈及的。舍亲已料得周家必不肯放，定要扳出的。"刘公道："这自然，你虽未与他争头，到底要算个争风。就是你监生宿娼，也有碍行止。"进忠道："舍亲也如此说。他说请刘爷出来与周掌科谈谈，令亲谅贴他些，与城上说声，处几两银子与龟子，不申送法司罢，若城上不肯，他便行牌提到厂里去结。"刘公道："好极，城上是我敝同年，再无不依的。只是周掌科为人固执，难说话。"进忠道："周爷虽固执，可肯把儿子去抵命？"刘公道："有理。全仗大力为舍亲排解。"四人饮至更深，刘翰林进去。

次早，刘翰林打轿去拜周兵科②。传进帖去，长班到轿前回道："家老爷有恙，尚未起来，注了簿罢。"刘翰林道："我有要话同你老爷面谈，进去回声。"便下了轿，到厅上坐下。半日，周兵科才出来，相见坐下道："承枉顾，弟因抱微疴，失迎，得罪。"刘公道："岂敢！昨闻东院之事，特来奉候。"周兵科道："不幸生出这样无耻畜生，还有何面目见人！"刘翰林道："世兄

---

① 老成停当——做事稳重周全。
② 兵科——古代官名。

也是少年英气所激，慢慢熏陶涵育自好，老先生不必介怀①。幸的是个妓女，不过费几两银子与他罢了。”周公道："生出这样不肖②的畜生，自己也该羞死，还拿钱去救他么！弟已对城上说过，尽法处死他，免得玷辱③家门。"刘公道："子弟不正，该家中教责为是，哪有用官法的理？老先生还请三思。”开导再三，周公绝不转移。

刘翰林到觉没趣，只得回来。才到家，正欲换衣服，只见门上进来，拿着帖子道："周相公来拜，要见。"刘公见帖上是周春元的名字。这周春元乃刘公的门生，周兵科的嫡侄，刘公遂出来相会。周春元道："适蒙老师枉顾，家叔执拗④开罪，门生特来负荆⑤。"刘公道："令叔太拘泥了，我因忝在同朝，无非为好，倒使我没趣。才也养不才，怎么这样处法！"周春元道："家叔心性，老师素知，岂有坐视不救之理。还求老师海涵，若有可商，总在门生身上，但凭吩咐。"刘公道："龟子须要处几两银子与他，衙门中也要些使费。这事原与舍亲无干，如今说不得，也叫他贴上些。只要早些完事，免得声张。令叔可肯把儿子抵偿，且于自己官声有碍。"周春元道："老师见教极是，这样处置甚好，敢请令亲一见。"刘公遂引他到书房中与陈监生会了，议定每用百两，周家八分，陈家二分。周春元道："这也罢了，只是龟子须寻个人与他说定方好办。"刘公道："我这里有个姓魏的，为人

①　介怀——把不愉快的事记在心中。
②　不肖——品行不好。
③　玷（diàn）辱——使蒙受耻辱。
④　执拗——固执任性，不愿听别人意见。
⑤　负荆——认错。负荆请罪的略语。

老练，到可以托他去谈谈，无不停妥的。"遂请出进忠与春元会了。说过，春元去了。

进忠同侯七官来看李永贞，到他家时，永贞已在门前等候，一同进来，见礼坐下。永贞道："早间就要来奉候，又恐遇不见。快拿饭来吃。"茶罢，叫奔子出来拜见伯伯。三人吃过早饭，进忠将周家的话对他说了。永贞道："事不宜迟，我们就去；只是今日原意要屈哥哥与七兄谈谈的。"进忠道："他还不就去哩。再扰罢，且干正经事。"永贞道："也罢，就在刘家作东罢。"叫小厮唤了三匹牲口，三人同到东院，下了牲口，来到厅上坐下。妈儿出来，见了进忠，谢道："昨日多承魏爷救护，只是大小女自成人至今十余年，陪过多少公子王孙，也无一个不爱惜他，谁知遭此横死。"说着便假意哭起来。进忠道："死生有数，你也不要徨伤。馨娘呢？"妈儿道："才起来，丫头去说声，快收拾了来拜客。"茶罢，素馨出来，花枝摇曳般①拜了三人，又向进忠谢道："昨日若非魏爷救护，连我也是死了。"七官道："他怎么舍得打你？"素馨道："你看他那凶恶的样子，不是魏爷力大扦住，直打个粉碎。"进忠道："就打也不过与你姐姐一样罢了，怎么就得粉碎？"大家笑了一会儿。

永贞取出一两银子递与妈儿道："办个桌盒酒儿谈谈。"素馨遂邀到棬②里，穿过夹道，进了一个小门儿，里面三间小棬，上挂一幅单条古画，一张天然几，摆着个古铜花觚，内插几枝玉兰海棠。宣铜炉内焚着香，案上摆着几部古书，壁上挂着一床锦囊古琴，兼之玉箫、象管，甚是幽雅洁净。房内铺一张柏木水靡凉

---

① 花枝摇曳（yè）——形容妇女打扮十分美丽。
② 棬（quān）——用竹木芦苇搭的棚子。

床，白绸帐子，大红绫幔，幔上画满蝴蝶，风来飘起，宛如活的。床上熏得喷香，窗外白石盆内养着红鱼，绿藻掩映，甚是可爱。天井内摆设多少盆景，甚是幽雅。柱上贴一副春联道："满窗花影初起，一典桐音月正高。"永贞道："馨娘雅操①定是妙的，何不请教一曲。"素馨笑道："初学，不堪就正大雅，请教李爷一曲，以清俗耳。"遂取下琴来，放好在桌上，和了弦道："请教。"永贞道："也罢，我先抛砖。只是贻笑了。"弹了一段《梅花引》，笑道："真所谓三日不弹，手生荆棘。荒疏久了，请教罢。"素馨又让进忠，进忠道："唯有棋琴不解。"素馨才坐下调弦促轸，凤吟龙睛，那一段意态，先自可人。弹起来真是冰车铁马，凤目鸾音，弹了《客窗》三段，起身笑道："巴人下里②，贻笑大方。"三人啧啧称赞。

一会摆上酒来，永贞道："请你妈妈来同坐。"丫头道："他打发司里差人去了，就来。"四人饮了一会，妈妈才来。永贞道："差人来做什么？"妈儿道："我家是原告，他们反来我家需索，吵得不耐烦。人已死了，还要花钱！"永贞道："早哩，俗说：人命官司两家穷。若问到成招时，你也得好些钱用哩！"妈儿道："打哪里来？自大的死了，他都躲着不敢见客，钱也没一个，见面把什么使用？今日到打发过两三次了！"永贞道："早得很哩！要盘十三个衙门才得完哩！"妈儿道："罢了，再盘几个衙门，我到好被他盘死了。"永贞道："我到有个说法，不知你可依我？"妈儿道："李爷吩咐，自然是为我的，怎敢不依。"永贞道："自古贫不与富斗，富不与势争。他是个官

① 雅操——弹琴。
② 巴人下里——形容通俗粗浅。

长的公子，怎肯让他抵偿？且到差人就不敢惹他，自然来你家要钱。他必是到城上说过分上了，所以只是迟延。岂有人命到此刻还不差人来相验的？不如依我说，教他处几两银子与你，再寻个人，还干你的事。若再迟几日，法司濛泷①问问，题个本发下几两烧埋②银子，不怕你不从，那时岂不是双折贴么？"妈儿道："人也曾劝我如此，只是女儿死得苦。"进忠道："你女儿也是病久了的，你若舍不得，就买个好棺木，装着放厚些，做个把功果与他就是了。料你如何弄得过他？你若肯依，都在我们身上，包你便宜。"妈儿便叫龟子来，商议停妥，三人又饮了一会儿才散。

进忠别了永贞，来到刘家，与刘翰林、陈监生说了。刘公便叫人请了周春元来，说定共出二千两，周家出一千六百，陈家出四百，凭他们用，只要早些完事。进忠带了银子到李永贞家来，永贞把了六百两与龟子，城上同兵马司一处一百，厂里也用了一百，各衙门使用了一百，打点停妥。当官审过，作"久病未痊，因下台基走失了脚，误推跌伤死"论。把家人们重答四十，断十两烧埋银子与龟子，差人押着收殓③了。周、陈二人各问了个杖罪，纳赎了事。上下共享了千金，永贞落了一千两，送侯七官一百两为盘费，余者与进忠均分。这才是：

　　　杀人偿命古来传，不论冤仇只要钱。

　　　说甚天高皇帝远，大明律在也徒然。

是日，进忠同七官便搬到永贞家来住。次日，七官辞了回

---

①　濛泷——含糊、不清楚。

②　烧埋——指丧葬。

③　收殓（liàn）——给死者穿衣入棺。

去，进忠送到城外，临别嘱咐侯七道："嫂子若到宝坻去，你务必来把信与我，我同你去耍些些时；若没有去，你也寄个信来，千万勿误，我在此专等哩。"七官答应去了。进忠终日望信，总不见来。

又过了有半个月，刘家妈儿得了银子，特备了酒席，来请进忠与永贞酬劳二人，遂叫了牲口到东院来。妈儿同素馨出来迎接。厅上摆了三席，旁边一席，吃过茶，戏子进来。永贞道："你费这些事做什么？一桌子坐坐就罢了。"素馨道："前日动劳二位爷，没甚孝敬，今日新来了个妹子会做戏，特请二位爷来赏鉴赏鉴。"进忠道："恭喜！我们总不知道，少贺你，反来叨扰。"永贞道："还有何客？"妈儿道："还有一位水相公，是馨儿新相处的，山西人。丫头，去请水相公来。"少顷，水客人出来相见，其人生得魁伟长大。妈儿举杯安席，三人谦让。素馨道："水相公虽是远客，却在此下榻，自不肯僭，况今日之设，原为二位爷的。"谦了半日才坐，进忠首席，水客人坐了二席，永贞是三席。素馨同妈儿一席在旁相陪。吃了汤，戏子上来请点戏。进忠点了本《双烈记》，乃韩蕲王与梁夫人的故事。那新来姊妹做的是正旦，果然音律超群，姿容绝世。只见：

罗衣迷雪，宝髻堆云。樱桃口杏眼桃腮，杨柳树兰心蕙性①。歌喉婉转，真如枝上莺啼；舞态翩跹②，恰似花间凤哕。腔依古调，音出天然。高低紧慢按宫商③，吐雪喷珠；轻重疾徐依格调，

---

① 兰心蕙性——比喻女子内心贤淑、性情温柔。
② 翩跹（piān xiān）——轻快地跳舞。
③ 宫商——此处指乐音调式，也指演奏乐器。

敲金戛①玉。舞回明月坠秦楼，歌遏行云遮楚岫②。

那女子只好十四五岁，乃吴下人，妈儿用银四百两买来的。唱至半本，住了戏，上来送酒。进忠问他多少年纪，叫甚名字，那女子道："我今年十五岁了，名叫素娟。"进忠调调他，他便故作羞态。进忠本是个歪货，被他引动了，十分爱惜，素馨便在旁撮合，一时动了火，遂允他梳笼③。戏完后，又坐了一会儿才散。

次日，进忠取了五十两银子、四匹尺头送到院中，妈儿备了酒席，李永贞推有事不来，就是进忠与水客人二人，晚间花攒锦簇的饮酒行乐，进忠着意温存。谁知这素娟已经梳笼过二次了，众人将进忠灌醉，送入罗帏。那女子半推半就，故装出处女的腔调来，香罗帕只苦了鸡冠血挡灾。进忠是醉了的人，哪里觉得？正是朝朝寒食，夜夜元宵。那水客人也是个直爽人，二人甚相投契④，终日便不出院门，昏迷住了，并连行李也发到院里来。

一日，正与水客人斗牌，只见一个小厮，拿了封书子同名帖，进来道："这是尚宝王爷的书子。"水客人见了帖子，上写着"眷生王习拜"。拆开书子看时，原来是荐个修炼的人与他的。那王习乃内阁王家屏的儿子，与水客人同乡，因水客人平日好谈外事，故荐与他。水客人道："请进来。"小厮出去，领了一个道士

---

① 戛（jiá）——轻轻敲打。
② 岫（xiù）——峰峦。
③ 梳笼——指妓女初次接客。
④ 投契（qì）——投合，投机、关系融洽。

进来。那道士怎生打扮？但见他：

五明扇齐攒白羽，九华巾巧篾乌纱。素罗袍皂绢沿边，白玉环丝绦系定。

飘佛美髯过腹，露光两目明星。谈玄说性①假全真，说谎脱空真马扁②。

那羽士进来，水客人下阶相接，叙礼坐下，水客人问道："请教先生仙乡法号？"道人道："小道姓何，贱字太虚，久在终南修炼，不理人事。承周、王二公屡招出山。昨在周府得遇王公子，他老相公有些贵恙，相邀同来。久仰老丈尚玄，特来奉谒③。"水客人道："在下平生至爱玄理，恨未遇明师，终是面墙④；今得老师下降指迷，幸甚，幸甚！不弃愚蒙，敢求大教。"那道士便张眉铺眼，做出那有道的样子来。水客人平日最喜这等人，况又是王公子荐来的，更觉十分恭敬，问道："便饭一谈，请教先生茹⑤劳是荤素？"太虚道："这倒不论，随缘而已。"水客人便叫小厮去买新鲜肴馔，后面楷里烹起好茶，邀他到后面与进忠等见礼坐下。

水客人便请教太虚。太虚道："小道所炼者乘鸾跨鹤之事，但不可以言传，至于旁门小术，特易易耳。"水客人道："乘鸾跨鹤，乃先生之大道，我等愚蒙，安能企仰？只求一保身补益之方

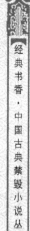
---

① 谈玄说性——谈论道家玄妙的道理及修身养性的方法。
② 真马扁——马扁合起来是骗字，系文字游戏。
③ 奉谒（yè）——拜见。
④ 面墙——不能达到彻悟的境界。
⑤ 茹——吃。

足矣。"太虚道："要求补益，何用他求，即眼前便是良方。请听小道说来：

人生寿夭因贪欲，听我从头说补益。要补益，锁心猿，牢拴意马养心田。若还不固贞元气，气散形枯命不坚。保性命，要坚精，坚精之法不易寻。鸳鸯枕上叮咛记：莫使男儿先动心。初下手，调鼎器，温存偎抱胸前戏。摩含双乳他兴浓，呜唇咂舌通心气。手抚琴弦牝户开，滑津流液真情至。玉茎坚刚宜浅深，九一之法留心记。鼓橐钥，往来诀；进则呼兮退则吸。舌拄上腭紧牙关，莫教气喘鼙精泄。他要紧，我不忙，深则益阴浅益阳。龙弱虎强宜缓刺，虎弱龙强势要刚。情意浓，莫贪味，保守丹田牢固济，鼎中春气蔼融和，周理神龟慢慢戏。如火热，少时舌冷如冰铁。真铅一点过吾来，补益天年莫乱说。莫乱说，莫乱转，此事不比那寻常。一度栽培一纪寿，十二周时陵地仙。"

那何太虚料他在妓馆中，必是个好色的，故说此事一段。采战的言语掀动他。那个水客人满心欢喜，十分称赞。

吃过饭，又坐下闲谈，谈及外丹炉火之事，太虚道："这虽是旁门小道，却也非同容易。"进忠道："倘不吝教，望示一二。"太虚道："二公请静坐，听我道来：

金丹之理真玄妙，也要功夫同大造①。神仙借此积阴功，颠

---

① 大造——成就大功业。

倒五行①成至要。得真铨，却交火里种金莲。坎从离里求真汞，木向金中乞善缘。桃结于亥子，交时真永死。铅中玉露长萌芽，万颗明珠生釜底。发光华，阳精聚处长金花。三五二八阴魂尽，牵转牛儿到故家。到故家，须把捉，莫使心猿空发作。无明一点起昆仑。顷刻丹心尽销灼。要存神，黄婆运水鲜氛尘。灵明打迸如珠走，大地乾坤总是春。真可乐，龙虎皆驯成大药。丹成九转得玄功，黄白②从心归掌握。"

进忠道："先生玄谈至理，我辈凡人，一时不解，先生何不一试，以开愚蒙。"太虚道："此小术耳。我有金丹，可以起死回生，要点化何难，取火来！"两个姊妹听见可以点化出银子来，都要看，连忙叫丫头扇火，将大铜炉架起。太虚起身要洗手，丫头捧了水来，一个小小白铜盆。太虚道："这盆有多重？"妈儿道："只好二斤重。"太虚遂碎碎剪开，将一个瓦罐用盐沱封固了，放在火中，将铜片慢慢放在罐内，大火熔化。向葫芦内倾出几丸红药丢在里面。忽然一阵黑烟上来，人都闭了眼站开。少刻烟尽，将罐子取出倾在地下，取火并灰铺上。过了一刻取起，却是一个大饼子，果然是松纹细丝银子。众皆大喜，遂把他当活神仙奉承。

太虚洗了手上席饮酒，酒量甚大，也会调笑玩耍。进忠道："先生既有此神术，何不济救贫人？"太虚道："济人原是仙家的

---

① 五行——金、木、水、火、土五种物质，古代道家认为是世界万物的起源。
② 黄白——指黄金白银。

本意，却也要有缘，那人有福，方受得起。"水客人道："小子有缘得遇先生，意欲拜为门下。"太虚道："也不须如此，我看二公俱有大福，若有本钱，可为二公做一炉。"进忠道："可要择地？"太虚道："若二公要学，非深山修炼不可。然山人大道已成，无施不可，只须净室足矣。"素馨道："我后边有座小园子倒还清净，不知可用得。"太虚道："同去看看。"

众人同到后面来，只见一所小小园亭，也有几种花木，中间三间茅亭，尽是幽雅。太虚道："用得，只是将墙加高些罢了。"复来饮酒。二人问道："要用多少银子？"太虚道："大丹非万金不可，如今且代二公做一分看，成了，可有万金之得。先用母银一千两，药本三百两。"进忠等欢然允诺，与水客人各出一半。也是他二人合当晦气，撞着他。当将银子兑出，便留他在院中宿。晚间又对二人说几个口诀。各自归房试验，果然房术有加倍之功，越发奉之如神。

次日开单置药，将院墙加高，草亭上按卦位支起百眼风炉九座，将银子化成大饼，百两一块，放在炉内。九日后取起看时，满周围都是小珠儿。太虚道："二九后珠儿渐大，三九后珠儿更大，母银色便暗了，不似以前光亮。到四九时将珠儿敲下，不用母银，交五九便不取起，每日只加火三次，功满自成。"三人复来饮酒取乐，每日如此。

一日已是六月中旬，众人乘凉，至二鼓方睡，正睡熟时，忽听得辟朴之声，丫头起来喊道："不好了，那里火起了！"进忠并水客人慌忙起来，水客人道："这是后面。"二人忙来到园中，只见烈烈烘烘的烧起。众人忙上去扑灭。再来寻何太虚时，早已不知去向了。再看丹炉，已倒在一边，母银也不见了。二人大惊，跌足叫苦。正在喧嚷，只见东厂缉事的人进来，将龟子一索锁去。正是：

　　黄芽白雪成乌有，白虎①丧人又降灾。

　　毕竟不知此火从何而起？龟子拿去怎生处治？且听下回分解。

　①　白虎——迷信传说中的灾星。

第 十 七 回

涿州城大奸染疠① 泰山庙小道怜贫

诗曰：

乐事从来不可常，莫教事后始商量。

钱财散去汤浇雪，时运低来虎化羊。

爽口物多终作疾，快心事过定生殃。

咬钉嚼铁铮铮②汉，到此闻知也断肠。

话说东院火起，惊动了东厂缉事的人，将龟子锁去。众人扑灭了火，忙将丹炉拆去，在灰里寻出母银来看时，都是黑的，毫无光彩，如煤炭样，敲时，应手而碎。原来他是用的瘦银法，把真魂都提去，留下些糟粕来。先那珠儿，就是银子的精华，总被他提尽，放起火来，从闹处走了。二人悔恨不已。正是：

九转③金丹可救贫，痴人递耳起贪心。

他今果有神仙术，不自焚修肯授人？

进忠料得事体不好，把行李丢下，趁月下躲到李永贞家来。永贞起来相见，笑道："我从未见嫖客半夜出来。"进忠道："不好说得，又弄出件事来了。"永贞道："什么事？"进忠一一告诉

---

① 疠（lì）——瘟疫、恶疮。

② 铮铮——金属撞击声，喻超过常人。

③ 九转——反复多次烧炼。

他。永贞道："这事却有些费事哩！禁城①内失火，就该个杖罪②，再有这件事，就要问军哩！到有些缠手哩！"想了一会道："有了，你只躲在我家，不可出去，就有人知道你在此，也不敢来拿你。"进忠道："我去把行李发来。"永贞道："你去不得了，你一去，他就不放你了。等消停些时我着人去取罢。"遂领他到后面一个小书房里坐下，吩咐家人道："拿水来与魏爷洗浴，你去把缉捕上的人叫个来。"小厮去了一会儿，叫了个人来。永贞出来问道："何处失火？"缉捕道："东院刘家。"永贞道："可曾报厂哩？若没有报时就瞒了罢。"缉捕道："瞒不得了。才拿了龟子去做了一绳，已招出是两个嫖客烧丹失了火的，人都知道了。"永贞道："既如此，须速去拿住人，莫放走了。"那人应声而去。

到天明时，永贞进厂打听了回来，对进忠道："龟子已招出你二人来了，水客人已拿去问过，收了监，正在外头拿你哩！素馨等已召保在外。哥哥只是莫出去，包你无事。"

过了数日，厂里已将水客人拟定军罪③，申④法司⑤。水客人买上嘱下，正是钱可通神，题准捐赎，纳了七千担米，便释放出来。坐了两个月监，将万金资本都花为乌有，只落得罄身⑥人回去。龟子责罚放去。进忠因未拿到，出了广缉批文在外，完结了事。

进忠又过了些时才敢出头，便来院中发行李。到了厅上坐

---

① 禁城——指皇城。
② 杖罪——古代形罚的一种，杖责问罪。
③ 军罪——古代刑罪的一种，充军。
④ 申——说明、讲明。
⑤ 法司——掌握刑法审判的官署。
⑥ 罄（qìng）身——光身、净身（无钱）。

下，半日总不见有人出来。只得走到里面。妈儿看见道："好人呀！弄出事来你就躲了，带累我家打板子、花钱。"

进忠道："如今都不必说了，娟娘好么？"妈儿道："不在家，陪酒去了。"进忠道："我在他房里走走，我还有行李在此。"妈儿道："不必进去，我叫人取来还你。"进忠心内好生不快，竟向里走。妈儿拦他不住，直走到房门首，只见素娟陪着个秀才坐道。进忠道："我特来看你的，为何回我不在家？"素娟道："你前日不躲我，我今日也不躲你！"说毕把脸转向别处，不睬他。进忠忍着气问道："我的行李在哪里？"素娟道："在那里不是。"遂叫丫头搬了出来，乱掠在地下。进忠取出钥匙来，开了箱子看时，衣服散乱，银子一封也没有了。进忠道："我的银子哪里去了？"素娟道："你银子在哪里的？有多少？"进忠道："在这箱子里的，六百两又八十四两。"素娟道："亏你不羞，你交与谁的？既有银子，你当日不为不发去，还放心丢在人家，过两三个月，你把谁看见的。"进忠气得暴躁道："你偷了我银子还赖哩！"素娟劈面啐道："没廉耻的！来赖人，反说人赖你的银子。"进忠气狠狠的要打他，又怕做出周逢春的故事来，只得忍住了。素娟越发恶言秽语的乱骂，进忠气不过，打了他一掌，妈儿同素娟大喊道："你同光棍来我家烧什么丹，做假银子把我屋都烧了。你逃走了，我为你打了两三个月官司，花了许多银子。如今事平了，你反来掯我，同你到官堂上还你银子。"二人扯住进忠碰头乱骂。那秀才忙出来劝住，把妈儿并素娟拉开，说道："这事是老兄欠些礼，你当日若将银子交点与他，他却说不得不还你；当日既未交与他，如何问他要？就是真有这宗银子，如今也说不得了。天下岂有将银子放在人家嫖的礼。老兄请回罢，吵闹出去，反要被子弟们笑。"进忠被他说得哑口无言，只得叹口气，叫人把行李搬到永贞家来，坐下来都气呆了，午饭也没有吃。

将晚，永贞回来，见了进忠，问道："哥哥为何着恼？"进忠道："再莫说起，可恨刘家那淫妇把我银子偷去，反辱骂我，明日到城上告他去。"永贞道："不可。他们娼家行径总是如此，也不知害过多少人，何在乎你一个。你原不该把银子放在他家，告也无用。况现出了批缉你哩，你若去告他，反要提起旧事来，那时到不妙了。不如省些事罢。"进忠想了想，也知无益，也只得歇了。情绪昏昏，未晚便睡了。想道："这也是我不听好人之言，至有今日。当日妻子原劝我安居乐业，我不听他，要出来，如今将千金资本都费尽了，只落得一身落魄，要回去，有何面目见他？"翻来覆去，睡不安枕。此时正是晚秋天气，但见一帘细雨，四壁蛩声，好生凄惨的景况。正是：

寻寻觅觅，冷冷清清，凄凄惨惨戚戚。正直授衣时节，归期未必。排闷全凭一醉，酒醒后、愁来更急，雁过也，正伤心，却是旧时相识。满地黄花堆积，憔悴损，如今有谁共摘。拥着衾①儿，独自怎生将息。梧桐更兼细雨，到黄昏、点点滴滴。这次第，怎一个愁儿了得。

进忠恼闷了一夜，次日来辞永贞要回去。永贞道："我也不好久留哥哥，只是我此刻囊中羞涩，哥哥再宽住几日，等我看厂里有甚事，寻个好头儿照顾哥哥，得两百金做盘费，再去何如？"进忠只得住下。永贞买了些绸绢代他做冬衣，见他终日愁闷，又去寻几个相好的，陪他到庙上各处消遣。进忠原是个旷达②的人，

---

① 衾（qīn）——即被子。

② 旷达——形容心胸开阔，想得开。

遂又丢下心来。

一日，闲游了一会儿，回来吃午饭，敲门，丫头开了门进去，再不见他出来。等了半日，也不见拿饭出来。进忠心内恼闷起来，就睡在椅子上。午后，永贞回来道："哥哥何以独睡？"进忠道："回来饿了，不觉睡去。"永贞忙家去对妻子道："哥哥还未有吃饭哩！"他妻子道："正吃饭时，他出去了，叫人撑前伺后的，那有这闲人来服侍他？若等不得，不会往别处吃去。"永贞嚷道："胡话！乱说！他是我哥哥，就是个外人，也不可怠慢。"妻子道："是亲不是亲也来作家公，我来时也没有听见有个什么哥哥，半路上从哪里来的？他有钱时就认不得兄弟，如今没钱就来我家等饭吃了，我没这些闲饭养人。"他两口儿吵闹起来。

原来这内室逼近书房，一句句都被进忠听见，心中焦躁起来，道："罢了！我魏进忠也是个男子汉，千金都挥尽了，却来寄食①于人，去罢。"忙将行李收拾起来，背上就往外走。永贞知道，急忙出来，一把扯住道："哥哥往哪里去？"进忠道："久住令人厌，去之为是。"永贞道："哥哥，你我是何人，不要听那不贤之妇的胡言，我赔哥哥的礼。"进忠道："终无不散的筵席，连日多扰，兄弟莫怪。"永贞料他决不能留，飞奔家中，取了三十两银子，赶出来，揣在进忠袖内道："我本意要留哥哥多住一日，多凑点盘缠你回去；既然哥哥见怪，决意要行，这些须之物哥哥笑纳罢。只是未得尽情为恨！如今哥哥到何处去？"进忠道："先到宝坻看看姨娘，顺路南去。"永贞道："见姨娘代我请安，便中务须捎个信来。"二人同行到哈德门外酒馆中饯别，进忠终是郁

① 寄食——住在别人家、依靠别人生活。

① 寄食——住在别人家、依靠别人生活。

第十七回 涿州城大奸染疠 泰山庙小道怜贫

郁不乐。酒罢，二人洒泪而别。正是：

高馆张灯酒半醒，临歧①执手惜离群。

只因花底莺声②巧，至使天边雁影分。

进忠别了永贞，寻个客店安下。次早复进城买了些礼物，雇到宝坻的牲口。才出城，只见一簇花子悬住个出京小官儿的家眷讨钱，被那不知事的家人打了他，他们便一窝蜂聚起有三四百人，齐来乱打乱嚷，将女眷们的衣服都扯坏了。直闹到日中，乱抢东西，只等散了几串钱才散。进忠才得上路，赶到宿店，已是日落。卸下行李，再摸袖内银包，已不见了，左摸右摸都没有，只见袖底有一个小洞，五六层衣服总透了，原来被扒手剪去。细想道："是了，就是从花子闹时剪去的。幸得买东西剩下的两许散碎银子还扎在汗巾内，未曾拿去。"心中好生烦恼，熬煎了一夜。

次日清晨打发了房饭钱，上了牲口赶路。将晚到了宝坻，赶到石林庄。到了庄上，打发牲口去了。通过名姓，少顷，走出一个小官来。迎接到厅上见礼。茶毕，叙起来，原来是他姨娘之子。请进忠入内，陈氏出来相见，问了一番。陈氏道："自别了姨娘，日日望信，总不见来，还指望再得相会，不觉别了十五六年，今见官人，甚是伤心。"说着不觉泪下。进忠道："当日我们去时，表弟还未生哩。"陈氏道："生他那年，公公就去世了。次年他父亲也亡故了。月儿又嫁了远去。我又多病，家里事无人照管，也比不得当日了。"进忠道："月姐可曾家来?"陈氏道："今年三月来家，住到八月才去的。昨有人来说，已养了个儿子了。

_____

① 临歧——在路口。

② 花底莺声——借指花言巧语。

他说你在他家住了许多时，说你进京去了，就要来看我哩！哄我终日望你，怎么到此时才来？"进忠道："因在京有事，耽搁至今。"少顷，丫头摆上酒来，三人共酌。饮毕，送他到前面房里安歇。进忠暗恨七官道："我待他不薄，他如何误我大事？月姐来家，就不捎个信与我。我若早来，还有许多快乐，也不至费去这宗银子，也不至受那恶妇的气！"心中悔恨不已。这正是：

> 自恨寻春去较迟，不须惆怅①惜芳时。
>
> 繁英落尽深红色，绿树成荫子满枝。

次日，到庄前庄后闲步，庄上还有认得的，都来相见。只见庄上的光景萧条，颇不似旧，田也荒得多了，树木也凋零了，房屋也多倒塌了，羊栅内只好有三五百只羊了，牧童只有一个是旧人。又走到当日结义处看看，与牧童对坐话旧，不觉凄然泪下。想起当日刘、李以关、张自许，刘不知刻下何如，永贞虽稍稍得意，又遭那恶妇，致我不能久住，可见人心不古。闷闷而回。

无奈一冬雨雪连绵，不能起身，直至腊月下旬方止。陈氏坚留住进忠过了年去。除夕在里面守了岁，出来睡觉，想起去年今日同月姐行乐，如今他那里知道我在这里凄凉，只好了七官快活。思想了一会，昏昏睡去。梦到家中，如玉接着，夫妻欢乐，拜见过丈母。如玉道："你去后，我生了个儿子。"叫乳母抱来看时，如粉妆玉琢的一般，进忠抱着甚是欢喜。玩耍一会，乳母抱去。二人上床就寝，百般恩爱，共诉离情。正自绸缪，忽听得一声鸡唱惊醒，依旧是孤衾独抱。昏沉了一会儿。正是：

---

① 惆怅（chóu chàng）——伤感、失意。

江海飘零，风尘流落，恨天涯一身萧索①。昨宴除夕，梦到家园行乐。最伤心，遮莫邻鸡惊梦觉。十载难逢知己友，三年到与身心却。向深林、且听子规②啼，归去着。

进忠定了片刻，想道："我虽费了丈母麦价，家中尚有千金可偿，我妻子是个贤惠的，谅不怪我，不如回去罢。"一念乡心，收煞不住，只得勉强起来，贺了各处的节，饮了两三日春酒，挨过了初三，定要起身。陈氏苦留不住，送了他十两盘费。新年没长行③牲口，只得短盘到涿州再处。

别了姨娘，不日到了涿州。天晚了，客店俱满，直到路尽头一家，两间小店尚空，只得打发了牲口，去卸下行李安下。店中只得老夫妻两个。进忠是辛苦了的人，一觉睡去，到半夜时被狗叫惊醒了。听得房内有响动，猛睁开眼，见壁上透进亮来，即忙爬起来看时，见后壁上一个大洞，原来是篱笆被贼扒开。再看行李、衣服尽无，只丢下一件绵袄、一条被。忙敲起火来照时，裤子落在地下，只得拿起来穿了，坐待天明，心中好生气苦。丝毫盘费俱无，如何是好！便寻店家吵闹，要喊官。邻居皆来劝阻，有那解事的道："老兄，你看他这两个老朽，已是与鬼为邻的人，就送到官，也不能夹打他。万一逼出事来，反为不美。不如且住在他店里，叫他供给你，速去访到贼再处。"进忠也没奈何，只得住下来，好生愁闷。自出世以来，从没有受过这样苦，虽经过几场大难，却也没有吃着苦，这逐日的粗粝④之食，何曾吃过，

① 萧索——缺乏生机、哀败。
② 子规——即杜鹃。
③ 长行——走长途、去远方。
④ 粝（lì）——糙米。

那能下咽?

不觉过了十数日，酿出一场大病来，浑身发热，遍体酸疼，筋都缩起来难伸，日夜叫喊。有半个月，忽发出一身恶疮来，没得吃，只得把被当出钱来盘搅。过了几日，疮总破了，浓血淋漓。店家先还服侍他，后来见他这般光景，夫妻俩撇下屋来不知去向。进忠要口汤水也无人应，只得挨了起来，剩的几百文钱渐渐用完了。邻家有好善的便送些饭食与他，后来日久难继，未免学齐人的行境。幸的天气渐暖，衣服薄些还可挨得，只是疮臭难闻，邻家渐渐厌他臭味，虽讨也没得。一连饿了两日，只是睡在地下哼。有一老者道："你睡在这里也无用，谁送与你吃? 今日水陆寺里施食，不如到那里去，还可抢几个馍馍吃。"进忠哼着道："不认得。"老者道："进了南门，不远就是。"进忠饿不过，只得忍着疼挨起来，拄着竹子，一步步挨进城来。已到寺了，只见许多乞儿都在寺门前等哩。见门外已搭起高台，铺下供养。到黄昏时，众僧人上台行事。只见:

> 钟声杳霭，幡影飘摇。炉中焚百和名香，盘内贮诸般仙果。高持金杵诵真言，荐拔幽魂; 手执银瓶洒甘露，超升滞魄。观世音合掌慈恶，焦面鬼张牙凶恶。合堂功德，画阴司三途八难; 达殿庄严，列地狱六道四生。杨柳枝头分净水，莲花池里放明灯。

直至二更后，法事将完，众僧将米谷馒道斛尖等物，念着咒语乱抛下来，众花子齐抢。正是力大者为强，进忠也抢到几个馒头，挨不动，只得就在山门下睡了一夜。只听见同宿的花子相语道："明日泰山庙有女眷来游玩，我们赶趁去。"次日，进忠也挨着跟了来，见那泰山庙真盖得好。只见:

金门玉殿，碧瓦朱甍①。山河扶秀户，日月近雕梁。悬虾须织锦龙帘，列龟背朱红亮槅②。廊庑③下，磨砖花间缝；殿台边，墙壁捣椒泳。帐设黄罗，供案畔，列九卿四相；扇开丹凤，御榻前，摆玉女金童。堂堂庙貌肃威仪，赫赫神灵如在上。

进忠同众花子进庙，来到二门内，见一块平坦甬道，尽是磨砖铺的，人都挤满了。两边踢球、跌搏、说书、打拳的无数人，一簇簇各自玩耍。士女们往来不绝。烧香的、闲游的，鱼贯而入。众花子坐在前门，不敢进去，只等人出来，才扯住了要钱。有那好善的还肯施舍，那不行善的便乱骂。还有一等妇女，被缠不过，没奈何才舍几文。一日到晚，会要的讨六七十文。进忠一者为疮疼挤不过人，二则脸嫩不会苦求，止讨得二三十文，买几个馍馍并酒，仅够一日用。日以为常。

一日，来了个大户家的宅眷烧香，进忠扯住求化，只见内中一个老妪道："可怜他本不是个花子，他是外路客人，被贼偷了，又害了病，才得如此的。"众女眷都也可怜他，分外多与他些钱。众花子还来争抢，进忠只落了二百余文。原来这老妪，就是那开饭店的房主人，进忠记不得他，他却认得进忠。这进忠本是个挥洒惯了的人，就是此时也拿不住钱，二百多钱到手，一日也就完了。天晴时日日还有得讨，天阴就忍饿了。

在庙中混了有两个多月，不觉又是四月中。每年十八日，大户人家都有素食、银钱施舍三日，众花子便摩拳擦掌，指望吃三

① 甍（méng）——屋脊、房脊。
② 槅（gé）——房屋挡板、槅扇。
③ 庑（wǔ）——堂殿周边的廊屋。

经典书香·中国古典禁毁小说丛书

日饱。及到了十五日，大殿上便撞钟擂鼓，启建罗天大醮①道场。怎见得那道场齐整？但见：

凌虚高殿，福地真堂。巍巍壮若蕊珠宫，隐隐清如瑶岛界。幡幢日暖走龙蛇，箫管风微来凤鹭。传符咒水，天风吹下步虚声；礼头拜章，鸾背忽来环佩响。香烟拂拂，仙乐泠泠。碧借蟠桃，五老三星临法会；交梨火枣，木公金母降云车。写微忱，表白高宣；答丹诚，清词上奏。海福山龄，愿祝元君无量寿；时清物阜，祈求下土有长春。

午斋后，众信善整担的挑了米饭等进来，各家堆在一处，将上等的供给道士，也有鞋袜的，也有银钱的，也有布匹、手巾、扇子的不等。每人一份，俱有咸食汤饭馍馍。两廊下行脚的众僧道并各斋公，俱留斋并衬钱五十文。其次分散众乞丐，每人米饭一碗，馒头四个，咸食汤一碗，钱五文。起初还是挨次给散，后来众乞儿便来乱抢，斋公们恼了，都丢在地下，听他们乱抢。那有力的便抢几分去，无力者一分也无。进忠挤不上去，只抢了一个馒头。众人把白米饭抢撒得满地，都攒在西廊下吃。那抢得多的便扬扬得意，见进忠没得吃，反嘲骂他不长进。进忠忍着饿，望着他们吃。

众人正在喧嚷，只见从大殿上摇摇摆摆，走下个少年道士来，到西廊下过。那道士生得甚是清秀，只见他：

头戴星冠，身披鹤氅。头戴星冠金晃耀，身披鹤氅彩霞飘。脚踏云头履，腰束紧身绦。面如满月多聪俊，好似蓬莱仙客娇。

那道士法名元朗，俗家姓陈，年方二十，生得十分聪俊，

①　罗天大醮（jiào）——道教中为禳除灾祟而设的规模盛大的道场。

经典法事，件件皆精，乃道官心爱的首徒。其人平生极好施舍，他一头走一头看众花子抢食，及走到进忠面前，见他蹲着哼，没得吃，便问道："他们都吃，你为何不吃？"进忠道："我没有得，不能抢。"众花子道："他是个公子花子，大模大样的要人送与他吃哩！"又一个道："他是个秀才花子，妆斯文腔哩！"元朗将他上下看了一会，道："你随我来。"进忠慢慢撑起，挨着疼跟到他房门首来。元朗开了门，取出四个馒头、一碗素菜，又把一碗热茶与他，道："可够么？若不够，再与你些。"进忠道："多谢师父，够得很了。"元朗道："你吃完了再出去，不要被他们又抢了去。"又向袖中取出两包衬钱来与他，竟上殿去了。进忠吃那馒头素菜，与赏花子的迥不相同。进忠吃毕出来，仍旧蹲在廊上。

几日醮事完了，天气渐热，烧香的并游人都稀少了，又无处讨，众乞儿是走得的都去了，只剩他们这疲癃①残疾者，还睡在廊下，臭味难闻。道士求捕厅出示，着地方驱逐这起人动身。元朗便只叫进忠到后面一间空屋里睡，又把了条布裤子与他。天晴出去求乞，天阴便是元朗养他，这也是前生的缘法②。进忠求乞无已，他也并不厌他；若进忠不去，务必留东西与他吃。一日天阴，正值元朗外出，进忠来寻他，走到房门前，见门销了，便望外走，却却遇见老道士，喝道："什么人？来做什么的？"进忠道："寻陈师父的。"老道士道："胡说！你是来偷东西的。"进忠道："老爷，青天白日，何敢做贼？你看我这般形状，可是个做贼的。"老道士大怒道：

---

① 疲癃（lóng）——身体不好、衰弱多病。
② 缘法——人与人之间命中注定的遇合。

"你还胡说！"走上前一脚把进忠踢了，滚到阳沟里，老道士恨恨而去。正是：

才沾膏雨滋芳草，又遇严霜打落花。

毕竟不知进忠滚入沟内性命如何？且听下回分解。

第 十 八 回

河柳畔遇难成阉　山石边逢僧脱难

魏
阉
全
传

诗曰：

祸福之生不偶然，也须一着在机先。

只知悻悻全无畏，讵①意冥冥别有天。

祸事临身逢鬼蜮②，福星照命遇仙缘。

劝君不必多劳碌，轴负日高花影眠。

却说老道士把进忠踢下沟去，疮都跌破了，又沾了一身臭水，挣也挣不起来。却好元朗回来看见，问道："你怎么跌在此的？"进忠道："我来寻师父的，见锁了门，我便出来。遇见老师父，疑我做贼，把我踢倒在此，望师父搭救。"元朗便去叫了道人，扶他起来，取水来代他冲净身上，又把件旧布褂子与他换了，盛两碗饭与他吃，说道："你在后面歇歇再来。"老道士犹自不悦。元朗道："人生何处不行方便，济人之难，胜似修持，他一人能吃你多少？我看此人相貌，定非终于落拓③的。"老道士道："等他做了官，来报答你。"元朗笑道："我岂图报才周济他的？祖师经上不云：'发一怜悯心，周遍婆娑世界。'这人若病好了，愁他没碗饭吃么！"老道士平日最爱他，虽心中不快，却又

① 讵（jù）——反问。

② 鬼蜮——阴险害人的鬼怪。

③ 落拓——穷困，潦倒失意。

不好再说他，只得罢了。

　　进忠挨到后面，元朗又叫道人送个草席与他打铺，晚间自己送了三百文钱与他，说道："我明日要下乡收租，有十数日才回，这三百文把你盘搅。我已吩咐过道人，叫他每日送饭你吃。你不可再到我房里去，恐老师父恶你。我回来自然看顾你。"进忠道："多承师父厚恩，异日衔环结草①，补报万一罢！"元朗道："不要说这话，但愿你早早疮好罢了。"说毕而去。

　　初起道人还逐日送饭与他吃，后来老道士知道便禁止了。那三百文钱不几日用完了，依旧忍饿。此时正当五月，天气甚长，一日到晚饿得腹痛，挨到街上，人人掩鼻；到人家门首，非嚷即骂。进忠只得坐在地下，思想到："身上无一值钱之物，只有手上这颗珠子还值些钱。"那珠子自得病后恐人看见，常把泥土涂在上面，遂拿过来洗净，依旧光明夺目。睹物思人，不觉眼中流泪道："珠子呀！想你在佳人手里，常与玉体相偎，我魏进忠得月姐相爱，与他并肩迭股，粉香脂色，领略俱尽，与你一样。我如今流落尘埃，与你包在泥内总是一样，代你洗去泥，依旧光明，不知我可有个光明的日子！"一头想，一头哭，又舍不得当去，道："罢！就死我两个也在一处"。又转想道："我徒然饿死，这珠子终落他人之手，不如当了，或者将来还有取赎之日。"于是硬着心肠，挨了来寻当店。

　　走上大街，只见一座大门旁边有个当店，只得慢慢走进去。柜上人喝道："不到散钱的日子，来做什么？"进忠道："我不是讨钱的！"柜上道："不是讨钱是撞日朝子的。"进忠道："我来当

――――――――――

①　衔环结草——衔环，见《续齐谐记》黄雀报恩；结草，《左传》武子嬖妾之父结草报恩；后以此作为报恩之喻。

银子的。"柜上人笑道："拿来看！"进忠将珠子解下，放在柜上。那人见了，惊讶道："好东西！你做花子，怎得有这东西？必是偷的！"那一个人道："他本不是个花子，他是过路的客人，被贼偷了，后又害起病来，流落在此。前日当被就是他，这自然是他带着的。"又一人接去看道："必是偷来的，快赶他出去。"小厮们乱推乱打的赶了出来，也不还他珠子。进忠气得没法，路旁人闻之也不服。

忽听得人说道："站开些！公子来牙祭①了。"进忠候他下了轿，见是个青年秀士，向看门的道："为何容乞丐在门首？"进忠忙跪下道："小人是诉冤的，求公子救命！"公子道："为甚事？"进忠细细说了一遍，旁人皆道实有此事。公子便进来向柜上人要珠子看，柜上人不敢隐瞒，只得拿出递与。公子看了道："果然珠子好，叫他进来。"进忠入内跪下，公子道："起来。这珠子可是你的？"进忠道："正是。"公子道："你这珠子是哪里来的？"进忠道："小人也曾有千金资本，因连年失事，被困在此。这珠子是小人自幼手上带的，也是无奈才来当的。才柜上说我是偷来的。"公子道："就是偷的，我们也不应白拿下来。我想你不若卖与我，还可多得几两银子。"进忠不肯，公子道："你既不肯，就当十两银子与他罢。"进忠拿了银子，谢别公子，欢然出来。先去换些钱到酒饭铺内吃了一饱，思量算计，想不出个法来。忽想道："我本钱费尽，又染了一身疮，与乞儿一般，纵走遍天涯也无安身之处，不如还归家去，虽受丈母妻子的气，到底还有些田房，尽还可过活，只好忍些气回去。"为是一念，乡心又动，便

① 牙祭——吃好的。古人平日蔬食，若干日肉食一回叫牙祭。

去买了些布回庙中来。途遇元朗回来，问道："这布是那里的?"进忠一一告知。元朗道："既有家，自然回去为是。"进忠便把布送到成衣铺里，做了几件衣服，又买了头巾鞋袜。

谁知众花子都知他有了钱，便来拉他去吃酒。进忠的银钱都收在元朗处，遂说道："身上半文俱无，不好去得。"众乞儿道："我们请你，代你饯行的，不要你出钱。"进忠推脱不得，只得同去。吃了一日酒，回来置备，不数日收拾停妥，来辞元朗。元朗道："看你一貌堂堂，正在壮年，定有进步。你的银子我已代你都夹碎装在搭包内了。"又把件蓝布道袍、零用钱一千文与他，又吩咐道人备饭与他。

次早吃了，走到方丈，叩谢了老道士与元朗，又谢了道人，洒泪而别。背上行李，慢慢出城来，及到人家尽处，早有众乞儿在此伺候着他。他要从大路走，众人却拉他走小路，道："这条路近多哩！咱弟兄们有壶水酒代你饯行，管你到家得快。"进忠被众人拉得没法，只得同着走了一会。只见前面一道大河阻路，众人搀着进忠到柳荫下，将几罐子酒，荷叶包的菜拿出来，你一碗我一碗，把进忠灌得大醉睡倒。众人动手把他剥得赤条条的，抬起来向河心里一掠，大家分散了行囊，飞跑而去。

那水急如飞箭，一个回旋将进忠送到对面滩上。那滩上有两只狗在那里，忽见水里推上一个人来，那狗便走来，浑身闻了一会。那进忠是被烧酒醉了的人，又被水一逼，那阳物便直挺挺的竖起来。那狗不知是何物，跑上去一口，连肾囊都咬去了。进忠醉梦中害疼，一个翻身复滚下水去，一浪来打下去，竟淹得晕死过去了。正是：

可怜半世豪华客，竟作波中浪荡魂。

进忠被水淹死，一灵不冥，远岸而行，走到一个隘口，见有一条路亮，一条路黑，路上俱有男女行走，心中想道："从那条路去是好？"只得坐下，踌躇定主意。忽然听见喝道之声，正思躲避，只见那条黑暗路上，拥出一彪人马来。但见：

绣旗飘号带，黄伞卷征尘。长戈①大戟②灿秋霜，短剑利兵欺瑞雪。铜锣双响，浑如北海起苍龙；画角③齐吹，宛似南山来白虎。引军旗齐分八卦，压阵幡天按四方。玉印丹书，对对金童常捧定；黄旄白钺，纷纷天将任传宣。正如月孛④下云衢⑤，好似天蓬离斗府。

那人马仪从，一对对都从进忠面前过去。只见后面马上，端坐着一尊神道。看他怎生打扮？只见：

束发冠真珠嵌就，淡黄袍锦绣攒成。腰垂玉带衬黄鞓⑥，肩簇团花飞彩凤。正大面如满月，光芒眼露银星。名高东岳列仙卿，廉访使⑦九幽位正。

那神道驻了马，将鞭指定进忠道："此生者之魂，何以至此？"路旁走出一个老者，跪下禀道："魏进忠禄命未终，偶被群小所害，请大帝法旨定夺。"那神道问："他宅舍⑧如何？"老者道："宅舍未毁，已命河神守护，只阳道被伤。"那神道微笑道：

---

① 戈（gē）——我国古代主要兵器，青铜制，横刃。
② 戟（jǐ）——古代兵器。青铜制，戈矛合成一体。
③ 画角——古代管乐乐器，出于西羌，形如竹筒，本细末大。
④ 月孛（bó）——道教星命家所说的十一曜之一。
⑤ 衢（qú）——大路。
⑥ 鞓（tīng）——皮带。
⑦ 廉访使——古代官名。
⑧ 宅舍——本指房舍，道教中用来比喻身体。

"此亦天数使然，速领他回去。"那老者答应，站起，便引着进忠随在马后，如风似箭的，只见那些人马渐渐向半空里去了。老者领进忠走到一处，见一个人睡在地下。那老者连叫三声魏进忠，猛将他一推，进忠一个翻身醒来，看时，依然睡在河边。

定了一会，心中明白，只是身上一丝衣服俱无，只得慢慢挨起。见岸上有一所破庙，爬到庙中。觉得下身疼痛，伸手摸时，原来阳物不见了，到摸了一手鲜血，吃了一惊。坐在庙中思量道："莫不是做梦么？"想了一会，才悟道："是了，这是那几个花子谋我的钱财，灌醉了我，割去阳物要害我的命。我已死去，遇见神道，说我寿未终，送我还阳。但是这里四无人烟，衣食全无，如何是好？"且下部血流不止，这一会反疼起来，又无药止血。只见香炉内有香灰，只得抓起一把掩上。可是作怪，那香灰掩上，血就止了，疼也住了些。原来陈香灰可以止血定疼，却好暗合道妙。他就在庙内宿了一夜。

到天明时，便打算道："如今虽得了命，无衣无食，怎处？我想此地既有庙宇，左近自有人家，且挨了去觅些饭食充饥，但是身无寸丝，怎好见人？"忽抬头，见神前有顶旧布幔子，便扯下半边来围了下部。又扳下一条栏杆来拄着走，不论高低，只拣有人迹之处行。走了半日，总不见有人家，渐渐走入山里来。腹中饥饿难行，两脚又疼，血又流了，两腿走不动了，只得坐在一块大石上。想道"终不是法，还挨起去觅食要紧。"刚爬起来要走，远远望见有个人来了。进忠道："好了，有命了。"慢慢迎将上去。渐渐走近，看时，原来是个和尚，只见那僧家：

> 山里老僧真异样，身长腹大精神壮。
>
> 面如锅底貌狰狞，耳挂铜环光晃亮。

体裁柿叶作禅衣，手挽香藤为拄杖。

好如六祖下天堂，喇嘛①独现西番像。

那僧人走到面前，进忠忙跪下道："师父救命！"那老僧道："这山里四无人烟，且多狼虎，你缘何一人至此？"进忠道："小人是被难落水，逃得性命，不知路径，乱走至此，望师父救命。"老僧道："此是深山，离人境甚远，你须到有人家的去处才有抄化②。"进忠道："不识路径，已三日不食了，望师父指引。"那老僧定睛想了一会，道："你可走得动？若走得动时，随我到庵里去，方有饮食。"进忠道："愿随师父去。"那老僧前走，进忠跟着走。那老僧走得甚快，进忠赶他不上，叫道："师父等等我！"老僧道："你将棍子丢了，我这杖与你拄着走。"进忠接过来，拄了走时，只觉身轻体健，可是作怪，与老僧一样快。同进山口，真个好山，但只见：

青山迭翠，碧岫笼云。两崖分虎踞龙蟠，四面有猿啼鹤唳。朝见日升山顶，暮看月挂林梢。流水潺湲③，洞内声声鸣玉佩；飞泉激湍，洞中隐隐奏瑶琴。若非道侣修真地，定有高僧习静庐。

老僧引着进忠，上了几层高崖，经过许多林壑，总是巅崖峭壁，苍翠玲珑，观玩不尽，却也不觉疲倦。又走上一条高岭，远远望见两株大松。老僧指着道："那松下便是庵了。"下岭又走了半会，才到那松下，果然好株大松。但见那松：

_____

① 喇嘛——藏语，意为"上师"。对喇嘛教僧侣的尊称。

② 抄化——用钵向人乞缘食物，是云游僧的一种修行。

③ 潺湲（chán yuán）——水缓缓流动。（《楚辞·九歌·湘夫人》）。

渾如伞盖，偃若龙蟠。峻. 老干嵯岈①，屈曲虬枝突干。久经伏腊，铜皮溜雨四十围；历尽风霜，黛色参天二百尺。顶接云霞来白鹤，根盘岩谷戏玄猴。大用可堪梁栋器，高标不屑大夫封。

又有诗道他的好处道：

枝作蟠虬干作龙，月华扶上最高峰。

曾于太岳朝元见，不计先秦第几封②。

那松树亭亭直上，足有数十丈高，影罩十数亩地。树下一个天然白石池，碧沉沉的一池清水，满池边芝兰掩映，菊竹可观。不见有甚房屋。老僧又引他转过湾来，只见靠山崖上有两间棕篷，四围以竹笆为墙，也无窗。老僧推开门进来，放下挂杖，叫进忠入内，取了个草墩儿与他坐下，向火盆内抓起两个芋头来，有茶杯口大，拣了个大的，递与进忠道："权且充饥。"自食一小的。进忠正是饥不择食，接来几口就吃完了，觉得香美异常。老僧笑道："真个饿了。"又将手内剩的半个也递与他。进忠又吃了，觉得也有半饱。老僧也不问他来历姓名，竟自垂头打坐。正是：

万松顶上一茅屋，老僧半间云半间。

云到三更去行雨，回头却羡老僧闲。

老僧出定后，起身拾了些松枝，将磁罐子拿到池边，舀些水煮些山药、黄精③之类，各吃了两碗，就安歇了。

次日依然如此，并无米粮，渴则煎柏叶为茶。进忠虽不得大

①　嵯岈（cuó yá）——山高峻。
②　先秦第几封——"秦始皇泰山封神树为侯"的典故。
③　黄精——百合科，多年生草本植物。可入药，能补气润肺。

饱，却也免于饥。过了几日，老僧道："我绝粒①已久，恐你这山粮吃不惯，我下山去化些米粮来你吃。这里还有三四日山粮在此，你可自己煮食。"又取出件布衫与他穿。他便背上棕围，携杖出门，吩咐道："夜间不可出来，山上狼虎多。"说毕，行走如飞而去。看看天晚，只见月明如昼，不知今夕何夕。看月轮时，已是上弦时候，依着老僧之言，不敢出去，把蒲团拦好门去睡。

连日天气晴暖，日间到树下闲步，见池边菊花大放，叹道："我是七月初离涿州的，如今菊花到大放了，想已是九月了。"正是：

> 山中无历日，寒尽不知年。

且喜天气晴暖，坐在池边，濯足一回，欲下去洗澡，又不知水有多深。忽脚下踹着块石头，便知水浅，缓缓将身子探下去，坐在石上洗了半日，觉得浑身爽快，浓血俱尽。到晚来，月光掩映，那松影罩在池内，犹如万条虬龙相戏一样，忍不住走到池边玩月。忽听得树下"嗖嗖"的响，回头看时，只见两个东西从树上下来，见人，便攒入树下去了。进忠只道是松鼠，也不在心，只待月色转西，方进屋去睡。

到次晚，见月光已圆，又走到树边看月，又听得响，他便躲在树后黑处偷看。只见两个小狗儿从树根下出来，爬上树去。少顷又爬下来，到池中洗浴，翻波濯浪的戏了一会，方上来蹲在树边看月。进忠也不惊动他，等到月色沉西，才见他钻入树下。进忠想道："这里又无人家，何得有狗？想是狐兔之类，在这树下为穴，也未可知。我已久不吃血食了，怎么弄住他，到可得一

---

① 绝粒——不吃食物，是道家的一种修炼方法。

饱。"回来睡下，思量了半夜，没法儿取他。早起起来，便到树下来寻，只见正东上一条树根，拱在土上，根旁有个小孔，只有鼠穴大。又看了他出入的脚迹，回来想了一会道："有了。"遂将身上围的布解下来，见壁上有现成补衲衣的针线，拿来缝起个口袋，又做上一条口绳，将屋上败棕取下些来，长长的搓了条绳，弄好。

到晚间，将口袋放在树边洞口，用软枝子虚虚撑起，将口绳一头扣死在树根上，一头远远的带在手里，取两块鹅卵石在手，闪在树后。等到交亥子之时，那东西依然出来，竟到池边去戏水。进忠将口袋移在洞上。待他洗毕，正蹲在树下望月，进忠将石子掠去，一声吆喝，那两个东西忙来奔洞。觉得布袋撞动，进忠将手中绳子一收，忙来看时，只见一个在内乱跳，便将绳子解下，将口袋提回，还听得呦呦①有声。又无灯火，只得将绳子扎住口，挂在壁上。睡过一觉醒来，不见声响，忙起摸时，却还在内，只是不动了。到天明时，解开一看，原来是条金丝哈巴狗儿，细毛红眼，直挺挺的硬了皮色，就如树皮一样。又无刀割，只得敲块尖石，割开来并无血，雪白的就如山药。进忠惊疑道："这是个什么东西？不知可好吃？且留他，待师父回来看是何物。"仍旧挂在壁上。

又过了两日，也不见回来，山粮已尽，进忠饿了，想道："不若煮他充饥，不知可好吃？"便拿磁罐子到池边舀了些水，放他在内。谁知罐子小，放不下去，只得换了个瓦盆子。取三块石头支起，拾些松枝松皮烧起来。煮了半日，才软了，取起将皮剥

----

① 呦呦（yōu）——象声词，悠长的声音。

去，闻见异样清香。又换了水煮，直煮到晚，才极烂的，尽量吃了一饱，香甜无比。又煎了些柏叶茶吃了睡下。

到半夜时，浑身作痒。到五更时，出了一身臭汗，身体生粘，过不得。等到天明起来，把瓦盆煎起水来，浑身一洗，才觉快活。到日中时，疮总结了疤了，腹中足饱了三四日，也不饿，也不渴。疮疤都落尽了，一身皮肉都变得雪白的，比前更鲜润些，连自己也惊讶不解。身体壮健更甚于前，自去寻些黄精、山药来吃。

又过了两日，老僧才背了米回来。见了进忠，问道："你的疮怎么好得恁快？这几日吃什么的？"进忠道："自己寻些山粮充饥。"老僧道："我原说三四日即回，因你的疮，去寻些药草，故尔来迟，不意你疮已好了，究竟你吃了什么东西才得好的？"进忠不敢隐瞒，只得将前事说了一遍。老僧跌脚叹道："罢了！可惜！可惜！我守了它三十余年，不意为你所有，可惜大材小用了！"进忠道："师父，那是个什么东西？"老僧也不回答，只是叹惜不已。正是：

菊实有缘餐幼女，石膏无分食嵇康。

毕竟老僧嗟叹可惜者为何？且听下回分解。

第 十 九 回

入灵崖魏进忠采药　决富贵白太始谈星

诗曰：

> 孤身落落走风尘，欲拟飞腾未有因。
>
> 篮有丹丸堪疗病，囊无黄白怎医贫。
>
> 一时物色成知己，八字分明识异人。
>
> 云汉泳涂同一瞬，劝君不必强劳神。

话说老僧因进忠吃了贮影，嗟叹可惜不已。进忠不知何故，问之再三，老僧才说道："凡松脂入地百年名为茯苓①，千年变成琥珀，三千年则赋性成形，出神游戏，名曰贮影。此物就是贮影。他感山川秀气，日月精华，乃仙药之上品。人得之，依方炼服，可与天地同寿。此柏乃黄帝时物，至今将及万年，日则红光贯天，夜则白虹入月，下有此灵胎故也。我结庵于此已三十余年，止见过二次，要等各色药料采全，设法取之，以此物为君，精虔制造，服之便可遐举飞升②，出无入有。不意为你所得，亦是我数不当得，只是可惜小用了，只祛了一身之病，若能绝粒服气，也能后天而老。《本草》云：'松脂愈癞'。正你之为也。"进忠道："只取了一个，还有一个哩，师父何不取之？"老僧道：

---

① 茯苓——寄生于松根的菌类植物，可利尿镇静。

② 遐举飞升——指得道成仙。

"此物乃天地之元精，神仙之至宝，安能尽取？一之已甚，岂可再乎？"进忠道："承师父救度，又遇仙药愈体，愿拜在师父门下，跟随师父修行。"老僧道："你尘缘未尽，杀性未除，六欲扰贼，安能修证大道？"进忠道："弟子阳物已无，那里再有欲事？"老僧道："害道岂尽在女色，凡有一念之邪，一事之贼，皆是欲。你可速回人世，以了俗缘，只是得志之时，少戒杀性，就是无量功德了。"进忠跪下道："蒙师父救命，衔结难报。但此去资生无策，且又不成人道，还望师父收留。"老僧道："此乃天数，非人力所致。你在此久留不得，我有一枝药赠你，回去少济目前。你从今厄运已去，后福将来。这一枝药可治虚怯之症，不论男女五劳七伤虚损劳症，皆可治之。这一枝膏子药，专治妇女七情六欲、忧愁郁结，并尼僧、寡妇独阴无阳之症。这一枝草药，治一切跌打损伤并毒蛇虎狼咬伤，酒调一服即效。膏药与丸药俱有，只这草药用完了，你须自采些去。"将前二药俱用绢袋盛着，各装一袋，又把了个药篮与他。同他走到前山，照样采几颗与他看道："此路望南去，一路俱有，不拘多少，采毕到前面那个高岭上，有一池清水，可将此草到那池里洗净，揉去汁水，阴干为末，酒下三钱，即愈骨损折者，三服即接完矣。但那池内有龙，须先拜祷，方可洗药，切不可触犯，要紧！你自去取，我在庵里等你。"

进忠独自采来，一路上观看山景，真是万壑争流，千岩竞秀，云物周遭，溪山入画，走一回叹羡一番。采得篮中已满，上高岭一望，又别是一番境界了。只见：

半空苍翠拥芙蓉，天地风光迥不同。

十里青松栖白鹤，一池清水泛春红。

疏烟闲鸟浮云外，玉殿琼楼罨画①中。

谁道神仙不可接，赤城霞起此间通。

那岭上果有一池，无多大，清澄彻底。进忠双手掬起水饮了两口，将药俱洗净了，揉去汁水，放在篮内，又濯了一会足，起身四下观看了一会，竟忘了老僧之言，未曾祝告龙神。遂走到崖畔，见有一座石洞，都是碧绿的石头，上面石乳滴下，垂有一二尺长，就如玉笋一般。正中一尊观音像，进忠想道："这高岭上四无人烟，为何也琢一尊神像在此？"再近前看时，原来不是雕琢的，就是那石乳滴成的，眉目衣服，俨若雕成，善才、龙女、净瓶、鹦鹉，件件皆精。进忠道："正是天巧胜人工。"正打点回去，才走到池边，只见池内一缕烟起，渐渐升起，初如一条白带，次后如匹练悬空，顷刻间遍满山头。一阵大雨，鞭雷掣电齐来。只见：

云生四野，雾涨八方。摇天撼地起狂风，倒海翻江飞急雨。雷公忿怒，倒骑火兽逞神威；电母生嗔，乱掣金蛇施法力。大树连根拔起，深波彻底翻乾②。若非灌口斩蛟龙，定是泗州降水母。

那雷轰轰烈烈，竟似赶着打来，进忠吓得慌忙躲到观音像后。只听得雷声专在洞门外响，连山都震动了，进忠只是叫："菩萨救命！"雷雨下了有两个时辰，渐渐雷声高起；过了一会，雨散雷收。那岭太高，上面水如倾崖倒闸一样。又过了一会，日色才出，进忠才走出洞外，忽猛省道："是了，忘却老僧之言，定是龙王震怒。"复来池边拜祷道："弟子魏进忠，愚蒙小人，触

---

①　罨画（yǎn）——色彩鲜明的绘画。

②　翻乾——翻天。

犯尊神，望恕弟子无知之罪。"又到观音面前叩谢了。正要回去，抬头看时，山间云雾遮满，不见来时路径，想是云还未尽。

坐了一会儿，又起来望时，只见重山叠叠，一些路也没有。四下寻路，止有东南上有条小路，却又险峻，只得扳藤负葛，一步步往下爬。挨到东岭，遇见一处，两山接榫，不得过去。那接榫处却只有三尺多宽，壁立而下，深有万丈，底下水流如箭。论平日也还跳得过去，因是爬了半日山路，脚软了，又见下面极深，心中又怕，两脚抖颤，莫想站得起来，坐在山崖上喘了一会儿气。

看看日已西去，正在着忙，只听得远远有人言语，又等了一会，见对山上一个人走来，口里唱着歌儿道：

　　破衲①穿云挂薜萝②，独耽生计在山阿。

　　世情险处如棋局，懒向时人说烂柯③。

只见那人头戴遮阳箬笠④，肩挑绳担，腰插板斧，原来是个樵夫。进忠道："行路的哥，救我一救。"那樵夫叫道："你从哪里来的，在这里坐着？这涧没多阔，跳过来罢。"进忠道："爬了山路的，脚软了，跳不得。"那樵夫将肩上扁担拿下，担在上面，按住一头，拉着他手，才跳过来。那樵夫收过扁担，进忠与他唱个喏。樵夫道："你从哪里来的。"进忠道："岭上下来的？"樵夫道："这岭壁万仞，从未曾见人上去，你怎么从上面下来的？"进

---

① 破衲——破旧的僧衣。

② 薜萝——两种草名，薜即薜荔；萝即女萝。

③ 烂柯——晋人王质上山砍柴时遇人下棋，便在一边旁观，待预回家时，发现斧柄已腐烂，时间已过百年。后比喻岁月流逝，世事变迁。

④ 箬（ruò）笠——箬竹篾或叶子编成的帽子，可遮阳挡雨。

忠道："我是采药的，从前面山上误走过这岭上，因雷雨迷失了路，故从岭上爬下来了。"樵夫道："闻得上面有龙王，你可曾见么？"进忠道："没得见，只见一池清水。"樵夫道："你这往哪里去？"进忠道："我也不知路径，只是有人家的去处，便好借宿。敢问哥，这是什么地方？"樵夫道："这岭下是居庸关，此岭唤做摩天岭，离关二十里，向东去也是个隘口。本该邀到寒舍宿，奈我又入山深了，你便依着这条小路走去四五里，就有村落了。莫走大路，恐遇游兵盘诘①。"进忠作揖，相谢而别。果然走不上三五里，山下露出几个人家来。只见：

望里云光入暮天，柴扉几处结炊烟。

昏鸦点点栖林杪②，小犬狺狺吠短檐。

进忠走近人家，见一老者在门前轧草喂马，遂上前与那老者见礼道："我是过路的，欲借府上一宿。"老者道："这是紧要的口子，要盘查奸细的，你从何处来的？"进忠道："我是个为客的，因在路上被小军们抢去行李，望老爹暂借一宿，明早便行。"老者道："拿文凭来看才能留宿哩。"进忠道："文凭在褡裢内，俱被抢去了。"老者道："没文凭不留，恐是奸细。"又见一少年人，捧了一盘热豆出来喂马，问道："这人做什么的？"老者道："他要借宿哩，因没文凭，不敢留。"那人道："也不妨，此人不像个奸细，留他住一宿罢。"遂邀进屋内，见礼坐下。天晚时取出面饭来同吃。进忠已半年多不见谷食了，吃罢就与少年同宿了。

睡至二更时，只闻隔壁有呻吟痛楚之声，进忠问那少年的

---

① 盘诘（jié）——查问。

② 杪（miǎo）——树梢。

道："什么人叫唤？"那人道："是俺哥，昨日走塘报，被虎咬了腿，故此叫唤。"进忠道："腿可曾折？"那人道："没有，只咬去一块肉，如今肿有小桶子粗。"进忠道："这不难，我带有仙药在此，吃了就止疼，只是要酒调服哩。"那人道："酒倒没有哩。"老者在间壁听见，说道："你起来，东边儿王家今日请客，该有剩的，你去讨讨看。"那人便起来，去了一会儿，回来道："酒有了，却没多。"进忠道："半碗也够了。"妈妈儿起来打火上灯，进忠也起来，将草药末了捻了一撮，放在酒内，入砂锅中煎了几滚，与他吃下，叫他盖暖了睡。各人复又睡下。

至天明，那老者起来，走过来谢道："多承老哥好灵药！"进忠道："好些么？"妈妈儿道："吃下不多时，就不疼了；五更时，出了有一盆黄水，肿也消了，腿也伸缩得了。有缘得遇恩人。"谢了又谢。进忠也暗自称奇。一家儿奉之为神仙，杀鸡为黍①款待他，又向他讨了些药。进忠道："此药不独治此，凡一应跌打损伤，也只一服见效。"那老者道："骨头折了，可医得好？"进忠道："就是碎了，也能医。"老者道："如今俺们总府大人的公子，因跑马跌折了腿，有半个月了，老哥若能医，等俺去报知，荐你去医。"进忠道："好极！你去报知，若有谢礼，我分些与你。"老者道："我没谢得你，还敢望分你的钱么！"忙叫儿子备马，先到守备衙门报知。守备上关来禀报过，即差兵丁拿马来接进忠。接到衙门见过礼，问了一回，见进忠衣裳褴褛②，即着人取衣巾鞋袜与他换了。总府里差了四个家丁来接，进忠上了马，不一时到了关下，真个是峭壁悬崖，玉关金斗。有诗为证：

①　黍（shǔ）——黍米，即黄米，比小米大。可酿酒。
②　褴褛（lán lǚ）——指衣服破烂。

龙盘天险峻高楼，雉堞①连云接上游。

金壁万重严虎豹，牙旗百里拥貔貅②。

地连幽蓟吞沧海，势压山河捧帝州。

功业好期班定远，欲携书剑觅封侯。

　　进忠来到关下，家丁将令箭吊上去。少顷，放炮吹打，吆喝开关。守关官坐下，两边将弁③俱是戎装，刀枪密匝④，把守得铁桶相似。进了关，家丁引进忠与守关官儿见了礼。过了关，复上马，至总镇府，先与中军相见。传鼓开门，中军陪着至后堂，那总兵才出来接见。礼毕坐下，问道：“先生贵处？尊姓大名？”进忠道：“小人姓魏，贱字西山，肃宁人氏，家传医业。因出关采药，中途为游虏劫去行囊文凭。昨至关下借宿，闻得贵公子有恙，故此进谒。”总兵道：“小儿因走马，跌伤右腿，今已半月，尚未痊可。今早关下守备来回说，先生仙药可治，故尔奉屈。倘得痊愈，自当重谢。”

　　门子捧茶来吃了。进忠道：“请公子一看。”总兵遂邀至卧房。见公子卧床叫唤，进忠走到床前，揭开被，见右腿用板夹住，将手略按一按，便叫唤不已。进忠道：“可曾服药？”总兵道：“服过。据医人说，接骨须过百日才得好，只是先止了疼方好。”进忠道：“若等一百日，人岂不疼坏了么！”总兵道：“正为此。”进忠道：“不妨。我这药，一服便定痛，三服即可见效。”

---

①　雉堞（zhì dié）——城墙上修筑的矮而短的墙，守城者可借以掩护自己。

②　貔貅（pí xiū）——古兽名，比喻骁勇的部队。

③　将弁（biàn）——武官的别称。

④　密匝（zā）——稠密。

床后女眷们听见，十分欢喜，送出十两银子来开包，讲明医好时谢仪一百两。进忠道："取暖酒来。"丫环随即烫了酒来，进忠将草药取出三钱来，调与公子吃了，道："盖暖了，睡一觉就定疼了。"女眷在床后道："到有半个月没有睡了。"进忠道："不妨，包管一会儿便不疼。"总兵邀进忠到书房内吃了饭。总兵自去料理公事，进忠独坐。

过了半日，只见总兵走来拱手道："多蒙先生妙剂，服过一刻就睡了，才醒来，说竟不疼了，果是神速。"不觉十分钦敬。进忠口中谦逊，心中却暗自称奇。晚间又服了三钱。次早进来看，公子道："深蒙先生妙药。跌伤后半月中，上半截痛不可言，下半部就不知浑木了；自昨日服药后，下部方知冷暖，夜间骨里觉得微痒，隐隐的响声，如今也伸缩得了。"进忠道："不要扭动，恐劳伤了筋骨"。又调一服与他吃。

到书房来，正闲话间，只见家丁来报道："白相公要见。"总兵道："请！"不多时引进一个秀士来，总兵降阶迎入，各各见礼坐下。那人头戴方巾，身穿潞绸道袍，脚下绒袜毡鞋，生得面麻口阔，乱发虬须。那人问道："此位尊姓?"总兵道："魏先生，为小儿医病的。妙药三服，已愈了大半。"进忠亦请教，总兵道："江右星家白太始先生。"太始道："连日因公子有恙，未曾来进谒。今日竭诚奉候，吉人天相，必定痊愈的。"总兵道："连日未聆大教。"太始向袖中取出两本《流年》来，道："贵造已看来，令郎不过暂来灾晦，目下流土星进宫就平复了。"总兵道："请教太始一一细讲！"只见他讲一会，便起身到门外吐两口，进来又讲，不一时如是者四五次，一本《流年》说未完，就吐有十多口。进忠见他唇下有血渍，便道："先生唇下有血痕，何也？为何频起作吐？"太始道："学生素有贱恙，话说多了，就要吐几口血。"进忠道："男子血贵如金，岂可频出？这是劳伤肺气所致，何以不医？"太始道："也曾医过多回，未能痊可。医家叫我寡言，小弟业在其中，何能少言？故尔难愈。"进忠道："弟到有药可治，只须三服，便可永不再发。"总兵道："魏先生妙剂，不消多服，定是神速的。"进忠便向囊中取出七粒丸药来，用白汤与他吃下。总兵道："且收下，迟日再请教。"吩咐拿酒。家人摆上酒来，三人饮至更深，就留太始与进忠同宿。

次早，进忠又进内看公子，将夹板解去，已接完骨头，伸缩自如，并无痕迹了。总兵大喜。公子就要起来行动，进忠道："缓些，骨虽接完，血气未充，恐又劳伤了，须到三七后方可行动，再用参补养之剂以济之。"回到书房内，太始又取出《流年》来谈，果然一些已不吐了。讲毕，进忠又与他一服，三日连进三服，果然全好了，面上也渐有血色，不似起初黄瘦了。

太始十分感谢道："客邸无以为谢，奈何！"进忠道："何必云谢，贱造拜求一拐足矣！"说了八字，排下运限，饰了五星，看了一会，忽拍案叫道："大奇！大奇！"进忠道："请教有何奇处？"太始道："小弟阅人多矣，从未有如尊造者，乃极富极贵之格。"进忠道："多蒙过奖，务求直教。"太始道："小弟虽是业此，却从不会面奉，蹈江湖的恶俗。尊造乃戊辰年、丙辰月、己巳日、庚午时，一派辰中禄马。入巳为天元，入丙为煞，月令带煞了。己巳日主生出年上戊土来，乃是正印。时上庚金，坐着天罡，又是地煞。子平云：'煞不离印，印不离煞，煞印相生，功名显达。'又云：'有官无印虚劳碌，有煞无官也落空。'月上丙火，透出官星。《经》云：'财为养命之源。'八字初排，须寻财地，我克者为财。辰中两点癸水，露出太旺。财官煞印俱要得令。辰、巳、午谓之三辰顺序，火土相生，大是得令。《经》云：'未看元辰，先寻大运。'贵造十岁逆运，十岁丙寅，二十乙丑，三十甲子，四十癸亥，五十壬戌。如今已交甲子，少年气运总不如，一事无成。这甲字五年亏你过，乃虎落深阱、凤下荒坡之厄。如今渐渐好了，日渐亨通，只待一交癸亥，富贵齐来。五十岁交了壬戌，就贵不可言，位极人臣，权倾天下。再查五星看命：正丑宫玉堂临照，火罗居于福德，大有威权。日升殿驾，迎天尺五，月照昆仑，常随玉辇；太阳朗照，水辅阳光；福禄随身，功名盖世。魁罡得令，生杀常操五星。子平合论极富极贵之命。但还有些小不足的事。子平云：'七煞无制，子息艰难。'月令带煞，少年克父。宫中木星犯主，鸿雁萧条。太阴星独照奔妾宫，妻子也不和合。留心花柳，刑伤太重，六亲无靠，虽然富贵，终是孤鸾①。功名富贵皆不从科甲第中来，文昌俱不入垣，却有平步登仙之兆。只是杀星太重，他日杀害的人却也不少，慎之！慎之！目下还有百日小灾，却无大害，过此无碍，皆坦途矣。有诗留验。"写了四句诗在上道：

　　　三十年来运未通，失身沱土恨飘蓬。

　　　一朝点出飞腾路，指日扶摇上九重②。

　　过了几日，公子起床作谢，总兵治酒酬谢，谢了进忠百金，并彩缎铺盖行李。

　　次日收拾拜辞。白太始也辞了，要往大同去，总兵也送了盘费。太始道："魏兄要往何处去？"进忠道："弟无定处，意欲随

────────────

① 孤鸾——单身的意思。

② 九重——传说天有九重，此处指极高处。

兄也到大同一游，久闻大同风景甚好，欲去游览。"太始道："不可！你新运将通，何可浪游失了机会？须去速寻进步。"进忠道："不瞒兄说，小弟已净了身，是个废人，到哪里去求功名？"太始道："事非偶然，昨我看你贵造，功名富贵，原说皆不从正途上来。诸星却皆朝主，渐有日近龙颜之分。兄到京师去，即寻内相①进身，方得显贵。我京中却有个相知，姓殷，此人虽是个秀才，却也富堪敌国，平生以侠气自许。他专一结交官宦，皇亲、国戚无一不与他交好。凡有人投他，他都极力扶持周济。他宠君②素有吐血之症，弟写封书子荐兄去，并托他荐兄到内相里去，甚快捷方式。"随即写了书子与进忠。二人俱辞别了总兵，总兵又各送长马一匹，二人上路。

不说白太始往大同。只说进忠上路，非止一日，来到京师。前门上寻了寓所，卸下行李，来到棋盘街，见衣冠人物，还是旧时光景。访问殷秀才的住处，人说在城隍庙前，径奔西来。打从殷太监门首过，见李永贞家门闭着。意欲去看看他，忽想道："前此为恶妇所逐，我今番又不如前了，看他做甚。"直至庙前来问，人说左边门楼便是。

进忠走进门，见一个人出来，进忠拱拱手道："殷爷在家么？"那人道："家爷不在家，爷有甚见教？"进忠道："我自边上来，有书子要面交你爷的。"那小厮道："家爷到西山听讲去了，请坐献茶，爷有书子留下来罢。"进忠道："你爷几时回来？"小厮道："今日就回的。爷上姓？寓在哪里？"进忠道："我姓魏，明早再来罢。"才走出门来，小厮便道："魏爷请住，那里是家爷

---

① 内相——即太监。
② 宠君——指妻子。

回来了。"只见西路上来了有四五骑马,来到门前,中间是一个青年秀士。下了马,小厮上前回道:"这位魏爷有书子要面交哩!"殷秀才遂拱手躬身,邀进忠到厅上,见礼坐下。只见那殷秀才生得:

　　长须白面意谦虚,仗义疏财大丈夫。

　　爱客声名欺郭解①,居家豪富数陶朱②。

　　殷秀才同进忠坐下。进忠取出书子来递上,殷增光看了道:"原来白太始会见先生的。他原说秋间来京,今又往大同去了。"进忠道:"太始兄多叫致意。"增光道:"岂敢!先生神医国手,今日幸会。"茶毕,便去摆饭,问道:"先生行李在何处?我着人去取来。"

　　进忠道:"识荆之初,怎好便来相扰?"增光道:"既蒙下顾,即是知心,何拘形迹。"酒饭相待。家人取了行李来,收拾两间小楼与他宿,拨了个短童伺候。

　　次日,殷增光将他小娘子的病症一一说了,进忠道:"此产后失调,劳伤血气所致,只须丸药数服即愈。"四五日间,病已全愈,增光十分欢喜。殷家逐日暄阗,各官宦出京入京的都来拜他,送礼的、下书的络绎不绝,门下食客一日也有数十人,终日不得闲。

　　一日,吩咐家人预备精致素斋果品,到西山供养。进忠道:"久慕西山好景,未得一观,不知可好同游?"增光道:"达观禅师久在西山六一泉习静,近因定国公太夫人寿诞,启建大醮,明日供养一餐小食。魏兄有兴同往,随喜一宿。"晚景已过。次日

---

　　① 郭解——西汉人,以好客"任侠"闻名。

　　② 陶朱——范蠡助勾践灭吴后从事经营,巨富,人称陶朱公。

同上马，到西山来，一路上看不尽峰峦迭翠，蓝水飞琼。到了庵前下马，主僧出来迎接，邀至方丈坐下。茶毕，增光问童子道："老师曾放餐否？"答道："老师入定未回，已知殷爷有斋，吩咐下先供佛，供后即斋，大众不必等候。"众人铺下斋供，敲动云板放参，各僧众一一坐下，放餐毕，将午时，童子来说道："老师下榻了，请殷爷相见。"增光遂净手，同进忠到方丈来，持香到禅座前插在炉内，拜三匝。进忠偷眼看那禅师，果然仙姿佛像，不比寻常。这正是：

> 身似菩提树，心如明镜光。
>
> 此中无一物，朗朗照秋江。

增光拜过，进忠也俯伏稽首。达观道："此位何人？"增光道："山东名医，友人所荐到此，特来参谒。"达观道："大非好相识。"又对增光道："一向久扰檀越①，刻将业障②到了，快些收拾回去。"增光道："大师与天地合德，有何业障？"达观道："业障深重，不能解脱，大家好自收拾归去。"增光再要问时，达观又闭目垂头，入定去了。正是：

> 心生种种魔生，心灭种种魔灭。

毕竟不知有何业障？应在何处、何人？且听下回分解。

---

① 檀越——佛教用语，即施主。

② 业障——佛教指防碍修行的罪恶，此处指灾难。

第 二 十 回

达观师兵解释厄　魏进忠应选入宫

诗曰：

堪叹人生似落花，随风飘泊向天涯。

蜂须逐片过篱落，燕嘴持香拂绛纱。

争胜争强皆败局，图王图伯总抟沙①。

试将佛眼摩挲②看，若个回头认故家。

话说万历年间，皇上圣慈，太子仁孝，宫闱③和洽，万国熙恬④。不意有一等不安分的人，妄生事端，以图非望，密探宫闱之事，造成毁谤之书，名之曰《忧厄竑⑤议》，专用那不明不白的私语砌凑成书。就是皇上枕席间的蜜语，也都载在上面，大都如汉梁王、晋贾后的故事，意欲蒙蔽圣听，摇撼东宫。不知用何术，一时间六宫内苑并在京文武大小各衙门，俱散一本，内外俱遍。神宗见了，天威震怒，即刻发出旨来，着锦衣卫即速缉获妖人。

其中又有一等奸党，谋欲嫁祸于东林诸贤，如侍郎顾宪成、

---

① 抟（tuán）沙——用手聚合沙子。意为放手后不能成形。指功名利禄视为虚幻。

② 摩挲（suō）——用手抚摩。

③ 宫闱——皇帝居住的内宫。

④ 熙恬——天下太平，人民生活快乐。

⑤ 竑（hóng）——广大。

吏部于玉立、顺天府学教授刘永澄等二十余人，皆坐名排陷，拿赴法司刑讯。家眷都着人看守。次相沈龙江不能解救，是夜忧疑不决，不能安寝，只在廊下两头走来走去，总无策可救。忽听后面喧哗，心中疑惑。不唤家人，止着使女提灯同到后面堂屋内。再细听时，却是后边空院内留的鹅鸭声喧，便叫女使开了门来看，并无人。亲自提灯照时，只见墙脚下堆着许多板片。取起块看时，就是那妖书的印板。心中大骇，也不言，着忙叫女使唤起众丫头、养娘来，齐把些板都搬到厨下，命众人仍旧去睡。他亲同夫人到厨下，一块块都劈得粉碎，架起火来尽皆烧毁，把灰俱抛在井中。关好门回来，忧疑不宁，坐以待旦。家人等总不知道。

将至天明，忽听得外面嘈嚷，拥进了许多人来，乃是东厂殷太监领着人来搜板的。翻箱倒笼，掘地通沟，只有相公并夫人身上不好搜，其余侍妾、家姬、男妇等，皆遍身搜过，并无影响才去。这正是天佑正人，故此预先知觉，不然若搜出板来，怎免得杀身灭族之祸！正是：

　　天网恢恢①不可欺，岂容奸党设危机。

　　　圣朝福禄齐天地，笑杀愚人空妄为。

再说殷增光自西山回来，郁郁不乐，不知有何业障。正在踌躇，只见家人来报道："朝中有作妖书的事发，在锦衣卫访拿，各文武大小衙门都闭了门，连街上行人都少了。"增光听了，忙叫人四外探信。去不多时，回来道："昨晚妖书不知从何而来，一时内外都散遍了。内里传说是沈相爷知道，清晨东厂就领人去

---

①　天网恢恢——天道像一个广阔的大网，作恶者逃不出这个网，也就逃不出天道的惩罚。

把私宅围住，搜了一遍，毫无影形。又将侍郎顾爷、吏部于爷都拿送法司，用兵看守家眷。今早又东厂上本说：'锦衣卫周爷同达观老爷做的。'此刻旨尚未下，凡一切山人、墨客、医卜、星相人等，俱拿下东厂监禁。家家关门闭户的了。"增光听了，大惊失色道："罢了！罢了！达观师说的业障，想即是此。周家庆是我至亲，他平日与郑皇亲有隙，如今把这事坐害他，必至身家不保！谅那班人怎肯饶我！"忙叫："众门客快走，众家人速去逃命，家中财物是拿得的你们只管拿去。"吩咐众内眷姬妾等："可速向亲戚家躲避，不可迟延，如今我也是没命的了。"一家人哭哭啼啼的乱窜。

正自慌乱，只见外面兵马司早领了兵丁进来。殷增光见势头不好，跑去投井，被众兵捉住。兵马司道："年兄差了，这事毫无影响，难道就独坐在你身上么？还须到法司里辩白，何须便寻短见？"兵马司见众人乱抢财物，忙禁止道："我们奉旨拿人，不许骚扰，惊坏了女眷。"即用封条封了内宅，着兵丁看守，并将众门客都锁了，随殷增光跟在马后，同到北镇抚司来交割。兵马司去了，兵校等已将周家庆一干人犯都拿到了。问官立刻升堂，校尉将众人押进来，真个威风凛凛，杀气腾腾。但只见：

紫罗徼①壁，红缎桌围。正中间额篆真金，四下里帘垂斑竹。官僚整肃，香案上高供圣旨一通；侍从威严，宣牌内大书低声二字。公堂凛凛若阎罗，押狱森森如鬼判。坏眉吏辛，手持铁锁貌狰狞；竖目押牢，身倚沉枷威赫奕。严霜飞笔底，皓日见中天。

---

① 徼（jiào）——边界。

聚来一阵虎狼，塑就满堂神道。正是军民生死路，果然官吏摄魂台。

那镇抚司掌刑官立在香案东首，众校尉将众犯带到丹墀下，将驾帖朗诵一遍，先打四十御棍。校尉动手将周家庆等捆起。因他是本衙正官，打了个出头棍子，未曾重伤。打完请过旨去，问官才坐下。两边吆喝一声，掌刑官问道："汝等串同妖僧，妄造妖书，谋危社稷，可实供来！"周家庆道："犯官系元勋世爵，世受国恩，有何不足，却要去做这非分之事？有何凭据，是谁首告，须叫他来对质。"问官道："是奉旨搜出指板拿问的，那有告首！"家庆道："无赃不拷贼，既无质证，怎见得是犯官妄造的？"问官道："你结交妖僧，可是有的？"家庆道："结交达观，何止犯官一人，凡在京勋戚大臣、文武大小各官，俱与他交好。就是太后，也常赐钱粮衣食，请问官大人详察！"问官道："殷增光！你既是孔门弟子，为何不守学规，也结党生事，讪谤朝政？周家庆与你表里为奸，可是有的？"殷增光道："生员素性不羁①，结交仕宦有之，并不敢妄为非分。今虽奉旨勘问，必有对质。"问官道："胡说！奉旨拷问，有甚对质！"叫左右夹起来。夹了，又打上三十撺，把个殷增光夹得死而复生者再。周家庆道："既无首告，又无证据，这'三字狱'岂是圣上的本意？不过是些奸党要做害我们，就死也无从招处。"问官道："你且不要傲强，且收监，等拿到妖僧再问。"校尉将人犯带去收了监。

问官才退了堂，只见门上人报道："东厂差人来请老爷说

———

①　素性不羁——向来不受约束，放荡不羁。

话。"镇抚司不敢稍迟，忙上马来到殷太监私宅。上班引到书房内，相见坐下。茶毕，殷太监道："你勘问妖书的事怎样了？"镇抚司道："周家庆、殷增光已拿来刑讯过一次，他们俱说既无首告，又无证据，不肯招认。如今寄在监里，等拿到达观再三面对理。"殷太监道："咱正为这事请你来商议。早间二陈对咱说：'达观在京交结的官宦极多，连咱们内相也多与他交结，拿来时恐和尚夹急了，乱扳出来，反多不便。'你拿到他，只收在监里，不必拷问。只将周家庆、殷增光着实拷打，问他要主使之人就是了。须先把他两家家眷拿来，重刑拷问，妇人们受不得刑，自然招出。"镇抚司不敢违拗，只得唯唯而应。殷太监又把从人喝退，走下来附耳说道："只要他们扳出老沈一党的人来便罢。"镇抚司点头受意，别了。上马回家，尚未坐定，忽门上进来回道："东宫李公公来了。"镇抚司忙出来迎到厅上，礼毕，请坐。李太监道："后面坐罢。"遂携手到书房晨，道："小爷有旨。"镇抚司便跪下听宣。李太监道："小爷着你勘问周家庆等，只宜宽缓，不许威逼，乱扳朝臣，妄害无轴。"镇抚司叩头领旨，李太监去了。那官儿行坐不安，好生难处。

到晚间，公子回来，见父亲纳闷，便问道："爹为何着恼？"官儿道："昨日奉旨审妖书的事，周家庆、殷增光今日夹打了，都不肯招，等拿了达观来对审。"他儿子虽是个武学，却颇通文墨，遂说道："这事原无影响，怎么认得？有何凭据？况是灭族的大罪，他怎肯轻认？"官儿道："旨上是结交妖僧，妄造谤书，谋危社稷①，非同小可。"公子道："若说达观结交，岂止周家庆

---

① 社稷（jì）——社指土神，稷指谷神，古代君主都祭社稷，后即用社稷代表国家。

一个，满朝文武，十有七八，就是内臣，也无一个不与他来往。至于殷增光，平日好结交仕宦，任侠使气，倒是个仗义疏财的豪杰。如今独坐在他二人身上，其中必有缘故。"官儿道："早起勘问回来，厂里殷太监请我去说，叫不要把达观动刑，恐打急了要扳出他们内相来，只监着他。又叫要他们扳出沈相公来。"公子道："是了，这事有因了。周家庆原与郑皇亲有隙，欲借此事陷害他，便好一网打尽东林①诸贤，意在摇撼东宫。殊不知今上圣兹，太子仁孝，且有中宫娘娘在内保护，东宫定然无事。只是这班畜生，用心何其太毒！"官儿道："殷太监还叫先把家眷拿来拷问，自然招认。我才到家，李太监又来传东宫的旨意，叫不许威逼，恐妄扳朝臣，波及无辜。"公子道："皇太子这才是圣明之主，处此危疑之时，犹恐妄害平人。如今有个善处之道：他既叫不要拷问达观，爹爹乐得做人情，竟把两家的女眷拿来审问一番，具过由堂覆本上去。等皇上批到法司去审，就与我们无干了，岂不两全其美？"官儿道："老周的夫人是我的表亲，怎好拷打？"公子道："事不由己，若不刑讯，如何复旨？恐奸人又要从中下石②，反惹火烧身。只消吩咐手下人，用刑时略见个意儿就是了。"官儿点头道："此言有理。"

次早差人去拿两家的家眷，不许骚扰。校尉都解到了。官儿升堂，带上周家庆的妻妾四人，老母七十余岁，幼子三龄。殷增光妻妾三人，只一女才十四岁。镇抚司将两家的老母、幼子、弱女俱令还家，只把两人的妻妾提上堂来听审。两旁一声吆喝，众

---

① 东林——明万历年间，顾宪成、高攀龙等人在东林书院讲学，以清议抨击时政，称东林党。

② 下石——落井下石的略语，指乘人之危加以陷害。

人早已魂飞天外了。但只见一个个：

面如浮土，腿似筛糠。伏地倒阶，急雨打残娇菡萏①；心惊
胆战，猛风吹倒败芙蓉。青丝发乱系麻绳，白粉颈尽拴铁锁。鞭
笞方下，血流遍地滚红泳；棍杖初施，肉溅满墀飞碎雨。涕泪滂
沱②，杜宇月中惑怨血；啼声婉转，老莺枝上送残春。梁园风雨
飞恶，狼藉③残红衬马啼。

这几个妇女都是富贵家娇艳，怎禁得这般挫折，虽是用刑从
轻，正是举手不容情，略动动手，就是个半死。起初还叫号哀
痛，后来便没气了，随人摆布不动。堂上的伤心惨目，堂下的目
击心酸。镇抚司问了几句口供，随意改篡，将妇女们收监，仍吩
咐禁子不许作践，听各家送铺盖饭食，不许悬阻索揸。回来与儿
子计较，上本复旨。

不日批下来道："众犯不肯招认，着三法司严审定拟，毋得
妄及无轴，钦此！"这真是圣明天子，万物皆春，只这一句，便
救了多少性命。镇抚司卸了肩。次日法司会集，齐赴午门会审。
校尉提到犯人跪下。刑部问道："你等妄造妖书，是何人主使？"
周家庆道："犯官若有此事，才有主使；此事毫无影响，那得有
主使！"又问达观道："你既做出家人，如孤云野鹤，何地不可
飞，奈何栖迟于此，作此大逆之事？"达观道："贫僧平日行止，
久为诸大人洞悉。如今事已如此，何事深求，只请众位大人随意
定个罪名，贫僧都招认不辞。"总宪道："胡说！你们做的事须自
己承认，怎么悬定得罪？"达观道："山僧一身皆空，有何作为，

---

① 菡萏（hàn dàn）——即荷花。

② 涕泪滂沱（pāng tuó）——形容哭得很厉害，眼泪像下雨一样。

③ 狼藉（jí）——形容乱七八糟，杂乱不堪。

非不可潜空避难，但劫数难逃，故久留于此，以了此劫。随大人们定个罪罢了！"众官原明知冤枉，却没奈何，只得叫动刑。只有达观闭目不语，随他拷打。周家庆与殷增光犹辨难不已。达观道："不须辩了，业障已临，解脱不得了，不如早早归去，免累妻子。"众犯终不肯认，法司计议不定。少顷，东宫又传旨，著作速审结。众官无奈，只得效"莫须有①"想当然的故事，将周家庆、达观二人，以不合妄造妖言惑众律，拟斩立决；殷增光为从，拟绞立决；余拟遣戍。

本上去，批下，着该科核覆。那起奸人也恐事久生疑，忙依拟上去，择日将一行人解到午门外，捆绑停当，两旁军校密密围绕，监斩官押赶市曹来。只见：

愁云荏苒②，怨气氤氲。头上日色无光，四下悲风乱吼。缨枪对对，数声鼓响丧三魂；棍棒森森，几下锣鸣催七魄。犯由牌高挂，人言此去几时回；白纸花双摇，都道这番难再活。长休饭，颡③内难吞；永别酒，喉中怎咽！狰狞刽子仗钢刀，丑恶押牢持法器。皂纛④旗下，许多魍魉⑤跟随；十字街头，无限强魂等候。监斩官忙施号令，仵作子准备扛尸。英雄气概等时休，便是铁人也落泪。

一行军校将众犯推到法场，团团兵马围住，将三人捆在桩

① 莫须有——宋奸臣秦桧谋害岳飞，韩世忠质问他有无证据，他即回答说"莫须有"，意思是"也许有吧"。后被用来表示凭空捏造罪名。
② 荏苒（rěn rǎn）——（时间）渐渐过去。
③ 颡（sǎng）——额头。
④ 纛（dào）——古代军队里的大旗。
⑤ 魍魉（wǎng liǎng）——传说中的鬼怪。

·275·

上，只等旨下行刑。不一时报马飞来，恶煞到了，接过旨，一声炮响，刽子手刀起头落。正是：

> 三寸气在千般和，一旦无常万事休。

殷增光旋已绞讫。忽见一阵狂风，飞沙走石，日色无光，官军等都睁不开眼来。风过处，又是一阵异香，忽从平地上一缕青烟，直上九霄，半空里青气中现出一尊古佛来。再细看来，就是达观长老，合掌作礼，冉冉升天而去。监斩官并军民人等皆罗拜于地。众人来收尸时，达观之尸早已不见了。众官嗟叹不已，识者谓此禅家兵解之法。监斩官便将此事隐起，不敢上闻。正是：

> 圣主如天万物春，奸谋生事害平人。
>
> 须如佛力高深极，兵解犹然现本真。

斩讫回奏，旨下："其余一应人等，俱着加恩宽释。"

魏进忠也在东厂监内，坐了三个月。遇赦出来，行李、银钱俱无，止留得孑然①一身，还有膏子药一袋。孤身无倚，往何处去好？意欲去寻李永贞，忽又想道："我禁在东厂，册上有名，他现在内主文，岂不知道？他既不来看我，我又身上褴褛，空惹他恶妇轻薄。"犹自踌躇不定。正是人急计生，猛省道："有了！不若投到花子太监中，各处去悬截客商，掳掠糊口。"进忠却生得身长力大，凡事当先，嘴又能言，遇见柔弱的便用硬降，刚强的便用软取。众花子遂倚他为先锋，弄得来大酒大食的吃。正是：

> 一日不识羞，三日吃饱饭。

----

① 孑（jié）然——孤独、独自。

不觉又过了两三个月，是值初秋，天气阴雨连绵，出路的少，没得来路。冷坐了几日，熬不过，便走到章义门酒居内赊酒吃。初起已赊过几次，未曾还钱。这一次酒家便有难色，口中便发起话来，你一句我一句，便斗起来。进忠便一时怒起，拿起酒壶乱打，一时间就拥上三五十花子太监来，把店中家伙打个罄尽。酒家扭住进忠不放，要喊官。正在难分之时，只见一个人走了来，劝道："二位莫打，我有道理。"横身在内解劝。进忠挣脱了手飞跑，那人也随后赶来，喊道："魏兄不要走，有话向你说哩。"进忠听见叫他，便站住了。

那人走到面前，看时，原来是相士张小山，浙江人，曾同在东厂监里坐一处的。张小山将进忠拉到一个僻静小酒店内坐下，问道："老兄何事与人争闹？"进忠道："不好说得。小弟因无盘费，才干这件无耻的事。"便将前事说了一遍。小山道："古人不遇时，多遭困厄：韩信乞食于漂母，范雎受辱于魏齐，这个何妨。但是兄在此终非长策。小弟阅人多矣，见兄相貌非凡，非久于人下者，将来贵不可言。我观之甚久，因监中人多，不好向兄说得。连日正寻兄不见，今日可同兄细谈谈。"酒保取了酒肴来，饮了一会。小山道："兄虎头燕颔，飞而食肉；凤目剑眉，威权万里。熊背狼腰，异日定须悬玉带；龙行虎走，等闲平步上金阶，天庭高耸，中年富贵可期；地角方圆，晚岁荣华定取；土星端正，隆准齐于汉高；金革垂肩，虎视同乎魏武；行动如万斛舟，端坐若泰山之重；五星合局，七窍归垣，乃大富大贵之相。只可惜眼光而露，声急而小，面圆而薄，头窄而偏，没有帝王之分，然亦只下天子一等耳。位极人臣，威振天下，眉剔眼竖，面带紫气。只是杀心太重，他日杀戮不少。今年贵庚①多少了？"进忠道："三十五岁。"小山道："十岁发际，二十印堂，三十两眉头。如今好了，渐入佳境，有一朝近贵，咫尺②登云之喜，日渐亨通，再无阻滞了。一交五十，土星用事，那时福禄齐臻③，富贵无比，天子之下，王侯之上。我却又于好中寻出不足来，却有三不足。"进忠道："请教那三不足？"小山道："你

> 额蹙④形枯眼露光，眉头常锁泪汪汪。
>
> 六亲眷属皆无靠，父母双双定早亡。
>
> 面容娇媚带桃花，路柳墙花处处佳。
>
> 常得阴人来助力，风流到处不成家。
>
> 气促声粗眼带凶，头长项短类猪龙⑤。
>
> 波涛涌处须防险，急作良图保令终。

老兄一生富贵，小弟看得分明。况新运将到，只在京中，不日自有好处。"进忠道："承兄指教，他日若果应兄言，定施犬马，生死不忘。"小山笑道："富贵是各人带来的。如小弟相法，非敢夸口，却要算天下知名。若兄的贵相，定是人间少二。若兄无盘费，我这里有三十金奉赠，他日得志时，愿君少戒杀性，便是无量功德了。"又饮了一会儿才散。进忠称谢，又问小山寓所，小山道："我无定居，你只干你的事，不必来看我，异日再相逢

---

① 贵庚——敬辞，问人年龄。

② 咫（zhǐ）尺——比喻距离很短。

③ 臻——至，达到。

④ 额蹙（cù）——皱（眉头）。

⑤ 猪龙——猪婆龙，鼍（tuó）的俗称。

罢。"二人拱手而别。

　　进忠拿了银子，置备行李衣服。又过了个月，银子将完，只得走到熟药店内，买了些现成丸散，摆了个摊子，在街上卖，拿账卖药。谁知世情宜假不宜真，竟颇有人来买，一日也觅百余文。便逐日在前门上胡谈乱道的，引人来买。一日正在卖药，忽听得人说："城上选内官哩，我们看去。"进忠忙拉住那人问，那人道："闻得旨意上是要选身长力大的内官管门，都在中城兵马司里挑选哩。"进忠忙把摊子收了，寄在左近人家，换了青衣小帽，竟奔中城察院衙门里来。只见人挨挤不开，有数千人拥着。进忠分开人挤上去，见人都挤在那里报名，有二百文钱才上个名字。进忠也取出二百文，交与书办上了号。伺候到晚，才听见上头吩咐："明日早来听选。"只得随众出来。

　　次日清晨便来伺候。千余人中，只选中了二百五十名，进忠竟不在选。原来那选中的，都是用了三两银子才中，正是非钱不行。进忠回寓，心中甚是纳闷。只听得外面有人喊道："魏兄为何不去应选？"进忠忙出来看时，却是张小山。二人作了揖。小山道："你时运来了，怎么不去应选？"进忠道："去的，没有选得中，没有钱使，故未得妥。"小山道："容易，同我来。"二人走到中城衙门前。小山道："你在此等一等，兵马司与我相好，我进去代你说去。"小山进去。

　　不多时，长班出来传进。去到后堂，只见那官儿与小山对坐谈心，进忠上去叩了头道："小的魏进忠，肃宁县人，自幼净身的。"兵马司道："他人材到生得魁伟，很去得。"叫书办把册子上添了名字，送他到礼部去。次日，礼部会同东厂太监逐一选过，取了一百二十名，有进忠在内。又到司礼监过堂，分派在各

宫服役。好差使总被有钱的谋去了，

进忠没钱用，就拨在东宫监守门去了。正是：

一日威名显，时来大运通。

有缘分此役，天遣入东宫。

毕竟不知进忠选入东宫守门，后来若何？且听下回分解。

第二十一回

郭侍郎经筵叱陈保 魏监门独立撼张差

诗曰：

> 举世忙忙无了休，寄身谁识等浮鸥。
>
> 谋生枉作千年计，公道还当万古留。
>
> 西下夕阳难把手，东流逝水绝回头。
>
> 惟存正气完天理，可甚惊心半夜愁。

却说魏进忠选在东宫监门，终日无事，只供洒扫殿廷，每日支请俸粮，只够盘费，却无多余之钱。见那些管事的太监，大小品级不同，一个个锦衣玉食，前呼后拥，好不气焰。

光阴瞬速，不觉过了年余，时值上元佳节，帝里风光迥乎不同。但见：

风锁焰烛，露丰洪炉。花布光相射，桂花流瓦。纤云散耿耿，素娥欲下。衣裳淡雅，看楚女纤腰一把。箫鼓喧，人影参差。满路飘香麝，阊阖①齐开放，夜望千门如画。嬉笑游冶，钿车②罗帕，相逢处，自有暗尘随马。灯光灿也，见双凤六鳌齐驾。宫漏移，飞盖归来，尚歌舞休罢。

是时神宗皇帝在位已久，仁恩洽于天下，四海熙恬，年丰岁

---

① 阊阖（chāng hé）——神话传说中的天门，比喻皇宫宫门。

② 钿（diàn）车——形容装饰华丽的车子。

稔①。是年闰正月，又从新大张灯火，与民同乐。怎见得闰元宵的好景？但见：

三五重逢夜，元宵景更和。花灯悬闹市，齐唱太平歌。只见六街三市影，横空一鉴升。那月似冯夷推上烂银盘，这灯似仙女织成铺地锦。灯映月，增一倍光辉；月照灯，添十分灿烂。观不尽铁锁星桥，看不了银花火树。梅花灯、雪花灯，春冰剪碎；绣屏灯、画屏灯，五彩攒成。蟠桃灯、荷花灯，灯楼高挂；青狮灯、白象灯，灯楼高擎。虾子灯、鱼儿灯，棚前游戏；羊儿灯、兔儿灯，山下狰狞。雁儿灯、凤儿灯，相连相并；犬儿灯、马儿灯，同走同行。仙鹤灯、白鹿灯，寿星骑坐；金鱼灯、长鲸灯，李白高乘。鳌山灯神仙聚会，走马灯武将交锋。千万家灯火楼台，十数里烟云世界。那壁厢索琅琅玉鞯②飞来，这壁厢毂辘辘香车辇过。看玉箫楼上，倚着阑、隔着帘、并着肩、携着手，双双美女交欢；金水楼边，闹吵吵、锦簇簇、醉醺醺、笑呵呵，队队游人戏耍。满城中箫鼓喧哗，彻夜里笙歌不断。

时人又有诗曰：

高列千峰宝炬森，端门又喜翠华临。
宸游重过三元夜，乐事还同万众心。
天上清光畜此夕，人间和气阁春阴。
臣民尽上华封祝，四十余年惠爱深。

殿前搭起五座鳌山，各宫院都是珍珠穿就、白玉碾成的各色奇巧灯。至于料丝、羊皮、夹纱，俱不必说。群臣俱许入内看灯，各赐酒饭。嫔妃、彩女成群作队的游玩。内相阁中俱摆着盛

---

① 稔（rěn）——指庄稼成熟。
② 鞯（jiān）——指马鞍。

宴，作乐饮酒。正是：金吾不禁，玉漏莫催。却也各宫门添设人员，把得铁桶相似。

进忠职在监门，不敢擅离，虽不得出外玩耍，却也与那些同事的备酒，在班房中赏灯、饮酒、猜拳、行令。饮至更深，进忠道："咱们这闷酒难吃，来行个令儿，点到饮酒，酒干唱曲，不会唱的吃一大杯，寻人代唱；会唱不唱者，罚饮冷水一大碗，明日再罚东道。"众人于是鼓起兴来痛饮。虽无檀板共金尊，却有清讴与明月。照点数该到进忠，进忠饮毕，唱了几个小曲。众人见他唱得好，不会唱的都来央他唱。正在欢笑，忽见外面走进两个小黄门①来，说道："好唱呀！"众人住声一看，却都是穿大红直身、腰系金扁绦的。众人认得是文书房的人，齐站起来道："请坐。"小黄门道："好快活，有趣！"进忠道："穷汉们吃杯淡酒，聊以遣兴，不意惊动贵人下降。"小黄门道："咱们监主陈爷听见你们唱得好，着咱们来唤你们去耍耍哩！"众人听了，都各面面相觑②，不敢回答。小黄门道："不妨的。公公们也都在那里赏灯吃酒，故来唤你们去唱。是哪个唱得好的，就同去罢。"众人说："进忠唱得好。"进忠没奈何，只得跟着走。正是：不怕官，只怕管。

小黄门领他从庑下走进文华门，向东去一所公署。入门来，见上面花灯灿烂，光同白昼，厅上一字儿摆着四席：中间坐的是文书房陈保，左首是东宫掌班孙成，右首是东宫管家王安，下首是秉笔的崔文升。小黄门引进忠上去，叩了四个内相的头。陈保问道："唱的是你么？"进忠道："是孩子们斗胆胡乱哼了耍的，

---

① 黄门——宦官的别称。

② 面面相觑（qù）——无可奈何地相互望着，都不说话。

不知惊动诸位老爷，死罪！死罪！"王安道："这何妨！如今万岁
爷与民同乐，咱们也在此看灯玩耍，听得你们唱得好，故叫你来
唱个咱们听听，也是大家同乐。"进忠只得站在檐前，唱了几个
小曲。崔文升道："果然唱得好，小的们说的不差。"内官们是一
窝蜂的性子，一个说好，大家都说好。王安便叫小的们拿酒与他
吃，随即廊上摆下一桌齐整酒饭。先同来的个小黄门走上来，邀
进忠到廊上，陪他吃了。进忠上去谢了赏，又取提琴过来，唱了
套《弦索调》。陈保大喜道："你又会《弦索》，唱得甚好。咱有
几个小孩子，明日烦你教导。"就叫拿坐儿，与他坐了好唱。进
忠见他欢喜，又取提琴来，唱一套王西楼所作《闹元家》。词道：

　　重开不夜天，再造长春境。复游三市月，又看六街灯，连贺
升平。闰月今番盛，元宴两度晴。锦模糊，世界重修；光灿烂，
乾坤又整。沧海上，六鳌飞，层层出现；碧天边，双凤辇，往往
巡行。喜新年更遇新时令，猜空诗谜，踏遍歌声。醉翻豪侠，走
困娉婷①。饮不竭春酒绳绳，扮不了社火层层。平添上，锦重重
五百座琥珀歌楼；再涌出，红灼灼三千珊瑚宝井；又碾开，紫巍
巍千里玛瑙长城。前正后正，一年两度元宵盛。酒有情，诗添
兴，催逼得雪月风花不暂停，运转丰亨到那元宵盛，张灯燎断银
河影。这元家连迓②鼓敲残玉漏声，更倩③取天上人间两重欢庆。
喜天清地宁，爱风清月明。这的是太平年，夜夜元宵四时景。

　　进忠唱罢，把四个内相引得十分欢喜，直饮到五更方散。

　　回到班房里，一觉睡着，不知天晓，醒来时，红日满窗才

---

①　娉婷（pīng tíng）——形容女子的姿态优美。
②　迓（yà）——迎接。
③　倩（qiàn）——请、央求。

起来。陈保也着人来叫他到宅里，赏了十两银子，唤出十二个小内官来学唱。都一齐拜过师父，每年束脩五十两并四季衣服。进忠尽心教演，一二月间个个都可以唱得。陈保大喜，凡有酒席，都带他一处坐。众太监要他玩耍，都抬举他起来，就如兴时的姊妹一般，时刻都少不得他，赏赐甚多；又有钻刺的送他礼物，身边日渐饶裕。他平日本是挥洒惯了的，手笔依旧又大起来了。内里大大小小都结交得欢喜，遇见宫人托他买东西，他便赔钱奉承，无一人不道他好，终日与众内官一处行乐，吹弹歌舞的玩耍。

一日，饮至更深，王安道："明日小爷出阁讲书，要起早伺候，咱们早些歇了罢。"众人起身，吩咐各门管事的俱要打扫洁净，说毕各去安歇。次日黎明起来，只见天争昏暗，北风凛冽，虽是二月初的天气，北风甚紧，自觉严寒，冷不可当。门才开，早已有太监领着校尉随皇太子出阁，法驾伺候。进忠洒扫殿庭，同几个小黄门到文华殿上，早已摆得十分齐整。但见：

东壁图书，西园翰墨。黄扉初启，晋耆硕①以谈经；紫阁宏开，分儒臣而入直。牙签锦轴，尽是帝典王谟②；宝笈③琳函，满座圣经贤传。玉墀下师师济济，佩声响处集夔④龙；御座上穆穆皇皇，扇影开时瞻舜禹。一堂喜气，果然吁咈都俞⑤；万国咸宁，不外均平格致。正是：圣德日新资启沃，元良天纵赖熏陶。

---

①　耆硕——年老而有学问的人。

②　谟——策论、计划。

③　笈（jí）——书籍。

④　夔（kuí）——古代传说中的动物，似龙。

⑤　俞——允许。

御几上灯烛辉煌，香烟馥郁。孔子位前，金盘满贮时新果品，清酒香茶，金炉内爇①着百和名香。有侍班官、引礼官、日讲官、侍讲官、东宫师保渐次而来。天气极寒，各官都冻得脸上青紫色，一个个浑身抖颤，口噤难言，都挤在东厢房内避寒。

是日该是礼部侍郎兼翰林学士郭正域值讲，他却后到，见殿上无火，也走到东厢房来，恰遇着文书房太监陈保也来值讲。二人揖罢，郭公道："如此天寒，殿上何以不设火？"陈保道："旧例：春日讲筵不设火。"郭公道："礼因义起，物由时变，怎么拘得成例？似此寒极口噤，连话也难说，怎么进讲？"陈保道："祖制谁敢变更？"郭公喝道："胡说！若依祖制，仲春则当御罗绢，你怎么还衣重裘？"陈保见他发话，就不别而去。郭公对各官道："此等寒天，殿上无火，怎么开讲？无论太子为宗庙社稷之主，即我辈一介书生，荷蒙皇上知遇，得列师保，也非等闲；今面色都改，倘受寒威，有伤身体，岂尊师重道之意？"便叫阶下校尉："去各内官直房里，看可有火，都去取来。"众官见他说得有理，齐声称是，都各领校尉去搜火。少刻，就搜出二十多盆火来，摆在殿上。两旁众官围定烤火，才觉稍和。

过了一会儿，才闻辘轴之声，太子驾到。众官出殿分班，打躬迎接。惟此日不跪班，亦尊师重道之意。太子到殿门首下辇，两边引礼官引至先师位前行四拜礼，复引至御案前，从官排班行四拜礼。侍讲官供书案，日讲官进讲章。太子道："天气严寒，诸位先生先各赐饮椒汤再开讲。"只见王安同三个玉带蟒衣的内臣，各捧椒汤一盘上殿，先进一碗御前，其余各官一碗，都是跪

---

① 爇（ruò）——焚烧。

奉。众官接过立饮毕，谢过恩，始觉遍体温暖。太子也饮毕。郭侍郎走近御案，先讲《易经》复卦，辞理敷畅，解说明晰。众官俱啧啧称赞。仰窥圣容大能领略，忻忻①有喜色。传旨赐茶，众官退入庑下，早摆下香茶点心，围炉休息了一会。鸿胪寺②喝礼，众官复至，殿上班齐，翰林院官又进《论语》三章，太子反复问难。讲毕，郭侍郎道："才讲的巧言乱德，何以就乱德？"太子道："只是颠倒是非，移人视听，故德被他乱了。"众官叩头谢讲。谢毕，驾起，见龙袍下不过御一寻常狐裘耳，众官皆称其仁孝恭俭。各官送至殿门外，候驾起，方退入直房。少刻，内官传旨："如此天寒，皇太子讲书不倦，力学可嘉，着赐衣币羊酒，众讲官俱着赐宴。"众官谢恩，饮食毕而散。正是：

> 储圣临轩受学频，每从讲《易》见天心。
>
> 他年仁德齐尧舜，皆赖儒臣启沃深。

是日讲筵散后，时已过正，众太监无事，才来直房里围炉饮酒，御寒休息。只见陈保默默无言，崔文升问道："陈爷何事烦恼？叫小魏来唱曲解闷。"陈保道："怎耐郭家那狗弟子孩儿，当面辱我，着实可恼！须寻个计策摆布他才好。"进忠在旁道："要摆布他何难。"崔文升道："你也有些见识，可设个计儿来。"进忠道："只须启奏皇爷，说他当殿辱骂，故违祖制，无人臣礼。轻则斥逐，重则治罪。"陈保道："有理。有理，明日咱们去面奏。"旁边一个内侍道："不可。"崔文升道："怎么不可？"内侍道："早间就有人奏过，皇爷对中宫娘娘说：'郭正域颇识大体，通权变，有宰相才。'中宫娘娘道：'既有相才，何不就用他入

---

① 忻忻（xīn）——形容高兴的样子。
② 鸿胪寺——古代官署名，掌朝祭礼仪。

阁?'皇爷说:'他是东宫的先生,就留与孩子们用罢,让他们君臣好一心。'"陈保大惊道:"真有这话么?"内侍道:"孩子在中宫上早膳,亲听见的,怎敢说谎?"崔文升道:"他们一党俱是执固的,小爷既然喜他,皇爷又要用他,若大用了他,非我等之福也。"众人俱闷闷不乐。进忠道:"也不在乎一时,慢慢的寻他破绽也容易。"众人依旧欢喜道:"有理。"这就是他日害东林的祸基。后人有诗道:

矫矫①名臣正气完,忠言直节镇朝端。

谁知恶党生奸计,冤惨人闻鼻也酸。

进忠终日同众人行乐,不觉光阴迅速,转眼风光又是一年。早已冬残春至,又是除夕。但见:

残腊收寒,三阳初转,已换年华。东皇律管,迤里②到皇家。处处笙歌鼎沸,会佳宴坐列仙娃。花丛里金嫩满熬,兰麝烟斜。此景转堪评,深意祝寿山福海增加。玉觥满泛,且自醉流霞。幸有屠苏美酒,银瓶浸几朵梅花。试看取,千闾爆竹,岁火交加。

是夕,众内官有家者都回私宅度岁,有事的都在宫中执役。唯有进忠独自无聊,思念母亲存亡未保,妻子生死若何,心中闷闷不乐,倒在炕上悲伤了一会,竟和衣睡去。猛听得有人唤道:"快起来看门!"睁开眼,却不见人,翻身又睡去了。少顷,忽又听得有人叫道:"魏监!这是什么时候,你还睡么,还不快去救驾!"猛然惊醒,跳起身来,冒冒失失的走出门来,也不见一些动静,绝无人影。定了定神,带上门去伙房里讨茶吃。

刚走下台基,只听得宫门外乒乓劈扑之声,忙出来看时,只

---

① 矫矫——卓然出众的样子。

② 迤里——同迤逦(yǐ lǐ),连绵曲折。

见一条彪形大汉，手持一条粗棍乱打进来。进忠吃了一惊，要去悬阻他时，无奈手无器械，慌得倒退入来。那汉子随后打来，进忠忙奔到仪杖架上，拿了一把钺斧，上前挡住。那汉子一棍打来，把手中钺斧就如折葱一般打做两三截，手都震得疼，只得忙往殿上跑。那汉子也打到殿上来。进忠慌了，忙提到迎面挡众来打他，虽没有打得着他，却也拦住那汉子的脚步。退了两步，复又打上来。进忠没处躲藏，那汉子早又打到身边，急忙里无处躲，只得提起一把交椅来抵他。那汉子的棍重，一棍来把椅子打得粉碎，却是铜钉钉住了棍，急切难开。

二人你扯我拉，不肯放松。那汉子力大，进忠见势头不好，就连交椅用力一推，把那汉子推了一跤，倒在地下。进忠正要去夺他的棍，那汉子早已跳起身来。正在危急之际，外面来了四五个火者，拿着棍棒迎上来。那汉子便转身迎敌。进忠忙抽身下殿，到班房里。进忠便拿了条朱红棍子来，见众人渐渐抵敌不住，便大叫道："你们快去传人，等我来拿此贼！"挺着棍迎上来。这一场好斗，但见：

两条龙竞宝，一对虎争餐。两条龙竞宝，万千鳞甲总施张；一对虎争餐，无数爪牙多快利。两条龙竞宝，翻翻覆覆，水晶宫击碎珊瑚；一对虎争餐，往往来来，摩天岭惊伤兕①豹。两条龙竞宝，为云作雨助威灵；一对虎争餐，撼树摇林施猛烈。龙战败血见玄黄②，虎争伤精凝弹石。龙争虎斗难分解，竞宝争餐两不降。

二人战了多时，进忠原不会棍，况那汉子拼死的打来，他一

----

① 兕（sì）——雌犀牛。
② 玄黄——此处指天地。

人怎么抵敌得住？正是圣天子百灵暗护。二人又斗了一会儿，渐渐进忠又招架不住了。忽听得外面喊声大起，锦衣卫官校领着百余人，手持兵器拥进宫来。那汉子见了，手慌脚乱，棍法也乱了，被进忠偷空一棍，打倒在地。众校尉上前按住，捆起，押至午门外候旨。旨下，着法司严讯。

　　太子也十分危惧，即过乾清宫问安。阖宫人役俱带着愁帽子，恐圣怒难测。纵然恩宽，监门人役少不得要问罪。傍晚，小爷回来下辇，众人见天颜和悦，王安唤随身的小黄门来问。黄门道："皇爷震怒，问'监门的在何处？却容人打进来？'小爷伏地不敢回答。中宫娘娘道：'今日是除夕，想是有事去了，哥儿不要怕，回去将那不到的打他几棍儿罢！那汉子着外官问来回话。'皇爷道：'外人打进宫来，岂不惊坏了孩子？这人不必说定该死了，只是监门的也该治罪。'娘娘道：'那汉子敢于持棍打入禁城，定不是善良之辈，门上几个人怎么拦得住？哥儿起来，莫怕。'皇爷才息了些怒，赐小爷坐，吃了茶，又说了半日话。小爷才起身时，娘娘又吩咐道：'可传与外官，叫他们速问了来说，不可乱扳平人。'"方才放了心。早有中宫着女官赐酒与东宫压惊，又宣温旨慰劳。正是雷霆之下，不得圣母在内调停，不知要贻害①多少人！东宫领旨，着王安查不到的各打六十棍。进忠赏元宝二锭，并衣币酒馔。众人向进忠称贺。

　　次日元旦，百官朝贺毕，又朝贺东宫。太子传旨道："昨奉母后懿旨②，着法司速问拟回奏，不许乱扳平人。"法司领旨。过了初三日，即会同严审。元宵后题覆。审得罪犯张差，大兴县

---

　　①　贻（yí）害——留下祸害。
　　②　懿（yì）旨——皇太后或皇后的诏令。

人，素患疯颠，发时好持棍打人，四邻皆受其害，每被妻子锁禁在家。因除夕其妻有事，未曾防备，被他挣断铁绳，持棍逃出。不合打入皇城，误闯进东宫，并无别情，亦无主使。

次日旨下，道："张差虽系疯颠，但持棍打入东宫，岂无一人见证。该法司再行严讯，毋得故纵，有伤国体。"法司奉旨，又题出张差来细审，加以重刑，便招出："是勋戚郑国泰、内相庞保、刘成主使，有三十六个头儿，商议三四年了。欲托红封教高一奎做龙华会，便于中举事。"又说："正月初二日封我为张真人，教令使棍。昨到黄花山撞见马三，道：'李守才、庞保、刘成俱说道："来得好。"'遂同到石寺小庵内院吃茶，吩咐道：'明日去罢！只用你的名字，里面老公便与你棍一条。'次日离山，庞公公骑着马，我跟他走到一个大宅子内，有刘公公与我饭吃，说：'你先冲一遭。'领我从厚载门入。又说：'你的力大，逢一个就打死他一个。闯进宫，若能够打死太子，便与你地土，你就吃不了，穿不了，富贵受用，还有大好处哩。'还给我红封印票，今现收着，他的人多哩。"众官听了，俱各面面相觑，不敢言语。令将张差收监，即到方从哲相公家，告以审问张差之事，将供词呈上。

原来方相公是结连郑贵妃的人，看毕，便屏退左右，将座儿移近，附耳说道："此事有关宫禁，不可轻动。皇上护局，必不肯认这题目，岂不反与储君不便?"四人计议了一会，方相公道："且具疏要这两太监出来质审，探探皇上之意，看可肯不肯，那时再处。"法司辞出，果题一本道："张差招出太监庞保、刘成主使，乞发出二人对理。"本上，宙中不发。刑科又催一本，方下道："张差既系疯颠，何得妄扳太监。该部再严审，定拟具奏。"

第二十一回　郭侍郎经筵叱陈保　魏监门独立撼张差

·291·

法司见不发出二人来，又来与方相公计议。方相公道："即此可知圣意，你们可速拟罪处决为妙。须将口词删改作疯颠口气具奏。"太子又传令催："速审结，毋得停留滋事。"到后来访得两个太监，是郑贵妃打死。法司不敢迟延，竟将张差拟了凌迟①，其妻不行防守，拟流。本上去，奉旨依拟。

不日提出张差来，只见他以手拍地道："你们同做的事，如今事败了，他们都不问罪，只教我独死。"监斩官那里听他，押赴市曹，典刑示众。此后那些科道闻此风信，便你一本我一本，俱说张差擅敢打入东宫，必非疯颠，定有主使之人，分明妖书、梃击同一线索，无非欲谋害东宫。又有劾方相公故纵罪人，其中不无情弊。甚至词中说皇上不慈爱。神宗见了，天威震怒，即刻传齐文武大臣、九卿科道入乾清宫面谕。众官齐集阙下，到巳牌时，司礼监传百官进宫来。但见：

宫殿宏开紫气高，风吹御乐透青宵。

云移豹尾旌旗动，日射螭②头玉佩摇。

香雾细添宫柳绿，露珠微润苑花娇。

山呼舞蹈千官列，喜起赓③歌一统朝。

其时神宗久不设朝，虽辅臣亦难得见。众官此时得瞻天表，不胜之喜。众官班齐，司礼监请皇上临御。其时有慈圣皇太后之丧，几筵④未彻，只见皇上素服，立在几筵东道，西向。皇太子并二皇孙立于几筵西首，东向，稍下一肩。众官行五拜三叩首

---

① 凌迟——古代一种残酷的死刑，刀割犯人的肢体。

② 螭（chī）——古代传说中没有角的龙，其形状常用作建筑装饰。

③ 赓——继续，连续。

④ 几筵——指灵座。

礼。神宗面谕道："张差之事，朕始而惊骇特甚。及法司奏系疯颠，朕又着法司勘问，追他主使之人。后法司覆本道：'委系疯颠，更无他故。'朕思此非美事，不可使闻于天下，故将张差速速处决。昨科道官本上说：'妖书、梃击同一线索。'妖书的事，空害了许多无辜，究竟没有实据。朕因鉴前事，恐又妄拨，故着速结，科道等竟加朕以不慈之名，不肯深究。今太子并二孙俱在此，且太子素常仁孝恭俭，朕不胜爱惜。前日恐惊了他父子，随即差人宽慰。中宫又宣来抚慰了几次。二孙今皆成立，读书写字，日有进益，朕爱之如掌珠。今忽以此言加朕，使天下闻之，以朕为何如主！"遂执二孙手与众臣看时，众臣见二皇孙丰厚庄重，一个个是：

> 隐隐君王像，堂堂帝主容。
>
> 仪容多厚重，行动现真龙。

圣谕才毕，忽班中一人面奏道："父慈则子孝，乞陛下不必浮词遮饰，惟祈真爱沛流，臣民均仰。"皇上听了，天颜震怒，问："是何人如此无理？"众官看时，乃是山西道御史刘光复。旋①命着缇骑②拿下。其时锦衣卫官不敢入宫，没人答应。天颜更怒，即着太监押赴工正司，重打问罪。这才是：

> 词组未能回日月，一身先已犯雷霆。

毕竟不知刘光复性命如何？且听下回分解。

---

① 旋——随即，立即。

② 缇骑（tí qí）——古代贵官的前导和随从的骑士。

第二十二回

御花园嫔妃拾翠　漪兰殿保姆怀春

诗曰：

> 为家宜春令去游，风光绝胜小梁州。
> 黄莺儿唱今朝事，香柳娘牵旧日愁。
> 三棒鼓催花下酒，一江风送渡船头。
> 嗏子沉醉东风里，笑剔银灯上小楼。

话说皇上天威大怒，将御史刘光复拿送法司问罪。众官叩头俯伏，不敢言语。驾起，各官退出，仍传旨赐辅臣酒饭。各官退至朝房，相与私议："皇上久不临朝，今日召对，乃千载一时，正好从容讽谏，不意为书生所激。"各各嗟叹不已。法司将刘光复拟绞监候，后来光宗登位，方才赦免，此是后话。

却说魏进忠因撼张差有功，太子将他升做尚衣局管事，仍带管皇庄籽粒，遂出入有人跟随，手中有钱使用，外边又买了一所住宅。但没有个亲人眷属往来，也着人去肃宁寻他子侄，终日依旧跟着孙成等玩耍。

不觉光阴似箭，只见青归柳眼，红入桃腮，早是艳阳天气。内官们都去踏青游玩。有花园别墅的，有互相请酒，进忠日日遨游于诸贵之门。一日有旨："中宫驾幸御园赏花，各管事的都不许擅离，各各伺候。六宫嫔妃俱要随侍游赏。"

次早，东宫嫔妃先去候驾。进忠同一班内侍，簇拥着齐到御

花园来。嫔妃下车入内，进忠也跟进去观看。好去处，但见：

　　径铺彩石，槛作雕阑。径边石上长奇葩，槛外阑中生异卉。天桃鸣翡翠，嫩柳啭黄鹂。步觉幽香来袖满，行沾清味上衣多。凤台龙沼，竹阁松轩。凤台之上吹箫，引凤来仪；龙沼之间养鱼，化龙而去。竹阁诗章，费尽推敲裁白雪；松轩文集，考成珠玉注青篇。假山拳石翠，曲水碧波深。灸丹亭、蔷薇架，迭锦铺绒；茉莉槛、海棠畦，堆霞砌玉。芍药异香，蜀葵奇艳。白梨红杏斗芳菲，紫蕙金萱争灿烂。木笔花、丽春花、杜鹃花，天天灼灼①；含笑花、凤仙花、山丹花，颤颤巍巍。一处处红染胭脂润，一簇簇芳溶锦绣图。更喜东风迎暖日，满园娇媚逞花辉。

　　园中观看不尽。走到殿上。见摆着筵宴，正中是中宫娘娘，东西对面两席是东西二宫，侧首一席是皇太子妃，其余嫔妃的筵席都摆在各轩并亭馆中。果是铺得十分齐整。但见：

　　门悬彩绣，地衬锦裀②。正中间宝盖结珍珠，四下里帘栊垂玳瑁。异香馥郁，奇品新鲜。龙文鼎内香飘蔼，雀尾屏中花色新。琥珀杯、玻璃盏，金箱翠点；黄金盘、白玉碗，锦嵌花缠。看盘簇彩巧妆花，色色鲜明；接席堆金狮仙糖，齐齐摆列。金虾干、黄羊脯，味尽东西；天花菜、鸡鬃菌，产穷南北。猩唇熊掌列仙珍，黄蛤银鱼排海错③。鹿茸牛炒，鲟鲊④螺干。蟹螯满贮白琼瑶，鸭子齐堆红玛瑙。燕窝并鹿角，海带配龙须。莱阳鸡、固始鸭，肥如腻粉；松江鲈、汉水鲂，美胜题苏。黄金迭胜，福

────────────

①　天天（yāo）灼灼（zhuó）——形容花草繁茂夺目。

②　锦裀（yīn）——华丽的地毯。

③　海错——即海味。

④　鲟鲊（xún zhǎ）——鲟，鲟鱼；鲊，腌制的鱼。

州橘对洞庭柑；白玉装盘，太湖菱共高邮藕。江南文杏兔头梨，宣州拣栗姚坊枣。林檎①橄榄，沙果苹婆②。荣松莲肉蒲桃大，榧子、瓜仁密枣齐。核桃、柿饼，龙眼、荔枝。金壶内玉液清香，玉盘中琼浆潋滟。珍馐百味，般般奇异若瑶池；美禄千钟，色色馨香来玉府。

进忠四下看了一遍，只见各宫妃嫔陆续俱到。众太监远立伺候，不敢仰窥。

少刻，小黄门飞报："娘娘驾到。"众嫔妃起身到园门外迎接。众内官都俯伏道旁接驾。只见一对对仪从过去，先是引驾太监，约有百余人，都是大红直摆。然后是一班女官，拥着中官的七宝步辇。将进门，各院嫔妃两旁跪道迎接，女官喝声："起去。"后面东西两宫跟随，一队队的进去。步辇到殿前，中官下辇坐下。东西二宫上来叩头毕，又是太子妃行礼，然后各嫔妃及六尚女官分班朝见。各监太监也来叩头，行毕礼，太子妃上来献茶。茶罢，中官起身，率众下阶游玩。众太监远远立着观望，就如王母领着一群仙子一般。到各处亭榭，俱有茶汤伺候。游览多时，回殿饮宴。只见两班彩女拥列，着似蕊宫仙府，强如锦帐春风，真个是：

娉娉袅娜，玉质冰肌。一双双娇欺楚女，一对对美赛西施。支鬓高盘飞彩凤，娥眉轻画远山低。笙簧杂奏，丝管齐吹。宫商角征羽，抑扬高下齐。清歌妙舞真堪爱，锦绣花园色色怡。

殿上安席已毕，众嫔妃各归坐位，花攒锦簇的饮酒。众宫娥俱下来玩耍，各随其伴，寻芳拾翠的游玩。在假山边、曲池畔、

---

① 林檎（qín）——即"花红"，果品名，也叫沙果。

② 苹婆——凤眼果的别称。

画阑前、花径中，一丛丛也有谈笑的，也有看花的，也有石上坐谈的，也有照池水整鬃的，也有倚阑拔鞋的。宛如千花竞秀，万卉争妍，令人应接不暇。进忠本是花柳中串惯了的，正是虎瘦雄心在，四下里偷看。走到粉墙东首，杏花深处，有十数个宫人，在花阴下铺着锦裀，盘膝坐在那里斗百草①玩耍。有《绮罗香》词为证：

　　绡帕藏春，罗裙点露，相约莺花队里。翠袖拈芳，香沁笋芽纤指。偷摘下绿径烟霏，悄扳下画阑红紫。埒花阶褥展芙蓉，瑶台十二降仙子。芳园清昼乍来，亭上吟吟笑语。妒秾夸艳，夺取筹多，赢得玉托瑜珥。凝素大厣香粉添娇，映黛眉淡黄生喜。绾腰带穿佩宜男，皇恩新至矣。

　　进忠看了一会，笑语生香，香风满面。又走过假山前，忽听得一簇莺声燕语，回过头来看时，见几个女子，手执白纱团扇，在海棠花下扑蝴蝶玩耍。也有《绮罗香》词为证：

　　罗袖香浓，玉容粉腻，妆斗画阑红紫。浪蝶游蜂，故故飞亲罗绮。窃指香绕遍钗头，爱艳色偷戏燕尾。猛回身团扇轻招，隔花阴盈盈笑语。

　　春昼风和日丽，双翅低徊猗旎，拍入襟怀，漏归衫袖，搐入海棠花底。蹴莲钩踏碎芳丛，露玉笋分残嫩蕊。更妒他依旧双双，过粉墙东去。

　　众宫女赶拍了一会，未曾拍得住，飞过墙去了。正在懊恼，见进忠立在旁看，便说是他惊飞去的，拿起花片，没头没脸的洒来，又赶着他打。慌得进忠笑着跑去。竟到曲水桥边，见一簇宫

－－－－－－－－－－

① 斗百草——也叫"斗草"，以草为比赛对象的游戏，或对花草名，或斗草的多寡、韧性等。

娥坐在地下弹琴，弦声清亮。有《梁州序》为证：

绿茵铺绣，红英却扫，雅衬腰肢纤小。焦桐①横膝，试将玉指轻调。只听高山流水，别鹤孤鸾，尽听钟期②妙。朱弦声续处，轻微抛，无限春情个里消。宫将换，移他调。暗中忽作求凰③操。情脉脉，许谁道。

那女子弹了一曲，抚琴长叹，正是：欲知无限心中事，尽在枯桐一曲中。那女子才起身，又一个坐下来弹。进忠不解琴趣，遂过那边去。只见太湖石畔也攒着一群女子，在石上下棋。亦有《梁州序》为证：

楸枰闲对，石床斜靠，玉笋惊飞风雹。分边入腹，何妨坐老仙樵。只见凝眸审视，握子沉思，各运神机巧。人人争国手，慢推敲，先后惟求一着高。齐拍点，同欢笑。局终不减商山乐。分胜负，见奇妙。

一局才终，只听得背后笑语喧闹，走来看时，见杨柳丛中露出一座秋千架来，有十数个宫娥在那里打戏耍。有诗为证：

画架双裁锈络偏，佳人春戏小楼前。

飘扬血色裙拖地，断送玉容人上天。

花板润沾红杏雨，彩绳斜挂绿杨烟。

下来闲处从容立，疑是蟾宫谪降仙。

两个宫娥打了一遍秋千下来，又有两个上去。那女子先自笑软了，莫想得上去，笑做一团儿。两个小黄门挟不住，叫进忠上前抱他上去。又推送了一回，那秋千飞到半天里去，果然好看。

---

① 焦桐——古称琴。

② 钟期——即钟子期。

③ 求凰——即古曲《凤求凰》。

进忠也混在内笑耍。那女子下来，都神疲力倦的去歇息。

进忠走过锦香亭，见荼蘼架旁有一簇宫人，围着一个女子踢气球耍子。有诗为证：

鞠蹴①当场三月天，仙风吹下玉婵娟。

汗流粉面花含露，尘染蛾眉柳带烟。

翠袖低垂笼玉笋，湘裙斜拽露金莲。

几回踢罢娇无力，云鬓蓬松宝髻偏。

那女子钩、踢、拐、带，件件皆佳，旁边监论补空的也俱得法。一个钩带起来，一个接着一拐打来，张泛②的张不住，那球飞起，竟到进忠面前。进忠将身让过，使一个倒拖船的势，踢还他。那女子大喜，叫个小黄门扯进忠来踢。进忠下场，略踢了几脚，又有个宫妃要来圆情③。进忠忙走开，绕斜廊向西而去。只听得乐声，见两个乐师领着几个小鬟在亭前按舞。有《二犯江儿水》为证：

宫花争笑，见无数宫花争笑。盈盈掌上妖养，香茵衬稳，莲瓣轻翘。细腰肢，一捻小。回雪满林梢，轻风扬柳条。衣蝶齐飘，钗凤频摇。小弓湾，合拍巧。西施醉娇，绝胜那西施醉娇。小蛮清妙，好一似舞《霓裳》一曲小。

那女子一个个花态翩跹，柳腰婉转，真有流风回雪之妙。舞够多时，下场少息。进忠又往南去，听得歌声嘹亮，见对面小轩中许多宫人唱曲。也有《江儿水》一阕为证：

歌喉清峭，百转歌喉清峭，似流莺花外巧。更舒徐嫣润，圆

---

① 鞠蹴——亦作蹴鞠，古代的一种踢球游戏。

② 张泛——张狂。

③ 圆情——求得满足。

转轻扬，比骊珠，一串小。《白雪》调须高，《阳春》曲自操。声振林皋，响遏云霄。按中州，音韵好。染尘暗消，直绕得梁尘暗消。吴歈清妙，直个是吴歈①清妙。又何须娱秦晋，返驾邀。

那些女子果然唱得清音嘹亮，按腔合节。进忠是个会唱的，站下来听，脚下按着板，口里依着腔哼。

正听到美处，忽有人叫道："魏掌事，你来。"忙回头看时，见沉香亭畔几个小内侍招他道："你快来！"进忠来到跟前，小内侍道："小爷要花耍子，这树高，咱们够不着，你去摘几枝来。"进忠也够不着，去取了个白石绣墩站上去，才摘了三四枝碧桃文杏，递与小内侍拿去。又去摘了一枝大开的蜀海棠，送上亭子来。见小爷坐在上面，旁边四五个小内侍拥着弄花玩耍。左边站着个保姆，伸手来接花。进忠定睛一看，吃了一惊，四目相视，不敢言语。只听得宫娥叫道："客巴巴，请小爷进膳哩。"众内侍与那保姥带着小爷蜂拥而去。

进忠想道："这保姆好生面熟，却想不起是谁。"倚在亭子边想了半日，忽猛省道："好似月姐的模样，举止相貌一些不错，只是胖了些。他如何得到这里来？天下亦复有相貌相同的，恐未必是他。"忽又想道："才宫娥叫他客巴巴，岂不是他？天下也料不定，我一个堂堂男子，尚且净了身进来，安知不是他应选入宫做保姆么！且缓缓的访问。"少刻，中宫驾起，从妃嫔陆续回宫，一哄而散。正是：

> 艳舞娇歌乐未央，楼台灯火卸残妆。
> 园林寂寞春无主，月递花阴上画廊。

---

① 歈（yú）——曲调。

魏阉全传

经典书香·中国古典禁毁小说丛书

进忠同一班内相，晚间依旧饮酒作乐。孙成道："咱告了假，往西山上坟，魏官儿同咱去耍几日。"进忠不敢违命，只得答应。次日清晨同去不提。

且说那保姆，正是客印月。自与进忠别后，同侯七官打做一伙。后来的布客知得他的风声，都来勾引七官玩耍。因此花下官钱，没得还。后来事体张露，侯少野气死了，蓟州难住，只得搬到客家去。其母程氏身故，只得又搬进京来。七官赌钱吃酒，绝不顾家，贫苦难过。因印月生了个孩子，却遇着宫中选乳婆，遂托李永贞在东厂夤缘①，选中了。过了三年，小爷虽然断乳，却时刻不肯离他。过后侯二死了，遂不放他出来，至今有十余年。因他做人乖巧奸猾，一宫中大大小小无一个不欢喜。

是日在亭子上，见了进忠，觉得面熟，想道："好似魏家哥哥的模样，虽然没得胡子，身体面貌无一不像。"遂时刻放在心里。次日，问小黄门卜喜儿道："昨日那摘花的官儿姓什么？叫甚名字？是那个衙门的？"卜喜儿道："他姓魏，不知叫甚名字。他是本宫尚衣局的少长。"印月听见姓魏，心中疑惑。晚间等小爷睡了，又来问卜喜道："那魏官儿平日怎么不见？"卜喜儿道："他的官儿小，不敢进来"。客巴巴道："你代我寻他来，你说我有话问他哩。"卜喜儿道："你也不认识他，怎么忽然就有话说起来？"客巴巴骂道："遭瘟的猴头，专会说刁话。"说毕，回到倒在炕上，不觉昏昏睡去，梦见同进忠在家行乐，依旧是昔年的光景，十分欢乐。醒来却是一梦，情思凄怆。但见：

沉沉宫漏，隐隐花香。绣户垂珠箔，闲庭绝火光。秋千索冷

---

① 夤（yín）缘——攀附上升，比喻巴结关系。

空窗影，羌笛声残静四方。绕屋有花笼月影，隔窗无树显星芒。杜鹃啼歇，蝴蝶梦长。银汉①横天宇，白云飞故乡。正是相思情切处，风摇嫩柳更凄凉。

客巴巴熬煎了一夜，次早央卜喜儿去访问他的名字并乡贯。去了半日，来回话道："问不出他名字籍贯来。"客巴巴道："你去叫他来。"卜喜儿道："他同孙老爷往西山上坟去了。"客巴巴道："几时回来？"卜喜儿道："早哩。"客巴巴恨不得一把抓到面前。今日也不见来，明日也不见到，心中郁闷，酿成一病，恶寒发热，头痛昏沉，终日不思茶饭。起初还勉强起来，过后竟睡倒了。宫人启奏，娘娘遣医官诊视，写下方用药，莫想有效。古语云，百病可治，相思难医。过了几日，一发昏沉不省人事。小爷又时刻要他，中宫传旨，着太医院官用心调治。都知是七情所感之症，无如百药不效。太监见他病势沉重，只得奏过皇上，着他回家调理，病痊日再来。众人扶起他来，穿好衣服，着内官背到长安门外上轿。到家，秋鸿接着，吃了一惊，便说道："怎么就病到这个样子？"问他，总是不言语，昏昏沉沉，如醉一般。正是：

柔弱纤腰力不支，全凭侍女好扶持。

恹恹一种伤春病，懒向人言只自知。

不说印月患病在家。且说进忠同孙成去了个月方回，也留心打听，常时缉访。见小爷出来玩时，只有宫娥同小内侍跟随，并不见那保姆。一连数日都访不出，又不敢问人。一日偶尔闲坐，只见卜喜儿捧着四个朱红盒子走出宫门，叫校尉来挑。进忠上前

_____

① 银汉——即银河。

问道："送谁的？"卜喜儿道："到客巴巴家问安的，是娘娘赐他的果品。"进忠道："客巴巴怎么不好？"卜喜道："自那日从花园回来就病了。回家调理有一个月了，尚未曾好。"进忠道："他住在哪里？"卜喜道："顺天府东道便是。"说毕，去了。

　　进忠便要去寻访，适因有事，耽搁未去。至晚，备了好酒肴，去寻卜喜儿来对酌。遂问他道："你去看客巴巴，可曾好些么？"卜喜道："还是那样，也未见好。他有了病，就是咱们的晦气。小爷没人带，终日不是打，就是骂。"进忠道："他家有谁服侍？"卜喜道："他有个小叔子叫做侯七，夫妻两个带着巴巴的孩子，手下男女有二三十人哩。"进忠道："有病须要吃药。"卜喜儿道："也不知吃过多少大夫的药，总不见效。"进忠道："我到有绝好的药，包管一服就好的。"卜喜儿道："不要说嘴，他这跷蹊①病难医。你若是个外官儿或者还可医，你我是个没本钱的货，纵有神针妙手也无用。"进忠道："我从不说谎，我这灵丹，任你什么跷蹊病，我手到病除。"卜喜道："果如此，我明日同你去。他前日也曾问你的，你若医得好，咱们也省多少打骂哩。"饮毕各散。

　　次日饭后，进忠同卜喜儿出了东长安门，上马来到侯家门首下马。卜喜儿先进去道："奉旨差医官来看病的。"侯七官不在家，只有他娘子带着个小孩子出来谢了恩。那女子才来拜见，进忠看时，正是秋鸿，比当日长大了些，更觉丰致。秋鸿不转睛的看着进忠。等吃了茶，丫头请进卧房。见纱窗半掩，罗幔低垂，香气氤氲，锦花璀璨。进忠叫将帐幔挂起来，道："天气

_____

　　① 跷蹊——奇怪。

和暖，此时春天发生之时，不可遏抑阳气。"卜喜儿揭开帐子，见印月朦胧星眼，面色微黄，奄奄一息。秋鸿掀开被，捧出手来。进忠没奈何，也诊了诊脉。又捧出左手来，黄金钏下，露出两颗明珠来。进忠一见，不觉一阵伤心，忍住了泪，说道："此是七情中感来的病，心口饱闷，饮食不思，痰喘时作，精神恍惚。"秋鸿道："各医家俱是这样说，只是吃药不效。"进忠道："不难，我有妙药，一服即见效的。"向袖中取出小锦囊，解开，拿出一块膏子药，用戥子①兑了三钱，叫他取开水化开调匀。秋鸿到印月耳边说道："吃药。"扶起他头来。卜喜儿把药慢慢的灌下，放他睡好。进忠道："午后自好。"秋鸿请进忠到厅上待茶。丫头捧出个朱红盘子，内放白封红签银十两。这是旧例，凡差小内官来，俱有礼物酬谢。进忠见了道："咱们是东宫服役的，小爷面上，怎敢受此礼？"秋鸿道："例皆如此。"进忠道："岂有此理，快收回去。"进忠说毕出来，连卜喜儿也不好收。二人起身时，秋鸿道："请公公明日还来看看。"进忠应允。

次日巳牌时，独自骑马来到侯家。秋鸿接入，谢道："承公公妙药，昨日午后就清爽了些。早间吃了些粥汤，觉得好了有一半。"进忠道："我说一剂就好，果然应手。还要诊诊脉看。"秋鸿请他到房里。见丫头扶着印月坐在床上。进忠看了脉道："脉渐平伏了，病也减动了，药固要吃，却以戒思虑为主。这病原是从心思上来的，只要心开，便好得快了。"印月睁开眼看着他。丫头取开水来，调了药与他吃下。进忠道："午后还要吃一

---

① 戥（děng）子——古时一种小型的秤，用来称金、银、药品等分量少的东西。

服，才得全好。"遂走出房来。秋鸿留着他吃饭，二人就在中堂坐下。

茶罢，摆上饭来。品物丰盛，美味馨香，非复昔年光景，都是内府的烹炮。秋鸿举杯奉酒。三杯后，进忠问道："侯七兄怎么不见？"秋鸿道："往赤林庄收租未回。"进忠道："赤林庄客家还有什么人？"秋鸿道："他家也没有什么人，只有一个孩子，是太太的兄弟，年纪尚小，田产都被人占去了。这几年都是我家代他管理，才恢复过些来。"进忠道："好个人家，几年间就衰败了。"秋鸿道："公公怎么知道的？"进忠道："他是咱的至亲，咱在他家住的久哩。"秋鸿道："公公上姓？"进忠道："姓魏。"秋鸿想了一会，道："魏西山可是一家？"进忠笑道："不是，不是！七嫂何以认得他？"秋鸿道："他也与客家有亲，就是太太的姨兄。他的容貌也与公公相似，年也相仿，至今十余年绝无踪迹。太太时常想念他。"进忠道："可是蓟州贩布的魏进忠么？"秋鸿道："正是"。进忠道："闻得他现在京中，要见他也不难。"秋鸿道："他既在京，为何不来看看我家太太？"想是因落剥①了。"进忠道："他也不甚落剥。"秋鸿道："公公既知他，请公公差人找他来走走。"进忠道："七嫂，不可白使人。"遂斟了一大杯酒，递与秋鸿道："即要我找人，须饮此杯。"秋鸿笑道："我尚未奉客，怎敢动劳。"也斟一杯回敬。进忠接过，一饮而尽。秋鸿也饮过。

进忠笑着说道："你乖了一世，一个人坐在面前，你也不认得。"秋鸿便笑起来，道："原来就是你这天杀的！我说天下哪有

---

① 落剥——同"落魄"，穷困失意。

面貌声音这样相同的哩。你为何许久不来？我只说你死了，你如何到这田地？"进忠便将历来的事，细说一遍。道："我并不知道你娘儿们俱在此，只因前在御花园里遇着你娘一次，我就有些疑惑。"秋鸿道："娘的病就是为见了你起的。"二人又叙了半日的情。

　　只听得印月在房中叫人，秋鸿忙进房来。印月道："这个医官的药果然好，这一会更觉清爽些。我要起来坐坐哩。"秋鸿道："却也该起来坐坐，如今又有个医官，比前更好些，不消吃药，一见即愈。"印月道："你又来疯了，那有个见面就好的？纵是活神仙，也没有不吃药的。"秋鸿道："娘若不信，等我请他来你看。"遂将进忠拉进房来。印月道："请坐！贵衙门是那一局？"秋鸿道："他是离恨天宫，兼管鸳鸯册籍。"印月道："似曾在那里会过的？"秋鸿道："会的所在多哩！"秋鸿印月道："这丫头只是疯。"秋鸿道："疯不疯，如今少了个钻心虫。"进忠道："曾在御花园会过一面。"印月道："正是那日摘花的，就是长使？"秋鸿道："楼上看菊花，也曾会过他的。"印月道："上姓？"进忠道："姓魏。"印月道："你莫不是魏西山哥哥么？"进忠道："正是。"印月听了，一把扯住进忠，放声大哭道："冤家！你一向在何处的？几乎把我想杀了。"这正是：

　　　十年拆散鸳鸯侣，今日重逢锦绣窝。
　　毕竟不知相会后如何？且听下回分解。

第二十三回

谏移宫杨涟捧日　诛刘保魏监侵权

词曰：

名利中间底事忙，何如萧散与疏狂。绐来玩水游山券，上个窗云借月章。

诗万卷，酒千觞，大开白眼看侯王。蝇头蜗角①皆成梦，毕竟强中更有强。

话说进忠与印月哭了多时，秋鸿劝道："太太病才好些，不要过伤。"二人才各收了泪，共诉离情。进忠道："我当日被老七误了。当日他出京时，我原说若你嫂子到宝坻去，务寄一信与我。谁知他一去杳无音信，使我终日盼望。后来在京中，又为了官事，把钱花尽了，十月间才得脱身。及到姨娘家，说你八月间回去了。我见遇不着你，就要回家去。姨娘苦苦相留，直过了年才得起身。及到了涿州时，又被贼偷了行李，盘缠全无。因此恼出一场病来，流落了，不得还乡。"秋鸿道："你花去了银钱，失去行李，怎么连那话儿都不见了？"进忠道："是后来害厉疮害去的。"印月道："老七回来，拿了些银子，日夜在外赌钱，连遭了几场官事，公公气死了，婆婆受气不过，又嫁了。蓟州住不得，只得搬到我家庄上住了几年。母亲去世后，田产都被房族占去，

---

① 蝇头蜗角——形容虚名微利。

兄弟幼小，守不住，只得搬进京来。他依然终日去赌，撑持不来，只得叫我就了这着。过了四年，厌物也死了。小爷没人体心，常留我在宫中不放出来。孩子又没人领带，遂将秋鸿与老七完成了。我只道今生没有相会你的日子，谁知今日相逢，亦是奇事。"

丫头捧了茶来吃了。秋鸿道："太太劳碌了，可吃些粥儿。"印月点点头。丫头忙移过小桌子来，摆下肴馔。金镶盏内盛着香白米粥。印月手颤，进忠捧着与他吃。吃了一杯，放下问道："哥哥可曾吃饭么？"进忠道："没有哩。"印月叫备饭来。丫头重新摆上饭来，秋鸿陪着吃了。进忠对印月说："你歇息歇息，我再来看你。我来了好一会，要回去了。"秋鸿道："你有甚事这样忙？再谈谈去。"进忠道："孙掌家约了我的，恐去迟了要怪。我明日告假出来玩些时。"

正欲起身，只见卜喜儿进来，见了进忠道："你好人呀！就不叫咱一声，哄我那里不找过，孙老爷也着人寻你哩。"又对印月道："巴巴好了，进去罢。"印月道："才略好些，还起来不得哩，你这小油嘴儿到着忙了。"卜喜儿道："你病着，咱们被小爷都殴杀了，终日家猫嫌狗不是的，不是打就是骂。今日又变法要三尾玑瑁鱼，各处都寻不出来，又要挨他打哩。"印月笑道："你闲着屁股不会打的。"秋鸿道："你好个东宫侍长，活羞杀人，两条鱼买不出来。"卜喜儿道："若有得卖，不过多与他些银子罢了。"秋鸿道："一万两一条，我代你买。"卜喜儿道："一两一条也罢了。"秋鸿道："不要钱，磕个头儿就舍你。"卜喜儿道："若真，我就磕你的头也肯。"秋鸿道："你磕了头，我把你。"卜喜儿道："你拿了来，花子不磕头。"秋鸿道："先磕了头，我才拿出来哩。"印月笑道："你又来没搭撒了。"向卜喜儿道："你只问他要。"卜喜儿真个朝他作揖。秋鸿笑着往外就跑，被卜喜儿一把扯住，道："好七娘，与我两条罢。"秋鸿道："果真没有，哄你玩的。"那孩子便没头没脑的搅做一团，衣服也扯碎了。秋鸿嚷道："这是怎么样，莫要讪①。"进忠笑道："谁教你惹他的，有便与他两条儿罢。"印月向卜喜儿道："你来，我和你说话。"卜喜才丢了手，气吁吁的坐在床沿上。

印月道："头都蓬了。"伸手去代他理好了，道："鱼便与你两条，你回去不可说我好了些，只说还不能起来哩。我再等调理几日，内里实在些，才得进去。你可偷个空儿来耍耍。"卜喜儿道："在我，小爷只是有了鱼，去哄他玩几日再处。"印月道："秋鸿，你去把几条与他罢。"秋鸿道："真个没有。"进忠道："你还是这样狠，专一勒镶人。看我面上，与他几条罢。"秋鸿道："苍蝇包网巾，你好大面皮。"印月道："不要玩了，恐小爷要寻他。"秋鸿道："原说要磕头的。"进忠道："我代他磕罢。"秋鸿道："你的狗头，就磕一百也算不得一个。"卜喜儿道："我也不要你的，我自会叫小爷来替你要。"秋鸿道："好个镶法儿，你就叫小爷来，我也没得。"卜喜道："我只催巴巴进去。"印月道："快打发他去罢。"秋鸿才笑着往后走。

进忠同卜喜儿跟他进来，到屏门后，一道斜廊，往后去，又有一重小门儿，进来是一所小小园亭，却也十分幽雅。朝南三间小楼，槛外宣石小山，摆着许多盆景，雕梁画栋，金碧辉煌。廊下挂十数笼各色雀鸟，一见了人，众声齐发，如笙簧齐奏。天井

---

① 讪（shàn）——嘲讽。

内摆着几只白瓷缸，内竖着小小的英石，青萍绿藻之下，尽是各色金鱼，翻波激浪。卜喜儿见了，满心欢喜。秋鸿取过青丝小网儿来，罩起四条玳瑁斑的鱼，都有五六寸长，拿了个白瓷小缸盛了，朱红架子托着。丫头拿去与印月看过，交与卜喜儿，同进忠相辞上马，从人提着鱼回宫去了。

次日，进忠告假回私宅，备了许多礼物送与印月、秋鸿。二人终日在他家玩耍，朝欢暮乐，极力奉承。怎当得印月春心甚炽，哪里禁得住？只得叫几个苏杭戏子来，尽他轮流取乐。卜喜儿不时也来玩玩。不一日，七官也倒来了，大家浑闹做一处。

早又过了两个月，忽皇后不豫①，小主无人看管，一日内就六七次来召印月进宫，使者络绎不绝。印月无奈，只得收拾进内，随侍小主。进忠也来奉承，凡小爷一应服食玩物，俱是进忠备办。二人日日相偎相傍，内里细事都是卜喜儿传递消息。

不觉光阴迅速，又过了数年，皇上大渐②，于四十八年七月杪③升遐④，是为神宗，深仁厚泽，流洽人心。贤者不忘圣德，有诗赞之曰：

农桑不扰岁常丰，边将无功吏不能。

四十八年如梦过，东风吹泪洒皇陵。

文武勋戚大臣，于八月四日奉皇太子登极，发政施仁，克

①　不豫——指帝后生病。
②　大渐——病危。
③　杪（miǎo）——年月或四季的末尾。
④　升遐——帝王去世。

绍①前烈。首释刘光复于狱，起用原官。次取熊廷弼，叠赐蟒玉，经略②辽阳，以期恢复。励精图治，万几无暇。凡内外一切表章，件件亲阅，犹恐下情难达。一月间，施惠政四十余事。谁知天不慭③遗，四海无福，圣躬过劳，致成脾泻不起。太医院用尽良心，不能痊可，下询草泽名医进方。有鸿胪寺寺丞李可灼，与专管药料的太监崔文升比邻交好。文升见自己终日用药无效，便去与李可灼计较。可灼入内，取出红丸药六七颗与文升道："此丸乃异人传授神方，专治虚脱之症。虽至危殆，三服再无不愈的。此方以女子红铅为君，百发百中，管你见效。"文升拿了丸药，竟至宫中进御。皇上服下，觉稍稍精神清爽，口称忠臣者再，命赐可灼金帛。俟诸臣退后，可灼复进一丸。谁知不数个时辰，至次日遂大渐了。果使二臣有神方妙药，可以起死回生，亦须具奏，俟太医会同文武大臣议定，依方修合再用，而何以小臣近侍，轻率妄进，如此遂成千古不白之案，可胜罪哉！

次日即召诸臣及众臣才齐集朝门，时龙驭早已上宾矣。是为光宗。恺悌④君子，有道圣人，仅一月而崩。时贤有诗悼之曰：

廿载青宫育德深，仁心仁政合天心。

皇天若假岗陵⑤寿，应使膏流四海春。

九月朔日，光宗升遐。因皇储未定，中外纷纷。此时英国公、成国公、驸马都尉及阁部大臣，俱因应召齐集在乾清宫外。

---

① 克绍——能够继承。
② 经略——古代镇守边疆的主帅的官职名。
③ 慭（yìn）——愿。
④ 恺悌——形容平易近人。
⑤ 岗陵——山冈和丘陵，此处借指帝皇。

只见管门的内侍持梃拦阻，不放众臣入内。情景仓皇，各怀忧惧。惟给事中杨涟大声道："先帝宣召诸臣，今已晏驾，皇长子幼小，未知安否，汝等闭宫悬阻，不容顾命大臣入宫哭临，意欲何为？"众大臣皆齐声附和，持梃者方不敢阻。众官遂进宫哭临，至大行皇帝灵前行礼。

哭临毕，即请叩见太子。良久不见出阁，遍问小爷何在，内侍皆言不知。及遇司礼监王体干，众问道："小爷何在？"体干道："在暖阁内。"杨涟道："此时还不出见群臣，何也？"体干道："咱已屡请，都不放出来。"杨涟道："你引路，我们同去。"于是各官跟着体干到暖阁前，不由通报，竟自请驾。小内侍们犹自乱扯乱嚷，只听得王体干高声叫道："小爷在此，各官来见！"众官急走到殿前，只见小爷素服面西而立。各官叩见毕，英国公张惟贤上前捧着右手，阁臣方从哲捧着左手，同出乾清宫，来至文华殿上，请正皇太子位。复行五拜三叩头，礼毕，群呼万岁。

原来小主不出，却是被选侍李氏阻住不放出来，要占据乾清宫，望封母后，想效垂帘听政故事，所以不放皇长子出见。及群臣固请，没奈何只得放出。又命太监李进忠拉住小爷衣服，教他对众官传说："先帝选侍李氏，诞育皇八妹。自皇妣①见弃后，选侍抚视青宫，积劳已久，理宜加封号尊隆。即着该部速议仪注。"时吏部尚书周嘉谟、御史左光斗等，俱各上疏说："选侍既非嫡母，又非生母，何得俨然占居正宫。而殿下反居慈庆宫，殿下仍回乾清宫守丧，次而成大礼。"礼部启请九月初六日即皇帝位，选侍之封难以并举，另待选择奏闻，奉令旨依议。

---

① 妣——古时称已死去的母亲。

至初五日，选侍尚据宫，勒请封号。给事中杨涟又奏道："登极已定，明日既登大位，岂有皇上复处偏宫之理？选侍怙恃①垄灵，妄自尊大，实为非法。且人言李进忠、刘逊等擅开宝库，盗取珍奇，岂必欲尽取乃出乎？抑借贵妃名色遂目无幼主乎？况册立虽是先帝遗命，推恩尚在今上，渐不可长，仁不可过。宜敕令选侍内使李进忠、刘逊等，传示内廷，立候移居别殿，安分守礼。而李进忠亦当念三朝豢养之恩，及此报效，毋谓殿下年幼，尚方三尺不足畏也。"

　　礼部又奏："选侍封号，必俟山陵已定，三圣母加号之后乃可举行。"此时众官才退至左顺门。忽遇右军都督金事郑养性，众人说道："先帝嫔御，恩典自有定例，只宜安分。若再妄求，恐非后福。"郑养性唯唯而去。原来李选侍是神宗郑贵妃的私人，朝臣所谓张差之梃②不则，投以蘪③色之剑者此也。此时选侍骄横，全仗郑贵妃在内把持；即郑氏，此时亦萌非分之望。故各官警戒养性，正是使之闻之之意。时内官传入诸臣章奏，选侍犹占据不移。

　　次早，忽传郑贵妃已迁入第一号殿去，选侍势孤，大惊道："呀，郑娘娘尚且移宫，必不容我在此。"遂亲自到小爷前面诉。及至阁前，小爷已出阁去了，不觉手足慌乱，莫知所措。王体干见其着忙，遂道："奉旨请娘娘居住哕④鸾宫，实时迁移，不得迟延。"选侍终是个女流，正在着忙，听得如此说，越发慌了，遂

---

①　怙恃——依仗、凭结。
②　梃（tǐng）——即棍棒。
③　蘪（biāo）——一种紫色的草。
④　哕（huì）——鸟鸣。

抱着小公主，也等不得车驾，竟徒步而行。后面宫女等才收拾起身，众内侍趁哄打劫，假倚迁徙之名，竟将内库宝物偷盗一空。时人有诗曰：

> 志大心高笑女流，妄希非分亦堪羞。
>
> 一朝失势徒空手，称后称妃一旦休。

次日乃九月初六日，新君即皇帝位。过了廿七日，各官吉服候朝，一个个红袍乌帽，紫绶①金章，真个是：

> 山河扶绣户，日月近雕梁。莲漏初停，绛帻②鸡人报晓；鸣鞭乍动，黄门阁使传宣。太极殿钟鼓齐鸣，长乐宫笙簧迭奏。黄金炉内，游丝袅袅喷龙涎；白玉阶前，仙乐洋洋谐凤律。九龙座缥缥缈缈，雉尾扇映着赭黄袍；五凤楼济济锵锵，獬豸③冠配着白象简。侍御昭容袅娜，纠仪御史端严。万方有道仰明君，一德无瑕瞻圣主。

天子御文华殿，鸿胪官喝礼，各官拜舞已毕，群臣共瞻天表。传旨：改明年为天启元年，颁示天下。礼部领旨，各各退朝。

自此中外无事，皇上万几之暇，不近妃嫔，专与众小内侍玩耍，日幸数人。太监王安屡谏不听，只得私禁诸人，不得日要恩坏，有伤圣体。且自恃老臣，知无不言，皇上亦渐有厌倦之意。魏进忠窥伺其旁，遂生觊觎④之心，但自己官卑职小，难邀圣眷。因与客巴巴说道："历年皇爷用度，都是咱们两人备办，几年间

---

① 绶（shòu）——绶带。

② 帻（zé）——古代男子戴的头巾。

③ 獬豸（xiè zhì）——古代传说中的一种异兽。

④ 觊觎（jì yú）——渴望得到（不应得到的东西），贪念。

花费咱无数银钱，也只望今日。谁知皇爷一向都不理咱，不知是忘记了，还是薄情不理了。"客印月道："皇爷不是薄情，连日事多，等有闲时，我送信与你。你可如此如此，依计而行，管你有好处。"

又过了几日，皇上在宫中无事，看着那些小内侍们斗鹌鹑。进忠也拿着袋子在旁插诨①。连斗过几个，各有胜负。进忠才开袋取出鹌鹑在手，将指甲弹着引了一会，轻轻放在盘内。有个连胜的，放下便来奔他。那鹌鹑缩着头、扇着翅膀沿盘而走。那鹌鹑连啄了几嘴，见他不动口势，便渐渐慢了。那鹌鹑窥他不防备时，猛跳起来，咬着他的项皮，两三摔咬得血流去了。那鹌鹑护疼飞去了。

皇上见了，大喜道："这是谁的？取金钱赏他。"进忠跪下道："是奴才的。"皇上道："你是魏官儿，怎的一向不见你？"进忠道："奴才因无事管，不敢入内。"皇上道："你既无事管，可到司礼监去查，有什么差使来说。"进忠忙起身来到司礼监，口称"奉旨查差"。文书房即刻查出七件好差事。第一件是东厂缉捕事。进忠即将七缺回奏毕，皇上道："你领那一件儿管管？"进忠道："奴才就管东厂罢。"皇上道："你自去文书房，叫他们给牌与你。"恰值王安进来禀事听见，忙跪下奏道："各差俱有资格，管厂乃是大差。差满时即管文书房，再转司礼监掌印。魏进忠官小，且不由近侍差出，且先管件中差，再依例升用。"皇上听了，沉吟不语。客巴巴在旁道："这老汉子也多嘴，官是爷的，由得你，爷反做不得主么！"皇上即着他到文书房领牌任事，遂

---

① 诨（hùn）——戏谑、开玩笑。

不听王安之言。后人有诗叹道：

奸佞之生不偶然，半由人事半由天。

当时若纳王安谏，怎使妖魔弄大权。

进忠领了牙牌，入宫谢恩。次日东厂到任，从长安门摆开仪仗，大吹大擂的，两边京营官将俱是明盔亮甲，直摆到东厂堂上坐下。在京各衙门指挥、千百户等并各营参游、五城兵马司，俱行庭参礼，各具花名手本参谒，一一点名过堂。及点到锦衣卫左所副千户田尔耕，进忠看见他却是东阿县的那人，心中暗喜。点完吩咐各散。堂下一声吆喝，真是如雷贯耳，纷纷各散。上轿回至私宅，内外各衙门俱来拜贺，一起去了，又是一起。忙了两日才得闲。

一向无事，此时正是天启元年三月下旬。皇上大婚吉期仅有一月，京师结起彩楼，各州县附近之人俱来观看。进忠做厂分拨指挥等官，把守九门，盘诘奸宄①，以防不测。那些校尉并番子手沿街巡缉，酒肆茶坊留心查访。

有一东厂校尉黄时，走了半日，腹中饿了，去到御河桥一个小酒店内，恰好遇着两个相知在里面。二人拱手道："哥连日辛苦。"黄时道："皇帝老官将快活了，只苦了咱们熬站。"三人遂一桌儿坐下，酒保拿了一盘肉，一角酒，摆下共酌，一面讨饭吃了。正欲起身，只听得间壁有人讲话。黄时留心侧耳听时，唧唧哝哝不甚明白。过后只听得一句道："原说是今日巳时入城，怎么这早晚还不见来？"黄时心中疑惑，看那壁是秫秸隔的，上糊着纸。便向头上拔下根簪子，刺个孔儿张时，见三个人共饮，一

① 奸宄（guǐ）——泛指坏人。

个是本京人，似常见过的；那两个是外乡人，一个摊着银袱子称酒钱，内有四五锭大银子。黄时悄悄的走到门前，那人已出来了，黄时猛然喝道："奸贼哪里走。"伸手去揪时，那人眼快，把手一隔，夺路要走。黄时将门拦住，喊道："咱们的人在哪里？"外面抢进七八个人来，上前拿住了两个，一个跳上屋走了。众人连店家一同锁解到厂里来。

正值魏监升堂，黄时上堂禀道："小的在御河桥下拿到两个奸细。"将前事细细说了。进忠叫上一个来问道："你是何处人？好大胆来做细作①！"那人道："小的是本京人，叫陈远，在兵部前开篷子卖布，就是老爷衙门里人都认得，小的怎么敢做细作？今日因遇着这个相知，和他吃酒的。"进忠道："你怎得有这许多银子带着？"陈元道："是小的卖布的本钱，零星卖下，总倾成锭好还客人。"进忠道："你的相知是哪里人？他来京何干？"陈远道："他是临清人，姓张，贩皮货来京的。"进忠叫他下去，又叫那人上来，问道："你是哪里人？姓甚名谁？"那人道："小的是大同人，姓王名祚，来京贩药材的，现有大同府批文在下处。"进忠笑道："你二人语言不对，其为奸细无疑，取夹棒上来！"阶下吆喝一声，把各种刑具摆了一堂。那夹棍非比寻常，只有一尺二寸长，生檀木做的。校尉把王祚拿下，扯去鞋袜，内有匕首藏着，套上夹棍，收了两绳，又是二百敲，并不肯招。进忠叫扯下去，叫陈远上来，也是一夹二百敲，也不肯招。又把二人上起脑箍来，犹自不招。又上起琶刑来，王祚熬不过刑，才招道："小人原是李永芳标下家丁，因辽阳失守，散走来京，依一个亲戚叫

---

①　细作——暗探、间谍。

做刘保。因与陈远相识，故他请我吃酒。"进忠道："刘保在哪里住？"王祚道："他是兵部长班。"进忠吩咐收监。随即点齐缉捕人员，票仰五城兵马司，会同捉拿刘保。

　　已是黄昏时候，众人各带器械，都到城隍庙前取齐，一同打入刘家。刘保正与妻妾饮酒喧笑，众人上前捉住，并妻妾都锁了。入卧房内搜掳金银财帛后，于床上搜出一包书信，细看，都是辽东各边将来往的书札，唯有李永芳的多。兵马司吩咐将刘保的家小都押出来，带着书包，把家私都封锁了，着人看守。一行人齐解到东厂来。进忠坐在堂上等候，押过刘保来拷问。刘保亦称不知。把书包打开，同兵马司一一细看，都是诸边将谋求升转送礼的书札。底下又一小封，拆开看时，俱是李永芳的机密事，上面俱有年月，总是李永芳既反以后之事。进忠叫刘保到案前，问道："你如何与反贼同谋？"刘保只是不言。叫拿下去夹，众校尉拖下去，扯去衣服，到贴肉处，搜出一粒蜡丸子来，取上来到灯下打开看时，一个白纸团儿，扯开看，上写着两行蝇头小字。众官看了，一个个吓得魂飞天外，魄散九霄。正是：

　　　　臂开八片顶梁骨，倾下半天冰雪来。

　　毕竟不知看出什么来？且听下回分解。

第二十四回

田尔耕献金认父　乜^①淑英赴会遭罗

诗曰：

> 搔首长吁问老天，世情堪恨又堪怜。
>
> 良心丧尽供狐媚，佛道讹传作野禅。
>
> 强合天亲称父子，妄扳路柳当姻缘。
>
> 昏昏举世如狂瞽^②，废去伦常只爱钱。

却说众人看罢蜡丸内书，为何大惊？只因上写着的"于四月廿四日皇上大婚之日，放火烧彩楼为号，里应外合，抢夺京城"。进忠将刘保下了死监，着人飞报九门，仔细防守。凡一应出入，俱要用心搜寻盘诘。

次日，三法司提到刘保等一干人，当堂审问。刘保也不等加刑，便招出："与李永芳相通，约于大婚之日烧着彩楼。李永芳以兵外应，要取京城。事成之日，封我为燕王。王祚是李永芳的家丁，同周如光先来通信，在酒店内走了。陈远是小人的表弟。二十日先有五百边兵，分头入城。"法司听了，尽皆愕然。又问道："各门把守甚严，他们从何处进来的？"王祚道："咱们是初十日从哈德门进来的。"又问了一遍，众人口词相同。公拟定通同谋叛大逆，刘保、王祚、周如光俱应凌迟；陈远为从，应立

---

① 乜（niè）——姓氏。

② 瞽（gǔ）——眼盲。

决。带去收监。着东厂并城上沿门缉拿周如光。次日于娼家拿到，对了口词，具本复奏。旨下依议，着即处决。四月十五日，两棒锣鼓，押赴市曹，登时处决。正是：

> 堪笑奸奴似毒蝤①，妄求非分媚毡裘。
>
> 一朝身首分西市，血肉淋漓犬也羞。

刘保等诛后，着兵部传谕：各边镇严加防守。京城内把得水泄不通，只等到大婚之后，拆去彩楼，方才放心。

忽一日，圣旨下来，道："魏进忠初任厂职，即获大奸，勤劳为国，忠荩②可嘉，着赐名忠贤。赏内库银八十两、彩缎八表里、羊八腔、酒八瓶。"忠贤谢过恩。次日坐厂行牌，提究把守哈德门的锦衣卫千户。

是日，正是田尔耕当值，闻此信息，心中忧惧，在家行坐不安，饮食皆废，无计可施。妻子许氏问道："你为甚事这等烦恼？"尔耕道："只为我前日把守哈德门，王祚从那日进来。昨他招出，故此厂里提问。"许氏道："不过罚俸罢了，怕什么！"尔耕道："此事非同小可，不止坏官，竟要问罪哩。"许氏道："太监的买卖，不过是要钱，你送他些礼儿，就可无事。"尔耕想了一会儿，道："有理！老魏原是皇上旧人，如今声势渐大，后来必掌司礼监的。我不若办份礼，就拜在他门下，他日也受他庇荫。"许氏道："不可！你是大臣嫡派，到去依附太监，岂不被人笑骂？"尔耕道："如今时势，总是会钻的就做大官。"正是：

> 笑骂由他笑骂，好官我自为之。

遂连夜备成礼物，先到门上打点。正值魏监入内去了，先央

---

① 蝤（yóu）——一种蟹名。

② 荩（jìn）——忠诚的意思。

掌家说合停当，里外都送过礼。伺候了两日，方出来。轿到门首，田尔耕迎着跪在道旁，禀道："锦衣卫戴罪千户田尔耕叩见老爷。"从人喝道："起去。"跟着轿后，来至厅前。

忠贤下了轿，升厅坐下。田尔耕执着手本跪下，小内侍接上手本，行了庭参礼。忠贤接过礼单，上写着："金壶二执，玉杯四对，玉带一围，汉玉钩绦一副，彩缎二十端，纱罗各二十端。"看过说道："你何以送这厚礼？"尔耕慌忙叩头道："小官得罪老爷台下，望天恩宽恕，足感大德。"忠贤道："这事非同小可，你怎么不小心盘诘，皇爷着实恼你。如今幸的没有下法司，咱替你包涵了罢。你只来说过就是了，又费这些钱送礼，收一两件儿罢。"田尔耕忙又跪下道："些小薄礼，送老爷赏人，略有一点敬意。"忠贤道："既承厚意，不好再却，收了罢。"

尔耕复又拿过一个手本，跪下道："小官蒙老爷赦宥，恩同再造，情愿投在老爷位下，做个义子。谨具淡金几两送上，以表儿子一点孝意。"忠贤接过手本，上写着："倭①金二百两。"忠贤十分欢喜，大笑道："田大哥，你太过费了！才已领过，这定不好收的，咱也不敢当，此后还是弟兄相称的好。"尔耕道："爹爹德高望重，皇上倚重。儿子在膝下，还怕折了福。"于是朝上拜了八拜。忠贤见他卑谄足恭之态，只是嬉着嘴笑。邀他到书房里坐，二人携手入来。尔耕先扯过一张椅子，在中间道："请爹爹上坐。"忠贤笑道："岂有此理，对坐罢。"让了半日，忠贤下坐，他在左边，只把屁股坐在椅子边上。家人捧上茶来，他先取过一杯，双手捧与忠贤，然后自取一杯。

---

① 倭（wō）——古称日本。

忠贤道："田大哥一向外违，还喜丰姿如旧，咱们到老了。"尔耕道："爹爹天日之表，红日方中；孩儿草茅微贱，未尝仰瞻过龙颜，爹爹何云久别？"忠贤笑道："你做官的人眼眶大了，认不得咱，咱却还认得你！"尔耕忙跪下道："儿子委实不知。"忠贤扯起来道："峄山村相处了半年多，就忘记了？"尔耕呆了半晌，道："是了，当日一见天颜，便知是大贵之相。孩儿眼力也还不差。如今为凤为麟，与前大不相同。"

家人捧上酒肴，二人对酌。忠贤道："田大哥可曾到东阿去走走？可知道令亲的消息么？"尔耕道："别后二三年，姨母去世，孩儿去作吊时，姨妹已生一子。闻得刘天佑那屡次相逼，已出家了。"忠贤听了，不觉泪下道："只因咱当日不听良言，以至把岳母的二千金麦价都费尽了，不得还乡，流落至此。几次差人去打听，再没得实信。可怜他母子受苦，若有老成人，可央个去讨讨信。"尔耕道："孩儿有个侄子田吉，由进士出身，新选了东阿县。他去，定有实信。明日叫他来拜见爹爹。刘天佑那畜生当日既极无情，后又见姨妹有姿色，要强娶为妾，受了他许多凌辱，此仇不可不报。今幸舍侄到那里去，也是天理昭彰。"二人谈话，饮至更深才别。正是：

天亲不可以人为，何事奸奴乱走之。

三畏四维俱不顾，忍从阉寺作干儿。

这田尔耕乃原任兵部尚书田乐之孙，原何受刘天佑许多辱？只因他与沈惟敬同恶，沈惟敬坏了事，他逃走在外，故不说出，恐惹出事来。如今事平了，又做了官，故思量要报仇。是日酒饭毕，归家对妻子说道："我说老魏是谁，原来是傅家姨妹的丈夫魏西山。我只道他死了，谁知他竟到这地位！他还认得我，说起来他要差个人去访姨妹的信。我举出侄儿田吉来，明日领他去见一见。"

次日清晨，尔耕同田吉来见忠贤，又送些礼物并土仪①，也拜在他门下。忠贤甚是欢喜，道："你到任后，就代咱到峄山村傅家庄访个信来。"田吉应诺回来。尔耕又将刘天佑的事托为报仇，田吉亦允了，领凭辞行赴任，带了家眷往山东来。不日到了东阿，一行仪从鼓吹上任，行香谒庙后，交盘收清，上省参见各上司。回来即差了个能事家人，到峄山村来探访傅家消息不提。

忽一日升堂时，有巡抚里文书下来，当堂开看过，即唤该房书吏抄写牌票，忙唤捕快头目听差。只见走上一人来参见。那人生得甚是雄壮，但见他：

赋就身长体壮，生来臂阔腰圆。光芒两眼若流星，拂拂长须堪美。力壮雄威似虎，身轻矫健如猿。冲锋到处敢争先，说甚天山三箭。

此人姓张名治，乃济宁人氏，年近三旬，现充本县快头，上堂叩了个头跪下。田知县又叫传民壮头。下面答应一声，又上来一人，也是一条彪形大汉，但见这人生得：

赤黄眉横排一字，雌雄眼斜斗双睛。浑身筋暴夜叉形，骨头脸绉纹侵鬓。裹肚闹妆真紫，丝绦斜拽深青。威风凛凛气如云，河北驰名胡镇。

这胡镇乃大名府人，也只在三十余岁，充当本县民壮头，上堂叩头听令。田知县吩咐道："才奉抚院大老爷的宪牌，着本县示禁白莲、无为等教。我闻得此地多有讲经聚众之事，特差你二

————————

①　土仪——用土产作为送人的礼物。

人领这告示，去各乡镇会同乡保张挂，传谕居民，各安生理，毋得容隐说法惑众之人并游食僧道。十家一保，犯者同罪。你们与地保若受赃容隐，一定重处。"叫书吏取告示交与二人领去。

两个人出了衙门，到巡风亭，聚集他手下的副役说知。内中一个说道："烧香做会，合县通行。唯有峄山村刘家庄上，每年都要做几回会，这事如何禁得住？这也是做官的多事，他又不害你什么事，禁他做什么！"张治道："上命差遣，我们也不得不去走走。"各人回去收拾。

次早，各人备了马，带几个伴当出东门来。二人在路上商议道："我们这里竟到刘家庄去，只他一家要紧，别家犹可。"不一时，已到刘家庄前。庄客见是差人，忙去报与庄主。张治等下了马，庄客请到厅上坐下。少顷，里面走出一个青年秀士来，却也生得魁伟，但见他：

磊落①襟怀称壮士，罡星又下山东。文才武略尽深通。立身能慷慨，待士有春风。仗义疏财人共仰，声音响若洪钟。腰间长剑倚崆峒。浑如宿山虎，绰号独须龙。

这庄主姓刘名鸿儒，年方二十六岁，乃刘天佑之子。自幼读书，爱习枪棒，惯喜结交天下豪杰。人有患难，他却又仗义疏财，家中常养许多闲汉。是日闻庄客报，即出厅相见。与二差见过礼，坐下问道："二位枉顾，必有见教。"张治道："无事不敢轻造。今早大爷接得抚院宪牌，禁止烧香聚会等事。发下告示，着我二人知会各乡保，不许坐茶、讲经、做会，一则恐妖言惑众，二则为花费民财。不许容留游方僧道，要各具结状，十家一

---

① 磊落——正直坦白。

保，因此特来贵庄报知。"遂取出告示，拿了一张递与刘鸿儒看。只见上写着：

巡抚山东等处地方都察院右副都御史加七级纪录十次王为严禁左道，以正风化事。照得邹鲁乃圣贤之邦，风俗素皆醇正，人存忠孝，家事诗书。近有一等隐怪之徒，倡为邪说，倚佛为名，创为烧香聚会之事，立无为、白莲、混同等教，名虽各异，害则相同。一人倡首，千百为群，玉石不分，男女混杂。灭绝名教，任其邪淫奸盗之谋。鼓惑愚蒙，证以生死轮回之说。蔽其耳目，中其膏肓。万里可聚，积愚成乱。所谓惑世盗名充塞仁义者，莫此为甚。到于破财生乱，深可痛恨。除已往不究外，特刊成告示，分布各州县乡村市镇悬挂，晓谕居民人等。侯后再有此等奸民，容畜游方抄化僧道，仍前怙恶不悛，着该地保随时报县，严拿究治。该州县逐月禀报，不时巡柑。如有司容隐故纵，拐出，定行参处，地保拿究，决不轻贷。有人出首者，该有司赏银三十两。须至告示者。

天启元年十一月　　　日示

刘鸿儒笑道："俱是迂儒之见，做官的也要从民之便。小庄一年也做好几次会，寒家已相传四代，就没有见乱在哪里。"胡镇道："小弟也料得不能禁止，只是新官初到，也要严密些，避避风头。自古道：'官无三日紧。'淡下来就罢了。"庄客摆上酒饭来，吃毕，二人起身。刘鸿儒取出十两银子来相送。二人道："我们素手而来，忝在教下，厚赐断不敢当。"鸿儒道："些须之物，何足挂齿。此事拜烦遮盖。"张治道："小弟也常要来赴会，只是寂密些要紧，内里事在我们二人。"收了银子，辞别出去。

刘鸿儒回内，觉得心神不宁。走到书房，与先生闲谈。这先生姓叶名晋，是本县秀才。因问道："才县差下来，有甚事？"鸿儒道："抚台发下告示，要禁做会的事，甚是严紧。新县尊没担当，故此叫他们下来搅扰。"叶晋道："闻得老兄已去请憨山禅师开讲，这却怎处？"鸿儒道："我正筹划此事。今已收了许多钱粮，远近皆知，如之奈何？"

说话间，只见庄客报道："门外有人僧人要见。"鸿儒道："有便斋与他一顿。我没心绪，不会他。"庄客去了一会，又来说道："那和尚说，有憨山大师的书子，要面交与爷的。"鸿儒道："请的人尚未回，他到先有书子来了。"于是出来相会。只见这僧人真个有些异样：

头戴左笄①帽，身披百衲衣。

芒鞋②腾雾出，锡杖拨云归。

腹隐三乘③典，胸藏六甲④奇。

洪眉兼大鼻，二祖出番西。

刘鸿儒迎到厅上，见礼坐下，"请问老师宝山何处？求赐法号。"和尚道："贫僧草字玉支，家世西蜀。少时曾历游名山，在伏牛戒坛禁足已二十年矣。憨师因患目不能来，故托山僧来贵处，以了檀越胜会。"袖中取出憨山书子来，递与刘鸿儒。鸿儒拆开看时，却是一首诗，上写道：

珍重中峰老玉支，好将慧力运金篦。

---

① 笄（jī）——古人束发用的簪子。

② 芒鞋——即草鞋。

③ 三乘——佛教用语，指引导教化众生达到解脱的三种方法、途径或教说。

④ 六甲——即六甲神。

卯金合处龙华胜，得意须防着赭衣。

　　鸿儒看罢，不甚明白，忙叫办斋，请叶先生来陪。吃毕，问他些经文要旨，静定宗乘。那玉支应对如流，辞旨明畅。鸿儒十分欢喜，夜分时亲送到庵堂宿歇。

　　次日，与叶先生商议道："憨山不来，荐玉支来，倒也有些道行。只是官府严禁，奈何？一则收了许多钱粮，何以回人；再者，恐难再得这样高僧。"叶晋道："据弟想来，只有这一法可行。本县田公为人古怪，既不能行，不如到九龙山尊府园中去好，地方宽大，又是邹县地界。刻下县尊引见未回，现是二尹署事，料地方乡保也不敢多管。只有缉捕上人，要送他几金，瞒上不瞒下，方保无虞。"刘鸿儒道："有理。明日就烦先生上城与张、胡二人说声，并就约会他们，何如？"叶晋道："事不宜迟，今日就去。"鸿儒即进去，取出二十两银子来，交与叶晋。忙叫小厮备马相送，并候回信。

　　叶晋放了学，出来上马。傍晚抵家，即到张治家来说知，送了他五两银子。张治道："官府严厉，不当稳便怎处？"叶晋道："好在他往九龙山庄上行事，不是我东阿的境内，就与足下无干了，只当拾他银子用的。"张治道："且同相公到胡镇家计较。"二人来到胡家坐下，胡镇道："叶相公，贵人何以踏贱地？"张治道："叶相公近在刘家庄设帐，刘家要在新正内讲经做会，特托相公来见教。"胡镇道："使不得！官府利害。"叶晋道："他也知本地方不便，如今要往九龙山庄上建只。好在不是本县地界，求二位担待一二。薄仪五金奉敬。"袖中取出银子，放在桌上。胡镇道："既不在本地方，还可遮掩，只是过菲些。他这一遭，要收好一宗钱粮，也该分惠些才是。"叶晋道："不必说，明日再送五两来与二位买果子过年。"张治道："事虽在我们，却也要寂密①些。"叶晋答应，别了二人回家，灯下写成书信。次日天明，打发小厮回去报信。

刘鸿儒见了大喜，次日，即往九龙山园上，收拾坛场，庄严佛像。叫四个为首的斋公，远近传香，订于天启二年正月元旦吉日，开讲《法华》妙品真经。怎见得这道场齐整？但见：

庭台壮丽，功德庄严。庭台壮丽，三层宝级列诸天；功德庄严，九品琼函②包万象。金钟一响，满堂合掌尽皈依③；云板初敲，大众斋心齐入定。迎佛处天香缭绕，半空中花雨缤纷。微动慈悲之口，讲的是五蕴三除；大开方便之门，度的是四生六道。唱梵字仙音嘹亮，持秘咒法律森严。青娥红粉念弥陀，白叟黄童齐礼佛。

至日纷纷拥拥，远近赴会者不计其数。富贵的远乘车马，贫贱者徒步携囊，都有钱粮上会，多寡不等。一一上号，收的收，打斋的打斋。又有供小食、供中斋的，一日也花费两百金，甚是热闹。那玉支起初也还精严法律，渐到后来，就诙谐戏谑起来，引得那些男女们嬉笑难支，都无纪律。

将近二月初旬，天气渐暖，各处妇女渐渐来得多了。鸿儒一日正在门首看司簿的上簿，只见一丛女人来到槟边，报名送钱。内中一个女子，约有十六七岁，举起手来，向手上除下一只银镯来，递与柜上。鸿儒定睛细看，那女子生得十分美丽。但见：

---

① 寂密——机密、秘密。

② 琼函——即玉匣。

③ 皈（guī）依——佛教的入教仪式，后泛指虔诚地信奉佛教或其他宗教。

凤梢侵鬓，层波细剪。明眸蝉翼垂肩，腻粉团搓素颈。芙蓉面，似一片美玉笼霞；蕙兰心，如数朵寒梅映雪。立着似海棠带露，行来如杨柳随风。私语口生香，呖呖莺声花外啭；含颦眉锁黛，盈盈飞燕掌中擎。翠翘金凤内家妆，淡抹轻描真国色。

刘鸿儒一见这女子，不觉神魂飘荡。那女子笑嘻嘻随着众妇女进来，鸿儒也跟他进来，走到禅堂看了一会，又到方丈内来。那玉支讲经初毕，才放参，众妇女齐齐跪下叩头。那和尚公然上座，合掌吩咐道："众位女菩萨既入讲堂，俱是佛会中有缘之人。须要信心念佛，勉行善事。你们听讲时，佛心发现，言言善果，念念菩提。及至归家，又为七情六欲所迷，依旧日坐红尘中，求一点清凉境界也不可得。受无限的熬煎，死后堕入沱犁地狱中。"众妇女又叩头哀告道："阿弥陀佛，弟子们只为轮回①，敢求老爷解脱。"玉支道："若要解脱轮回，先要闻经悟道，常常在此受戒虔修，则凡念日远，道念日坚，乃有进益。若暂去暂来，徒担个吃斋念佛之名，凡火不灭，罪孽日深。"内中就有一半的连连叩头道："弟子等情愿常时在此听老爷法旨。"玉支道："既尔等情愿精修，可到斋主处报名，给尔等净室宿歇，不愿者不必勉强。"说罢，起身下榻而去。众妇女还叩头念佛不已。

刘鸿儒先到方丈中来等他们，忙取笔砚、号簿过来，说道："女菩萨情愿悟道的都来报名。"众女人都团团的围着他，一一报名。写到第二十名上，才是乜门周氏女儿淑英。后又逐一写完，共有四十三人。鸿儒道："随我到后面来，拨房与各人居住。"也有六七人同住一房的，也有三四个一房的，唯有乜氏母子，独居

---

① 轮回——佛教指生命会永远像车轮运转一样在天堂、地狱、人间等六个范围内循环转化。

一旁。鸿儒自己看着人代他收拾，一双眼睛只顾看着那女子。淑英也自低头含笑。看了一回，欲火更盛，恨不得即刻就与他做一处才好。觉得没情没绪的，便走到方丈中榻子上，竟自睡着了。梦中与那女子百般调戏，十分和洽。正待欢会，只听得有人叫道："檀越！巫山梦好呀，快起来，莫为邪魔所迷。"睁眼看时，却是玉支。鸿儒被他说着机关，慌得手足无措。玉支笑道："不要惊慌，来，我与你商议。"扯着手同到卧房中来。正是：

　　半枕未成巫峡雨，一声惊破楚天秋。

　　毕竟不知同鸿儒商议些什么？且听下回分解。

第二十五回

跛头陀①幻术惑愚民　田知县贪财激大变

诗曰：

斗间妖气起东方，黯黯行云蔽日光。

萤焰只应依草木，怒螂空自逞魍魉。

文翁化俗还随俗，黑闼②称王却悔王。

路入青徐惶往事，嗟哉白骨卧斜阳。

话说玉支把鸿儒扯进房坐下，道："檀越有何心事，神情恍惚？"鸿儒道："没有甚事，睡熟惊醒，故此心神未定。"玉支笑道："罢是罢了，只是丢得那梦中人冷落些。"鸿儒道："没有什么梦中人。"玉支笑道："就是施银镯的那人。"鸿儒惊讶道："这和尚真是异人，竟能未卜先知，不但知我心上之事，连这梦寐中事他都晓得，真是异事。"于是答道："弟子道不坚，尘缘未断，有犯吾师法戒。"玉支道："非也。人皆从欲界生来，这一点种子怎么脱得？莫说凡人难脱，即吾辈修到无上之境，亦不能无欲。须直修到无欲天人之地，方能解脱。男女之际，虽圣人亦不能忘情，何况公等少年？但此事亦要有缘。夫妻相配谓之正缘。调情相受谓之旁缘，我看此女不但俊俏聪明，且多贵气。我留他在

---

① 头陀——行脚乞食的和尚。

② 黑闼（tà）——刘黑闼，隋末人，曾参加瓦岗军，后称汉东王，最后为唐军所杀。

此，亦非无意，且看公的缘法如何，若有缘，管你成事。"鸿儒道："老师若与弟子玉成，弟子生死不忘！"玉支道："再迟数日，等他住定了再处。"

又过了数日，乃二月十九日观音大士降诞之辰，起建庆贺道场。早斋后，玉支领众登坛焚香，赞诵过，然后登台，说一回法，讲一会禅，无非是三丰喻品外像皮毛，午后才收卷。只见许多男女拥在台下叩头道："弟子等蒙老爷法旨，在此听法悟道，日听老爷发明经旨，略有解司，但不知从何处悟起。望老爷大发慈悲，使弟子明悟真空，脱离苦海，永不忘恩。"玉支道："道在人心，原要明朗的。但你等众生生身之后，为情欲所迷，掩了本来面目。那一点灵明本体，原未尽绝。就如镜子一般，本是光明的，为尖垢所污，把光掩了，一加磨洗，依旧光明。惟在大众自家努力。尔等既有诚心，今晚可都到方丈里来，各领神水一口，回去默坐存想，自见本来面目。"说罢下台入内去了。众男女叩头念佛，起身各散。

傍晚时，玉支叫执事僧众，取洁净缸一口，放在方丈当中，满贮清水，焚香念咒，书符三道焚之。叫大众入来各衔一口，慢慢咽下，回去宁神打坐。那和尚却也古怪，不知用何法术，人人所为之事，一生善恶皆见，吓得众人毛骨悚然。次早，往方丈中叩头念佛，称谢道："老爷法力玄妙，使弟子等回光返照。"玉支道："也算不得什么法力，不过拨开你们的尘迷，现出本真，于尔等亦无大益。若果能于此一明之后，日日加功刮磨，方有进益。若今日稍明，明日又蔽，依旧于道日远。然此等工夫，必须死心塌地，先要把脚跟立定了，生死不顾才可。若有一点疑惑，终成画饼。"众男女叩头哀告道："弟子们愚蒙半世，如梦方醒，望老爷超脱苦海。"玉支道："尔等不过片时回照，所谓在境厌境；若遇火宅，又被他焚了。必先于死生性命关头，打送得过，方有根基。然后方得入静定戒。但悟虽有迟早，闻道有难易，早的放下屠刀，立刻成佛；迟的千魔万炼，方得成空。传道要因材而荐，受戒要勉力而行。虽日夜不离，受苦中之苦，方能入门，心无系恋，志向不移方可。汝等大众，须要自己斟酌定了，另日再报。"诗曰：

似嫌慧口破愚顽，白日常寻一钓竿。

男女倾诚来受戒，个中秘密不能言。

玉支说毕，退了众人。那周氏母女走到他房前，却好迎着刘鸿儒。周氏道："山主，请坐拜茶。"鸿儒巴不得这一声，便道："岂敢！"即随他进屋里来。那周氏取过竹椅子，请鸿儒坐下，说道："连日在此，搅扰不安。"鸿儒道："好说。忙中有失，管待甚是有慢。老爷问你们中可有些省处否？"周氏道："老爷虽是法言教诲，但我们愚蒙，不能领略，如今还是面墙。"鸿儒道："老爷在大众前，也不过这几句劝人为善的常言；若要认本心，没有下手的工夫，怎能入道？那真切的道理，要人自己去探讨恳求，才得到手。常言道：'六耳不传道，勿作等闲看。'"周氏道："我只为讨不着丈夫，多行杀戮，故此回头悟道，求脱轮回。幸得老爷提拔，只不过随众参求，早晚欲求一见也不可得。"鸿儒道："这不难，老爷每晚悟出定后，必与我们清谈妙果。今晚我引你母女去见他，你们须要斋心静念，方可见他。至于肯传不肯传，就看你们的缘法了。"周氏道："好极，若得山主大恩引见，我就死也求他一个结果。"鸿儒怕人知觉，连忙起身出来，嘱咐道："黄昏后我来叫你，不可乱行。"

　　果然，母子沐浴斋心。等到晚点灯时，禅堂钟鼓齐鸣，众僧课诵毕，小侍者放了施食，各各归寝。鸿儒悄悄与玉支说过，才来引周氏母女到方丈里来。走到静室内，问侍者道："老爷在何处？"侍者道："入定未回。"鸿儒轻轻揭开帘子，见几上香烛齐排，玉支垂头打坐。鸿儒叫周氏母女跪在几前，他便抽身出来。二人跪有半个更次，玉支才开眼问道："下面什么人？"周氏叩头道："是弟子周氏，志心朝礼，恭叩老爷法座，恳求道法。"玉支道："你不去信心悟道，却半夜来我静室搅扰，是何道理？还不快去！"周氏道："弟子皈身、皈神、皈命，望老爷大发慈悲，俯垂教诲。"玉支道："何人引你进来的？"周氏道："是山主刘老爷。"玉支道："本当即刻逐出，且看山主分上，且起来讲。"玉支也下禅床，叫侍者取茶来吃。只见两个清俊小童，捧着一盒果品，一壶香茶，摆下几个磁杯。玉支道："请山主来。"

　　少顷，鸿儒进来道："二位女菩萨请坐！"周氏道："老爷在此，不敢坐。"玉支道："坐下好讲。"于是一桌坐下。那乜淑英坐于周氏肩下，未免遮遮掩掩的害羞，不肯吃茶，只低着头。玉支道："你们要闻的什么道？"周氏道："弟子只望老爷超脱苦海，免堕轮回。"玉支道："法有大乘小乘，有家教象教，皆能超脱轮回，毕竟以大乘为主。凡学道者先守三皈，后遵五戒。何为三皈？皈依佛、皈依法、皈依僧。何为五戒？要不贪、不嗔、不爱、不妄、不杀。五者之中先要戒妄，凡事妄言、妄念，最难收拾。惟静、定二字最难，极为紧要。静则诸念不生，定则诸妄不乱，然此静定须从悟中来，故入道者先看你悟性何如。既有心学道，只在静室中。"侍者又斟上一杯茶，鸿儒将果子递在那淑英面前，乜淑英含羞不接。玉支道："你为何不吃？"周氏道："他害羞哩。"玉支道："羞从何来？你我虽分男女，在俗眼中看若有分别。以天眼看来总是一个，原无分别，譬如禽兽，原有雌雄，至以人眼看之，总是一样，何从辨别？况我等这教，何以谓之混同、无为，只为无物无我，不分男女人物，贵贱贤愚，总皆混同一样。况我辈修行，只以一点灵明要紧，至于四大色身，皆是假托，终于毁坏。故我佛如来，先撇去色身，刖①足断臂，不以为意，故能成佛作祖。观音立雪投崖、舍身喂虎，凡可以济人利物之事，皆肯舍身为之。你如今先存一点羞念，是从色相中出来，先犯了贪、爱二戒，何以悟道？以后切不可如此！"那七淑英被他几句胡言，说得果然忍着羞，接过果子来吃。至更深时，安他母女在禅榻前打坐。

自此为始，每日不离。常时花言巧语，谑浪诙谐，把那女子说动了心。正是烈女怕闲夫，妇人家水性，能有几个真烈的，不久已被刘鸿儒弄上手了。正是：

　　　　一朵娇花出内阃，何人移种傍禅关。

　　　　狂蜂浪蝶齐飞入，零乱芳红一夜残。

那女子破身后，两个人如胶似漆；那周氏也才四十余岁，也打在网内，做了和尚的老婆，把个静室禅房变做了锦营花阵。

一日，鸿儒在客寮中同几个斋公管账的说："近日钱粮稀少，一日所入，不余一日支用，怎么区处？"几个老斋公道："一日有千余人吃饭，如今正值农忙，人人有事，再一两日《法华经》讲完，且散了人众，到麦熟时再举何如？"众人齐声道："其法甚善。"刘鸿儒口中勉强答应，心中忐忑不宁，想道："若要散会，

————————————

　　① 刖（yuè）——古代砍去脚的一种酷刑。

周氏母女抛舍不得；若不散会，又没钱粮供众。"只得在廊下走来走去，郁闷无计。忽听得一人说道："若无钱粮，何不来问我。"鸿儒抬头看时，只见一个人坐在大殿台基上捉虱子。见鸿儒走来，便起身道："山主为何有不豫之色？"你道此人生得如何？只见他：

> 短发齐眉际，金环附耳旁。
>
> 双眉常凸干，身体更肮脏。
>
> 直裰①裁深皂，丝绦束杏黄。
>
> 声音多响亮，拐李②众称扬。

这头陀乃堂中化油供厨的人，姓李，因跛了一足，人都叫他跛李。鸿儒道："老李，你不去化油，怎么在此闲坐？"跛李道："油已化完，交与厨上了。因为没钱粮，故在此寻个计较。"鸿儒道："正是钱粮不足，不日就要散会了。"跛李道："山主原约要讲《华严》、《楞伽》的，如今一部《法华》尚未讲完，怎么就要散了？将来何以伏人？我到有个计较，只要山主请我一斋。"鸿儒道："果有计策，一斋何难？同我来。"鸿儒同他到禅堂，邀他坐下，叫侍童泡好茶，拿桌盒来与他吃。跛李也不谦让，吃个罄净。少顷，厨上办了好斋来，素菜摆上一桌。他叫了一声："多扰！"便低着头又吃得碗碗皆空。随后点心汤饭来，样样不辞。吃完，才合掌欠身道："谢山主！"说罢往外就走。鸿儒悬住道："你怎么就走？且说这钱粮从何出处？"跛李笑道："山主好狠呀！一顿斋你就要换若干钱粮。你且莫慌，自有来处，便见分晓。"说毕，大笑而去。鸿儒也没奈何，只得独立在房中纳闷。

---

① 直裰（duō）——大领长袍。

② 拐李——神话传说中道教八仙之一的铁拐李。

直到半夜时，正在睡梦中，猛然听见人喊道："不好了！那里火起了！"急坐起看时，窗子上映得通红。忙披衣出来，只见人都乱窜，齐道："是大殿上。"齐拥前去，只见正殿上红光紫焰，有十数丈高。忙叫人取水来救，众僧俗等俱拿火叉、水桶来，只见殿上格扇砖瓦丝毫未动，却又火气逼人。内中有胆大的，便走上去推开格扇，屋里却不见有火。再看时，只见一个新雕的大佛座上安的一面镜光上火光迸出，还未有佛。忽见跛李拉着刘鸿儒进来看了，向耳边说了几句。鸿儒道："汝等不要惊慌，这是我们的功德感动佛菩萨，降祥光普照众生，且请玉支法师来颂圣谢恩。"少顷，只听得一派音乐，两行灯烛，引着玉支和尚上堂诵经。叩谢已毕，说道："神光从镜中出来，必有奇异。可取个锦袱子来盖了，待我入定去恭叩如来，问个明白。"即在殿上放下蒲团跏趺，入定去了。众人皆散，各各安寝。

到天明时，红光渐收。直到辰刻，玉支才出定，宣大众上堂齐集，他便说鬼话道："我定中叩见如来，说山主法会精虔，故降祥光于宝镜，能照人三世：初照前生之善恶，次照今世之果报，三照来世之善果。须以三六九为期。来照者必须虔诚顶礼，若稍有懈怠，雷部施行。"说罢，下坛回方丈去了。

是日乃四月初一，到初三日为始，凡在会的都来齐集。玉支便装模做样的念诵。跛李为宝镜护法，乜淑英为捧镜玉女。揭开锦袱，跛李手持法水，口中念了咒，将柳枝蘸水洒于镜上。少顷，那镜子就放出光来，约有三尺高。叫男女们分班来照，果然各照出前生善恶，人畜一一皆见。到初六日，又照今生贫富寿夭。初九日又来照后世，或神人鬼畜一一不同。引得那些愚民，皆死心塌地。十数日间，四外传遍这个消息。那三山五岳的人，都引了来。每日人山人海，施舍金银、财帛，不计其数。米粮车载驴驮，堆集如山。也不讲经说法，只是照镜。

正是无巧不成辞，却好东阿的田知县上府，打从九龙驿过，见满路上男男女女，纷纷攘攘的行走不绝，便叫地方上人来问。地方禀道："这是前面九龙山，有个山主刘鸿儒启建讲经道场，于本月初一日感动佛爷降祥，天赐宝镜，能照人三世的事，故此远近乡民俱来照因果。"田知县道："你可曾去照？"地方道："小的已照过，果然今世一毫不差。"田公道："那刘鸿儒是何处人？何等人家？"地方道："是东阿县人，祖上说是做过官的，他父亲叫做刘天佑。他家三世好善，年年建会。"

田公听了刘天佑三字，不觉触着叔子相托之事。回到县中，即叫传张治、胡镇来问道："前日上司有牌来禁止邪教，我差你们领告示晓谕各乡镇，为何如今依旧盛行？尔等坐视不拿，何也？"张治道："本县并无此事。"田公大怒，说道："胡说！九龙山妖镜惑众，你们难道不知？"胡镇道："九龙山是邹县的地界，小的们怎敢越境去拿？"田公道："地界不属东阿，山主可是本县？人犯出来，关乎本县的考成。他今敢于如此横行，必是先买通了你们的，得了他多少钱，快快直说。"张治道："小人们颇知法度，何敢受赃？"田公道："我也不问你得钱不得钱，你只代我拿刘鸿儒来见我。"取一根板签标了，交与二人道："限你们三日内缴！"

二人领了下来，即刻上马，竟到九龙山来。见那里人众，不好说话，只说是来照镜子的。寻到刘鸿儒，邀二人到静室里吃斋，俟无人时，才说："本官叫请相公去，因欠了钱粮要算。"鸿儒道："舍下钱粮各项俱完，至于杂事差役，自有管事的。我知道二位的来意。”遂进去取出一百两银子来，道："二位请收，凡事仰仗。"张治道："一文也不敢领，只屈驾到县一走，没甚大事。"鸿儒道："也不难，明早同行。"安排他们在客房歇了。

　　次早催促起身，那里见鸿儒之面。二人发作了半日，只见一个老者道："二位在上，刘山主并不曾犯法，县主拿他做甚？想是衙门里诸公要吃他。这里是二百金，奉送二位；分外一百金，托带与堂上管事的，诸公善言方便。若要人去，大约不能。"他二人见了六封银子，先早软了半边，想道："这里人众，料也难拿得去，不如收了他的银子，且回他一头再讲。"只得上马并辔回来。

　　却值知县座堂，二人跪下缴签。知县道："人在哪里？"张治道："刘鸿儒于两月前往徐州买粮食去了，未曾回来。"知县大怒，喝道："九龙山做会惑众，岂有不在之理！你们得钱卖放，故来遮饰。"说着丢下八根签子，每人重责四十。先捉两家奔小寄监，然后复遣二人去拿。二人道："小的们去了没用，求老爷改差。"田公道："你们得钱，叫别人做活。如不去，活活夹死你们！"一面叫备文详上司。回文批道："刘鸿儒既以妖言惑众，该县速行拿究，毋得缓纵。九龙山系邹县地界，现在缺员，着该县暂署，便宜行事。"那张、胡二人，只得又领了签票，去往九龙山来。坐了两日，每日好酒好食的管待，只不得见鸿儒一面。没奈何，叫斋公转达。斋公道："山主已不在此，二位枉自劳神。闻得田爷也是个要钱的，竟托二公通个门路，我们孝敬他几百担米罢了。"二人无奈，平日也知田公的心事，只得回县。且不去销差，便去寻着平日过付的人通了路，送进三千两银子，才缓了下来。

这里田公到邹县上过任，即上省谢各上司。抚院问及刘鸿儒之事，道："此事不可漠视，贵县可曾获住正犯否？"田吉忙打一恭道："卑县才接清交代，即来见大人，回去即办理。因前属隔县，不便拐拿。"说毕出来。到寓所独自踌躇："既得了钱，如何好再拿？若不拿，又难回上司。"复又想："叔子曾托我报仇，如此大事不下手，此仇何时得报。"做官的人把心一变，早将三千金抛入东洋大海。

　　次日回县，即拘原差张、胡二人来见。田公喝道："你拿的刘鸿儒在哪里！胆敢得钱卖放，今各上司立等要人，你们速去拿来起解。"二人面面相觑，心中说道："你得过他三千两，也该罢了，怎么忽然又要拿人？"只得大着胆回道："小的们去了两次，委实不在。前已禀明老爷。今再去亦是空走，求老爷详察。"田公大怒，喝道："大胆的奴才！你们得了他多少钱，敢在我面前支吾！"掠下签子，各责了三十大板，下在死囚牢里。又另差了邹县的四个快头、四个壮丁，限三日要正犯回话，"如仍卖放，抬棺木来见。"八人吓得目瞪口呆，只得拿了火签，竟奔九龙山来。这一来正是：

　　　　青龙与白虎同行，吉凶全然未保。

　　毕竟不知这回可能捉得刘鸿儒否？且听下回分解。

第二十六回

刘鸿儒劫狱陷三县　萧游击战败叩禅庵

诗曰：

> 妖人簧鼓①害东林，贪令无谋漫请缨②。
>
> 渔色渔财皆利己，盈城盈野不聊生。
>
> 正为一日修夙愿③，至今三县泣残氓④。
>
> 将军鼠窜几无命，幸有禅关可避兵。

不说田知县差人拿刘鸿儒。但说玉支和尚与跛李头陀兴妖作祟，在九龙山越发大肆猖獗起来，引得那一班愚夫俗子，信以为真，四言响应，千万景从⑤。一日，玉支引鸿儒到大殿上，命跛李将法水一喷，传谕大众上堂共照真主。众人团团围看，但见刘鸿儒：

头戴冲天翼善冠，身穿蟒龙赭黄袍，腰系蓝田碧玉带，脚蹬金线无忧履，手执金镶碧玉圭。俨然东岳长生帝，浑似文昌开化君。

众人齐声道："一个皇帝，一个皇帝。"跛李道："我自海外

---

① 簧鼓——比喻摇唇鼓舌，散布谣言。

② 请缨——请命，主动请求担当重任。

③ 夙愿——一向怀着的愿望。

④ 氓（méng）——古指百姓。

⑤ 景（yǐng）从——紧相跟随，如影随形。

望气而来，帝星明于青、徐分野之地，我在此三年，今日始遇真主。你们俱是从龙辅佐的，且回去，明日分班来照。"都拥着刘鸿儒回到方丈前坐下。跛李喊道："玉支，此是什么时候了，还不出来议事。"玉支笑着出来道："日期近了，还有何说？"那刘鸿儒如泥塑木雕的一般，莫知所措。只见一个斋公唤做黄统，说道："如今虽是天数，但无兵将安能成事？"玉支道："有，有，有！目下俱来也。"叫取斋簿来。管事的将簿子呈上。又叫鸣鼓聚众，一同来到殿上。玉支道："数皆前定，你我俱是一会之人。富贵福禄各人分定，强勉不得。尔等愿留者可到池边去照各人的官爵，不愿者即今便行，不可在此搅扰。"那些愚民前被镜子照过，已早惑动了，今又照出真主来，便各思做官图富贵，没一个不肯去照，于是齐志道："弟子等蒙老爷教诲，众人皆情愿辅佐老爷，官禄大小，各听天命，何敢妄求。"玉支道："既汝等齐心，须照簿上次序，十名一班，去照文武官爵，各注在本人名下；若无官爵者，亦不必烦恼。"众人应声，逐一点名，随着跛李往照去了。

少刻，只听得一片笙歌细乐，迎着一簇妇人，往西首静室里去。人传说道："照出三宫皇后来了，中宫是乜淑英，东宫姓缪，西宫姓梁，俱是有丈夫的。"此时也顾不得他丈夫肯不肯，竟自送到刘鸿儒房里，听其受用。随后跛李拿出几个簿子来，对玉支道："照出文官四十二员，武官五十一员，其余头目不算。"文官以叶晋、黄统为首。武将为首四员：一个叫做龙胜，果然生得魁伟：

虎头燕颔气昂藏，凛凛身躯八尺长。

惯使钢鞭多勇猛，纵横到去不能当。

一个名唤戚晓，原是戚总兵①的家丁，却也生得十分骁勇：

胆大心强志气高，冲锋入阵夺头标。

家传韬略人争美，却是东莱产俊髦②。

一个姓车名仁，陕西人，生就一身斑纹，也是一条好汉：

生成虎体锦斓斑，炯炯双眸贯斗寒。

赤发黄须真异像，双刀举处没遮拦。

一个就是东阿人，姓陈名有德，其人生得身材瘦小，却也狡捷：

凹鼻尖头两眼圆，身轻捷便胜猱猿。

飞墙走壁浑闲事，万马军中敢占先。

玉支将四人用为头目，选内中精健者分作四队，往前山操演，就令防守山场，不许闲人出入，恐传扬出去。且治酒与真主并三位皇后贺喜。

正在分派未了，忽有人报道："邹县有差人来了。"刘鸿儒忙起身躲避。跛李道："放他进来。"却是四个快手、四个皂头气昂昂的走进来。黄统陪他们坐下。茶罢，问道："列位到此有甚公干？"一个道："我们奉本县田爷之命，来拿刘鸿儒的。"黄统道："刘鸿儒久不在此，二月间往徐州买米，至今未来。"一个快手道："胡说，他的妻子现拿在县里，招出他在此做会。可快叫他出来，你们各散的好，不然，滚汤泼老鼠，一窝儿都是死哩！"管事的摆上斋来，众人不吃。黄统再四央求，才做张做势的吃

---

① 戚总兵——戚继光。

② 俊髦——英武雄壮之士。

了。此须取出四十两银子出来，道："委实不在此地。这些须薄敬，求列位笑纳，方便一二。"众差人道："方便不得，张治、胡镇已打得快死了，监禁至今。他若不出来，我们先带你等去回话。"一个拿着铁绳就来锁黄统。众人忙上前来劝。那起差人狐假虎威的，那里睬他，只是乱骂。只见跛李大叫道："公门中好修行，自古道：'与人方便，自己方便。'人是果然不在这里，你们弄几两银子家去的到便宜，何苦这般凶狠！"一个少年快手骂道："你这饿不死的黄病鬼，也来硬嘴，连这秃驴也带了去！"就向前来锁。跛李笑道："来！来！来！一不做二不休，我到与你说好话，你到来太岁头上动土了！"众差人齐嚷道："是哪里来的这个野畜生？先打他个半死再讲！"齐奔上前。跛李也不慌忙，掣出戒刀，将先上来的一刀砍下头来。那七个慌得乱嚷乱窜，被众人一个个都拿下。跛李指着骂道："本该都砍了你们的驴头，但官差吏差，来人不差。我今且放你回去，与你那诈害百姓的狗官说：我们在这里讲经教善，害他什么事？他既诈了我们几千两银子去，又要来拿人，刘爷可是他拿得去的！叫他把颈脖子洗洗，来领刀去罢。"七个人战兢兢的抱头鼠窜而去。

跛李叫人把尸首拖到后山烧化，便请众人出来商议道："如今杀了差人，势不容已，可传令吩咐四将，谨守山口。即令人往邹县、东河两处探信，早晚必有兵来，我们好作预备。我去请两个人来御敌。"说罢，竟自去了。晚间仍置酒与三个妇人玩耍。鸿儒道："不意弄假成真，把事弄大了，身家难保，屈陷父母、妻子在狱，如何是好！"心中忧惧不安。

过了三日，跛李自处叫进来道："快些来接客。"玉支同刘鸿儒等忙出门迎接。只见一男一女，骑着黑白二驴。鸿儒上前施礼，二人下驴相见，迎入方丈内坐下。二人俱是道妆打扮，那男子是：

白袍四边沿皂，丝绦双穗拖蓝。手摇羽扇透天关，头上纶巾彻岸。颔下长髯飘拂，耳边短鬓弯环。冲虚雅度出尘凡，堪作三军师范。

那女子也是雅淡妆束：

玉质梨花映月，芳姿杏蕊生春。凌波点点不生尘，卸却人间脂粉。

素服轻裁白纻，竹冠雅衬乌云。轻烟薄雾拥湘裙，小玉双成堪并。

二人俱是清年秀质，叙礼坐下。鸿儒道："远劳二位仙师俯临，有失远迎，罪甚！罪甚！敢问尊号？"跛李道："这位仙丈道号元元子。这位就是他阃君①真真子，是我昔日海上的相知，叼在他爱下，故请来扶助真主。"玉支道："敢问尊姓？"元元子道："山野之人，不挂姓名于人世久矣，只称贱字罢了。"茶罢，摆斋。跛李道："探事的可曾回来？"黄统道："来了。邹县见杀了他差人，便十分防守，已详上司请兵来剿，城门上严谨的盘诘哩。前日张翰林往南京去的，马牌都是从城上吊进去的。"元元子道："必须先发制人，事不宜迟，先去取了邹县，一则救取家眷，二则取仓库钱粮，以供军需。"玉支道："我已有计了，只须如此如此。"跛李道："好计，此是初出茅庐第一功。"即刻传令，

---

① 阃（kǔn）君——阃指妇女居住的内室；阃君即妻子。

派人办起行头来起身。真真子便到内里去相见。

　　却说田知县见说杀了差人，大惊道："这厮们敢于如此横行，其心大不善。"连夜备成详文，请兵征讨。一面拣选民壮士兵把守城池，严查出入，盘诘奸细。又恐东阿土城难守，遂将县事托与县丞，他往东阿去料理。这县丞本是吏员出身的，到也谙练①，各事谨慎，昼夜提防。到第三日，探马报道："张翰林到了，离城只有四十里。"县丞便吩咐预备下程，打扫公馆伺候，传夫迎接。自己却不敢擅离，只在城下迎接。午后先到了三个家人，押着八抬行李，逐一拐明进城。至将晚时，许多家人拥着一顶官轿，后随六顶小轿，十六匹马，一哄而入。县丞迎接到了公馆，谒见过，复到城上柑点。更夫、巡守回衙，犹不敢脱衣，只得连衣而睡。

　　到三更时，睡梦中忽听得一片呐喊之声，忙跳起来看时，只见窗子上照得如同白昼。只说是城中失火，忙赶出堂上。只见衙役报道："不好了，贼兵已进城了。"忙问道："是哪里的贼？"报事的道："北门已开了，不知是从哪里来的。"正说间，只听得外面一片响声，早有数十人抢入衙门内来，手持器械打开狱门，把众囚尽行释放。四围火光烛天。县丞见事不谐，忙转身入内。不意隔壁察院衙内墙上跳下几个人来，手起刀落，将衙内的人，不论男女，杀的磬尽。直到天初明时，刘鸿儒进城，才传令救火，将老母、妻子安插后堂，复升堂聚众。诸将都来请功。

　　原来昨晚之张翰林，就是玉支等着人妆来的。玉支、跛李等

──────────

　　① 谙练——老练。

也到堂上坐下，叫人把张治、胡镇带来，二人战兢兢地跪下。刘鸿儒扶起道："为小子的事，连累二位吃苦。如今敢求同举大事，共享富贵。"张治道："小人是守分良民，如何可随你做这样事？"黄统道："田知县怪你二位卖法受赃，他得了银子，将二位过付的必要灭口，以表他之清廉。你不如随了我们，以全性命，并可图下半世的快活。如今上司有甚分晓，官兵单弱，谅无我们的敌手，惟二公上裁。"二人逆料不能脱身，只得应允。

玉支道："今得了县治，可尊刘爷为主，我等序起爵位来好行事。"将公座移上暖阁，请刘鸿儒上坐。鸿儒道："小子无德无才，焉敢当此大任？请那一位老师为尊，小子执鞭可也。""你不为主，何人敢僭越①？"

跛李大叫道：何人敢僭越？我们不过是紫微垣中小星，遂把刘鸿儒抑上座位按住，让众人上堂行五拜三叩首之礼。拜毕，鸿儒只得封玉支为左国师，元元子为右国师，跛李为护法国师，叶晋为左长史，黄统为右长史，龙胜、戚晓为左右指挥，车仁、陈有德为左右护军校尉，张治为冲锋将军，胡镇为破敌将军，母洪氏为太夫人，乜淑英为正夫人，缪氏、梁氏为左右夫人，自称为冲天将军东平王，封真真子为执法仙师，其余文武，待有功时再行授职。一面盘查仓库，修理官房。众人无妻室者，强娶民间妇女，凡美貌者，不论贵贱、有夫无夫，一概掳抢。正是：

乱杀平人不怕天，生民无计乐熙恬。

深闺多少如花女，风雨摧残更可怜。

① 僭（jiàn）越——超越本分，冒用超越自身地位的名义或物品。

这个消息传入东阿，那田知县惊得手足无措，连夜通报各上司，请速调兵征剿。上司正在议兵、议饷未定，又被他连下了郓城、汶上、费县三处。山东、淮、徐俱皆震动。兖州、徐州两处连忙发兵拒之。徐州营守备姓王，是个武进士出身，提了一千兵望沛县来。一路上打探，飞马报道："贼兵已拒夏镇。"王守备将人马扎驻夏镇山口，尚未安定，忽听得一声炮响，山坡下拥出一队人马来。但见：

　　人人虎面，个个狼形。火焰焰赤锦缠头，花斑斑锦衣罩体。诸葛弩①满张毒矢，笔管枪乱逞新锋。当当响动小铜锣，狠狠思量大厮杀。

　　来了约有五六百人，不分队伍，横冲直撞而来。王守备传令放箭。谁知都是些市井无赖、游手好闲之人，何曾会上阵冲锋；况又走了一日，腹中饥饿困乏了的人，一见贼势勇猛，个个都吓得手软脚麻，那里挡得住？押阵的千把总先自逃走，被贼兵四面围住，如砍瓜切菜一般，杀个尽绝。只有百余名马兵，保着王守备逃命。贼兵也不来追，只抢夺器械、马匹而归，回去请功。叶晋道："我们乘胜即去取徐州，顺流而下驻扎淮安，以阻南北咽喉，大事就有几分了。"元元子道："不可！徐州兵虽然败去，淮安乃南北重镇，有河漕两标重兵把守，不可轻取，且无退步。不如先取兖州②为家，借现成王府，免得修造，那时或南或北，进退由我。"跛李道："仙师之言有理。"遂拨龙胜、张治领兵二千为前队，车仁、胡镇为后队，亦带兵二千。元元子带副将四员，

　　────────

　　① 诸葛弩──诸葛亮发明的弩机，此处指射箭的弓弩。
　　② 兖（yǎn）州──县名，位于山东。

二千兵为中军。戚晓引一千兵把守夏镇山口，邀截粮般船。跛李同陈有德领一千兵取郯城①。不题。

且说兖州兵备道奉巡抚火牌，调登州营守备苗先，会同道标把总吴成等，领兵五千剿捕。巡道亦亲自出城扎营，俟各将参谒过，放炮起身，浩浩荡荡的往邹县来。不上五十里远，早有探马报道："贼兵到了。"忙传令下营。苗守备在马上欠身道："待卑职先去冲他一阵。"道尊道："须要小心！"守备道："喏。"催马上前，不上里许，贼兵早到。但见他：

青山缺里卷出一阵没头神，绿柳阴中撞出许多争食鬼。扁扎头巾尽蒙赤绢，棋子半臂皆插黄旗。簇拥刀枪似雪，飘摇旗帜迎风。人人勇健敢争先，个个威风思斩将。

苗先把枪一挥，众兵列成阵势。那贼兵本不按纪律，只是一字儿摆开。当先一员贼将，手挺长枪，跃马冲来。苗先忙上前敌住。战有三十余合，张治渐渐枪法抵敌不住。龙胜见了，舞刀来助，胡哨一声，贼兵齐上，把官兵阵脚冲乱。苗先敌不过二人，只得拨马先走。众兵无主，各自乱窜。贼兵乘势赶来，遇着吴成的兵到悬住，各收军下寨。

次日，吴成出马，贼的中军已到。当不得他的兵多，官兵又折了一阵，巡道只得退入城中保护。贼兵齐集城下，四面攻打。城上矢石如雨，贼兵多伤。元元子叫且退去。晚间与张治商议道："我看此城破于反掌，只是连日日辰不利，七日后才是庚申日，方可破，今日且去惊他一惊。"遂于袖中取出一条树皮雕成

① 郯（tán）城——县名，位于山东。

的小龙来，口中念一个咒语，吹一口气，那龙身上生出火来，鳞甲皆动，冲天而去。少刻，南门城楼上火起。元元子又令车仁领兵去南门，呐喊擂鼓，城中惊得一夜不能安枕。及至天明，见贼兵已退去了。午后探马入城报道："淮安发了两路兵来收复邹县，故贼兵退去，一路是庙湾营游击萧士仁，一路是淮安营参将王必显，共领一万兵来了，随后游御史领兵来接应。"巡道方才放心。

那萧士仁乃山西大同人，原是总兵麻贵的家丁，后以有功升到今职，经过多少大阵，军令严肃，兵皆整练，标下有三四十个家丁，都是能征惯战之人。次早方抵邹县城下，摆开阵势。听到城中炮响，早飞出一彪人马来，为首一员将官，头戴红锦抹额，身穿白罗袍，坐下黄骠马，手执钢枪。后面马上坐着一个头陀，身空皂布直裰，手提浑铁禅杖，背上挂着三四个葫芦。萧洲击问道："来将何名？"贼将叫道："吾乃刘王驾下折冲将军张治，前日杀得你们不怕，还来送死！"萧游击骂道："你这些大胆贼奴，天兵到此，还不下马归降，自思改过，还敢胡言！"提刀直取，二人斗有三十余合，张治卖个破绽，拖枪回马便走。萧士仁拍马举刀赶来，只见那头陀舞动禅杖，放马来迎，让过张治来斗萧士仁。略战数合，也拍马回身。萧士仁大叫道："哪里走！"驰马来追。那跛李等他追得将近，口中念念有词，哨了数声，背上葫芦中冲出一道火光来，直奔官军队里来。萧士仁忙叫退兵。须臾①火光熄处，又是天昏地暗，对面不见人，飞沙走石。官兵道尾不能相顾，各自逃走。

---

① 须臾（yú）——极短的时间，片刻。

萧士仁伏在马上，不分南北，任马乱走。高高低低走了半日，天才明亮。定睛看时，却是月光，但不知是何地方，只远远望见一座树林子。心中想道："林子内定有人家，且去借一宿再处。"于是把马颠进林子。下马定睛四望，见对面山坡下有灯光射出。萧士仁道："好了，有人家了。"把马牵出林来，跳上去对灯光而走。正是：

　　　　未能勋业标麟阁，先向山中叩草扉。

毕竟不知是个什么去处？且听下回分解。

第二十七回

傅应星奉书求救　空空儿破法除妖

诗曰：

虚室旄头夜有光，独驱士马向沙场。

金戈铁甲寒威重，白马红缨志气昂。

阴沴①灭时阳德健，天心正处孽妖亡。

将军功奏明光殿，亩得声名四海扬。

话说萧游击匹马空林，向灯光处来，只见山坡下茂林深处现出一所庄院来，倒也甚是幽邃。只见那庄子：

小径通幽，长松夹道。前临溪涧，泠泠②流水绕疏篱；后倚层岗，迷迷野花铺满路。寂寂柴扉尽掩，悄悄鸡犬无声。月侵茅檐，屋角老牛眠正稳；霜封古渡，桥边渔叟梦俱清。远看灯影隔疏林，近听梵音盈客耳。

萧士仁过了小桥，下马来，将盔甲卸下，稍在马后，走到诘门首叩门。连叩数声，才有人应道："何人黄夜③至此搅扰？"萧士仁道："是过路的，错过宿头，敢借贵庄一宿。"里面开了门，却是个童子，看见萧游击生得魁伟，忙喝道："这

①　阴沴（lì）——阴气，灾气。
②　泠泠（líng）——清凉。
③　黄夜——深夜。

里是清净禅林，没什么，你敢是个歹人么?"萧士仁道:"我是过路孤客，迷了路的，并非响马。"又见一老妪出来说道:"你且在此，待我进去说过，再来请你。"不一刻，老妪手提灯笼出来，引萧士仁进去。开了侧首一间小房与他住。点上灯道:"客官请坐。"萧士仁将马牵进来。老妪见上拴盔甲刀枪，惊道:"爷爷，你说是客人，怎么有这行头? 必是歹人。"萧士仁道:"老人家，你不要害怕。我实对你说，我是领兵征那白莲教的军官，被他用妖法冲散，迷了路到此的。"说着，只见那童子出来道:"官人说，既是位老爷，叫请到草厅上奉茶，官人就出来。"

　　童子执灯引到草厅上，只见里面走出个少年后生来，生得眉清目秀，体健身长。头戴纱巾，身穿士绸道袍，见礼坐下。茶罢，道:"不知大驾光临，有失远迎。敢问尊姓大名?"萧士仁道:"贱姓萧，名士仁，乃庙湾营游击，奉河台调来收捕刘鸿儒的。早间一阵胜了，一阵后遇一头陀，交锋只数合，被他行妖法放出火来，后又天昏地暗，走石扬砂，对面不见人，在下只得信马行来，故此轻造惊动。敢问先生上姓台甫?"那少年道:"学生姓傅，名应星，敝庄唤做傅家庄。不知大人降临，村仆无知，多有得罪。"童子摆上酒肴，二人相逊坐下，应星道:"夜幕荒村，山肴野蔬，不足以待贵客。"萧士仁道:"夜深扰静，蒙见留宿，已觉不安，何敢当此。"数杯之后，上饭，吃毕起身。应星道:"大人鞍马劳顿，请到小斋安置。"

　　二人携手从侧首小门进去，三间小棬，说不尽院宇清幽，琴书潇洒。见壁上挂几副弓箭，床头悬一口宝剑。萧士仁称羡道："先生清年积学，涵养清幽，真是福人，我辈效力疆场，对君不啻①天渊。"应星道："山野村夫，愚蒙失学，自分老于牖下②，坐守田园而已，怎如老先生干城③腹心，令人仰止。"萧游击道："你先生正青年美质，博学鸿才，何不出而图南，乃甘泉石，何也？"应星道："学生生来命苦，先君早逝，与老母居此，启迪无人。自幼爱习弓马，书史不过粗知大义，心中却也要赴武场，奈老母独居，无人侍奉，田园无人料理，故尔未能如愿。"萧士仁道："男子生而以弧矢射四方，大丈夫以家食为羞。就是老夫人在堂，令正夫人必能承顺田园，租税亦有定额。岂不闻立身行道，扬名于后世，显荣父母，方成大孝？目今天下多事，以弟匪才④，尚忝列簪缨⑤，以先生之高才，拥麾⑥持节可操券百得。学生身列戎行，若肯俯此，同往净此妖氛，共成大绩何如？"应星道："多承指数，待学生禀过老母，方敢应命。夜深且请安置，草榻不恭，恕罪，恕罪！"别过进去。

你道傅应星是谁？乃傅如玉之子，自魏忠贤去后，数月而生应星。如玉见丈夫不回，抚养儿子长大。几年后老母又亡。应星

———————

① 不啻（chì）——不止；不亚于。
② 牖（yǒu）下——窗户下。
③ 干城——干，盾牌。干和城都喻捍卫者。
④ 匪才——谦辞，不才的意思。
⑤ 簪缨——簪和缨都是古代达官贵人的冠饰，古时因以为做官者之称。
⑥ 麾（huī）——古代指挥军队的旗子。

到十六岁时，就与他完了姻，自己立志修真，把田园家事都付与儿媳掌管，应星夫妇也十分孝顺。如玉诚心修炼，也是他夙根所种，已入悟后。当晚应星来到佛堂候母，如玉道："来的是个什么官长？"应星道："是庙湾营游击，姓萧的，来征白莲教的。"将前事说了一遍，如玉道："如此妖魔，也恁的厉害。"应星又将萧游击要他同去剿寇立功的话，对如玉说知。如玉道："男子志在四方，你这年纪也该是进取之时，只是建功立业，也要看你的福分如何，你且去安歇，待我替你看看休咎①如何？"他夫妇归房，如玉参禅入定②。天明时，应星起来，吩咐备早饭。只听得佛堂钏磬齐鸣，如玉念早课念毕，拜过佛，应星夫妇才问安。如玉道："夜来我已待你看过，此人可以成功，妖氛不久可净，你的后禄也长，只是贼中有三四个会法术的，诸人犹可，有一个女子十分利害。须去寻个人降他，这壁上有三枝竹箭，是你小时出痘时几危，曾有个道人医好，临行留下此箭，说日后你的功名就在这箭上。你可取下带去，上阵时须防他飞刀厉害，我有书子在此，你可拿往云梦山水帘洞去访孟波老师投下。你须到诚恳求他，自有降妖之法。此老师性最严急，你却不可怠慢他。小心前去立功。"应星领命出来。陪萧游击吃了饭，整顿鞍马，吩咐妻子早晚侍奉母亲，同萧士仁出门上马，齐奔邹县来。

到半路上，遇着手下兵丁寻访，同回营中。各官兵俱来参

---

① 休咎——指吉凶。

② 入定——佛教徒的一种修行方法，闭目静坐，控制身心的各种活动。

见，说："昨晚被砂石打得各不相顾，至二更月上方各回营。不知老爷在何处过这一宿？"萧士仁道："我信马①而行，投到这傅爷庄上借宿，军士们伤损多少？"中军道："兵丁虽被打伤，却未丧命。"萧游击命紧守营寨，置酒与傅应星接风。忽探子报道："游御史带了江淮三千兵至郯城，遇着贼兵，被他杀得全军皆没。王老爷兵已到了，约老爷明早会剿。"萧士仁与傅应星出营到王参将营中，相会而回。各营传令：五鼓造饭，平明出阵。

次早，各自出营，摆下阵场：上首王参将，下首萧游击，中间是傅应星，俱是全装披挂。远远见贼兵纷纷出城，摆定队伍：上首是陈有德，下首是龙胜，中间马上坐的是右军师元元子，头带竹箨②冠，身穿素罗道袍，手持宝剑，背上挂一个竹筒。官兵阵上擂鼓催战，龙胜手舞大刀，竟奔垓心，大叫道："你们不怕，又来送死！"王参将把马一拍，一条枪竟奔龙胜。二人战到三四十合，王参将兜回马，龙胜赶来，等到将近，王参将猛反身，一声大喝，龙胜的马被他一惊，前蹄已失，几乎把龙胜掀下来。连忙带起，被王参将一枪刺中左肩，负痛拨马而回。再来追赶，却被陈有德抢出救回。元元子见王参将追来，忙口中念着咒，把剑向东方虚画一道符，那背上竹筒内嗖的一声响，飞出一把雪亮的刀来，竟奔王参将顶上落来。官兵看见，一齐逃奔。

傅应星看见飞刀，猛想起母亲曾说以竹箭破之，忙取弓搭上一枝竹箭射去，只听得当的一声响，那刀已落去。元元子见了，

---

① 信马——听任马随便走。
② 箨（tuò）——竹笋上一片一片的皮。

心中大怒，复念咒，习起第二把刀来，又被应星射落。一连三次，把三口飞刀都射去了。元元子急了，口中又念动真言，忽卷起一阵黑风来，吹得官兵驻扎不定，依旧四分五落。他也不来追赶，忙念咒收刀回去。入得城来，心中闷闷不乐。玉支道："仙师动劳。"元元子道："我的飞刀百发百中，谁知被他射落，费了许多事才收回来。再取出看时，就如顽铁一般，绝无光彩。"元元子道："罢了，罢了！他不知用甚秽物魇样的，可恨之至。"真真子笑道："今夜不得让他们安逸，且闹他一闹。"袖中取出一道符来，叫一个头目过来道："你把此符拿到战场，拣死尸多处焚之，拨马就回，不可回头，要紧！"那头目领命去了。

再说官兵俟风过去，各寻咱而回。王参将向傅应星称谢道："若非先生神箭，几为他所害。"命营中置酒与应星贺功。饮至更深，忽听得营外喊声四起，只疑是贼兵劫营。傅应星道："此时黑夜，玉石不分，只宜谨守寨门，用枪、炮、箭以御之。"只听得人马绕寨喧阗，直至鸡鸣，方渐退去。日高时探子才来报道："凡营外中枪中炮中箭的，皆是没足僵尸，并非人马。"萧游击道："这又是这贼道人的妖法，似此，何日才得剿除？"傅应星道："不难，二位大人守好营寨，勿与交兵，待学生去请个人来破他。"于是选了个精细伴当①，带些干粮，二人上路奔云梦山来。果然好一座大山，只见：

遮天碍日，虎踞龙蟠。遮天碍日，高不高顶接青云；虎踞龙蟠，大不大根连地轴。峰峦苍翠刹芙蓉，洞壑幽深真窈窕。远观

---

①　伴当——即同伴。

瀑布，倾岩倒峡若奔雷；近看天池，浪卷飞绡腾紫雾。满山头琪花瑶草，遍峰巅异兽珍禽。妆点山容，花石翠屏堆锦绣；调和仙药，疏松丛竹奏笙簧。青黛染成千片石，绛纱笼罩万堆烟。

这山乃鬼谷子修真之所，十分幽秀，与诸山不同。傅应星上得山来，看不尽山中胜景，静悄悄杳无一人，不知孟婆住于何处，来到一座山神庙前，且下马在门槛上小憩①，坐了半日，也不见个人影。渐渐日色西沉，正在彷徨②之时，只见远远的来了一个小孩子，渐渐走到面前，入庙中来烧香。应星等他烧过香，上前问道："小哥，问你，这里有个孟老师父，住在何处？"那孩子道："这里没有什么孟老师。"应星道："孟婆呀。"孩子道："孟婆婆么，过南去那小岭下便是。"应星遂同伴当牵着马，走过岭，远远望见对面小山下有几间茅屋。下了小岭，来到庵前，真好景致，但见那：

苍松夹道，绿柳遮门。小桥流水响泠泠，老竹敲风声戛戛。传言青鸟，时通丹篆下蓬瀛；献果白猿，每捧仙桃求度索。自是高人栖隐处，果然仙子炼丹庐。

傅应星来到门首，见柴扉紧闭，不敢轻敲。少刻，见一青衣女童，手执花篮，肩荷铁锄而来，问道："二位何来?"应星道："峄山村傅家庄有书奉叩孟老师父的。"女童推开门进去，一会儿出来，引应星进去，到堂上，见一个老婆子，怎生模样？但见他：

---

① 憩（qì）——休息。
② 彷徨——徘徊，犹疑不决。

头裹花绒手帕，身穿百衲罗袍。腰垂双穗紫丝绦，脚下凤鞋偏俏。鹤发鸡皮古拙，童颜碧眼清标。仙风道骨自逍遥，胜似月婆容貌。

应星见了孟婆，倒身下拜。孟婆上前扶起道："郎君不须行礼。你自何处而来？因何到此？"应星向袖中取出书子来，双手呈上。婆子拆开看罢，收入袖中，道："原来是傅老师的令郎，请坐。令堂纳福①?"应星道："托庇粗安②。"孟婆道："自与令堂别后，我习静于此，今三十余年。郎君青春多少？"应星道："虚度二十九岁了。"婆子道："记得当日在贵庄时，令堂正怀着郎君，不觉今已长成了。可曾出什么？"应星道："山野村夫，惟知稼穑③，未曾读书，且以老母独居，不能远离。近有官兵来征妖贼，有一相知萧公，欲引小侄立功，奈妖术难降，故家母奉书老师，乞念生民涂炭，少助一二，足感大德。"孟婆道："令堂见教，果是慈悲东土生灵。只是杀戮之事，非我们出家人所应管。且请安置，明日再议。"女童摆上晚斋吃毕，请他到前面小亭上宿。应星心中有事睡不着，只听得隔壁有人读书，于是披衣起身，向壁缝中看时，只见一个小童子，只好十余岁，坐在灯下读书，书上尽是鸟书云篆。不敢惊动他，复回寝处睡下。

天明起来，梳洗毕，女童邀至后堂，婆子摆早斋相待。吃毕，应星又求道："望教师开天地之心，救拔五县生灵于汤火之

---

① 纳福——问好。
② 托庇粗安——托你的福还算平安。
③ 稼穑（sè）——农事的总称，泛指农业劳动。

中，度日如年，惟求俯允。"孟婆道："妖孽虽横，也是天灾之数。那一方该遭此劫，数尽自灭，何须我去。"应星又跪下道："邹县五处，已遭残毁，白骨如山，伤心惨目。渐渐逼近兖州，小庄亦不能保，老师若不大发慈悲，吾母子皆死无葬身之地矣。"言罢，涕泣不已。孟婆道："郎君请起，这事出家人原不该管，但是却不过令堂情意，与郎君爱民之真诚。老身已离红尘，不便再行杀戮，我着个人同你去，管你成功。"便叫道："空空儿何在？"只见外面走进一个小孩子来，向婆子施礼道："母亲有何吩咐？"婆子道："且与客见礼。"应星看时，正是夜间读书的孩子。二人见过礼。婆子道："傅家郎君从征破贼，因妖法难除，傅师父有书来请我，你可代我一走。内中两个僧家是劫内之人，不必说的；还有两个道家，只可善降，不可害他性命。你可收拾，即同了去。"应星想道："这样一个小孩子，能干得什么事。"却又不敢言。婆子早已知道，笑说道："郎君嫌他小么？他的手段高哩。不要小觑他呀。"少顷，空空儿收拾了，同应星作别起身。过了岭来，把伴当的马让与空空儿骑，空空儿道："不用，我自有脚力在此。"向林子里喝声道："孽畜，快来！"只见那林内走出一只小小青牛来，他飞身跃上。

三人同行，不一日到了官营，下马。探子早已报过萧、王二人。二人领众将出营迎接，进中军帐中相见过，请空空儿上坐。众人见是个小孩子，个个惊疑。傅应星道："连日曾交兵否？"王参将道："逐日来讨战，我们皆坚守未出。只夜间被他闹得不能安寝。"空空儿道："怎么样闹？"萧游击道："黄昏时，每日都有人马绕寨喊杀，直到五鼓方得宁静。"空空儿听了，向袖中起了一课，笑道："贼婢可恶可笑！此等伎俩，也来哄人，等他今晚再来，自见分晓。"军中摆了筵宴。

众人饮到黄昏时，中军又来报道："营外又来喊杀了。"空空儿起身道："同诸公出营看一看。"走到寨外，只见四下里乌黑，萧游击叫人点起火把来，空空儿道："火把也不能远照。"便口中念动咒语，向南方吸了一口气吹去，一霎时天地明明如白日一般。少顷，喊声渐近，细看时，原来都是些没头的死尸，皆是战死沙场之人。空空儿把手向空中一招，大风一阵吹过去，来了无数的夜叉，将死尸一个个叉去。众人见了，才各各心服钦敬，回营称谢。宁息了一夜。

那真真子见破了他的法，心内大惊。次日，领大队出城，分成三座阵势。空空儿道："我们也分三队御之：王将军居左，萧将军居右。我同傅兄居中。"也将人马列成阵势。远远见贼兵甚是整齐，只见中军竖着大纛，上面九个金字是："冲天上将军东平王刘。"旗下三沿黄伞，罩着主帅刘鸿儒金鞍白马。只见他：

　　金甲金盔凤翅新，锦袍花朵簇阳春。

　　宝刀闪烁龙吞玉，凛凛威风黑煞神。

左首青鬃马上，坐着护国左军师玉支长老。但见他：

　　五彩袈裟七宝妆，玉环挂体紫绦长。

　　毗卢帽①顶黄金嵌，手执昆吾②喷火光。

---

① 毗卢帽——即僧帽。

② 昆吾——古代宝剑名。

右首黄骠马上，坐着右军师跛李头陀，看他怎生打扮？

素色罗袍结束新，梨花万朵迷层阴。

金箍闪烁光璀璨，禅杖狰狞冷气森。

两边摆着二十员大将，各执兵器，后随一班游兵，那左首引军旗上大书金字，乃"清真妙道护国仙师元元子"。只见他怎生妆束？

如意金冠碧玉簪，绛红霞缀簇金纹。

匣中宝剑藏秋水，腹内丹书隐阵云。

左右两员将官，乃戚晓、张治，引着十数员牙将。右首阵上引军旗，上写的是："冲应玉真护国女师"。那真真子却也打扮的十分俏俪：

锦袍护体玉生香，双凤金钗压鬓①光。

两瓣金莲藏宝镜，十枝嫩玉绾丝缰。

左右两员将官保护，乃车仁、胡镇，也领着十数员牙将。两边弓弩手射住阵脚。

官军营里门旗开处，拥出一员少年骁将，侧首马上是一个小小孩童。贼将见是中军如此两个人，人人皆笑。两边擂鼓催战，一声炮响，贼营中胡镇、张治飞马出来。官军队里萧、王二公接住厮杀。四马踏起征尘，八臂横生杀气，战有四十余合，张治被王参将一枪刺中左臂，负痛败回。王参将把马赶来，这里玉支忙念动真言，将剑指着官军队里，喝声道："疾！"只见就地卷起一阵怪风来。风过处，奔出多少豺狼虎豹来，张牙舞爪，蜂拥而

---

① 鬓——同"鬓"。

来。马见了，先自战栗不行。这里空空儿见了，亦念动咒，将衣袖一抖，袖中放出无数火来，把那些猛兽烧得纷纷落地。细看时，却是纸剪成的。这边跛李在阵上见破了法，旋将背上葫芦揭开，冲出一阵黑气来。霎时间天地昏暗，满天的冰块雪雹打将下来。空空儿便不慌不忙，向袖中取出一面小杏黄旗儿，迎风一展，那冰雹应手而散，依旧天明地朗。空空道："今日晚了，且待明日再战。"贼兵也自着惊，只得将计就计，各自收兵回营。正是：

　　　　劝君且莫夸高手，底事强中更有强。

毕竟不知来日怎样破妖？且听下回分解。

第二十八回

魏忠贤忍心杀卜喜　李永贞毒计害王安

诗曰：

> 千古兴亡转眼过，乱蝉吟破旧山河。
>
> 兵临鲁地犹弦诵，客过商墟自啸歌。
>
> 山气青青余故垒，江声黯黯送寒波。
>
> 图王定霸人何在，衰草斜阳一钓蓑。

话表真真子收兵回城，心中郁郁不乐。玉支道："胜负常情，何须介意？且取酒来解闷。"席散，各归帐中，真真子终是烦恼。元元子道："那人必非等闲之人，高我们一等哩！"真真子道："我们数百年修炼之功，被他破了，如何是好？这样一个小孩子，竟有此等手段！"元元子道："此人亦是我辈中人。"真真子道："待我今夜用摄魂法弄他一弄。"元元子道："不可。一则此法未免太毒，二者恐出不得他的手，反遭其害。且安寝，明日再处。"真真子终是郁郁睡不着，起来秉烛而坐。正自寻思，忽听得屋梁上簌簌有声。抬头看时，只见一个束帖儿凭空飞下。真真子忙拾起，唤元元子起来，拆开同看。只见上面写着道：

> 翻云覆雨笑真真，元儿山中自有春。
>
> 何事不归空着力，却教铅汞送他人。

后写道："空空封寄。"元元子看毕，大惊道："原来是他！"真真子道："一向只闻他的名，怎么是这等一个小孩子？"元元子道：“你也数百岁了，怎还这样少年？他是猿公亲授的高徒，为古今剑仙之宗。我等来错了。近来看刘公专以酒色为事，不像个成大事的，不如见机早去。等他破败之时，再要脱身就迟了。”真真子道：“我们为跛李所误矣。”二人遂收拾了，乘夜飞身跃出城来。真真子向怀中取出纸剪的两个驴子来，吹一口气，喝声道：“起。”就变成两个活的，夫妻各跨一头，向南而去。

次早，萧、王二公升帐，请空空儿计较道：“昨承仙师破了他法，今日必来死战。”空空儿道：“不来了，此刻已去有千里了。”傅应星道：“师兄何以知之？”空空儿笑道：“略施小计，彼必远去，昨夜我有个帖儿送与他，他见了，知道是我，他必含羞而去。只有那个跛头陀，他若不早见机，今日阵上先结果了他。那和尚越发无能为矣。二公可领兵至城下索战，诱他出战，自有道理。”萧、王二人便叫传令，拔寨起身，把人马齐集城下催战。

贼兵见元元子、真真子去了，正在着忙。刘鸿儒道：“我们所赖者二位仙师，今日不别而行，后事如何是好？”跛李大叫道：“主公何以自诿①！这样没始终的人，说他做什么！难道没有他我们就不能成事么？”气愤愤地出来，点齐人马，也不带副将，只自己出城迎敌。官兵见有兵马出来，少退两箭之地。只见跛李头陀匹马当先，手持禅杖，高叫道：“你那不怕死的，速来纳命！”这边王参将接住，大战数十合。空空儿取出杏黄旗来，望着跛李一展，那手中禅杖早已坠落。跛李没了兵器，只得掣出戒刀拦住。萧游击又挺枪夹攻。他如何抵挡得住？欲待要走，无奈二人逼住，难得脱身！于是口中念念有词，弃了马，架起一朵席云，

———————————

① 自诿——这里作自己灭自己的志气。

腾空而上。空空儿将手中棕扇向上一拂，只见他从空中滴溜溜的倒坠下来。傅应星放马上前，手起一戟，刺中咽喉而死。可怜定霸图王客，化作沙场浪荡魂。贼兵无主，官军乘势掩杀，直抵城下。城中见杀了头陀，不可出战。官兵围住，四面攻打。

空空儿回到寨中，对萧游击道："如今妖人已灭，贼众气数将尽，不过旬日间可破。我在此无事，要告辞回山。"萧、王众人道："感承仙师，成此大功，方欲申奏朝廷，题请封号，何以便行？"空空儿笑道："山野之人，素不以功名为念，何须爵禄荣身。傅兄可略送我几步。"拱手别了众人，同应星上马，他骑了青牛。走到二三里，到一林子内，空空儿道："承兄相招，幸不辱命。兄此去，拖金衣紫，且有权贵引援，富贵自不必说。据我看来，兄命中福禄不长，须及早回头，方能解脱，若稍贪富贵，祸且不测。切记我言。"应星道："小弟凡胎浊骨，惟求师兄指教，怎敢贪禄忘亲。"空空儿道："令堂道行已成，佛果将证，老兄若肯早早回头，千日之内弟自来接你。三年之后，不能脱身矣！慎之！慎之！从此一别，后会有期。"说罢，竟入林中，转眼已无踪迹，后人有诗曰：

云踪雾迹杳难穷，挥手功成一笑中。

词组投机应解脱，谁云仙佛路难通。

傅应星下马，望空拜谢，上马回营，与萧、王二公计议，申文抚按。一面装起云梯架炮，连夜攻打。直到半月后，贼军无粮，夜开北门而逸。走不上二里，遇着王参将引兵拦住。贼兵饥饿，无心恋战，队伍杂乱，尽皆被擒。萧游击入城安民，将刘鸿儒、玉支并女眷乜淑英等共十七人，俱上了囚车，解上省来。这里大排筵宴，犒赏三军，抚按题名。迟日旨下，俱斩剐于西市示众。萧士仁、王必显、傅应星等入京升赏。当日憨山和尚诗上说"得意须防着赭衣"，玉支以为吉兆，今日之着赭色衣，可见数已前定，惟至人①先知之。

傅应星回庄省亲，将上项事细细说了一遍。如玉道："既朝廷命你入京受职，也是你建功一场，你可放心前去。只是你富贵虽有，只是你命薄，不能保终。若有权贵来引诱你入党，切不可陷身匪类，图不义之富贵，亦不可说出我来。有个姓田的若问我，只说我已死久了，只说你是三母舅傅襄之子。早早抽身回来，免我牵挂。媳妇不必带去，留他与我作伴。"应星领命，洒泪拜别而去。

三四日间与萧、王二公一同入京。先到兵部里过堂，与科道衙门参谒毕。田尔耕知道，先具眷生名帖来拜。相见坐下，问道："亲家是那一位的令郎？"应星道："先君讳襄。"尔耕道："哦，原来是三哥的令郎，青年伟器，建此大功，可敬！可羡！有一位四令姑母，孀居多年，于今安否？"应星道："久已去世了。"尔耕叹息了一回。又问道："他曾生了个令郎的？"应星道："也殁了。"尔耕道："若论亲家的功，只好授个外卫所之职。此等官清淡，且为人所轻，必须放个京职才好。明日同兄去拜见魏公，他也是府上的至亲，得他的力，留在厂里就好了。明早奉候同行。"说毕，别去。

次日，应星回拜，田尔耕留饭。饭后道："却好今日魏公在私宅，我同兄就去一见。"二人来到魏公府。尔耕先入，去不多时，着长班出来请到后厅相见。尔耕引应星拜于堂下。魏监答了

---

① 至人——指最聪明最有智慧的人。

个半礼道："亲家不须行此大礼。"应星拜毕，扯倚安坐。忠贤上坐，尔耕与应星东西列坐。忠贤问道："亲家是三舅的令郎，令尊去世久了，令堂万福？"应星道："老母多病。"忠贤道："四令姑母去世有几年了？"应星道："有四五年了。"魏监垂泪道："这是咱不才，负他太甚，九泉之下必恨我的。亲家可曾受职否？"应星道："昨已过了部，尚未具题。"尔耕道："论功，只好授个外所千户。毕竟是在京衙门方成体面，爹爹何不发个帖留在卫里？"魏监依允，着人去说，一面待饭。饭罢，魏监道："咱有事要进去，外边若有人问亲家，只说是咱的外甥。"二人答应，别了出来。应星方知是忠贤之子，为何母亲叫不要认他，心中甚是不解。想道："或者我原是舅舅之子，承继来的，也未可知。"又不敢明言。这也是魏监亏心短行，以致父子相逢亦不相认，如此已就绝了一伦了。诗人有诗叹之曰：

不来亲者也来亲，父子相逢认不成。

堪叹忠贤多不义，一生从此灭天伦。

不日兵部奉旨："傅应星授为锦衣卫指挥佥事，萧士仁授为登莱镇总兵。王必显授为松江总兵。余者计功升赏有差。"各人谢恩辞朝不题。

却说魏忠贤自平妖之后，朝廷说他赞襄①有功，加赐他蟒玉表里羊酒。他便由此在朝横行无忌，把几个老内相都不放在眼里，串通了奉圣夫人客氏，内外为奸。内里诸事都是卜喜儿往来传递。惟王安自恃三朝老臣，偏会寻人的过失，一日因件小事，把个卜喜儿押解回真定原籍。

---

① 赞襄——帮助、捐献。

卜喜儿辞客印月，大哭一场。起身时，印月赠他许多金银，又从身上脱下一件汗衫来，与他穿在贴身道："你穿这汗衫，就如见我一样。从容几时，等我奏过皇帝，再叫你回来。"卜喜儿叩头，挥泪而别。忠贤知此事，心中大怒道："我们一个用人，他也容不得，也要弄他去！"于是心中要算计杀王安，即便叫过四个心腹老实来，吩咐道："你们去如此、如此。"四人领命去了。

却说那卜喜儿，带了一个伴当，雇了牲口上路。走到三河县一带，尽是山路，行人稀少，心中抑郁，看着一路的山水。正行之间，只见前面山凹树林内，跳出四个人来，手持利刃，大喝道："过路的，快快献出宝来！"卜喜儿惊得魂不附体，做声不得。伴当道："行李在此，大王请拿了去，只求饶命。"四人道："行李也要，命也要。"伴当见势头不好，撒下行李，先自逃命去了。这里两个人上前，将卜喜儿按倒，剥下衣服，手起刀落，斫①下头来。可怜二八青年客，血污游魂不得归。

四人取了行李、汗衫回复忠贤。忠贤将行囊中金珠财物尽分散了四人，自己将那件汗衫袖入宫来寻客巴巴。宫人道："午睡哩。"忠贤走到房内，只见桌上焚着一炉香，面前放着一杯茶，印月坐在榻床上，手托着腮，闷恹恹地坐着痴想。忠贤道："姐姐有何不乐？特来问候。"印月道："不知怎么的，一些精神儿也没有。"忠贤道："想是记挂着那人儿哩。"印月道："放屁！想谁？"忠贤道："不想那人，可想那汗衫儿看看么？"印月道："果是那孩子可怜，又小心又从不多事，不知这老天杀的为什么不喜

---

① 斫（zhuó）——指用刀斧砍。

他？等迟几日，还要取他回来。"忠贤道："今生大约不能了，只好梦儿中相会罢。"印月道："我偏要弄他来，看老王怎么样的。"忠贤道："我把件东西儿你看看！"向袖内取出汗衫来与印月面前。印月见了道："莫不是他没有穿了去？"忠贤道："我实对你说罢，老王恼他与我们一伙，只说发他回籍，谁知他叫人在半路上将他杀了，我先着人送他去，临死时叫把这件汗衫儿寄与你，代他报仇。"印月听了，柳眉倒竖，星眼圆睁，满眼垂泪，骂道："这老贼怎么忍心下这样毒手！我若不碎剐了这老贼，我把个客字儿倒写了你看。"咬牙切齿，忿恨不已。忠贤道："你不必发空狠，等寻到个计较，慢慢的除他。"印月道："我恨不得就吃这老贼的肉，还等慢慢的！"忠贤道："不难，事宽即圆。"

谁知王安也是合当该死。二人正说之间，只见个小黄门来寻忠贤，忠贤道："什么事？"小内侍道："刑科有本送来魏爷看。"忠贤接过来看时，却是为移宫盗宝、内宫刘成等事的覆本，"刘成等三人已经打死，其羽党田寿等理宜从轻发落"。忠贤袖了此本，起身向印月道："你莫恼，等咱计较了来，管情在这个本上结果他。"便走出宫来，到私宅，叫人请李永贞来计较。

这李永贞原在东厂殷太监门下主文，后忠贤管厂，亦请他来主文，凡事都与他计议。后又访得刘现充长陵卫军，也取了来，改名若愚。因出入不便，哄他吃醉了，也把他阉割了，留于手下办事。这日把本递与他们看，又说道："客巴巴急欲报仇。"李永贞道："只须如此如此，便可送他之命。"忠贤大喜，忙进宫来，与印月说明了。

次日，把本呈上道："他盗去内库宝玩，岂可从轻？"客氏也在旁插口道："李选侍移宫时，这些人也不过是搬的娘娘随身金珠簪珥，何曾盗着乾清宫宝玩，只因王安与这般人有仇，要乘机诈他们的钱，故将他们陷害。李娘娘也十分苦恼，当日也曾奉过泰昌爷的旨看管皇爷，他生的八公主，也是先帝的骨血、皇爷的手足。因王安恼他，说他交通外官，诬他要僭称太后，要垂帘听政，把他逼迁到冷宫，也不等皇爷的旨意。选侍急得上吊，公主急得投井。皇爷也该看先帝面上，怎使他母子受苦、衣食不周？总是王安倚着王爷的势，擅作威福，说皇爷件件事都是他主张，后来与外官交结，不知得了多少钱哩！"皇上道："既不是盗的乾清宫的宝玩，可将田寿们放了罢。"忠贤答应。传旨出来，即皆省释。忠贤又于中主张，叫他们谢恩时就上个本，说："王安要陷害李选侍并奴婢等，因要诈银二万两未遂，故任意加赃，欲置之于死地。"又嗾①给事中霍维华劾王安。客氏又在傍簸弄，激恼皇上。遂至天颜震怒，传旨道："王安结纳朝臣，弄权乱政，诬陷无辜，逼迁妃主，着革职，发南海子净军处安置。所有恩典，尽行缴回。一应家财产业，籍没入官。"

忠贤得了此旨，即刻差出四个心腹牌子头，竟到王安私宅内宣旨，取了他司礼监印，摘去牌头帽，押着起身。王安道："移宫盗宝，皆有实据，咱须亲见圣上辩个明白。"牌子们道："皇上只教押你去充军，谁敢带你去进宫，谁敢带你去见驾！"可怜一个王安，要辩无处辩，只得听他套上铁索，押出朝门，大热天雇了头驴，往南海子来。牌子头复了旨。

魏忠贤满心欢喜，回到私宅，对李永贞道："李二哥好计，

---

①　嗾（sǒu）——挑动或指使别人干坏事。

亏你拔了咱眼中之钉。"永贞道："这是爷的本事，据我的意思，还该早些打发他往南京去才好，如今他虽在外边，他的羽党甚多，过几日或有他的人代他称冤，或是皇上一时心回，取他回来，那时悔之晚矣！"

忠贤道："很是，怎处哩？"永贞道："除非摆布死他，才得干净。"忠贤想了一会儿道："有了。"又进内来与印月商议了。

一日，皇上同一班小内侍在宫中玩耍，忽然对客巴巴道："如今没有王安，朕也玩得爽快些。"印月乘机说道："他虽去了，还在外边用钱买嘱官儿代他出气，说他是三朝老臣，皇爷也动他不得。"皇上道："他竟如此大胆，可恶之至！"即着传谕到南海子去，道："守铺净军王安，不许交通内外人等。如有人仍敢违禁往来，即着锁拿，奏闻治罪。"先王安一到南海子时，还有两个掌家、三四个贴身的老实跟随，其余的都逃散了。王安对众人道："不知道皇上是什么意思，把咱处得这般。"有一个掌家道："这还是霍给事说爷掌监印的根子。"又一个道："这是爷前日要赶客巴巴出宫，他如今要报仇害爷的。"

正猜疑间，只见一个小黄门传了上谕来宣读了。众人听见，皆面面相觑，不敢去，又不忍去。王安垂着两行泪说道："罢了！咱一人做事一人当，怎么连累你们？你们各自散了罢。"两个掌家含泪道："孩子们平日跟爷，吃爷的，穿爷的，撰爷的钱，今日落难时，怎忍丢了爷去？"那老实道："小的们自幼跟随爷，叫小的们到哪里去？生死都随着爷罢了，王安哭道："这也是你的好意，只是你们在此也做不得甚事，又替不得咱的苦，不要连累你们受苦，不如散去的好，你们此去，须寻个有福分、有机谋

魏阉全传

经典书香·中国古典禁毁小说丛书

·372·

的跟随他，再莫似咱这没福的，这等疏虞①，被人陷害，不能管你们到头。"说罢，放声大哭。众人都哭了一会儿，只得拜辞而去。小黄门才去缴旨。只丢得王安一人，冷冷清清，凄惶独坐，终日连饭也无人做。饥饿难挨，正要寻自尽。

忽一日，有四五个人，抬着食盒酒饭，进来道："孙公公拜上王老爷，送酒饭来的。请爷多用些。"王安道："承你爷的情，他还想着我哩。"说着，众人摆下酒饭。王安也是饿急了，不论好歹，只顾乱吃，斟上酒来，吃了几杯。众人收拾家伙，王安还说道："多拜上你爷，没钱赏你们，劳你们空走。"才说完了，忽然大叫一声，跌倒在地，只是乱滚，没半个时辰，七孔流血而亡。来人看着他死了，才去报与忠贤。忠贤即差人来，将他尸首拖到南海子边空地上，一把火化为灰烬。可怜他：

> 正是三朝美老臣，从龙辛苦自经营。
>
> 荣华未久遭谗死，魂断孤云骨化尘。

一霎时将王安烧完，将灰扬去，不留踪迹。题了一本，说王安畏罪自缢身死。那二十四监局都怕魏、客两人的势焰，谁敢代他伸冤？一个个摇头乍舌，不敢惹他。

忠贤又夤缘掌了司礼监印，将李永贞、刘若愚升为秉笔，凡一应本章，不发内阁，竟自随意票拟②，又以王体干、石文雅、涂文辅等为心腹。一个太监李实，原与他交好，就把苏州织造上等一个美差与他。李实也见他威权太重，恐惹他疑忌，忙领了

---

① 疏虞——疏忽。

② 票拟——明朝制度，内阁接到奏章后，用小票写所拟批答，再由皇帝批出，名为票拟，亦称条旨或调旨。

救，便星夜驰驿①往苏州去避他。忠贤送行时，席间托他访问魏云卿与他母亲的消息。一个管御药局的崔文升，因泰昌皇帝崩驾，说他用药不慎，科道交章劾奏，已革了职，此时也来依附他，升了美缺。其余掌家及门下的官，或近侍，或各处的要津，皆使他们时刻在御前打听消息，大半是蟒衣玉带，就是王安手下的人也来投靠。那不服气投他的，俱被他摘去牌帽，或降为火者，或发回私宅闲住。把个皇帝左右，布得满满的私人。

客印月又从中调遣六宫妃嫔，非与他相好者不得进幸。忠贤又差人到肃宁，访他亲兄魏进孝。本县熟人问道："进孝出赘②人家，死已十余年，只有二子。"于是把他长子魏良卿取来，纳粟③做了中书，如今重又题改了武职，荫④了个锦衣指挥。又将客巴巴的儿子侯国兴并兄弟客光先、侄儿客瑶都荫作锦衣指挥，傅应星、田尔耕俱各升一级。又与尔耕计议，要选三千精壮净身男子入宫，习为禁军。正是：

　　　已同红粉联心腹，又取青年壮爪牙。

毕竟不知选得何如？且听下回分解。

---

① 驰驿——古时各省均设有驿站，凡官吏因急召入京或奉差外出，由沿途驿站急供夫马粮食，兼程而进，不按站停止耽搁，谓之"驰驿"。
② 赘（zhuì）——入赘，男方到女方家落户。
③ 纳粟——古代富人捐粟以取得官爵或赎罪的手段。
④ 荫——古代制度由于父祖有功而给予子孙当官或入学的权利。

第二十九回

劝御驾龙池讲武　僭乘舆泰岳行香

诗曰：

> 堪恨奸雄大恶生，乱于禁闼①弄戈兵。
>
> 旗翻太液军声壮，剑拥长杨杀气横。
>
> 忍向昭昭欺国法，却从冥冥媚神明。
>
> 泰山妄祭非今日，漫道威名思也惊。

话表魏忠贤将二十四监局布满他的心腹爪牙，又见辽左多事，皇上留心武备，遂自逞雄心，选了三千青年雄壮净身男子入宫操练，以充禁军。又将他名下官儿，充为把总、哨长。于御营中选进几个教师来教习武艺，着小内侍们引诱皇上到后海子里玩耍。一则引荡圣心，二则假此奉承皇上欢喜。把一座后海子收拾得十分齐整。但只见：

> 花砖砌岸，文石甃②堤。暖溶溶百顷净玻璃。妆就曲江春色；静娟娟十洲通窈窕，造成隋苑风光。织女机丝，直接天河星海；石鲸鳞甲，移来翠水瑶池。到春来和风习习，堤边杨柳绿如烟；到夏来旭日炎炎，水面荷花红似锦。秋来时水天一色，落霞与孤

---

① 禁闼——禁门，指皇宫。

② 甃（zhòu）——砌、垒。

鹜①齐飞；冬来时雪月交辉，玉鉴共冰壶相映。时迎凤舸日边来，常有锦帆天上至。

后海子内原有金章宗李后的梳妆楼在内，左右有金鳌、玉蛛二坊，又新添上许多楼阁，也都十分壮丽：

亭台卷画，岛屿潆洄②。平桥夹镜落双虹。高阁凌霄飞五凤。月轮映水，波纹澄镜浸楼台；宝槛凌风，花瓣随风粘荇藻③。山河扶绣户，日月近雕梁。画栋凋瓷，结绮临春增壮丽；金铺绣幌，瑶宫琼室竞豪华。

又造起许多龙舸凤舰，总选些清俊的小内侍撑篙，鼓棹演习。又选民间十五六岁美丽女子，唱吴歌于其上。那楼船造得十分华丽，但见：

双龙齐奋，彩鹢④争飞。双龙齐奋，荡开水面天光；彩鹢争飞，穿破波心月色。珠帘绣鹄⑤，掩着殿脚女、司花女，尽皆皓齿明眸；桂楫兰桡，忽听得采莲歌、鼓棹歌，都是吴歈越调。驾万里长风，锦缆牙樯天上坐；泛五湖明月，玉箫金管镜中游。

魏忠贤将海子收拾整齐，请皇上游玩。又于海子左边空地做一教场，终日操演。凡兵部的马匹、户部的钱粮、工部的衣甲器械，俱拣上等的关进来，时刻都不敢违误。那班人俱穿了鲜明的衣甲，拿着精利的器械，鸣锣擂鼓，放炮摇旗，日逐的呐喊鬼

---

① 鹜（wù）——即鸭子。
② 潆洄（yíng huí）——形容水流回旋。
③ 荇藻——即水藻。
④ 鹢（yì）——古书上说的一种水鸟。
⑤ 鹄（hú）——即天鹅。

闹。他要买那些人的心，不时来看操、犒赏，又常请皇上赏赐。待操练纯熟，又请皇帝亲阅。自厚载门至教场，一路都是明盔亮甲的官兵。

皇上至演武厅坐下，上列着锦袍玉带的内臣，帘下立着四员金盔金甲的镇殿将军，下面都是勋卫，全妆披挂。将台上高悬着一面大纛，旗旁立着一个守旗将士，看他怎生样打扮：

　　金甲斜穿海兽皮，绛罗巾帻插花枝。

　　茜红袍束狮蛮带，守定中军帅字旗。

站台边立着四员巡哨官儿，也结束得齐整。但见他：

　　三叉宝冠珠灿烂，两条雉尾锦斓斑。

　　柿红战袄银蝉扣，柳绿征袍金带拴。

　　蜀锦袍遮锁子甲，护心镜挂小连环。

　　手中利剑横秋水，肩插传宣令字旗。

台下旗幡队队，戈戟森森，列成阵势，各按方位。东边一簇尽是青旗、青甲、青马、青缨。但见他：

　　轻云晓映春堤碧，簇簇旗幡拖柳汁。

　　锦练斜穿翡翠袍，金盔半掩鹦哥帻。

　　狻猊①绣甲衬猩绒，宝带玲珑嵌绿琮。

　　蓝靛包巾光闪闪，牙幢②开处现青龙。

正南上皆是红旗、红马、红甲、红婴。正是：

　　斗大朱缨飘一颗，猩红袍上花千朵。

　　狮蛮带系紫玉团，狻猊甲露黄金锁。

---

　　①　狻猊（suān ní）——古书上的一种猛兽。

　　②　牙幢（chuáng）——刻有佛号或经咒的（象牙材料）柱子。

岸帻锁金簇绛纱，龙驹千里跨桃花。

祝融①天将居离位，朱雀旗摇映晓霞。

正西上尽是白旗、白甲、白马、素缨。但见：

旗飘白练走如雪，戈戟森森多皎洁。

素色罗袍腻粉团，兰银铠甲层冰结。

獬豸吞头银闹妆，麒麟腰带玉丁当。

太阳凝处寒霜护，白虎生威守兑方。

正北上一簇多是黑旗、黑甲、黑马、玄缨。一个个：

铁骑腾空如地煞，堂堂卷地乌云杂。

雪花乱点皂罗袍，日光掩映乌油甲。

剑似双龙气吐虹，马如泼墨晓嘶风。

牙旗开处飘玄武，黑雾漫漫锁坎宫。

中央皆是黄旗、黄马、黄甲、黄缨。真个似：

一簇黄云分队伍，熟铜锣间花腔鼓。

杏子黄袍绣蟠龙，戗金护领镂飞虎。

翻风锦带束秋葵，出水雏鹅染号旗。

坐镇中央戊己土，高牙大纛拥前麾。

　　五方阵势摆得齐整威严，只听得一声号炮，站台上三声画角，鼓乐齐鸣，将台上扯起一面黄旗来。军中两骑马一对蓝旗，飞也似地来到站台边，下马起奏道："请皇上开操。厅上内臣传旨道："奉上谕，小心操演。"蓝旗答应一声。飞身上马，报入五营。又听得一声炮响，将台上将旗一展，只见摆成一个八卦阵。

---

① 祝融——古代传说中的火神，后亦指司火官。

少顷，又一声炮响，那阵中纷纷滚滚，顷刻间变成一字长蛇。阵势摆过，先演枪炮，后演牌手长枪。正是：箭穿杨叶，齐夸七札之能；枪滚梨云，共羡五花之妙。芦管频吹，胡茄竞奏。

操演已毕，龙颜大悦，即伟下旨："众军将俱着赏金花、金功牌并白银十两酬之；余者各赏银花、银牌；军士各赏银二两。魏忠贤训练有功，亦赏金花牌、锦缎八表里。"各各谢恩，领赏归营。然后大摆筵宴，军中打起得胜鼓来，众乐齐鸣。乐止收兵，尚未尽收，忽正南上鼓角齐鸣，飞出一彪人马，但见得：

杂彩旗幡映日，喧阗鼓角连天。吴绫蜀锦趁风旋，铁甲霜戈布满。灿烂金麾玉节，轻盈宝镫丝鞭。浑如月字下云端，魔女天仙出现。

那枝人马，却是一队女兵，来到站台下扎住。门旗开处，有几十对旗幡簇拥着一员女将，妆束得十分艳丽。但见他：

玉叶冠满簪珠翠，锦花袍巧绣蛟龙。鸳鸯双扣玉玲珑，宝甲连环穿凤。十指轻笼嫩玉，双钩斜踏莲红。娇姿秋水映芙蓉，宝剑精光吐逆。

那女将直至御前下马，叩见皇上。看时，却是客巴巴，妆扮得异常娇艳，比平时更觉风流。皇上大喜，亲举金杯赐酒三爵，特赐金花、金牌表里。手下女兵个个颁赏，命御去戎妆侍宴。饮至半酣，皇上下来，走了一回马。魏监也领着一班小内侍，客巴巴也领一班宫女来走马。正是：

殿前宫女总纤腰，初学乘骑怯又娇。

上得马来才欲走，几回抛鞚①抱鞍桥。

客巴巴上了马，如星流电掣一溜烟的去了。只见：

袅袅身轻约画图，轻风习习扬衣裾②。

双钩斜挂新生月，疑是明妃乍入胡。

各走了一回马，至御前下来。魏忠贤骑的匹玉面龙驹是天闲选乘，谁知走发了性，收不住缰，竟冲上御道来。左右内侍不敢悬他，竟冲到御前。皇上动了怒，取箭将忠贤的马射倒，哈哈大笑。左右扶忠贤起来，竟不到御前请罪，他竟先自去了。皇上同客巴巴又饮了一回才起驾。客巴巴令中军打得胜鼓，直送至宫。

魏忠贤见皇上射死了他的马，心中郁郁不快。回到直房，李永贞等都来问候。忠贤说了一遍。又道："那马平日骑惯了的，到也驯熟，今日不知怎么溜了缰，再收不住？咱昨夜梦一金甲神人，把我一推，不意今日就有此事。我想从前没甚事得罪神圣，只有当年曾许过涿州泰山庙的香愿，至今未还，须要自去一走。"遂叫永贞写了个告假的本，先差人送银子去启建道场。至日，亲来拈香。本下，次日辞朝，把一应事都叫李永贞照看管理，凡奏章紧要者即飞马来报，其余都俟回来票拟。沿途地方官闻得此信，早预备下轿马人夫，一路迎接。也不知费了多少钱粮。他领了一班内兵，簇拥着往涿州来。百官远迎，不须细说。一行仪从甚是齐整。但只见：

羽葆翠盖，凤帜龙旗。职方负弩净风尘，方伯持筹清辇路。轰轰雷响是黄幄车、大辂车、金根车，高卷着珠帘绣幕；层层雾

---

① 鞚（kòng）——指马笼头。

② 裾（jū）——衣服的大襟或衣服的前后部分。

卷是红罗伞、曲柄伞、方沿伞，尽都是翠点珠悬。飞龙旗、飞虎旗，相间着黄旄白钺；日月扇、龙凤扇，相对着玉节金幢。捧香帛的都是锦衣玉带，金鞍白马从容；护乘舆的尽是铁甲金戈，绣袄金盔猛烈。一路上红尘滚滚，半空中香雾漫漫。恍疑凤辇看花回，浑似鸾舆巡狩出。

不日到了涿州，知州等离城五十里迎接。一路来廪给中伙。俱如进御膳的一般。将近泰山庙时，众道士响动乐器，出庙俯伏迎迓。众官俱跪在道旁。进得庙来，至大殿前下轿，礼生迎上殿。忠贤看那醮坛，却铺设得十分齐整。但见那：

琼台九级分，宝笈千函列。数千条绛烛流光，几万盏银灯散彩。对对高张羽盖，重重密布幡幢。风清三界步虚声，月冷九天垂沉澄。金钟响处，高功进表上虚皇；玉佩鸣时，都进步虚朝玉帝。紫绡衣星辰灿烂，芙蓉冠金碧辉煌。监坛神将貌狰。直日功曹形猛恶。道士齐宣宝忏，上瑶台酌水献花；真人暗诵灵章，按法剑踏罡布斗。青龙隐隐开黄道，白鹤翩翩下紫宸。

大殿上贴着一副黄绫织成金字对联，上写道：

贝阙珠宫，鉴草莽之微忱，一诚有感；

金书玉简，降海山之福庆，万寿无疆。

礼生引忠贤上殿，小内侍铺下绒毡，小道士用银盆捧水，净手上香。小内侍捧着香盒，礼生喝礼，上了香，拜了四拜。游览一遍，至方丈内坐下，知州引众道士一一参见。忠贤问道：“合庙多少道士？”住持跪下禀道：“共有四十二众。”又问道：“都有度牒①么?"住持道:"只有十二名是有度牒的。"忠贤道:"你去把名字一个个都开了来,没度牒的,我都给与他做一个胜会,也不枉来此一遭。"道士答应去了。少顷,逐一开了来。忠贤一一看过,并不见有陈玄朗在内,心中疑惑道:"怎么不见他?当日只好十七八岁,如今才好有四十外年纪。又不大,何以不见他?"道士摆上斋供,遂与田尔耕吃罢,心中甚是不快,便早早睡了。

　　次早起来,吃过早斋,高功禀道:"醮坛各色文表齐全,请老爷用押。"忠贤换了蟒衣玉带,众道士一齐响动乐器,引至殿上。礼生喝礼拈香,礼拜毕。东首一顺摆着四张桌子,都铺着龙凤彩袱,上面堆着各色文卷,高功一一指点道:"这一宗是借地建坛表文,这一道是上奏后土皇都地祇关牒,这一道是土府值年太岁并本庙土地,这一宗是开发文书关牒。这六道是本处城隍、四值功曹、本庙护法诸神、泰山顶上传宣急流马元帅、流金大锭帐元帅、九凤破秽上将军。这一宗是本日早朝启上元赐福天官笺文,启请五师真君笺文,启请监坛监斋神将文牒。这一宗是五方五老、玉符云篆五朝真文,启请赦罪地官签文。这一宗是晚赞星关灯祝寿、解劫、上斗姥元君云篆、上奏紫微大帝表文。一桌已完,又一桌上是次日早朝关白庞、刘、荀、毕、陶、辛、张、邓八表天君文移,开天总召名职神员文移,上九天应元雷声普化天尊文表。一总是次日早朝开关门、劈地户、取水火、炼度真文,上南极丹霞大帝取水文移,上东极扶桑大帝取水文移,关白司玉磬神霄劈非大将军,关白司金钟神霄禁坛大将军关牒。这是次日

————————

　　① 度牒——旧时官府发给和尚、尼姑的证明身份的文件。

晚朝解结上释厄水官笺文，劈暗灵符。这是正日早朝启请东岳天齐仁圣帝群笺文，上太乙救苦天尊文表，上冥府十王笺文，又上度老爷三代祖考，下及冥阳界内十类孤魂。这是黄白简，告下斗府七元君一转元灵妙道真经，告下南极长生大帝二转元灵妙道真君，告下东极东华帝君三转元灵妙道，告下东方木公真君四转元灵妙道真君。这是正日早朝关召，交龙金龙关符，启请三清上帝清司黄白简，告下斗姥九凤元君五转元灵妙道真君。告下南岳魏夫人关召青鸾白鹤六转元灵妙道真君，告下南极老人寿星七转元灵妙道真君，告下东华福禄二星八转元灵妙道真君。这是晚朝启请五师笺文，黄白简，告下青城可韩司丈人真君九转妙道真君，告下三天辅教天师十转元灵妙道真君并总醮都公诸疏。这是老爷虔许香愿青词。"道士一一查出，与忠贤画了字，旁边小内侍捧过五十两一封银子、四表礼，做画字礼拜表仪。各神前都拈香，再拜而退。

高功发毕文书，请忠贤到方丈内用午斋毕。同田尔耕在庙闲步，见昔年光景宛然在目，想道："我当初在此与死为邻，若非陈玄朗师父，怎有此日？我今富贵了，到此却不见他，难道他是死了？"睹物伤心，忍不住凄然泪下。又不好哭，又不住泪，只得暗暗拭干，没情没绪的回来。睡了一刻，又起来，叫小内侍唤一个老年的道士来。那道士不知为甚事，战兢兢的跪下。忠贤道："不要害怕，我问你，这庙中曾有个陈玄朗的，怎么不见？"那道士回道："那是小道的师兄，他于二十年前同个云游僧家往青城山朝峨嵋，至今未回。"忠贤道："他俗家有人么？"道士道："他俗家没人了。"忠贤叹息不已。三日醮事已完，忠贤吩咐知州拨腴田①十顷，为庙中香火。每一个道士给度牒一张。吩咐："如换住持，不许妄举匪类，须择有德行者当之。于庙傍空地上建陈玄朗生祠，亦拨田三顷，以供香火祭礼，我自着人来住持。"知州一一答应钦遵。

忠贤正料理起身，只见一个小黄门气吁吁地下马入内。叩了头，走向忠贤耳边低低说了几句。忠贤传令，即刻起马，兼程而回。正是：

　　　　洪恩未报先违愿，片语传来又恼人。

毕竟不知传来甚事？且听下回分解。

第 三 十 回

侯秋鸿忠言劝主　崔呈秀避祸为儿

词曰：

万事转头空，何似人生一梦中。蚁附蝇趋终是幻，匆匆，枉向人前独逞雄。

何必叹飘蓬，祸福难逃塞上翁。狐媚狼贪常碌碌，烘烘，羞恶良心却自蒙。

话说魏忠贤因醮事已毕，正欲起身，只见小内侍飞马而来，向耳边说道："客太太被中宫娘娘赶出宫去了。"忠贤惊问道："为甚事？"小内侍道："因皇上前日在西宫玩耍，一时要往中宫去，客太太说：'中宫娘娘有恙未痊。'皇上道：'既有恙，你可去看看。'客太太领旨去问安，回过了皇上。谁知次日退朝，驾幸中宫，娘娘好好的出来迎接。皇上问道：'闻你有恙，朕来看你，可曾服药？'娘娘道：'不曾有甚病。'皇上道：'昨日朕要来你宫中，客巴巴说你有恙，朕后差了他来看你的。'娘娘道：'他并没有来。'皇上说：'如此说，竟是他的谎了，既欺了朕，就该处他。'皇上在中宫宿了两夜，第三日到李娘娘宫中去了，中宫娘娘即宣了客太太进宫，问道：'我有何病，你就欺瞒皇上？皇上着你来看我，你不来，又说谎。当日太祖爷铁牌上镌着道："宫人说谎着斩。"你今期瞒皇上，就该死。诅咒我也该死，说谎也该死，随你拣哪一件认去。'客太太无言可答，只是叩头求饶。

娘娘道：'且看圣上之面，姑饶一死，逐出宫去。'即刻着四个内宫押着出去，不许停留。客太太用了钱，才得见皇上。皇上道：'你本不该说谎，娘娘若不处分，那法度何在？既叫你出去，这还是从轻，朕也不好挠他的法。你且出去，等娘娘气消一消，朕再来召你。'客太太忍着气回家去了。故此孩子星夜来报爷知道。"

忠贤听了，吩咐即刻起身，兼程回京，百官迎接一概不见，径回私宅。内外官员都来问安，也一概免见。忙换了便服，走到侯家。秋鸿迎接，忠贤问道："太太在哪里？不要恼坏了。"秋鸿道："没得扯淡，恼甚的，来家好不快活，日高三丈，此刻还未起哩。在宫里起早睡晚的，有什么好处？你去烧香，带了什么人事来送我的？"忠贤道："可怜那是个什么地方，还有物事送人？"秋鸿道："你从毛厕上过也要拾块干屎的人，难道地方官就没有物事送你的？好一个清廉不爱钱的魏公公，专一会撇清①。"忠贤道："有！有！有！那里出得好煤炭，送几担与你搽脸。"秋鸿道："那是你这老花子，在那里讨饭时擦惯了脸的。"忠贤道："我把你这油嘴臊根，还是这样出口伤人。"赶上来打他。秋鸿笑着跑进房去，忠贤赶上一把按住道："我不看世面上，就一下子弄杀你才好。"秋鸿道："这才像个皇帝的管家，学了句大话儿来吓人。你只好说得，行不得。"二人闹了一会。忠贤道："趁着月儿没有起来，吵他吵去。"秋鸿道："他在后头椿里睡着哩。"二人携着手往后面走，过一重小门，见一带长廊，秋鸿道："从这小廊转弯进去就是了，你自去罢，

① 撇清——舀上面的清水，把混水留在下面，自己不取，谓把自己说得清白。这里说反话。

我去办早饭来你吃。"说着去了。忠贤转过回廊，见一座小小园亭甚是精致，但见：

香径细攒文石，露台巧簇花砖。前临小沼后幽岩，洞壑玲珑奇险。百卉时摇翠色，群花妖艳栏边。五楼十阁接霄天，绝胜上林池馆。

朝南三间小厅，后面一座花楼，许多斜廊、曲槛、月榭、花台，十分幽雅。正是：

画栋巧缕人物，危楼尽饰沉香。花梨作栋紫檀梁，檐幕铜丝细网。绿绮裁窗映翠，金铺钉户流黄。石脂沱壁暗生光，不下骊山雄壮。

从花楼下一道斜廊东去，才是一座棬，面前小山拳石，盆景花木，见许多丫环在廊下梳头刺绣，或依栏看花，或共相戏耍，一个个都是：

眉蹙巫山攻黛，眼横汉水秋波。齿编欠玉莹如何，唇吐樱桃一颗。鬓䰐①轻云冉冉，脸妍莲萼猗猗。翠翘绿绮共轻蛾，燕赵选来婀娜。

那众丫环见忠贤进来，都站立两旁，有两个即走进去报信。忠贤道："太太起来了没有？丫环道："还未起来哩。"刚走到棬前，丫环出来道："请老爷坐，太太才起来。"忠贤看那棬②内，摆列的古玩书画，无一不精，但只见：

囊里琴纹蛇腹，匣中剑隐龙文。商彝③翠色列苔菌，周鼎朱

---

① 䰐（duǒ）——下垂的意思。

② 棬（quān）——环形门。

③ 彝（yí）——古代的一种酒器。

砂红晕。逸少①草书韵绝，虎头小景怡人。哥窑百坂②列鱼鳞，汉篆秦碑遒劲③。

忠贤闲看了一回，欣羡不已。等得心焦，不见印月出来，只得走进他卧房。只见他房中摆得更十分精致：

箪④密金纹巧织，枕温宝玉镶成。水晶光浸一壶冰，七尺珊瑚红映。屏列玻璃色净，榻镶玳瑁光莹。锦衾绣幕耀光明，玉笋金钩双控。

进得房，只见印月初起，在大理石榻上裹脚。忠贤与他并肩而坐，问他出宫之故。但见他：

眉压宿酲⑤含翠，腮边枕印凝红。宝钩斜溜蓼云鬟，渺渺秋波懒送。软抹酥胸，半韗蝤蛴⑥，纽扣微松。梨花带露倚春风，似怯晓寒犹重。

印月未曾开言，先呜呜咽咽的哭起来。忠贤道："你莫恼，等我代你出气。"印月道："你说的好大语！是他说的，天下只有他大，他是个国母娘娘，要我们早上死，谁敢留到晚？连皇爷也不在他心上。我们纵大，杀了无非是个奴才！今日处了我，明日就要轮到你了，你还说代我出气！"忠贤道："皇上也该有些主意，有事说罢了，怎么就叫你出来？"印月道："皇爷的心都是他

---

① 逸少（shǎo）——晋大书法家王羲之的字。
② 哥窑百坂——哥窑瓷釉面开片有三种：大的纹片称冰裂纹；小的纹片称鱼子纹或百坂碎；另有一种大纹片中夹杂小纹片，因大小纹片颜色不同，则为金丝铁线，称百坂破。
③ 遒劲——形容雄健有力。
④ 箪（dān）——一种盛饭的圆形竹器。
⑤ 宿酲（chéng）——宿醉。
⑥ 蝤蛴（qiú qí）——原指白色的天牛的幼虫，此处当指颈项。

引偏了，一连在他宫中过了两夜，不知怎的撺哄，自然两个人说同了，次早才叫我出来的。"忠贤道："你休谎我，任凭怎样也要代你出这口气。"印月把手向他脸上一抹道："不羞，你弄得他过？"忠贤道："弄不得他，难道他爷老子也处不得！"印月道："皇爷的耳根子又软，岂不护他丈人？你代我将就些罢，莫要惹火烧身。只是我不进去就罢了。"忠贤又温存他一会，代他揩干了眼泪。丫头捧上茶来，忠贤拿了一杯，送到他嘴边。印月吃了两口。

只见秋鸿进来道："日已中了，吃早饭罢。"忠贤道："我也饿了，今日还未曾有点水下肚哩。"秋鸿道："想是害噎食病①吃不下去，不然为什么这时候还未吃饮食？"忠贤道："我连夜来到家即来了，哪里还记得饿？"秋鸿忙叫丫头拿妆盒来，与印月梳头。印月起身略通了通头，洗了脸，穿上衣服。丫头收去梳盒。忠贤对那丫头道："借耳爬子用用。"丫头向梳盒内寻了一会道："太太的耳爬子不在梳盒里。"印月道："汗巾子上有，在床上哩。"丫头便去揭开帐子，向枕边拿汗巾。

忠贤在帐缝中见被中有些动，像有人在内的，便走起来把帐子揭开，只见红衾被内有个人睡着。忠贤将被揭开，只见个后生，浑身洁白，如粉妆玉琢的一般，约有十六七岁的年貌。忠贤道："好快活！"说着便睡上床去，摸摸他。只道是个小内侍，及摸到前头，却是个有那话儿的。这小郎见他摸到前面，忙把两腿夹住，动也不敢动。秋鸿在旁掩口笑道："不要罗唣，起来吃饭罢。"忠贤把那小郎拉起来，穿上衣服。下床来，脸都吓黄了，

――――――――――

① 噎食病——即食道癌。

浑身抖战。忠贤道："你不要害怕，快去梳洗了来一同吃饭。"小郎才去梳洗。印月站在廊下调鹦哥玩耍，未免有些羞涩。忠贤出来拉他一同进来，二人上坐，秋鸿也坐下，叫丫头摆饭。说不尽肴口精洁，只见：

南国猩唇烧豹，北来熊掌驼蹄。水穷瑶柱海参肥，脍切银刀精细。

翅剪沙鱼两腋，髓分白凤双丝。鸡松鹿腿不为奇，说甚燕窝鲟嘴。

秋鸿用金杯斟酒，三人共饮。

那小郎梳洗毕了，来见忠贤，叩下头去。忠贤忙拉他起来道："你是太太的人，不要行这个礼，好生服侍太太。"再细看他，果然生得标致，只见他：

的的眸凝秋水，猗猗脸衬娇莲。柳眉皓齿态妖妍，万种风流堪羡。

冠玉美如女子，汉宫不数延年。梨花风格自天然，阵阵口脂香遍。

忠贤叫他坐在印月肩下，那小郎未免有些悚惧不安之状。印月亦有羞涩之态。只有秋鸿在旁嘻嘻哈哈的斗嘴玩耍，对忠贤道："你说娘的珠子当在涿州，你去烧香，没人事送他罢了，怎么他的珠子也不赎来与他？"忠贤道："一者年远，二者也不记得当在谁家。"秋鸿道："你是张家湾的骡子不打车，好自在性儿，终不然就罢了么？"印月道："你可是枉费唇舌，他如今尊贵了，哪里还用得着人，有心肠来记这样事！"忠贤笑着，把手拍拍那小郎道："有了这样个美人儿，还用别人做什么？"这一句话把个印月说急了，红着脸起身。忠贤也自觉言语太讪，便打了个淡哈哈，起身走到房中，向印月道："咱权别了，再来看你。"印月也不理他。秋鸿送他出来，忠贤道："我斗他耍子，他就认起真来了。"秋鸿道：呆哥儿，我劝你这寡醋少吃吃罢。"忠贤相别上轿去了。

秋鸿回到里面，见印月手托着香腮，恹恹地闷坐。秋鸿便坐了，劝道："娘不要恼。"印月道："都是你风张倒致的，惹的他嘴里胡言乱语的。"秋鸿道："我还有句话要对娘说，若不中听，娘不要恼。"印月道："你自来，那句话儿我不听的？"秋鸿道："古人云：'知足不辱，知止不殆①。'又道：'识时务者为俊杰。'我娘儿两个好好的在家，何等快活？只为他来我家，费了许多唇舌，受了许多气，后来被爹爹撞见，他往京中来，约他到外婆家相会，你看他这负心的可去不去，代累我们吃尽了苦，才得到这地位。他如今这泼天的富贵，盖世的威权，也总是娘带牵他的。如今一切事都要娘在皇爷面前调停，娘的一个珠子他就不记得赎了来，他还说他有掀天的手段，难道这样一个珠子就找不着的？即此就可见他的心了！娘在宫里起早睡晚，担惊受怕的，他在外边狐假虎威，渐渐的事做得不好了。娘在内里倚着皇爷的恩宠，如今皇爷比不得小时离不得娘，他上有三宫六院，下有嫔妃彩女，上下几千人，眼睁睁看着，不知怎么妒忌娘哩，娘一个人怎么弄得过这些人？况皇爷少年的心性，又拿不定，倘或一朝有些破绽，虽无大患，却也没趣味。就是前日中宫叫娘出来，皇爷若要留娘何难，毕竟他夫妻情分上不肯违拗。他老魏说代娘出气，那都是浑话，中宫是个主母，他一个家奴，能奈何得他么？娘在

---

① 知足不辱，知止不殆——知道满足就不会受辱，知道中止就不会遭危险。

外边何等快活，又封了二品夫人，哥儿又是禁卫大臣，锦衣玉食，受皇家的恩宠，歌音舞女，高堂大厦，哪一个官儿不奉承你。若到里面去，未免到要做小伏低，撑前伺后的。虽然皇爷宠爱，不如家中行乐的长远。据我说，只是不进去的好。切不可听老魏啜哄，明日做出坏事来，还要连累娘也不得干净。"印月听这一席话，也不言语，只略点点头而已。这才是：

侃侃①良言金石同，如何徒说不能从。

当年若肯将身退，安得身靡奸党中。

且说魏忠贤一路回来，心中懊悔不已，因一时不存神，言语激恼了印月，遂不进去。次日，李永贞、刘若愚等俱来参见。永贞道："涿州泰山庙住持来谢，说本州岛已拨了田给他领了。"忠贤道："叫他进来。"道士进来，叩了头跪下。忠贤道："前日多劳你们，本庙仍着你做住持，陈师祠我迟日就有人来侍奉香火。"道士领命叩谢而去。忠贤就叫李永贞行文到蓟州去，取城隍庙道士玄照来京听用。

永贞佥②了文书，着个校尉到蓟州，下了文书。知州出票传玄照。那玄照自师傅死后，家业渐凋。是日见了差人来叫，只是拆措些酒钱，与他同到州里来。知州见了道："奉东厂魏爷的钧旨来叫你。你速去收拾行李，明早来同去。"玄照听见东厂叫他，吓得面如土色，魂不附体。知州道："你不要怕，必不难为你。"叫原差同他回庙收拾，次早知州当堂交与，校尉带了出来，向他要钱。玄照本无甚家私，此刻又无处供贷，只得把住房典出五十两银子来，将四十两送与校尉，留十两为路上盘费。他一个师叔

---

① 侃侃（kǎn）——说话理直气壮，从容不迫的样子。

② 佥——同"签"。

对他道："俗话说得好：'朝里无人莫做官'，你到京师举目无亲，没人照应，我想这里的崔呈秀老爷现在京做官，你去求他家封家书，去请他照看你一二。况他平日也曾与你相好，有封书子去，也好歹有些照应。"玄照道："甚是。"遂拉了他师叔并两三个相好的道士，来到崔家。正值崔公子送客出来，众道士上前施托，将求书之事说知。崔公子道："好，我正要寄信去，苦无的人。诸位请进来少坐，我就写来奉托。"众人到厅坐下，茶毕，崔公子拿了家书出来，道："拜烦到京，就送与家君。内中有两件紧要事，立等回信的。"众道士作揖相谢出来。

玄照即同校尉星夜进京。到了时，即至魏监私宅交令。恰好忠贤在家升厅发放①，校尉带上玄照，忠贤吩咐校尉退出。玄照在阶下叩头，忠贤道："起来罢，随咱来，有话对你说，不要害怕。"把他引到侧道一个小厅上，忠贤上坐，叫玄照旁坐。玄照跪下道："贫道怎敢。"忠贤道："不妨，你是方外之人，又是旧交，坐下好谈。"玄照只得叩头，起来坐下。忠贤道："你师父好么？"玄照道："师父去世久了。"忠贤道："你家私何如？"玄照道："淡泊之至。"忠贤笑道："想是你不成才，大赌大吃的花费了。我叫你来，有事用你，我如今在涿州泰山庙旁起了一座藏经阁，缺少个住持，今授你做个护藏的道官，有香火田二顷，再送你五百两银制备衣履盘费，你可去么？"玄照道："蒙老爷天因差遣，敢不如命。"

忠贤叫看饭来。小内侍摆下饭，恰好侯七官也进来，相见坐下，同吃了饭，忠贤道："你且在朝天宫住着，等涿州的祠宇完

---

① 发放——此处当处理事务讲。

了工，便来请你。老七可同他去走走。"二人辞了出来。那玄照平白的得了这一套富贵，喜出望外，上了马同到朝天宫来。道士见说是厂里送来的，各房头都来争了去住，玄照坐定，向侯七道："厂里这位老爷有些面善。"侯七道："就是当日贩布的魏西山，你不认得了么？"玄照愕然道："原来是他！我说他怎么认的我的。老爷府上住在哪里？"侯七道："手帕胡同，问奉圣府便是。"玄照道："明早奉谒①。今日先要到崔爷处下书子，因他公子立等回信。"侯七道："这等我且别过。"侯七上马去了。

玄照取出书子，雇了驴到顺城门来，问到崔御史的下处。门上人回道："老爷注了门籍，概不会客。"玄照道："我从蓟州来的，有你老爷家书在此。"把门的不肯代他传。却好一个家人出来，认得玄照，问道："师傅几时来的？"玄照道："才到的，大相公有家书在此，说要立候回信的。"家人领他到厅上，道："师傅请坐，我请老爷出来。"少刻，崔呈秀出来。玄照跪下，呈秀忙扯住道："行常礼罢。"坐下，问道："东厂叫你为何？"玄照将前事说了一遍，呈秀惊讶道："好呀，你竟得了这般际遇②！他怎么认得你的？"玄照道："他就是当年在我们那里贩过布的魏西山。"呈秀点首嗟叹道："哦，原来是他！"玄照道："闻得老爷巡按淮扬的，那里有个花锦地方。"呈秀道："地方虽然繁华，这却是个中差，只落得有食用，赃罚有限，要不得钱的。我只因多劈了几块板用，也是慈惑念头，谁知堂尊高功说我受赃，把我参了，故此注了门籍，不便会人。"玄照道："老爷何不寻个门路挽回？"呈秀道："也想要如此，奈无门路。"玄照道："贫道到有条

---

① 奉谒——拜见。

② 际遇——（多指好的）遭遇、机遇。

好门路。"呈秀道："是谁?"玄照道："布行侯少野之子老七,今早在魏爷府中会见,贫道问他的住处,他说在奉圣府中便是。他原是魏爷的厚人,老爷何不托他引进,魏爷内中解释,自可挽回。"呈秀欣然道："妙呀,就劳你代我介绍,事成定当厚谢。"玄照道："事不宜迟,我就代老爷说去。"呈秀道："好极!"即着长班拿马来,吩咐道："你随这位师傅到奉圣府拜客去。"

玄照别了出来,同长班上马,来到侯家门上,用了钱,传帖进去。侯七出来相见,问道："可曾会见崔少华?"玄照道："会过了,正为他的事而来。"把前事细细说了一遍。侯七道："事也可行,只是上司参属官,恐难于调护。我也不得深知,我去寻他个贴己的人来问问,他说可行便行。"玄照道："事紧了,速些为妙。"侯七道："晚间你来讨信。"玄照道："如此说,我先别过,晚间再会。"侯七道："你在客边吃了午饭去。"二人吃了饭。玄照回来回复呈秀,呈秀留住吃酒。侯月上时,玄照又来侯家问信。侯七道："我问他掌家的李永贞,说上司参属下难以调护,老爷不肯管,如今只有一着,他若肯拜在老爷名下为义子,不但可免降调,并将来有得美差。若行时,须在今晚议定,先会老李说过,明后日就好行事。"

玄照作别回来,到呈秀寓所。呈秀在书房等信。玄照对他说了,呈秀事到其间,也说不得了,随即换了衣服,同玄照到了侯家,会见侯七,便允侯七一千两谢礼。然后领来见李永贞,等了一个更次才出来,呈秀见了礼,呈上礼单,约有千金之物。永贞道："学生无功受禄,决不敢领厚赐。"侯七道："有事相烦,仗鼎力①，不必过推却了。"永贞道："礼过重了，何以克当②。"呈秀道："些须薄敬，幸勿见笑。"永贞才叫家人收了，问道："七兄可曾对崔先生说？"侯七道："说过了，但凭主张，只求速为妙，恐迟了，本下来就难挽回了。"永贞道："咱明日进去，先把本查了，按住这里，崔先生速速备礼，后日老爷回宅时，咱自差人奉请，老爷是好奉承的，先生须要谦退些。一则老爷有事，轻易难得见面，你既在他门下，出入就可不拘时刻；二则是他义子，他就好代你委曲，人也说他不得。"呈秀道："多谢公公抬举。"永贞道："只是以后你们是父子之亲，把咱们都看不上眼了。"说罢哈哈大笑。呈秀告别，同玄照回寓。

留住过了三日，李永贞差人来说："明日魏厂爷回宅，可清晨来见。"呈秀重赏来使，连夜收拾停妥，五鼓时，即穿了素服角带，到魏府门首伺候。钱都用到了。等到辰牌时，李永贞才出来道："老爷穿衣服，将出厅了。"呈秀到厅前伺候，只见厅上猩毡铺地，金碧辉煌，中间摆一张太师椅，锦绣坐褥。

少刻，有几个穿飞鱼系玉带的内官出来，站立两旁。忠贤是立蟒披风，便服出来，朝南坐下。李永贞带崔呈秀上厅相见，拜了八拜，忠贤把手略拱一拱。拜毕，复又跪下，呈上礼单。忠贤看见上开着是：

五色倭缎蟒衣二袭	夔龙脂玉带一围
祖母绿帽顶一品	汉玉如意一握
金杯十对	玉杯十对
金珠头面全副	银壶二执

---

① 鼎力——敬辞，大力的意思。
② 克当——能当得起。何以克当：担当不起。谦词。

花绉四十端　　　　锦缎四十端

绫罗四十端　　　　白银一万两

　　忠贤笑道："只来见见罢了，何必又费这事？咱不好收得，还收回去。""呈秀又跪下道："不过是孩儿一点孝心，求爹爹莞纳①。"忠贤道："也罢，随意收一两色儿，见你个来意。"呈秀长跪不起道："爹爹一件不收，孩儿也不敢起来。"忠贤笑着，只得叫人全收了。下坐携着呈秀的手到内书房来，只见筵席已摆现成。忠贤要安席，呈秀再三恳辞道："为子者怎敢当，请爹爹尊重。"说毕走上去，将自己一席移到东首。忠贤不肯面南坐，也将席移斜些坐下。传杯弄盏，说说笑笑，直饮至更深方散，宛如父子家人一般。可叹：

　　　　爹生娘养浑如戏，不当亲者强来亲。

　　毕竟不知呈秀拜在忠贤门下，后来如何？且听下回分解。

---

　　①　莞（wǎn）纳——笑纳。莞，微笑。

第三十一回

杨副都劾奸解组　万工部忤①恶亡身

诗曰：

> 碎首承明一上书，严严白简映青蒲。
>
> 旁观下石犹堪笑，同室操戈更可虞。
>
> 漫把高名推李杜，已看蜀党锢黄苏②。
>
> 片言未落奸雄胆，徒惜孤忠一夕殂。

却说崔呈秀拜了魏忠贤为干父，饮酒回来，何等快活。次早，又备了礼，写上个愚弟的帖子，拜魏良卿与田尔耕。先拜过尔耕，才到魏府谢酒。见忠贤，拜谢毕，坐下。忠贤道："咱昨日想起来，当日在蓟州时与二哥原是旧交。咱如今怎好占大，咱们还是弟兄称呼罢。"呈秀离坐打一躬道："爹爹德高望重，今非昔比，如今便是君臣了。"忠贤呵呵大笑道："好高比！二哥到说得燥脾，只恐咱没福，全仗哥们扶持。"茶罢，呈秀起身。忠贤对侄儿良卿道："你同崔二哥去看看姑娘，说咱连日有事，迟日再来看他。"

二人领命，同上轿往奉圣府来。呈秀的长班传进两个眷弟的贴去，同良卿下轿，到厅上。侯七同侄儿国兴出来相见。那侯国兴才有十五六岁，生得美如冠玉。见了礼，坐下。良卿道："姑

---

① 忤——不顺从、不听话。

② 黄苏——宋代诗人黄庭坚、苏轼。两人都有遭贬的经历。

母起来否？"国兴道："才起来，尚未梳洗。"对小厮道："进去对太太说，魏大爷要进来见太太哩。呈秀躬身道："拜烦也代弟说声，要谒见姑母。"国兴道："不敢当。"吃过茶，小厮来回道："太太尚未梳洗，多谢崔爷，教请魏大爷进去。"呈秀对国兴道："小弟特为竭诚来谒见姑母，务必要求见的，请老表兄委婉道意。"国兴道："小弟同家表兄先进去，代吾兄道达。"二人进去一会，同出来，国兴道："家母多拜上崔先生，有劳大驾，因连日身子有些不快，改日再请会罢。"呈秀道："岂有此理！同是一样的子侄，大哥可见得，小弟独不可见，姑母见外小弟了。"良卿道："委实有恙，才小弟就在榻前谈话的。"呈秀道："不妨。小弟亦可在榻前请安，定要求见，少表孝念，就等到明日，弟也是不去的。"国兴只得又进去说。又回了数次，呈秀只是不肯。

直等到午后，才见两个小厮出来，请呈秀等同至内堂。只见猩毡布地，沉香熏炉，摆列的精光夺目。客巴巴身穿元色花袍，珠冠玉带，如月里嫦娥一般。呈秀上前，拉过一张交椅在当中，请印月上坐。印月谦让道："岂有此事。不敢当，行常礼罢。"说罢立在左首。呈秀向上拜了四拜，复呈上礼单。客巴巴接了道："多承厚赐，权领了。"众人分宾主坐下。茶罢，印月对国兴道："留崔先生便饭。"四人起身来到厅上，早已摆下酒席。崔、魏二人上坐，侯七侧席，国兴下陪。侯七安席已毕，阶下响动乐器，本府的女班演戏，说不尽肴核精洁，声韵悠扬。至晚席散，呈秀重赏，入内称谢而散。

次日，魏良卿与侯国兴都来回拜呈秀，呈秀也备席相留。第二日，长班来回道："高大人的本批下来了，着爷照旧供职，只罚俸三个月。"迟不数日，就改授了河南道御史，时人有诗叹曰：

消祸为祥又转官，奴颜婢膝媚权奸。

还将富贵骄妻子，羞杀峨峨獬豸冠。

呈秀从此扬扬得意，大摇大摆的拜客。他同衙门的并魏党中人，都来拜贺，他一一置酒相请。

一日，请了几个科道，内中就有个中书，姓汪名文言，原是徽州府的个门子，因坏了事，逃走到京，依附黄正宾引荐，到王安门下纳了个中书。他先就打勤劳递消息，也与士大夫熟识，及至纳了中书，他也出来攒份子，递传帖，包办酒席，强挨人缙绅里面鬼混。这些缙绅也只把他作走卒。及后王安事坏，他又翻转面皮，依傍魏党，得免于祸。他却旧性不改，凭着那副涎脸、利嘴、软骨头、坏肚肠，处处挨去打哄。今日也在崔家席上，见呈秀也是他一路上人，他便轻嘴薄舌，议论朝政，讥讽正人，调弄缙绅，一席上俱厌恶他。内中有个刑科给事傅槐①，是个正直人，耐他不得，恰好一杯酒到了他，他只是延挨不吃，恣口乱谈。傅给事大怒，当面叱辱了他几句，他就不辞而去。傅给事道："这等小人，岂可容他在朝？也玷辱朝班。"次日，便参了他一本道："汪文言请托过付。"又带上佥都御史左光斗、给事魏大中与他交往。左光斗、魏大中俱上本辩理。

魏忠贤见了这本，大喜道："好个机会！我把那些不附咱的畜生，都拿他们下去，看他们可怕不怕！"此时要害众人，也顾不得借汪文言用用。着李永贞票本，着锦衣卫官即行拿问。那北镇抚司指挥姓刘名侨，却是个正直官儿，见了参疏，道："汪文言原是个邪路小人，只是这些株连的都是些正人君子，平日交往

---

① 槐（kuí）——人名。

则有之，若说过付，却无实据，岂可枉害无辜。"故审问时，连汪文言也不十分用刑，只说他不合依附内监，滥冒名器。左光斗、魏大中得赃，实无明证，但不合比近匪人，只拟革职。呈了堂，田尔耕看了，先自不快道："刘指挥，你得了他们的钱，也该把事问明白了，参本上说有许多赃证，你怎么审得一些儿没有？叫我如何回话？"刘侨道："得赃须有证据，本上说汪文言过付，亦无确证，他也不肯妄认。"尔耕道："着实的夹他，怕他不招！"刘侨道："徒仗威逼，恐他们妄板平人，于心何安？"尔耕道："我实对你说罢：这干人都是厂里老爷要重处的，你今从轻问了，只恐你当不起魏爷的性子。"刘侨道："这也不妨，无不过坏官罢了。"田尔耕冷笑一声道："好个正直官儿！"刘指挥便自题一本上去，只把汪文言拟徒①，其余概不波及。时人有诗赞他道：

> 誓把回光照覆盆，宁思责报在高门。
>
> 公平岂为权奸夺，四海应令颂不冤。

这本上去，魏监见了，大怒道："快传田尔耕来。"一见，便问道："汪文言这事，咱原叫你从重问的，怎么还是这等问法？"尔耕道："是北镇抚司刘侨问的，孩儿曾吩咐过，他不肯依。"忠贤道："他怎么不依？"尔耕道："他平日是个固执人。"忠贤道："若是这等，咱明日就另着锦衣卫堂上官儿问，你可代我出力。"尔耕道："孩儿只依参本上问就是了。"忠贤留尔耕饮酒。只见李永贞差人来说道："副都杨涟有本，劾爷二十四罪款。"忠贤道："他的本在哪里？"来人道："在御前，尚未拆封哩。"忠贤叫请李

---

① 拟徒——拟判徒刑。

永贞、刘若愚、崔呈秀等都来商议。不一时俱到。忠贤道："杨涟为何参我？"呈秀道："孩儿访得外面的光景，不止杨涟一个，附会而起者甚多。"永贞道："总因爷拿了汪文言，里头牵连了众人，那些人恐不害爷爷就要害他的，这些人急了，故此结党而起。这也是骑虎之势。据我想，不如把汪文言依拟问徒，准他纳赎，这些人放了心，气息下去，自然不上本。"尔耕道："不好，认他们上本，只是按住了不与圣上见，怕他怎么？"呈秀道："这些官一窝蜂的上本，若知道留中不发，他们就越来得多了。须寻他们个空隙，重处他几个，自然怕。"五人饮酒计议，不题。

且说副都御史杨涟，见忠贤乱政，心中大怒。近日又见拿了汪文言，要诬害无辜，对谕德缪昌期道："弟受先帝顾命，凭几之时，犹言致君当如尧舜。今日反使骦、共①在庭，弟有何面目见先帝于九泉。"遂于六月初四日，将忠贤恶迹大罪，列成二十四款上奏，其略曰：

都察院副都御史臣杨涟题：为逆珰②怙势作威，专权乱政，欺君蔑法，无日无天，大负圣恩，大干祖制。恳速奋干断，立赐究问，以救宗社事。太监魏忠贤，原一市井无赖，中年净身，黉入内地。皇上念其服役微劳，拔于幽贱。初犹谬为小忠小信以幸恩，既而敢为大奸大恶以乱政。祖制，原以票拟托重阁臣。自忠贤揽权，旨意多出传奉，真伪谁与辨之？乃公然三五成群，喧嚷于政事之堂，以致阁臣求去，坏祖宗二百年之政体。其大罪一。

阁臣刘一亲定大计，冢宰周一谋力阻后封，忠贤急于剪己之

---

① 骦、共——指骦儿、共工，尧的臣子，后与三苗、鲧并称为"四罪"，被舜流放于幽州。
② 珰（dāng）——指宦官。

忌，不容皇上有不改父之臣①。其大罪二。

先帝一月宾天②，进御进药之间，普天实有饮恨。执春秋讨罪之义者，礼臣孙慎行也。明万古纲常之重者，总宪邹元标也。忠贤一则逼之告病去，一则嗾言官论劾去；顾于气毁圣母之人，曲意绸缪，终加蟒玉。亲乱贼而仇忠义，其大罪三。

王纪、钟羽正为司徒，清修如鹤，忠贤皆使人陷之，不容有正色立朝之臣。其大罪四。

国家最重，无如枚卜③，忠贤一手握定，力阻孙慎行、盛以弘，更以他辞锢其出，是真欲门生宰相乎？其大罪五。

爵人于朝，莫重廷推。太宰、少宰所推皆点陪贰。致名贤不安位去，忠贤则颠倒铨④政，掉弄机权。其大罪六。

圣政初新，正资忠直满朝，荐文震孟等十九人，抗论稍忤忠贤，则尽遭降斥。屡经恩典，竟阻赐环。长安谓"皇上之怒易解，忠贤之怒难测。"其大罪七。然犹曰外庭臣子也。传言宫中贵人，荷上垒注。忠贤恐其问已，托病掩杀，是皇上亦不能保其贵幸矣。其大罪八。然犹曰无名封地。裕妃有喜得封，忠贤以抗不附已，矫旨勒令自经⑤，是皇上又不能保其嫔妃矣。其大罪九。然犹曰在嫔妃矣。中宫有庆，已经成男，乃绕电流虹之祥，忽化为飞星堕月之惨。忠贤与客氏实有阴谋，是皇上又不能保其子嗣矣。其大罪十。护持先帝于青宫四十年，操心虑患者，王安一人

---

① 不改父之臣——忠心秉承君父旨意的臣子。
② 宾天——古称帝王去世。
③ 枚卜——原意为一一占卜。古代以占卜的方法选官，因泛指选用官员为"枚卜"。
④ 铨——选拔审查的意思。
⑤ 自经——自缢、上吊。

耳。王安于皇上受命，亦有微功，而忠贤以私忿，矫旨掩杀于南海子。是不但仇王安，实仇先帝于皇上矣。其大罪十一。奖赏祠额，要挟无穷。近又毁人房屋，以建牌坊，镂凤雕龙，干云插汉，茔地规制，僭拟陵寝。其大罪十二。今日荫中书，明日荫锦衣。如魏良弼等，金吾之堂口皆乳臭，诰敕①之馆目不识丁，甚亵②朝廷之名器。五侯七贵，保以加兹？其大罪十三。近更手滑胆粗，枷死皇亲家人者，竟欲扳害皇亲，摇动三宫。若非阁臣立持，椒房之戚又兴大狱矣。其大罪十四。良乡生员章士魁，以争煤窑伤其坟脉，托言开矿而杀之。假令盗长陵一抔土，又将何以处之？是赵高③鹿可为马，忠贤煤可为矿。其大罪十五。生员伍思敬、胡遵道等以侵地纳事，以致囚阱，使青磷赤骨之气，先结于辟宫泮藻之间。其大罪十六。未也，明愚监谤之令于台省。科臣周士朴在工言工，忠贤停其升迁，使吏部不得专其铨除，言官不得司其封驳，致令士相困顿以去。其大罪十七。未也，且将开罗织之毒于缙绅矣。北镇抚刘侨，不肯屈杀媚人，忠贤以不善锻炼，竟令冠借。明示大明之律可以不守，忠贤之律不可不遵也。其大罪十八。未也，且示移天障日之手于丝纶矣。科臣魏大中到任，已奉明旨，鸿胪司忽传诰豚，煌煌天语，朝夕纷更，令天下后世，视皇上为何如主也。其大罪十九。东厂原以察奸，不以扰民也。自忠贤受事，鸡犬不宁，词组违忤，驾帖立下，不从票拟，不令阁知，而傅应星等造谋告密，日夜未已。其大罪二十。奸细韩宗功，潜入京打点，实往来于忠贤之家，事露始令避去。

---

① 诰敕——（起草）皇帝命令、旨意。

② 亵（xiè）——亵渎，轻慢不敬。

③ 赵高——秦奸相，指鹿为马典故即出自赵高，挟持秦二世。

又发银七万两，更创肃宁新城，为郿坞之计，其大罪二十一。祖制不畜内兵。忠贤谋同沉崔，创立内操，而复轻财厚与之交纳。昔刘瑾招纳亡命，曹吉祥倾结达官，忠贤盖已兼之。不知意欲何为？其大罪二十二。忠贤进香涿州，警跸传呼，清尘垫道，人人以为驾幸。忠贤此时自视为何如人？想亦恨在一人之下耳。其大罪二十三。

忠贤走马御前，上射其马，贷以不死。忠贤不自畏罪，乃敢进有傲色，退有后言。从来乱臣贼子，只争一念放肆，遂至收拾不住，奈何养虎咒于肘腋间乎？其大罪二十四。

伏乞敕下法司，逐款严究正法，以快神人共愤。其奉圣客氏，亦并令居外，无令厚毒于宫中。其傅应星等，亦着法司勘问。

其时有给事魏大中、陈良训、许誉卿，御史周宗建、李应升、袁化中，太常卿胡其赏，祭酒蔡毅中等，并勋臣抚宁侯朱国弼，南京兵部尚书陈道亨，侍郎岳元升等，交章论劾。

又有工部郎中万，因陵工不敷，奏请内府废铜铸钱足用，为忠贤所阻，也上一本论他。大略曰：

臣见魏忠贤毒捕士庶，威加缙绅，生杀予夺尽出其手。且自营西山坟地，仿佛陵寝，前列祠宇，后建佛堂，金碧辉煌。使忠贤果忠、果贤，必且以营坟地之急，转而为先帝陵寝之急；必且以闰美梵刹之资，为先帝陵寝之资。乃筑地竖坊，杵木雷动，布金施粟，车毂如流，曾不闻一痛念先帝之陵工未完，曾不一蒿目先帝之陵工无措，靡金数百万。乞加显戮，以安人心。

---

① 跸（bì）——古代帝王出行时，开路清道，禁止通行。

李永贞将本俱拿到魏忠贤面前，一一读与他听。忠贤道：
"杨涟仗首顾命大臣，欺咱也罢了，这些科道小畜生，还说是言
官，那万燝不过是个部属，前日要内里发废铜，因咱没有允他，
他就怀恨也来论咱，朱国弼是个武职世爵，有多大的面皮，也跟
着他们文官里头鬼混，岂不可笑、可恼！"刘若愚道："这几个
本，只有杨涟的本来的厉害，件件都是实事。爷须先到里面讲
明，说各大臣之升迁，都是言官论劾，阁臣票旨，缉拿人犯原是
东厂执事，荫袭赏赐都是皇上的天恩。宫中之事，外面何由得
知？这总是风闻陷害。哭泣不止，皇上自然不难为爷。"永贞道：
"不是这话，上前泣诉，纵洗清身子，皇上也必不肯十分处他们。
及本批到阁下票拟，那韩老儿就与爷不睦，前日害了赵选侍与
成、裕二妃，他们都是敢怒而不敢言的。皇上设因此本问起那些
嫔妃们来，必是直言无隐。如今客太太又不在内，何人代爷辨
白？不若只是把本按住，不与皇上见面，竟自批发，称把杨涟放
倒，看阁下怎么票拟。"

　　计较停当，就批在本上道："杨涟寻端沽誉，凭臆肆谈，是
欲屏逐左右，使朕孤立，着内阁拟旨责问。"大学士韩爌见了，
甚是骇然，便具揭道："忠贤乱法，事多实据，杨涟志在匡君，
且系顾命大臣，不宜切豚。"魏广微道："圣意如此，大人与他做
甚冤家。"韩相公道："今日杨大洪之弹章不效，则忠贤之势愈炽
矣。"遂不听魏相公之言，竟自具揭进去。忠贤竟自不理，批出
旨来道："大小各官，各宜尽心供职，不得随声附和。"果然众官
都不敢做声。次后传旨道："朱国弼出位言事，且事多遮饰不的，
着革职查问，本人交锦衣卫重处。万燝次抗旨请铜，语多谤讪，

已经宽宥；今又借端渎扰①，狂悖无理，着革职，廷杖一百。"此时内阁具疏，两衙门具疏救理。御史李应升有本："乞念死谏之臣，大作敢言之气。"忠贤俱蔽抑②不下。

田尔耕得了旨，次早即差校尉到寓所，把万燝拿下。其时正当酷暑之时，才进得长安门，遇见几个小黄门骂道："你这该死的蛮子，谁叫你说咱祖爷的。"揪着头发一齐乱打，也有拳打的，也有脚踢的。那万燝双手被校尉用铜手铐子扭住，不能遮挡，只得认踢打。及到午门时，头发已被揪去一半，气到将没了，身上的青衣扯得粉碎。拿到衙门丹墀下，只见两边的：

刀枪密布，朵杖齐排。刀枪密布，是羽林军、锦衣军、御林军，个个威风凛冽；朵杖齐排，都是叉刀手、围子手、缉捕手，人人杀气狰狞。堂檐前立着狐群狗党，红袍乌帽掌刑官；丹墀下摆着虎体狼形，藤帽宣牌刑杖吏。缚身的麻绳铁索，追魂的漆棍钢条。假饶铁汉也寒心，就是石人须落胆。

只见黑丛丛的几群校尉，把万燝抓过来跪下，叫道："犯官万燝当面。"两傍一声吆喝，声如巨雷。锦衣卫掌堂指挥田尔耕，将旨捧的高高的，宣读过了，道："拿下去打。"那些行刑的早已将他捆缚停当。内官又传旨道："着实打！"阶下答应一声，每一棍吆喝一声。田尔耕不住的叫重打。打到五十棍，皮开骨折，血肉齐飞，万燝早已没气了。那些行杖的犹自拿着个死尸打，直打完了一百，才拖到会极门外，一团血肉中真挺挺一把骸骨，正是：

① 渎扰——轻慢不敬。
② 蔽抑——挡住、压住的意思。

欲把封章逐虎狼，反遭淄涅①一身亡。

炎炎浩气冲牛斗，长使芳名史册扬。

可怜万燝中血污游魂，骨肉离析，抛在街上，家人自行殡殓。行路生怨，缙绅惨目，却也无人敢指责他。

魏监虽打死了万燝，心中还不肯放他，说他监督陵工坐赃三百两，行旨江西追比。杨副都见谏诤不行，也不安其位，上本告病回籍。忠贤票旨冠夺，韩中常主持具贴，申救不准。杨副都归里，忠贤更无顾忌，又把当日上本的各科道，渐次逐回。正是：

曹节奸谋先乱汉，陈蕃大老漫安刘。

毕竟不知忠贤处治各官，后来如何？且听下回分解。

———————————

① 淄涅——淄和涅都是黑色染料，此处喻被加上罪名。

第三十二回

定天罡①尽驱善类　拷文言陷害诸贤

词曰：

目击时艰，叹奸恶，真堪泪滴。镇一味迷天蔽日。汉室曹
王，宋家章蔡，只弄得破家亡国。鹰击狼贪，任仕路，总堪剟
刻。缚一网尽笼健翮。兰锄当室，阳明几息，险些子铜驼荆棘。

话说魏忠贤打死了万朗中，逐去杨副都，心中犹不足意。
一日，正与崔呈秀闲坐，只见田尔耕进来道："舍侄田吉升了兵
部，先来见过爹爹，才敢谢恩到任。"忠贤叫请他进来。田吉素
服角带入见，向上拜了四拜，呈上送礼手本，约有千金之物。
复又拜谢道："昔日刘鸿儒之事，非爹爹提拔，焉有今日？孩儿
铭泐②至今，虽万死亦难图报。"忠贤道："坐了，拿饭吃。"四
人坐下，吃了饭。忠贤道："前日杨涟的本，闻说是缪昌期代他
做的，你们可知道？"田吉道："缪昌期与孩儿交往，他却是个
才高有识见的人，怎肯代他做本？"崔呈秀道："他在院中悻悻
自负，与杨涟相好，他在湖广主试，所作试录中，历指古今中
贵的弊端。这做本之事未必然，知情或有耳。"忠贤道："试录
是他进呈的，里面伤及咱们，也就与劾咱们一般。杨涟的本虽
未行，然情理极毒，这定是缪昌期帮他做的。要乘机处咱的是

---

①　天罡（gāng）——此处指三十六天罡。
②　铭泐（lè）——铭勒、铭刻。

韩爌，怎么容得他们在朝？就是那赵南星、左光斗、魏大中、袁化中这几个人，咱前日原要在汪文言案内处他们，如今若处他们不得，也不见咱的手段，须尽行区处才好。"田吉道："有一法：如今外边官儿都在那里争梃击的真假，红丸、移宫的是非，老爷何不从中做主。梃击一事是王之寀①功罔上，把何士晋为首，其余把当日上本的科道都纳在里面。红丸一案是孙慎行偏执害正，他与刘一为首，当日参议者韩爌、周家谟、张问达可借此驱除。移宫之事是惠世扬与杨涟做的，他却推不去。只有赵南星，三案里头网罗他不着，他做吏部时怕没有差错处？不怕他飞上天去！"忠贤道："这计较也好。还有向来因谏东宫起用的老臣，颇立崖岸；那些新考选的科道，一个个轻嘴薄舌，却也要防着他。"李永贞道："若要一网打尽，莫如加他们一个党字最好，这就同宋时章惇、蔡卞弄伪学的法子。向来原有个东林党，如今邹元标、高攀龙聚众讲学，就是结党的明证。是有不快意的，都牵他入内，何难？"忠贤道："这东林中人，其实急赖。曾记得泰昌爷御经筵那遭，因天过冷无火，那郭正域就把陈掌家当面叱辱了一场。想来要着实处他处也不为过。"五人在此计较已定，只待乘机而发。

　　谁知处面这些科道，你生我强的，可可的撞入他网中来。其时宣抚缺了，巡抚会推了太常卿谢应祥，因他当日曾做过嘉善县的，是给事魏大中（字廓垣）的父母官。就有个陈御史（九）畴论他一本说："谢应祥是魏大中的恩师，魏大中故将此美缺推他。"李永贞看了此本，与忠贤计议过，就在本上批道："魏大中

---

① 寀（cǎi）——同采。

既借会推为报恩之地，殊可骇异，姑从宽，着革职回籍。"那冢宰赵南星因事关本部，便上本辨理。又说他朋比示恩，也着他闲居归里。正是：

> 数载铨衡重莫加，可堪鬼域暗含沙。

> 拂衣两袖清风满，渺渺浮云白日遮。

不日，都察院同科道等会推吏部尚书，忠贤又在本上批道："左都御史高攀龙等，所推俱赵南星私人，亦系东林邪党。高攀龙朋比为奸，着革职回籍。"这是为崔呈秀报仇。那高总宪只得挂冠而去。正是：

> 霜飞白简报朝端，剔弊除奸铁面寒。

> 谁料奸权多冒嫉，拂衣归去老渔竿。

忠贤将一个"党"字又逐去高都堂，举朝谁敢再救他？又在会推上自文书房传出旨来道："陈于庭、左光斗（字沧屿）、杨涟（字大波）等，恣肆①欺诬，无人臣礼，着拿问。"方韩相公再三申救，才只追夺诰命，剃职而已。正是：

> 挂却衣冠玄武门，归栖水竹渭南村。

> 从来恶草残芳芷，莫向湘江吊屈原。

不两月间，连逐去五个大臣、一个台谏。这些科道并各部堂官，多有会推本上列衔的，各人心上不安，皆上本引罪乞休。数日之中，不待追逐，又去了数十人。台省为之一空。忠贤便布置私人崔呈秀、田吉等俱各升补。李永贞又与崔呈秀商议道："这班人赶则赶去了，只是他们平日俱有虚名，若不妆点他们些过恶，外边人反要怜其无辜刹夺，必说咱们排陷好人，须要做他些

---

① 恣肆——放纵，无所顾忌。

结党横行的光景赃私，方可绝他们后来的门路，遮掩人之耳目才好。"遂串通几个门客，撰出一个《东林衣钵图》来，把吏、兵二部，都察院、吏科，河南道几个要紧衙门，都拟上赵冢宰相好之人在内。又拟出两个陪的。前面那个升迁，这两个就依次递补。不与赵、高二公相好者，再轮不到此图。做成了传出去。那些图上有名的，唯恐陷入党中；那不上图的，好不忿恨，道："若果如此把持继述，塞定贤路，我们终身难得好缺。"又有一等原与东林有隙的，你也说东林擅权，我也说东林植党。于是这个参东林，那个劾东林，举朝乱纷纷的把东林为仇。若说是东林党人，都就一齐来攻，不论贤愚，都被他愚弄了，代忠贤做鹰犬，驱逐正人。

崔呈秀等暗暗欢喜，那些人受他们的笼络，替他出力。忠贤就他们攻击的本上，降的降，革的革，削的削，好不省力。一时如谕德缪昌期（字当时）、御史周宗建、李应升（字仲达）等，都拿入东林党内，追夺诰敕，真是一网打尽。既做出《东林衣钵图》来激怒那些朝臣，又撰出一本《天罡图》来，说东林人自比《水浒传》上的三十六天罡，七十二地煞。李三才比做晁盖，赵南星是宋江，邹元标是卢俊义，缪昌期是吴用，高攀龙是公孙胜，魏大中是李逵，杨涟是杨志，左光斗是关胜。凡是魏忠贤、崔呈秀所恼之人，都比在内做强盗。又留三十名，说："这些人尚未查得的确，姑隐其名，以存厚道。"空名之意不过为后来好增入，欲令人人自危，好个个求免。这是个大罗网。

那些百姓们见了此书，都道东林果然结党。此一举不惟蔽了朝廷的聪明，乱了百姓的是非，又且颠倒百姓的好恶。正是：

可恨权奸心太恶，倾谋正士如猱攫①。

欲将盗贼陷东林，不思忠义梁山泊。

忠贤又与李永贞商议道："连日事却做得十分妥当，只是杨涟这厮情理难容，必要杀了他，方泄我恨。"永贞道："要害他何难，只须再差人把汪文言拿来拷问，叫他扳他们出来，轻则抚按提问，重则扭解来京。断送他的性命，易如反掌。"忠贤也不题本，竟自给出驾帖，差锦衣卫官拿解来京，吩咐道："汪文言是要紧的人犯，要拿活的，若死了，着你们抵偿。"官校们领命，星夜前去。忠贤逆料杨、左诸人不能脱出他的手，只恐韩相公作梗，又与崔呈秀等计较，翻出梃击、红丸、移宫三案内原有岳元声与王之寀争张差之事，本上批道："王之寀贪功冒进，上诬皇祖，并负皇考，陷朕不孝，又致毙内外无辜多命，身列显官，于心何忍？本当着法司审拟，姑从宽革职。"

过了月余，官校已将汪文言拿到，下了锦衣卫狱，又怕韩相公申救，又翻出红丸一案，着文书房传旨道："刘一专权为祸，韩爌护庇元凶，孙慎行借题红丸，悦党陷正，张问达、周家谟改抹圣旨，朋比为奸，俱着冠籍。"行时内阁顾秉文、朱延禧、朱国桢、魏广微具揭申救，忠贤一概按住不下。一时顾命旧臣尽皆去位。诗以叹之曰：

岩岩底柱障狂澜，报主心灰一寸丹。

唐室已尊李辅国，邺侯从此卧南山。

韩相公既去，忠贤愈无忌惮，于是吩咐锦衣卫严刑勘问。是时掌卫事的仍是田尔耕，掌北镇抚司的是许显纯，原是钻刺忠贤

① 猱（náo）攫——古书上说的一种猴；攫，抓取、掠夺。

方得掌印，又看了前官刘侨的样子，怎敢不用心勘问？故审时，先把汪文言打了个下马威，然后三拷六问，要他扳出杨、左诸人的赃款来。汪文言抵死不肯招认。许显纯只得约了田尔耕同见魏忠贤，讨他的示下。参见毕，忠贤便问道："汪文言的事怎么样了？"许显纯道："他不肯招认，特来见爷求示下。"忠贤道："你也与刘侨一样！这也不消要他招，你只照原参的本上题，咱便去拿他们来。到时也不必留汪文言对理，先摆布死了他，不怕杨涟等不认。你若不肯依咱办，咱自有人来问。"把个许显纯吓得面如土色，忙跪下叩头请罪，道："回去定从重问。"田尔耕在旁道："许指挥也是极会干事的。"许显纯辞了出来。

次日，就差了崔应元、孙云鹤、杨寰等三人来同审。许显纯怕来夺他的职掌，只把个汪文言乱打乱敲，拶了又夹，夹了又敲，打得个汪文言死而复苏者再。许显纯在上面一片声叫画供，汪文言也不知招个什么，他便竟题个问过的本道：

汪文言以防犯逃入京师，投托黄正宾荐入王安门下，光宗上宾，潜同科臣惠世扬至值房倡造移宫。杨涟首先建议，左光斗、魏大中从而附和，广结朝官。左光斗、杨涟、魏大中、袁化中、毛士龙、缪昌期等交通贿赂霍维华改迁，吏部得伊银二千两、金壶二执。李若星推升甘肃巡抚，得伊银五千五百两。邓推升苏州巡抚，得伊银二千两，代送赵南星。又杨镐、熊廷弼失守封疆，杨涟、左光斗各得银二万两，周朝瑞得银一万两，为伊请托。通政司参议黄龙光得杨镐、熊廷弼银二万两，为请廷刑。郎中顾大章亦得银四万两，为改入矜疑。魏大中得银二千两，袁化中亦乘机得银二千两。李三才营谋起用袁化中、毛士龙，得分银八千两，皆汪文言过付。又有谕德缪昌期、副使钱士晋、施天德、王之寀、徐良彦、能明遇都做结交人员。穿插在本内题上。

这本一上，忠贤便矫旨道："杨镐、熊廷弼既失守封疆，又公行贿赂，以希幸免，杨涟、左光斗、魏大中、袁化中、周朝瑞、顾大章从中市利，护庇大奸。俱着官校扭解来京严审。具奏。赵南星等着该抚按审追。"时人有诗叹之曰：

> 无端酿出缙绅灾，大狱频兴实可哀。
>
> 任尔冰清同玉洁，也须牵入网罗来。

旨下，魏忠贤即着官校分头提拿各犯。那些官校都在田尔耕处谋差，用了钱，出来好生无状，见有司便上坐，过驿站、拣马匹、要折夫、索常例，一路上凌虐官府，打骂驿丞骚扰。早有一起来至湖广应山县。此时杨副都冠籍在家，杜门不出。一日家人来说道："闻得处面传说有锦衣卫官校来县里，不知为何？"杨公道："这无别事，必是来拿我的。"一面叫人请出八旬老母并夫人来，又叫人到书房中请出三位公子。杨公向母亲道："孩儿为国抒忠，曾劾过魏忠贤二十四罪案，与他结下深仇，才闻有缇骑来县，定是来拿孩儿的。孩儿此去，自分必死罢了。这也为国当然。只是母亲养育之恩未报，孩儿死有余恨。"又对三个儿子道："我虽历官三品，依然两袖清风，家私产业仍是祖宗传流的，甚是淡泊。只要你们能体先志承随顺祖母，孝养母亲，就与我在一般了。想我读书一场，平生未曾得罪圣贤，今日何至到这地位？可见这书读也罢，不读也罢"

举家正在凄惶，只见家人进来回道："本县老爷要会老爷，已到门首了。"杨公拜别母亲，欣然出见。知县邀同杨公到馆驿中去。杨公便叫家人带了青衣小帽，来到驿中，只见人山人海的在那里看开读。杨公到了堂前，上面已摆了香案，锦衣卫官立在龙亭左首，校尉等拿着弄具立于下面。抚按等分班行礼毕，随即带过杨副宪来跪下。读罢驾帖，上面喝一声叫"拿下"下面校尉吆喝一声，如鹰拿燕雀一般，把个杨副宪套上刑具，拥入后堂去了。

外面百姓见了，也有为他称冤的，也有喊叫的，闹了一回才散。这里府县各备些银两打发官校，并代杨公讨情，宽些刑具。那官校们犹自做张做智的不肯道："他是魏爷的对头，况且魏爷一路都差了人密访，我们怎敢做情？"各官无可奈何。杨公子又拆措了几百金送与官校，那官校们还乱嚷道："我们这差事，魏爷与田爷两处也用了几千两银子，怎么送这点儿？还不够做下程、小菜哩！现放着杨镐、熊廷弼的二万银子在家，少分些儿与我们就够了。"

那杨公子是个本分读书人，见他们发出这些话来，吓得半日不敢作声。到亏了满城乡绅、生监、富户人等，又凑了些银子与他们，终是不满所欲，仍要难为杨公。将起身时，满城的百姓都填街塞巷的来看，见杨公枷锁缠身，十分狼狈。想起他平日居乡的好处，都一齐喧嚷起来道："这是魏太监假传圣旨，我们不许他拿杨老爷去！"一片声阻住去路。那官校正自张威作势的发狠，见了如此光景，都一齐手慌脚乱的放起刁来道："这是地方官叫他们如此的，若有差池，我们回去对魏爷说。"把那府、县官惊得忙来弹压，那里禁得住？杨公见了这样光景，只得跪下哀告众人道："承众位乡亲的美意，原是为我杨涟的，若我今日不去，是违旨了，违了旨，一家都有罪，列位岂不是为我反成害我么？"带着刑具磕头不已。众人还围绕不放。杨公道："列位之意，是要保全杨涟的性命，今若不听我言，我便撞死此地，领诸位乡亲的厚爱。"说罢挺身向石上便触。那些校尉连忙抱住。府、县等道:"杨爷原无大罪,到京必有人保奏,料亦无碍,你们到不要悬阻,若迟了钦限,反替杨爷添罪。"众人才略让开路来。那些校尉抢着飞跑,簇拥而去。

杨老夫人早在前面,见了儿子枷扭缠身,放声大哭道:"自你父早丧,我视你如珍宝,千辛万苦看养,教你读书成名,只望你荣祖耀宗,谁知你这样结果!虽如今做了个忠臣,只恨我不早死,见你受人这般凌辱,怎不叫我痛心!"杨公虽是慷慨,听了老母之言,也不觉心伤泪滴。这正是:

> 一经留得传孤子,画荻①丸熊心更苦。
>
> 荣华未久受颠连,伤心一似范滂②母。

那三个公子与夫人又牵衣哭泣不放,长子要随进京,次、三两子也要随行,杨公道:"安见覆巢之下有完卵?尔等在家犹恐不免,进京何为。"那些官校催促起身,杨公只得拜别老母、妻子,各皆痛哭而别,只带两个家人,飘然而去。

不日由德安府过,那些士民争先来送,不下数万,哭泣之声,昼夜不息。官校见了,亦觉心动,稍存恻隐之心,将他的刑具略松了些,也不难为他。一路上同年亲友,有的道他此去断难生还,送他没用,竟都不理他。又有那怕事的,见他是魏忠贤的对头,恐株连在内,只推不知。到是一路的百姓,互相传说道:"可怜杨大人为国除奸,遭此横祸。"经过乡村镇市,人人来看忠臣。

---

① 画荻——即"欧母画荻",宋代欧阳修的母亲用荻草画地,教他读书。后多用来称颂母教。
② 范滂——东汉汝南人,因反宦官两度被捕,死于狱中。

行到河南许州，有个吏部郎中苏继欧，为人长厚多情，与杨公同年。闻他被逮，甚是怜悯，又闻一路百姓到怜他，士大夫们反避他，心中甚是不平。想起他在院中掌堂时，那个不奉承？那个不钦敬？今日就没人理他，仕路人情如此可慨。欲要去见他一面，又闻得官校做作，不容人会，只得写了个名帖，差个停当家人，备了一桌酒饭送到舟中，以表年谊。这才是雪中送炭。杨公见了，到甚心酸，反至食不下咽。想当日掌院时，趋奉者无数，到今日都绝不一顾；唯有苏郎中多情送饭，论平日相交的，岂止他一人而已。正是：

> 炎凉世态可长嘘，覆雨翻云片刻时。

> 若谓绨袍怜范叔，从来此事世间稀。

杨公饮食略用些许，打发家人回去，起身进京。

再说嘉善魏给事，亦因刹夺回家。那些亲友俱在背后议论，有的道："这时候还做什么官，是在家的好。"又有的道："这样的时势，认什么真，如今宰相还与太监连宗哩，你与他拗什么？却弄得在家清坐。"魏给事闻之自笑。一日听见又拿了汪文言并科道等官，知道是必要害他的，在家坐卧不安。不料官校已到，出来听宣了旨，校尉将他上了刑具。又托言怕他寻死，将两手俱用竹筒贯了，屈伸不得，不能饮食，其意不过要诈钱财。魏公子见了这个光景，只得倾尽家私送他，才买得去了两手的竹筒。在城乡宦并门生亲友，俱各传帖敛分，以助盘费。有一等义气的，虽素不相识，亦不要传帖，即自来输分，只为他无辜被害，怜他一腔忠义，罹①此荼毒。至起身时，亲族交好以及邻舍，无一个

---

① 罹（lí）——遭遇；遭受（灾祸或疾病）。

不来送他，各各洒泪而别。

官校们带了上船，向北进发。不两日行至苏州，那官校们都向地方官勒索常例，把船泊在驿前。内中惊动了一个士大夫，姓周名顺昌，苏州府吴县人，以吏部员外给假在家。他居官清正，谨慎居乡，平日非公事足迹不入公庭。因见魏监擅权，他故绝意仕进。当日在部时，原与魏公相好，闻他被逮过县，心中不能忘情，要去问候他。众亲友劝道："魏公虽是旧交，因魏监与他为仇，恐他知道又要迁怒，不若只送些礼以尽其心的好。"周公叹息道："'一死一生，乃见交情；一贵一贱，交情乃见。'若他是个贪婪不法的匪类，就是他势焰熏天，与他绝交何妨；他是个为国锄奸的正人，遭此横祸，正当惜他，岂可因在患难而弃之。若说他迁怒，我律身颇无可议，且为朋友，也难顾厉害。"遂不听众人言，封了书仪，竟来看他。

此时魏公独坐舟中，正想此后生死未知，家道又清苦，妻子靠何人，好生愁闷。急闻周吏部来拜，叹道："空谷足音，何以得此！"又怕官校阻拦。只见周吏部走进舱来，魏公见了，便泪下诉说："无辜被害，此去生死未知。"周公正色道："从来人臣为国除奸，纵剖心断胫，陷狱投荒，皆无所顾。幸则奸去而身存，不幸则奸存而身死。我自尽职分所当为，至于成败利钝，俱不必计。况兄此去，未必就死，何必戚然殊少丈夫之气。"魏公听了，才收泪道："弟捐躯报国，一死何憾。只为长子虽现随身，只一幼男在家，伶仃无倚，世态炎凉，谁来顾恤！况如今动辄①坐赃，家寒将何充抵？恐家中不免追比之惨，家破身亡，宗祀欲

---

① 动辄（zhé）——动不动就、常常。

绝，是以不觉痛心。"周公道："此事不必挂心，弟自为兄料理，家中我自照管，即坐赃，亦当为君措办，兄可放心前去。"魏公感泣拜谢道："若得兄垂念，弟虽在九泉，亦当瞑目。"周公将书仪送与魏公，也送了官校些银两，才别了。周吏部自去看管他家。正是：

> 臣职当为死不辞，交情友谊更当持。
> 丈夫自去身中事，羞杀人间无义儿。

一路上官校嗟叹周吏部人好，能顾穷交。也有怜悯魏公的，也有赞叹周公的。不知忠贤早已差人密访得二人做的事，记在心中。正是：

> 良朋未必全张俭，恶党先思杀孔褒。

毕竟不知魏给事此去如何？且听下回分解。

魏阉全传

经典书香·中国古典禁毁小说丛书

第三十三回

许指挥断狱媚奸　冯翰林献珠拜相

词曰：

攻假城孤，看威冷，雷轰电掣。更无端，豺虎排忠陷烈。肃肃衮衣何日补，琅琅廷槛无人折。重张密网及幽潜，遭缧绁①。

清泪洒，苌弘血；白刃断，常山舌。羡身骑箕尾，精灵难灭。板荡始知劲劲草，炉炎自识铮铮铁。只教厉鬼杀权奸，冤方雪。

却说锦衣官校拿了杨副宪、魏给谏等将到，魏忠贤的差人已先进来报信。忠贤听了，哈哈大笑道："好笑这班黄酸子，一个个张牙舞爪地道：'咱是顾命老臣，咱是台省要职。'今日也算计咱老魏，明日也弹论咱老魏，把咱老魏当为奇货，要博升转，谁知今日也落在咱老魏手里。"就问那缉事的："官校们在路上可曾放松这干人？"辑事地道："祖爷紧要的人，他们怎敢放松？"又问道："咱上可有什么事？"辑事地道："杨涟在许州，有个苏朗中送饭，魏大中在苏州，有个周吏部来会。"忠贤都记在心。

便叫请田爷、崔爷、许指挥来。少刻，三人到了。忠贤道："杨涟等一干人拿到了。"田尔耕道："还未曾销驾帖哩。"忠贤道："路咱已知将到了。只是这干人既费了事拿来，若放他们挣

———————————

①　缧绁（léi xiè）——捆绑犯人的绳索，借指监狱。

了性命回去，终是祸根。"崔呈秀道："纵虎容易擒虎难，如今势不两立，怎肯轻易饶他？"许显纯道："不难。待他到镇抚司来，我代爷一顿打死他。"尔耕道："若如此，到便宜他们了，须把各种的狠刑具，件件与他受过。等千磨万折之后，再与死期，庶几①后来才有怕惧。"许显纯道："在我，我自会处他。"三人辞去。

　　一二日间，各路官校俱到。此时内阁等衙门俱各具本申救，忠贤俱留中不发。等销了驾帖，忠贤不批法司，竟批交锦衣卫严审。先过了堂，田尔耕已预备下大样的刑具，新开的板子、夹棍摆了一丹墀。那田尔耕坐在堂上，排过衙，摆列着虎狼般的一班校尉。但见：

　　阴沉横杀气，惨淡暗无光。惊飞鸟雀，避杀气而高翔；欹径高松，蔽天光而失色。陈列着枷镣棍棒，沾着处粉骨碎身；问过的斩绞徒流，拟着时破家亡命。红绣鞋步步直趋死路；琵琶刑声声总写哀音。仙人献果，不死的定是神仙；美女插花，要重生须寻玉帝。猪愁欲死，鹰翅难腾。堂上一齐吆喝，雄抖抖阎罗天子出森罗；阶前两翼摆开，猛狰狰铁面夜叉离地府。

　　那田尔耕大模大样，做出无限的威风，高声叫道："把犯人带过来。"堂下一声吆喝，那些校尉将众官带了过来。一个个：

　　愁容惨态，垢面蓬头。趑趄②行步，踢不断响琅琅脚下铜镣；屈曲身材，劈不开重沉沉手中铁钮。任你冲霄浩气，今朝也入短檐来；纵教铁铸雄躯，此日却投炉火内。

---

　　① 庶几——连词，表示在上述情况之下才能避免某种后果或实现某种希望。

　　② 趑趄（zī jū）——形容行走困难；想前进又不敢前进。

一个个唱过名，田尔耕道："你们这起奸贼，朝廷将大俸大禄养着你们，却不为朝廷出力，终日只是贪财乱政，树党害人，平日专会嘴喳喳的谈人不是，再不管管自己。"喝声："拿下去打。"两边答应一声，走上许多恶狠狠的校尉来，如狼似虎的把六个犯官揪翻在地，用尽气力各打四十大板。打毕，又叫拶起来，拶了，又叫敲，各人敲了二百敲，放了拶子①，又叫夹起来。也各敲了一百棍。你想这些官儿都是娇怯书生，平日轻裘细葛，美酒佳肴，身子娇养惯了的，哪里受得住这样刑法？也有叫冤枉的，也有喊神宗的，一个个打得皮开肉绽，夹拶得手足几折。田尔耕坐在上面，拍着惊堂连声喝声"用力打。"用完了刑时，那些官员血肉淋漓，或驮或抬，俱送往北镇抚司下监，又听许显纯拷问去了。

那些牢头禁子，一则要诈钱，二则怕魏忠贤访问，不许一人进监，他们在监相对，只得彼此安慰。不到三四日，许显纯便来勘问。正是：才驱白虎丧门去，又有黄幡豹尾来。那许显纯领了勘问的旨，又领了魏忠贤言语。那日堂上下人都挤满了，显纯忙叫拿闲人，长班悄悄地禀道："这都是魏爷差来的人，拿不得。"许显纯吃了一惊。正是要松也松不得了，只得叫带杨涟上来，喝道："杨涟！汪文言招出你创议移宫，陷皇上于不孝，又得了杨镐、熊廷弼二人许多赃，你怎么说？"杨公道："乾清宫非臣妾所当居，当日原奉明旨道：'李选侍每行揹阻，不容圣人临御，是君侧不当留此，以为肘腋之祸②。'人臣志安社稷，念切皇躬，自宜远之，这事犯官故不辞创首。至于杨镐、熊廷弼失守封疆，国

---

① 拶子——古时夹手指的一种刑具。
② 肘腋之祸——比喻在离自己最近的地方发生祸患。

法自有轻重；有喜停刑传自宫中，岂关外官得贿。"许显纯听了，觉得辞严义正，无可驳责，只有没奈何法，假狠喝道："胡说，当日圣旨，多是王安假传，你就依着他行，这就是结交内侍，就该死了，至于杨镐、熊廷弼问罪，你现是法司，且又与熊廷弼同乡，岂有不为他钻谋打点的？"杨公道："交通须有实据，四万金非一人可致，又无证见，枉害无辜！"许显纯道："这是汪文言招出来的，你如何赖得去？"杨公道："就叫汪文言来对质。"许显纯道："汪文言虽死，亲口招词现在。"杨公道："既无活口，招词何足为凭！身可杀而名不可污！"许显纯道："还要强辩，掌嘴！"飞奔上几个校尉来，提起铜巴掌来，一连十个掌嘴，打得杨副宪脸似蒲桃一般，红肿了半边。

又叫带左光斗上来，问道："你有何说？"左金都道："移宫实参末议，分赃委实诬扳。"许显纯道："都夹起来。"把杨、左二人夹在丹墀下。又叫上魏大中、袁化中、周朝瑞、顾大章问道："你们已是汪文言供定了，要辩也辩不去，快招了，也少受些刑。"魏给事道："一出家门，已置死生于度外，任你苦我，这赃难认。"袁御史道："问事必须两造对质，怎么把汪文言一面虚词陷害人？"周给事道："酷刑威逼，自然乱招，这是无辜易陷，此心难昧。"顾郎中道："奸权之意已定，纵辩也无益，认他拷问罢了。"许显纯道："正是辩也难辩了，都夹起来！"这里才问得一句，便有人报与忠贤；才答一句，即有人飞禀，不独许显纯不敢放松，即用刑的亦不敢做情。问毕，各人寄监。迟了两三日，具了一个问过的本，先送与魏忠贤看过，然后具题道：

勘得杨涟、左光斗，位居显要，欲速功名，邀誉矫情，乱谋坏法。律之重者，失守封疆，乃借四万多金代为脱卸；法之严者，交结内侍，敢倡附和之说，妄议移宫。考选所以遴才，杨涟每视为奇货。荐扬所以奏最，光斗何以做官邪！袁化中、魏大中窃居言路，侧倚冰山。瓜分卸罪之贿，不耻贪婪；宁作倡乱之谋，罔知国是。周朝瑞、顾大章利欲熏心，弁髦国法。丧师辱国，谁开使过之门？罪当情真，敢辟回生之路！汪文言交深肺腑，语出根心，前案已明，后审更切。

本朝旧例，打问本上，即送法司拟罪。许显纯也巴不得推出去。谁知忠贤料法司不受节制，竟不发法司拟罪，仍传旨道："杨涟等既已复辜，着不时严比，五日一回奏，追赃完日，再送部拟罪。"这明是把个必死之局与他，所坐赃动经数万，家乡又远，何能得清？在京挪借，那些乡亲做官的都怕魏监波及，谁敢惹火烧身？那放京债的，怎肯借与这失时的犯官？到了五日，忠贤便着人来看比。许显纯如何敢违？没奈何，只得提出来夹打一番。比过几限，内中只有顾郎中家私富厚，每限还完些。许显纯暗中也得了他千余金，上下钱都用到了，追比时还不大吃苦。这五人都是五日受一遭夹打。比不到月余，周、魏二给事、袁御史等三人受不住刑，都相继而死。可怜那里有妻子亲人送终，只有这几个同在监的官儿相与痛哭他一场。正是：

> 冤血千年碧，丹心一寸灰。
>
> 死无儿女送，谁哭到泉台。

此时杨副都、左佥都、顾郎中虽然未死，却也仅余残喘。不料比到后来，人越狼藉，刑法越酷，两腿皮肉俱尽，只剩骨头受刑。那许显纯真是铁石为心，只顾将别人的性命去奉承魏忠贤，哪一限肯略宽些许？可怜这限疼痛未止，那限夹打又至，体无完肤。各自相顾，有时掩面流涕，感伤一回；有时咬牙怒目，愤激一番；有时委之命数，叹息一回。可怜并无一人服侍，又无茶水，常时晕死复苏，疼痛时万刃攒心，晕眩时一灵无倚。不日杨、左二公也相继而殁。死之夕，白虹贯斗，天地为之愁惨。正是：

> 只手擎天建大功，亲承顾命美奇逢。
>
> 一朝血染圜扉土，谁把沉冤控九重。

许显纯报过忠贤，然后具个罪臣身故的本。忠贤停了三日，才批下本来道："杨涟、左光斗既死，尸首着发出去，其名下赃银，着各该抚按严提家属追比解京。"及发出尸首时，正值秋初酷热，蝇蚋丛满，时日延挨，都成一块血肉，尸虫满地，面目皮肤俱莫能辨。唯有杨公尚存一手，家人识得，各各相向痛哭一回，哪里还有三牲羹饭、美酒、名香祭奠，只得将村醪①奠浇，各自痛哭一场，行人为之堕泪。这时岂无亲友同乡同年在京的，只因惧怕魏监，谁敢来管闲事？不过是几个家人在此，就将他们身上血污的衣服乱装入棺内，权厝②在平则门外，俟后人便才搬回。这便是两个忠臣的结果。

只有顾郎中，赃已追完，才送到法司拟罪，毕竟不敢翻供，也问成死罪。挨到九月，也究竟死于狱中。魏忠贤又行文着抚按追赃。唯杨公做赃独多，抚按虽怜其冤，却又不敢违旨，只得行文着应山县追比。杨公子将一应家产变卖，也不得十分之一。产业俱尽，只弄得个三品命妇、寿高八十的太夫人没处安身，亲戚家都不敢收留，只得寄居在城上窝铺中。又有严旨屡催监比，杨夫人婆媳并三个公子俱禁在狱中，其家人漂泊流离。时人有诗怜

---

① 村醪（láo）——乡村酿造的酒。

② 厝（cuò）——停放棺材待葬。

之曰：

　　自古忠臣祸最奇，可怜延蔓及孥妻。

　　伤心共对圜扉月，叫断慈乌总不知。

　　话说魏忠贤处死了杨、左诸人，心中甚快，只有一件事在心撇不下来：那五人到也无碍，只有杨涟是个顾命大臣，皇上认得他的，恐一时问及，外面各官没人敢说，到愁内里的人在上前直言，遂终日留心打听。适值一日，皇上退朝闲坐，忽问小内侍道：“以前请朕出宫的那个杨胡子，怎没不见他上本？连日朝廷中也不见他，这是何也？”那小内侍们明知之而不敢言。却好有个妃子奏事，就混过去了。忠贤在旁听见这话，正是贼人胆虚，吓矮了一寸。急走到直房里，唤李永贞来商议。永贞道：“这话有因，莫不有人泄露？皇上左右虽有爷的人，只好打听事，内里却无人遮盖，须要得客太太进来才好。”忠贤道：“咱请过他几次，他只推病不出，没他在内，咱却也老大不便。”永贞道：“还是爷亲去请他，自然不好再推”

　　忠贤只得即刻出朝，且不回私宅，竟到侯家来。门上报过，才请忠贤入内。相见坐下，忠贤道：“数月未见，丰姿倍常丰满。连日奉请进宫，怎不见去？皇爷问过几次，若再问时，就难回了。”印月道：“面色虽好，只是心里常时不快，故未进去。皇爷心上的人多，哪里还念得到我？”忠贤道：“你是自在惯了，像咱终日里操心，一刻也不得闲，还不知该怎么样的不好哩。”秋鸿在旁道：“像你终日里只想害人，怪不得时刻操心。别人也像你，狗血把良心都护住了哩。”忠贤虽是个杀人不眨眼的魔君，被他几句话说着他的真病，登时间把脸涨红了，又不好认真，只得骂道：“臭尖嘴骚根子，再说胡话，咱就送你到前门上去！”秋鸿道："我就到前门上去，你也还到厚载门干你的那旧营生去。"二人斗了一回嘴。

忠贤到坐了这半日，茶也没杯吃。印月笑着叫丫环拿茶来。茶罢摆酒。忠贤道："皇上几次着人请你进宫，你何以不进去？咱今日竭诚来请你，明日是个好日辰，进去走走罢，莫辜负皇爷的情意。"印月道："我不去。在家好不自在，我到进去讨气受么？"饮酒之间，被忠贤说方说圆的哄骗，印月也快被他说动了，渐有应允之意。秋鸿道："太太，你莫听他这涎脸调谎的老花子胡话。杨、左诸人与他有仇，他千方百计的弄来打杀了。娘受了人的气，他原说代娘报仇的，他一丢几个月，保①也不保，他的话可听的？"忠贤道："好姐姐，你把人都屈杀了！你娘的事刻刻在心，只因他是个主母，急切不好下手，比不得别人，若是偏宫也还好处。况内里的事咱不十分详细，须要你娘进去，方好寻他的破绽。"秋鸿道："你这张嘴，除得下来，安得上去，专会说鬼话！我问你：杨、左诸人与你有仇，谋杀他罢了，他得了人的银子与你何干，要你假公济私？人已死了，还不饶他，处处追逼，使他家产尽绝，妻离子散，追来入己，是何天理？别人的东西你还要了来，难道娘的一颗珠子就不要了？对你说过千回万遍，总是不理，也要发到镇抚司，五日一比才好，即此就可见你的心了。"把个魏忠贤说得哑口无言，只是淡笑，说道："要珠子何难！明日差人到广东去拣几斗好的来送你。"秋鸿道："一颗尚难寻，还想要几斗哩！专会说大话。认你照乘珠、辟尘珠都不要，只要娘的原物，若有原物才进去，若没

———————————

① 保——同"睬"。

得，莫来缠扰。"忠贤道："可有这话？"秋鸿道："有这话。"忠贤道："你做得主么？"秋鸿道："与你拍个手掌，今日有了，今日进去；明日有了，明日进去。"二人真个打了赌赛。忠贤随即辞了，起身而去。真个是：

搜山煮海寻将去，捉虎擒龙觅得来。

忠贤回到私宅，李永贞等便来问信。忠贤将前话说了，刘惹愚道："这珠子在当店中，虽是年远，毕竟还在本处，不然也只在京城富贵之家。可差人往涿州去查，各当店年久的一一查问，再悬重赏，不日自有。"忠贤果然随即差人去查访。去了月余，俱无踪迹。也是天缘凑巧，其时正是枚卜在迩①，几翰林名望者皆冀大拜。有个翰林冯铨，乃涿州人，万历癸丑进士，论资格年俸也还尚早。他因父亲冯盛明做过蓟辽兵备道，奴酋陷辽阳，他便弃官而归。后来熊廷弼论他擅离汛地②，问了军罪。他因家私颇厚，顾不得多费几万金谋升入阁，可以从中救父。他与崔呈秀同乡同年，要日间去托他，恐有人知觉，遂至晚间便服到呈秀寓所。先送他若干礼物。呈秀道："年兄见委，敢不尽心？只是里面说越次，甚是推阻。小弟再三开谕，始有可图之机，但所费甚多耳。"冯铨道："小弟也非过望，但有不得已之私情，兄所心谅，凡事听兄裁酌，就多费些也说不得了。"

二人对酌。只见一个小青衣来，向呈秀耳边说道："里面退出来了，不是的。"把个小纸盒子递与呈秀，呈秀打开来看，却是几粒大子。冯铨道："这珠子也就好了，何以还退出来？"呈秀

---

① 迩（ěr）——近。

② 汛地——指驻防的地方。

笑道:"这珠子有个缘由。"二人饮至更深,冯铨辞回寓所,只见一个家人来呈上家书。冯铨拆开看过,家人道:"本州岛当店,惟爷家的最久,今魏爷来要珠子,终日差人来吵闹。"冯铨想道:"正欲图大事,又有这件事来缠扰。"甚是烦闷。对家人道:"你们莫慌,且等我明日问过崔爷,自知缘故。"

次日,呈秀来回拜,坐下,冯铨问道:"魏公要珍珠,何以到差人到涿州当店中寻?寒家虽有两典,却无好的,若要好的,还是这京中才有。"呈秀道:"非也!中有个缘故。"

把椅了扯近,向冯铨耳边道:"魏公当日微时,曾有颗珠子当在涿州,有二十余年了,如今必要寻那原物,故到宝典去寻。"冯铨想了一回,忽猛省道:"是了,昔年曾记得有个人拿人一颗珠子来当,管典的见他衣衫褴褛,疑他来历不明,不肯当。正是那里闹,适值弟到典中牙祭,他便泣诉于弟。弟叫他卖与我,他再三不肯,只得叫柜上当银十两与他,或者是那珠子也未可知?那珠子不叫什么好,还不及昨日年兄拿的哩。"呈秀道:"若是原物,兄之大事成矣!"冯铨忙入内去了一会儿,出来递与呈秀看道:"不知可是此物?"呈秀看了道:"此珠虽小,却圆洁得好,弟带去就送与他看,若是的,包你停妥,会推时内事在弟,外事在兄,善为谋之。"

呈秀带了珠子别过,即到魏府来。却好忠贤正与李永贞计较枚卜之事,见了呈秀,道:"昨日那珠子虽好,却不是原物。"呈秀道:"今日又找了一颗来,未知是否?"呈与忠贤看,忠贤细细的看了,大喜道:"这才是的!你从何处得来?妙极!妙极!"呈秀道:"是翰林冯铨,昨日会见说起。他今日送来的。"忠贤道:"却难为他,日后再重酬他。"呈秀即把他求大拜的话说知,忠贤道："也罢，就点他罢，只叫他把外面弄停当了，不要被人谈论才好。"呈秀领命辞出，即叫冯铨送礼拜做门生。一二日后，会推的本上去，十人中点了三人，冯铨果然竟越次大拜了。这才是：

　　昔闻三旨中书，今见一珠宰相。

毕竟不知枚卜后来事体如何？且听下回分解。

第三十四回

倪文焕巧献投名状　李织造逼上害贤书

诗曰：

浩歌拍碎石阑干，触目深惑时事艰。

扬子传经还附荐，赵师讲学更超韩。

从他匝地施罗网，任尔冥鸿戢①羽翰。

日日风波随处险，谁将一柱砥狂澜。

　　却说魏忠贤得了原珠，心中喜极，便将冯铨越次拜相。随即袖了珠子，到侯家来相见。假意道："珠子竟寻不着，怎处？"印月道："没得也罢了，本是年远了。"秋鸿道："娘莫信他的胡话，他不上心寻罢了。也送他到镇抚司五日一比，打断他的狗筋，包管就有了。"忠贤道："咱什么事伤了你的心，你这等骂我？"秋鸿道："你怎晓得不毒手弄人的？人骂你就骂不得了，别人的性命是拾了来的！"忠贤遂搂着印月道："莫睬这骚货，咱把件物事儿你看看，你可认得？"才向袖内拿出了锦袱子来，就被秋鸿劈手抢去，往外就跑。忠贤赶来夺时，他那里把他，两个扭在一团。忠贤急了，只得央他道："好姐姐，好亲娘，赏你儿子罢！"秋鸿道："满朝的人都做你的儿子，你今日又做我的儿子。你也是折了福，如今来一还一报的人了。我养出你这样不学好的儿

---

① 戢（jí）——收敛，止。

子，不孝顺我老娘，本该不赏与你，且看我那些做官的孙子分上，赏与你罢。"将袂子掠在地下，忠贤拾起来，打开，递与印月。

印月见了他原物，甚是欢喜。秋鸿道："日久见人心，你将珠子藏着，却三番五次说谎哄娘。"忠贤道："藏着呀，我不知费了多少事哩！"秋鸿道："费事却未费着你的钱。"忠贤道："钱虽未要，却是一个宰相换来的。"秋鸿道："那人寻到你，也是有眼无珠；你把这样人点入阁，也是鱼目混珠。"忠贤道："罢了。你骂也骂够了，我气也受足了，珠子也有了，请你娘进去罢。"秋鸿道："去不去在娘，干我甚事！"忠贤道："好呀！你一力担当，打过赌赛的，今日怎么说不管的话？这才要送你到镇抚司比哩。"秋鸿道："好孝顺儿子，只差要打娘了。"忠贤又央求印月，印月道："我怎好自己进去，惹人借口。"忠贤道："你若肯去，我自去请旨来。"秋鸿道："哥儿，旨意要真的哩。比不得那外官儿。拿假旨去吓他。"忠贤道："小骚奴！你莫忙。"秋鸿道："咳，你莫吓我，你咬去我膆子①，我也会去杀人。"忠贤赶着打了两拳，笑着去了。

秋鸿道："娘，你可真去?"印月道："你已允他有珠子就去的。怎好失言？"秋鸿道："娘要去，我也不好挡阻，只是我一身的病，受不得劳碌。前日医生说叫我静养调理服药才有效，我要到石林庄养病去，今日先对娘说过。"印月道："你去了，我家中之事何人管理?"秋鸿道："家中事俱自有执掌的，哥嫂也会料理。我也去不多时就来了。"印月道："可是淡话，不在家里养

---

① 膆（sù）子——鸟类食管后段暂时贮藏食物的膨大部分，形如口袋。这里借指食管，谓你咬断我的食管，我也会去杀人，我不怕。

病，到往乡里去，就请医生也不便。家中事虽有人管，毕竟你做个总纲，他夫妻尚小，晓得个什么事体？"秋鸿叹道："若是我死了，也要他们料理哩。"印月听了，心中不悦道："哦，要去由你去，难道死了王屠，就吃连毛猪哩。"秋鸿道："我只为病欺了身子，故此要去将息些时。"说毕，便叩头拜辞。印月便转身不理。他便去收拾了几日，夫妻二人上了轿马，竟往石林庄去了。这才是：

一身不恋繁华境，半世常为散淡仙。

次日，两个小黄门捧着圣旨，来宣客巴巴进宫。印月忙打扮整齐，吩咐了一切家事，上轿进宫。见过皇上与中宫，依旧与魏监连手做事。又把家中教的一班女乐带进宫来演戏，皇上十分欢喜，赏赐甚重。真个是：

舞低夜月霓裳冷，歌满春风玉树高。

客巴巴此番进宫，比前更加横暴。家人屡在外生事。一日，侯国兴在咸宁伯园中饮酒，跟随的人役都在对门酒店中吃酒，吃了不还钱。店家向他讨，众人反把店里家伙打碎。四邻来劝解，也有那气不忿的在内生事，闹在一处，挤断了街。适值西城御史倪文焕经过。也是他该管地方，便叫长班查什么人打降。那店家正在没处出气，见巡城的官到了，忙跑到马前泣诉道："小的开个小酒铺子，本少利微。才有一起光棍来吃酒，不独不还钱，反把小的店内家伙打碎。"倪御史吩咐地方都带到察院去。地方将一干人证都带到衙门。店家补上一张呈子投上。倪文焕叫带上来。只见两个人都头戴密帽，身穿潞绸道袍，走上来，直立不跪。倪文焕道："你是什么人？怎么见我不跪？"二人道："咱是侯府的掌家。"倪文焕道："是那个侯府？"二人道："奉圣府。"

倪文焕大怒，喝道："在京多少勋戚文武的家人，见官无不跪之理。况你主人不过是乳媪之子，尔等敢于如此横暴放肆，先打你个抗倨官长！"掠下签子喝声道："打。"左右走过几个皂隶，将二人揪倒。二人犹倨傲不服，被众人按倒，每人重责三十大板。打得皮开肉绽。吩咐收监，明日再审。

早有人报与侯国兴。国兴得知，在席众官内有的道："倪御史这等可恶，怎敢擅打府上的人？"那老诚的道："这还是尊管不该，他是察院的宪体，岂有不跪之理？"又有的道："打虽该打，也该先着人来说过，主人自然送过来，打了赔礼才是个礼。这明是欺人！"国兴到底是少年人性儿，平日是人奉承惯了的，怎受得这样气？忙起身，别了众人上轿，竟到魏府来。魏监叔侄俱不在家，他便写了封家书，央个小内侍送与他母亲。书中回护家人，把不跪的事隐起，只说倪御史擅打他家人。

印月看了大怒，把书子送与忠贤看。忠贤道："他如此大胆，叫他莫恼，我自有处治。"随即回私宅，叫速请崔爷。少刻，呈秀到了。见过礼，忠贤气愤愤的道："西城倪御史，可是那扬州的倪蛮子？"呈秀道："正是。"忠贤道："这小畜生如此可恶！他当日进学，也亏咱代他维持，敬咱如父辈。今日才得进身，就如此狂妄。昨日无故把奉圣的家人毒打，可恶之至！须寻件事处他。"呈秀道："倪文焕平日甚醇谨，只因姑母的管家在法堂不跪，不成个体面，故他发怒。爹爹请息怒，待孩儿去叫他来请罪，姑母处赔礼。"忠贤道："你去说，上覆那小畜生，叫他仔细些。"

呈秀答应辞出，即来拜倪文焕。相见待茶毕，呈秀叫屏退从人，附耳将前事说了。文焕道："昨因他家人无礼，一时不检，今甚悔之，仍求老大人俯教。"呈秀道："你不知奉圣的事更比魏公紧要些。老兄必须去赔个礼，再看事势如何。"说罢，去了。倪文焕在家，行坐不安，自悔一时失于检点，弄出事来怎处？又想道："罢，拼着不做官，怕他怎么！"忽又转想道："什么话！罢、罢的，一生辛苦，半世青灯，才博得一第。做了几年冷局，才转得这个缺，何曾受用得一日？况家贫亲老，岂可轻易丢去？还是陪他个礼的好。"正是进退两难，打算了一夜，毕竟患失之心胜。

次日下朝后，便来回拜呈秀，央他婉曲周旋。呈秀道："弟无不尽心的，只是还须托他个掌家附和才好。"这明是托词要钱之意。文焕只得告别回来。路上忽想起个刘若愚来："他原与我相好，今现做他的掌家，何不去寻他？"于是便道候他。却值在家，出来相见坐下，便道："先生怎不谨慎，做出这样事来？此事非同儿戏，奉圣必不肯放的。杀身亡家之事，都是有的。咱代你想了一夜，没个计较，怎处？"倪文焕听了此言，心中着忙，双膝跪下道："小侄一时失于检点，望老伯念当日家岳相与之情，救小侄之命。"若愚忙拉起道："请坐，再谈。"文焕道："适晤崔少华，叫赔个礼，小侄故来请教。"若愚道："光赔礼也不济事。若是触犯魏爷，咱们还可带你去赔个礼。你不知，爷如今奉承客太太比皇上还狠些哩，正要在这些事上献勤劳，这事怎肯甘休？除非你也拜在爷门下为义子，方可免祸。"文焕道："但凭老伯指教，要多少礼物？"若愚道："你是个穷官儿，那礼物也不在他心上。况你若拜他为父，就比不得外人，平时又无嫌隙，礼不过些须将意就罢了。如今倒是有了投名状，还比礼物好多哩。"文焕道："请教什么叫做投名状？"若愚道："你莫有见过《水浒传》

么？《水浒》上林冲初上梁山泊，王伦要他杀个人做投名状。你只拣爷所恼的官儿参几个，就是投名状了。咱们先向爷说过，你将本稿呈问后，再备份礼拜见，包你停妥。"文焕道："我哪知魏爷恼的是谁？若愚道："我却有个单子，取来你看。"少刻取出，只见上写着有十多个人。

文焕看了，自忖道："这干人，内中也有同乡的，也有相好，其余的平日与他无仇，怎好论他？"若愚道："如今的时势也顾不得许多，只要自己保全身家性命罢了。也不要你全参，只拣几个也就罢了。"文焕道："也没有访得他们的劣迹，把什么论他？"若愚道："你拣那几个，咱自有事迹与你。"文焕只为要保全自己，没奈何也顾不得别人性命，昧着天良，点了四个人。正是：

功名富贵皆前定，何必营谋强认亲。

堪恨奸雄心太毒，欲安自己害他人。

刘若愚道："你去做了本稿送来看过，再备两份礼，不必太厚，只是放快些。"文焕辞回，连夜做成本稿，誊写停当，先办下礼物，亲送到刘若愚家来。若愚道："你可是多事，咱与你相好，怎么收你的礼？快收回去。"文焕道："小侄一向欠情，少申鄙敬。"若愚道："岂有此理！决不敢领。只将本稿存下，后日爷出朝，老兄须早来伺候。本该留兄少坐，因内里有事，改日再奉贺罢。"文焕辞去。

过了一日，刘若愚引倪文焕到魏府拜见忠贤，呈上礼单。忠贤道："你是个穷秀才，钱儿难处，怎好收你的。"文焕再三求收。忠贤道："请坐，咱自有处。"文焕道："孩儿得罪姑母，望爹爹方便。"忠贤道："这原是他家人无理，但他们妇女家护短，不好说话，如今去请他令郎来，当面说开就罢了。"遂叫人请侯爷。问文焕道："令尊高寿？"文焕道："七十一岁。"又问："令岳生意还盛么？"答道："妻父已作古了，妻弟们读书，生意无人照管，迥①非当日了。"凡扬州当日相熟的，一一问到。

少刻侯国兴来相见，忠贤道："只是倪六哥为前日的事来央我，故请你来当面说过。虽是他一时之怒，毕竟还怪你家人无礼，哪里有这样大的家人，岂有见察院不跪之理？你母亲处咱已说过，总是一家弟兄，倪六哥也带了些礼送你。"就将送他的礼单送与侯国兴看。又说道："他是个穷秀才的人情，没什么七青八黄的，看咱面上，将就些收了罢。"国兴道："舅舅吩咐，怎敢违命。"二人又重作了揖，摆酒相待。崔呈秀、田尔耕、魏良卿等都来叙兄弟之礼。饮酒至晚方散。

次日，即上本参给事中惠世扬，辽东巡抚方震孺，御史夏之会、周宗建。忠贤随即批旨，着官校锁解来京勘问。那班奸党置酒与倪文焕作贺，席间各说些朝政。李永贞道："今日倪六哥虽然论了几人，还有几个是老爷心上极恼的，也该早作法处治才好。"田吉道："是哪几个？"永贞道："李应升曾论过爷的，又申救过万燝的。还有周顺昌，曾受魏大中托妻寄子的，他若再起用，必为他出力报仇。此两人没人论他，弄不起风波来。你弟兄们怎么作个计较才好。"

崔呈秀一向要报复高总宪，未得机会，听了此言，恰好与周顺昌、李应升俱是吴江人，正好打成一片，便说道："这个容易，如今吴、楚合成一党，南直是左光斗、高攀龙为魁，周顺昌、李应升为辅。彼此联成一片，使他们不能彼此回护，须处尽这干

---

① 迥（jiǒng）——相差很远。

人，朝野方得干净。”刘若愚道："咱到有个极好的机会在这里。"永贞道："什么机会？"若愚道："前苏杭织造李实奎，用了个司房黄日新。他就倚势镶诈机户，又谋娶了沈中堂之妾。有人首在东厂，爷因看旧情，恐拿问便伤他的体面，遂着他自处。李织造便将黄日新处死了。他因感爷之情，差了个孙掌家来送礼谢爷。昨日才到，今日打进禀贴，明日必来见我。我留他吃饭时，等咱凭三寸舌，管叫这一干人一网打尽。"众人齐声道："妙极，妙极，好高见。"当日席散。

次日，果然孙掌家送过礼，即来送刘若愚的礼。若愚留饭，问些闲话，谈些苏、杭风景。因讲到袍缎事宜，孙掌家道："只是那些有司勒镶，不肯发钱粮，织趱不上。"若愚道："前已参革周巡抚了。"孙掌家道："只都是蒙爷们看衙门体面，家爷感恩不尽。"若愚道："前日来首告的人，说黄日新倚着你爷的势吓诈人，又夺娶沈阁老之妾，许多条款。咱爷便要差人来拿，咱道：'那些外官正要攻击咱们，咱们岂可自家打窝里炮？这体面二字是要顾惜的。'再三劝爷，才肯着你爷自处的。"孙掌家道："这是爷们周全的恩，咱爷报答不尽。咱爷终日念佛，并不管有司之事，有甚势倚？只因黄日新与御史黄尊素认为叔侄，故敢如此横行。其实不干家爷的事。"若愚道："既如此，还不早早说明。依咱，你回去对你爷说，再上个本参周巡抚，后面带上黄御史，省得皇上怪你爷织造不前。外面说你爷纵容家人生事哩。"孙掌家道："蒙爷吩咐，知道。"便要告辞。若愚道："还有件事：咱爷还有平日几个对头，都是江南人，你爷可带参一参。"便于袖内拿出个折子来，上面是参左都御史高攀龙，检讨缪昌期，吏部周顺昌，御史李应升、黄尊素的劣迹。本稿递与孙掌家，接去辞出，星夜回到杭州，将前事一一对李织造说了，呈上本折。

李实看过，心中踌躇道："前日因钱粮不敷，参去周巡抚，已有几分冤屈，已损了几分阴骘①；至于高攀龙等，都是几个乡官，平日与我毫无干涉，又无仇隙；就是黄御史，咱亦不过是借来解释，原无实据，怎好当真参害他们?"两旁众掌家与司房人都道："爷，这织造是个美差，谁人不想? 况又有黄日新这个空隙，更容易为人攫夺。今全亏魏爷周全。爷才得保全，若不依他，恐惹魏爷怪爷，就不能居此位了。"李实听了，只是不言。

停了几日，掌家与司房都急了，又去催道："爷就再迟些时，也救不得这干人，只落得招怪，还是速上的好。"李实道："咱又不是个言官，怎好不时的参人? 况这些人又没有到我衙门来情托，将何事参他? 就要参周起元，也难将他们串入。"孙掌家道："本稿也是现成的，只依他一誊，爷不过只出个名罢了。"李实被他们催逼不过，只得点点头道："听你们罢了。"司房得了这句话，便去誊好本章，其大略云：

为欺君灭旨，结党惑众，阻挠上供，亟赐处分以彰国体事。内中参苏州巡抚周起元，莅吴三载，善政无闻，惟以道学相尚，引类呼朋，各立门户。而邪党附和者则有周顺昌、缪昌期、周宗建、高攀龙、李应升、黄尊素，俱吴地缙绅，原是东林奸党。每以干谒，言必承周起元之意。不日此项钱粮只宜缓处，将太、安、池三府协济袍缎银二千两，铸钱尽入私囊。然黄尊素更为可耻，辄与掌案司房黄日新，因其桑梓②，甘为叔侄，往来交密，意甚绸缪。俾日新窃彼声势。狐假虎威，诈害平人等事。

---

① 阴骘（zhì）——阴德。
② 桑梓——比喻故乡。

本写成了，便差人星夜赍送入京。魏忠贤已等得不耐烦了，本一到时，即批拿问。差了几员锦衣千户同众校尉，分投江南、浙江、福建而来。此时邸抄已传入杭州来。字实见了，只是跌足埋怨那些人道："这是何苦，都是你们撺弄我干出这没天理的事来。"那些官校一路下来拿人，正是：

搏风俊鹘①苍鹰出，向日翔鸾鸣凤灾。

毕竟不知先到何处拿人？且听下回分解。

_____

① 俊鹘（hú）——古书上说的一种鸟。

第三十五回

击缇骑五人仗义　代输赃两县怀恩

诗曰：

斜阳明灭浮云卷，叩阍①谁烛忠臣怨。唯有黔黎②不死心，泾渭昭然难为掩。志抒丹，岂称乱，一呼直落奸雄胆。手附势徒，口指奸雄呼。朝廷三尺自有法，曷③为肆把忠良屠。一身拼共贼臣死，为国除奸事应尔。剩取猩猩一寸丹，染入霜毫耀青史。

话说锦衣官校领了差，见江、浙、闽都是好地方，一个个磨拳擦掌的，想要觅个小富贵回去。分头下来，早有一起先到江阴。此时李御史早已知道了，拜别父母道："孩儿此去，或邀天幸君恩，得以生还，望勿忧虑。"先安慰了父母妻子，然后向众亲友作别道："李某论劾权托，褫夺④而归，原图燕喜雍睦之乐，不料祸不旋踵⑤。此去多死少生。一死报国，人臣之分，只是父母深恩未报，反不得如乌反哺，于心歉然。幸而有兄有子，不乏奉事之人，我也可放心前去。"亲友闻之，尽皆流涕。李公反绝

---

① 叩阍（hūn）——指敲打宫门。
② 黔黎——老百姓的别称。
③ 曷（hé）——怎么；何时。
④ 褫（chǐ）夺——依法剥夺。
⑤ 旋踵——把脚后跟转过来，比喻极短的时间。

无愁惨抑郁之容，乃作诗别友人徐无修曰：

> 相逢脉脉共凄伤，诧我无情似木肠。
>
> 有客冲冠歌楚些，不将儿女泪沾裳。

其二：

> 南州高士旧知闻，如水交情义拂云。
>
> 他日清时好秉笔，党人碑后勒移文。

又别妹丈贺说兹曰：

> 莫说苍苍非正色，也应直道在斯民。
>
> 怜君别泪浓如酒，错认黄粱梦里人。

亲友们安慰了一会儿，都回去了。他只留好友徐元修在书房同宿，逐日谈论诗文，不及家事，父母叫他内里去宿，他也不肯，恐对家人妇女哭泣之状，方寸要乱。他竟一无所顾。及至县尊到门，他便挺身就道，只同一个表兄飘然长往。终日路上吟诗作赋，每得佳句，便击节叹赏，全无一点愁苦的光景。途中又作《述怀诗》一首，道：

> 便成囚伍向长安，满目尘埃道路难。
>
> 父母惊心呼日月，儿童洗眼认衣冠。
>
> 文章十载虚名误，封事千言罪业弹。
>
> 寄语高堂休苦忆，朝来清泪饱盘飧。

又过丹阳，道中作：

> 已作冥鸿计，谁知是僇①民。
>
> 雷霆惊下土，风雨泣孤臣。

---

① 僇（lù）——侮辱；杀戮。

忧患思贤圣，艰难累老亲。

生还何敢望，解网羡汤仁。

诗句甚多，不能尽述，无非思亲、念友、咎己、望君之意。这也不题。

再说那班官校到无锡来拿高总宪，高公早已知之，说道："我当日掌院时，因要整肃纲纪，惩创奸贪，才劾崔呈秀，乞行遣戍也。只欲为国除奸，他却避祸投在魏阉门下为子。官校此来，必是仇人陷害我，怎肯把父母遗体去受那无轴的刑法？此去必为杨、左之继矣。我果结党欺君，死也心服；今为仇人所害，岂不是忠孝两亏？我不如死于家，也得保全父母遗体。"暗暗自己筹划定了，也不现于辞色。及闻官校已渡江而来，便叹道："罢了，今日是我的归期了！"遂吩咐下些家事，命人备酒，大会亲友，与众人作别。此时亲友也来得少了。高公道："刻因赴京在即，故与列位相别，开怀畅饮。"这些亲友也有要劝解他的，也有要为他筹划的，见他全无忧愁之态，反畅饮取乐，倒不好开口。

酒散后，叫取水来沐浴，吩咐家人："各自休息，不要惊恐，料无甚大祸。让我独坐片时再睡。"先家人都怕他寻死，时刻提防，却不见他着意，此时上下人都倦了，果然不防他。大家散去，高公独坐书房，整肃衣冠，焚了一炉好香，展开一幅纸来，写下一回遗疏道："臣今虽蒙冠夺，昔日却为大臣。大臣义不受辱，今欲辱大臣，是辱国也！臣谨遵屈平之遗策，愿效犬马于来生。愿使者持此以复命。"其大略如此。写毕封固，上书"付长男世儒密收"。到三更时，开了花园门，走到鱼池边，把焚的香带了摆下，向北叩头毕，又遥拜谢了祖宗、父母，起身向池内一跳。正是：

　　昔闻止水沉江相，今见清池溺直臣。

　　同是汨罗①江上派，英灵应结子胥②魂。

　　公子高世儒终是放心不下，潜自起来到书房来，见书房门开着，绝无人影，吃了一惊；见桌上放着遗书，知是去寻死，急出来，且哭且寻。来到后边，见园门也开了，急急来到鱼池边，只见炉香未绝，池水犹动，似有人在内，便放声大哭。惊动了夫人，唤起外面众家人来，下池去捞，抬上来，已是没气了，免不得一家痛哭，备办后事。

　　次早，具报各地方官，无锡县闻报，吃了一惊，忙详报各上司抚院，随即差官来验看。府、县俱到，只见高公湿淋淋的一个尸首停在厅上，合家围着哭泣。各官拜过，揭开面帕看，确是高总宪的真尸，也都没得说，只埋怨公子道："年兄们怎不小心防护，致令尊翁老先生自尽？尊翁是朝廷大臣，就到京也无甚大事，何至如此！倘或朝廷要人，怎处？"知县道："只好待官校来看过再殓。"知府道："岂可暴露多日。"不一时道尊也来拜了，也没得说。高公子求他做主收殓，道尊向府、县道："高大人投水是实，我们公同目击，各具结详报，待上台具题。"这里竟入殓。各官候殓而散。

　　不日官校到了，闻高公已死，他们就当做一桩生意放起刁

① 汨罗——汨罗江，指屈原忧国投汨罗而报君。
② 子胥——伍子胥，吴国重臣，破楚有功，后劝吴王拒绝越国求和而被疏远，后被吴王赐死。

· 445 ·

来，道："这必是假死；就是真的，既奉圣旨拿人，你们做有司的就该预先拘管，如何容他自尽？我们不独不能回旨，先就不能回魏爷，一定要开棺看。"各官俱无言以对。只有无锡县教谕上前道："不是这样说，你们说他是假死，各上台亲自验过，才具结审报，各宪具题，谁敢担欺君之罪？若为有司不拘管，这机密事我们如何得知？你们既奉旨拿人，就该星夜而来，迅雷不及掩耳才是，为何一路骚扰驿站，需索有司，致违钦限，使他闻风自尽。我们到不参你罢了，你反来揖诈么？"官校虽还勉强争闹，终是他的理正，只得又揖高公子，说他不预先防守救护，要把他抵解。高公子道："罪不及妻孥，若旨上有我的名字，我也不敢违旨；若无我名，你却也难说。"公子只得央人出来，做好做歹的送他几十两银子作程仪，把遗本交与他复命。府、县也都厚赠他，恐他在魏监面前说长说短。那些官校也怕耽搁日期，那苏杭要拿的人效尤，便不好回话，只得丢手，讨人夫马，星夜往苏州来拿周顺昌。

　　苏州府县知道无锡如此受官校的揖诈，都早差人将周吏部的宅子时刻巡逻，吩咐他家人防守。周吏部闻之，仰天大笑道："我也不走，我也不死，直等到京说个明白。大丈夫就死也须痛骂奸权，烈烈轰轰而死，岂可自经沟渎①，贻害地方，连累家属？"官校一到，知县来请，他即拜辞了祠堂，别了妻子，禁止家人啼哭，也略吩咐了些家事：叫儿子用心读书，好生做人。"魏掌科当日曾托妻寄子与我，今不可因我被祸，便置之不理，

----

① 自经沟渎——沟渎即沟渠，因沟渠相对河海小，用指家乡。自经即自杀。指在家乡自杀。

魏阉全传

经典书香·中国古典禁毁小说丛书

须常时照旧周恤，不可负我初心。"这正是：

千金一诺重如山，生死交情不等闲。

世上几人如杵臼，高风独步实难攀。

苏州三学生员见周吏部被诬，相约去见抚院毛一鹭，求他缓些开读，好上本申救。毛抚院道："旨意已下，谁敢乱救？诸生此举，到是重桑梓而薄君臣之意了。"诸生齐声道："生员等于君臣之义不薄，只是老大人父母之恩太深些。"毛抚院见诸生出言不逊，只得含糊答应，支吾他们出去。谁知市上早有一班仗义的豪杰，相议道："前日无故拿了周御史、缪翰林，如今又来拿周吏部。若说他贪赃枉法，他是极清廉正直，人所皆知；若说他是东林一党，他又杜门不出，从不轻与人交接；况且与李织造素无干涉，为甚事拿他？这分明是魏太监与李织造通同害人，假传圣旨。我们只是不容他去就罢了。"

及到开读的清晨，只见周公青衣小帽，早在此伺候。院道各官相继到了，只见一路上的人填街塞巷，人集如山，赶打不开。有司只道是来看开读的，不知内中有个豪杰，起了个五更，在街上敲梆喝号道："要救周吏部的都到府前聚齐！"故此满城的挨肩擦背，争先奋勇来了无数。各官迎接龙亭，进院分班行礼毕，才宣驾帖。忽听得人丛中一片声喊道："这是魏忠贤假传的圣旨，拿不得人！"就从人肩上跳出一个人来，但见他：

阔面庞眉七尺躯，斗鸡走狗隐屠沽。

胸中豪气三千丈，济困扶危大丈夫。

这个豪杰手中拿了一把安息香，说道："为周吏部的人，各拿一枝香去！"一声未完，只见来拿香的推推拥拥，何止万人，抚按各官哪里禁压得住？有一个不识时务的校尉李国柱乱嚷道："什么反蛮，敢违圣旨！"只见人丛中又跳出几个人来，一个个都是：

凛凛威风自不群，电虹志气虎狼身。

胸中抱负如荆聂①，专向人间杀不平。

几个豪杰上前将李国柱拿住道："正要剿除你们这伙害人的禽兽！"才要动手，人丛中又抢出几个来，把李国柱揪翻乱打，各官忙叫"不要动手"，哪里禁得住？打的打，踢的踢，早已呜呼了。那锦衣千户惊得飞跑，只恨爷娘少生两只脚，走得没处躲藏，一把抱住抚院，死也不放。那些校尉都丢下刑具，除下帽子，脱去号衣，混在人丛里逃命去了。宣旨的礼生怕打，战战兢兢地把驾帖左收右收都收不起，早被那班豪杰抢过去扯得粉碎，把桌子一推，把礼生从上面跌下来跑了。院道各官再三安抚，忙出了一面白牌道："尔民暂且退散，俟本院具题申救。"把个周吏部急得遍处磕头，哀告道："诸位乡亲不是为我，到是害我了！"众人道："是我们仗义的打死校尉，扯毁驾帖，都等我们自去认罪，却不有累。"

众人又相议道："李实这阉狗诬奏，我们去烧他的衙门去！"此时李实正差孙掌家在苏州催缎匹，听见此话，吓得连忙换了衣帽，要叫船逃回杭州。却好遇着这班好汉，有认得的将他拿住，登时打死，将行李货物都抛在河内而去，直闹到晚方散。

次日又来，足闹了两三日。府县恐有不虞，叫将城门关了，

———

① 荆聂——荆轲、聂政，古代著名的刺客。

一面着人访拿为首的，一面具题道："三月十八日开读时，合郡百姓执香号呼，喧闹阶下，群呼奔拥，声若雷鸣。众官围守犯官周顺昌，官校望风而逃，有登高而坠者，有墙倒而压者，有出入争逃互相践踏者，遂至随从李国柱身被重伤，延至二十日身故。"本之外，毛抚院又具了禀帖到魏忠贤。不期路上又被众好汉悬住搜下。那城中百姓有胆小的，怕打死了校尉，扯碎了驾帖，要波及满城，竟弃下家产物件，挈家而逃，有搬下乡的，有逃出境的，官府虽安抚示禁，人只道是哄他们的，越逃得多。官府见逃人甚多，料这班作乱的羽翼已衰，正好拿人；又恐再走了，忙禀过抚院，尽行拿住到监，不知那些好汉既挺身做事，岂肯私逃？

　　只有周吏部见百姓逃亡，到为我受害，好生不忍，想道："我若不随官校进京，又失了臣节。"遂自来见抚院道："罪人得罪朝廷，蒙旨拿问，自应受逮，不意酿成大变，几累老大人。但为臣子者，没有呼而不来之理，乞老大人解罪人进京。"先抚院要解他去，又怕百姓激怒，今听见他自己要去，便趁水推舟道："正是！弟等都要具书保留老先生，又恐违了钦限，得罪反重，还是去的为是。"此时官校逃去的已都来了，府县也打发了他们些银两，叫他们都到浒墅关等候。次日，周公恐惊动众人，候至夜间，悄悄的上船。至浒墅关，寻到了官校，才一同星夜入京。抚院打发周吏部起身后，怕魏监怪他，随把一干人犯题上去道："敲梆喝号者马杰，传香者颜佩韦，打死随从者沈扬、周文元、杨念如。"又央李实致书与永贞，求他从轻发落。

　　李实是个慈心的人，向日听见拿这起人，已自不过意；又见乱了苏州，打死孙掌家，苏州抚院如此处治百姓，一发跌足道：

"都是我造的罪孽！"连忙写书子星夜进去求情。原来魏监听见激变了苏州，心中也觉慌张，后接到毛抚院的本，知已调停了，便唤李永贞来商议道："苏州滨湖近海之地，人民撒野的地方，若株连杀戮，恐致民变。况江南是漕运重地，不比他处，不如依样葫芦，从宽些罢。"却好顾内阁当国，他也是苏州人，因念桑梓，再三解说，忠贤便假做人情，止批将为首五人立决，其余着有司严缉。又恐拿黄御史的到了杭州，百姓也要效尤①，即于本上批道："黄尊素着该抚提解来京，锦衣卫官校着即撤回。"因此黄御史一路上少吃多少苦。可见得百姓一乱，其功不小。正是：

皇天视听在斯民，莫道黔黎下贱身。

曾见一城堪复夏，果然三户可亡秦。

群呼未脱忠臣死，壮气先褫奸党魂。

遥想五人殉义日，丹心耿耿上通神。

不说苏州百姓仗义，浙江黄御史到得了便宜。且说吴江周御史宗建初任湖广武帐县时，官清如水，决断如流，才守兼优，声名大振。抚按交章题荐，后改了浙江仁和县。这仁和县是附省的首县，政务繁冗，民俗淳厚，他下车以来，莅事精明，立法极简，审理词讼，任你有钱有势的来请托，他概不容情，并无冤枉。征收钱粮，任你顽梗，他都设法追捕。合县百姓都呼之为周清天。稍有闲时，便下学训课，士子蔼然一堂。若再得余闲，或与乡之贤士大夫逍遥湖上，或偕德望父老访民风于四野，所以士民德之。及六年，奏最行，取为御史，合郡为他建祠。不料为倪

①　效尤——仿效坏的行为。

文焕所劾，道他侵蚀仁和库帑①，坐赃冠职，着抚院追比充饷。此时合县缙绅为他到苏州抚院衙门面禀，毫无此事。抚院含糊答应而退。后又有浙江与本处生监、百姓，纷纷具呈保留，为他分辩。抚院只得面谕道："如今官员坐赃，概不能辩。若略追少些，便与参本不合，里面就要拿问，岂不是反害了周御史了？此事本院非不知是冤枉，非不欲委曲保全，但是不认赃、不问罪，言者亦不肯止。不如认了，到可杜后患。诸生等此呈，本院只好存之，以彰厚道。"众人知道此言近理，只得俯首而回。

不多几日，又因李实论劾，解了缪翰林进京，这两处的百姓怜他没处叫屈，见苏州有打校尉的事，其中有仗义的道："苏州人有侠气，我们杭州人独无人心？周爷此去，我们虽不能击登闻鼓为他伸冤，只是坐赃如许，将何抵偿？必致害及一身，累及妻子。不若我们为他纠合些银，代他完赃，虽然救不得他的罪，也可免他妻子追逼破家之苦。"先是几个人出名写帖子，知会满城人道："前任本县周父母，六年仁德，恩惠在民。今遭诬害，坐赃数千金。家道清贫，力难完帑，凡我士民，各怀仗义之心，可各量力乐输，共成义举。"苏、杭两处士大夫，见百姓如此倡议，也相议道："小民尚知仗义，我辈岂独无心？"便有几个绅衿出来为首，内中有悭吝的，延挨不出，众人也就恶极，俱公同面议，照家私分派，分上中下三等，不怕你不出。其余那些生监酸子，虽所出有限，却也集少成多。又有本县大户并盐、当店，俱各十两五两的相助，又有一等过往的客商，也道："我们自周爷在任，

---

① 库帑（tǎng）——国库里的公款。

钞税杂差一些不扰，也输财相助。"又有衙门各役，也感周爷一味爱民，不肯纵容我们索钱害人，却从来未曾风打一人，不意如今受此冤屈！吏书门役也各以贫富派银，有在工食上扣支的。百姓们多在城隍庙建醮，祈保生还。又设槟在大殿上书簿乐输，助周爷完帑，亲手人柜。来往烧香的士女，或一钱二钱，三分五分，十文五文，都入柜。每逢朔望一并，后至五日一并，统共不下数千金，这都是江浙之民感恩之报。正是：

　　昔沾恩德邱山重，致使钱财毛羽轻。

　　毕竟不知可能救得周公性命否？且听下回分解。

第三十六回

周蓬洲慷慨成仁　熊芝冈从容就义

诗曰：

> 男儿浩气比山高，百折千回不可挠。
>
> 热血一腔虽溅地，忠魂万古尚凌霄。
>
> 身倾道济①长城怀，独泛鸱夷②霸业消。
>
> 他日董狐③书定案，采将清话付渔樵。

话说魏忠贤矫旨拿了缪翰林、周御史等，先后起身。那些官校知道缪公是个清苦词臣，料得许不出什么钱钞来，到让他软舆进京。直至涿州地方，缪公恐怕耳目渐近，设有缉访，反带累官校不便，自己要上起刑具来。一路上听他缓行到京。只有周公的官校道："他曾任县令，必多宦囊，狠要诈他些银子。"虽与了他们些，终不满所欲，一路上受了许多苦楚。比及到京，周公恐迟了钦限，星夜赶来。这里周吏部也到了，同下锦衣卫狱。那许显纯将他们任意拷打，问他们结党、通关、请托等事。

过了几日，缪公年老受不起刑，先死了。夏御史亦相继而

---

① 道济——即济公，本姓李，宋天台人，在灵隐寺出家，举止若狂，不受戒律约束。

② 鸱夷——这里指范蠡（自称"鸱夷子皮"），范蠡辅佐勾践灭吴，知勾践为人不可共安乐，因浮海出齐。

③ 董狐——春秋晋史官，以秉笔直书著名。

亡。只有周御史、周吏部等，许显纯定要他招认是东林一党，与周起元请托。周吏部道："东林讲学，我并未到。就是东林党内纵或有一二不肖的，也不失为正人君子，总比那等邪党专权乱政，表里为奸的人好多。至于周起元行时，我虽为他作文，这也是缙绅交际之常，我自来非公事从不干谒，有甚请托？"许显纯大喝道："这厮犹自硬口，不打如何肯招？拶起来！"拶了又夹，夹了又敲。那些校尉因苏州打死了同伙的人，好不忿恨，将他分外加重的夹打。此时周公愈觉激昂，言语分外激烈，竟似不疼的，任他凌辱，只是不招。从来这些拿问的官儿，起初受刑也还尊重不屈，及至比到后业，也就支撑不住，也只得认作犯人，把他当做问官。唯有周吏部志气昂昂，绝不肯有一句软话，只与他对嚷对骂。许显纯见他身子狼藉，若再加刑，怕他死了不便，忙叫且收监。

　　过了数日，又提出来拷问他。见周公嘴狠，偏要折磨他。周公却偏不怕。到审时要他招认，周公道："魏阉害杀忠良，何止我周顺昌一人！要杀就杀，有什么招？"显纯道："你这干结党欺君、贪赃乱政的禽兽，自取罪戾，怎敢反怨骂魏爷？也就与怨骂天地的一般，神鬼也不容你！"周公道："何人乱政似那阉狗！朝廷上布满私人才是结党，枉害忠良方为乱政。"许显纯听了，怕他再说出什么来，被忠贤的差人听见去说，连叫掌嘴。那些校尉飞奔上前，打了一顿，把个瘦脸打得像个大胖子，青紫了两边。周公兀自①高声大骂道："许显纯你这奸贼！你只打得我的嘴，打得我的舌么？"千奸党、万贼奴骂不绝口，把个许显纯气得暴躁

---

　　① 兀自——仍然，还是，径自。

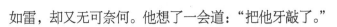

如雷，却又无可奈何。他想了一会道："把他牙敲了。"

校尉上前将铜巴掌侧着，照定牙根敲了几下，可怜满口鲜血直流，门牙俱落。周公并不叫痛，越骂得凶，声气越高。许显纯假意笑道："你其意要激恼我，讨死么？我偏不让你就死。且带去收监。"

隔了数日，李、黄二御史也从浙江解到，显纯也故作威势，摆下许多狠毒刑具，并提出周吏部同审。周公上去，开口便骂道："贼奴！你徒与阉狗作鹰犬，把我等正人君子任意荼毒！我们不过一死而已，你这奸贼除死之外，你还再有甚法儿加我？我死后名传千古，那阉狗蒙蔽圣聪，荼毒忠良，少不得神人共诛！你这贼奴也少不得陪他碎尸示众，还要遗臭万年！"骂得许显纯哑口无言，几乎气死。又叫敲他的牙，把个周吏部满口的牙齿几被敲完。周公立起来，竟奔堂上，校尉见了，忙来拉时，他已走到公案前，把口中鲜血劈面喷去。许显纯忙把袖子来遮，早已喷了一脸一身，连忙叫扯下去打。又打了一顿。又连众人都夹了一番，才收监。

谁知魏忠贤差来看的人，早已飞报进去。连魏贼闻之也大觉不堪，随与李永贞商议，未免学秦桧东窗的故事，差人到许显纯家说道："爷叫说：'法堂上如何容周顺昌等无状，体面何存？'"显纯道："其实可恶！因未得爷的明旨，故此留他多吃些苦。"差官道："爷心中甚是着恼，着我来吩咐你如此而行。"许显纯听了此言，如领了敕书的一样，忙送了差官出去，随即唤了管狱的禁子来，吩咐去了。

次日到衙门升堂时，禁子便来递犯官周顺昌、周宗建昨夜身故的病呈。许显纯看了，便叫写本具奏。过了两日，才发下来。

发出尸首，周御史还是全尸，只是压扁了。周吏部身无完肤，皮肉皆腐，面目难辨，止有须发根根直竖，凛凛犹有生气。许贼奉忠贤之命，一夜摆布死了两人。此时两家的家人草草具棺收殓。时人有诗吊二公道：

> 慷慨成仁正气宽，直声犹自振朝端。
>
> 清风两邑沾恩泽，友谊千秋见肺肝。
>
> 血染圜扉应化碧，心悬北阙尚存丹。
>
> 谁将彩笔书形史，矫矫西州泪共弹。

二公殁后，仅存李、黄二御史在狱。二人也自分必死，却快然自得。李公道："昔日黄霸被陷在狱，从夏侯胜授《春秋》，苏长公读书赋诗不辍。我朝胡忠宪，年八十被杖在狱，尚咏《治狱八景》。古人意气高尚如此，我辈何妨相与谈论，访前辈之高踪，为后人谈柄。况对着这一庭荒草，四壁蛩声，也难禁此寂寞。"两人带着刑具，指天画地，或时商略古事，或时痛惜时贤，或时慷慨徨歌，怕国事日非，或于愁中带笑，或时掩面流涕。虽有禁卒在外伺察，知他是临死之人，与他做甚对头？有那等好事的却来看，只见他们笑一回，哭一回，只道他们思家，或是畏刑，不得不强勉排遣，都不理会他们。哪知他们何曾有一念在自己身家性命上。及至追比时，每比一次，李御史只喊："二祖十宗在天之灵，鉴我微忱！"那些行杖的都惊骇不知何故，依限追比，怎肯稍轻？到后来也就支撑不来。二人自料死期将近，李公想道："一身虽为国而亡，了无遗憾，只是亲老子幼，岂可死无一言？"遂于身上扯下一块布来，啮指出血，写下一幅遗嘱，藏于裤腰内。大略总是训子俭以惜福，让以守身，孝以事亲，公以承家。临终时又溅血题诗于狱壁曰：

> 十年未敢负君恩，一片丹心许独醒。
>
> 维有亲恩无可报，生生愿诵法华经。
>
> 丝丝修省业因微，假息余闲有梦归。
>
> 灯火满堂明月夜，佛前合掌着缁衣①。

李公殁了，黄公抚尸痛哭道："兄今先见二宗于地下，弟亦相继而来。倘英灵有知，早得相从，共斥奸邪，当作厉鬼以击贼。"言罢哽咽失声，死而复苏者再。及到命下发尸时，黄公又对那发尸的人道："此忠臣之尸也！愿从容无致损坏。"又大哭，作诗一首以送之云：

> 手抚忠躯泪雨流，棘林寂寞更谁俦②。
>
> 独怜今日身相送，他日遗骸孰与收？

发出遗尸，家人代他沐浴更衣，拾得遗书，知是他临终之言，为他珍重收藏。收殓毕，寄停僧寺，将血书星夜带回。父母妻子捧书痛器，人皆知他视死如归，临终不乱，都叹息不已。后来黄御史一人独坐狱中，郁闷无聊，又遭过几番追比，也是死于狱中。正是：

> 自知身列名难死，谁料人亡己也亡。
>
> 相会九泉还共笑，好将忠荩诉先皇。

许显纯也题个犯官身故的本，着家属领尸殡殓。

再说拿周巡抚起元的官校，见苏州的人吃了亏，又怕福建效尤，故不敢经由州县，止由海迂道进京，故迟了些日子。一到京，官校就投了文。许显纯叫下了软监，就将参本上道他侵挪十余万钱粮的卷案做成。次日升堂，少不得恶狠狠的夹打一番，也

---

① 缁（zī）衣——黑衣，此处指僧衣。

② 俦（chóu）——同辈、伴侣。

不容他分辩，道他将太、安、池三府协济鼓铸的钱粮十二万侵匿入己，强坐在他身上。也不行文到苏州查勘开消过多少，竟自照参书上题个拷问过的本。一面逢卯①追比②，一面行文原借地方官严追。周巡抚虽历任多年，家中纵有些须，怎得有如许？自陶朗先、熊廷弼之外，也没有似他坐上这许多赃的，怎能免得一死，保得一家？正是：

> 舞凤蟠龙锦作机，征输犹自竭民脂。
> 谁知血染圜扉土，化作啼鹃永夜悲。

魏忠贤数十日内害了五个忠良，心中大快。想他连兴大狱，料定外边科道不敢有言。况内阁又与他合手，当刘一在位时，与韩爌当国，犹不敢放手大为。及二公去后，内阁皆是他的私人，故敢横行无忌，把胆越弄大了，心越弄狠了，手越弄滑了，终日只想害人，就如石勒，一日不杀人，心中便郁郁不乐。一日，与那班奸党商议道："杨琏等俱是为受了熊廷弼的银子才问罪的，岂有熊廷弼到安然无恙？死者亦难心服。"傅应星道："此不过借端陷害众人，原未实有其事。杨、左等被诬屈死，已伤天地之和，今再以此害熊廷弼，所谓'一之已甚，岂可再乎？'欲服人心，须存天理。"倪文焕道："表兄此论甚迂。当今之世，讲甚天理？只是狠的，连天也怕。"田吉道："要杀他，何难？"向忠贤耳边道："只须如此如此，便万全无弊了。"忠贤听见大喜，随即叫人下帖，请内阁众位老爷明日吃酒。

次日大开筵席，只见：

---

① 逢卯——天天。
② 追比——古时官吏限期交税交差，逾期就受杖责以示警惩，谓"追比"。

陆穷岩薮①水穷川，锦簇花攒色色鲜。

象管鸾笙和宝瑟，吴姬越女捧华筵。

午后，四阁下齐到，忠贤出来迎接，安席坐下。说不尽品物之丰，仪文之盛。换席时，各人起身，更衣闲话。忠贤道："有一事请教诸位先生：当日杨涟、顾大章、魏大中等，招出得了熊廷弼赃银四万代为卸罪。今三人皆已赴法，而熊廷弼乃罪之魁首，何以独免？恐不足以服三人之心。"顾相公道："熊廷弼已有定罪，纵有此事，已罪无可加。"忠贤道："罪虽不再加，也该速决。"沈相公道："罪已拟定，谅无脱理，赴法自有其时。若遽然②即处，一则恐防同坐者不便，再则似非圣朝宽大之政。"忠贤道："二位先生俱是南人，故尔软善。"复对冯相公道："曾记昔日他待尊翁，不情甚矣，先生岂竟忘之耶？"冯铨道："赃证既明，何患无辞。"众人俱各唯唯。

席散后，忠贤即矫旨道："熊廷弼临阵脱逃，失守城池，罪已难逭；仍敢公行贿赂，冀脱罪愆③，国法安在？着内阁议覆。"这分明是把个担子与内阁担，且挟以不得不杀之势，故预先把话挑动了冯铨。旨意一下，一则众宰相不敢违他之意，二则冯铨要报父仇，必假公济私，眼见得熊经略断无生理了。

这熊经略原以进士起家，后仕至辽东巡按，号令严明，军民畏服。就是一带属夷，也无不想望其丰采。每临一处，事毕，便单身匹马出来看山川之险阻。就是逼近外地，他也要去，且一些护卫不带，只马前着一人手执白牌，上书"巡按熊"三字。那辽

---

① 岩薮（sǒu）——山岩聚集之处。

② 遽然（jù rán）——突然、猛然。

③ 罪愆（qiān）——罪过、过失。

东都畏其威，服其胆，到十分恭敬迎接他。把个辽东地方，西起宁远，东至开原，没一处不看遍了。后因王巡抚失陷广宁，兵部本意主战，恐于己不利，便把经略本按住，只等王化贞本到。兵部也上一本，说熊廷弼按本不救，逃回关中，将放入逃兵功劳搁起。都是一班奸党无风起浪，不日本下道："王化贞、熊廷弼俱着拿问。"竟与王化贞同问了罪，坐在监中。可见公道何在？

大抵熊经略之死，不在失中屯卫，而在摆仪从出大明门之时，便种下祸根了。再者与兵部王巡抚等争守战，已造下一个死局。魏忠贤以熊、杨两经略为名，杀了杨、左诸人。又想到为他请托的到死了，他失守封疆，又添上个钻刺的名目，如何还留得他？况他又是楚人，正与杨涟同乡，更容不得。若只论失守封疆，杨、王都该同斩；若论行贿，杨、熊也难都留。只得把个题目放在阁下，又先激恼了冯铨暗报父仇。旨到阁下，冯铨只得另寻出个枝叶来，说他在监常与犯事的刘中书相与，常将辨揭与他看。捏出这个名色来，说他钻刺请托，先将刘中书杀了。又捏造几句谶语①道："他名应妖书。"票旨出来，将他枭首②，传示九边。命下之日，差监斩。此时熊经略在监中，一些不知。

忽一日清晨，只见一人来监中道："堂上请熊爷。"熊公觉得古怪，遂从容梳洗，穿了衣服，取出一个辩冤本，随着那人到大堂上来。只见个主事穿了吉服，坐在旁边，道："熊老先生，奉旨着送老先生到西市去。"熊公道："罪人失守封疆，久已应死，何必另寻题目。只是有一本，求大人代罪人上一上，死也瞑目。"那主事道："老先生事已至此，上本也没用了。"熊公道："今日

---

① 谶（chèn）语——预言。

② 枭（xiāo）首——古时刑罚，把人头砍下并悬挂示众。

既无人为我伸冤，后来自有人为我辩明，所恨者如孟明不能复崤函之仇，终被失守之名①耳。"言毕，长叹数声，向北拜辞了皇上，又转身向南拜谢了先人，从容解衣就缚。刽子手绑好，拿过酒饭来，熊公叫拿去，绝不沾唇。两边代他插上花，犯由牌上标了斩字，押到西市。旨意一到，炮声响处，刽子手刀起首落。只见天昏地暗，日色无光，阴风四起，黄雾迷天。见者心伤，行人抱屈。监斩官叫取过桶来，盛了首级，传示九边。可怜一个熊经略，当沈阳陷没时，挺身往守，亲冒矢石，屡建奇勋，躬亲土木，筑就沈阳城，反至一身不保，竟死于阉贼之手！后人有诗吊之曰：

> 冤起东林日，株连尽正人。
>
> 祸奇缘极垄，功大不谋身。
>
> 骨散要离②日，魂随杜宇③春。
>
> 有家归不得，洒泪控枫宸④。

正是：

> 汉家已见条侯列，宋室谁明武穆冤。

毕竟不知杀了熊芝冈后又有何事？且听下回分解。

---

① 孟明不能复崤函之仇，终被失守之名——孟明，春秋时秦将，名视，字孟明。奉命袭郑，回师经崤，为晋所袭，兵败被俘。被释回秦再度伐晋，再次战败。后终于打败晋军。

② 要离——春秋时著名的刺客。

③ 杜宇——即杜鹃。

④ 枫宸——汉宫殿多植枫，此处泛指宫殿。

第三十七回

魏忠贤屈杀刘知府　傅应星忿击张金吾

诗曰：

天乎至此欲如何，匝地弥空①尽网罗。

已见谗言诛道济，还将文字锢东坡。

昏昏白日浑无色，湛湛清泉亦作波。

好趁一桴②浮海去，海门东畔有岩阿。

话说魏忠贤用计激恼冯铨，杀了熊经略，有怜他的道：“他有全辽之功，不能保其首领！”也有惜他的道：“只因他恃才傲物，以致遭此奇祸。”又有的道：“一样失守封疆，何以独杀他一个？还是借杨副都累他的。”其时就有个刘铎，现任扬州知府，是个清廉耿介之人，当日曾做过刑部司官的，知道此事的原委。及今阅朝报，见熊公被害，心中甚是不平，叹息道：“若论失守封疆，先是杨镐短谋丧师，后来王化贞失陷广宁，熊廷弼弃师而逃，死则该三人同死。若论熊廷弼，也还是个有用之人，他有存辽之功，何以独杀他一个，还要传首九边？正是‘硗③硗者易缺’，日后边庭有事，谁肯出力？”于是愤愤不已，遂作诗吊之，自己吟咏了几遍。

---

① 匝地弥空——遍地满天，形容极多。

② 桴——小竹筏或小木筏。

③ 硗（qiāo）——形容坚硬。

正在书房里读诗，忽宅门上传进帖来道："有个京里下来的僧人了明求见。"这僧人颇通文墨，是刘公在京相好的。刘公正要访京中之事，便叫请到穿堂来会。相见过坐下，了明送了些礼物，刘公收了两色，留他吃饭。问及京中近日的光景，了明道："幸喜老爷升出来，如今京中一发不成事体了，只弄得不敢题一个魏字儿。就是各衙门的老爷们，除在魏爷门下的，没人敢去访他，其余的也不敢轻送人一分礼，轻收入一文钱，轻收发一封书子，整日的只有在家静坐。若有公会酒席，只一两杯便散，恐酒后不谨，有错误处。连私会都断绝了。就是同衙门的人，也不敢多说话，唯恐一时触着忌讳，俱各存神，受无限的拘束。科道衙门都箝口结舌，不敢轻言。"刘公叹息道：这还成个世界么！若我在里边，真一日也难过。"吃了饭，送了明出去。迟了两三日来辞行，送了他几十两程仪、几色土仪。内中有一柄真金扇子，上写着一首诗，后书自己名字。那诗不是别的诗，就是前日吊熊经略的那首诗，大意总是悲他的功名不终，为奸臣所害。别后就都两忘了。

那了明回到京师，常把这扇子拿在手中，见得他与现任官相交。这也是僧家之故态。偶然一日，有个施主周老三来请了明念经，了明备了几样素菜留他吃酒，恰把扇子放在桌上。周老三拿起扇子！打开看了道："好扇子，这刘铎是谁？字倒写得好哩。"了明道："是扬州知府，先做过刑部员外的，与我相好。这诗就是他吊熊经略的。"周老三道："扬州是个花锦地方，有多少抽丰①的?"了明道："果是好地方，在天心里哩，繁华无比。他也

---

① 抽丰——找关系走门路向人求取财物。

送了我几十金。"周老三道："刘爷好情哩。"了明道："他是一清如水，一文不爱，他若肯要个把，一年就不丑①了。"饮了半日，周老三把扇子扇着，作别而去，就忘记还了明。

走到半路热起来，就把扇子从袖内拿出来扇。路上遇见一个表弟，叫做陈情，是锦衣卫杨寰的长班，站住谈心。陈情道："哥好华扇。"周老三道："不是我的，是了明和尚的，才留我吃酒，我就扇了来。"陈情拿过来看道："字倒写得好。"周老三道："这是扬州刘知府吊熊经略的诗。了明去打抽丰，他写了送他的。"陈情看了，忽然笑道："哥呀！恭喜你造化到了，包你有顶纱帽戴。我领你去见我们杨爷，定有个百户之职。"周老三道："怎么说？"陈情道："熊经略是东厂魏爷所恼的人，才杀他的。今刘知府做诗吊他，竟是与魏爷作对了。我同你去出首他，包你有顶纱帽戴。"周老三道："没要紧的事，何苦去害人！我不去，把扇子还我罢。"陈情拿住不放道："如今由不得你了，你若不去，我就去出首了，连你也不得好。"周老三没奈何，只得跟着他竟到杨指挥私宅来。

陈情进去，请了杨寰出来，将扇子呈上，说了缘由。杨寰大喜道："好会办事，你我都有场富贵的。"即把陈情做首告第一个，周老三到是第二，竟到魏监私宅。先见了掌家说过，侍候了半日，才见魏监出来。杨寰叩过头，呈上诗扇，道其详细。忠贤看了，却不认得草字，叫过侧首一个善书的掌家来读与他听，却不懂诗中的意味。便道："难为你，咱上你一功就是了，陈情赏他个百户，周老三赏他个校尉。"两人欢天喜地的叩谢而去。次

_____

① 不丑——此处指发大财，暴富。

魏
阉
全
传

经
典
书
香
·
中
国
古
典
禁
毁
小
说
丛
书

日，了明来周家念经，问他要扇子。周老三道："咱已送到魏爷处了，魏爷还要来寻你哩。"了明听了，吓得魂不附体。他又把陈情找了来，两人商议定了吓他，把他的衣钵诈得罄净，才放他逃走。

这里魏忠贤便叫李永贞等来商议。倪文焕将诗一一解说与魏监听。永贞道："这也无凭，知道可是他的笔迹？"傅应星道："前日杀熊廷弼，也是莫须有之事。今若再以文字罪人，不独此心难昧，即朝廷亦无此律。"刘若愚道："这也不是无因来的，若在一首诗上罪人，未免过苛，只好说他当日做刑部司官时，曾为熊廷弼居间脱罪，且拿他来京再处。"果然忠贤出了个驾帖，差人来拿刘知府。

官校来到扬州，刘公也不知其故，一路上打听，才知是为那首诗。刘公道："从未见以文字罪人者。"便也扬扬而去，全不介意，同官校到京。扬州合城百姓感他恩泽，要进京保留他，扶老携幼何止二三千人。又有盐商等，因他加意惠商，各出盘费助他。众百姓等刘知府进京，也随至京，在通政司上民本，说他为官清廉，欲保留再治扬州。后又在各官里递揭帖，也只当在鬼门上占卦。因此魏监也知他是个好官，也就不难为他，止发在锦衣卫打了一顿，送到刑部寄监，说他代熊廷弼钻刺说事，问了个罪。正是：

> 持戈荷戟向关西，五字裁成是祸基。
>
> 掩卷几回伤往事，西湖虽好莫吟诗。

不得要金妻①，一时尚未发遣。

---

① 金妻——古时处流刑者，妻妾应随同前往，叫金妻。

比时有个人，叫做李充恩，本是嘉靖皇帝之女宣宁长公主的儿子，原任锦衣卫指挥。因同僚田尔耕与他不合，寻他的空隙，差番子手访他的过失。闻他在家穿蟒衣，就去揭他，却无实据。打听得他家人李才做人奸猾，因坏了事，李指挥屡次责罚他。田尔耕便叫他去出首，许他有官做，叫他说主人身穿蟒衣，令家人呼万岁，谋为不轨。首在东厂。李指挥也去上下请托，费尽家私。只是田尔耕这班干弟兄要扭他列罪，发刑部收禁，与刘知府同在一监。渐渐相熟，李指挥谈及前事。刘公是个口快心直的人，遂说道："若论足下是长公主之子，也该看皇亲面上，就是蟒衣，也是先朝赐驸马之物，子孙也可穿得，怎么把来陷害人？都是这起奸贼遇事生风。"不料被忠贤缉事的人来法司衙门探听，恐有在监之人论他的长短，听见他二人之言，忙去报知。忠贤大怒道："我到饶了他，他到来讪谤①我！"于是吩咐厂卫各官校，再访他的不法之事，定砍去他的驴头才得快意。正是：

从来君子慎枢机，只为多言惹是非。
灭族杀身皆是口，何如三复白圭诗②。

刘公因在临中，缺少盘缠，叫家人刘福回家措置得二百五十两银子来京用。才进彰义门，就撞见个光棍赵三，旧日原在寓所旁边住，知他是刘公的家人刘福，便抓住道："你家主儿诽谤了魏爷，正差我来拿你。"把刘福吓得面如土色，不得脱身，只得许他银子隐瞒。同时僻静处，与了他一百两银子，赵三不依，只得又添了二十两才去。这刘福心中不平，想到："若主人

---

① 讪谤——讥讽诋毁。
② 白圭诗——白圭，即白玉。白圭诗，此处为歌功颂德的诗。

看了家书，问起这银子，少了怎处？就说了，他也未必信。"急急走到原下处主人的表兄彭文炳家与他说知。文炳道："这赵三是附近的人，他怎么白日里诈人的银子？我明日同你到城上告他去。"

次日告准了，城上出票拿人，不知已被京城内外巡捕张体乾那边拿去了。原是为他装假番役诈人的钱，及审时，才知赵三吓诈的是刘知府家人。体乾便把赵三丢开，却要在刘福身上起事，便叫收监，明日再审。细想着："若只说他贪缘，不至于死。"思量了一夜，猛省道：有了！前日东厂曾拿一起犯人方景阳，平日靠符咒与人家禳解①的术士，娶奔王氏，容貌丑陋，又无子嗣，遂娶了一妾郭氏，却有几分姿色，他便不睬王氏。王氏时常争闹，景阳他出，便于郭氏厮打，彼此俱不相安。一日景阳道："等这淫妇再作怪时，我便一道符压死他。"不过是句戏话，那郭氏便恃坏断要这符。景阳被他缠不过，便随手画了一道符与他。郭氏便当真藏在梳盒内。不料王氏因丈夫不睬他，郭氏又专垄，便气出个气忿的病，恹恹待毙。他兄弟王六来看姐姐。这王六是有名的王骚子，本是个不安静的人。王氏便向兄弟哭道："我被这淫妇同忘八将符厌魅我，我死之后，你切记为我报仇。"王骚子见姐姐说得可怜，便躁起来道："姐夫原是个会符术的人，却不该咒你。等我先去打这淫妇一顿，与你出气。"竟跑到郭氏房里来。郭氏早已闻风而逃，那王六将他房中床帐家伙乱打，从梳盒中拾得一道符来，便来向姐姐道："有证见了，明日只拿这张符讨命。"适值方景阳回来，王六还在房中乱嚷，景阳问道："你

――――――――――

①　禳（ráng）解——向鬼神祈祷消除灾祸。

乱的什么?"王六见了景阳,气愤愤的指着大叫道:"你两人做的好事!厌魅得我姐姐好!若死了,不怕你两人不偿命!"景阳道:"有何见证?"王六道:"这符不是见证?"景阳道:"我终日画符,难道都是咒你姐姐的?你无故打坏我的家伙,抄抢我的家私,该得何罪?"两人扭在一团。王氏原是病久之人,再经此气吓,早已死了。王六见姐姐已死,忙跳到门外喊道:"四邻听着!方景阳画符把我姐姐咒杀了。"景阳忙来掩他口时,也不及了,只得且买棺收殓。王六已去告在东厂里了,掌刑的是都督同知杨寰,接了状子,差人拿方景阳与郭氏到案。景阳正待分辩,谁知杨寰先把郭氏拶起,已一一招出这符是丈夫画了厌魅王氏的。既有此符,又有郭氏亲供,也不消辩得,夹了一夹俱收禁,一面拟罪具题。张体乾想了一夜,忽想到这案事,不觉手舞足蹈的道:"有了,方景阳符咒杀人,是人所共知。我如今便说刘福送银二百五十两,买嘱方景阳画符厌魅魏爷,赵三知风吓诈,其事更真。如今魏爷富贵已极,所最怕的是死,若知道拿住咒他的人,自然感激我。"

次早,叫了个心腹的把总谷应选来道:"刘铎恼魏爷问了他的罪,他今差了家人刘福同他亲戚彭文炳、曾云龙、辛云,买嘱方景阳画符,要咒杀魏爷。你可与我去拿这干人来,用心搜这符来,事成,你我升迁不小。"谷应选领命,满心欢喜,随即带了许多番役来搜两家。不见有符,便吩咐心腹翻役去寻了一张小符,藏在身上。等搜到彭文炳家,便拿出来,说是搜出来的,便骂道:"奸贼如此胆大!果然这符与方景阳咒死王氏的符一样。"彭文炳道:"我家并无符,这是哪里来的?"谷应选道:"你家没有,难道是我带来害你的?你自见张老爷说去。"随即押了一干人同符来见。

张体乾道："如今赃证俱在，只须把求符送银子的人审实便罢了。"遂把一干人带上来，每人一夹棍，不招又敲。这些人也是父母皮肉，如何熬得起？昏愦中只得听他的供词，把刘福为招头，道是："原任扬州府知府刘铎，嗔恨厂臣逮出遣戍①，着家人刘福持银二百五十两，同伊②亲彭文炳、曾云龙、辛云等，贿嘱缘事之方景阳，书符厌魅厂臣，希图致死。彭文炳等不合不为劝阻，反为过付。方景阳亦不合受贿，代为书符，潜藏于彭文炳之家。已经把总谷应选搜获，赃证见存，诅咒有据。"又题一个勘问过的本道："神奸贿嘱左道：冀害重臣，伏乞圣明，急正国法，以昭天理。"忠贤便票旨道："刘铎已拟遣戍，乃法所姑容，又贿嘱妖人，诅咒大。并奴犯方景阳、彭文炳、曾云龙，家人辛云、刘福等，俱着交镇抚司严讯问拟具奏。"镇抚司也并不提刘知府来对质，竟自打问成招，题个本送交刑部。旨下道："张体乾巡捕有功，着授为都督同知，谷应选着以参将用。"

此时堂批会审，才提出刘知府来团案。刘公道："罪人拘禁本部，内外隔绝，何曾知有个什么方景阳？何常央人买嘱他？我也曾读过几句书，岂不知诅咒为无益？竟不证实，妄成一片招词，将人诬害，天理何存？"那司官道："这事冤枉，行道皆知，只因巡捕同镇抚司都把供词做杀了，叫我们如何改得过来？且从轻拟个不合书符镇魇，为首者律应绞，监候秋后处决，暂且延挨，把招眼都做活些，等堂上审或朝审时，你再去辨罢。"刘公

_____

① 遣戍——古时发送犯人戍边，使效力赎罪。
② 伊——他，他的。

见不能挽回，道："罢！拼一死罢。"余者把曾云龙、彭文炳、刘福拟杖一百，流三千里；辛云拟杖八十，解堂。刘公料得无人代他出罪，侯大审时便说道："一时功名有限，恐千秋公论难逃。"大堂听了，怒道："我又没有问差了人，怎么这等说！"打了二十板，照招具题。

谁知还大拂忠贤之意，批下来道："刘铎左道为妖，罪仅拟绞过轻。曾云龙等既系同谋，岂止徒仗①？司官不遵堂批，徇情卖法，本当惩治，姑从宽，着重依律另拟具奏。"众司官烦恼道："拟绞已是冤屈，旨上叫依律另拟，有甚律可依？怎么再重得？"又难以抗指，没奈何只得又改拟道："刘铎合依卑幼谋杀尊长，律拟斩，监候。"题上去，批道："刘铎、曾云龙、彭文炳、刘福等，着即处斩；辛云加恩从宽遣戍；方景阳虽已监毙，仍着戮尸；刑部堂高默等，初拟徇情卖法，及严行申饬，方行更正，俱着降三级补外用。"可惜那四个司官：

> 已知棘寺多丛棘，不若山林赋小山。

竟将刘铎等遵旨皆斩于西郊。只见：斩首者热血淋漓，疑是丹心蹴地；绞死者断肠哽咽，犹惊死口号天。可怜刘知府一经至贵，竟成五字杀身。

> 一经致贵传清白，五马行春惠泽流。
> 花外子规燕市月，犹随客梦到扬州。

魏忠贤以一首诗又杀了一个知府，那班奸党更扬扬得意。唯有傅应星心中愈加不快，道："前此杀了熊经略，已是冤枉；今

———————————

① 徒仗——古代一种刑罚。

魏
阉
全
传

经典书香·中国古典禁毁小说丛书

·470·

又无故以一首诗杀了刘知府，屈杀五条性命，这班人将来必做不出好事来，不止于杀身之祸。我母亲却有先见之明，叫我莫依附权贵。"因此来辞忠贤，要回家养亲。忠贤哪里肯放？再四恳求，只是不允。忠贤对田尔耕道："傅家哥儿只是要回去，不知何意？你表妹分上，我一毫也没有尽情，若他嫌官小，我就转他为都督。"先差人送了许多宝玩与他，应星一件不收，只得又着魏良卿送去。应星道："多承母舅厚赐，表兄高谊，奈弟一介乡民，生性淡泊，受此物也无用处。"良卿道："这固是老表兄高尚之意，岂不闻'长者赐，却之不恭'？"应星没奈何，只得收下。又过了几日，心中终是抑郁。那班众弟兄见他不乐，便轮流置酒与他解闷玩耍散心。

一日，轮到侯国兴做主人，一班俱到，饮酒作乐。戏完，换席行令，崔呈秀是令官，张体乾是照察。体干自害了刘铎，升为都督之后，想呈秀是个尚书，自己是个都督，就是田尔耕，也在他下，便做张做致的狂放起来，在席上胡言乱语，目中无人，寻事罚酒。众人已是不快。傅应星忍着气把眼瞅着他，他也不懂。也是合当有事，恰值一杯酒轮到应星，应星道："弟不吃酒，求代罢。"体干道："不准人代，定是要吃的。你平日是不大量，今何以假推？"应星道："非好为推辞，因有小恙，故不敢饮。就是昨日在家母舅外，也未曾饮。"体干道："你拿这大帽子来压我，再罚一大杯。"拿一只大梅花金卮杯斟满送来。魏良卿道："委实傅表兄昨在家叔处却未曾吃酒，小弟代吃罢。"体干道："兄要代饮，另敬一杯。"良卿道："也罢。"遂吃了两大杯。应星只得忍着气，吃了一小杯。体干道："如何？你们看我老张的手段罢，不怕你不吃。"应星吃完，体干又取过杯子去查滴①。倪文焕道："原先无查滴之令，这是朝四暮三了。"体干道："令无一定，因人而施。"应星听了，勃然大怒道："放你的狗屁！什么因人而施！"就把手中的梅花杯劈面打去，正中体干的鼻梁，杯上的枝梗打了，陷在脸上，打得血流满面。体干急了，跳起来骂道："你这小……"忙忍住口没有骂出来，应星也立起来，二人隔席大骂。体干醉了，应星却未吃酒，兼之少年精壮，隔席把张体乾轻轻一把提过来，丢翻在地，拳打脚踢。众人上前劝住。应星骂道："我把你这害人媚人的禽兽，你不过在我母舅门下做犬马，才赏你个官做的，你敢在我面前如此放肆！本该打死你这畜生，为那些无辜的报仇，只是便宜了你！且留你，等那些冤魂来追你的狗命，碎剐你的皮肉！"众人见打了他，心中也觉畅快；及听见后来骂的话，连众人也觉没趣，只得做好做歹的劝得应星去了。扶起张体乾来看时，眼都打肿了，头脸都踢破了，衣服也扯碎了。侯家取水来与他洗脸，又拿出衣服与他换了，送他上轿。体干满面羞惭而回。众长班见了，不伏道："老爷官居一品，还有人敢打老爷？何不拿他到衙门去，一顿夹打，害了他的命才快心。岂有受他的凌轩就罢了的？"体干叹口气道："他是太岁头上的土，动也不敢动的！罢了！这也是我平日屈害人之报，莫怨他，是自取也。"

次日应星便推病不出，体干怕忠贤怪他，又来应星处百般赔罪。忠贤后来晓得了，又见教了体干一场，又亲来看应星，忙叫太医院官来看脉。应星只是不服药，推病要回家。忠贤死也不肯

———————————

① 查滴——检查酒是否喝干。

放他，对田尔耕道："你表妹只有这条根，我要留他在此同享富贵，这个痴孩子性情偏直，医官用药不效，怎么处？"尔耕道："太医院不过执定官方，不能变通，须招个草泽名医才有奇效。"忠贤忙叫出告示招医。正是：

药医不死病，果然佛度有缘人。

毕竟不知可有人医得傅应星否？且听下回分解。

第三十八回

孟婆师飞剑褫奸魄　魏忠贤开例玷儒绅

诗曰：

> 五云深处凤楼开，中外欣欣尽子来。
>
> 道是鸶鸶能割股，须知鹦鹉可禳灾。
>
> 司空见惯浑间事，村仆无知叹破财。
>
> 安得黄金高北斗，即教三殿赛蓬莱。

话说傅应星推病，只要回家。魏监执意不放，见太医用药无效，只得依田尔耕之言，出示招医。早哄动了一座京城，凡一应挂牌有名的医生，不消说是用钱求人引荐，就是提包摇铃、推车牵驴、摆摊卖药的，也都来鬼混，总指望撞太岁，医好了，便有一个小富贵。数日之间，来了无数的。这些人何尝晓得什么《素问》、《内经》章旨，张、李、刘、朱的议论？有的不过记几句王叔和《脉诀》并医方快捷方式的歌词，还竟有一字不识的，也来满口胡柴；心中黑漆一般的，也来乱闹。这正是：

> 奇秘良方值万金，国医曾费一生心。
>
> 谁知鬏髻①提筐者，也向人前说点针。

整整闹了十多日，不论煎剂丸散，应星接来放在半边，何尝一滴入口？众人见没效验，才败兴而去。

----

① 鬏髻（zhuā jí）——梳在头顶两旁的髻。此处谓年少无知。

忠贤十分烦闷，那班干儿子都来侯问。田吉道："刻下有个星士，闻得他推算极灵，现在京城，何不请他来算算？"忠贤道："住在哪里？姓什么？"田吉道："姓白，寓在前门上。"随即叫差人去请他。如同奉了旨的一般，少顷，飞马接来，走到阶下叩头。忠贤细看，原来就是白太始，当日在边上曾代忠贤算命的。忠贤忙起身下阶扶起，道："原来是故交白先生，请坐。"二人行宾主礼坐下。忠贤道："久别了，一向在何处？"白太始道："连年在江南，去岁游福建，今同兵部吴淳夫来京。别爷金面，不觉二十多年了，星士之言，可为不谬！"忠贤道："承教一一不爽，常时渴想，今日才见。"又对众人道："咱当日微时，在边上遇见白先生代咱算命，说咱日后必定富贵至极，咱也半信半疑。谁知至今所历之事，一字不差，就是个活神仙。你们都请先生推算推算。"随即差人到傅应星处，划了八字来。

太始排下五星运限，细细查了一遍，说道："这个贵造四柱清奇，官禄也旺，只是目下有些晦暗。"忠贤道："这是舍亲，病在这里，服药不效，大限还不妨么？"太始道："若说死却也不得死，要说不死却又运限阴煞，流星扰乱。须向山林幽僻之地躲些时再来才好。过了三年，才身离五浊之中，神游八极之表。后来一段清贵的福分不可限量。"忠贤道："先生之言定然不错，等他略平复些，叫他到西山习静三年，再来做官。"说毕，随置酒相待。

只见门上进来禀道："外面有个婆子，揭了榜，说善医奇症。"忠贤道："叫他进来。"少刻，门役领了一个年老婆子进来，但见他：

手拄香藤拐杖，身穿百衲缁衣。萧萧短发领头齐，行路趑趄

第三十八回　孟婆师飞剑褫奸魄　魏忠贤开例玷儒绅

少气。

清健身躯奇古，昏花老眼迷离。花篮药袋手中提，腹有神方妙技。

那婆子一手拄杖，一手挽着个小孩子，才有十余岁，走至檐前，放下杖，合起双手，打了个问讯道："贫道稽首①了。"两边人喝道："村野乞婆要死了！怎么见祖爷不磕头？"婆子道："我们山野之人，不知尘俗的礼，就见至尊，也不过是如此。"忠贤道："你这老乞婆，三分像人，七分似鬼，有甚奇方，可以疗病？"婆子道："有！有！有！绝妙奇方，能医古怪跷蹊病，来救忠良正直人。"忠贤淡笑道："这等胡说！你药在哪里，就来医病？"婆子向那孩子道："药拿来"。只见那孩子将双手向两耳边扑了几下，取出两个小小弹丸子来，拿在手中道："这不是药？"婆子道："我这两丸药，不但可医人，且能医国；可救人，亦能杀人。"忠贤笑道："胡说！药只可医人，怎么医得国？"婆子道："我这药方儿，是以仁义道德为君，以贤良方正为臣，以孝弟忠信为佐，以礼义廉耻为使，岂不是可以医国么？"忠贤道："既是救人的，怎么又可以杀人？"婆子道："若是忠臣孝子，义士仁人，服之不独疗病，且可延年；若欺君罔上，昧理瞒人，陷害忠良，阴谋不轨的奸权，只须我这双丸子，轻轻飞去，就可取他的首级来。"忠贤听了，大怒道："你这老乞婆，敢于在此胡说，把药拿来看！"左右接上来看时，却是两个泥丸子，一发大怒道："这泥丸子医得什么病？打这奴才。"李永贞道："这老婆子与鬼为邻，怎敢来祖爷前胡言？必有指使之人，可送他到镇抚司拷问

---

① 稽（qǐ）首——古时的一种跪拜礼节，跪下，拱手至地，头也至地。

去。"忠贤依言,即差人拿送镇抚司。

见了许显纯,免不得一顿夹打,那婆子只当不知,口中也不叫痛,身上也不变色。显纯道:"自来多少豪杰,一打便昏,从未见这样个病婆子,转熬得住刑。"便大喝道:"你这乞婆不招,我真夹死你。"婆子道:"招什么?"显纯道:"谁使你来讪谤魏爷的?"婆子道:"哪个魏爷?我未曾见他。"显纯道:"这疯乞婆!你在他府里,与你说话的就是魏爷。"婆子道:"就是魏忠贤那个奸贼么?我还要骂他哩!"显纯喝道:"谁使你来骂他的?"婆子道:"没人使我,就是你指使的。"左右皆掩口而笑。显纯恐打坏了他,叫且收监。娘儿两个倒在丹墀下,鼾呼如雷,摇也摇不醒,叫也叫不应。众人没奈何,只得把他们抬到狱中,上起刑具而散。

二人直睡到半夜才醒,只见:

萧条圜土①已三更,铃柝②时传四壁声。

寂寂空庭月正午,墙阴鬼火尚粼粼。

婆子道:"是时候了,起来做正经事去。"看看手脚皆被拴锁,忙把手一拂,轻轻脱了下来。门已锁着,口中念动真言,使一个解锁法,那门好好自开。二人走出门来,飞出层垣③,竟到傅应星寓所来。

应星因长夜无聊,尚未去睡,在花阴下步月解闷。只见树下一只小狗儿中哗哗④的乱叫,应星喝了一声,那狗跑过去。少刻,

———————

① 圜土——即监狱。
② 铃柝（tuò）——指铃声和打更的梆声。
③ 层垣——一层层的墙壁。
④ 哗哗（láo）——象声词,狗叫声。

又来叫。应星仰面看时，只见树上跳下一个人来。应星吃了一惊，细看时，却是空空儿。忙上前挽住手道："师兄何以到此？"空空儿道："兄忘了临别之言？时日至矣！"应星道："小弟在此度日如年，不能脱身而去。师兄此来，何以救我？"空空儿道："兄可能摆脱得尽否？"应星道："弟一无所恋，时刻怕陷入奸党，身家不保，早去一日，免受一日熬煎。"空空儿道："我母子昨借医为名，到他府中，指望一席话点化他回头。谁知触恼了他，送我母子到镇抚司拷打了一顿，受了半夜的图圉。"应星道："老师何在？可曾爱伤么？"空空儿笑道："尘世中刑法，岂能伤我母子？"应星道："我们就此去罢。"空空儿道："缓些。你若就这样去，他只当你逃去，必要到你家中找寻，反添一番骚扰。我有个法使他绝望。"走向竹丛边，折了一根竹子，同应星一样长，放在应星床上，仍将被盖好。口中念动咒语，吹上一口气，顷刻变成应星的模样，睡在床上，却是个没气的。二人走到天井里，空空儿将指头在应星腿上画了一道符，在他腿上一拍，喝声道："起。"挽着手，二人腾空飞出墙头。

过了正阳门，一齐住下，见孟婆已在那里。应星上前倒身下拜，婆子拉他起来，道："郎君能不恋繁华，超脱恶业，可羡，可敬！昨日那奸贼拿了双丸去，本该就取他的首级；但他气数未终，冤债未完，还有几处人民，尚有罪孽未消，我今且吓他一吓。"三人席地而坐，孟婆口中念念有词，没一刻，只见两道清气从空而下。空空儿忙伸手接住，依然是两个丸子，纳在耳内。走不数里，已有三个童子，牵着一头青牛、两头驴来伺候。三人骑上，飞也似的去了。这正是：

脱却樊笼①汗漫②游，飞空一剑度沧州。

回思昔日繁华境，赢犊纷纷未得休。

话分两头，却说魏忠贤袖了两个丸子进宫来，晚间同印月对坐饮酒，袖中摸出两个弹丸子来笑说道："日间有件好笑的事。"细说了一遍，把丸子递与印月看。印月看时，果然是黄泥弹丸两个，上面却有几道红丝现出。看罢，放在桌上一张小几子上边，二人遂去饮酒看月，令宫女们吹弹唱曲。直饮到三更时分，正欲去睡，忽见那两个丸子托的跳在地上，就如活的一般，在地下一上一下乱跳。二人吃了一惊，忙叫拿住，一班小内侍并宫女们满地乱扑，那里扑得住？跳了一会儿，忽然"嗖"的一声响，化为两条白练，在二人身上旋绕不定。二人吓得"哎呀"一声，都倒在地下。少刻，又化作两口雪亮的宝剑旋绕，离身寸许，险些儿砍着。二人魂不附体，伏在地下，只叫"饶命"。但见舞了有顿饭时，仍旧化为白练向空飞去。

二人在地下几乎吓死，有一个更次惊魂才定。听不见响，忠贤才敢抬头细看，那里有什么刀剑，还是月明如昼。爬起来叫人，哪里有个人？宫女内侍都躲个罄尽，只有印月在地下哼。忠贤抱他起来，犹自抖战不已，说道："吓死我了！"忠贤道："去了，莫怕。"印月才睁眼说道："可是见鬼了。"忠贤把他抱了，坐在床上，才出来叫人点起灯。看时，屋内丝毫未动，只不见了两个丸子。印月道："那婆子必是个妖人。"忠贤道："已收他在监内，不怕他飞上天去。"二人说毕，收拾安寝。

次早，宫门上传进来说："傅应星昨夜身故。"忠贤听见，

---

① 樊笼——即鸟笼，比喻不自由。

② 汗漫——广泛，不着边际。

痛哭不已，随即出宫来到他的寓所，又痛哭一场，忙备衣衾棺椁，请田尔耕来代他主丧。满朝大小文武都来吊慰。许显纯来说："昨夜狱门封锁完好，那婆子并小孩子都不见了。"众人有的道他是妖怪，有的说他是神仙，有的说是幻术，纷纷议论不已。

且说魏忠贤因夜间之事，吓得不敢深究，忙叫僧道代傅应星修斋醮设祭，着田尔耕告假，护送灵柩回峄山村安葬。及回到家，始知应星即忠贤之子，傅如玉尚在，一月前同个老婆子朝峨嵋去了。田尔耕安葬毕，回京把此话向忠贤说了，忠贤更加伤感。众义子并那班掌家都来宽慰，道："死者不可复生，恐过哀有伤贵体，致失天下臣民之望。"忠贤才勉强起来，心中只是闷闷不乐，便着人吩咐东阿县着落峄山村傅家庄乡保，访到如玉朝山回时，星夜来京报知，他依旧入宫办事去了。

一月中不觉积下许多事来，小事总是李永贞、刘若愚分发，大事俱等忠贤裁决，足足忙了数日，才打发清楚。内中只有工部议覆大兴三殿的本，内道钱粮不敷。忠贤道："田舍翁多收十斛①麦，尚且修造房屋；况堂堂大明天子，没有临御的正殿，何以壮观？"遂批下去道："该部再速妥议具奏。"工部见了本，都面面相觑道："部库钱粮皆有定数，三殿需用，非百万不可，今纵设处，能添几何？"尚书着人请工科来会议，科里复上一本道："三殿工程费用浩大，钱粮无从出处；况今辽左多事，海内空虚，民不聊生，即使神运鬼输，亦难一时毕集。伏恳圣恩，俯念生民膏血，暂行停止，以舒民力。"忠贤见了大怒，即批旨将工科概行

---

① 斛（hú）——古量器，方形，口小底大，原为十斗，后改为五斗。

刹夺，即日传旨兴工。那工部各官哪个再敢直奏？现有万郎中的样子，谁敢向内里搜刮？只得议开捐例。

先因辽饷不足，户部开了个捐贡例，那些有钱的秀才都来纳银加贡，监生亦来加捐；就是布衣，既纳之后，府县也都送旗匾。这些贡监，也备几色厚礼茶果申谢。又当贽敬①终日，得意扬扬，在府县前如跳傀儡。及至上京廷试，便央人代考，只拼着银子讨科道翰林的分上。又有向选司讲铨选的价目，一千两选通判，二千两选知县，三司首领、州同、州判皆有定价。人又加些银子，不论年分，即刻选出。时人有诗嘲之云：

　　虎榜龙门总未经，青灯黄卷亦何曾。

　　时人不识玉簪子，乌帽红袍罩白丁。

又有人作一只曲子笑他们道：

这官儿何处来？闹烘烘仪注排，四围暖轿三檐盖。门前高挂郎官第，架上双悬锡落牌，不登科忽系起光银带。这正是：官生财旺，利去名来。

此时那些有钱的出去做官，无非图个名色好看，馈送上司骗个升调，还不敢十分诈害百姓，回家时补服乌纱，也杂在缙绅摇摆，做一个赔钱货。还有一等不足的，也去设法做官，才到任，席还未暖，债主就来索逋②。原是想来寻钱复本的，又经欠户逼迫，如何熬得住？只得见一个上司去了，便谋去护印，有差出便去钻谋，不管批行便去需索，就如饿蝇见血，苦打成招，屈陷百姓。时人也有诗笑这等人道：

　　非关故把心肠坏，无奈目前来逼债。

---

　　①　贽敬——古时拜师送礼。

　　②　索逋（bū）——索债；逋，施欠、逃亡。

只图自己橐囊①充，那管群黎皮骨败。

这总是因工开例之弊。忠贤又与李永贞等创议着百官捐俸助工。又要结武官的心，除武职不捐外，那些文官有钱寻的捐还不难，那穷苦的如何捐得起？那些杂职佐贰微员，无处设法，少不得在百姓身上剥削。这正是：

辽左征求未息肩，又穷土木费骚然。

却将弱肉滋强食，营得功成骨已煎。

先因辽饷不足，户部请开了个辽生例纳银一百两，准充附学纳监。这还是白借秀才之名。此番纳银一百三十两，竟准作附学生，同生员等一体附考。大县十名，小县五名，若县中不足，即着乡保举报四乡八镇富户家子弟充补。也有一字不识的，都带起头巾来入学。等学院按临之日，才行文侯一起送学。那些人家的彩亭旗仗鼓乐，摆列得十分齐整，图炫耀人之耳目。

谁知那班新进生员，耻与他们为伍，不肯与他们一同送学。那些村子②不知世事，乱嚷道："你们不过是那里抄来的现成文章，于国家何补？我们是白晃晃的大锭与国家助工，反不如你们这无济于世的字纸么？"于是争竞到府县面前。官长虽心匪③其人，无如开例的旨上明叫有司一体作养，且又利其厚馈，教官利其贽仪，相与计较，竟不待天明，不等新生齐集，竟先把这班人送了学。只可惜许多极盛的彩亭旗仗，没人看见。他们却独自扬扬得意送府县的谢礼，乘此走动衙门，居然称老公祖、老父母、太宗师。备厚礼拜门生，遇时节送贺礼，遇寿诞制锦轴围屏称

① 橐（tuó）囊——指口袋。

② 村子——指那些腹中无学或目不识丁花钱买的生员。

③ 匪——同"非"，不以为然的意思。

祝。渐渐熟识，出入衙门，包揽词讼，告债追租，生事诈钱，恐吓乡民，动不动便道凌辱斯文。时人便编出美谈来嘲之道：

　　数合论升田舍郎，也充俊秀入宫墙。

　　孔门当日多如此，陈蔡如何得绝粮？

又曰：

　　俗状俚言①意气憨，乌巾在首袖拖蓝。

　　问伊文字知多少？惟道家中有百三。

自忠贤开了这个例，玷辱宫墙，真堪发指。就将这宗银子聚来，终是工大费少，仍旧难支，只得又要百官捐助。内面京堂科道，以及部寺各属，外面督抚以至州县，那得敢不遵旨捐输？就如挑雪填井，如何足用？又行文各省，搜查税契银两，变卖入官的田产赃物，竭力搜刮。

那时白太始举荐吴纯夫、李夔龙来拜为义子。忠贤留众人饮酒，在席上谈起大工之事。吴纯夫道："舍亲徐缙芳曾巡盐两淮，他说运司库内存积下挖河银余，约有数十万，再者有商人加罚的银子，也有数十万，扬州府库还有鲁公公家私，这都是无用之项，何不着人去查查，也可济大工之用。"刘若愚道："扬州这宗钱粮确是有的，只恐被前官取去了。崔二哥曾巡察过江北的，可请来问问便知。"呈秀因在工上，故是日席间无他。

次日差人请来，忠贤问道："崔二哥，大工需用甚多，急切难得这些，尚缺着物料怎处？昨日吴七哥说起扬州尚有开河并鲁保加罚等项，约有百十万银子，可以协济大工。你可知其详细？"呈秀道："这各项银子，或者是有的，大约只得盐院项下有些。"

_____

　　①　俚言——乡下话，粗俗的言语。

倪文焕道："银子或者有些，也未必有这许多，可着人去查一查，也难定数目。"吴纯夫道："每常清理钱粮，部里行文，抚按再批到州县，耽搁时日。及盘查，皆为前任官取去，都为着体面，不肯纠举，或是书吏侵挪，把册籍改补，用钱搁起，总是模棱了事。须是差个内里人去方好。"忠贤道："有理！"随与众人议差内官去清查。这正是：

　　已纵豺狼吞海内，又驱虎豹入淮南。

　　毕竟不知差个什么人去清查？且听下回分解。

第三十九回

广搜括扬民受毒　攘功名贼子分茅

诗曰：

　　野人日日习禾黍，荷鉏①宁复辞寒暑。

　　无奈连年水旱多，征输况又如狼虎。

　　闻是朝廷兴大工，可怜十室九家空。

　　权宜广把青衿②卖，捐俸那顾獠庶③穷。

　　司徒仰屋叹无粮，补疮谁肯怜黎苍。

　　我闻此语心欲碎，从军自古多艰伤。

　　话说魏忠贤与众义子商议，差内官到扬州清查开河等项钱粮。内中就有人钻刺李永贞谋差，于是差了一个刘文耀，一个胡良辅。二人领了敕，星夜驰驿前来，一路上骚拢不必言。那扬州官吏不知为何，百姓亦都惊悸。一到时即忙迎接，预备下齐整公馆安插，日逐送的都是上等供应。他们还装模做样的，竟俨然以钦差上司自居，要运司府县行属官礼，讨册籍，要将这几项钱粮即日起解。

　　其时，扬州知府颜茂暄才到任月余，运司汪承爵到任也才三个月，都不知这事的首尾，只得各传书吏来问。书吏等俱道：

----

① 鉏——同"锄"。

② 青衿——古时秀才穿的衣服。

③ 獠（liáo）庶——獠，茅屋；獠庶比喻百姓。

"挖河银两逐年支销，久已无存；至于鲁太监的家私，当日原无银两，不过是些家伙物件，俱是各上司取用已尽，若盐商加罚，俱是盐院项下支销，从不奉盘查，一院临行就查清提去，并无册籍存留，何从查起？"两个官只得去禀知盐抚两院。两院俱道："此事实难调处，这班人不是可以理讲的，多少处些与他才好，不然恐生出别事来，到不美了！"颜知府道："卑府库内并无一文，各县钱粮俱有定额，部里移文提取各项解京，挪移不来，那里有这闲空银子？卑府宁可以命与他，若要拢害百姓，实难从命。"两院也没法，只得含糊答应。

各官辞出，只得备酒请他们。席间，便以实告，二人道："胡说，咱们钦限甚紧，明日就要册籍，三日内就要起解的。莫说大工急需，就是咱们讨这差来也不容易，每人也该送几万银子才是，若不然，咱们就参你们了。"那两个官着了气，散席后并轿而回。颜太守道："罢了！我等自科第起家，位至刺史，也须有些体面。今日被这两个阉狗当场叱辱，何可尚居民上？随他怎么，我拼着像刘铎一死而已。"次日便托病不出，并不理他。两个太监竟上一本，把个颜知府参去，剥籍而归。

护印的是推官许其进，这人是个阿谋小人，他见参了知府，他知硬不去，便来软求二人。他原籍临清，与胡太监认起亲来。胡良辅道："许亲家，这钱粮是魏祖爷十分指望的，须少不得。你若催得起来，咱保你高升，莫学那颜老儿倔强。"许知府道："这几宗款项委实无多，如今也说不得没有，只求老公公题疏减去一半，待我设处。"两内相道："你这话也还通，你须先设处些解去，才好说话"许知府出来，与汪运使计较，两下库里搜刮出十数万，又向各州县库中挪移了几万，凑成二十万送去。又送了许多礼物。他只是不肯收，说道："至少也得五十万解去，才好求情。"许知府没奈何，只得又送上些并老实的礼，共又费了千余金，才写了个禀帖与魏监告减，带着保荐许推官，说他竭力清查，办事能干。忠贤见银子来得爽利，定要一百万。许推官着升吏部郎中，今且暂署扬州府事，俟饷银解清，再来京供职。

许其进见了朝报，竟俨然以吏部自居，便坐察院衙门，各府州县俱用手本相见，行属下庭参礼。他原只望骗升了去好卸肩走路，不意如今到专著在他身上要这项银子。他只图要自己做官，便顾不得丧良心，伤天理，把个汪运使拘在公所，不容回署，说他侵匿钱粮十九万。又将前任运使谭天相拿来，说他偷盗库币二十万，监比。又将两淮商人名下派出二十万，余下二十万，派在经承书吏身上完纳，要凑足这百万之数。可怜一个汪运使，年纪高大，被他拘留公所。那两个太监同许其进到他私衙，指望掳掠一番，谁知没有家眷，只随身行李用物，逐一搜查，不过一二百金并几件银器、几十件衣服。把两个家人打着要他招，家人道："我家主才到任三个月，能有多少宦囊？"三人大失所望，又把库吏夹起来，问他本官有多少银子在库。库吏急了，才说道："先原有一千两赃罚寄库，十日前家眷回去提去了。"

许知府听见，随即差干役二十名，去沿途追赶汪运使的家眷。那班人星夜前去，直赶到徐州才赶上，不由分说，把船拦住。船上只认作强盗，甚是惊慌，妇女们都啼哭起来，早惊动了徐州城守营守备，连忙带兵来救护。众人才说是扬州府的差人，拿出批文来看了，就把公子拘住不放。汪公子道："我是现任官员的家眷，并未犯法，有甚事该好好的说，何得如此罗？"差人道："我们奉许太爷朱票，说你父亲偷盗库币，拿你们回去。"两下里争论不已，免不得打发他们些银两。

汪公子去见准徐道，道尊说："他如今倚着内官势儿，一味横行，这差人怎肯放你？我有一法：我先打发你的家眷回去，你把行李物件同差人到扬州回话。"汪公子没奈何，只得随道尊上船。眼同差人看着将箱笼开看过，准徐道逐一封锁，众女眷止带随身衣服、梳笼过船回家。准徐道发了一架公文与原差，押着汪公子回南。正是：

堪嗟奴辈利人财，却假狐威降祸胎。

独羡清操刘太守，囊中不带一钱回。

原差回到扬州，把汪公子并箱笼俱抬进府堂上。许知府忙请两内相来眼同开看，内中只有一二千金的东西，三人大扫其兴。内相去了，许知府提汪公子当堂审问，说他父亲侵盗钱粮。汪公子道："我父亲才到任三个月，有无尚不知，怎说到侵盗钱粮？也须查盘册籍，缺少何项，才是侵盗。况这些箱子，我又未曾到家，难道银子都飞去了？"

许知府道："原知不是你父亲侵盗，只是如今没法，你可权认几万，以免他二人搜求。"汪公子道："银子岂是可以权认得的。认了就要，如今拿什么来还？有一说，这三项只有一款属运司，说我父亲浸盗，也还有典守之弊。至于挖河并鲁太监家产，都是在你扬州府库内的，怎么也要着在我父亲身上？"许知府道："颜太守已参去了。"汪公子道："颜太尊是刹夺而去，我父亲也只该朝迁冠夺，何致为内官拘系，并且累及妻孥？即内官贪婪之性无厌，老大人也该兴狐兔之徨，'昔为座上客，今作帐下虏'，于心安乎？"许知府道："本府非不怜恤，只因内里将这事着落在本府身上，如今推托不去！"公子道："当日能如颜太尊以死相争，也不致有今日。自图升转，遂杀人以媚人，其如良心天理何？"许知府原是心中有毛病的，被他一席话触着心病，大怒起来，要把他收监。汪公子道："何须如此，我走到哪里去？老父病危，已命在旦夕，岂能远去？"随讨了保归署。

次日，许知府申详盐院，把文书做坏了。监院咨了抚院，行文到他原籍将家产抄没，变卖完赃。可怜汪运使历任四十余年，所积俸薪并房产田地变尽也不到一半。那地方官也只知奉承宦官，哪管人的生死。可恨这一群狐群狗党，依声附势的害人，把汪运使仍旧软禁，汪公子只得往附近江浙相识处挪借。不题。

许知府又寻到两淮商人，照盐引加派，轮千累万。那些盐商连年被需索余盐的银子，预借过十数年，盐又阻滞不行，本多利少，支撑不来；又遇见这件事，无中生有的硬派，追比不过，只得纳些。还要加平重火耗，原派一千的，见他完的爽利，又吹毛求疵，或勒借弄得个不了。众商情急，只得全家搬去，撇下许多在空屋来，门上都贴了帖子，上写道："此房为完钦币，急卖。"到处皆然。把一座广陵城，弄做个破败寺院一样。但只见：

朱楼复阁隐颓垣，却有东风为锁门。

几树好花消白昼，一庭芳草易黄昏。

放鱼池内蛙争闹，栖燕梁空雀自喧。

回首可怜歌舞地，只畜明月伴苔痕。

许知府激走了众商，只追出一小半来，又只得拿经承书吏来比追。这些人平日虽用过官钱，但弄到手，都嫖赌穿吃花费去了，那里积聚得住？况内中还有死绝逃亡的，也有把钱捐官做去的。凡出仕的，都行文到任所提来；死亡的，捉子孙追比。现在也有富的，也有赤贫的，都也派千派万。起初变卖产业，共也追不上几千。过后寄监追比，把运司府县几处监都坐满了。逢期都提出来夹打，比过几限，也追不出些须来。许知府叫他们扳出些亲戚来，又追不起，于是因亲及亲，兼及朋友邻里。竟还有素不相识的，也扳来搪塞。你想那些穷百姓，一两五钱的怎么凑得起许多来？又着落卖妻子完纳。可怜人家少年恩爱夫妻，也不知拆散多少！依旧无多，又没法再追，只得又把当日曾买过房产与人的，再追买主，半价入官。起初还是产业、家伙、物件，后来连婢儿女的，也都有拔根杜绝。把些人家都弄得水穷山尽的，还不得丢手。并且拿房产变卖，又没人敢买。连乡农殷实的也诬扳他数千，家产立尽。犯人牢里容不下，连仓里也坐满了，扬州城里的人少了大半。许知府又想出个毒计来，真是丧尽天良！竟把这班人的妻女拘来，拣有姿色的着落水户领去完价。那些水户落得便宜，只可怜那些妇女，也有好人家的，也有贞烈的，投河、坠井、悬梁、自刎者不一而足，不知逼死多少。天理何在？正是：

> 一朝飞祸起萧墙①，忽若杨花委路傍。
>
> 不惜此身作秋叶，肯随浪逐野鸳鸯。

也有些软善的，起初还羞涩，后来也就没奈何，只得顺从了。这正是：

> 身世漂流产业荒，向人强作倚门妆。
>
> 含羞坐对窗前月，一曲琵琶一断肠。

可怜把个扬州繁华之地，直弄做个瓦砾场。又凑起有一二十万解去。

许知府又思量要脱身，将此事委江都、泰兴、兴化三县追

---

①　祸起萧墙——萧墙，照壁。指内部发生祸乱。

比，他却假托上省到抚院处挂号，竟私自逃走。三县知这个风信，赶至徐州追回。没奈何只得备些厚礼，差人上京，求倪文焕向魏监处求宽限。又求他儿子的家书，谆嘱差人，星夜进京。文焕收了礼，看过家书，未免也动怜悯桑梓之心，随到魏监私宅，将家书念与忠贤听，说扬州之事不妥。魏监差去缉事的人回，也是如此说。忠贤才叫李永贞来计较，永贞道："恰是追急了，恐其生出事来，如今且将二人唤回，宽下去不催他，自然安静。只把汪运使问个轻些罪儿，再处。"忠贤应允。

只见门上传进塘报来道："袁崇焕保守广宁，建立奇功。"遂密差人吹风兵部，归功于他。各部也只得循例，题请礼部题本，请撰给券文。工部题本，奉旨发银一万九千两造第；户部题本，奉旨着给田七百顷。魏良卿又晋封肃宁伯，岁加禄米，举朝谁敢违拗？唯有礼部尚书李思诚道："目今国家多事之秋，有死戎事而不封，立大功而不赏者。袁崇焕奇功与他何干，怎么便要封伯？若画了题，岂不被天下后世唾骂？"司官屡次说堂，李公都按住不行，意图引病抽身。忠贤衔恨。许显纯亦以选妃宿怨，乘机献媚，谋陷思诚，说道："厂中正有件事，系道员邱志充差家人邱德，带银入京谋内转的，被番役缉获。因他是求崔二哥的，所以至今停搁监禁。只消吩咐能事的番役，暗嘱邱德，叫他审时咬定是投李思诚的，既为崔哥洗脱，又可把思诚逐去，岂不是一举两得么？"忠贤喜允。

次日，显纯吩咐心腹番役到监来探邱德口气，道："你主儿可与礼部大堂李爷来往么？"邱德道："没交往。"又问道："他的家人甚多，你可有认识的？"邱德道："并不相识。"番役来回复，显纯又道："你再去问他，是要死，是要活，要死，便供出崔尚书来；如要活，便叫他咬定是投李尚书的，包他无事。"番役又来向邱德说。邱德被番役吓动，便依了。番役回了信。

　　次日，显纯提出邱德来问，邱德果然说是投李尚书代主人谋内升的。显纯立刻拿了李思诚的家人周士梅与邱德面质，彼此都不认得。显纯也不管他认得认不得，一味非刑拷打，士梅血肉淋漓，腿骨俱折，抵死不认。显纯不用①他认不认，即硬坐②周士梅脱骗招摇，李思诚不能觉察。本上，忠贤矫旨，将周士梅追赃遣戍，李思诚竟行刹夺而去。崔呈秀独逼奸私请封。本上，魏良卿公然封了伯。正是：

　　　　权奸巧设移花计，臧获翻存救主心。

　　毕竟不知封伯后又有何事？且听下回分解。

---

　　①　不用——不管、不理。
　　②　硬坐——硬定罪。

第 四 十 回

据灾异远逐直臣　假缉捕枉害良善

诗曰：

　　普天有怨不能平，致使灾殃处处生。

　　烈焰乱飞宫观尽，横涛怒卷室庐倾。

　　堪嗟修省成闲事，多把忠良逐远行。

　　可恨奸雄犹四志，只言天道是如盲。

　　话说魏忠贤残害扬州，又攘夺他人之功，将侄子分茅列土，忽把个村夫牧竖①平白的与元勋世爵同列，朝班不独人心不服，天道也是恶盈的。于是四方生出许多灾异来，各处告灾的文书纷纷似雪报到各衙门。且说扬州，因怨气所结，自冬至次夏，江淮南北半年不雨，赤地千里。但只见：

　　田畴无润泽，禾黍尽枯焦。炎炎赤日，青畴绿野尽扬尘；滚滚黄沙，阔涧深溪皆见底。数千里炎蒸似，一望处桑柘生烟。林中不见舞商羊，岸上惟看走旱魃②。神灵不应，漫言六事祷商王；黎庶惊疑，想是三年囚孝妇。

　　大旱半年，高田平野俱是枯焦，人都向深湖陂泽中耕种。谁知七八月间，又生出无数的飞蝗来，但见：

　　营营蚁聚，阵阵蝇飞。初时匝地漫崖，次后遮天蔽日。随风

---

①　牧竖——牧童。

②　旱魃（bá）——古代神话传说中引起旱灾的怪物。

飘堕，禾头黍穗尽无踪；作阵飞来，草实树皮风声尽。浑如蚕食叶，一似海生潮。浮江渡水，首连衔尾结成球；越岭过山，鼓翅腾空排作阵。

江滩财赋之区，不独民不聊生，即国赋亦难供给。

同时，山西大同忽然地震起来。只见：

动摇不定，初时众骇群惊；簸荡难休，顿觉天翻地转。家家墙倒，东藏西躲走无门；户户房颓，觅子寻爷行没路。峰摧城陷，非兵非火响连声；血海尸山，疑鬼疑神人莫恻。不信巨灵①排华岳，真同列宿战昆阳②。

自西北至东南，声若雷霆，震塌城楼、城墙二十余处。又浑源州忽然自西边起，城撼山摇似霹雳，震倒边墙不计其数。有个王家堡地方，半夜时天上忽然飞起一片云气，如月光从西边起，声如巨雷，自丑至午不时震动，摇倒女墙③二十余丈，官民房屋仓廒十塌八九，压死人民无数。各处俱有文书，纷纷报部。

到了五月六日巳刻，京师恰也作怪，但只见：

横天黑雾，遍地腾烟。忽喇喇霹雳交加，乱滚滚狂风暴发。砖飞石走，半空中蝶舞蜂翻；屋坏墙崩，遍地里神嚎鬼哭。在家的当不得梁摧栋折，胆丧魂飞；行路人苦难支石压土埋，尸残肢解。莫言变异非人召，自古奇灾衰世多。

京城中也自西北起，震天动地如霹雳之声，黑气冲天，彼此不辨。先是萧家堰，西至平则门、城隍庙，南至顺城门，倾颓房屋，平地动摇有六七里，城楼、城墙上砖瓦如雨点飞下。人先但

---

① 巨灵——指巨灵神斧劈华山。
② 昆阳——即昆阳大战，刘秀以兵三千大败王莽十万兵于昆阳。
③ 女墙——即女儿墙，城墙上呈凹凸形的短墙。

见烟雾满前，不辨路头，后又被震倒墙屋的响声聒耳，弄得人进不得出不得，路上压死、惊死的人何止万余。个个都是赤身裸体，焦头烂额，四肢不全。工部衙门至十驸马街一带，五六条胡同内，就是官员，也多有死的。顺城门内象房震倒，象也惊得发狂，东奔西走，不知踏死多少人，一城中惊得鬼哭神号。此时官民死伤者甚众。直至两三日后方定。后边讹传，是王恭厂火药走发，所以如此。不知火药走发，何以与大同地震同时。钦天监只得按占候书题一本道："地震者，阴有余也，占为主弱臣强，天下起兵相攻。妇寺①，大乱之象。"忠贤见本，不知修省，反大怒，说他"妖言惑众"，将司天官矫旨杖死，岂不可笑？这正是：

天心原为奸雄警，地震反贻司历灾。

皇上因此避殿，撤乐减膳，仍敕各官素服修省。有兵部尚书王永光道："今天变，实有所为，圣主既见灾知警，我辈为大臣者，岂可避祸不言？"便上疏道："敬竭葵藿②之诚，修陈灾情之实，仰启圣明，亟赐采择，以回天心，以维天运。"大意是说"灾异渐臻，必朝廷政臣有险人，颠倒悖谬，以逢天怒。如刑狱系人生死所关，今累囚半是诏狱，追赃即以毕命，上天好生之德有所未忍，乞悉付法曹。至于军储告匮，土木频兴，与其急土木，不若急军需。议搜刮曷若③议节省，请于皇极殿告成之日，暂停工作，惜海内之物力并于军前。若夫传宣诏旨，或以误而成讹，不知票拟归之政府。甄别流品，或以疑而成混，不如平讨付之铨曹。"这本内虽未直说忠贤，却都是说的他所做之事。忠贤

---

① 妇寺——即妇侍，指阉人。
② 葵藿——一种草本植物，有向日性。
③ 曷若——何如。

见了大怒，竟留中不下。次日，礼科给事中彭汝南也上一本："为天灾人灾同时互见，触目惊心，恪遵明旨，恭陈修省之实，以重天戒，以保泰运。事望圣明除烦去苟，布宽大之政，轻毂薄赋，停不急之工。"同时有个御史高宏图，也上一疏，与彭给事所论大概相同。忠贤把两个本都留中不发。

谁知地震未已，民心尚未定，忽然二十日的丑时，京师又反乱起来，但见：

> 初时半天皆黑，后来满地通红。烁烁的光分万点，夜阑天畔落疏星；纷纷的焰散千条，天曙晓光开赤雾。遍地上大龙飞舞，半空中火鸽盘旋。人畜争喧，吴骑东风驰赤壁；楼台没影，秦兵三月溃咸阳。

原来是朝天宫正殿火起。这殿只有大朝会百官习仪才开，平时紧闭的，不知何故，忽然烧起。顷刻间，烟焰烛天，沿烧殿后及两廊房屋，共有一百二十余间，俱化为灰烬。直弄得那些道士，驮神像、搬私囊，也有找师父寻徒弟的，一个个哭哭啼啼，东奔西跑。五城御史率领着兵马司工部街道，锦衣卫提督街道等官及各坊番役人等，都带着挠钩火搭来救。那火势越大起来，哪个敢动手？只有袖手看烧。

一月之中两次奇灾，真是小民惶惑，臣工所当修省的时候。那王司马见前疏不下，已知拂了奸阉，便道："我既不能弭①灾转祥，就是失职，该罪；又不能驱奸正法，也该罢。我若不决然求去，感悟君心，反待他片纸出朝，斥逐而去？"便又上疏道："天心仁爱，无穷修省，未见明效，谨陈辞求罢，以答天谴。仍

---

① 弭（mǐ）——平息，停止。

乞圣明立行实政，亟赐挽回，乞圣上之行念刑、减税二事。"吏部尚书王绍征也题一本："为钦奉圣谕事，乞崇养士节。"忠贤见了，大怒道："朝天宫火灾，必是奸细在内。因前日地震，百姓惊恐，思欲乘机生乱。可着厂卫各衙门缉捕的用心缉访，三日一比，定要捉拿奸细。如十日内无获，各官一体治罪。这两个老儿就事生风的烦渎①，须把他刹夺了才好。"李永贞道："这两个老儿前日的本都被留中，却也有些没趣。他毕竟要去的，爷若因此逐他们，外面又说爷不能容物了，须再停几日。他若不见机而作，就先把那一班为灾异上本的官处他几个，他们自然要去，那时便与爷无干了。"正在那里计较，要去两个大臣。

不料外边的灾异越凶。武清县天降淫雨，只见：

无明无夜，如注如倾。白茫茫六街三市尽横波，急攘攘万户千门皆巨浪。苔生屋角，蛙产灶前。扳楼入阁，浑如野鸟栖巢；逐浪随波，一似游鱼翻浪。正是：只为奸雄干帝怒，却教百姓受飞灾。

数日来水深丈余，运河一带河西务、棉花寺、杨村驿等处，田禾尽皆冲没。这边又来报灾，东阿县运河泛涨，良乡自西门灌入，官署仓廒②尽行冲塌；大兴水高二三丈，须臾风雨大作，射入卢沟桥。又陡长三丈有余，决开塘坝堤工二三十处，庙宇民房冲倒无数，淹死漂没者不可胜数。可怜这一方呵：

白浪涌天高，横波随地滚。漂沙走石，便太华难使回流，溪谷连山，任神禹也难即治。更可恨没面皮的海若③，冲州撞县，

①　烦渎——指轻慢不敬。
②　仓廒（áo）——储藏粮食的仓库。
③　海若——古代神话传说中的北海神。

那里顾荡尽官舍民房；最可惧少恻隐的冯夷①，播虐扬威，全不管漂没田禾树木。正是：村舍全无火，人民少有家。树梢存败甑，屋角闹鸣蛙。

时贤又有诗曰：

湖埭②观秋秋可怜，萧然四顾爨③无烟。

门前水长高于屋，堤上风翻不系船。

天漏只今成累岁，官捕谁为乞回年。

杞人无限忧时泪，好借飞凫达帝前。

古来虽有灾异，却未有水、火、地震并于一时，都在神京一处的。魏监犹以天变不足畏，听了李永贞之言，见南京河南道御史游凤翔的本道："天心仁爱，人君多降威以示警；明主克谨，天戒每修德以弭灾。恳竭诚修省，挽回天变，以保国祚④于万年事。内陈求直言、惜物力、扩仁恩三事。"忠贤正要寻几个官儿逐去做个样子，遂矫旨道："游凤翔先经考察，劣转知府，乃从宽姑复原职；今又逞辞市恩，撝饰⑤琐渎，仍着以知府用。"先外转了游御史。那王尚书、鼓给事、高御史，都各见机引退，或乞休，或引疾，或告养，纷纷求去。旧例：大臣求去，俱有温旨慰留。忠贤已是要他去的，便留也不留，竟传旨俱准回籍，一切恩典全无，亦不许驰驿。可叹一个王尚书，身列九卿，位至宫保，也不能起个夫马，只得自雇牲口，寄宿村店。鼓给事等亦自买小

---

① 冯夷——神话传说中的河神名。

② 湖埭（dài）——即湖坝。

③ 爨（cuàn）——烧火煮饭。

④ 祚（zuò）——皇位。

⑤ 撝（zhǐ）饰——用来粉饰。

舟，悄悄而去。一路上门生、故旧、亲戚都不敢接见，恐惹出事来。正是：

> 喉舌专司思补衮，权托微忤拂朝衣。
>
> 一肩行李扁舟小，犹似当年下第①归。

自来遇灾异，便求直言，忠贤却把几个直言的都刺了职；古来遇灾异，便省刑罚，忠贤偏要寻事害人。那朝天宫的火灾，他认定是奸细放火，着落各衙门缉访。那巡视街道的杨寰，五城兵马司并东厂各官，俱三日一比，拷打那些军校们。沿街入巷，不论大小人家、市井铺面都布了人。

忽一日，捉住了两个辽东人，一个叫做吴国秉，一个叫做武永春，解到东厂来。那吴国秉系内地盖州卫人，因广宁城陷，逃出边外，路上遇一女子，因此二人遂成就了。女子将银镯兑换做了些盘缠，夫妻商议进京投亲，谁知猪羊走入屠户家，一步步来寻死路。雇了驴子与妇人骑了，不日来至京城，寻房安下，才去访亲戚。偌大个京城，是天下九州岛聚会之地，人山人海，哪里去寻？终日寻访不见，盘费又用尽了。正是人急计生，只得就在前门上做个窝家，做私窠子接人。却不当官差有一班做客的，怕娼家脱空，每要走小路。那女子一则生得好，引得动人；二则性情温柔伶俐，嫖客来得多，到也丰衣足食的起来。

一日，有个帮闲的送银子来做东道。晚间来了一个大汉，也是辽东中屯卫人，姓武名永春。他因兵克广宁时，收拾了些细软并人参十斤，进京避乱。原来就是这妇人的紧邻，永春平日就羡慕这女子，今日相会，大遂心愿，一连宿了十数夜。后来便带他

---

① 下第——没考中。

家去住，把了几两银子与吴国秉做生意。起初只说包着他，到后来竟占定了，不但不许他接客，并也不许国秉沾身。国秉因图他携带，遂不敢言。一日武永春酒醉回来，见妇人与吴国秉说话，他到反吃起醋来，乱骂。国秉道："你占了我的老婆，反来骂我？"武永春道："你的老婆是哪里来的？你也是拐来的，送你到城上，直拷死你。"国秉大怒，举手就打。二人打到街上，却被巡捕的一条绳子锁了，解到厂里来。

掌刑百户孙云鹤升厅，番子手带二人上堂跪下道："这是两个辽东的细作。"云鹤道："快快招来。免得动刑。"吴国秉道："小的是盖州卫人，前广宁陷时，被兵擒去，后广宁兵退，同被擒的有千余人，有三岔河逃回到山海关水口，水师把总渡小的们过关，来至京中投亲。后遇着这武永春，也是中屯卫人，与小的妻子有亲。他曾借些本钱与小的做生意，不幸折了几两银子。今日因酒后算账，相嚷有之，并没有做甚细作。"孙云鹤道："且带下去，把那武永春带上来。"永春道："小的是小屯卫人，因广宁陷时，领家眷进京，来此已住了半年。后遇着这吴国秉，他的妻子与小的是亲，常时往来，小的有几斤人参与吴国秉卖。因他亏折了几两本钱，故此相嚷，不知什么细作。"孙云鹤喝道："胡说，吴国秉才已招了，你既是逃难的，怎么就有这许多人参贩卖？"武永春道："小的原有些产业，虽是避难，也还带得些赀囊来。"孙云鹤道："这厮不打如何肯招？"喝令："打！"两旁皂隶雄纠纠的拖翻了，每人各打四十板，拍着惊堂，叫他们招。永春道："就打死小的，也没得招。"又叫夹起来，夹了又敲。武永春还硬挣。那吴国秉夹急了，只得口里乱招。孙云鹤道："且收监。"随差番子手提他家眷。

番子手到武家细细搜寻，也无多细软之物。众人拿起一半，带了妇人并两个包袱到厂。云鹤也知是无辜，因不敢违忠贤的意旨，只得借此讨好，又把二人次日提出来夹打一番。吴国秉急了，想道："看此光景，断无生理，不如乱招了，还可免些刑罚。"因恨聂廷瑾无情，便妄扳道："小人无知，一时做了细作，奉令来京探信的。若问同伴，还有个聂廷瑾等七人，尚在山海关等信，武永春也是一伙，他先到京的。"

孙云鹤审了供词，来见忠贤。禀知忠贤与李永贞，计较要差人到山海关拿人。李永贞道："关外兵民进关来京者极多，今若差人出去拿，又恐生变，不如行文与督抚，教他严审定拟，即于彼处正法。"此时督师内阁是孙承宗，批行山海关主事陈祖苞审理。七个人皆是良民，绝无奸细影响。又有同来辽阳的军民三百余人，到陈主事衙门伏地痛哭道："我等皆是朝廷的赤子，只因生在关外，兵马来往，因此入关的。如今忽遭诬害，到是来投死的了。如果他们是奸细，我们三百余人情愿同死。"陈主事听了，却也难诬，只得将他们并非奸细情由回详阁部。

阁里复命，忠贤见了大怒，驳下来要行速处。阁部又行文与主事。再行严审，并无影响，只得再呈阁部，拟将聂廷瑾等七人分配关外各官名下当差，庶不至枉杀无辜，亦可防微杜渐，不阻边民归赴之城。把忠贤一片心都拂了，越加其怒，遂矫旨道："陈祖苞防奸不力，问事循情，着革职；聂廷瑾等着解京听审。"陈主事落得卸肩而去。孙阁部只得将七人解京，竟送镇抚司。

许显纯见面就是每人一顿夹打，不到几日，早死了三个。又提出武永春、吴国秉来拷打，夹了又拶，又上起脑箍来，把二人眼珠都箍出来，死而复苏者再。吴国秉道："武哥招了罢，招也是死，不招也是死，招了还免些痛楚。"永春道："当日离了兵马到京中，只说是安身立命，谁知竟遭此横祸？罢！罢！总是一死，依着你招了罢。"便道："小的扮作逃民，混入关内，潜至京师，打探消息。同伙吴国秉携妇来京为娼，好招揽后来的人。聂廷瑾等住山海关以传消息。"许显纯题了一本，忠贤不下法司再审，竟票旨道："武永春潜入辇下，探听虚实，吴国秉、聂廷瑾皆后合谋，不分首从，俱着凌迟。"旨下，可怜将六个人无辜同剐于市。正是：

　　　　脱难怕为刀下鬼，逢冤还作怨愁魂。

　　毕竟不知剐了六人之后又有何事？且听下回分解。

第四十一回

枭①奴卖主列冠裳　恶宦媚权毒桑梓

词曰：

富压江南堪敌国，金穴铜山，回首如风烛。奴董利财生蝮毒，石家何处寻金谷。

十万牙签如转毂②，任尔通神，难脱钳罗狱。日食万钱惟果腹，何曾千古称知足。

话说魏忠贤因朝天宫火灾，言官都道是天灾，他定说是奸细放火。各官顺他之意，枉杀了武永春等一班良民，妻子都给与功臣之家为奴。他自己又邀功讨荫，他的亲丁都荫完了，恰好苏杭织造李实送魏鹏翼到京。那魏鹏翼乃魏云卿的孙子——云卿与侯一娘又生了一子，到二十余岁娶了媳妇，生下这个孙子鹏翼来，儿子就死了。后来云卿夫妻皆亡，这孩子便依着寡母开了个机房度日。因忠贤托李实访问云卿的消息，却好访出这个魏鹏翼来，特差掌家护送到京。算起来是他嫡侄，他却认他为侄孙。因他缉捕奸细有功，矫旨荫为右军都督，把个十岁大的孩子，平白的红袍玉带，一样到任升座。是日都来送礼庆贺，忠贤置酒请那班奸党。算来鹏翼却是他嫡亲的瓜葛，连魏良卿都不是的。

一连请了几日。酒席散后，倪文焕回来，门上禀道："扬州

---

① 枭（xiāo）——一种与鸱鸺相似的鸟。

② 转毂——如车轮转动，形容迅速。

有个姓吴的来见爷。"文焕拿过禀帖来看，名唤吴天荣，不认得是谁。因他说是同乡，只得叫请会。那人进来，一见便跪。文焕道："既是乡亲，如何行此大礼？"扯起来作了揖，细看时，才认是就是吴安保，相让坐下。文焕道："一向久别，何事到京？"天荣躬身道："小人因两个官人连年争讼不息，小人不忍坐视，两下调摄①，官府中打点是有之，无非欲两家息事，怎敢偏护？至去岁四官人去世后，后二官人名养春的，怪小人不偏为他，屡次难为小人。又将我送到抚按衙门，说我偷盗本银二万。他势力大，情面多，又是个家主，小人怎敢与他争执？今特来叩见爷，要求爷两封书与两院，代小人明一明心迹。"说着向袖中取出个帖子来，双手呈上。上写道："呈上白米千担。"文焕道："只道按院陈爷，是我同年，抚院我不相熟，不便发书。"天荣又跪下道："如今之事，非老爷的书子不能救，老爷若嫌轻，再奉叶金二十两为老爷寿。"文焕道："多承厚贶，已不敢当，金子断不敢再领，且请坐再商也罢。我也作一札与你，只是我与他不甚相熟，恐未必肯依。"天荣见他应允，即起身拜辞道："书子再来领。"出来走到寓所，用食盒装了金银，贴上河南道的封条，叫人抬到倪文焕寓所来。一路上缉捕的见有河南道的封条，故不敢来盘问。文焕收下，随即写了两封书子，从马上飞递到江南去了。

天荣谢过文焕，次日收拾回南。比及到家时，差人已早有回书在天荣家等候他。到家看过，送他些盘缠回京，再问官事时，两院见了倪文焕书子，奉为神明，极力祖护，若不因是主仆，吴

---

① 调摄——原意调养，此处当调解讲。

养春还要受辱哩。养春见官司输了，心中恨极，又要向别衙门去告。料理衙门的人道："切不可再告了，他是求了倪御史的书子才如此灵验，你再告也是枉然，他就再花些银子，也总是用的你的，不若捉他家来，锁禁住他，慢慢的常打他几次出出气。"众人齐声道："此法甚善。"养春果然暗暗差人四路踩缉，不料日竟捉住了。抬到家按倒打了一顿，锁在后花园密室内，终日用酒食养着他，过几日拿出来打一次，打过几回，气也渐息，未免就懈怠下来，锁禁也不甚严了，渐渐可以出来行动。几次要越墙而逃，奈墙高难跳。

禁有半年，已是中春时候。那一夜月明如昼，园中梅花盛开。天荣睡不着，忽听得外面有人说话，他悄悄的起来伏在假山后看时，只见梅树下立着两个女子，香肌粉面，映着月色，分外娇妍。何以见得？有诗为证：

> 比花还解语，似玉更生馨。
>
> 洛浦逢双俊，尧庭降二英。
>
> 动衣香满路，移步袜生尘。
>
> 二八盈盈态，罗浮梦里人。

那两个女子都是吴养春的侍妾，天荣认得，内中有一个姓郁，名叫燕玉，原是他经手在扬州娶的。两个女子嗅花玩月，游了一会儿，对坐在梅花下谈笑。少刻，有几个丫环，提了茶果摆在石桌上。二人对月谈心。众丫头四散玩耍，一个偶走到假山后，忽遇见天荣，便大叫道："你是个什么人？夜晚闲躲在这里做什么？"众丫头听见，都跑了来，抓住天荣乱拉乱打。那两个女子听见，也走来道："你们不要嚷，且问他是什么人。"天荣只得走上前，叩了个头道："小的是吴天荣，被爷禁在这里已有半年多了。今夜因月色甚明，出来看月，不意冲撞二位小娘。"燕玉道："你可是扬州的吴老官么？"天荣道："小的正是。"燕玉道："你也是无心，不怪你，好好去睡罢。"

天荣回到房中，过了半日，只见一个小丫头送了四盘果子、一壶茶来，道："郁小娘叫我送来的。"天荣道："姐姐，你回去代我谢谢小娘。"那丫头答应而去。此后，不时燕玉即着这小丫环送茶送酒，天荣常把些银钱打发他。

一日，那丫头又送出酒来天荣道："姐姐，央你回去代我说声，常时多谢小娘，求小娘在爷面前代我方便一言，放我出去，后当重报。"丫头道："小娘已曾代你说过几次，爷总不肯。叫你再耐心等几日，再寻个方法放你。"又过了月余，忽一日，那丫头来对天荣道："小娘叫对你说，明日老太太同孺人们下园来看花，叫你取个空儿哀求老太太，小娘再从旁帮你，管情停妥。"天荣大喜。原来这老太太就是养春的母亲，一生仁慈好善，极喜施舍，若遇人有患难，他却不惜财物济人。天荣软禁在此，人都瞒着他，他若知道，也不待今日了。

天荣又挨了一夜。次早，见童仆们纷纷收拾亭台，铺设酒席，摆列得十分齐整。但见：

> 袅袅东风小院通，鸾軿①飞下百花丛。
> 香浓宝鼎沉檀细，花压金瓶梅杏红。
> 绣幕漫遮金翡翠，锦茵半戏玉芙蓉。
> 凤萧象管随瑶瑟，疑是仙娃宴蕊官。

这正所谓天上神仙府，人间富贵家。这吴养春乃江南第一富

---

① 鸾軿（píng）——鸾指凤一类的鸟，軿是古代贵族妇女乘坐的有帷幕的车子。此处作华丽的轿车。

户，两淮盐务的领袖，一派豪华的气象，虽难比上苑天家，却也不减石崇、王凯。是日辰牌时，先是一班家人、媳妇、丫环使女数十人，穿绸着缎，珠翠盈盈，拥拥而来。次后才是老太太率领着许多女眷姬妾们入园来。一个个生得：

> 盈盈粉面媚含春，疑是凌波出洛神。
>
> 罗绮生香笼白雪，钿钗曳玉掠乌云。
>
> 残红浅衬莲钩印，落片轻沾玉笋痕。
>
> 忽向花间闻笑语，晓莺枝上弄新晴。

一班女眷看过花，才上厅吃茶。至午上席，杯盘交错，笑语喧阗①。日晡时，各各起身闲步。

吴天荣在假山后伺候，不敢出头。等到老太太同燕玉散步看花，燕玉把他搀到假山边花深处赏玩，只见天荣连忙走出来，向老太太叩头。老太太道："你是安保呀！几时来的？为何这样落魄？"天荣道："小的在此半年了。"老太太道："你来了这许久，怎么不来见我？"天荣道："小的因四官人的事，被二官人锁禁在此。"老太太道："四官人已死了，还说他怎的？"燕玉道："因二官人恼四官人，故此连累及他。论起来其实也不干他事，禁他在此也无用，老太太做个好事，放他回去，让他骨肉完聚。"老太太本是个仁慈之人，又平日极喜燕玉，听了这话，大动恻隐之心，便说道："罢了，你起来，我自有道理。"遂走来对媳妇道："你官人可成得个人？四官儿已死，就是弟兄们有些言语，如今也该丢开了，怎么又将安保锁在这里？他家也有妻儿老小，何苦

---

① 喧阗（tián）——形容声音大而杂，喧闹。

离间他!"孺人①道:"我也曾屡劝他,无如他不肯依。"老太太道:"依我说,放他去罢。"孺人道:"老太太主张,我们怎敢不遵?只恐官人回来不依。"燕玉道:"既是老太太做主放了,等官人回来,老太太向官人说声就罢了。"孺人瞅他一眼,道:"又好惹他回来一场吵闹了。"老太太道:"不妨,我自会向他说。"便叫人赏他一桌酒饭,叫了天荣来,吩咐道:"你去吃了酒饭回去罢,官人回来,我自代你说,你以后须要学好,生意上须要尽心为主,各房的事须要一例,不可偏护。"天荣叩头感谢道:"蒙老太太的恩典,小人知道。"又向孺人叩了头,走到卧处,连酒饭也不吃了,卷起行李,出了园门,飞奔到寓所,收拾行囊,雇了牲口,星夜回扬州去了。这正是:

　　　　鳌鱼脱得金钩钓,摆尾摇头再不来。

　　过了数日,吴养春回来,他母亲向他说知放了天荣。养春虽然面允,心中却甚不快。出来又与那班帮闲的朋友商议,还要再去捉他。这也是财主性儿,若是些良朋益友,也便劝阻他,无如那班匪人,都要奉承他。还有一等坏心术的,巴不得撮起件事来,好于中取利。随即撮弄他差了几个家人,带领一二十个粗使人,来扬州分头缉拿吴天荣。

　　谁知吴天荣早已差人在外打听,一闻此信,着了忙,无处潜身。正是人急计生,随即带了万把银子,丢下家口,逃往京师。不一日又到京城,进得城,寻个寓所安插下来,便来见倪文焕。二人相见,坐下。天荣谢道:"外日②蒙爷情,发书子搭救,奈家

---

①　孺人——古代称大夫的妻子,明清七品官的母亲或妻子封孺人。也作妇人的尊称。
②　外日——昔日。

主必不肯恕，又被他拿去锁禁了半年多，蒙老主母怜念释放，今又四路差人访拿，定要置小人于死地。无可奈何，只得又来求爷庇荫。"文焕道："你虽逃到京师，终非长策，我也难庇你许多。如今有个道理，我们厂里魏祖爷，昔日也曾与你有一面之识，除非投在他门下，方可免祸。"天荣道："若得老爷玉成，刻骨难忘。"

次日备了礼物，文焕引他到魏府来。文焕先进去，天荣等到傍午，才有人出来唤他到书房里来等。忠贤出来，天荣朝上叩了头，复又跪下，呈上礼单。忠贤看也不看，递与掌家，命他坐。天荣道："小的怎敢坐。"忠贤道："即是旧交，坐下何妨。"天荣才告坐坐下。忠贤道："远劳你来，只是我们无白衣，须要做个官儿才好。武职恐你做不来，只好代你上个中书罢。"天荣称谢不已。少顷，摆上酒来，忠贤道："你家主人富压江南，实有多少家私？"天荣道："约有一二百万。各处盐引当铺，每年有十余万利息。唯有黄山木利最多，每年足有四十余万。"李永贞道："朝廷各项钱粮，每年也只有五六百万，他一家每年就有十分之一，如今大工正在缺少钱粮，就向他借几万用也不妨。"天荣道："当年征关北时，他也曾进过五十万充边饷，万历爷曾赐他中书衔的。"忠贤道："这厮却也可恶！万历时他既助得饷，咱们如今大工缺少钱粮，他就不助些饷了？他这富足，难道不是害众成家的么？你可开他些过犯来，咱好差人去拿他，来问他要。"

席散后，天荣回来，便来见倪文焕，讨他主意。文焕道："既是祖爷起了这个念头，你也顾他不得，必须开他些过失才好。"天荣道："他家虽是富足，却世代忠厚，未曾刻剥一人。就是盐务当铺，只有人骗他些的，却无甚过失可说。"文焕道："事到其间，也讲不得天理了，你若不开，连你也不好。"天荣道："但凭吩咐。"文焕道："你去做个揭帖：上开他父子是歙县①土豪，惯囤窝射利，阻挠盐法，遍开典铺，刻剥小民，侵占黄山，每年获木植租息六十余万，以致家累巨万，富堪敌国，赴东厂出首。"

天荣依命，没奈何，次日只得写了个揭帖，投到东厂。杨寰见了，如获至宝，即刻转上来。忠贤随即矫旨拿问，票了驾帖，差锦衣官校星夜到江南来拿人。校尉等诈了万金，吴养春只要救命，也顾不得银子，随即吩咐伙计："将各处典铺盐店都收了，我又未曾犯法，朝廷也不过是要我的银子，家中姬妾都着他母家领去，听其改嫁。"老母、妻子免不得抱头痛哭而别。

不一日，到了京，发镇抚司拷问。吴养春遍行买嘱，许显纯也得了他有万金，心里却也怜其无辜受害，又怕魏监差人打听，不敢放松他，就照原揭上题个拷问过的本进去。一二日批下来道："吴养春赃银六十万，着刑部行文与该抚，照数比追解京。其山场木植银四十余万，着工部遣干员会同该抚按估计变价解库；其山场二千四百余顷并抛荒隐匿地亩，均着查明入册。此皆厂臣为国忠心发奸，巨手搜剔黄山之大蠹，克襄紫极之浩繁，省国帑而工度饶，不加赋而财用足，宜加优奖，以励忠勤。着赏给绿缎四表里，羊八双，酒八瓶，仍着荫弟侄一人为锦衣卫指挥，世袭其职，给与应得诰命。钦此。"那吴养春父子生来娇养惯的，那奈刑法？熬不过几次追比，俱死于狱中。正是：

　　百年富可拟陶朱，却笑持家术也无。

---

① 歙（shè）县——县名，在安徽。

致使一身亡犴狴①，只因轻自放豪奴。

工部奉旨，差了个主事来徽州变产。先时吴养春家私原有数百万，后因养春被拿，他妻子各处寻分上救他不惜钱，要一千就是一千，要一万就与一万。那些亲友有实心为他的，道："只要钱用得到，自然灵验。"亦有借此脱骗的，那些女流如何知道？就如挑雪填井一样。及到抚按追赃时，家私已用去一半了。只见家人回来说："主人都死了，原来此事是安保陷害的。"举家切齿，痛哭一场。

不日工部司官到了，会同抚按清查。那些亲友见事势不好，都不敢来管，只有一个老家人吴良出来撑持。那主事同抚按上了察院，传集府县，将山场木植变价，少不得要报人买，未免高抬价目。那些富户见值一百的，就要卖人二百。那些怕买的花钱求免，或贿嘱延搁。那买不起的便来告免，反被责逼，以致妄扳别人，株连不已，及至纳价时，书吏又作弊，用加二三的重平子②收银，及完清了价，又无产业领，他又报别人来买，设成骗局哄人。那报买的也不能听他缓缓上价，还要当钱粮追比。无奈这是个钦差官儿，不受抚按的节制，无处告理。正是：天高皇帝远，有屈也难伸。把一个徽州城搅得不成世界了。赃银出过六十余万，也就艰难了。众童仆都偷盗财物，各自逃散，日日只带这老仆吴良追比。这吴良年近七旬，渐渐打得不像样而死。这主事又差人拿他家眷，那老太太年老，出不得官，便来拿他妻子。那孺人是宁国沈相公的孙女、南京焦状元的女甥，见人来拿他，放声大哭道："我为世代簪缨之女，富贵家的主婆，岂可出头露面，

---

① 犴狴（àn bì）——即狴犴，指牢狱。

② 平子——当时的一种称量器具。

受那狗官的凌辱？罢！与其死于此贼之手，不如死在家里的干净！"于是解下丝绦，悬梁自缢。他两个女儿见他娘吊死，他们也相缢而亡。可怜：

愁红惨绿泪成丝，弱柳迎风自不支。

断送玉容魂弗返，分明金谷坠楼时。

那老太太听见媳妇、孙女都死，吓了一跌，也呜呼哀哉了。众亲戚闻知，皆来吊问，备棺收殓。

那些差人犹自狐假虎威的诈钱，街坊上看的人都动不平之气。内中有那仗义的道："你们逼死了他一家人口，还在此吵闹，我们打这起狗才。"众人一齐动手，把几个差人登时打死，渐渐聚了几千人，打到察院衙门里来。那些衙役正要上前阻挡，见人多势众，都一哄而走了。众人便放起火来。主事的家人见事不谐，都扒墙破壁而逃，那里还顾得本官？那主事还未起来，忽梦中惊醒，只道是失了火。忽听得外边嚷道："要打主事！要杀主事！"才知是激变了地方上人。此刻并无一个牙爪，只有一个门子在旁，即忙越墙而逃，跑到初门驿暂住。这边府县等忙来救火安民，一面通详抚按，据实奏闻。魏忠贤见激变了徽民，只得把主事刹职，便把这事缓下去了。

不料又走出个许寺丞来。这许寺丞名志吉，本是徽州许相公的孙子，以恩荫仕至苑马寺丞，与吴养春是至亲。他见徽州打了钦差，恐魏监恼，不肯休歇，又恐连累到自己，遂央倪文焕来对忠贤说："许寺丞本籍徽州，深知吴养春所放天津、淮扬、两浙各省的债务，并各处盐当产业，若差他去，不到半年，赃可全完。"许寺丞又送了许多礼，才得了这个差。

南直士大夫在京者，只道他是好意，或者因徽州困极，他出来自然设法调停。谁知他竟是个人面兽心的畜类，只要保全自己，奉承权托，不顾乡里，一路来各处清查，丝毫不能遗漏。及到家乡，他便想道："本地府县是我父母官，恐他要假借起来，后日难以行事。"他便以宪体自居，公然坐察院。地方官勒令庭参。府县见他如此，都不理他，他也只得厚着脸行事。众乡绅来见时，他便十分倨傲①起来。内中有个方给事，才说得几句话，便抢驳他，反被方给事当面羞辱一场。他也只得皮着脸，不以为意。有个秀才吴守仁，是他的姨丈，当面来告免，竟被他笞②辱了一场。放告后，今日报这家买山，明日派那家买地；今日冤某人领吴家的本钱，明日赖某人受吴家的寄顿。影响全无的，只凭他说的便是，他那里管甚宗族亲眷，就是他亲伯叔弟兄，也报来买产，都是一例追比。黄山田地，旨上原教歙县人领买，他见休宁人富足的多，突然派过二十万去，便把休宁的富户程八元等数百万的家私，都弄得一贫如洗。各处都有谣言道："派一千，礼仪三百；缴一万，威仪三千。"以至远年私债，家人身银，都入赃册。

休宁有个程寡妇，乃孝廉程有政的继室，却十分美丽，也是官家之女。那程有政死了，寡妇年少无子，家私十余万。程举人临终留下亲笔遗言，把两个前妻之子分出去住，留了一所典铺、本银二万与寡妇取利日用，以为养赡。这许寺丞平日与程有政相交最厚，他慕他妻子姿色，新寡时便要谋娶他。寡妇执意不允，他便记恨在心。今日便派寡妇买山银一万两，差人来催。那寡妇却有见识，回道："疾风暴雨不上寡妇之门，就是朝廷也没有拿

---

① 倨傲——高傲，傲慢。
② 笞（chī）——用鞭、杖或竹板子打。

妇女当差的,我有儿子,有事你去向他们说去。"他连茶钱也不出一个。差人闹了一日,无法奈何,只得来回话。

许寺丞本意,原要拿寡妇出头,见差人拿不来,次日又差了许多孤贫来吵闹。那些疲癃①残疾之人,人又不好打他,他们便一窝蜂的在程家乱闹。这寡妇却有算计,便出来对他们道:"你们既是官差,没有白使人的理,且坐下来吃了饭,我同你们去见官。"随即摆下几桌齐整酒饭来。那些乞儿何曾见过这样好东西,一齐坐下狼餐虎咽的大碗斟酒吃,一个个吃得东倒西歪的烂醉如泥。寡妇忙把一切细软都寄在左近亲族家,他便坐上轿子,竟回母家去了。

他弟兄子侄多有在庠的,都到学前约齐了三学朋友,候按院下学讲书毕,公同禀道:"许志吉假倚差官,残害乡里,求大人做主。"按院道:"虽他奉旨清查,未曾教他无端扳害,他既无桑梓之情,诸生又何必存畏缩之念?此与小民触犯乡绅不同。"这分明是恶他,叫众人打他之意。众秀才正要生事,今见上官许他,众人等送按院上轿后,齐至公署前,蜂拥进去。那许寺丞犹自做张做势的狂吠,众人上前一齐动手,打得个落花流水,将手下人打死了几个,那许寺丞早逃走个不见。众人见他走了,竟打到他家里去,放火烧他的房屋。百姓都恨他,也齐来帮助。家财尽遭掳掠,妇女们剥得赤条条的,赶出街坊。这一场丑辱,却也不小。还要寻到许寺丞,打死才称众意。这正是:

未害别人先害己,果报分明定不差。

毕竟不知许寺丞逃得性命否?且听下回分解。

---

① 疲癃(lóng)——衰老或身有残缺、疾病的人。

第四十二回

建生祠众机户作俑①　配宫墙林祭酒拂衣

诗曰：

> 朝廷养士首成均，由义居仁三百春。
>
> 何事阉阿供媚态，却捐廉耻丧天真。
>
> 宫墙数仞追先圣，功德千年诵德深。
>
> 堪美戎行生俊杰，昂昂正气过儒绅。

话说徽州士民，打了许寺丞，烧毁了他家产，妇女俱被凌辱。各路找寻许志吉不着，谁知他躲在县丞衙门内。众人见找不着，才歇了，他还不敢出头。这里府县申文各上司，抚按一面具题："许志吉残害桑梓，激变士民。"忠贤见两次差出的人都如此，忙请李永贞商议。永贞道："吴养春原无罪，当日不过为要他几万银子。到害了他一家之命并两县的人民，此皆是差官不善体谅，如今只把许志吉撤回，余赃着该抚追解。"忠贤如其言，把这事就缓下去了。

那吴天荣上了个文华殿中书，他见事体停妥了，便思量衣锦荣归，夸耀乡里。却讨了个苏杭催趱织造的差，他便起夫马行牌，一路上虚张声势，坐察院、打驿丞。沿途地方官知他是魏监手下的人，都来送下程、折酒席，奉承不迭。他还狐假虎威的来

---

① 作俑——制造殉葬用的偶像，后指创始。多用于贬义。

至扬州，坐四人轿，打钦差牌拜院。道、府、县各官，都来迎接请酒，十分热闹。旧日相与的朋友也有羡慕他的，也有趋奉他的，也有正人菲薄①他的，也有恨他的，也有褒贬他的。他去受贺请客，扬扬得意。

访得郁燕玉在母家未曾另适②，想起昔日看顾之情，遂送了许多京中礼物。燕玉甚是正气，见了礼，便骂道："这害主恶奴，把我一家坑害得家破人亡，他还来送什么礼？"连盒子都摔碎了。他父母慌忙拾起来，瞒着他收下，重赏来人。次日，他父亲又自去面谢。

那吴天荣见燕玉收了他的礼，只认他有情于己，便想要娶他，于是央媒来说合。那媒人原知他们有主仆之分，恐燕玉不肯，便先来向他父母说。他父母道："论起他这等荣耀，就嫁他也够了，就是碍着这一点，恐他不肯，又怕人议论。"那媒婆道："他主人家已没人了，怕谁议论？姑娘虽是激烈，也不过是一时的性气，妇人家的水性儿。及他到了那边，见那等富贵荣华，他就罢了。如今须是瞒着他，我明日去寻个少年标致人来，把他相一相，只说是个过路官员要娶他做补房，哄得姑娘中了意，你老人家受了财礼，拣个吉日嫁过去，不愁他不成。"老夫妻听了此言，满心欢喜。一则怕天荣的势要，二者又可以多得些财礼，欣然应允。这正是：

> 可恨虔婆太丧心，无端设下阱机深。
> 纵教布定瞒天网，难把娇鸾雏凤擒。

次日，两个媒婆来对燕玉道："恭喜姑娘，喜事到了。如今

----

① 菲薄——瞧不起。
② 适——指出嫁，嫁人。

有个翰林院王老爷，是浙江人，现住在河边上，有三四号座船，二三十房家人，新没了夫人，要娶个补房。昨日叫我们到船上，亲口吩咐，不论初婚、再醮，只要人品标致，性格温柔。那老爷年纪三十上下，人物好不风流俊俏。我们想了一夜，把扬州城都数遍了，除了姑娘，再没第二个配得过，故此先来通知一声，随后老爷就到。姑娘请快些收拾。"燕玉犹假意羞涩，坐着不肯动。他母亲忙来撮弄，代他理鬓添妆，又买了几盘点心与媒婆吃了。须臾妆扮完了，果然十分美丽，犹如姮娥离月殿，西子出吴宫。

少顷，只听得门外人声嘈杂，敲门声急。媒婆忙来问道："原来是老爷来了，请进来。"只见门外一乘四轿，打着黄伞遮阳，一对银瓜，跟着十数个家人，拥着个少年官儿。人来坐下，吃了茶。媒人挽燕玉出来拜见，转过身来细细看了那官儿，十分欢喜。问了年纪生日，留下一两银子拜钱。家人捧上聘礼：金簪一对，金戒指一对，锦缎二端。燕玉见这人少年貌美，倒也欢喜。

隔了两日，媒人送过衣服首饰，说定吉日来娶。至期，大吹大擂的娶上船，只见妆奁铺设极其华丽，有许多丫头养娘在面前忙乱，却不见有新郎进来。外面人声嘈杂，只听见讨赏钱，传拜帖，也只得是官府来贺。看看晚了，点上灯烛。将交更时，丫头伴婆收拾床铺，都出去了。少刻，新郎进舱来，叫丫头脱了靴。燕玉留心偷看，却是个胡子，不似那少年的模样，心中甚是疑惑，忽想道："不要是被那两个乞婆哄了？"少刻，丫头出去，新郎执着烛到房舱里来，揭起幔子，将烛放下，便来搂抱燕玉。燕玉抬头一看，才认得是吴天荣，心中不觉大怒，猛把手一推。那天荣未曾防备，一跤跌倒。燕玉厉声骂道："你这欺心害主的恶奴！害了主人全家的性命，今日又要奸占主母么？”走到妆台边拿起手镜来，劈头打下，把天荣的头也打破了，大喊大骂。伴婆使女们忙将天荣扶起，再来劝新人时，燕玉已站在舱外，高声叫道："两岸上并过往贵官客商听者：恶奴吴天荣，是徽州吴养春的家人。他送了主人一家性命，今又要逼奸主人之妾郁氏。皇天后土有灵，快来共杀此贼！"言毕向河里一跳。可怜：

> 玉碎花残邗水①滨，无惭金谷坠楼人。
> 香魂不逐东风散，好拟湘灵作后身。

呆天荣见逼死了燕玉，忙吩咐放舟南下。次日，扬州人都传遍了。郁氏父母知道，赶到镇江悬住放泼，要进京去告状。天荣忙寻人与他讲说，掯诈了二三千金方回。

天荣一路上没情没绪的，也不似以前的威势，到了杭州，上公馆清查织造钱粮，李实将上样的厚礼馈送他，公馆供应无一不丰美，先催了赏边的缎匹与天荣去。每年解京缎匹的旧例，除承运库垫费外，应有司礼监茶果银三千两。魏监便在这上面市恩，将此项蠲免②了。众机户便乘机钻谋他掌家道："魏祖爷虽免了茶果银两，无奈承运库还勒索加增。求爷回去吩咐库上，莫似以前需索，小人们万代沾恩。穷机户无可报答，只好各家供奉祖爷的长生牌位，终日烧香，祝祖爷福如山海，寿比冈陵。"那掌家道："你们家里供奉牌位，难道祖爷往你们小户人家去受享？你们感祖爷的恩德，何不代祖爷建个生祠，与万人瞻仰。"众机户道："爷说得是，我们回来便择地开工。"

那掌家得了他们的钱，到京时，就代他们恳求忠贤。忠贤是

---

① 邗（hán）水——邗沟，位于江苏。
② 蠲（juān）免——免除（租税、劳役等）。

个好奉承的人，便欢喜道："既然机户们感戴咱要建生祠，这也是他们的好意。你去对库上说，他们连年苦了，将就些收了罢。"此言一出，库上怎敢留难？解户也省许多使费。及回到杭州时，你有我无，众心不齐，便把这建祠的事就搁起了。不意忠贤竟认了真。

那一日，又有个督运的太监进京来见，忠贤便问道："你那里的机户为咱建祠，可曾兴工么？"那太监不知就里，便含糊应道："已将动工了。"出来回到杭州，禀知织造道："众机户哄骗祖爷，须要处治他们才好。"那些机户知道，着了忙，只得来向李实借币买地建祠。正要兴工，忠贤又差出人来看。李实留下，忙差人看基址。回说："在僻静处，且基址矮小。"忙与司房掌家讨较，另拣了一块宽厂地，画成图样进呈。又重重送了来人一份礼，叫他善于复命。那基址正在岳墓之左、断桥之右，果然好块地。但见：

龙飞天目①，沙接栖霞②。迢嶂层峦，百十仞苍分翡翠；风纹雨縠，三百顷光动琉璃。桃李醉春风，一带白嫩红娇开锦绣；蓉菊描秋色，满堤黄英紫萼列瑶屏。雨余烟断，一条白练绕林飞；日落霞明，万点紫绡蒙岭上。哑哑的莺簧蝶板，开早衙两部鼓吹；嘻嘻的钓叟莲娃，好丹青一幅图画。东西南北，围远的是周鼎商彝；春夏秋冬，酣畅的是名花皓月。真是：宇内无双景，南中第一山。

李实见工程浩大，穷机户做不来，只得自己发出二万金，差了两个掌家，四个小太监，买木料、采石头、烧砖瓦，择日开

---

① 天目——即天目山。

② 栖霞——即栖霞岭。

工。真个斧斤之声昼夜不绝。又因祠前路窄，不能建牌坊碑亭，便将西湖填起数丈来，将跨虹桥改前数丈，接着新填之地。内外人工凡有稍懒的，那管工的不时大棍子乱打。还有那采买来迟的，内相便二三十的重责。果然人众钱多好做事，监督又狠，正殿先完，次完了大门。说不尽雕梁画栋，绿户朱扉，备极人工之巧。正面一座大白石牌坊，两面都矸着游龙舞凤，左右又有两座碑亭，上镌着《祠堂记》，都假着时相的名字。不但是西湖第一，就连天下也无双。但见：

魏峨夸峻宇，奇巧美神工。流丹耀碧映中流，浮沉霞绮；宿雾畜烟插霄汉，隐现楼台。羽欲翔，鳞欲跃，鬼工矸出鸾螭①；萼半吐，芽半抽，巧手绘成花木。连阶砌玉，朱户流金。高飞绨楔，三山半落青天；俯瞰平湖，二水中分白鹭。峰峦环宝阁，龙飞凤舞尽朝宗；日月近雕梁，翠点金铺皆入胜。富丽绝胜陈结绮，崔巍不让鲁灵光。

李实出了告示：“禁止闲人，不许擅入游览。”那些小民谁不来看，见有告示禁人，只得遥望而去。有一等惯妆乔②高巾大袖的假斯文，棋子帽时新衣服的帮闲假浪子，不识势头，强要入去，被那些京班大棍打得一个个东奔西跑。内中就有个真相公，也未免受他些凌辱。又有几个乡绅孝廉，因游玩泊舡苏堤，乘着酒兴也来看看，不免有几句愤言，或带些嘲笑，也被那内官凌辱，却又认不得真。

祠成后，李实差了两名堂匠进京报完，候了几日，才得一见。叩了头出来，李永贞吩咐叫抚按上本请祠额。堂匠回来，叫

---

① 鸾螭——即龙凤。
② 妆乔——即乔妆。

为首的到三院具呈，求三院请额。三院不理，李实只得置酒相请，说这请额是魏监之意，若不依他，恐拂其意。三院没奈何，只得会疏题请，忠贤便矫旨道："生祠赐额，以彰功德，着有司岁时致祭。"李实得了旨，忙摹勒匾额，又雕成一座沉香小像，上戴九曲簪缨，大红蟒衣，玉带象笏。会同三院，率领各官穿了吉服，并众机户俱持香送入祠内，置酒演戏，奏乐庆贺。有那些趋炎附势的做几道歪诗，刊德政碑，刻功德祠录。又于《西湖志》上增入《祠堂记》、《魏司礼小像传》。忠贤又矫旨将捐修生祠为首的机户沈尚文，准作杭州卫百户，世守香火，如岳祠例。于是想建祠的谄媚成风，以致儒林中生出一班禽兽来，也思献媚于阉宦。正是：

> 土木之功遍九垓①，工师搜尽豫章②材。

> 谁知至圣宫墙里，生出无端鬼魅来。

人见机户创祠，为首的做了百户，个个心动。其时文教中出了一个监生陆万龄，也思量要献媚奸权。一日，有个同堂的祝监生来候，二人谈起"监例壅滞，极难铨选，纵选也难得美缺。不如寻件事奉承魏监，图个出身到好"。祝监生道："我辈要奉承他，除了建祠没甚事；若仍照外边一样，也不足为奇，他也只视为泛常。我们须上个条陈，说他德侔③孔子，当配享馋宫，千秋俎豆④，这才哄得动他，也才像是我们监生的公举。"陆万龄道："他如何比得孔子？罪过，罪过！"祝监生道："世上事有甚真假？

---

① 九垓（gāi）——九州。

② 豫章——古书上说的一种树，一说即樟树。此处指好木材。

③ 德侔——德配，德同。

④ 俎豆——俎和豆都是古代用来祭祀的器具，引申为祭祀、崇奉。

但凭我口中说罢了。就说他坐厂而除东林，何殊七日之诛少正①；预操忠勇而退边寇，何异一挥之却夹谷，且力除狡猃，朝野绝奸，屡变民风，别涂成化，素王德固垂于万世，厂臣功亦伟于千秋。况《春秋》只明一代之是非，《要典》却定三朝之功罪。你道这一说何如？"陆万龄笑道："据你说，竟是居然好似孔子了？"祝监生道："我原说的，好歹总出在我们嘴里。"陆万龄欣然叫小厮取纸笔来，祝监生道："做什么？若要做本，不难，只是一件，我们上头还有个管头哩。那监主林老头儿是最古怪的。你我又不是个官，这本不是可以竟上的，须要由通政司挂号。若被他把副本送与林老儿看，这事不但不成，反要惹他放下脸来，说我们不守学规，变乱祖制，毁谤圣贤，要参革起来，那时怎处？别的宗师还可用钱买嘱，这个主儿是极难说话的，岂不惹合监人笑骂？那才是'画虎不成'哩！"陆万龄呆了半日，道："是呀，如此说，歇了罢。"祝监生道："歇是歇不得的，须寻条路儿与魏太监说明，他必欢喜，那时通政司再拦阻我们，只说是他叫出的，通政司才不敢留难。命下时，就是林老儿也没奈何了。"二人说以好处，乐不可言，忙叫小厮取酒来吃。陆监生道："毕竟魏家这条线索到那里去寻？"祝监生道："只求孔方兄②一到，这门路就有了。"酒毕别去。

次日，祝监生来道："所事如何？"陆万龄道："夜间却想出一条门路来，可以不用孔方。有个朋友姓曹名代，现在魏抚民家馆。魏抚民与魏太监同宗。这事到可以托他通个信，这不是条线子么？只消本上带老曹个名字，他必认真去说。"祝监生道："甚

---

① 少正——即少正卯，因与孔子不和，为孔子所杀。

② 孔方兄——指钱。

妙！事不宜迟，恐为高才捷足者做去。"于是二人同到魏家来，见了曹监生，叙了些寒温，陆万龄道："借一步说话。"曹代道："请后面书房里坐。"三人同到书房，见那书房倒也幽僻。只见：

架上书连屋，阶前树拂云。

草生拳石润，花插胆瓶①芬。

窗绿分蕉影，炉红沸茗纹。

短琴时遣兴，暖气自氤氲。

三人坐下，陆万龄将上项事细细说知，又道："若得事成，富贵与人。"曹代道："陆兄，这事欠通些，行不得。"祝监生道："老兄若通得时，到不做监生了。请教：如今拜义子，杀忠臣，哪一件是通得的？此事原是不通，如今不过且图目前，还讲什么道学？"二人别去。少刻，魏抚民回来，恰好出来与先生闲话。曹代便将此事谈及，抚民道："这事到是我家叔欢喜的，待我与家叔谈过，看是如何。"

过了一日，抚民见忠贤，问安后，说些禁中的事体，又谈些外边感德的话。便说道："外面有几个监生，说叔爷功德高大，与孔夫子一样，当建祠于太学，与孔子配享，血食万世。"忠贤呵呵笑道："咱难道便是孔圣人？罪过！罪过！不敢当。"抚民道："据他们说起来，叔爷比孔夫子还多些哩！"忠贤道："咱又不会教学，又没有三千徒弟、七十二贤，怎比得过他？"抚民道："论起来，内外大小文武各官，都在叔爷门下，岂不比孔夫子还多些哩？就是孔夫子，也没有这许多戴纱帽的门生。"忠贤道："也罢，既是他们的好意，就叫他们上个本儿罢了。只是这几个

---

① 胆瓶——指颈部细长而腹部大的花瓶。

穷秀才，那得有这许多钱？咱要助他们些，又恐不像是他们感激咱的意思，你叫他们做去，咱自有补他之处。"

抚民回家，把这话对曹代说了，曹代便到陆万龄寓所来。他二人已是摩拳擦掌的等信，一见，便问道："如何？"曹代道："果然甚喜。"祝监生道："何如？我说他必欢喜。"曹代道："他又怕我辈寒儒做不起，叫我们勉力做去，他自然补我们哩。"祝监生道："我们且逐步做去，待命下时，再设法科派。"三人好不快活，于是呼酒痛饮，合做成本稿。次日誊成要上。正是：

> 礼门义路原当守，狗窦蝇膻①岂可贪。
>
> 堪笑狂生心丧尽，敢污圣德比愚顽。

祝监生道："如今便去见林老儿也不妨了。"

次日，三人同来监前，假②司成林千升堂时，三人跪下。陆万龄道："生员等俱在魏司礼亲族家处馆，近日魏司礼嘱其亲族，叫生员等上本，说司礼功德可并先圣，叫于太学傍建祠配享。"林祭酒道："这事可笑！就是三生创出此论，欲把阉祠与文庙并列，不要说通学共愤，就是三生也要遗臭万年的。"三人道："这本稿出自魏司礼，生员等不过奉行而已，欲不上，又恐祸及。"林祭酒道："三生何祸之有？若本监还有官可剁，三生可谓'无官一身轻'了。"陆万龄道："生员等也不独为贻祸于己，并恐贻累于太宗师。"林祭酒道："怎么贻累到我？"陆万龄道："若不上，恐说是为太宗师阻抑。"林祭酒道："就是本监阻抑也何妨。只是尔等为士的，持身有士节，在监有监规，上言德政祖制俱在

---

① 狗窦蝇膻——狗洞蝇臭，形容不好的东西。

② 假——等到。

本监，自不相假①。"恨恨拂衣而退。正是：

<blockquote>
堂堂师范戒规严，利欲熏心抗直言。

千古岂无公论在，功名何处志先昏。
</blockquote>

三人见他词色俱厉，便不敢拿出本稿来。辞了出来，相与笑道："世上有这等迂物，不识时务，如此倔强！"

一路谈笑，来至通政司衙门，正值堂务将完，三人慌忙赶进来。那管司事的是吕图南，见了便道："旧例有公事，俱是司成送过来，三生为何如此慌张？"三人将本呈上道："这本是要生员们自递的。"吕通政接了，看过副本，吃了一惊道："秀才们不去读书，怎么干这样没正经的事？"三人道："魏司礼功德，天下称颂，生员等不过遵循故事而已。"吕通政道："既是奉行故事，又何必步入后尘，不知此本一上，甚是厉害？"三人道："厉害自在生员，不干老大人事，只是代生员们进呈罢了。"言毕，把本撇下，悻悻而去。吕公大怒道："不意有这等丧心的畜生！"叫把本存下不上。回到私宅，长班禀道："监里林大人有书。"吕公接来，拆开一看，书上道："弟监内生员陆万龄等，不守学规，妄言德政。贵衙门职司封驳，伏乞②大人存下。"吕公道："我正说林老先生是个正直之人，何以不禁止他们，我只是不代他上就罢了。"

过了三五日，忠贤不见此本，便问李永贞道："前日说有几个监生要代咱建祠，怎么不见本到？"永贞便将通政司打来的本，逐一查过，并没得。忙传信与魏抚民，叫作速上本。抚民便来向曹代说。曹代道："本久已上了，是我们亲递与吕通政的，这是

---

① 自不相假——自己不欺骗自己。

② 伏乞——请求。

他按住了。"

次日，三人又到通政司来问。吕公道："这本不独本司说不该上，便林大人也说上不得，诸生不如止了罢。"三人大声道："止不得！这事魏司礼已知道了，若老大人不肯上，恐沉匿奏章，到与老大人不便。"吕图南见他们出言无状，知不可遏，便说道："既三生必于要上，本司代你上罢了，何必遗臭万年。"三人见允了，才欣然而回。

一面本上去，就批下来道："厂臣功高万世，宜并素王①。该监生等捐资建祠，准于国子监傍择地兴建。即着该生陆万龄等监督，钦此。"他三人得了此旨，便狐假虎威的公借了三千两银子，买地发木，就于太学之东，买了一块空地。基址还小，又把监内射圃、斋房概行拆去。祭酒差人来唤，他们竟付之不理。后又差人向他们说，也只当耳边风。三人立定条规：凡新纳监要来坐监的，勒捐银十两才许进监；拨历的捐二十；科举的捐五两。再访到同堂富足的，勒令额外加捐；穷的也不顾他死活，勒令典当助工。特置加二三的重平子收银，火耗加三，是三人均分。又将监里堆的旧料，道是公物，硬行变卖。工匠稍迟，便大板子重责，比官还狠些。又有那不通文理的监生李映日等，也上本道："厂臣可比周公，专礼乐征伐。"亏吕通政按住未上，却越发不成事体了。

林司成见了如此光景，愈加发指，恨道："我为监主，听着他们如此横行，不能处治！今把太祖原建的射圃、斋房都被狂生拆毁，置我于何地？还要我在此何用？"于是上疏告病。谁知忠

————————

① 素王——指的是孔子，有王之德，而无王之位。

贤已知建祠的本是他阻挠的，竟批旨着他冠籍回去。林公欣然束装而归。正是：

职守既不遂，肯将名节污？

飘然拂衣去。端不愧师儒。

毕竟不知林司成去后建祠之事如何？且听下回分解。

第四十三回

无端造隙驱皇戚　没影叨封拜上公

诗曰：

世人莫道妇寺柔，从来阴险莫为俦。

世人勿谓妇寺微，反掌实时成䜣巇①。

睚眦②图泄一朝忿，快心何必论名分。

况有从中下石人，怨气飞霜莫为问。

我闻此语心欲酸，昂昂壮气发冲冠。

饮冤岂直在疏远，致令葭莩③之盟寒。

君心愿化光明烛，一洗从前菲蒌④毒。

投豺畀⑤处城社清，喜起明良太平续。

话说魏忠贤因建生祠，谪了林祭酒。监生陆万龄等愈无忌惮，恣意妄行，搜刮富户监生。众同堂见了，都纷纷告假回去。举朝官员怒目切齿，都敢怒不敢言。行道之人亦皆唾骂。随有诗贴于树上道：

---

① 䜣（xīn）巇（xī）——䜣同"欣"，高兴、喜悦；巇，险巇，指道路限难。意思为翻手成云，覆手为雨。

② 睚眦（yá zì）——发怒时瞪眼睛，借指极小的仇恨。

③ 葭莩——苇子里的薄膜，用来比喻关系疏远的亲戚。

④ 菲蒌——形容盛、深。

⑤ 投豺畀（bì）处——扔给豺狼老虎吃掉。畀，给与。

发影参差覆杏坛①，儒门子弟尽高官。

却将俎豆同阉宦，觉我惭惶下拜难。

又曰：

圣德如天不可量，千秋谁敢望宫墙。

岂知据德依仁者，竟使阉人并素王。

三人见了此诗，连忙揭去。不知那缉事的早已传入忠贤耳内，即着工部出示，禁止闲人入内，又着缉事的访拿。那些举人、秀才见了这个光景，都不忍去看，农工商贾也不敢去看，把个监前弄得冰清鬼冷的没人行走。

城中有个武进士顾同寅，一日出城代个同年饯行，走监前过，有许多校尉喝他下马。顾同寅道："过圣庙才下马，怎么这空地上也叫人下马？"校尉喝骂道："瞎眼囚攮的，你不知道是魏祖爷的生祠地基么？"说毕，便大棍子打来。顾进士没奈何，只得下马，走过圣庙，心中老大不快。到了城外，戏子已到，正戏完了，又点找戏。顾同寅见单子上有本《彤弓记》，一时酒兴，又触起过祠基下马的气来，遂点了一出《李巡打扇》。班头上来回道："这出做不得，不是耍的。"顾同寅道："既做不得，你就不该开在单子上。"班头道："唯恐有碍不便。"顾同寅大怒道："胡说。"便要打班头。其时在席众同年也都有酒了，不但不劝阻他，反帮着他喝令戏子做。戏子没奈何，只得做了。席上也有几个省悟的，忙起身而去。

不料缉事的早已报入东厂来。杨寰随即差人来拿，到衙门一见，便骂道："你这胆大不怕死的畜生！"打了一顿，又差人到他

---

① 杏坛——相传为孔子讲学处。泛指讲学之处。

家里来搜。差人也是吩咐过的，去不多时，回复道："搜出一个帖子，上写许多不逊之言，内还有向日街上的谣言，道：'进忠不忠，忠贤不贤。'又有那监前树上的诗在内。"杨寰便扭做是他做的，讪谤朝廷大臣，妖言惑众，拟定立斩。也不送法司，竟矫旨拿去斩首。可怜：

　　武榜堪钦早冠军，丹心欲拟靖尘氛。

　　谁知不向沙场死，怨气飞成瀚海云。

　　魏忠贤又以演戏杀了顾进士，京中人吓得连梦里也不敢提他一字。那陆万龄等择日兴工，先日亲去请忠贤来看。忠贤便遣侄子良卿同侯国兴领工部尚书崔呈秀来祭土神，就在彝伦堂办酒庆贺。席散后，魏良卿向侯国兴道："今日尚早，何不到西方寺看看月峰长老去？"国兴道："甚好！台基厂傍边又添了些店面，顺便就可去看看。"二人换了便服到寺下。那寺中住持迎接，说道："长老是定府请去了。"二人茶罢，上轿到台基厂看过店房，工已将完。二人正要上轿，只见旁边一个小门内站着一个妇人。侯国兴猛抬头，看见那妇人生得十分标致。但见他：

　　修眉凝黛眼横秋，半掩金钗无限羞。

　　素质婷婷堪比玉，不亲罗绮也风流。

　　那妇人见人望他，便把门掩上，在门缝内张望。侯国兴问道："这是什么人家？"管家道："这是太带伯张皇亲的花园后门。"国兴道："久闻他的园子甚好，魏哥，咱们进去看看。"长班便去敲门。敲了一会儿，才有人来问道："什么人？"长班道："魏爷、侯爷来看花的。"里面才开了中门。二人进去，绕过回廊，果然好座园亭。有诗可证：

　　小院沉沉春事宜，回廊窈窕路分歧。

假山斜箝玲珑石，古树高盘屈曲枝。

花气扑帘风过处，沉香落砌燕归时。

画楼绮门重重丽，翠幌金铺弄晚曦。

二人前后游了一回。时已初夏，芍药开得正好。有诗赞之曰：

瑞芍佳名金带围，侯家花发有光辉。

三枝的历①风披砌，千叶婆娑露染衣。

奇草根来天上种，华筵客卷席前帏。

姚黄魏紫②斗春色，满苑名葩字内稀。

侯国兴道："对此名花，何可无酒？"叫家人备酒来。少顷，摆下酒席，二人对酌，觉得没兴趣。魏良卿叫家人去访才看见的那妇人。管园的回道："没有。"侯国兴道："分明才看见的，怎说没有？"只见对过廊外，有个小孩子在那里玩耍，良卿抓了些果子，走来把他吃，便问他那妇人在哪里。孩子指着朝东的屋道："在那里哩！是我老爷的亲。"良卿道："你带我去顽顽，我还与你的钱哩。"那孩子道："我不去，爹要打我哩。"良卿道："不妨！若打你，我代你说情！我先与你五十个好大钱，回来还把这些与你哩。"向家人身边拿了钱与他。那孩子见了钱，甚是欢喜，便引着他来到门前，道："在里面哩，我不进去。"那孩子仍到旧处顽去了。

良卿见门半开半掩，那妇人朝里坐着做针线。只见他发光可鉴，颈白如蝤，手如玉笋。良卿要看他的面貌，便把门推了一下。那妇人回头见有人来，便起身往房里去了。良卿呆了半晌才

---

① 的历——光亮、鲜明。

② 姚黄魏紫——指洛阳两种名贵的牡丹花品种。

回来，对国兴道："真个天姿国色，绝世无双。"国兴笑道："哪里就这样好法？你是情人眼，故说得如此好法。"良卿道："实是生平未曾见过！说不得，我竟要弄他来吃杯酒。"国兴道："良家妇女。如何使得？"几个家人道："爷若要他来，管什么良家妇女，小的们去叫他来。"一起豪奴不由分说，一窝蜂拥了去，把那妇人平抬了去，放下来。

那妇人也没奈何，只得上前道个万福。侯国兴道："你是哪里人？姓什么？可有丈夫？"妇人道："我是河南开封人，丈夫姓李，母家姓吴。丈夫是监生，来京候选的，因与张皇亲是亲，借他这园子住些时，选了官就去的。"良卿道："我姓魏，这位是侯爷，随你丈夫要什么官，我们吩咐部里一声，不敢不依。只要你和我们吃杯酒儿，包你丈夫有官做。"吴氏道："男女七岁不同席，怎样说乱话？你们虽是官长贵客，我却也非低三下四的人家，当今国母是我嫡亲表妹，青天白日之下，岂可这等横行！"说着就走。众家人拦住道："不要走，吃杯酒儿罢了，又不咬下你一块来，这般做作怎么？要等我们硬做起来，叫你当不得哩。"吴氏料道不能脱身，只得坐在旁边。良卿斟杯酒来奉他，他把两手紧紧掩面，不肯吃。国兴道："不可过急。"二人复猜拳痛饮。

只见了那妇人愁容羞态，分外可人。良卿越觉动火。起初还禁得住，到后酒酣时，便捻手捻脚的起来。吴氏要走不能，急得痛哭。侯国兴忙取汗巾代他拭泪，被吴氏一推，几乎跌倒。良卿大怒道："好不识抬举！莫说侯爷官高爵重，就是这样风流人物，如此标致，也可配得过你了，怎么如此放肆？抬他家去！"众家人答应一声，一齐上前，扯的扯，抬的抬，吴氏急得在地下打滚，当不得人多，竟把他抬上轿去了。

二人才出门，正要上轿，却好遇着李监生回来看见，忙跑到轿前打躬道："监生是河南李某，闻得妻子冲撞二位大人，特来请罪。"良卿道："你妻子已取到我府中去了。随你要何处好缺，总在我二人身上，包你即日就选的。把令正①送与侯爷，你再另娶罢。"李监生道："荆钗裙布，贫贱之妻，不堪下陈。大人府中燕赵佳人尽多，岂少此等丑妇？监生也不愿为官，却也不肯卖妻求荣。"良卿道："你既不肯，且权寄在府中，等你选了官时与你带去罢。"说毕上轿而行。李监生此时气不留命，就街上拾起一块石头来掷打，刚刚把侯国兴的轿顶打坏，国兴大怒，叫人带了送到城上去。正是：

> 男子无才方是福，女人有貌必招灾。

街上番役听见侯国兴吩咐，便把李监生锁了，带上城指挥处审问一番。一则情事可怜，二者因是皇亲的亲眷，不好动刑，却又怕侯、魏两家的权势，好生难处。便来见巡城御史，正遇着张皇亲拿帖来说，连御史也没法，便道："且缓两日再处，让李监生讨保回去。"不提。

再说魏良卿，把吴氏抬到家，大娘子知道了叫去。见吴氏貌美，已是吃醋，及问他来历，吴氏哭诉原由，大娘子愈加其怒，便嚷骂起来。良卿吓得不敢拢边，又不敢留在家，只得着人送他到侯家来。国兴一见，如获至宝，温存了半夜，吴氏坚执不从。没法，只得由他，叫仆妇们陪伴劝化他。次日，城上来侯家讨主意。国兴道："叫他将就些罢。"不料缉事的已将此事报知忠贤，忠贤与李永贞等商议。永贞道："这事不好，他比不得别的皇亲，

---

① 令正——对对方妻子的敬称。

中宫面上，行不得此事，原做得不正，闻得此妇不从，不如叫他们送回，再向吏部要个好缺放他去，以救云梦之失，庶于两下体面都好看。"忠贤应允。

忽见小内侍来回道："客太太请爷说话。"忠贤只得进内来。客巴巴一见便问道："你可知道孩子们被人欺？"忠贤道："这是小孩子家不安分，抢夺良家妇女，他才敢放肆的，如今正要送他去哩。"印月道："咱们侯伯人家，就要个妇女，也不为非分。"忠贤道："这妇人非庶民之妻，乃张皇亲的亲眷，于体面上不好看。"印月道："张皇亲也是惯欺人的，你也太怕他了。"忠贤道："不是怕他。一则孩子们做事悖理，家中岂少这等妇人，却要去乱缠，也不可弄惯了他。再者中宫分上，不比别的皇亲。"那客氏终是妇人家见识，一味护短，不肯说儿子不是，便焦躁道："你不说中宫犹可，若拿中宫来压，我却不怕，偏要与他作对！你不敢惹他，等我自去对他，砍去头也只得碗大个疤。我当日受了他的气，你曾说代我报仇，可见都是鬼话。今日爬上头来了，还只管怕他，你说孩子们做事不正气，你平日做的事都是正气的？大家去皇爷面前说一说！"忠贤见印月恼了，忙赔小心道："好姐姐，不要躁，等我叫永贞来计较。"客氏道："计较什么？你是如今根深蒂固用不着人了，大家开交罢。你这负心的贼，自有天雷打你。"忠贤由他骂，只是笑。

少顷，李永贞进来，见印月坐着气喷喷的，便问道："姐姐为何着恼？"忠贤道："就为兴官儿那妇人的事。"永贞道："这样小事，何须动气？孩子们酒后没正经，有甚要紧，恼怎的？"印月道："没要紧呀！惹了皇亲要砍头哩！"永贞就知其意，便道："不要忙，我自有道理。此地不是说话处。"二人出到私宅商议，永贞道:"只须如此如此。"

次日,梁梦环便上一本道:"张国纪起造店房,安歇客商,包揽皇税,容隐奸细。"忠贤便矫旨着拿家属刑讯。城上刘御史也上本道:"张国纪纵容亲戚监生李某,包揽各衙门事体,说事过赃。"忠贤也矫旨着拿问。是时张皇亲尚想央分上,要放李监生,不知火反烧身,免不得来会掌刑的扬寰、理刑的孙云鹤,那个理他?把家人打做张皇亲主使招集客商,私收皇税,代为透漏,侵肥入已。监生李某,倚势害人,包揽各衙门说事过贿,与张国纪均分。题上本去,只因这本事关皇亲,忠贤不敢矫旨批断,只得票了个"拟拿问",听皇上再批。

皇上是个贤圣之君,见是后父张皇亲的名字,想道:"若行了,就要废亲;不行,又废了法。"便叫过忠贤来道:"这事只处他几个家人罢。"客氏在旁,插口道:"闻得此都是张国纪指使,若不处他,恐别的皇亲都要倚起势来,那时国法何在?"皇上道:"看娘娘面上,处他几个家人并那监生罢,张国纪候对娘娘说了,着人吩咐他。"忠贤见皇上主意已定,不敢违旨,只得批出来,将几个家人并李监生重处之后,活活枷死,可怜李监生因妻殒命。正是:

宝槛朱栏紧护持,好花莫使蝶蜂窥。

从来艳色亡家国,试看当年息①国姬。

这张皇亲平日原是个谨慎之人,及见枷死了亲戚并家人,愈加谨饬。只是客家的声势一发大了,便有宰相拜为义子的。朝廷虽在忠贤之操纵,而忠贤又在客氏之掌握。客氏在皇上面前颇说

① 息——古国名,为楚所灭。

得话，随你天大的事，只消他几句冷言冷语，就可转祸为福。忠贤因此惧他。张皇亲之事，若非他簸弄，忠贤也不敢如此。

过了几日，又有顺天府丞刘志选上本论张国纪，要皇上割恩正法，且微刺皇后。忠贤便把本票拟拿问，送到御前。皇上见了，意颇不然。客巴巴又从旁垫嘴，皇上道："谁没个亲戚？"客氏才不敢言。皇上幸中宫时，对皇后说知张皇亲包揽被劾始末。皇后道："既是他生事，不如放他回去，也免是非。"皇上道："也罢。"皇后便亲自批出旨来，着他回籍。张皇亲得旨，即日辞朝而去。正是：

> 葭莩义结邱山重，贝锦身随毛羽轻。
>
> 归去好开桑落酒，金梁桥上听啼莺。

客巴巴又逐去张皇亲，人人惧怕，于是子侄家人，便在外生事，强夺妇女，硬占园亭器物，种种不法，人都不敢奈何他，就是个花花太岁，比魏家声势更大。那吴氏被侯国兴奸占了些时，终是大娘子吃醋难容，他却也兴败了，竟把他赏与小唱。后来张皇亲访知，叫人赎回去了。

再说客巴巴势倾朝野，人都来钻他的门路。向日有个尚日监太监纪信，旧曾在东宫伏役过的，与客氏是连手。因他近日尊贵了，不敢常来亲近。一日在宫中遇见，客巴巴未免动故人之念，便问道："纪掌使，久不见你了。"纪信道："常在这里，如今有云泥①之隔，老太看不见小的了。"客氏道："什么话？你可曾管件什么事儿？"纪信道："不过在营内管几个军士，有甚好执事到小的管！"客巴巴道："管兵彀干什么事？你去看外边有甚好差使

---

① 云泥——云在天，泥之地，比喻差距非常大。

寻件来，我向皇爷讨与你去。"纪信答应出来，查问别缺没得，只有山海关缺了抚守的内臣，他便去备了份礼来求客氏。印月道："你这老花子，定是有个好差才求，见兔放鹰哩。"纪信道："没甚好差，只有山海关出了抚守的缺，求老太在皇爷前方便一言。"印月道："说便代你说，后日割去了头莫怪我。"纪信哎道："将军怕谶语，说这晦气话，我还是去求魏爷罢。"印月道："你也对他说声，我允了，也不怕他不依。"晚间，印月先对忠贤说过。

次日，纪信见过忠贤。忠贤就于缺官本上批出来道："山海关抚守着纪信去。"命下，纪信便来拜辞忠贤，就有本处将领官员来迎接送礼，好不热闹。领了敕就辞朝赴任，一路上前遮后拥，出了关来衙门，在锦州到任。袁崇焕便上疏乞养，忠贤便矫旨道："近日锦宁危急，实赖厂臣调度有方，以致奇功。袁崇焕暮气难鼓，物议滋多，准终养回籍。"此时忠贤已议了进爵国公，其余凡关着个兵字的官儿，都议荫袭，单把个袁巡抚逐回。其时兵部尚书是霍维华，他却在内力持公道，说崇焕功在徙薪①，反着他回籍，这班因人成事的到得恩荫。于是上本，情愿将自己的恩荫让与袁崇焕，以鼓边臣之气。这明是借己愧人之意，反触恼了魏忠贤，不但不准移荫，反将袁崇焕从前的荫袭都夺去了。可惜那袁公：

躬擐介胄②固封疆，韩范威名播白狼。

苦战阵云消羽扇，奇谋遏月唱沙囊。

帐无死士金应尽，朝有奸权志怎偿？

---

① 徙薪——即曲突徙薪，喻事先采取措施，防止发生危险。

② 躬擐介胄——亲自披甲上阵。

一日金牌来十二，何如归去老柴桑？

有功如袁崇焕的反遭斥逐，他那贼子魏良卿，不过一牧豕奴，今日肃宁伯，明日进封侯爵，后又借他人血战之功，票旨进封为宁国公，加太师，准世袭其职。的意要出战，听得人犯的消息，见锦州是他攻关的要路，慌得上本到兵部请救、户部请饷。不知城郭自袁巡抚操练后，都振作起来，也可以御得他了。袁巡抚又行牌，着小堡军民收入大堡。锦州、宁远附近军民屯收的暂行入城，坚垒不出，听其深入。只有锦宁二城多贮火药，以备放西洋大炮。两城各添重兵，附近添驻游兵，以逸待劳。这些敌人因前此广宁之败，知道袁巡抚威名，又怕他西洋炮的厉害。况又不是大队如广宁之寇，只有七八万人马，又知有准备，只得来锦宁二处抢夺些收不尽的牛羊马匹，杀几个走不及的疲老残兵，烧去几间草房，骚扰了几日，不敢近城，竟自回去了。锦宁城中发兵追袭，也斩了他百十颗首级。纪太监便上本报锦州献俘，便叫做大捷，报入京叙功。只说杀了六百余人，这些人都随声附和，这个道敌锋已挫，那个道元臣殚心制胜，无一个不归功于厂臣。

忠贤正在里面慌慌张张的这里调兵，哪里拨饷，哪知边上事久已定了。那纪信不知自己的兵势这等缭乱，反怪袁巡抚懦怯，论他坐视，请国公的禄米。便矫旨道："自有辽事以来，厂臣毁家抒国，士饱其粟，马饱其刍①，禄米宜从优给，着岁给二千五百担。"又因请田土。传旨道："绩着塞垣，劳推堂构，所赐宁国公庄田一千顷，并前七百顷后三百顷，共二千顷，俱着各州县，每年租粒解京转给。"又请第宅。旨下道："厂臣内营殿廷，外靖

————————————

① 刍——喂牲口的草，也指用草料喂牲口。

·538·

边塞，奇功种种，着晋爵上公，位居五等之上，第宅宜优，除给过一万九千两外，再给内库银三万五千两，以示优礼元臣之至意。"那魏良卿居然锦袍玉带，立于诸元勋之上，岂不可笑？正是：

> 谁知带砺簪缨胄，却下屠沽市井儿。

毕竟不知忠贤进爵上公之后更有何事？且听下回分解。

第四十四回

进谄谋祠内生芝　征祥瑞河南出玺

诗曰：

　　百岁光阴似水流，荣华富贵等浮沤①。

　　簪中华发经时变，镜里朱颜不少亩。

　　金谷楼空珠翠冷，馆娃②人去绮罗羞。

　　劝君莫作千年计，早早知机急转头。

　　话说魏忠贤攘别人之功，叨封了上公，富贵已极，四方官员俱送贺礼，说不尽礼仪丰盛，词章褒美。其中就有阿谀的，生出许多没影儿事来奉承他。杭州织造李实差掌家来送礼，又说上公的功德祠内假山上，生了紫芝一本。画成图，做一道贺启上忠贤。内中道："恭惟上公魏殿下：赤心捧日，元德格天；秀产仙芝，祥生福地。聚千年之灵气，钦万木之精英。诚玉京之上品，贯瑶池而独尊。"看此等颂语，竟俨然是以上位尊他了。忠贤也明知事涉虚妄，便与李永贞道："从来真人受命，必假祥瑞以收人心。如今须厚赏来人，回去叫李实夸张其事，以鼓人心。"忠贤大喜，收拾些礼物回答李实。便叫进来人，亲自吩咐道："多谢你爷费心，祠内的灵芝可好生保护。"于是重赏来人而去。

　　那些阿谀的人，听见此风，都思量去寻访异物来献。于是山

① 浮沤——即浮云、沤粪。

② 馆娃——指美女。

东产麒麟，河南凤凰降，陕西献白龟，江南进玄鹿。有的道：某县甘露降，某处醴泉生。凡深山穷谷中一草一木奇异些的，都把来当作祥瑞，纷纷供献不绝。举国若狂，互相愚弄，皆是明知而故昧，一味的乱缠，正是妖由人兴。是时河南果然生出件异事来：

　　举世纷纷论美新，却将祥瑞惑愚民。

　　伤残多少麟和凤，何事区区草木神。

话说许州有个隐士，姓赵名全，家私富厚，才学兼优，不乐仕进，专爱啸傲林泉。夫妻皆年过四十，只生一子，名唤赵祥。年交十六，生得美如冠玉，真个爱若掌珠。家下男女共有三四十人，亲丁实只三口。一日，赵祥自书房回来，他母亲道："你今年已十六，尚未到外公家去过。明日可备些礼物，往省城探望外公、外婆去。"次日，收拾了行李礼物，赵祥上了牲口，带了两个童仆，一路行来。正值暮秋天气，但见：

　　枫叶满山红，黄花斗晚风。

　　老蝉吟渐懒，愁蝶思无穷。

　　荷破青纨扇①，橙垂金弹丛。

　　可怜数行雁，阵阵远排空。

主仆在路，行了两日，贪看景致，只见铜台高峙，济水西流，顺路而来。不觉错了宿头，渐渐天色晚了。只见：

　　月挂一川白，霞余几缕红。

　　人烟寒橘柚，秋色老梧桐。

　　灯火依林出，炊烟隐雾中。

———————

　　①　纨扇——用细绢制成的团扇。纨，细绢。

归鸦飞作阵，点点入深丛。

三人只得顺着济河而行。月光渐上，并无人家可以借宿，心中好生着忙。只见前面山坡下有一道灯光射出，童仆道："好了，我们依着灯光行去，自有宿头。"便带过马从小路走。不上里许，见山坡下现出一所庄院来。走近跟前，只见一簇房舍，到也轩昂：

门垂翠柏，宅近青山。几株松冉冉，数竿竹斑斑。篱边野菊凝霜艳，桥畔芙蓉映水寒。粉墙泳壁，砖砌围圆。高堂多壮丽，大厦甚清安。门楼下都镂象鼻垂莲，屋脊上皆绘飞禽走兽。牛马不见无鸡犬，想是秋收农事闲。

主仆走到门前，下马歇下行李，时已夜深。见重门紧闭，仆人上前叩门，半响才有人应道："是谁叩门？"仆人道："我们是借宿的。"里面道："要投宿，寻客店去。夜半来此叩门，莫不是歹人么。"仆人道："我们并非歹人，实是过路的相公，因错了宿头，暂借贵庄一宿，乞方便一声。"里面才开了门，请赵祥进来。小厮们牵马搬行李，见开门的是个妇人，将门关上，邀进中堂。赵祥坐下，随有几个丫环点上灯，取出茶来。那妇人道："请问相公尊姓？贵处那里？"赵祥道："贱姓赵，许州人，因往省城探亲，家人走错了路，赶不上宿店，故此轻造贵庄。得罪！得罪！"那妇人道："好说，穷途逆旅①，人情之常。"赵祥道："敢问庄主上姓？"妇人道："这是萧都尉的别墅，主人久宦在外，家中止有闺阁中人，故此应问无三尺之童。久无外客至此，今得相公光降，大是有幸。想总饿了，且请用夜饭。"丫头们抬桌子摆酒饭，

---

① 逆旅——旅馆，客舍。

甚是精洁。那妇人进去，等他们饭罢，又出来问道："许昌赵氏，乃清献公之裔，相公可是嫡派？"赵祥道："正是。"妇人道："家主母亦是天水本宗，与相公同一支派，今欲伸宾主之礼，未知可否？"赵祥道："羁旅之人，以得见主人为幸；况同一脉，何有嫌疑？"那妇人进去，少刻，开了中门，两对绛纱灯，一丛青衣侍女，簇拥着一个妇人出来。看那妇人怎生模样？但见他：

头戴皂纱冠，穿珠点翠；身衣绿①丝袄，舞凤团花。腰系结绿白绫裙，下衬着三寸金莲瓣；头梳宫样盘龙髻，斜簪着两股玉鸾钗。窈窕身材色稳重，温和气宇更周详。脂粉不施犹自美，风流宛似少年时。

那妇人约有三十左右的年纪，出来相见，序宾主礼坐下。见赵祥仪容俏雅，气度谦恭，十分敬重。叙起家世，一一皆同；分悉支派，极其详细，赵祥反不能尽知。妇人笑道："郎君年少，论老身尚是君家祖辈，今已世代相悬，只称姑侄罢。"赵祥是个老实人，真个起身拜了姑娘。妇人道："郎君祖父世德，今日来此，亦非偶然，郎君曾毕姻否？"

赵祥道："尚未有室。"妇人道："请多住几日，我为你觅一佳偶。"女使重又摆上酒来，举杯相劝。妇人道："你姑丈宦游未归，我在家独守田园，桑梓亲戚颇多，明日都请来与郎君相会。"饮至更深而散。妇人道："郎君鞍马劳倦，且请安置。"送他到东廊下小轩歇宿。其中精洁华丽无比，一切应用之物，无所不备，命两小鬟伺候。

次日，果然大开筵席，请了许多亲眷，一个个高轩盛从，珠

---

① 绽（zhù）——同"苎"。

履华裾。或称中表弟兄，或称姻家世丈，与赵祥相见，十分款
洽。赵祥皆不知所以。姑娘席间便以赵祥亲事相托众人。一二日
间，便有个吴中丞来说亲道："今有合尊太师的甥女，年十五岁，
言、德、工、容为各亲家所推重。"那姑娘欣然允可。吴中丞去
了。赵祥道："承姑娘亲爱，敢不如命？只是不告而娶非礼也，
须回去禀命过，好备聘礼来，再择吉迎娶。"姑娘道："男子生而
愿为之有室。你今娶了回去，你父母难道不喜么？有我代你主
婚，便与你父母一样。一应聘礼，都是我代你备办，等娶了新
妇，一同双双回去。"赵祥为人老实，且是年纪小，尚且害羞，
不好再言。

　　隔了几日，姑娘果然备了聘礼送去，择定十二月初八日亲
迎。是日亲友毕集，女家先有人来铺设，真个是锦绣重重，金珠
灿烂，堂上大开筵宴。一时名士戏作《催妆诗》道：

　　　　盈盈十五嫁王昌，被被花笺列两行。

　　　　千骑使君来作合，一时名士赋催妆。

　　　　神女初离白玉阶，彤云犹拥灾丹台。

　　　　翩翩彩凤迎萧史，仿佛床头溜短钗。

　　　　咫尺天河罢织绡，天风忽忽动金翘。

　　　　定教青鸟传王母，不许乌鸢①噪鹊桥。

　　晚间花烛熏天，笙歌匝地。新人到门，赵祥盛服亲迎。众女
眷簇拥着进房，新郎揭起盖头，行合卺礼。灯下看时，果然十分
美丽。但见他：

　　　　蛾眉横翠，粉面生香。妖娆倾国色，窈窕动人心。花钿并现

――――――――――

　　①　乌鸢（yuān）――即乌雅、老鹰。

色娇态，绣带飘摇迥绝尘。半含笑处樱桃绽，缓步行时兰麝熏。满头珠翠颤巍巍，无数宝珠环遍体。幽香娇滴滴，有花金缕钿。说什么楚娃美貌，西子娇容。九天仙女从天降，月里嫦娥出广寒。

合卺后出来上席，觥筹交错①，席散后送房，看新人玩耍，至夜方散，让二人成亲。说不尽软玉温香，娇柔旖旎，赵祥如入天台仙境。三朝，众女眷齐集拜堂，姑娘又摆盛筵款待。新人不独仪容俊雅，更兼德性幽闲，夫妻和顺，如胶似漆，真是朝朝行乐，便忘却了归期。

不觉光阴迅速，又早春来，只见江梅点雪，岸柳含苞。一日，赵祥对新妇道："承姑娘情，得结丝萝，何久不见岳翁？"新妇道："妾少失怙恃②，寄养外家，与君婚姻，俱是天数。妾亦尚未见翁姑。"赵祥道："我来时才暮秋，今不觉又是春初，恐家中悬望，欲暂别回家省问，不日即来接你。"新妇道："你奉父母之命去省外家，今欲回去，未见外祖而归，何以复命？且不告而娶，二罪难逭③。闻此去汴梁甚近，还是先到开封一走，再回家为是。须早早回来，免妾牵挂。"夫妻商议停当，来见姑娘说知。

姑娘道："郎君来此数月，家中自然悬望。本当令你夫妇同归，既你要先到开封，新妇且缓同行。但是此去却有点是非口舌，须要小心仔细，然亦无碍大事。你到外家，不可说在此处，也不可向外人言及。若到急难时，说亦不妨。"随收拾了行李鞍马。新妇拿出一个小小黄罗包袱，包着一件物事，交与赵祥道：

---

① 觥（gōng）筹交错——形容许多人相聚饮酒的热闹情形。

② 怙恃——依靠，失怙即谓死了父亲。

③ 逭（huàn）——逃避、躲避。

"此乃人间至宝，君收藏好了，带回以奉公公。切不可与外人见，恐惹是非。你到家方可开看。他人亦不识此，公公是博雅君子，方识此宝。可收好了，切记！切记！"赵祥果然也不看，收起去。夫妻一夜绸缪，到天明起来，收拾完备，辞别姑娘、妻子上路。新妇送至门首，不胜眷恋，对赵祥道："昨晚之言，切记！你若有急难，可速来此。此地名为凤尾坡，去省城甚近，紧记！"二人洒泪分手而别。

童仆把马领上大路，问人，说离朱仙镇三十里。不半日，早进了夷门，竟投外家来。外公、外婆接见大喜，拜见过坐下。外公问道："去年腊底①，你父亲有信来说，你秋间就来了，一向你在哪里的？"赵祥道："因路上受了风寒，卧病不起，适遇友家留住养病，今才平复，始得来此。"外婆道："你在此住些时，先着人送个信与你父母，以免悬望。"一面置酒相待。终日有些中表亲戚来候，赵祥一一回拜，日逐各家请酒，不得闲。夜间想起妻子，巴不得即刻回去。

次日，便辞别，外公、外婆再三相留，只得又住下来。一日，有几个亲戚来约赵祥次日到大相国寺看开宝市。次日早饭后，众人来同去。走过周王府向东不远，便到寺前，却也十分壮丽。但见：

松阴遮古刹，石径现招提②。公字墙尽泳红粉，大雄殿满布金钉。层层宝阙，迭迭楼台。万佛阁并如来殿，朝阳门对藏经楼。铁浮屠高分七级，一层层宿雾畜云；铜幡杆铸就千层，一节节披霜溜雨。祖师堂、伽蓝阁东西相向；弥勒殿、文殊台南北争

---

① 腊底——腊月末，即年底。

② 招提——即唐招提寺，这里泛指佛寺。

雄。松关竹院依依绿，方丈禅堂处处清。参祥处禅僧开讲，演乐房乐演齐鸣。妙高台上昙花坠，说法坛前贝叶①生。正是：云遮三宝地，山拥梵王宫。布金远胜檀那②国，短碣③犹镌贞观年。

赵祥同众人进了山门，见两边都堆满了客货，甚是闹热。看的、买卖的挨挤不开。到了殿上，只见金珠璀璨，宝贝争辉。殿东设一座官厅，是布政司的委员在此监税。许多牙侩商贾俱捧着宝物在那里交易评价。赵祥同众人挤进去，见两边案上摆得精光夺目。只见：

珠光映日，宝气连城。珊瑚树曲曲湾环，牟尼珠团团流走。猫睛石、鸦青石间着桃花刺瓣；祖母绿、鸭头绿对着鹧鸪黄斑。玛瑙盘、琥珀杯红光灿烂；水晶壶、玻璃盏冰色澄清。泪珠来粤海，香玉出于阗④。鲛鮹精巧本龙宫，文锦光莹分织女。紫磨金赤如火炭，枣瓤金艳若桃花。摆几箱蜀锦秦绒，列数对文犀异贝。千般奇货穷南北，万种珠玑尽海山。

这些人也有买卖的，也有比赛的。买卖牙侩评定价，当官交兑。比赛的又在一旁。后殿藏经阁下，都摆着齐整酒席。交易定后，即来吃酒，宝货高的便坐上席，直到天晚方散。

赵祥见了这样热闹，便想道："这些宝物都是世上有的。我那黄包袱内的物事，妻子说是人间无二的至宝，何不明日也带来一赛？"天晚归来。次早取出包袱打开看时，只见重重迭迭四五层绫锦袱子，包着一方白玉图书，约有六寸多阔七寸多高，下镌

---

① 贝叶——用以写经的贝多罗树叶。
② 檀那——布施。
③ 碣——圆顶的石碑。
④ 于阗——古代西域国名，位于今新疆一带。

古篆，全不认得，缺了一角，用金子镶着。想道："这样一块大玉却也难得，妻子叫我收好，不要擅开，何不带去赛赛？谅亦无碍。"

早饭后，带了家人，竟到寺中。那官儿才到，众商贾俱捧着宝物，齐集之下，两边衙役悬住人。只见吏员手持白牌道："赛宝的上来！"赵祥往上就走，家人忙来扯时，他已上去了。那官儿问道："秀才有何宝可赛？"赵祥道："有！"向袖中取出锦袱，放在分案上。官儿亲手解开，细细看了一会道："这却是人间至宝，秀才从何得来？"赵祥道："是小民家传之物。"官儿笑道："此物岂是家传得的？必有来历。"赵祥道："实系家传。"官儿道："这是传国玉玺①，惟朝廷家才有，岂是民间可以传得的？你年幼不知，我也不必问你，同你见上台去。"随即上轿，把赵祥带着，令吏员捧玺前行。来到衙门，禀知本司。

藩司见了，既同来见抚院，禀过，呈上玉玺。抚院并司道等公同细看，见上面镌着八个字，乃是"受命于天，即寿永昌"。抚院道："这定是传国之玺，当日卞和得璞于荆山，献于楚王，楚王刖其二足。卞和抱璞而泣，楚王使玉工剖之，果得美玉。后此玉入秦始皇，剖而为三，命李斯篆此八字镌于上，屡朝相传。王莽篡汉，命王褒入宫取玺，文明太后举此玺击之，跌损一角，以金镶之。传至宋、元，后为元顺帝带入沙漠，我朝故未得此。今此玺篆文制度皆同，故知之。"司道等皆打躬谢教。抚院叫带赵祥来问。

那赵祥是个少年书生，何曾见过官府？进来，见了堂上威

---

① 玉玺（xǐ）——帝王的玉印。

严，先自吓坏。抚院问道："你这宝从何处得来的？"赵祥哪里说得出话来，颤做一堆。两司在旁道："你不要怕，你只直说，不难为你。"赵祥过了半日，才将前事细说一遍。抚院道："你姑娘、妻子今在何处？"赵祥道："现在凤尾坡。"抚院道："且差人押他去拿他姑娘、妻子来问，便知根由。"

随差了两员标下官，带了兵，后押着赵祥，同往凤尾坡来。不半日早到。依旧朱门掩映，画阁凌霄。众人拥着赵祥来至桥边，只见一簇妇女都在树下游玩。赵祥高叫道："姑娘救命！"只见他姑娘、妻子都上桥来问道："你为何这等光景？"赵祥将赛宝被执的事说了一遍。姑娘道："我曾说你此去要惹是非。"妻子也报怨道："我原叫你不要与人看，你不听我言，可是惹出事来了？"那些兵役正要拥上桥来拿人，只见他姑娘大喝一声，那桥便断了，连赵祥也到桥那边去了，众人俱在对岸。标将道："我们是奉抚院大老爷的令来唤你们去问话，若因大家的女眷不肯出官，也须着个男人去回话，怎么连我押来的人都带去了？"他姑娘道："拜上你那狗官，他到骗了我的宝贝去，还要来拿人！"言毕把袖一挥，只见一阵清风过去，连房屋都不见了，只见一片荒山。

众人都惊呆了半会，四望并无邻里，只得回衙复命。众官骇然道："此非仙即鬼，不解其故。"随传阖郡绅士耆老①来问。内中只有一老儒上堂禀道："生员曾见野史上有二宋少帝昺，入元封瀛国公，元世祖以公主配之。一日与内宴，酒酣，立殿旁楹间，世祖恍惚见龙爪攫拿状，时有献谋除灭者。世祖疑而未决。

---

① 耆（qí）老——有学问有名望的老年人。

瀛国公密知之，乃乞为僧，往吐蕃学佛法，同金石公主遁居沙漠，易名合尊。长子亦为僧，名普完。有一女，嫁秦王子顺之，复诞一子。时明宗为周王时亦遁居沙漠，与少帝公主往来最密，遂乞其少子为子，即顺帝也。后我太祖兵入燕都，随率六宫并带玺遁去。成祖命太监三宝下西洋，访求不获。今赵祥之妻云是合尊太师之女甥，其为秦王之女无疑矣。又按宋令后有女六岁，元世祖后普鲁氏爱其聪慧，育于宫中，及长适进士萧浚，后为河南行省右丞，所称萧都尉，无乃是此？想此宝数当出现我朝，必有中兴之主应运而生。"老儒言毕，一躬而退。各官愕然。遂具表恭进，本内免不得归美于魏公。

忠贤见了大喜，不说是国家的祥瑞，他竟把做自己的祯祥，矫旨将玺收入内库。河南抚按各官皆加一级，各赐表里奖赏。他却在私家受百官庆贺。那班狐群狗党，一个个赞扬称颂，就把他比得高似尧舜。一连大开筵席，吃了数日。

这一日，崔呈秀赴宴归来，乘着酒兴与那班姬妾玩耍，忽的呵呵大笑，想道："人生在世，不过为功名富贵，终日营营。想我当日为高攀龙所害，几乎弄坏了。幸我有见识，投在魏公门下，至今位高权重。天下归心，四方祥瑞，定非虚生。今有河南进玺，眼见得大事有几分了，开国元勋，非我老崔而何？但他虽富贵已极，玉泉万方①，无所不有，只有人生要紧的一件，被中受用的事，他却没福受享，岂不输我一筹？然我已年过五旬，受过无限风波，才得到此地位。如今百事称心，黄金百斗，玉带横腰，只有燕、赵、吴、越的才貌兼全的美女未得其人。家中虽有

———————

① 万方——形容花色多种多样。

几个，皆非绝色。怎么得个十全的，软玉温香如西子、王嫱一般的才妙。不知如今可有？”忽又想道：“当日绿珠、碧玉，也是生在人间的，须尽人力求之，自然有得。”次日，遂即差人吩咐官私媒婆，四外寻访。又叫门下人等传说出去，四路找寻。正是：

不惜屈身求富贵，又思娱老觅婵娟。

毕竟不知求得美女来否？且听下回分解。

第四十五回

觅佳丽边帅献姬　庆生辰干儿争宠

词曰：

一年一度春光好，对此韶华①，莫惜金樽倒。春去春来春渐老，落红满地埋芳草。

花又笑人容易老，静里光阴，暗换谁人晓。不老良方须自讨，无荣无轩无烦恼。

从来元臣大老，功成名立时，富贵已极，无所指望，惟思寿与美色。二者之中，寿不可必，惟美色可以力致，故人皆尽力求之。及至得了美色，反把寿促了。此是千古一辙，但人都迷而不悟。

且说崔呈秀倚着魏监的声势，加了宫保，位列九卿，内外钻谋的无物不送。却笑魏监不如他有闺房之乐，务要寻个绝世名姝，以娱垂老。四外人传了出去，就有人送美女来的，总非绝色。忽一日，有个宁夏副将，要升总兵，先已有了军功保荐，又恐本兵不肯推升，遂觅到一个绝色女子并千金礼物，差了四个心腹家将送来。呈秀看了礼单，忙叫唤那女子进来。只见仪容秀美，骨气清幽，行动处先不同。有诗为证：

_____

① 韶华——美丽的春光，也指青春。

折花冉冉拂花来，稳步金莲不损苔。

绣带软随风不定，阿谁神女下阳台①。

不独行步飘扬，即立处，亦自动人：

独立闲阶若有思，嫣然清影照荷池。

朱颜不共波纹乱，应是临风第一枝。

非但立处娇媚，即坐处，亦有妙处：

刺罢双鸾觅取欢，纤腰无力起时难。

自矜色似芙蓉好，时捻芙蓉绣带看。

又想见其睡态之妙：

鸳枕敧②斜玉臂横，梦阑展转怨流莺。

频撩云鬓眸还倦，疑是朝来有宿醒。

这女子姓萧，名灵犀，绍兴府山阴县人。父是三考吏出身，官登州府照磨，因管海运，坏了船，失去粮，坐赃赔补死于狱。因无力完赃，只得将女儿出卖。先被媒婆哄骗，只说是良家为妻，谁知是个娼家。那水户却好也姓萧。其时灵犀才年十一，平日在家却也曾读书写字，下棋弹琴，进了门户人家，少不得学吹弹歌舞。他资性本自聪明，一教即会，无所不精，真个是：

空阶月满睡难成，纤手亲调白玉笙。

拂拂好风穿槛过，隔花惟听度清声。

---

① 阳台——传说巫山神女与楚怀王会于高唐阳台之下，后因指男女合欢之处。

② 敧（qī）——同"攲"，倾斜。

不但笙、箫、管、笛皆精，就是苏、杭的提琴，他也弹得绝妙。正是：

　　欲将心事寄云和，静里朱弦手自摸。

　　却笑穹庐①秋夜月，强将清韵杂胡歌。

吹弹固妙，至于歌喉宛转，一种柔脆之音，真可绕梁遏云：

　　缓起朱唇度韵迟，轻尘冉冉落如丝。

　　纵饶座有周郎在，应为频倾金屈卮②。

若论翠袖翩跹，舞腰袅娜，真是掌中可立，屏上可行，真有扬阿激楚的丰神，飞燕的妙技。正是：

　　一片清音响佩环，腰肢回处似弓弯。

　　轻盈花在微风里，不数当年白小蛮。

灵犀到了十四五岁时，生得姿容绝世，美丽倾城。只因他有了上等姿色，又学出过人的技艺，便眼孔大了，看不上那般倚门献笑、送旧迎新的故态。门户人家既有这等好货，怎肯放他闲着？龟子要他接人，有客来要梳笼他，他只是不肯。起初还是好说，后来便打骂了几次，无如他抵死不肯，只思量要嫁人，自恃着未曾破瓜，要拣个中意的才嫁。穷的出不起钱，富者谁肯来做龟家女婿？遂耽搁了一二年。

龟子萧成忽然病故，儿子叫做萧惟中，年幼难支持。妈儿没奈何，只得对灵犀道："姐姐，世上没有望着馒头忍饿的。我已年老，你几个姐姐又无姿色，拿不住人，放着你这如花

───────────────

① 穹庐——即天空。

② 卮（zhī）——古代一种盛酒的器皿。

似玉的人儿不肯接脚，叫我衣食从何而来？我如今事已急了，你若再不从，我就打死你了。左右是养着你也没用，不如打死你罢。"灵犀到底不从。又打骂了一回，又叫两个粉头来劝他，一个名叫文楼的劝道："妹子这几年没人来说亲，眼见得婚姻错过了，况我们花柳行中，谁肯来作婿？你又不见个人，谁知你这等标致？你不如还是在这里面寻个好子弟，叫他代你赎身。况你既有这等姿色，还怕没有贵官才子作对么？岂不强似耽搁的好。妈妈如今已穷极了，若等他恼起来，你未必受得起！"灵犀虽然口强，终是拗不过，想道："文楼之言也有理。"只得允从了。

隔了数日，便有个总兵之子来梳笼他，送了他一百两银子，过了一个月才去。这三河县没甚富家，俊角子弟亦少，也难中他之意，又不够用度，娘儿们商量搬到密云县来，赁了房子住下。那城中虽有几个浮浪子弟、帮闲的嫖头，总是粗俗不堪之人，不是妆乔打官话的军官，就是扯文谈说趣话的酸子，甚是可厌。一日有个南客来，也还撒漫，灵犀转也与他打得热。当不得那班人吃醋，醉后便来胡闹，直到更深夜半才去，误他的生意。那南客被他们闹得不敢上门。灵犀大不能堪，常埋怨文楼道："都是你害了我！你们有了食用，却累我逐日受气。从今后我再不见客了，不拘与人家做大做小罢。"萧惟中道："姐姐，你若去了，叫我们靠谁度日？"灵犀道："假如我死了，你家难道就不过日子了么？你须存好心，代我打听个好人家，我日后自然照应你。"遂从此杜门不见客。惟中没奈何，只得代他寻人从良。

一日，有个旧帮闲的毛胡子来，灵犀托他寻人家。毛胡子道："如今崔尚书正要寻个美女，我前日在个徐副将家，他要升总兵，正要寻个绝色女子送他。我看你却去得，只是他正夫人有些利害哩！再者他家姬妾也多，怕你挨不上去，那时熬不过，又要埋怨我老毛了。"灵犀道："不妨，他夫人虽狠，我只是不专坏，他自然不妒忌我。只一味奉承他，料他也不好打骂我。若说他姬妾多，正好结伴玩耍。若怕我挨不上，我原因避祸而去，岂是图风月的？"毛胡子道："这是你情愿的。还有一件，那武官未必能多出财礼，你妈妈若索高价，就难成了。"灵犀道："你去对他说说，看他出多少财礼。"毛胡子道："大约至多只好二百金，多了未必出得起。"灵犀道："须三百两才得妥哩。你去讲了看。"毛胡子去了。

灵犀便来对妈妈、兄弟说。妈儿道："你好自在性儿！你要从良就从良，我不知费了多少气力，才养得你一朵花儿才开，要去，也须待我挣得个铜斗般的家私再去。"文楼来劝道："妈妈不是这话，妹子立心如此，不如随他去罢。"妈儿道："好容易！就要去，也须得千金财礼才能去哩。"灵犀道："妈妈，我也是好人家的儿女，不幸流落风尘，一向承妈妈恩养，我年来也寻了千余金报答过你。我只因受不过人的气，故要从良。这崔尚书是当今第一个有权势的人，我若到了他家，得些宠爱，自然照管你，莫说铜斗，就银斗也可有。这个穷武官能有多少家私？肯出三百也就算好的了。你且收着，至于养老送终，都在我身上，必不负你；你若执意不肯时，我便悬梁自尽，看你倚靠何人！"妈儿虽是口硬，心里已允。徐府的管家来兑了三百两银子。灵犀随即收拾作别，上轿而去。

徐副将办成妆饰衣服，送到崔府来。呈秀一见，神魂飘荡，快乐难言。果然夫人颇作威福，当不得灵犀放出拿客的手段来，竟把个女将军骗服了。众姬妾也被他笼络得十分相好。呈秀在此中年，得了这个绝色，朝夕欢娱，那顾作丧？正是：

> 凌波窄窄眼横秋，舞落金钗无限羞。
>
> 任你铁肠崔御史，也应变作老温柔。

呈秀心满意足，终日不离。

一日，正在房中打双陆①，只见门上传进帖来道："侯爷请酒。"呈秀接来看，上写道："谨詹②十五日，薄治豆觞③，为家母舅预庆，恭候早临。愚表弟侯国兴顿首拜。"呈秀道："晓得了。"门上出去。呈秀道："我还没有与老爷称觞④，他到占了先去！"于是丢下双陆出来，问办礼的可曾备齐。一面差人约田尔耕等订馈⑤寿日期。

原来忠贤是三月晦日六十生辰，各省出差的内臣，都差心腹家人，各处寻好玉带古玩，织造好锦缎，置造好酒器，不惜价

---

① 双陆——古代的一种棋类游戏。局如棋盘，左右各六路，故名。

② 谨詹——谦辞。谨，恭请；詹，同"占"，预定。即"兹定于"。

③ 豆觞——即酒席、宴席。

④ 称（chēng）觞——举酒杯（祝寿）。

⑤ 订馈（nuǎn）——即"暖女"。古时女儿嫁后三日母家馈送食物之称。

钱，只要胜人。写成异常阿谀祝寿的禀启，先期进送。其余各省外官，只得随例置办尺头金银酒器方物，武职也都有礼解进。才到三月初旬，早有庆贺的来了。先是客巴巴率子侄到忠贤私宅馈寿。这酒席非寻常可比，不但竭人间之美味，并胜过内府之奇珍。但见：

　　海错山珍色色鲜，金齑玉薤①簇华筵。

　　麻姑手劈苍麟脯，玉女亲裁白凤肩。

　　芍药调羹传御府，珍珠酿酒泻清泉。

　　奇香异味人间少，浪笑何曾十万钱。

　　客巴巴举杯上寿，互相酬酢交拜了，然后安席。忠贤道："在咱家该是姐姐首坐！"印月再三不肯。忠贤道："崔二哥，你是个读书人，该是谁坐，你说，自然停妥。"呈秀道："爹爹虽然是主，今日之酒是姑母代爹爹称觞的，又有主道在焉，莫若只叙家庭之礼，还是爹爹首坐，姑母二席，亦同是上坐。"忠贤笑道："这是来不得！也罢，咱也谦不过你，咱有僭了。"客氏道："李二哥、刘三哥请上坐。"永贞道："我们怎敢与爷并坐？"忠贤道："姐姐你坐罢，不要过谦罢。今日承姐姐厚爱，咱弟兄们同坐了罢。"永贞等才告坐坐下。二席是李永贞，三席是刘若愚，印月坐了第四席。两边都是侯、魏二家的子侄并众干儿子，一个个佩玉横犀，红袍乌帽，各人安席序齿坐下。那席上用的不是寻常黄白器皿，俱是异样杯盘。只见：

---

　　① 金齑（jī）玉薤（xiè）——齑，调味用的姜、蒜或韭菜细末儿；薤，其鳞茎可供食用的草本植物。此处指名贵的蔬菜。

黄金错落紫霞觞，玛瑙为盘竟尺长。

更有玉精来异域，杯传五色夺奎①光。

不独器皿精奇，地下都是铺的回文万字的锦毡，厅上锦幛布满，幔顶上万寿字的华盖，四围插着灾丹芍药各种名花，那桌围椅褥都绣的松柏长春。一会间女乐齐鸣，玉箫鸾管，仙音缭亮。只见：

纤纤玉手漫调筝，依约传来天上声。

更促柳眉歌楚曲，顿教钗鬓玉斜横。

演戏的子弟也是客巴巴家的女班。真是：

清讴雅调出三吴，便是秦青②亦返车。

娇面如花肤胜雪，恍聆③仙乐列华胥④。

直饮到玉漏将残，晓钟初动，大家沉醉而散。

次日，忠贤亲往谢酒。那些子侄，李、刘二弟兄并众干儿子，都轮流置酒称庆，在席并无外客，总是他一家儿的人，就如杨国忠姊妹一般。正是：

金凤冠裁佩绚霞，已惊秦虢⑤骑如花。

更饶几个杨丞相，袍绕绯龙玉带斜。

到了正日，大厅上中间悬起寿轴，乃兜罗绒边，尽是珠宝翡翠妆成的"寿山福海，八仙庆寿。"中间以蜀锦为心，寿文以黄

---

① 奎——即奎星，二十八宿之一。
② 秦青——古代传说中的人物，善歌，"声振林木，响遏行云"。
③ 恍聆——仿佛听到。聆，听。
④ 华胥——传说中黄帝梦游之国，后因用为梦境的代称。
⑤ 秦虢（guó）——秦国夫人、虢国夫人的并称。

金为字，钉在上面。两边高烧彩烛，围屏上都是唐宋人画的寿意，配着时贤的赞颂。寿联也是美锦为的，上铺翠云龙剪金为字。其联句道：

> 一身全福德，极富极贵以履极尊；
>
> 首出冠群龙，九二九三以至九五①。

皇上赐他金花一对，彩缎八匹，羊四只，酒八瓶。中宫也是金花彩缎，各妃嫔俱以珠宝穿成福寿字及金八宝织金妆花福寿字的缎匹。二十四监局、忠勇营掌印，凡有名号的，各自送礼。其余的内监、各自浇成灌香大烛，捧来分队叩头。早间，先是刘、李二掌家叩头；次后侯、魏二家子侄并崔、田等俱行八拜礼。摆列着礼物都是金玉福寿炉、金玉福寿杯、金玉八仙、金玉秦汉拟的鼎彝，唐宋名公寿意、玉带、蟒衣、朱履、玉绦，无所不备。进酒的是珍珠琥珀妆成的果盒，金玉嵌成的酒壶，猫睛祖母绿镶嵌的八宝杯，摆列得苍翠夺目、黄白争辉，不数石崇、王恺。直把个魏上公的私宅，摆得似龙宫海藏一般。其中又有几件极奇异的宝玩，都是那班干儿子送的：一件是祖母绿洗的个东方朔，肩上担着一枝蟠桃，枝上三个红桃子，就如生就的，绝不似人工，实如天巧。有诗为证：

> 瑶池桃熟几千年，春色须教醉列仙。
>
> 是子三偷今四度，又骖②云驭赴华筵。

一件是个琥珀盘，盘内金丝编就葡萄架，金枝翠叶，上穿三

---

① 九五——指皇帝。

② 骖（cān）——古代驾在车两旁的马。

十六颗走盘大珠的蒲桃。也有诗赞之曰：

采得蒲桃向酒泉，露滋仙果缀珠愚。

尽收六六人间福，一粒期公寿八千。

一件是碧玉寿星，高尺余，骑一双胎玉鹿，乃生成的一块二色玉洗就，雕得十分工细。也有诗道得好：

海屋筹添福寿增，金丹宝庆长龄。

从今鬼柳天文理，南极光中见两星。

不但礼物摆满，亦且人烟凑杂，阶下潮也似的，一起拜过，又是一起。少刻，各官到了。先是阁下，忠贤出来对拜，待茶而别。后是大九卿到，只答一揖，留茶。以下皆该用帖者收帖，该手本的收手本。至于饮天监、太医院等，只好摆来上个号。武官公侯伯驸马也只相见留茶。以下各官俱各到门投手本而已。又有朝天宫神乐观的道士，西山五台山僧，俱送延龄文疏缴入。其外文武中只有李太常、吴太仆、田武选、倪御史、东厂杨寰、孙云鹤、锦衣许显纯等人，是必于要见的，直等到午后才得叩贺，送上私礼，俱各备茶。那些不相见的官儿，挨着要各送私礼，都争来送掌家的银子，送足了才代他开上册子，掌家们也得了许多银子，才得进来叩头。忠贤不过手一拱便进去了，礼单连看也不看。不知那些人费了多少钱力，他只视为泛常。午后身子倦了，吩咐崔、田二人道："你们不要去，在此吃面。凡有送礼的，叫家人概行入册，等咱闲时再看。"这里掌家才敢收外官的礼。各省督抚按及各差御史，并部属南京大小衙门三司道府，才到各边镇总兵、副参、游击、都司，那送礼的唯恐漏号，不知用了多少钱。凡内中有线索的才收得一二件，便得意夸张道：魏祖爷与他交好，才收他礼的。正是：

　　　　昏夜乞哀堪愧死，赔了夫人又折兵。

　　毕竟不知庆寿后又有何事？且听下回分解。

第四十六回

陈玄朗幻化点奸雄　魏忠贤行边杀猎户

词曰：

忌念不复强灭，真如何必营谋？本原自性佛前修，迷悟岂居前后。

悟即刹那成正，迷难万劫感流。若能一念返真求，迷尽恒沙①罪过。

话说魏忠贤生辰，富倾山海，荣极古今，足忙了个月，都是人为他上寿，尚未复席。直至四月中旬，才出来谢客，殿下公侯伯驸马并皇亲才到厅面谢，大九卿止到门投刺，至于小九卿以下，只不过送帖而已。其余各小衙门，皆是魏良卿的帖谢人。谢毕，备酒酬客。凡文武得在请酒之列者，犹如登龙门一般，六部尚书外，皆不能在请酒之列。他们客如白太始、张小山并工头陈大同、张凌云等，俱带着卿贰的衔，也来赴席，整整又吃了一月的酒。

一日清晨，门尚未开时，忽有一道人，骑着驴到门前，以鞭叩门。里面门公问道："什么人？"外边番子手也齐来喝道："你是何处来的疯道人？好大胆！敢来千岁爷府前敲门。"那道士哈哈大笑道："咱自涿州来，要见上公的。"门公也开了门，出来喝

_____

① 恒沙——即恒河沙数，形容非常的多。

道："千岁爷的府门，就是宰相也不敢轻敲，你这野道人敢来放肆！还不快走，要讨打哩！"道士道："山野之人，不知你主人这样大，敲敲门儿何妨？须不比朝廷的禁门。"门公骂道："你这野道人，不知死活，咱爷的府门比禁门还狠些哩！前日涿州泰山庙曾有两个道人来祝寿的，已领过赏去了，你又来做什么？"道士道："我不是那庆寿讨赏的。"门公道："是来抄化的？"道士道："咱也不化缘，咱是要见你家上公的。"门公道："你也没眼睛没耳朵，便来放屁！千岁爷可是你得见的？就是中堂尚书要见，也须等得几日，你好大个野道人，要见就见呀！"说着就来推他。谁知他就如生了根的一样，莫想推得动。门公想到："他是使了定身法儿的，叫番子手来拿他。"走去唤一声，便来了二三十个，齐动手，莫想得近他身。众人忙取棍子来打他，反打在自己身上，莫想着他的身。那道士也不恼，只是呵呵大笑。

正喧闹时，魏良卿出来谢客听见，问道："什么人喧闹？"门上禀道："是个野道人，从清晨在门外，闹至此刻，不肯去。"良卿走出来看时，只见那道士：

穿一领百衲袍，系一条吕公绦。手摇尘尾，渔鼓轻敲。三耳麻鞋登足下，九华巾子把头包。仙风生两袖，随处逍遥。

魏良卿问道："你是何处的道人，敢来我府前喧嚷？"道士道："我是涿州泰山庙来，要见上公的。"良卿道："你是前日庆寿送疏的，想是没有领得赏。"叫管事的："快些打发他去。"门上道："前日那两个道士已领去了。"良卿道："既领过赏，又来何干？"道士道："我来见上公，有话与他谈的。"良卿道："上公连日辛苦，此刻尚未起，有甚话可对我说，也是一样，或是化缘，我也可代你设处。"道士呵呵笑道："这些儿便叫苦，此后苦得多哩！你也替他不得。"良卿大怒道："这野畜生！我对他说好话，他到胡言起来，扯他出去！"众人道："若扯得动他，也不到此刻了。"良卿道："送他到厂里去。"吩咐过，上轿去了。众人上前拉他不动，又添上些人，也莫想摇得动，依旧喧哗。

李永贞听见，忙出来看。盘问未了，早惊了魏监。着人出来问他。小黄门上前问道："千岁爷问你叫什么名字？"那道士道："我叫陈玄朗。"小黄门入内回复，忠贤听了，慌忙出来。那道士一见，便举手道："上公别来无恙？"忠贤走上前扯住手道："师父！我那一处不差人寻你，何以今日才得相见？"遂携手而入，把门上与家人们都吓呆了。同进来到厅上，忠贤扯把椅子到中间，请他上坐，倒身下拜。元朗忙来扯起道："上公请尊重，不可失了体统。"忠贤复作揖坐下，把阶下众掌家内侍都吓坏了，都道："祖爷为何如此尊他？岂不活活的折死了他么？"

少顷茶罢，邀到书房内坐下。忠贤道："自别老师，一向思念，前往泰山庙进香，特访老师，说老师往青城山去了。后又差人四路寻访不遇。今幸鹤驾降临，不胜雀跃。"元朗道："自别上公，二三年后，家师过世。因见尘世茫茫，遂弃家访道，幸遇一释友①相伴。这三十年来云游于海角，浪迹在天涯。今日来尘世，欲募善人家。"忠贤笑道："老师好说，有咱魏忠贤在此，随吾师所欲，立地可办，何用他求。"元朗道："非也！我所募者，要有善根，有善心，有善果，还要有善缘，才是个善人家；若有一念之恶，终非善缘。即如上公，泼天富贵，功名盖世，奈威权所逼，负屈含冤者甚众，岂不去善愈远？非我出家人所取。今来一

---

① 释友——僧友。

见台颜，以全昔日相与之谊，即此告别。"便起身要走。忠贤忙扯住道："久别老师，正好从容相叙，少伸鄙怀，以报洪恩，何故恝然①便去？"元朗道："外有释友等我。"忠贤道："何不也请来谈谈？"元朗道："他是清净之人，未必肯入尘市。"忠贤忙叫小内侍去请。内侍问："在哪里？"元朗道："他在平则门外文丞相祠前打坐，你把这羽扇拿去请他方来。"内侍答应，持扇飞马而来。

果然祠前有个老僧打坐。内侍忙下马叫道："老师父，咱是魏祖爷府里差来请你的，有陈师父扇子在此。"那老僧睁眼看了，也不回言，起身背上棕团，持着藤杖就走。内侍上马，紧随入城。他就如熟路一样，竟自先走，那内侍在后，飞马也赶不上。到了府前，门上来问，老僧站在门前，也不回答。少刻到了，下马同他来到书房。

忠贤出迎看时，原来就是当年救他上山的那老僧。忠贤请他到上坐，倒身四拜，老僧端立不动。拜毕，老僧将棕团放下，盘膝而坐，吃过茶，才开口道："上公好富贵，好威权，也该急流勇退了。"忠贤道："托二位老师庇荫，颇称得意，亦常思退归林下，奈朝廷事多，急难得脱。"老僧道："上肩容易下肩难，只恐担子日重一日，要压杀了。当日老僧有言，叫你得志时切戒杀性，你不听吾言，肆行无忌，枉害忠良，这恶担子有千斤之重，你要脱，也难脱了。"内侍摆上斋来，二人绝粟不食，止吃鲜果，饮酒而已。忠贤道："前因访陈老师不见，已于宝刹旁建祠以报大恩，拨田侍奉香火，老师曾见否？"元朗笑道："虽承上公厚

———————————
① 恝（jiá）然——淡然、冷淡。

爱，然皆无益之费。贫道已久出尘埃，安得复寻俗事？近日于西山创一净室，颇觉幽静，云游之暇，聊以延迟。"忠贤想到："他既爱西山，何不就代他起造庙宇报答他？"便道："老师既有净室，不知可肯携我一观否？"元朗道："游亦不难，但恐车驾扰山陵耳！只可潜地一游，如夜间方可。"

三人酒毕，老僧即于棕团上入定，元朗与忠贤对榻。元朗俟夜静登榻，叫忠贤亦盘膝而坐。元朗道："上公可凝神默坐，心空万虑，方可同游。"忠贤依言，屏念静坐。少顷，不觉真魂与元朗携手出门，同出城来。至人家尽处，只见路旁一个黄衣童子，领着三个牲口来接，元朗叫忠贤骑，忠贤看时，却是一只麒麟，一只白鹿，一只黑虎。忠贤惧，不敢骑。元朗道："不妨。这是极驯的。"自己骑上麒麟，忠贤骑了鹿，童子骑虎，果然极稳。只见半云半雾，耳中惟闻风声，早上了一座高山。但见：

> 万壑争流，千崖竞秀。鸟啼人不见，花落树犹香。雨过天连青壁润，风来松卷翠屏开。山草丛、野兰馨，悬崖峭嶂；薜萝生、奇葩丽，峻岭平畴。白云闲不度，幽鸟倦还鸣。涧边双鹤唳，石上紫芝生。矗矗堆螺排黛色，巍巍拥翠弄晴岚①。

看不尽山中之景。来到悬崖峭壁之下，元朗下了麒麟，向石壁上拍了三下，只见壁上两扇门开，有两个青衣螺髻女童出迎。元朗邀忠贤入内，那洞中景致更自不凡。只见：

> 珍楼贝阙，雾箔云窗。黄金为屋瓦，白玉作台阶。巍巍万道彩霞飞，霭霭千重红雾绕。千年修竹，双双彩凤为巢；万岁

---

① 岚——山里的雾气。

高松，对对青鸾向日。瑶草奇花多艳丽，紫芝白石自苍茫。帘垂玳瑁，金铺翡翠控虾须；柱插珊瑚，瓶注玻璃分海色。垂髻少女面如莲，皓齿青童颜似玉。青鸟每传王母信，玉壶长贮老君丹。

二人携手到亭上，分宾主坐下。童子献茶，以白玉为盏，黄金为盘。茶味馨香，迥异尘世，到口滑稽甘香，滋心沁齿，如饮醍醐①甘露。吃毕起身，各处游玩，果然仙境非凡，心神不觉顿爽。童子来道："酒已完备，请真人就坐。"元朗邀忠贤过东道小廊，进一重小门，有许多女乐来迎。只见香风习习，仙乐泠泠。两边都是合抱大树，青葱苍翠，老干扶疏，高有千尺。树尽处，一座白石高台，梯级而上，上面一座亭子，乃沉香为梁柱，水晶为瓦。亭上摆着酒席。二人到亭上坐下，元朗举杯相劝，众女乐八音齐奏，只见那酒器非金玉珍宝，忠贤却不识为何物。饮馔盘盂皆非凡类。忠贤看了，心荡一悟，形神俱化。

少顷，女乐停止。又见青衣女童抱着一个花鸟，走到席前向外，那鸟高叫三声，忽见那大树上奇花满树，如千叶莲花，其大如盘，香风絪缊。少刻，每花中立一美女，有尺余长，身衣五彩。众女乐复吹弹起来，那树上美女便按节而舞，疾徐迟速，毫发无遗。一折已完，众乐停止。那鸟儿又向树叫了一声，树上的美女皆随花落，都不见了。忠贤道："师父何处得此异种？"元朗笑道："哪有什么异处！花开花谢，天道之常，人世荣华，终须有尽，任你锦帐重围，金铃密护，少不得随风花谢，酒阑②人散，

---

① 醍醐（tí hú）——酥酪上凝聚的油。
② 阑——残、尽、晚。

漏尽钟鸣，与花无异。只要培植本根，待春再发，不可自加雕琢耳。"

二人出席闲玩，只见东首隐隐一座高山。那山上有明处，霞光炫耀；有暗处，黑雾迷漫。山下银涛迭迭，白浪层层。忠贤问道："那山是什么山？何以明处少、暗处多？"元朗道："那山叫做竣明山，在东海之东，乃三千造化之根，五行正运之主。远看则有万里，近之即在目前。这山本自光明，只因世人受生以来，为物欲①所污，造恶作孽，把本来的灵明蔽了，那贪嗔爱欲秽恶所积，遂把这山的光明遮蔽了。即一人而言，善念少，恶处多；以一世而言，善人少，恶人多，所以山明处少，暗处多。"忠贤道："怎么那山下之水，有平处又有波浪处？"元郎道："此水名为止水，这平的是世人俗世以来，父母妻子泣别之泪，人人不免，故此常平；那波浪处是俗世冤家债主怨气怨血所成，冲山激石，怒气不息，千百年果报不已，故此汹涌。"

二人正讲论间，忽见空中一只白鹤飞下，向元朗长唳一声。元朗道："清冷真人过此相召，我暂去即回，上公在此少坐片时。"遂携手下台，向北一所茅亭内，十分雅洁，药炉丹灶，件件皆精。元朗道："上公在此少待，少刻即来奉送回去。若要游览，随处皆可，只那北首小门内不可轻入。"嘱毕，跨鹤飞空而去。

忠贤四望，欣羡不已，想着："我在京数十年，到不知西山有这样个好去处，到被这道士得了。我若要他的做别业，却难启

———————————
① 物欲——物质享受的欲望。

齿。我莫若明日传旨，只说皇上要做皇庄，他却就难推托，也难怪我，那时我再另建一所净室与他，又可见我之情。"心中暗暗称妙。独坐一会儿，还不见元朗回来，甚是烦闷。于是信步闲行，两廊下虽有几重门户，俱处处封锁。又走到北首，见一重小门，半开半掩，想道："他叫我莫进去，必有什么异处，咱便进去看看何妨。"遂轻轻推开门进来。见四围亦有花木亭树，中间一个大池。上有三间大厅，两边都是廊房。房内都满堆文卷，有关着门的，有开着门的。里面有人写字。忠贤沿着廊走上厅来，见正中摆着公座，两边架上都是堆着新造成的文册，信手取下一本来看，是青纸为壳，面上朱红签，写着《魏忠贤杀害忠良册第十三卷》。忠贤看见，吃了一惊，打开细看，只见上写着某年月日杀某人，细想，果然不差，吓得手颤足摇，连册子都难送上去。正在惊怖间，忽听见厅后有人大声喝道："什么生人，敢来扰乱仙府？"忠贤抬头一看，见一个青脸獠牙的恶鬼，手执铁锤，凶勇赶来。忠贤吓得往外就跑，不觉失足跌下池去，大叫一声，忽然惊醒，看时，仍旧坐在书房床上，吓出一身冷汗来，战栗不已。见桌上残灯未灭，老僧犹在地下打坐，元朗亦垂头未醒，再听更鼓，已交四鼓，心中惊疑不定，只得睡下。

昏昏睡去，到天明起来，见老僧与元朗都不见了。忙着小内侍出来问，门上道："才出去未久。"内侍回复，即着他飞马去赶，一路问出彰义门来，见二人缓步在前，小内侍喊道："二位师父！魏祖爷有请。"二人哪里理他，昂然缓步而走，只隔有数十步远，却再也赶不上。将赶到卢沟桥，小内侍喊声愈急。元朗回头道："我们不回去了，有个帖儿你带回去与你爷罢！"向袖中取出个封袋来，放在桥石柱上。内侍赶到取起，再看二人，早已不见了，只得将帖儿拿回禀复。忠贤叫人拆开读与他听，上写道：

掀天声势倚冰山①，破却从前好面颜。

回首阜安山下路，霜华满地菊斑斑。

忠贤听了，不解其意，唤李永贞来看，也不解。随将夜来之事说了一遍。永贞道："此无非幻术惑人，有甚应验，不必理他。"众干儿子都来问候，永贞道："不可外传，且置酒为爷解闷。"众人坐下饮酒。

忽传进蓟州边报来，忠贤道："边上那些官儿，不以边防为事，专一虚报军情，冒销钱粮，我要自去查查。"那些堂家们也都想要去抓钱，遂极力撺弄他。李永贞等也不敢拂他之意。随即上本，把内事托与李永贞，外事交与崔呈秀，"凡一应本章，等得的，候我回来批发，紧要的飞送军前。"吩咐已定，择日起马。先是客巴巴，后是众干儿，都到私宅饯行。又送许多下程。忠贤带了许多金帛等，以备中途赏犒，至日辞过，带了三千忠勇军出皇城来，浩浩荡荡，好生威武，但见一路上：

干矛耀日，戈戟凝霜。风飘飘旌旗②弄影，彩云中万千条怒蟒蟠身；锦团团幢盖高擎，碧汉中百十队翔鸾振羽。黄旄白钺，微茫浮白，依稀陆地潮生；紫骝黄骝，灿烂成花，仿佛空山云拥。叉刀手、围子手、刽子手，对对锦衣花帽都带杀人心；旗牌官、督阵官、中军官，个个金甲红袍尽挟图财意。帷幄前列一对兵符赐剑，果似上帝亲临；宝车边摆许多玉节金瓜，何异君王驾出。

---

① 冰山——比喻不能长久依赖的靠山。

② 旌旗——旗帜的总称。

五城兵马司已预督人清道，提督街道的锦衣官早差人打扫，令军士把守各胡同，摆开围子，连苍蝇也飞不过一个去。那两边摆着明盔亮甲的军士，擎着旗幡剑戟，后尽是些开道指挥，或大帽曳缕，或戎装披挂。轿前马上摆着些捧旗牌印剑蟒衣玉带的太监，轿边围绕的是忠勇营的头目。一路上把个魏忠贤围得总看不见。

才出了城，便有内阁来饯行，其余文武各官俱排班相送，打躬的、跪的、叩头的，足摆有十余里。至于各省督抚，直送过境方回。崔、田众义子并彪、虎等，俱送到五十里外。一路来远省抚按都差官远接，自己在郭外相候。提镇等都是戎妆，与司道等俱在交界地方迎接。忠贤吩咐道："随从的军士皆是本监自行犒赏，上下一概不用供给。"那些地方官怕亲随等讲是非，虽说不收供给，却都暗地送礼，这些人还争多嫌少。忠贤虽不收下程，却不敢不预备，又恐他一时要用。只等过了这处，那处才脱得干系。到一处，不过阅一阅兵，看看城池，拐点钱粮亏空，却又被那些官员奉承得无处生波。那些掌家都捞饱了财物，俱作不起威福来，只增了许多接见各官的仪注。

一日，行至黄花镇喜峰口，夜不收来报，口外墩台狼烟忽起，恐有兵至。忠贤即着守将出战，他也领着忠勇军士上城观看。等了两日，不见兵到，俱各懈怠。到了第三日午后，忽见山坡下尘头飞起，拥出一簇人来，一个个：

> 豹皮裁磕额，犁尾缀红缨。
>
> 画鼓冬冬响，旗幡对对迎。
>
> 绒绳牵白犬，健背架苍鹰。

短箭壶中插，雕弓手内擎。

钢叉浑似雪，匕首利如银。

挖挞齐眉棍，阎王叩子绳。

獐猫浑丧胆，狐兔尽藏形。

那些人约有二三百个，俱是口外良民，专以打猎为生，官府也不禁他。凡上司要野味，都向他们要。那忠勇军只当是敌人，便一声炮响，杀下关来。众猎户不知何故，一则手无大兵器，二者不敢抗拒官兵，都四散逃走。走得快的逃了性命。走得缓的白送性命，杀死有五六十人，齐上关来献功。忠贤大喜，重加赏赐，具本奏捷。时人有诗曰：

无端生事害良民，赢得功勋诳帝庭。

可惜含冤边外骨，年年溅血洒长城。

忠贤自钦建此奇功，乘兴而返，下令班师回朝。一路所过地方，不知花费多少银钱。这才是：

高牙大纛向边陲，无数衣冠拜路衢。

有石燕然谁与勒，空教将士困驰驱。

大军所至，鸡犬皆殃。忠贤虽禁止部下，背地里何能禁得许多？虽说不用夫马供应，其实部下俱折钱上腰，岂不是生事扰民？才一到京，早有大小文武官员排班迎接，只见：

左摆着师济文臣，角带素衣屯紫雾；右列着狰狞武将，锦袍金甲绕层云。跪的跪，伏者伏，浑如乞乳羝羊①；揖者揖，躬的躬，好似舒腰猛虎。呈手本纸飞似雪，听班声响震如雷。只疑巡狩驾初回，除却六飞浑不似。

---

① 羝羊——即公羊。

忠贤进了私宅，一班党羽都来问安，置酒接风，忠贤大喜。不表。

　　次日早朝，忠贤奉本上殿，奏与主上。毕竟不知此后做出什么样的恩典情备而来？且听下回分解。

第四十七回

封王侯怒逐本兵　谋九锡①妄图居摄②

词曰：

这回因果劝人，为善回头须早。一念生神明鉴照，任他颠倒。

富贵何如贫贱乐，惺惺不奈痴愚巧。看满帆千尺挂长江，风威好。

位极人臣，功高盖世，也须自保。若一生三公万贯，人间绝少。

王氏七侯成败壤，杨家六贵终荒草。叹钟鸣漏尽又鸡啼，天渐晓。

话说魏忠贤贪心不足，又要假行边出师之功，又思封公封侯。不意圣躬欠安，客巴巴传出信来，叫忠贤亲往问安。见圣躬日渐清瘦。只因他平日要蒙蔽圣聪，常引导以声色之欲，使圣上不得躬亲万机，他得遂其荧惑之私。不料圣躬日加羸弱③，心中也有些着忙，便与李永贞、刘若愚等商议道："皇上渐渐病重，

---

① 九锡——古代帝王赐给有大功或有权势的诸侯大臣的九种象征着权力的物品。

② 居摄——因皇帝年幼不能亲政，由大臣代为行使权力。

③ 羸（léi）弱——瘦弱。

后边的事不可知怎么处哩?"永贞道:"如今趁大权在手,先将边功再封一公,后边事再一节一节做去,不要忙。"遂传出旨道:"厂臣殚心国事,尽力边疆,除宁国公外,再封一公,着兵部议奏。"

那大司马霍维华,前因忠贤冒功,逐去袁崇焕,曾将自己的恩荫要让与崇焕;今日又见忠贤冒功不已,怎肯容他?次日在朝房中遇着魏良卿,遂正色说道:"五等之爵,就是开国元勋也没有几人,如今除非是恢复得辽东的,才可列土封公;若只斩将夺旗,收得一城一堡的,也就不可过望了。"谁知早有人报与忠贤,忠贤大怒。适值皇上不豫,忠贤也掩禁不住,只得召太医院官入宫诊脉、定方。各官俱到乾清宫外问安,忠贤也不顾是臣子忧心之时,就对众人大言道:"外边有人道咱无功,不该得恩典,咱今也不要了。"与李永贞等恶言秽语的辱霍司马。举朝之人都受不得,齐来劝解,霍公只当不听见,也不理他。

到次日,又传出旨来,要把奉圣夫人客氏的儿子加封伯爵。霍司马道:"客氏不过一乳媪耳,他两个兄弟与儿子都已荫为指挥,也就够了,今日又要封伯!若客氏要伯就伯,忠贤要公,怕不就是公么?此事断乎不可!"遂具本题覆道:"祖训无乳媪封伯之例,且五等之爵,非军功不加。客氏加荫一子为锦衣卫指挥可也。"众司官怕忤了旨,好生忧惧。霍公道:"不妨!此事有我在此,决不累及你们。"催逼俱复本上去。忠贤见了,大怒道:"有这等怪物!"次日就在隆道阁前,说霍司马蔽功违旨,出言大骂,无所不至。客氏也着许多小内侍出来乱骂,拿砖土块子乱打他轿子。霍公回来想道:"此事只我有这胆量与他抗衡,本该与他硬做到底才是，只是我身为大臣，岂可受此阉奴之辱！"遂杜门辞印，打点上疏乞休而去。这正是：

> 虚名当为繁缨惜，强项岂因权要回。
>
> 解组不将名利恋，任他沙蜮①自含猜。

次日，倪文焕就题个告捷请封的本，矫旨道："厂臣报国心丹，吞仇志壮，严整戎备，立三捷之奇功；御侮折冲，得十全之神算。绩奏安壤，宜分茅土，宁晋彝鼎，昭然世爵，褒封允当。着于弟侄中封一人为安平伯，世袭其职，岁加禄米一千二百担，锡之铁券，与国同休。"命下，又把个五岁的孩童从孙魏鹏翼，加了少师，封为安平伯，也是玉带麟袍。才受了封券文，田土还未曾给，不到半月，又有那阿谋的上本，报三殿告成。又传旨道："厂臣毕力经营，矢心②赞画③，美轮美奂，襄④成一代之中兴；肯构肯堂⑤，弘开万年之有道。具瞻顿肃，旷典聿新⑥，着于弟侄中封一人为安东侯，世袭其职。府第、诰券、禄米、赡田俱照例给，各该部遵例行。钦此。"一门之内，两公、一侯、一伯，锦衣三十余人，也可以知足了。

到圣躬大渐时，正是天日为之愁惨，中外震惊的时候，那等阿谀奉承的吏部尚书周应秋，还上本请封。遂于三殿告成本上批道："厂臣克成继圣，经营堂构，夙夜匪懈，鼓庶民之子来，精

---

① 蜮（yù）——鬼怪。比喻阴险的人。
② 矢心——一心一意。
③ 赞画——帮助筹划。
④ 襄——帮助、辅佐。
⑤ 肯构肯堂——构，建屋；堂，立堂基。喻子能继承父业。
⑥ 旷典聿新——罕见难逢的隆重典礼。

诚默孚；政天心之神助，功昭巨典。戾合彝章①，勋业茂隆，重祚宜锡。"又把个六岁的从侄魏良栋，封为东安侯加太子太保。又怕家里的锦衣官还少，凡遗下的札付，俱着他党羽填补。又把侄希孟补了锦衣同知，甥傅之琮、冯继先俱补授都督佥事。今日受封，明日受券，今日贺封伯，明日贺封侯，举朝若狂，终日只为魏家忙乱，反把个皇上搁起不理。

　　圣体不安，上自三宫六院，下而三公九卿，无一个不慌，就是客、魏二人却也是慌的。内外慌的是龙驭难留，继统未定；他两人慌的是恩宠难保，新主英明。故当弥留之计，乘势要加封。贪心难割，又与那班奸党计议。吴顿夫道："为今之计，须趁此时先立下些根基来，若机有可图，便成大事，若不可图，必定拥立之功，也还在我。纵新主英明，也必念爹爹拥立之功，也可无碍，若仍是寻常之主，内外已都是我们的心腹，就有几个从龙②的，须打做我们一家；若不顺手，便设法驱除了，也还是我们的世界。只是司礼监与东厂，不过是寻常的职衔，内阁又无兼摄之例，公侯伯都是家里人的，须在这公侯之上想个官。待爹爹做了，俟今上崩了驾，趁新主未即位时，爷便可受摄两班文武。"田吉道："爷若要受摄百官，非封王不可。不若吩咐外边，题请封王。"倪文焕道："凡图大事，须要先赐九锡。如今先叫他们题请。"忠贤道："什么九锡?"文焕道："九锡是九件物事：乃车

---

　　① 彝章——法度、常规、规则。
　　② 从龙——追随皇帝。

马、衣服、朱户、纳陛、虎贲、弓矢、铁钺、乐则、秬鬯①，谓之九锡。"忠贤道："要他何用？"文焕道："赐了九锡，就可制礼乐，专征伐，统摄百官了。"忠贤道："这样便可讨一讨。"李永贞道："这事我们的人请不得，恐人心不服，须到外面寻个人才好。"忠贤次日便去拜丰城侯李承祚，因他是侄儿良卿的亲家，对他说了。果然上疏道："厂臣外靖九边，内成三殿，功烈超常，宜加九锡。"又有个孙如冽，曾具过本在顺天府建生祠的，又上本乞封厂臣王爵。

二本俱下礼部议覆。凡部议的本，俱要科参科行才行堂上，便把这担子卸与科里。其时掌科事的是叶有声，他见了这本，好生难处，想道："若从公论，自来无阉寺封王赐九锡之例，是他们越职言事，就该参处；若参了他们，忠贤必然怀恨，又要生毒计陷害；若行了，却可得他的欢喜，京堂可至。只是明有人非，幽有鬼责，自己良心上也过不去。"审度了一会，道："岂有此理！罢！拼此一官，以持清议为是。"

恰好有亲家杨庶吉汝成来访，见叶掌科面有忧色，便知是为这两件事，问道："亲翁若有不豫之色，何也？莫非为李承祚、孙如冽的覆本么？"叶有声道："正是。据亲翁高见如何？"杨妆成道："弟也曾想，自古宦官惟童贯越例封王，毕竟还实有些边功，赞成的是蔡京、高俅。又有求九锡不得的是桓温，阻挠的是谢安、王垣之，此四人人品俱在，随亲翁择而效之。"叶有声道："此事却行不得，虽刀锯在前，亦难曲从！"杨吉士起身笑道：

① 秬鬯（chàng）——祭祀时用来降神的酒，用黑黍和香草酿造的酒。

"这事亲翁也要三思，不可听小弟乱谈。"叶掌科道："一定如此!"二人别了，叶公竟托病注了门籍，便把这事搁起来了。忠贤见部里不覆本，访知是科臣阻抑，便寻事把叶有声剁了籍。那叶掌科转得萧然脱身而去。正是：

　　力阻狂图寝大奸，何防高挂进贤冠。

　　新诗更向知心道，喜是今朝不旷官。

　　后来忠贤访知叶有声不肯覆本，乃杨汝成之意，到散馆时，便吩咐不许照科道授官。诗曰：

　　入直花砖退委蛇①，敢将真谅最相知。

　　淮南遮莫思狂逞，长孺方将论职思。

　　忠贤虽逐去叶有声，也知外面公论不容，也只得歇了。但他心中已存了个篡夺的念头，外边又做成了个篡夺的局面。论起他享极富贵，也该感激皇恩，圣体不安，便该与客氏维持调护，才是图报皇恩之意。到皇上疾笃时，便该启请皇上，召新君入宫视疾，请辅臣等入大内请安，共议嗣统，早定名位，以绝外藩仰望之心。始不至废荒朝政。这才见得心在社稷，也可略表无利天下之心，无奈他利令智昏，颠倒错乱。前此新君在信藩时，请租请地，忠贤曾攘②为己功，殊不知圣主如天之量，这些小事那里在他心上？他却怕新主不平，又恐知他这历来的穷凶极恶之事，即了位就有一班从龙的人要分他的恩宠，故此把拥立的念头搁起，只在外面分布党羽，希图非望。九边淮浙先差出许多心腹内官，又差个心腹太监涂文甫清查户工二部钱粮，竟坐大堂，勒司官行

---

　　① 委蛇——同"逶迤"，弯弯曲曲延绵不绝。

　　② 攘——抢夺、侵夺。

属员礼。当日奉差原说要节省，反又逼追二部起造衙门，买了一座房子，用银三千余两。及兴工时，又嫌窄小，又强买了晋宁公主赐宅起造。边上钱粮已布满私人经理，却又要逼去霍司马，移本兵与崔呈秀。便差人绕霍维华的宅子，缉访他的过犯，又差人到部里查他的错误。无如他历任未久，居官清正，无过犯处。又要拿他的家人长班来罗织成狱。大亏[1]辅臣暗通信与霍公，才上本乞休，遂就本立褫夺了。只是这时候正是：

　　龙驭将升鼎欲成，大臣忧国尽心惊。

　　谁知一拂权奸意，未许攀髯泪雨倾。

　　八月十六日皇上大渐，忠贤与李永贞等计议，要学赵高指鹿为马的故事。永贞道："皇上宾天时，只叫客巴巴在里面哄住众妃嫔，让问安的依旧问安，进膳的仍旧进膳，进药的还进药，外面百官问安，爷只随口答应，且按住了缓缓行事，再学王莽的故事，且捧了孺子先摄了位，且看众心可服，若服，便可即真。"一席话把个忠贤一片要做皇帝的热肠，说得收煞不住，只思量要居摄。见百官俱在乾清宫外问安，便着人请几位中堂过来，要探他们的口气。说道："如今皇上时时昏睡不醒，哪里还能亲理机务？若寻常纠劾升迁，也都有例，不甚要紧，只是辽阳兵屡戒严，宁锦又不宁静，延绥套房又不时骚动，这都是要紧的军务，何可缓延？这怎么处？须要请皇后垂帘摄政方好。"众宰辅道："皇后摄政，虽汉、唐、宋俱有，我朝从无此例，且祖训有禁。"忠贤道："不然，列位先生帮咱暂理如何？"他料得这班宰臣平日

────────────

　　① 大亏——多亏、幸亏。

都是依惯了他的，自然不敢违拗。殊不知这些大臣，平日小事可以俯从，不与他立异，至于在事，怎肯听令？岂不知居摄乃篡弑之先声，他们怎肯容他？诸臣闻言，大是骇然。此时都正欲发言，只见施相公道："若要居摄，景泰时却也有例，当是亲王摄政，老先生以异姓为之，恐难服天下之心，且把以前为国的忠心都泯灭了。"忠贤听了，不觉满面通红，怫然道："施先生！咱待你们浙人也还不薄，怎么这件事儿就不肯俯从？"竟入禁中去了。

众辅臣见他词色不善，都各俱揭问安，就请新主入宫视疾。崔呈秀见阁臣不从，众官纷纷议论，料事难成，恐惹灭族之祸，也不敢入内。忠贤在里面，不过与客氏二人，那妇人家那里计较出个什么来？只有与李永贞、刘若愚、李朝钦这几人计较。若愚道："施蛮子爷平日抬举他，他今日就执拗起来。如今先处了他，竟传旨着爷暂理，看他们有甚法儿？"永贞道："不可，此事非同儿戏，倘爷临朝，百官不到，岂不扫兴？那些人自也有些计较，或向禁中拥出信王来，莫像当日南城的故事，岂不身家难保？"众人议论不定。只弄得魏忠贤想起做皇帝来，便心热一回，又想自己身骑虎背上，外边百官不服，怕事不成反惹大祸，又焦躁一回，客巴巴传出信来，说皇上不时发昏，又慌张一回，好似触藩羝羊，热锅上的蚂蚁一般，终日里胡思乱想，茶饭俱减，走投无路，不知如何是好。

及到二十二日酉刻，龙驭已上升了，正是：

　　五云深拥六龙车，泪洒宫娥湿降纱。

　　日落西陵山色里，令人愁咏后庭花。

此时按不住，不免哀动六宫。外面文武各官也都知道，工部议发梓宫及殡殓之物，礼部查举哀即位的仪注，户部打点协济的银两，辅臣拟作遗诏。天未明时，已都齐集隆道阁前。忠贤还不肯息念，又叫人出来寻崔呈秀。各官中有正直的道："这又不是崔家的事，怎么独寻他？"有那诙谐的道："老子叫儿子，怎敢不去？"一连寻了几次。忠贤还想要出袖中禅诏，行自己的奸媒，并要学史弥远立宋理宗、召沂靖王之子，妄思援立之事。又思预定赦书条款，还要加恩客、魏。又要把三案中废锢之臣，不与开释，追比者不准原免，只等崔呈秀进来参决，那呈秀的脚步儿也要慢慢的往里走，无奈众官齐声道："今日龙驭宾天，天无君，以德以分，唯有迎立信王，没甚私议。有话须出来当众人说，不是一个崔家独说得妥的。"

小内侍见众人的话来得不好，便转内去了。呈秀羞惭满面，便不好进去。阁臣施凤来等，国戚张维贤等，九卿周应秋等，率领各衙门俱具笺于信王蕴邸劝进，一面斟酌遗诏。礼部进以弟继兄的仪注，令钦天监择日登极，不由忠贤做主。忠贤见事不谐，便也挨身劝进，冒定策之功，以图后举。正是：

> 高皇百战定河关，圣圣相关累叶还。
>
> 堪笑奸雄生妄念，可知一旦释冰山。

忠贤自恃心腹布置已定，那些小人先便来奉承他道："做皇帝的日子近了。"有的称他为"九千岁"，有的称他为"九千九百九十九岁"，岂不可笑？他就居然认做皇帝在他荷包里了。不期居摄之事不成，在大行①皇帝丧次，对着那些妃嫔，一个个哭哭

---

① 大行——古时称刚去世的皇帝。

啼啼，好没兴趣，坐下来垂头丧气。李永贞等一班人便来开解道："爷莫恼，事势还在。如今吴纯夫现管工部，田吉掌着刑部副都，李夔龙现协理院事，只等霍维华去后，把崔二哥会推了兵部，那几个都是听爷指挥的。六卿原在爷门下，其余各镇守的俱是旧人。只有新爷从龙的徐应元，爷可下气些与他交结，料他也不敢与爷作对，岂不爷的权势自在，还与此日一样？"忠贤终是郁郁。众人又置酒与与他解闷。

客氏穿着一身白，妖妖娆娆的走来饮酒，问道："大事怎样了？"忠贤道："已立信王，只等即位了。"客氏便焦躁道："原说是魏爷摄政的，我娘儿们还有倚靠，如今立了信爷，便与我们无干了。连这宫里也不是我安身之处。若待他赶出去时，连自己也没趣，就是积攒下的也带不出去，不如趁此乱时，把内库宝玩先带些出去，也不失为财主。"于是着人通知侯国兴来取。

那侯国兴人虽小，却到有些见识，想道："如今皇上死了，谁不知我娘儿们没有倚靠，宫中人谁怕我？我进去搬运，倘被人拿住怎么好？不若约魏良卿同去，就弄出事来，便有他叔子支撑。"算计已定，便来会良卿道："才家母叫人来说，宫中许多宝玩，趁皇上驾崩忙乱时，没人照管，叫小弟去取些来，我一人能拿得多少？因来约老表兄同去搬些来，我想钱财易得，宝玩是难得的。"果然利动人心，良卿欣然同往。一个央母亲相厚的太监，一个叫叔子手下的官儿搬运，不半日，把大内的宝玩盗去十之三四。那些管库的看着侯国兴也要来拿，见有魏良卿在内，便不敢下手，听他搬，不敢做声。这才是：不得朝元受白璧，却思郿坞①积黄金。两人盗了珍宝，欢欢喜喜做守奴去了。

再说施相公，先期着礼部把即位与哭临的仪注送入禁中，着管禁军的叉刀手围子手官，督领所部士卒，俱自皇城内直摆到十王府前，以备不虞。礼部三上表笺，文武大小官员俱躬诣信府劝进，百官早已齐集。但见：

辘辘响春雷，三市走趋朝车骑；辉辉飞紫电，六街集待漏灯光。旌旗拂雾，云生五色拱金銮；戈戟横空，霜满九重连玉础。驯象舞虞庭百兽，铜螭开汉殿千门。锦袍玉带骏鹔②冠，济济两班鸳鸯；宝剑金盔唐猊铠，狰狞万队貔貅。真是：趋锵尽万国衣冠，人物极一时俊乂③。

次日五鼓时，文武大臣并勋戚等先至信邸，躬引法驾至灵前，宣读遗诏道："大行皇帝以国事焦劳，不获三殿于既成。今上文武圣神，英明睿哲，遵祖制兄终弟及之谊，宜缵承大统。天下军民，遵以日易月之例，服二十七日而除，禁民间音乐嫁娶。各藩府并抚按各官俱于本处哭临三日，毋得擅离职守。"读完了遗诏，簇拥新君受了遗诏，冕服拜过天地祖宗，然后御极。只见：

管弦缭亮，乐声间漏声俱来；篆缕氤氲，炉烟并晓烟共起。双垂紫绸，几多红粉绕金舆；高卷珠帘，一片祥光凝宝座。龙衮新一时气象，虎拜螯百职欢呼。

---

① 郿坞——汉董卓在郿坞藏金。

② 骏鹔（jùn yì）——古书上的一种鸟。

③ 俊乂（yì）——指贤能的人。

各官拜贺已毕，皇上入临丧次，服缞绖①行哭临礼。阁臣率百官朝夕入宫哭临，差官遗诏分投各王府并各省告哀。辅臣拟即位的赦款。凡一应有因公诖误的官员，斥革者准给还原职，闲住者准与致仕，只有因触忤忠贤刹夺者，不在加恩之例。凡一应钱粮久经追比，家产尽绝者，查勘减免；只触忤魏监坐赃者不得与恩赦。凡十恶大罪不赦，其余杂犯俱着减等发落；唯触忤忠贤坐罪者如耿副使、胡副使、李主事、方御史、惠给事、李都督等，皆不稍从末减。正是：

圣明已得汪恩沛，奸党犹然大毒藏。

毕竟不知忠贤此后又如何设谋？且听下回分解。

———————————

① 缞绖（cuī dié）——丧服、孝服。

第四十八回

转司马少华纳赂　贬凤阳巨恶投环

诗曰：

> 循环天理自昭昭，何苦茫茫作猄枭①。
>
> 惨结烟云冤掩日，贵膺朱紫气昂霄。
>
> 党奸拟作千年调，陷正终归三尺条。
>
> 金穴冰山在何处？也知报复不相饶。

话说魏监听了李永贞之言，果结好徐应元。当日眼中哪里有他？如今便把他当为骨肉一般，称他为徐爷，又送他许多珍宝，时常备盛筵请他。会见时又做出许多假小心奉承丑态来，道："咱如今老迈了，做不得事，管不来机务了，不久也就要将监印厂印送与爷掌。咱只求个清净所在，养老去了。爷是当今的宠臣上位，皇爷若问起咱时，烦爷道及咱这几年来赤心为国，费了许多辛苦。如今老了，没账了，恐有人道咱有不是处，还求爷代咱遮盖一二。"这徐应元当日随在藩邸时，见忠贤那等横行，却也恼他；此时见他从前昂昂之气不敢在他面前使，又如此卑躬屈节的奉承他，未免动了些怜悯之念。又受了他许多宝物，俱是自来未曾见过的，又动了贪心。那太监性儿是喜人奉承的，竟被他笼络住了，便欢喜道："魏爷说什么话？咱不过是皇爷的旧人，皇

---

① 猄（jīng）枭——比喻有野心的、像虎豹一样的恶人。

爷念咱平日勤劳，略看咱一眼儿，其实是个没名目的官儿，全仗爷抬举，诸事望爷指教，咱怎敢欺心占大？"两人便打成一路了。

忠贤即于从龙恩典内，又把一个侄子荫了锦衣卫指挥，一个兄弟荫了锦衣卫千户，后又上一老病不堪任事的本，辞厂印。他料皇上必不准辞；就准了，他在徐应元面前只说是我让与他的，好做个人情，他必感激，果然竟不准辞，止着徐应元协办。皇上不过要分他的权，不知他二人就是一个。他既调停了徐应元，托他在皇上前做耳目传消息，分明是去了一个客巴巴，又有了一个客巴巴，他便放心，不怕人在皇上前说他的是非，依旧又鸱张起来。这正是：新看成六翮①，依旧声摩天。

再说崔呈秀，先见忠贤居摄之事不成，便惧祸不敢来亲近，这些时见他又有些光景，便又挨身入来，假意安慰道："间日的事到有八九分了，无奈那些阁臣作鲠，孩儿正急于要进来计较，被他们冷言热语的抢白得不能进来，真好机会错过了。他们嘲笑孩儿，就如嘲笑爷一样。孩儿也都访得，要处治他们才好。喜得明春考察在迩，这些科道部属有自外转来的，正要考察，权柄全在吏部，都察院、考功司、河南道这几个紧要衙门，须早布置几个心腹，要驱除他们何难？"忠贤听了，欢喜道："二哥见识果然出众。"二人依旧爷子相投。忠贤竟不由会推，就把呈秀转补了兵部。呈秀有个兄弟名凝秀的，要升总兵。呈秀恐已到任后再升他，便恐事涉嫌疑，为人议论，先为他嘱托，升了浙江的总兵。乃兄掌兵在内，兄弟总戎在外，真是王衍②三窟。他一到兵部后，

---

① 翮（hé）——鸟的翅膀。

② 王衍——晋人，官至尚书令、太尉。有盛才，善玄才，善玄言，谈老庄，义理若不合，随即更改，世称"口中雌黄"。后被石勒所杀。

便招权纳贿，又将吴司空如了宫保，倪文焕升了太常寺卿。

呈秀有个儿子崔铎，本是膏粱子弟，也曾读过几句书，侥幸进了学，在顺天乡试揭晓时，又中了第二名乡魁。此时哄动了一城下第的举子，有的说："他只做了三篇文字到中了，也是奇事。"有的道："他二场已贴出过的，如何还得中？"有的道："魏家时常送书子与主考，内帘官常管魏家的人参，这不是关节么？不然何以二十四日折号，二十六日才揭晓？停了两日，都是为他。"纷纷扬扬的讲，外边也有要动本的，也有要用揭帖的。崔家只推不知，任那些趋奉的牵羊担酒、簪花送礼的来庆贺。常例送旗匾之外，置锦帐对联、照耀异常。他便大开筵宴，接待亲友。不独崔家炫耀，南京又中了周家宰的儿子。时事一发可笑：

> 两都彻棘育英才，画鼓冬冬虎榜开。
>
> 不为皇家网麟凤，却阿权贵录驽骀①。

崔呈秀做了兵部，便大开贿赂之门，公然悬价总兵、副将是多少，参、游是多少，用大天平兑银子。一日，正与萧灵犀在花园内小厅上打双陆，呼幺喝六的玩耍，丫头来报道："萧舅爷来了。"呈秀叫请来见。那萧惟中也戴顶方巾，摇摆进来，眼中看时，真个是化乐天宫。但见：

> 文梓雕梁，花梨裁槛。绿窗紧密，层层又障珠帘；素壁沱封，处处更糊白纻。云母屏晶光夺目，大理榻皎洁宜人。紫檀架上，列许多诗文子史，果然十万牙签；沉香案头，摆几件钟鼎瓶彝，尽是千年古物，瑶琴名焦尾，弄作清声；石砚出端溪，却饶鸲眼②。玉注落清泉，春雪般茶烹蟹眼；金炉飞小篆，淡云般香

---

① 驽骀（tái）——劣马，以比喻庸才。
② 鸲（qú）眼——石上圆形斑点，比端砚还名贵的砚。

袅龙涎。纤尘不到，只余清景可人；半枕清幽，更有红妆作伴。

　　萧惟中见了呈秀，行过礼，又与姐姐作了揖。呈秀道："坐了。"惟中旁坐下。呈秀问道："外边可有什么事？"惟中道："如今有个广东的副将，要升总兵，出一万两。老爷肯作成小的，寻他几两用用。"呈秀道："广东是上好的缺，至少也得二万金。"惟中道："小的也正说少了些，先还要他三万哩。他说此地没处挪借，到任后再补五千罢。"呈秀道："谁与他讨欠帐。"惟中道："他死生升降，总在老爷手中，他怎敢虚言？"呈秀道："也罢，广东的珠子好，再叫他再送三千两银子的珠子与你姐姐罢。"灵犀笑道："那须这许多。"惟中道："穿件汗衫儿也好。"呈秀道："也罢，现的一万，赊一万，就选你去做个官，好代我讨账。"惟中道："我不去，常言道：'少不入广'。莫贩一身广货来罢。若老爷肯抬举，竟把我选到密云，做个中军罢。"呈秀道："怎么到要密云？那里现有人做着哩。"灵犀笑道："想是你受过边军气的，你要去报复么？"惟中道："姐姐分上，决不报复，只因向日在那里落魄，如今要去燥燥皮，风骚风骚，做个衣锦荣归。"呈秀不觉呵呵大笑道："好个衣锦荣归。"把个萧灵犀羞得满面皆红。呈秀见他没趣，恐他不快活，忙说道："这是小事，不难，等我吩咐选司，把他升到别处去，让与你。"丫头捧桌盒酒来，一把金壶，三只玉杯，三人吃了几杯。惟中恐碍他们的兴趣，便起身作别。又问："广东总兵之事如何？"呈秀道："他若要升，不怕他不送银子来。不赊，不赊。"惟中道："还求老爷让些，小的好撰他几两银子做上任的使用。"惟中别去。

　　呈秀次日便嘱选司硬把个密云中军都司杨如梗推升了去，将萧惟中补出。那副将也送了银子，越次升了总兵。呈秀又一单子推上了十几个武职。两衙门各官看他不得，有吏科给事杨所修道："这厮三纲绝矣。背君父向阉奴，不奔母丧，贪图富贵。前此不去，犹借口大工；今日还不去，难道又托言军旅？我若发他的赃私，他便倚着冰山必来强辩。我只赶他回去终制，这也是天理人情，他也说不去。"遂上了一本，他还皮着脸不睬。到了十月，御史杨惟垣道："这厮恶贯满盈，岂可久据本兵，颠倒朝政？不若尽发他的罪恶，与他做一场，除得他去，不独朝政肃清一二，并可挫魏阉一臂之气。"便上一本道：

> 朝野望治方殷，权臣欺罔久着，谨据实直纠。以赞圣明更始之政事。崔呈秀立声卑污，居身秽浊，上言大臣德政，律有明条，况在内臣。呈秀则首逢之而不知耻，贿赂公行，辇金钻之者不止。一邱志充，而乃嫁祸于李思诚。河南掌察旧规，以素有名望资俸深者补之；呈秀必欲越十数，用其奸党倪文焕。文焕在任报满，然后具题。又未几，推其弟崔凝秀为浙江总兵。岂有兄为本兵，而弟亦握兵于外者乎？盖厂臣信呈秀为心腹，呈秀即借厂臣以行奸私。朝廷之官爵，徒为呈秀充囊植党之具。是皇上之臣子，皆为呈秀所宠幸威制之人，天下事真有不忍言者。乞正两观之诛，或薄示三槐之典；即不然，听其回籍守制，亦不失桑榆之收。其次略如此。

这疏一上，呈秀才着忙去求忠贤。此时皇上新政，亦欲优容以全大臣之体，遂批旨道："奏内诸臣，俱经先帝简擢，惟垣敢于妄诋，本应重处。姑从宽免究。"

又有御史贾继春，也上一疏道：

> 崔呈秀狐媚为生，狼贪成性，才升司马，复兼总宪。进阶宫保，逞无忌而说事卖官；家累百万，娶娼妓而宣淫作秽。知有官

而不知有母，思拜父而忍于背君。纲常废弛，人禽莫辨。

这本连忠贤也劾在内。忠贤便央徐应元为他遮护。皇上批本时，见呈秀罪恶多端，遂着他回籍守制。礼科参对试卷，又参了他儿子崔铎，请革去举人严勘。这件事便要株连多人，圣旨只着他复试以辨真伪。

崔呈秀此时心绪如麻，正是没兴一齐来，也不去辞魏监，忙着人雇了几辆车子，先把细软与金银装回。后来见攻击得紧，忙忙动身，便把带不尽的金银都埋在一间小房内，其衣物箱笼俱贴上封条，交与几个家人看守，俟再来取。自己带着夫人与一班侍妾出京。正是：

> 一朝已失相公威，羸马长途落寞归。
> 恨锁双蛾消浅黛，愁深两泪湿征衣。
> 依依送别惟衰柳，隐隐追随有落晖。
> 回忆当时离京邸，几多朱紫拜旌旗。

才出宅未远，只见青鸦似的一簇人来围住轿车。呈秀只道是各衙门差来送行的，谁知都是来倒赃的。那些人扯住家人嚷道："事既不成，还我银子再去。难道赖我的么？"有的拦住道："你如今既不做官，就该还我银子，待我另寻别人。"呈秀只当不闻，叫催车马前进。那些人一路跟着乱嚷，虽未尽还，却也退了一半才去。

后又有个工部主事陆澄源，上疏开陈四款，直提时事道：

一曰正士习。台省不闻谏诤，惟以称功诵德为事。一曰劾奸邪。崔呈秀强颜拜父，安心背母。一曰安民生。宜罢立械之法，缉事当归五城。一曰足国用。省事不若省工，今各处俱立生祠，是以有用之财靡无用之费。

皇上览奏，明知是他说得是，只因先帝升遐未久，不忍即处忠贤，恐其太骤。便批旨道："陆澄源新进小臣，出位多言，本当交部议处，姑加恩宽免。"

那贾继春又上一本，更加厉害，开列八条道：

一曰保圣躬。食息起居之际，时存睥睨①非意之防。深闱邃密之中，亦怀跬步弗缓之念。一曰正体统。善则归君，人臣之职。今有事则归重厂臣，正食不下咽之时，章奏犹称上公。一曰重爵禄。黄口稚子，不应坐膺公侯。一曰教名义。假以亲父之称，何以施颜面于人间。一曰课职业。门户封畛②，不可不破；奈何不问枉直，以凭空诨号为饰怒之题。一曰罢祠赏。生祠广建，贻笑千秋，撤以还官，芳徽万世。一曰开言路。高墉可射，不当袖手旁观。一曰矜废臣。先帝创惩颇僻，原非阻其自新。

这八款，竟把忠贤平日所为都说尽了。

又有个主事钱元悫③，直将古来大奸大恶比拟他，也上一本道：

称功诵德，遍满天下，几如王莽之乱行符命；列爵之等，畀于乳臭，几如梁冀之一门五侯。遍列私人，分置要津，几如王衍之狡兔三窟；舆珍辇玉，藏积肃宁，几如董卓之郿坞自固。动辄传旨，钳封百僚，几如赵高之指鹿为马；诛锄士类，伤残元气，几如节甫之钩党④连重。阴养死士，陈兵自卫，几如桓温⑤之复

---

① 睥睨（pì nì）——斜着眼睛看。
② 封畛（zhěn）——封界，界限。
③ 悫（què）——人名。
④ 钩党——相互勾结为党。
⑤ 桓温——晋人，明帝女婿，官至大司马，专朝政，谋篡未成而死。

壁置人；广开告诉，道路侧目，几如则天①之罗织忠良。乞贷以不死，勒归私宅。魏良卿等宜速令解组归回。以告奸得坏之张体乾，夫头乘轿之张凌云，委官开棍之陈大同，长子田尔耕，契友白太始、张小山等，或行诛戮，或行放逐。

此疏劾忠贤，款款皆真，疏语更狠。那班党羽吴纯夫、李夔龙、田吉、倪文焕、田尔耕、许显纯、崔应元、杨寰、孙云鹤等，凡挂弹章的，都来告病乞休，自陈不职求罢。本下，俱批准回籍。平日布置的私人去了一空。

忠贤见遭人弹劾，就该辞印。他又怕失了势，从前枉用许多心机，终日自己怨恨一场，想起先帝的恩来，又哭一回，一日倒有大半日睡觉。外面人见攻他不去，又有浙江嘉兴府贡生钱嘉征，论他十罪，自本到通政司来投。通政吕图南见他奏疏违了式，不敢上，他就劾吕通政附权党恶，逼得吕图南具本申辩道："臣职司封驳，因疏款违式，故未敢上。即如忠贤盛时，狂生陆万龄疏为忠贤建祠于国学，李映日比忠贤为周公，曾经停搁，臣岂立异于盛时，而党恶于既衰。"并二疏一齐封上。奉旨："魏忠贤之事，廷臣自有公论，朕心亦有独断，青衿小儒不谙规矩，本当斥革重究，姑加恩宽免。"又于吕通政本上批道："陆万龄、李映日故为何附，俱着三法司严审定罪；各处生祠俱着即行拆毁。"旨下，忠贤怎不寒心？没奈何？只得题了个老病不堪任事的本，辞印。旨下，批道："准辞。着闲住私宅。"

忠贤只得交了印，辞了皇上并大行皇帝灵，退居私宅。想起当日兴头时，要这一日何其艰难；今日失之，何等容易！当权

———————

① 则天——武则天。

时，今日打关节，明日报缉捕；今日送本来看，明日来领票拟！今日人送礼，明日人拜见，何等热闹！到此时，连刘、李并几个掌家，因无事也来得稀了，干儿子们一个也不来了。自知局面已更，料得封爵难守，再等人论时便没趣了，遂题一个世爵承命未收的本，辞封爵。批旨道："先帝旧赏优隆，尔今退归私宅，控辞具见诚恳，准将公爵改为锦衣卫指挥，侯爵改为锦衣卫同知，伯爵改为锦衣卫佥事。该部知道。"忠贤没奈何，只得将诰券、田宅等缴进。好笑那些麟袍玉带，今日都改为金带虎豹补服。忠贤心中好不烦闷，面上好不惶恐。岂知后来连一顶纱帽也不能保全，正是：

村夫只合去为农，妄欲分茅拜上公。

欹器已盈难守贵，则销则刻片时中。

当日把那班闲住的官员，硬行冠夺不了，又要拿问，都是他陷害的。如今穷凶极恶，种种有凭，事事俱实，渐渐一节一节的来了。

又有礼科给事吴宏业等上疏。有的攻崔、田、许、倪等，攻击无虚日，总说他们是鹰犬，忠贤为虎狼酿祸之首。论罪者不约而同。皇上见上本的大半是论他们的，于是细询内外，他逼死贵妃，擅冠成妃，甚至摇动中宫，事事有据；参之奏章，谪出言官，剥夺大臣，滥杀忠良，件件不诬；分布心腹，克扣兵粮，结交文武，把持要津，哪一件不实？到先帝弥留之际，连传圣旨，两据侯封。便赫然震怒，要行处分。便批旨道："魏忠贤着内侍刘应选、郑帐升，押发凤阳安置，崔呈秀等着锁解来京，法司严审定拟。"内里徐应元，一来倚着是从龙旧臣，二者感激忠贤奉承他，又因忠贤不时着人求，又怜他，便在皇上面前为他分解。

被皇上看破他与忠贤通气，于是天颜震怒，当将徐应元打了一百棍，也发往南京安置。这正是：

圣明炳炳振王灵，瞬息奸雄散若萍。

何物妄思回主听，等闲枯朽碎雷霆。

忠贤得旨，忙把私宅中金银珠宝收拾了四十余车，并家下喂养的膘壮马匹数十头，选了蓄养的壮士数十人，各带短刀与弓箭，押着车辆，将那带不尽的家私，都分散与门下众内官。又送些与侯家做忆念。与李永贞、刘若愚等说了半夜，恸哭一场道："咱兄弟们自幼相交，富贵与共，不知此去可有相会之日？"众人哭个不止。此时，二十四监局见处了徐应元，就要来送的都怕惹出祸来，就是平日受过他恩宠的，也不敢来，连礼也不送，可见人情世态了。只有客巴巴携酒来送行，兄弟又哭了一场。冷冷清清，只有李、刘二人相送，李朝钦跟随。只得向阙①磕头谢恩，见三殿巍峨，叹道："咱也不知结了多少怨，方得成功，好不忍离！"不知洒了多少泪，叹了多少气。

出得朝来，当日哪个敢不回避，如今莫说是官员，就连百姓知道是他，反打着牲口冲来。有一班小孩子，拾起砖块向他轿子上乱打。就是外路客人，也道："这是魏忠贤？怎么不剐他，到放他出去？便宜这狗攮的了。"有的道："你不要忙，少不得还要拿他回来，在菜市口碎剐他哩。"你一句，我一句，忠贤一路都听得不耐烦，唯有忍气吞声的出城来。见向时孙如冽建的生祠，拆得败壁残垣，好生伤感。刘、李等送至三十里，三人执手大哭而别。正是：

---

① 向阙——朝向朝廷宫门。

当年结义始垂髫，今日临岐鬓发凋。

恨望南云鸿雁断，可怜身世类蓬漂。

忠贤离了京，一路上心中悒怏①，再不见龙楼凤阁。快活的是脱了虎穴龙潭，一路上虽无官吏迎送，也还有一班部下的亡命簇拥，意气还不岑寂②，行李尚不萧条。不日来到阜城县界，去府不过二十里，只见后面远远的来了四个人，骑着马赶来，就像是番子手的模样，来到轿前。忠贤不知什么事，吃了一惊。只见一个跳下马，向忠贤磕了个头，起来走向耳边说了几句，跳上马四人如飞而去。忠贤在轿中两泪交流。李朝钦不知为何事，打马赶到轿前，见忠贤流泪，已知不妙，便低低问："是何事？"忠贤道："皇上着官校来就解到凤阳，还不许你们跟随哩！"朝钦听了，也泪如雨下。忠贤道："且莫声张，依旧赶路。"一路来不敢投驿。

是日，下了店，吃些酒饭，各自归房。忠贤对朝钦道："前日处了徐应元，我也知没有倚傍，立脚不住了，也只说打发到凤阳来，到也得闲散，随身有些金珠宝玩，料也不得穷，不意这些狗官放不过我，终日上本，激恼了皇上，才差官校来扭解的。这局面渐渐的不好了，再迟迟还要来拿夫勘问哩。那时要夹打就夹打，要杀就杀，岂不被人耻笑？我想不若趁此官校尚未到时，早寻个自尽倒也干净。这总因我当日做的事原过当了些，也是我的报应！都不干你们的事，人也不找你，你可把我行李中金珠宝玩带些，远去逃生罢。"朝钦哭道："孩子是爷心腹的人，蒙爷抬举，富贵同享，要死与爷同死，再无别意。"二人哭说了半夜，

---

① 悒怏——忧愁不开心。

② 岑寂——寂静；孤独冷清。

换了一身新衣服，等到人静时，抱头痛哭一场，相与投环①而死。

众人见他们不喷声，只道是睡熟了。直到天明时，刘、郑二人起来催他们起身，叫之不应，推开门，只见双双吊挂在梁上，气已绝了。有人叹他道：

> 左手旋干右转坤，移山倒海语如纶。
>
> 高悬富贵收彪虎，广布钳罗害凤麟。
>
> 六贵声名皆草莽，三侯簪绂总埃尘。
>
> 阜城忽断南来路，空有游魂伴野磷。

这正是：

> 万事已随三寸尽，千钧忽断一丝轻。

毕竟不知忠贤死后又是如何？且听下回分解。

---

① 投环——上吊、自缢。

第四十九回

旧婢仗义赎尸　孽子褫官伏罪

诗曰：

> 唾壶击碎烛花残，时时扼腕①羞权奸。
>
> 含沙射影阴谋惨，忠良骈首囚狴犴。
>
> 村童牧竖衣金紫，城狐社鼠戴峨冠。
>
> 拟将富贵同山海，谁知瞬息蜉蝣般。
>
> 雷霆一击冰山碎，妖魅血湛②吴钩③寒。
>
> 荣华转眼畜不得，空贻余臭万年看。

话说魏忠贤与李朝钦缢死客店，监押的刘应选怕皇上震怒要加罪，遂将忠贤的行李打开，拿了些金珠细软，勾合了几个手下人，只说忠贤黑夜脱逃，快些追赶，一行人跨马如飞而去。那一个监押的郑带升再到房内看时，见二人何曾逃走，却双双的吊在梁上。忙惊动了地方乡保，申报本县，将解官并随从人役留住，一面通报各上司抚按，即刻差官检验。差官会同知县来到南关客店内，却好锦衣官校吴国安等也到了，见忠贤等二人果然高挂在梁上，公同验得："一系太监魏忠贤，尸身长四尺八寸，膀阔一尺三寸，咽喉紫赤色绳痕一条，长六寸，阔五分，八字不交，舌

---

① 扼腕——用一只手握住另一只手腕，表示振奋或惋惜等情绪。

② 血湛——血流深重。

③ 吴钩——古代吴地所造的一种弯形的刀。泛指锋利的刀剑。

出齿四分。头戴兜罗绒帽，金簪玉碧圈。身穿绸褂，缎貂皮披风，缎裤、缎靴。一系亲随太监李朝钦。尸身长四尺四寸，膀阔尺一寸，咽喉紫赤色绳痕一道，长六寸，阔五分八字不交，舌顶齿。头戴黑绒帽，玉簪金圈，身穿绸褂、麂皮袄，大绒披风、绫裤、缎袜、缎鞋。公同验明。"又查得行李内玉带二条，金台盏十副，金茶杯十只，金酒器十件，宝石珠玉一箱，衣缎等物，尽行开单报院存县。随行人役，交官校并监押官带回京复命。一面着地方买棺收殓，候旨发落。

看者须记得，当年生魏忠贤时，他父丑驴向李跛老求课，他曾写下四句卦词道："乾门开处水潺潺。"乾者天也，开者启也，岂不是天启的年号？忠贤是天启三年后才杀害忠良起的，三年建癸亥属水，岂不是水潺潺么？"山下佳人儿自安"。山下一佳字，乃崔字也；人字加个儿子，乃倪字，岂非崔呈秀之与倪文焕等？忠贤十个干儿子中，惟崔、倪二人用事独多。"佳人"又隐着客氏在内。"木火交时逢大瑞"。天启七年丁卯，丁属火，卯属木，木能生火。大者崇也，瑞者祯也，岂不是丁卯年逢崇祯即位？"新恩又赐玉缘环"，岂不是新君即位要处他，他便投环而死？祸福字字无差，可见奸雄之生，皆由天数。正是：

奸恶之生不偶然，彼苍立意其幽元。

谁知一纸羲皇易，参透机微泄后天。

罪托投环，抚按具题不言。

再说崔呈秀回到家中，见邸报上旨意，着他革职听勘，已知圣怒难回，道："罢了！会勘就是拿问的先声了！想当日杨、左诸人进狱，哪个是逃得脱性命的？我今进去，谁肯放我生还？少不得受无限的夹打，倒不如早些寻个自尽，也免得受那些苦楚！"

虽然如此，到底贪生恋财的念头交战，心中怎么舍得就死？当日若不为贪财惜死，到不去做这样人了。又想起京中埋藏的金银箱笼尚未发回，这些田产大半是占来的，尚未得清白。家中只有七岁与四岁二子，尚未知人事。长子崔铎复试，又不知如何？又对着个如花似玉的佳人，如何舍得丢下来？

次日，听得家人说萧舅爷回来了，呈秀吃了一惊，问起来，却是为与地方不安，逃回来的。呈秀道："不好了，这又要参到我了！"又听见家人说："闻得初一日有官校出京，不知为甚事？"呈秀道："罢了，这必是来拿我的，这死却挨不去了！"便急急要寻死。

此时侍妾中惟萧灵犀得宠，又因呈秀抬举他兄弟做了官，愈觉尽心服侍。后见兄弟逃回，又怕累及呈秀，心里却又不安。见呈秀连日出神，走投无路，自嗟自叹，他做姊妹的早已瞧透了八九分，遂时刻紧紧相随。呈秀见他跟得紧，便对他说道："我今奉旨刹夺勘问，昨闻有官校出京，定是来拿我的。到了京，便有无数的夹打，受无限的苦，少不得也还是死，倒不如先寻个自尽。你不要随着我，你可先收拾起些细软，趁我在时，打发你回去，寻个好人家去罢。切不可再落烟花，惹人笑骂我。"言毕，不觉泪如雨下。灵犀含泪道："妾虽出身烟花，蒙爷抬举，锦衣玉食，受爷的恩，享用已极，怎忍再抱琵琶，重去腆①脸向人寻？愿随爷于地下。"呈秀道："我位至宫保，家累百万，富贵已极。平日所行摇山倒海事也过分了一些。今年已望六②，也不为寿

---

① 腆——挺着、挺出。
② 望六——近六十岁。

夭①了，就死也甘心。你正青春年少，正好受享风流，何必也作此短见！"灵犀道："妾意已定，老爷勿疑。"

是日乃十月初四日，二人就在书房中取了酒肴对饮，徨歌慷慨，击盘敲箸的饮了一会儿，又抱头痛哭一回。众姬妾因平日灵犀得宠，都有些醋他们，总不来理他，任他们苦中作乐。酒毕，二人犹在苦中送别一回，呈秀换了一身盛服，灵犀也换了艳服。先是呈秀向梁上抛过束身的丝绦来，自缢而亡。灵犀候他气绝了，哭拜过，取下壁上的一口宝剑来，拔出自刎。虽尚有余息，却也不能再生了。时贤有诗笑呈秀道：

> 豸冠骢马振朝中，恣意趋炎媚上公。
>
> 玉带金鱼何处去？只今投阁笑扬雄。

又有诗赞萧灵犀道：

> 腥红片片点吴钩，义气应轻燕子楼。
>
> 惆怅虞姬当日怨，香魂重为话新愁。

看来崔呈秀枉做显官，屈己逢奸，反不如萧灵犀一个烟花妇女，到还晓得舍生取义如此。时贤又有诗吊之曰：

> 霜锷棱棱手自扶，芳名不下石家珠。
>
> 尚书枉自为男子，不及平帐女丈夫。

次早，众侍妾到书房看见，慌忙报与夫人。夫人着次子请了伯父钟秀来计议，随即报了本州岛。赵知州即刻通详兵备道，随委了守备来会同知州相验。只见崔呈秀高挂在书房梁上，萧氏自刎在旁。众官吏到不惜呈秀，到个个都赞叹萧灵犀。二人验过，回报本道，着本家自行殡殓，抚按具题。

---

① 寿夭——即夭寿，短命，一般谓人过五十，不为夭寿。

又有人劾客氏与魏忠贤通同陷害宫妃，侵盗库宝等事。奉旨将客氏拿问。其魏忠贤并客氏家产，俱着太监张邦绍会同厂卫及该城御史等查点入官，毋得欺隐遗漏。此时客氏尚在宫中，中宫拿来审明，件件皆真，着宫正司重打一百，再发法司勘问。及到刑部监时，早已打烂，已死多时了。正是：

> 常沐恩光在紫宸，凤冠珠绂早荣身。
>
> 却工狐媚能移主，自恃蛾眉不让人。
>
> 秦虢风流如草芥，石王富贵亦沉沦。
>
> 香魂梦断圆扉月，缥缈飞依杜宇春。

次日刑部题了个罪犯身故的本。

此时侯国兴已监在锦衣卫狱，他的宅子已封锁了，家人逃个罄净，没有人敢来收尸。过了四五日，才有个妇人到监前问客氏的尸首，那狱官禁子要钱，俱回道："发出去了。"那妇人跪下，哀求道："我连日访得，尚未发出去。如今他家已没人，他儿子弟侄都在狱中，我是他老家人之妻，念旧主昔日恩义，代他收殓。"向袖中取出两锭银子送与狱官。狱官到也罢了，牢头禁子不肯道："几年的个客巴巴，泼天的富贵，难道只值得这几两？"妇人道："若论平日，就是千两金子也有；如今都是皇上封锁去了，连一文也无。这还是我历年在人家辛辛苦苦积下的几两银子。因念他昔日之恩，才凑了来代他收殓，如何得有多钱？"众人还不肯，那妇人只得又拿出一二两散碎银子来，众人才做好做歹的道："你到墙外等着。"少刻，牢洞开了，众人将尸推出。只见面目皮肤都已损坏，下半截只剩一团，血肉淋漓。那妇人见了，放声大哭一场，买了几匹绵布，将尸亲手紧紧缠好，雇人背去了。你道此人是谁？乃是侯家的秋鸿。侯七不敢出头，又没个家人敢来收尸，他只得挨了几日，才扮做老家人来代他赎尸。这也是他感恩报主的一片好心。时人有诗赞他道：

　　知机不复恋荣华，回首山林日月赊。

　　大厦将倾无可恃，还将巧计返灵车。

　　太监张邦绍等奉旨籍没客、魏二家，先将皇城内宅子尽行抄没。其中金银缎匹、异宝奇珍俱眼同造册送进。二人的外宅并魏良卿的宅内金珠等物，各橱柜箱笼，皆查点入册，封锁送入内库。其肃宁原籍的家产，传旨着该抚查明具奏。其宁国公赐第，着该城兵马司拨人看守，待东西事定留赐功臣。其田庄等，着太监张邦绍等估价变卖，解交内库，计共四万五千六百五十一两有零。可笑魏忠贤今日乞恩，明日乞赏，克国剥民，何曾留得一件自己受用？守得一件传与子侄？何曾留得寸土自己养身？留得一间与子侄栖身？后人有诗道得好：

　　黄金白玉碧琅玕，取次输将入大官。

　　到底却教输杜甫，囊中留得一文看。

　　客、魏二家抄没之物，当时那些趋炎附势的人，置造的金玉器皿上，都镂着自己的名字进奉，此时已造成册借进呈，要留也难留得下。又恐皇上见了，传出去惹人笑骂，这班人好生惶恐羞惧。

　　又有吴、贾二御史上本劾崔呈秀，奉旨道："逆奸崔呈秀，交结逆宦，招权纳贿，罪恶贯盈，死有余辜。赃私狼藉，应没入宫。着该抚会同地方官，将一切家产严查明白，造册缴进。"顺天巡抚得旨，即刻驰驿到蓟州，率领文武，先将崔呈秀宅子拨兵围住。谁知家人姬妾已预先闻信，多有拐逃的，也不知盗去多少财宝。各官查点得东西，二宅内共有银四万余两，箱笼橱柜共一

百二十余件，外当店二所，本银二万两，当时封锁。

抚院因参本上论他赃私狼藉，便追他的寄顿。有人等苦告并无别寄，抚院只得把现在的题奏。旨下，着巡城御史率领司坊官役查崔呈秀在京私宅。众官到了他私宅，只有空屋一所，看守的家人久已逃去，箱笼大半是空的，只得封锁了。此时崔铎正在京候覆试，城上即刻提了来问，用刑恐吓。崔铎只得供出东首小房内有埋藏之物。次日，眼同看掘出银六万三千七百两，金珠宝玩一百九十四件，衣缎绒裘二十八箱，人参沉香各二箱，金银酒器五百余件。城上查明，造册覆奏。旨下："奸恶崔呈秀，赃私既经查明，着解进内库。钦此。"后来崔铎覆试时幸还写得出来，不过止于褫革而已。

又有都察院司务许九皋劾田尔耕一本。奉旨："田尔耕职司要地，滥冒锦衣，荣及仆隶，鲸吞虎占，惨害生民，不可胜计，盈室所积，莫非旨膏，不啻元凶之富。侵占故相赐宅，擅毁先帝御碑，尤可痛恨。着刹籍为民，其家产着原籍该抚籍没，解交内库。"抚院得旨，前往抄出他家的金银珠宝，虽不及客、魏两家，却也不减崔氏，一并查解内库。不说田尔耕枉法害人，诈得财物尽数一空，连他祖父田乐做司马时挣下的家私，也都抄去了。这个锦衣千户却是田尚书的恩荫，也革去了。数日间连灭三个大奸，不一月内，抄没三家的家产，这才天理大明，人心痛快。

又有个江西道御史安某，上疏道："方震孺以封疆争论死，耿如杞以不拜生祠几至杀身，李承恩违禁之罪于亲当宥，刘铎之死冤惨弥天。惠世杨、李柱明皆为无事，法所当释。"旨下："诸臣既然被枉，准俱释放。刘铎既有深冤，着提当日问官严究。"张体乾忙出揭申辩。刑科奏道："奸弁①媚权，杀人之罪自供甚明，谨据原揭奏闻，仰祈圣明立赐诛戮，以雪沉冤，以正通内②之罪。"奉旨："张体乾罗织之罪既确，着三法司会勘，从复位拟。具奏。"刑部得旨，先着司官会同河南道御史、大理寺寺副，把张体乾、谷应选等一干人犯提来先问。

张体乾道："此事捉人是谷应选，定罪是刑部，与犯官无干。"范郎中道："你说定罪是刑部，只因你的本参重了，到把部中几个执法的司官冠夺了，如今还乱推么？掌嘴！"两边一齐动手，也不免受用几个铜巴掌。将众犯一一夹打成招。呈堂后，三法司又把众犯提出来重审过，才拟罪上去道：

会勘得张体乾蓄媚奸之心，逞害忠良之毒手，知魏忠贤素憾刘铎，遂同谷应选同谋，捏造符书，诬坐诅咒，致使黄堂郡守与曾云龙、彭文炳、刘福等，一时骈首③西市。体干、应选犹扬扬以杀人媚奸，冒非常之擢，真道路为之嗟伤，天日为之愁惨。从来横诬冤惨，未有若是之甚者。借五人之首领，博一身之富贵，即戮二人于市，尚不足以偿五命之冤。察得当日拷审刘福，逼令诬招刘铎诅咒者，系张体乾，有原疏可据。谷应选为补方景阳，即借搜符贴以成之。二犯虽共谋诬杀，献媚邀功，而体干之罪为尤重。张体乾合依反坐律，应斩立决。谷应选例应绞，监候秋后处决。庶情罪各当。孙守贵缉获假番，事属可原，应请宽免。

又将前奉钦依及司招，俱载在本上。旨下："览奏刘铎一案，罪织衣冠，骈首西市，献媚权奸，立毙多命，神人共愤，不可胜

---

① 奸弁——奸臣、佞臣（位置较低）。

② 通内——与内官勾结。

③ 骈首——骈，并列。谓一起被杀，杀也挂在一起。

诛，张体乾着即处斩，谷应选着即处绞，余依议。"可笑二人平日杀人媚奸，酷刑炼，今日也不免斩首西郊，同归乌有。

此时客、魏、崔三犯虽故，罪恶不可不彰，皇上屡下三法司拟罪，刑部又差司官会同浙江道御史、大理寺寺正，将魏良卿、侯国兴、崔铎等提来，细加审问。先叫侯、魏二人上来，问道："你叔子魏忠贤和母亲客氏，内外交通，陷害裕妃，革退成妃，逼逐皇亲，摇撼中宫等事。"二犯俱推道："这事属宫禁，犯官等实不知情。"又问良卿道："那矫旨打死万燝，逮系杨涟、左光斗、周朝瑞、魏大中、袁化中、顾大章、王之寀、周宗建、缪昌期、夏之令等，先后毙于狱；又唆使李实上本，捏参高攀龙等，以致高攀龙自溺，周起元冤死，你有何说？"良卿道："这都是我叔子做的事，犯官一字不知。"又问他以诗句陷刘铎，立杀五命，诱吴天荣首告家主，以致吴养春全家冤死。又将吏部尚书张问达诬赃追比。又将耿如杞、唐绍尧等诬赃问罪。良卿道："这虽是我叔子不是，却也因外边迎合诬奏所致，与犯官无干。"又问他："多养死士，阴谋不轨，遍置心腹，以便呼应，可是有的？"良卿才无言可对。

又叫崔铎上来，问道："你父结拜义父，计杀高攀龙；假借门户，排陷忠良，怨苏继欧勒令自尽。移邱志充赃银陷害李思诚，闻母丧不请守制，不由会推竟转兵部，又将亲弟越升总兵，乐户萧惟中补密云都司，妄称功德，广建生祠，滥冒边功，妄叨恩荫。"崔铎也只推："是父亲做的事，犯人俱不得知。"问官道："你们当日享荣华富贵，冒膺封爵时，也道不干己事么？就是你等若不父母，是为子孙计，怎肯下这样毒手？你们想是要尝尝各样的刑具哩。"三人听了，都怨恨起父母叔子来。

侯国兴道："你们的父叔还是个男人也罢了,我母亲是个女人,何苦也做出这样事? 我实是一字不知,这冤从何处伸去!"崔铎道："这也说不得了,当初勘问杨、左诸人时,那个容他分辩的,这也就是个还报了。"良卿道："我本是个乡农,叔子只荫个中书与我罢了,他们外官要奉承我叔子,今日请封侯,明日请封公,都是他们请功受赏与我,到今日又要我死了! 没得说,请定个罪等我们书招罢。"问官依律拟定罪,具招呈堂。

又将侯、魏盗宝一案提出,二人隔别严审。二人犹自强辩,问官道："天以出自内库宝物,俱一一载明册上,便是真赃实证,如何赖得去?"叫都夹起来。二人受不过刑,只得画供,立案具本题覆道:

会勘得魏良卿市井拥奴,逆托犹子。值忠贤窃柄之日,胆大包天;乘爵赏暗昧之秋,荣张盖世。腼颜①五等,有何汗马奇勋! 冒爵上公,已犯刑书重辟。而且内结妖姆,表里为奸;外构国兴,朋比共济。盗内藏归私橐,则窃帑窃珍,隐然有窃国之势;视祖制若弁髦②,则无章无法,居然存无上之心。幸遇皇上宪天为刑,既殪③四凶之恶,与众共弃,宜昭两观之诛。魏良卿除文职,非有大功奇勋辄封公侯者,罪当斩不坐。外良卿、国兴俱应照擅盗内库物、乘舆、服御例,律应斩,立决。至客光先、客璧扬、杨六奇等,或借假儿之威,毒流乡国;或仗妇寺之势,殃及忠良。滥冒续貂,冠羞沐猴久占;磨牙奋爪,翼添饿虎饥鹰。所当发往烟瘴地方,永远充军。特题。

---

① 腼颜——羞面、厚颜。

② 弁髦——马弁、小孩子。

③ 殪(yì)——死、杀死。

批下本来道:"魏良卿市井佣奴,冒叨上爵,全恃妖姆逆托,表里交通。僭窃无等,阴谋叵测。侯国兴、崔铎既问明,着与张体乾等一并既行处决,余依议。"十二月二十日,命下。次日,交众犯斩首西郊。魏良卿时年三十,侯国兴年仅十九。这才是:

妖魔小丑窃冠裳,佩玉横犀立庙廊。

终是难逃三尺法,却将颈血溅鱼肠。

正是:

蔓草几年承雨露,冰山一旦碎雷霆。

毕竟不知侯、魏等人伏诛后,彪、虎并假子等又是如何处治?且听下回分解。

第五十回

明怀宗旌忠诛众恶党　碧霞君说劫解沉冤

诗曰：

昏昏尘世皆蕉鹿①，蚁附蝇营，何事常征逐。刘项功名如转轴，乱蝉声后秋容促。谁能享尽人间福，乃至完成，却又添蛇足。栖稳一枝饮满腹，回头一笑寒山绿。

话说法司既报斩了侯、魏等人，因其时岁阑年尽，把一切案件都到灯节后才会议定了，将魏忠贤、客氏、崔呈秀三人的罪状上闻道：

人臣无将，将则必诛②，况刀锯之余孽乎。魏忠贤要先帝之坏灵，钳制中外，结交客氏，睥睨宫闱。其大者如嗔怒张国纪，则立枷而杀数命。且连纵鹰犬，意必动摇乎中宫；私撼成、裕二妃，则矫诏而革封衔。至摧抑难堪，竟甘心于非命，是不知上有君父矣！其余臣僚何有？于是言官死杖，大臣死狱，守臣死于市。缇骑一出，道路魂惊；密告一闻，都民重足。生祠遍海内，半割素王之宫；谋诵满公交车，宛如新莽之世。至尊在上，而自命上公。开国何勋，而数封茅土。尚喋无耻之秽侯，欲骈九锡；

---

① 蕉鹿——古时有一郑人，击鹿毙之，恐人见，以蕉覆之，后忘其所藏之处。后用来比喻人世真假杂陈，得失无常。

② 人臣无将，将则必诛——将，指逆乱谋反。意思是人臣不得谋反，否则就必被诛杀。

迭出心腹之内党，遍据雄边。至于出入内门，陈兵自卫；战马死士，充满私家。此则路人知司马之心①蓄异谋，非指鹿之下者也。天讨宜首加寸磔为快。客氏妖媒②食月，翼虎生风。辇上声息必闻，禁中摇手相戒。使国母常怀慢愤，致二妃久抱沉冤。且当先帝弥留之日，诈传荫子尚以五等，为私盗内藏在册之赃，绝代奇珍皆据尚方之积。通天为罪，盗国难容。呈秀则人类鸱枭③，衣冠狗彘④。谁无母子，而金绯蟒玉，忍不奔丧；自有亲父，而婢膝奴颜，作阉干子。握中枢而推弟总镇，兵权尽出其家；位司马⑤而仍总兰台⑥，威势欲箝乎言路。睚眦之仇必报，威福之焰日熏。总宪夙仇，迫为池中之鬼；铨郎乍唬，惊悬梁上之环。凡逆托之屠戮缙绅，皆本犯之预谋。帷幄选娼狎妓，歌舞达于朝昏；鬻⑦爵卖官，价直高乎北斗。假山冰泮⑧，游釜魂消。虽已幽快于鬼诛，犹当明示乎国法。其魏云鹏、魏良栋、魏鹏翼、魏志德、崔铠、崔钥等，或赤身狙狯，或黄口婴孩，济恶而玷贤书，无功而撄世爵。俱应投之荒服，以大快乎舆情。臣等会议得：首犯魏忠贤，应着该抚行文河间府，开棺凌迟。崔呈秀于蓟州开棺枭首。客氏着臣部司官开棺凌迟。其魏志德等，应请发往边远烟

---

① 路人知司马之心——即"司马昭之心，路人皆知"。司马昭有篡魏自立之心。

② 媒（mó）——古代传说中的丑妇。

③ 鸱（chī）枭——鸟类的一科，吃鼠、兔等，猫头鹰也属鸱枭科。

④ 彘（zhì）——猪的古称。

⑤ 司马——掌握军政军赋的官职。

⑥ 兰台——史官。

⑦ 鬻（yù）——卖。

⑧ 泮——散、解。

瘴之地充军。各犯诰券，概行追夺奏缴。恭候圣明裁夺，饬下臣部施行。谨题。

二十六日旨下："览奏。魏忠贤扫除厮役，凭借宏灵，睥睨宫闱，荼毒忠良。非开国而妄分茆土，逼至尊而僭号上公。盗帑弄兵，阴谋不轨。交通客氏，传递消息，把持内外。崔呈秀委身奸阉，无君无亲，擅攘威福之权，大开缙绅之祸。无将之诛，国有明典。既会勘明白，众犯诰券概行追缴，魏良栋、崔铠等既系孩稚无知，着加恩免戍，以彰法外之仁。余依议。"刑部得旨，即刻行文各处巡抚，行文地方官，将魏忠贤开棺凌迟。崔呈秀开棺枭首。其时俱在寒天，尸尚未坏，都正了法。不独见者抚掌称快，即天下闻之，莫不庆奸雄之伏诛。正是：

　　共食侯景①肉，争燃董卓脐②。

　　人心皆畅快，王法定无私。

只有客氏尸首，遍寻不见，逃了数十刀之罪。

法司又于二月间，将勘问五虎五彪的招款，拟定罪具奏道：

国家立法，百司所以律身。故奉法惟谨，不敢趋权开贿赂之门；守法不阿，何至杀人为媚奸之具。乃有身居缙绅之列，名为彪虎之凶，若李夔龙、田尔耕者。钦奉明旨，再将纠参之疏拐究，其参五虎，有谓典铨不公，李夔龙立地为常，皆知挟卖官之资，以至吴纯夫不数月便跻卿贰，虽蔡邕③一岁九迁，速不过是。

────────

① 侯景——南朝梁人，曾依附梁为河南王，后叛变破梁自立为汉帝，到处烧杀抢掠，被梁将击败，逃亡时被部下杀死。

② 董卓脐——汉奸相董卓被诛后，市人在其尸体脐处放灯芯点烧，以泄仇恨。

③ 蔡邕——东汉陈留人，少博学，好辞章，精音律，善鼓琴，工书画，灵帝时拜郎中。

又与崔呈秀受孙织锦银六千两，有谓河南道报升，呈秀欲推倪文焕，必俟其差满时始具题坐补。又与呈秀植党骗财，赃至巨万。有谓田吉已被激变良民之参，瓦全已幸。乃三载曹郎，骤至尚书极品，满载而归。总之如圣明云："附权骤擢，机锋势焰，赫奕逼人。"足以蔽其罪矣。按《律例》云："职官受赃至满贯者，罪应绞，减等发边远充军。"如吴纯夫以六千计，倪文焕以万计，皆明明私受，列于参疏，可以追缴。至于李夔龙、田吉，虽疏中赃数未开，乃一称挟卖官之赀，一称累陶朱之富，非纳贿何以至此。既经参劾，难以轻宥。二犯应各追赃二万。众犯事同一体，俱应遣戍，以警官邪。乞敕行该抚追比，以助边需。赃完日发遣可也。至于五彪——有谓田尔耕、许显纯、孙云鹤、崔应元、杨寰等，狐假鸱张①，戕害多命，皆出于二人之手。许显纯鞭扑缙绅，淋漓血肉，尸伤虫钻，绝不一瞬。许显纯署镇抚司，田尔耕掌锦衣卫，忠贤草菅人命，皆二人为门下之刽子手。许显纯、孙云鹤、杨寰、崔应元等，网罗炼，株连无辜，惨于炮烙，冤魂摄于公庭。受害如杨涟、左光斗、周顺昌等十余人，皆毙于镇抚之狱。总如明旨云："受指怙威，杀人草菅，幽囚缙绅，沉冤莫白。"足以蔽其轴矣。按《律》："以官刑勘人因而致死者，罪应斩。同僚知情共助者同罪。不致死者减等。杖一百，流三千里。武职官发边远充军。"许显纯、田尔耕系掌印参勘之官，应照《律》议斩。崔应元等共在勘问之列，应照末减例，尽投之边裔，以御魑魅可也。谨奏。

　　旨下："奸逆盗权，阴谋叵测，凡阙党羽，尽当严惩。五虎

_____

　　① 狐假鸱张——同"狐假虎威"。

五彪，既会勘明确，着行文与该抚照数追赃，缴完日，即于该处概行处决。追缴各犯诰敕，以为附权蠹奸之戒。"命下，行文各省遵行。正是：

> 张牙舞爪佐奸权，多少忠良丧九泉。
>
> 机阱一朝还自陷，问君入瓮①有谁怜。

不惟驱除了几个大奸，又剪除了一班羽翼，朝廷肃清，一时整理。

还有那说杨、熊诸党的人不该起用，这还是"门户"二字未化。但那班忠臣，身死之惨，追比之苦，皇上久已洞鉴。一日，就户部郎中刘应选本上批出道："逮死诸臣，所追赃银其已经奏报者，着该抚按册给还；其未完者，概行蠲免，家属等着俱释放。追赃一事，拖累堪怜，如熊廷弼之妻，杨涟之母，俱着宽释。其梅之焕、程注着该抚即与查豁具奏。"

翰林院编修倪元璐又上疏道："门户二字宜破，不可以讲学锢人，如已故赵南星、邹元标，俱当于清介中议。"这本一上，便是大翻从前积案。他条奏极明，议论极正，其中备说："杨涟之死，为劾忠贤；缪昌期为代杨涟删润本稿；万燝为论忠贤；李应升为申救万并阻忠贤陵土叙功；魏大中为不肯与阉奸通谱为侄；周顺昌为魏大中寄子；左光斗、袁化中、周朝瑞皆为触奸；高攀龙为劾崔呈秀贪赃；夏之令为奸细傅孟春之事，与呈秀相忤；周起元、黄尊素俱是太监李实诬害。此数人者俱系为国锄奸，无轴受害，并无赃证，何为朋党？况魏良卿招词内说是因挟私枉害，极是明白。"皇上见了，不觉恻然道："移宫一事，也是

---

① 问君入瓮——即请君入瓮，喻拿某人整别人的方法来整他自己。

人臣忧国防微之苦心。杨涟劾他二十四款，款款皆真，他上本明说与奸珰势不两立，竟被他惨刑所害，以至家破人亡，八旬老母追比几死！至如高攀龙死以执法，其余皆因触忤奸权。今逆托已诛，诸臣若不隆加赠谥①，则无以鼓劝后人。"遂传谕各衙门道："朕承祖宗基业，嗣统大宝，夙夜思维，锐精图治。稔知臣恶魏忠贤等，窃先帝之宠灵，擅朝廷之威福，密结群奸，矫诬善类。稍有忤触，即行惨杀，年来戕害刹夺不知凡几。幽囚蔽日，沉冤弥天，屈郁不伸，上干元象，以致星殒地裂，岁祲②兵连，不可谓非逆辈所致。今元恶典刑已极，臣民之怨稍舒。而在狱游魂，犹郁沉冤未雪，岂足以照朕维新之治意！着各该衙门即将以前杀害诸臣从公酌议，采择官评，有非法禁死情理可悯应褒赠者，即予褒赠；应荫恤者，即予恤荫；其冠夺牵连应复官者复之；应起用者用之；有身故捏赃难结，及家属被累犹羁者，应请开释。勿致久淹狱底，负朕好生之意。呜呼；天网恢恢，无奸不烛；王道荡荡，有侧宜平。朕兹宽恩解郁，咸与昭苏，偕之正直。以后诸臣咸以国事为重，毋寻玄黄之角，体朕平明之治。钦此。"

各衙门奉旨会议，拟将高攀龙加赠太子少保、兵部尚书，谥忠宪，追封四代。杨涟加赠太子少保、兵部尚书，谥忠烈，追封四代。周起元赠兵部左侍郎。苏继欧赠太常寺卿。周顺昌、魏大中俱赠太常寺卿。万燝赠太常寺少卿。袁化中、周朝瑞、周宗建俱赠太仆寺少卿。缪昌期赠詹事府詹事。左光斗赠都察院左副都御史。刘铎、顾大章、吴裕中、李应升、黄尊素、夏之令俱赠太

---

① 谥（shì）——古代帝王、贵族、大臣等死后，依其生前事迹所给予的称号。

② 祲（jìn）——古时迷信称不祥之气，妖气。

仆寺少卿。丁朝学赠侍读学士。张汶赠刑部员外。各追封三代，俱荫一子入监。旨下，依议着将杨涟已追在官赃银八百两，给还其母养赡。可怜一班忠臣，当时虽藁葬①荒丘，今日也得重叨谕葬，列石坟前。那些禁锢的子孙才脱去囚衫，换了衣冠，到坟前改葬，焚黄设祭展拜，宣示皇仁。岂不可荣可羡！那个过往的不啧啧称叹道："这是忠臣之墓。"正是：

> 死忠原是完臣节，岂为褒封纸一张。
>
> 却喜大奸新伏法，殊恩荣赐九泉光。

　　回想当日杨涟劾忠贤的祖墓牌坊上镂龙凤僭似宸居，万劾他制模陵寝，今在何处？此时也是荒烟蔓草，与人牧牛放马而已。吏部又将应起用的袁崇焕、文震孟、王永光、霍维华、李思诚等二十余人，又将应起用待缺会推者七十一人具题。批下道："自古帝王御极，首眷亲亲，嘉与贤贤。财赋系百姓之脂膏，刑法关民生之命脉。鹰鹯搏击，兰蕙诛锄。若不除根，难免再发。张国纪系先帝懿亲，王仲良乃皇祖妣之嫡侄，逆托敢行无忌。张国纪着即名还供职；王祚盛着袭祖职。太监王安系先帝勤劳旧臣，遭诌冤死，着追复原职；荫一侄为锦衣卫千户，所籍家产着给还。许志吉以参革秽吏，投身逆托，鱼肉乡里，几至激变。吴天荣以奴诬主，冤杀一家，深可痛恨。俱着拿问，严审定罪。黄山着给还吴养春幼子，坐赃免追。许其进逢托图禄，荼毒扬民，亦着拿问治罪，钦赃免追。太监李实逢奸害正，情罪难逭，即着扭解来京。苏杭织造着派外官管理。各差太监俱着撤回，皆派外官更换。各问刑衙门，着刑部查看刑具，非祖制者概行毁去，不得再

---

① 藁（gǎo）葬——草草埋葬。

用。"刑部奉旨，行文各省，将众犯解到三法司严审，众犯也无可辨。会议将许志吉、李永贞、刘若愚、崔文升等照律拟绞。吴天荣害主全家，照叛逆例拟凌迟。许其进拟绞。本上奏，旨依议。刑部即于九月间将众犯行刑西市。正是：

> 狼贪虎噬气何豪，恶满今朝赴市曹。
> 最是千年遗臭在，书生笔底秽名标。

是时群奸尽戮，朝野一清。吏部又奉上谕道："大恶既诛，小过宜宥。所有拥戴依附建祠称颂赞导者，按律推情，再三定拟，首正奸恶之案，丽于五刑稍宽，协从之谋，宏开一面，其情罪轻减者，另疏处分。此外原心宥过，纵有漏网，亦置不究。只陆万龄等，妄分太学，建生祠为媚奸之具，毁轩先圣，着国子监各杖一百发戍，余俱免究。着该部定为逆案，颁示中外知之。"此时天下人民欢欣鼓舞，快睹新政初更，于是四方传诵，恩遍草野。

谁知惊动了一个人。你道此人是谁？乃魏忠贤的妻子傅如玉。自从孟婆救了傅应星回来，又怕忠贤差人来庄上查访，遂假进香为名，带了儿媳到云梦山焚修，把家产交与族人管理，他便去精心修炼。此时功夫已有八九分了，傅应星随着空空儿学导引击刺之法。一日如玉听得人传说朝中新君即位，魏党皆诛，不觉动了慈悯之心，遂合掌向孟婆师说道："弟子一向蒙吾师教诲，已脱尘缘；今闻朝廷新诛大恶，因悯孽夫积恶深重，虽受阳诛，难逃阴谴，冤仇山积，何时得解？弟子欲发宏誓至愿，尽弃家产，修建无碍道场，超度幽魂永离苦海。"孟婆道："善哉！善哉！正是：人心生一念，天地尽皆知。你既有此善念，天必佑之。但他们罪恶如山，非寻常忏悔可解。你可先去备办钱粮，我代你到岱岳东峰历代封禅坛傍，起建道场，列佛道两家功德，释家忏悔，道家炼度。我再代你出入三界，访求一位真人来作证盟。"说罢，乘云而去。

如玉母子、儿媳即日下山，回到庄上，至族家，将历年租粒尽卖出千金，带至泰山进香。择于正月初九日启建，至十五日上元，圆满七昼夜道场。坛上列着僧、道两家法事，请了高僧道侣各二十四众。那道场却也十分齐整。但见：

幡幢①飞舞，音乐和鸣。巍峨列九品之莲台，清净建三层之宝座。金身璀璨，西方释老真容；玉貌端严，东极慈尊圣像。满堂功德，排着十地九幽；四壁庄严，高挂四生六道。三官四圣度雍容，罗汉金刚威猛烈。瓶插仙花，锦树辉辉漫宝刹；炉焚沉降，香烟霭霭透青霄。朱盘内供养新鲜，彩桌上斋筵丰盛。高僧说偈，振锡杖敲开铁锁重关；羽士飞符，执玉简惊破罗酆②黑狱。咸翼冤愆齐解释，俗教孤独尽超升。

傅如玉至心朝礼，终日在坛上跪拜忏诵。四外来看的人如山积，也有施钱粮的。坛上挂着济孤榜文道：

伏以金身入梦，檀那阐二百字之真诠；紫气迎真，太上泄五千言之秘典。灵通三界，洞彻九幽。统摄阴阳，上归无始。今据大明国山东兖州府东阿县信女傅如玉，同男傅应星、媳王氏，共秉丹诚，拜于洪造。伏为亡夫魏忠贤积恶如山，沉冤似海。罄南山之竹，书孽无穷；竭东海之波，流恶何极。谨发宏深至愿，仰祈神佛力神功，大开方便门庭，广运慈惑舟楫，普济群生，免耽六道。西方佛老，指云路以遐升；南极真人，放祥光而接引。邀

----

① 幡幢——同"幢"。
② 罗酆——道教传说中的山名，传为酆都大帝统领的鬼所。

赏清都绛阙，脱离地狱樊笼。早登极乐任逍遥，永注天堂真自在。谨疏。崇祯三年正月十三日给示。

一连数日。到十四日午斋后，众僧道放参去了，如玉执香向各神前舒身下拜，忽见一个老僧走上坛来，四边看了一回，叹息道："可惜费了许多钱粮精力，付之流水。"如玉听见，忙持香来向老僧叩首道："师父，敢是弟子心不虔，斋筵不整齐么？"老僧道："心也虔，斋也好，只是终归无用。"如玉道："佛道二圣，设立斋醮，救度亡魂，老师怎说没用？"老僧道："二教虽以救苦为心，悯念地狱泥犁，设为斋醮，此不过是皮毛外像，其中精微奥妙，岂在这几卷经典上？况如今主坛的又非出世名流，只凭着这几个庸夫俗子，诵几卷赘句残篇，就望超升滞魄，解脱沉冤，岂不是水中捞月？"如玉道："老师见教极是。但如今怎得名师？"老僧道："你若是真心求礼，自然有得。"应星夫妇也跪下道："恳求老师，慈悲救度。"三人再三哀求，请他到方丈中献茶。

老僧道："既是你母子心虔，今日且为大众说法。"茶毕上坛。鼓乐法器一齐响动，老僧先礼拜了四方神圣，先说些外象比喻，后谈些五蕴三乘，说一回法，谈一会禅，果然天花乱坠，地涌金莲。下坛时已将晚，如玉等又拜求普度，明彰报应。老僧道："要明彰报应却也不难，只要你母子精虔，舍身救苦，不顾皮肉疼，痛方可。"如玉道："但凭吩咐，虽粉身碎骨亦所不辞，只要眼见为真。"老僧道："你心既虔，今夜你们可燃指为香，夜静时叫你们见些光景。"

三人果将中指剖开，用清水洗净，将麻紧裹，加上清油，三更时点起，随老僧上坛，见一天星斗，满地月光。那老僧绕坛念咒，三人忍着疼遍地礼拜。只见他将手中拂子一挥，向西念咒数句，忽的一阵冷风，风过处，现出十八重地狱。见那些罪囚皆带着铁锁沉枷，号泣之声不忍闻。又见牛头马面、恶鬼夜叉往来不绝，有无限刀山剑树、磨挨油煎之苦。如玉等见了，心胆皆裂。老僧把袖一拂，早随风而灭，领他们下坛来。如玉又跪下道："已见地狱之苦，仍求吾师超度沉魂。"老僧笑道："且去安歇，明夜与你证盟。"言毕，趺坐入定去了。

次日，孟婆已回，众僧道："仍各行法事。"是日已是十五日，上元佳节，善事将终，晚夕施食，至三更后方毕。坛上收拾干净，静悄悄的，月光如昼。三更时，如玉等又燃指，随着老僧一步一拜，拜上坛来。老僧手持锡杖，绕坛念咒，将杖向东南上连掉三下，喝了一声，只见一道白虹渐渐起至中天。忽西北上又起了一道金光，光尽处又是一条彩虹，和风习习，香气氤氲。虹下又现出一道霞光。老僧道："天门开了。"只见霞光中现出琼楼玉宇，贝阙珠宫，往来皆乘鸾跨鹤之辈。天门内又飞出一簇云霞来，老僧厉声高叫道："吾乃达观是也，蒙孟婆师相邀来作证盟，今有一位神圣来也，大众看者。"又将锡杖一掉，早不见了霞光白虹，只见祥云内鸾凤齐鸣，笙歌迭奏，龙车上坐着一位女真人。但见他：

瑞霭散缤纷，祥光护法身。九霄华汉里，现出正元神。那神圣头戴垂珠缨珞，身穿素色罗袍。绿发盘云黑，香环结宝明。盈盈玉面天生喜，点点樱桃一粒红。万寻万应，千圣千灵。惟拔八难，度三灾，大徨悯世；故镇泰山，居南海，救苦寻声。这是圆通普惠天仙女，永护漕河福德神。

那真君龙车离坛数尺停住，傅如玉母子三人伏地叩头，不敢仰视。真君道："吾乃碧霞元君是也。善哉！吾因汝等精心佛果，

发愿解冤三界，共钦神天点佑。吾今法驾亲临，为汝证盟功德。"遂将手向正南上一指，只见一朵白云中，两个黄巾力士，拥着一班峨冠博带之人，来至坛前礼拜元君。又向西北上一指，一朵乌云中两个鬼使押着一班披枷带钮的囚徒，也来坛前跪下。元君道："汝等夙世①冤仇，今已八十余年，当年因淮河水决，漕运不通，城郭淹没，皇家命朱衡治水。有赤蛇名赭，已现身设法效劳，暗示黄达以筑堤之法。他也是为自己身家性命。岂知黄达违了前言，竟筑到他巢穴。其时仍该依他指示别筑，何致一火焚之，烧死他二百余命！吾神彼时适奉玉旨，押服水猿总理黄淮，彼众将沉冤上诉。中界主者会勘，命他转生官禁，以报前冤。魏忠贤、客氏，乃雌雄二蛇转世，其余党羽，皆二百余蛇族所化。杨涟乃朱衡后世，左光斗即黄达再生。万燝是扬州通判，即定意下火者。故尔三人受害尤惨，死于溽暑中，皮肉俱烂，以报他焦头烂额之灾。其余被害诸人，皆是当年河工人员。汝等冤仇相报，何时得了？赖今有傅如玉宏发誓愿，吾神运起法力，为汝等解脱沉冤，各归觉路。魏忠贤，你虽是冤报当然，只是你既锦衣玉食，富贵等于王侯，也足以酬你前世之苦，却不该凌尊逼上，非分无等，发汝五世为牛。客氏导上宣淫，逞妖无耻，亦发作猪五世。其余诸人虽受阳诛，难逃阴谴，俱发为边方各畜，也受那彪虎吞噬，以彰党恶害善之报。吴天荣害主一家，逼死主妾，发入阿鼻受罪。完日再十世变马，与吴氏子孙骑坐。吴养春你身生膏筍，不知稼穑，暴殄天物②，自奉过分，故受此惨报；虽许你

---

① 夙世——指前世。

② 暴殄（tiǎn）天物——任意糟蹋东西。殄，尽、绝。

仍生富贵之家，切宜樽节①天物。杨涟、左光斗等，着早生贵道，仍作良臣，辅佐明主。郁燕玉、萧灵犀，一知守节不辱，一知慷慨杀身，俱着生于富贵之家为子。熊廷弼理当开释，姑俟后案定日，超生乐土。傅应星不恋荣华，刚正嫉邪，知机勇退。其妻奉姑尽孝，志行可嘉。陈玄朗少多慈悯，长得元修，俱送梯仙国修正。孟婆母子虽精剑术，未入真流；然辅正驱邪，积功累行，令赐金符秘篆，再修炼一甲子，方入仙班。侯秋鸿劝主收尸，义气可嘉，着他寿登百岁，二子贵显。傅如玉，你本是黄浦潭中白龙，因懒于行雨，被吾以至大法力收服，令尔今世生于人间，力除懒癖。汝能谏夫教子，不恋繁华，精心佛果，又发愿解冤，功德无量，须急归西，早证金身。"元君一一说过法旨，又说偈②道：

不无中无，不有中有，不空中空，无无非空，色色非有，无色非空，无空非色。问汝众生，冤冤何塞。

元君说罢，手指两道彩虹，将众魂一齐驾起到半空中，结成一朵莲花，一齐进开，化作数十道金光而去。元君才冉冉升空，忽然不见。傅应星夫妇同孟婆母子俱乘风飞升而去，只留下如玉一人，在坛上顶礼望空摇拜毕，跏趺③而坐。

次早，众僧道来作别，只见他在坛上瞑目端坐而逝。齐宣出去，四外人山人海，俱来焚香礼拜，用沉香合成龛子，请出个有道的高僧与他作偈，举火焚化。众人见火光中一股清气上冲半

---

① 樽节——节省。樽通"撙"。
② 偈（jì）——佛经中的唱词。
③ 跏趺（jiā fū）——盘腿而坐，脚背放在股上，是佛教徒的一种坐法。

天，傅如玉合掌端坐，冉冉腾空而去。正是：

善恶到头终有报，劝君勿作等闲看。

这一部书，只因一小小阉奴，造下弥天大罪，以致冤仇深重，沉郁难解，后之为宦官者，不可不知所警也。